DAVID BRIN

Das Uplift-Universum 3

Das Ufer der Unendlichkeit

Buch

Die heimlichen Siedlergruppen auf dem verbotenen Planeten Jijo fürchten nichts so sehr wie die Entdeckung durch die Galaktischen Institute. Als sich mysteriöse Vorfälle häufen und sich immer mehr fremdes Volk auf dem Planeten tummelt, obliegt dem Rat der Weisen die schwierige Aufgabe, die widerstrebenden Parteien der Fundamentalisten und Häretiker und gleichzeitig die Neuankömmlinge in Schach zu halten. Da erscheint über Jijo auch noch ein Raumschiff mit Delphinen, die von der Erde geflohen sind …

»Das Ufer der Unendlichkeit« setzt die kühne und visionäre Saga aus dem Uplift-Universum fort. Der Autor erzählt mit Weisheit und Leidenschaft von Menschen und Aliens, die sich im Überlebenskampf verbrüdern, um die Wahrheit über ihre mystische Herkunft zu entdecken.

»Das Uplift-Universum« steht in der Tradition des gleichnamigen preisgekrönten Meisterwerks von David Brin.

»Ein großes episches Abenteuer, das einen von der ersten bis zur letzten Seite nicht mehr losläßt.« *Publishers Weekly*

Autor

David Brin, geboren 1950 in Glendale, Kalifornien, ist promovierter Astrophysiker, war als Ingenieur und Berater für die amerikanische Luft- und Raumfahrtbehörde (NASA) tätig und lehrte als Professor für Physik. Für seinen Roman »Sternenflut« erhielt er den Hugo, den Nebula und den Locus Award. Heute widmet er sich in Südkalifornien dem Schreiben hochgerühmter Science-fiction-Romane.

Bereits erschienen:

David Brin: Das Uplift-Universum 1 – **Sternenriff** (24759)
David Brin: Das Uplift-Universum 2 – **Fremder der Fünf Galaxien** (24760)
David Brin: Das Uplift-Universum 3 – **Das Ufer der Unendlichkeit** (24761)

In Kürze erscheint:

David Brin: Das Uplift-Universum 4 – **Die Botschaft der Delphine** (24803)

Weitere Bücher sind in Vorbereitung.

David Brin

DAS UFER DER UNENDLICHKEIT

Das Uplift-Universum 3

Aus dem Amerikanischen
von Marcel Bieger

GOLDMANN

Die amerikanische Originalausgabe erschien 1996
unter dem Titel »Infinity's Shore« (Part 1–6)
bei Bantam Books, New York

Umwelthinweis:
Alle bedruckten Materialien
dieses Taschenbuches sind
chlorfrei und umweltschonend.
Das Papier enthält Recycling-Anteile.

Der Goldmann Verlag
ist ein Unternehmen der Verlagsgruppe Bertelsmann

Deutsche Erstveröffentlichung 1/98

Umschlagsgestaltung: Design Team München
Umschlagillustration: Agt. Schlück/Hescox
Satz: deutsch-türkischer fotosatz, Berlin
Druck: Elsnerdruck, Berlin
Verlagsnummer: 24761
Redaktion: Cornelia Köhler
V. B. Herstellung: Peter Papenbrok
Printed in Germany
ISBN 3-442-24761-6

1 3 5 7 9 10 8 6 4 2

Für Ariana Mae,
unsere großartige Gesandte,
die für uns an der Schwelle zum
phantastischen Zweiundzwanzigsten Jahrhundert
sprechen wird.

Diejenigen, die nach Weisheit dürsten,
suchen diese oft in den höchsten Höhen oder den tiefsten Tiefen.
Doch Wunder finden sich oft an den flachsten Stellen,
dort, wo das Leben beginnt, aufsprießt und wieder vergeht.
Welche Zinne, welcher Gipfel hoch in den Wolken
vermag schon solch brennende Wahrheiten bereitzuhalten
wie der fließende Strom, die rauschende Brandung
oder das ruhige Grab?

Aus einer buyurischen Wandinschrift,
die halb vergraben in einem
Sumpfgebiet nahe dem Heiligtum Weit-Feucht
gefunden wurde.

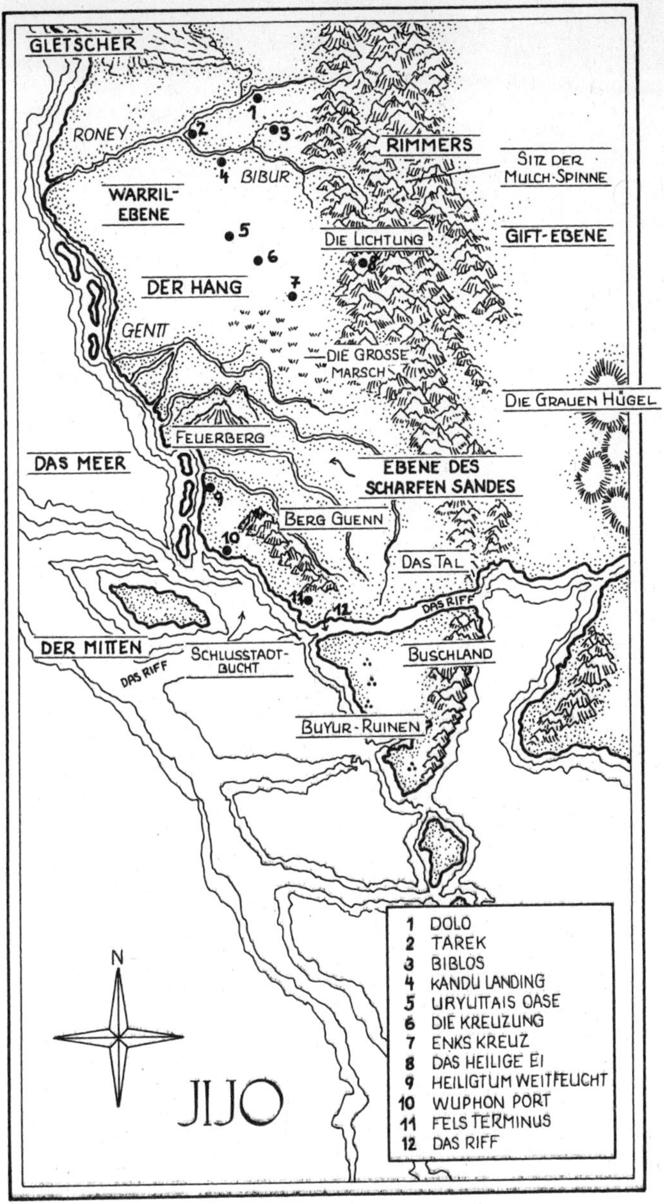
GLETSCHER
RONEY
RIMMERS
SITZ DER MULCH-SPINNE
BIBUR
WARRIL-EBENE
GIFT-EBENE
DIE LICHTUNG
DER HANG
GENTT
DIE GROSSE MARSCH
DIE GRAUEN HÜGEL
FEUERBERG
DAS MEER
EBENE DES SCHARFEN SANDES
BERG GUENN
DAS TAL
DAS RIFF
DER MITTEN
SCHLUSSTADT-BUCHT
BUSCHLAND
DAS RIFF
BUYUR-RUINEN
N
JIJO
1 DOLO
2 TAREK
3 BIBLOS
4 KANDU LANDING
5 URYUTTAIS OASE
6 DIE KREUZUNG
7 ENKS KREUZ
8 DAS HEILIGE EI
9 HEILIGTUM WEITFEUCHT
10 WUPHON PORT
11 FELS TERMINUS
12 DAS RIFF

Streaker

(Fünf Jahre früher)

Kaa

* *Welcher Stern lenkte mich*
* *Während Flucht vor Mahlströmen*
* *Durch Galaxien?*

* *Zu finden Zuflucht*
* *Auf einer Welt verloren*
* *Nackt und entblättert?*

Solche Gedanken gingen ihm durch den Kopf, während er seine Drehungen und weiten Wendungen durchführte, seinen schlanken grauen Körper mit munteren, lebhaften Schwanzstößen vorantrieb und sich die sanfte Berührung des Wassers an seinem nackten Fleisch wohlig gefallen ließ.

Die Tupfen des Sonnenlichts warfen leuchtende Speere durch kristallklare Untiefen, die schräg an den schwebenden Matten der Meerespflanzen vorbeizogen. Silberfarbene einheimische Kreaturen, die an flachschnauzige Fische erinnerten, trieben in die lichtdurchfluteten Zonen hinein oder aus ihnen hinaus. Ein bezaubernder Anblick für sein Auge. Kaa unterdrückte den instinktiven Wunsch, sie zu jagen.

Vielleicht später.

Jetzt ist es viel zu schön, sich der flüssigen Konsistenz des Wassers hinzugeben, das ihn umschließt. Diesem Naß fehlt die ölige

Klebrigkeit der Meere auf Oakka, der grünen Welt, wo seifige Blasen jedesmal aus seinem Blasloch flogen, wenn er zum Atmen an die Oberfläche stieg. *Nicht, daß es auf Oakka überhaupt der Mühe wert gewesen wäre, die dortige Atmosphäre einzuatmen. Auf diesem gräßlichen Himmelskörper hatte es nicht genug gute Luft gegeben, um einen im Koma liegenden Otter zu versorgen.*

Doch hier war nicht nur die Luft gut, auch das Wasser schmeckte, war nicht so rauh wie das auf Kithrup, wo man bei jeder Exkursion außerhalb des Schiffes unweigerlich eine giftige Dosis an Schwermetallen in sich aufnahm.

Ganz anders hingegen das Wasser hier auf Jijo, das sich wunderbar sauber anfühlte und dessen Salzgehalt Kaa an den Golfstrom erinnerte, der an der Florida-Academy vorbeiströmte, damals, während der glücklicheren Tage auf der weit entfernten Erde.

Er blinzelte und versuchte sich vorzustellen, er sei fern des unwirtlichen Universums wieder in der Heimat und würde vor Key Biscayne Meeräschen jagen. Aber der Versuch, diese Illusion aufrechtzuerhalten, scheiterte kläglich. Ein ziemlich ausschlaggebender Unterschied rief ihm nur zu deutlich ins Bewußtsein zurück, daß er sich auf einer fremden Welt befand:

Die Geräusche:

– das Donnern der Gezeiten, die an der Kontinentalplatte hinaufstiegen; ein komplexer Rhythmus, der von drei Monden und nicht nur einem ausgelöst und in Gang gehalten wurde

– das Echo der Wellen, die sich an dem Strand brachen, dessen Sand eine merkwürdig grobe und rauhe Textur hatte

– gelegentlich ein Stöhnen in der Ferne, das vom Grund des Ozeans selbst aufzusteigen schien

– die zurückflutenden Vibrationen seiner von ihm selbst ausgesandten Sonarrufe, wenn sie auf Fischschulen trafen, deren Mitglieder ihre Flossen auf unbekannte Weise bewegten

– und alles übertönend das wahrscheinlich von Maschinen

stammende Summen direkt hinter ihm … eine Kadenz von Motoren und Kolben, die Kaas Tage und Nächte seit nunmehr fünf langen Jahren anfüllte.

Doch jetzt trat ein neues, ein klickendes und stöhnendes Geräusch hinzu. Die militärisch knappe Poesie der Pflicht.

* *Bitte, Kaa, erzähl,*
* *In verstehbarer Prosa,*
* *Wir dürfen kommen?*

Die Stimme schreckte Kaa wie ein flatterndes, sonares Bewußtsein auf. Zögernd drehte er sich um, damit er das U-Boot *Hikahi* sehen konnte, das aus den uralten Teilen zusammengebaut worden war, die in den ozeanischen Tiefen dieses Planeten verstreut gelegen hatten. Ein Unterwasserschiff Marke Eigenbau, eigens dazu konstruiert, die Besatzung von erbärmlichen Flüchtlingen aufzunehmen. Die Luken aus Muschelschalen schlossen sich rumpelnd wie die Zähne eines gewaltigen Raubtiers, drehten sich aber, um andere hinauszulassen, um Kaas Spur zu folgen … falls er das Zeichen gab.

Er sandte sein Signal in Trinarisch, ihrer Sprache, verstärkt von der Saser-Einheit, die man hinter dem linken Auge in seinen Schädel eingelassen hatte.

* *Wenn Wasser alles,*
* *Wären wir schon im Himmel.*
* *Wartet, ich schau nach.*

Seine Lunge protestierte bereits, und so gehorchte er seinem Instinkt. Kräftige Flossenschläge ließen ihn in einer weiten Spirale auf die glitzernde Wasseroberfläche zuschießen. *Ob du bereit bist oder nicht, Jijo, ich komme jetzt!*

Kaa liebte es, die Spannung der Grenzlinie zwischen Wasser und

Himmel zu durchstoßen, für einen Moment schwerelos zu schweben und dann mit einem lauten Platschen und einer Fontäne ausgeatmeten Schaums ins Naß zurückzufallen. Doch heute zögerte er, ehe er einatmete. Die Instrumente zeigten eine erdähnliche Atmosphäre an, doch beim Einatmen durchfuhr ihn ein nervöses Zucken.

Tatsächlich schmeckte die Luft noch besser als das Wasser! Kaa drehte sich, schlug heftig mit dem Schwanz und war überglücklich, daß Lieutenant Tsh't ihn zur Erkundung auserwählt hatte – als ersten Delphin, als ersten Erdling, der jemals durch dieses süße, fremde Meer schwimmen durfte.

Dann fiel sein Blick auf eine gezackte graubraune Linie ganz in der Nähe, die sich von einem Horizont bis zum anderen erstreckte.

Die Küste.

Berge.

Er hielt in seinen Drehbewegungen inne und betrachtete den Kontinent, der vor ihm lag. Das Land war bewohnt, wie sie mittlerweile herausgefunden hatten. Aber von wem?

Auf Jijo durfte es kein intelligentes Leben geben.

Vielleicht verbergen sie sich hier ja nur, wie wir auch, vor einem feindlichen Kosmos.

Aber das war natürlich nur eine Vermutung.

Wenigstens haben sie sich eine angenehme Welt ausgesucht, dachte Kaa, während er sich am Wasser, an der Luft und den wunderbaren Reihen der Kumulus-Wolken erfreute, die über einem besonders hohen Gipfel hingen.

Ich frage mich, ob auch die Fische hier lecker schmecken.

* *Während wir warten*
* *Und scheuern uns Flossen wund*
* *Spielen wir Karten?*

Kaa zuckte unter dem Sarkasmus des Lieutenants zusammen. Rasch sandte er seinen Kameraden Impulswellen zurück.

** Das Schicksal lächelt*
** Unseren müden Truppen*
** in Jafalls' Wassern.*

Vielleicht war es ja vermessen, Jafalls, die Göttin des Schicksals und des Zufalls, zu beschwören, die stets ihren Spaß dabei zu haben schien, die Besatzung der STREAKER mit einer weiteren Überraschung zu bedenken, sei es nun ein unerwartetes Unglück oder ein wundersames Entkommen. Doch Kaa hatte immer schon eine besondere Seelenverwandtschaft zu der inoffiziellen Schutzgöttin aller Raumfahrer empfunden. In der Flotte des Terragens Survey Service mochte es bessere Piloten als ihn geben, aber bestimmt niemanden mit einem größeren Respekt vor der Allmacht des Zufalls. Schließlich hatte man ihm schon vor langem den Spitznamen »Lucky« verpaßt.

Doch in jüngster Zeit schien ihn das Glück verlassen zu haben.

Von tief unten hörte er das Rumpeln der Muschelluken. Sie wurden geöffnet, und bald würden Tsh't und die anderen mit ihm zusammen die erste Untersuchung von Jijos Oberfläche vornehmen – einer Welt, die sie vorher nur kurz aus dem Orbit erblickt hatten und danach nur noch vom tiefsten und kältesten Punkt all ihrer Ozeane. Bald würden die Gefährten bei ihm sein, doch bis dahin blieben noch ein paar Momente ganz für ihn allein, um das seidenweiche Wasser, den Rhythmus der Gezeiten, den Himmel und die Wolken zu genießen …

Ein Schlag seiner Schwanzflosse trieb ihn höher, während er weiter auf das starrte, was sich seinem Auge darbot. *Das sind keine normalen Wolken,* dachte er beim Anblick des besonders hohen Berges, der den gesamten östlichen Horizont beherrschte und dessen Gipfel in wogende weiße Schleier gehüllt war. Die Linse, die man Kaa ins rechte Auge implantiert hatte, ließ einen Spektral-Scan abfahren, sandte die Werte an seinen Sehnerv – und er erkannte Rauch, Kohlenstoffoxid und geschmolzene Hitze.

Ein Vulkan, schoß es ihm durch den Kopf, und diese Erkenntnis dämpfte seine Begeisterung. Geologisch gesehen handelte es sich hier um einen der aktiven Teile des Planeten. Dieselben Kräfte, die diesen Ort in ein geeignetes Versteck verwandelten, brachten auch erhebliche Gefahren mit sich.

Von diesen Vulkanen muß all das Stöhnen und Ächzen kommen, sagte er sich. *Seismische Aktivität.* Eine Interaktion von Minibeben und Krustengasaustritten unterhalb einer dünnen Meeresschicht.

Etwas anderes fiel ihm ins Auge. Es kam aus derselben Richtung, war aber viel näher: ein bleiches Wehen, das auf den ersten Blick eine Wolke hätte sein können, wenn es sich nicht ganz anders bewegt hätte. In einem Moment schlug es wie Vogelschwingen, im nächsten blähte es sich begierig auf, um mit dem Wind um die Wette zu jagen.

Ein Segel, schloß Kaa. Er verfolgte sein Spiel mit der steifen Brise. Ein Zweimaster, ein Schoner, der sich elegant über das Meer bewegte und ihn schmerzhaft an die karibischen Gewässer in der Heimat erinnerte.

Sein Bug pflügte durch die Wellen und hinterließ ein Kielwasser, auf dem jeder Delphin liebend gern mitgeschwommen wäre.

Die Zoomlinse in seinem Auge nahm mehrere Ausschnittsvergrößerungen vor, bis er pelzige Zweibeiner an Bord ausmachen konnte, die an Seilen zogen oder mit anderen Arbeiten an Deck beschäftigt waren und ganz wie eine menschliche Schiffsbesatzung aussahen.

... Nur handelte es sich bei diesen Seeleuten um keine Menschen. Kaa entdeckte schuppige Rücken, die zu einem Rückenknochen mit mehreren scharfen Rückgraten zusammenliefen. Weißes Fell bedeckte ihre Beine, und unter dem breiten Kinn der Wesen befand sich wie bei Fröschen ein Kehlsack. Die Matrosen sangen bei der Arbeit einen grollenden, tiefen Shanty, der trotz der Entfernung bis an Ohr des Beobachters drang.

Als er die Segler identifizierte, lief es ihm vor Sorge eiskalt den Rücken hinab.

Hoon! Was bei allen fünf Galaxien haben die hier verloren?

Kaa hörte das Rauschen von Schwimmbewegungen. Tsh't und die anderen tauchten auf, um sich zu ihm zu gesellen. Leider konnte er ihnen nichts Angenehmes berichten, sondern mußte ihnen melden, daß Feinde der Erde sich hier niedergelassen hatten.

Es wurde ihm, sehr zu seinem Mißvergnügen, bewußt, daß diese Neuigkeit ihm kaum dabei helfen würde, seinen alten Spitznamen so bald wiederzuerlangen.

Natürlich fiel auch gleich Sie ihm wieder ein, die launische Göttin des ungewissen Schicksals. Und auch seine Meldung in Trinarisch kam ihm wieder in den Sinn, als würde sie von den ihn umgebenden fremden Wassern reflektiert und konzentriert.

* *Willkommen …*
* *Willkommen …*
* *in Jafalls' Wassern …*

Sooner

Der Fremde

Das Leben erscheint einem wie eine Wanderung durch ein riesiges, chaotisches Haus. Ein Gebäude, das von Erdbeben erschüttert und von Feuer durchtost und jetzt von einem bitteren, unidentifizierbaren Nebel angefüllt ist. Wann immer es ihm gelingt, eine Tür aufzuzerren und damit eine kleine Ecke seiner Vergangenheit ans Licht zu holen, ist jede Erinnerung und Erkenntnis nur um den Preis stechender Schmerzwellen zu haben.

Im Lauf der Zeit hat er gelernt, nicht unter diesen Attacken in die Knie zu gehen. Jeder Stich und jeder Schmerz dient ihm nun als Signal, als Markierungspunkt, der ihm anzeigt, daß er sich auf dem richtigen Weg befindet.

Seine Ankunft auf dieser Welt – er fiel durch einen brennenden Himmel – hätte in gnädiger Leere enden sollen. Welches Schicksal mochte dahinterstecken, seinen brennenden Leib aus der Feuersbrunst zum Löschen in einen stinkenden Sumpf zu schleudern?

Ein ganz und gar merkwürdiges Schicksal.

Seit diesem Erlebnis hat er intime Bekanntschaft mit allen Arten und Formen des Leidens geschlossen, von größter Pein bis zu subtilen Nadelstichen. Er katalogisiert sie und lernt dadurch, auf wie viele Weisen einem Schmerz zugefügt werden kann.

Die frühesten Qualen, diejenigen, die direkt nach dem Absturz auftraten, hatten sich heiser schreiend aus offenen Wunden und Brandblasen bemerkbar gemacht. So sehr hatten sie sich zum allerheftigsten Sturm vereint, daß er nur am Rande seines Bewußtseins mitbekam, wie eine zusammengewürfelte Truppe von Einheimischen in einem selbstgebauten Boot zu ihm gerudert war – eine Gruppe von Sündern, die einen gefallenen Engel aus Schlamm und Morast ziehen wollten. Er war vor dem Ertrinken bewahrt worden, aber nur, um sich danach neuen Leiden gegenüberzusehen.

Diese Wesen hatten darauf bestanden, daß er um sein zerbrochenes Leben kämpfte, wo es doch so viel einfacher gewesen wäre, sich einfach in den schwarzen Abgrund hineinfallen zu lassen.

Später, als seine lautstärksten Wunden verheilt und verstummt waren, traten andere Klangkörper der Pein hinzu, um die Lücken in der Symphonie des Schmerzes zu füllen.

Die Heimsuchungen des Geistes.

Löcher klaffen in seinem Leben, große, lichtlose Zonen der Leere, in denen nur undurchdringliches Grau herrscht. Die fehlenden Erinnerungen müssen einst Megaparseks und Lebensjahre umspannt haben. Aus jeder dieser Lücken strömt eine Kälte, die jenseits jeder Taubheit ist und deren Leere störender ist als ein Jucken an einer Stelle, an der man sich nicht kratzen kann.

Seit er begonnen hat, über diese ungewöhnliche Welt zu wandern, hat er immer wieder versucht, die Dunkelheit in seinem Innern zu durchstoßen. Ein paar kleine Trophäen hat er dabei erringen können, die er voller Stolz und Optimismus hütet wie einen Schatz.

Jijo ist eine dieser Trophäen.

Er schiebt den Namen in seinem Geist hin und her. So heißt dieser Planet, auf der Ausgestoßene und Flüchtige aus sechs Rassen zu Frieden und wilder Gemeinschaft zusammengefunden haben. Zu einer Mischkultur, wie man sie nirgends sonst zwischen den Myriaden Sternen finden kann.

Ein zweites Wort kommt ihm leichter in den Sinn, da es oft gebraucht wird. Ebenfalls ein Name: Sara. Sie hat ihn in ihrem

Baumhaus, von dem aus man auf eine rustikale Wassermühle blickte, gepflegt und ins Leben zurückgeführt. Sie hat seine aufbrausende Panik besänftigt, als er sich beim ersten Erwachen von Scheren, Klauen und tröpfelnden, rinnenden Wulststapeln umringt sah, als er sich inmitten von Qheuen, Hoon, Traeki und anderen wiederfand, die sich diese wilde und ausgestoßene Existenz teilten.

Er kennt noch weitere Namen, wie zum Beispiel Kurt oder Prity ... Freunde, denen er heute beinahe so sehr vertraut wie Sara. Es tut ihm gut, an sie und ihre Namen zu denken. Sie kommen ihm so glatt ins Bewußtsein wie früher, in den Tagen vor seiner Verletzung, alle Wörter.

Auf eine Trophäe ist er allerdins ganz besonders stolz:

Emerson.

Das ist sein eigener Name, der ihm so lange so unerreichbar fern war. Mehrere schlimme Schocks hatten ihn aus der Finsternis gelöst ... erst vor wenigen Tagen, kurz nachdem er eine Bande von menschlichen Rebellen dazu provoziert hatte, ihre ursischen Verbündeten zu hintergehen und anzugreifen. Gegen das Messergemetzel, das daraufhin eingesetzt hatte, mußte man Raumschlachten als vergleichsweise antiseptisch ansehen. Das Massaker hatte sein Ende in einem Explosionsblitz gefunden, durch den das Zelt, in dem sie sich befanden, zerfetzt worden und Licht wie Speere durch seine geschlossenen Lider gedrungen war und die Wächter, die den Zugang zu seinen Erinnerungen versperrten, überwunden hatte.

Inmitten der hin und her sausenden Strahlen hatte er plötzlich kurz etwas entdeckt ... den Namen seines Captains!

Creideiki ...

Das blendende Licht verwandelte sich in leuchtenden Schaum, der von Zufallsblasen durchzogen wurde. Und aus diesem Gemisch entstieg eine lange graue Gestalt, an deren langgezogener Schnauze sich scharfe Zahnreihen zeigten. Der schlanke Kopf grinste ihm trotz der schrecklichen klaffenden Wunde hinter dem linken Auge zu ... so furchtbar ähnlich jener Verletzung, welche Emerson seiner Sprache beraubt hatte.

Gestammelte Wortfetzen entstanden aus platzenden Blasen, einer Sprache entstammend, die von niemandem unter den Völkern Jijos und nicht einmal von einem der großen Galaktischen Klans gesprochen wurde.

* *In der Drehung*
der Zykloide
* *Kommt einmal der Moment*
an die Oberfläche zu stoßen.
* *Die Zeit,*
das Atmen wieder aufzunehmen.
* *Die Gelegenheit,*
sich dem Träumen des Ozeans wieder hinzugeben.
* *Dieser Moment ist jetzt gekommen,*
für dich, mein alter Freund.
* *Der Augenblick, aufzuwachen*
und sich anzusehen, was wogt und weht ...

Fassungsloses Wiedererkennen ging einher mit stechendem Kummer, der ihn mehr schmerzte als alle fleischliche Pein oder die unerträgliche innere Lähmung. Die Scham schien ihn überwältigen zu wollen. Denn keine Verletzung außer einer tödlichen konnte je entschuldigen, sie vergessen zu haben:

Creideiki ...
Terra ...
Die Delphine ...
Hannes ...
Gillian ...

Wie nur hatten ihm diese Namen während all der Monate auf dieser barbarischen Welt entfallen können, die er nun schon zu Fuß, per Schiff oder mit einer Karawane durchquert hatte?

Die Schuldgefühle hätten ihn in diesem Moment der Erinnerung beinahe überwältigt ... wenn seine neuen Freunde ihn jetzt nicht so dringend gebraucht hätten. Er mußte den kurz entstandenen Vorteil ausnutzen, der durch die Explosion entstanden war, um ihre Gegner zu überwältigen und gefangenzunehmen. Während die Dämmerung sich über das zerfetzte Zelt und die entstellten Leiber senkte, half er Sara und Kurt, die überlebenden Feinde zu fesseln – sowohl die menschlichen als auch die ursischen. Die Tochter des Papiermachers meinte aber, daß sie bestenfalls nur einen Aufschub erhalten hätten.

Denn schon bald würden weitere Fanatiker als Verstärkung eintreffen.

Emerson wußte, was die Rebellen wollten – nämlich ihn. Mittlerweile war allgemein bekannt, daß er von den Sternen gekommen war. Die Fanatiker wollten ihn den Sternenjägern aushändigen, um im Gegenzug für seinen geschundenen Leib die Garantie zu erhalten, selbst verschont zu werden.

Als könne nun, da die Fünf Galaxien die Ausgestoßenen auf Jijo entdeckt hatten, noch irgend etwas die Sooner retten.

Später hockten Sara und die anderen vor einem niedrigen Feuer, konnten sich in nichts weiter einhüllen als die Fetzen vom Zelt, und verfolgten mit düsteren Ahnungen die schrecklichen Himmelsboten, die an den bitterkalten Sternkonstellationen vorbeiflogen.

Zuerst zeigte sich ein gewaltiger Titan des Raums, der sich brüllend zwischen den nahen Bergen niedersenkte, als sei er erschienen, um fürchterliche Rache zu nehmen.

Nach einer Weile folgte ihm ein zweiter Riese. So gewaltig groß, daß die Schwerkraft Jijos aufgehoben zu sein schien, als er über ihnen hinwegzog. Nach diesem Schauspiel wirkten alle am Feuer noch bedrückter.

Noch etwas später zuckten goldene Blitze zwischen den Gipfeln und kündeten vom Streit der Giganten. Doch Emerson war es gleich, wer von beiden den Sieg davontragen würde. Er hatte sofort erkannt, daß weder das eine noch das andere sein Schiff gewesen war, sein Zuhause im All, nach dem er sich so sehr sehnte ... und das er gleichzeitig nie wiederzusehen hoffte.

Mit etwas Glück befand sich die *Streaker* weit fort von dieser zum Untergang verurteilten Welt und führte in ihrem Bauch einen Schatz von uralten Geheimnissen mit sich, die vielleicht den Schlüssel zu einer neuen galaktischen Ära darstellten.

Hätten nicht alle Opfer allein dem Zweck gedient, der *Streaker* bei ihrer Flucht behilflich zu sein?

Nachdem die Himmelshünen vorübergezogen waren, blieben nur die Sterne und der eiskalte Wind, der über das trockene Steppengras wehte, während Emerson sich auf die Suche nach den auseinandergelaufenen Packtieren der Karawane machte. Mit den Eseln mochte seinen Freunden im letzten Moment die Flucht gelingen, ehe weitere Fanatikerbanden auftauchten ...

Doch da ertönte ein rumpelndes Geräusch, das den Boden unter seinen Füßen erbeben ließ. Eine rhythmische Kadenz, die ungefähr nach folgendem Takt verlief:

taranta taranta
taranta taranta

Dieses dumpfe Trommeln konnte nur von ursischen Hufen stammen. Die Verstärkungen der Feinde waren also bereits eingetroffen, um Sara, Kurt und ihre Freunde erneut gefangenzunehmen.

Doch wunderbarerweise tauchten statt dessen aus der Dunkelheit eigene Verbündete auf – unvorhergesehene Retter, sowohl ursische als auch menschliche –, die erstaunliche Tiere mitführten.

Pferde!

Gesattelte Rosse, die Sara mindestens ebensosehr überraschten wie ihn selbst. Emerson war davon ausgegangen, daß diese Kreaturen auf Jijo ausgestorben waren. Doch hier kamen sie herangetrabt und entstiegen der Nacht, als kämen sie aus einem Traum.

Und so begann die nächste Phase ihrer Odyssee. Sie zogen nach Süden, flohen die Schatten der rachedürstenden Schiffe und eilten auf die Ausläufer eines tätigen Vulkans zu.

Und nun fragt er sich in seinem mitgenommenen Gehirn: Steckt ein Plan dahinter? Hat das Schicksal seine Hand im Spiel?

Der alte Kurt hat offensichtlich vollstes Vertrauen zu den überraschend aufgetauchten Rettern. Doch es muß mehr dahinterstecken.

Emerson ist es müde, immer nur davonzurennen.

Viel lieber würde er auf etwas zu eilen.

Während sein Roß vorwärts läuft, gesellen sich neue Schmerzen zu der Hintergrundmusik seines Lebens. Aufgescheuerte Oberschenkel und ein verdrehtes Rückgrat, dessen Wirbel bei jedem Hufschlag aufeinanderschaben.

> ***taranta taranta, taranta-tara***
> ***taranta taranta, taranta-tara***

Neue Schuldgefühle plagen ihn, die von unerledigten Pflichten herzurühren scheinen, und er betrauert das unabwendbare Schicksal seiner Freunde, das sie nun, da ihre verborgene Siedlung entdeckt ist, erwartet.

Und dennoch …

Im Lauf der Zeit lernt Emerson, seine Körperhaltung dem Schwanken im Sattel anzupassen. Als die aufgehende Sonne den Tau von den fächerartigen Blättern der Bäume nahe einem Flußufer nimmt, steigen Schwärme von leuchtenden Insekten in den schräg einfallenden Lichtstrahlen auf. Sie tanzen, während sie ein

Feld von lilafarbenen Blüten bestäuben. Als Sara sich einmal auf ihrem Reittier umdreht und ihm eines ihrer auf dieser Reise so seltenen Lächeln schenkt, sind alle seine Schmerzen fast vergessen. Sogar die Furcht vor den gräßlichen Sternenschiffen, die den Himmel arrogant mit ihrem wütenden Maschinengedröhn zerspalten, kann nicht die wachsende Erleichterung zunichte machen, die ihn befällt, als die Flüchtlinge immer weiter auf dem Weg zu neuen, unbekannten Gefahren vorankommen.

Emerson kann nichts für diesen Optimismus. Es gehört zu seiner Natur, nach jedem nur möglichen Strohhalm der Hoffnung zu greifen. Die Pferdehufe trommeln unablässig über den uralten Boden dieser Welt, und dieser Rhythmus öffnet ihm die Tür, durch die er einen Blick auf etwas Altbekanntes erhaschen kann. Er erinnert sich an eine Musik, die sich ziemlich von seiner beständigen Trauer und Pein unterscheidet.

tarantara, tarantara
tarantara, tarantara

Unter dem beharrlichen, beinahe hypnotischen Rhythmus der Rösser macht plötzlich etwas in seinem Innern klick, und sein Körper reagiert wie aus eigenem Antrieb, als unerwartet Wörter aus irgendeiner zugemauerten Ecke seines Gehirns brechen und ihm dazu die passende und herzerfrischende Melodie in den Sinn kommt. Der Text des Lieds ergießt sich nun ungehemmt in sein Gehirn, findet den Weg in Lunge und Kehle, und ehe Emerson sich versieht, singt er bereits aus Leibeskräften:

Den Kopf voll Furcht wir rennen
tarantara, tarantara
Auch ist das Herz uns schwer
tarantara
Die große Gefahr wir kennen

tarantara, tarantara
Die schleicht uns hinterher!

Seine Freunde grinsen, wie sie das häufig bei seinem Gesang tun.

Doch ist die Gefahr dann so weit
tarantara, tarantara
Gibt jeder, was er kann
tarantara
Dann macht sich jeder bereit
tarantara, tarantara
So sind wir, alle Mann
So sind wir, alle Mann!

Sara lacht laut, fällt lauthals in den Refrain ein, und sogar die sauertöpfischen ursischen Soldatinnen recken die langen Hälse, um lispelnd einzufallen:

Doch ist die Gefahr dann so weit
tarantara, tarantara
Gibt jeder, was er kann
tarantara
Dann macht sich jeder bereit
tarantara, tarantara
So sind wir, alle Mann
So sind wir, alle Mann!

TEIL EINS

Eine jede unter den Sooner-Rassen, die die Gemeinschaften von Jijo bilden, hat ihre eigene einzigartige Geschichte zu erzählen, die von Generation zu Generation weitergegeben wird und erzählt, warum die Vorfahren gottgleiche Macht aufgegeben und schreckliche Strafen riskiert haben, um diesen fernen, abgelegenen Planeten zu erreichen. Die Geschichten berichten dann, wie ihre Schleichschiffe sich an den Patrouillen des Instituts, den Roboter-Wächtern und den fliegenden Kugeln der Zang vorbeigedrückt haben. In sieben Wellen sind diese Sünder auf Jijo erschienen. Eine jede kam, um illegal ihren Samen auf diese Welt zu pflanzen, die von offizieller Seite mit einem Besiedelungsverbot belegt worden ist. Ein Planet, den man von der Liste gestrichen hat, damit er seine Ruhe findet und sich von unseresgleichen erholen kann.

Die g'Kek haben als erste das Land betreten, das wir den Hang nennen und das zwischen den dunstverhangenen Bergen und dem heiligen Meer gelegen ist. Eine halbe Million Jahre nach dem Abzug der Buyur, der letzten legalen Mieter Jijos, erschienen sie.
Warum haben diese g'Kek-Gründerväter bewußt ihr vorheriges Leben als sternenreisende Götter und ordentliche Bürger der Fünf Galaxien aufgegeben? Warum haben sie sich statt dessen dazu entschlossen, sich hier als halbwilde Primitive niederzulassen, denen es an allen Annehmlichkeiten der Technologie und allem moralischen Trost mangelt, bis auf ein paar beschriftete Platinrollen?
Der Sage nach sind unsere g'Kek-Vettern vor der völligen Auslöschung geflohen, die ihnen drohte – der festgesetzten Strafe, weil sie bei einem Glücksspiel katastrophal verloren hatten. Aber so ganz sicher können wir uns da nicht sein.

Schreiben und Schrift galten als verlorene Kunst, ehe die Menschen unter uns auftauchten. Daher besteht die Möglichkeit, daß diese Geschichte, wie auch die anderen, im Lauf der Zeit verdreht und verzerrt worden ist.
Wovon wir aber mit Bestimmtheit ausgehen können, ist der Umstand, daß es sich um keine geringe Gefahr gehandelt haben kann, die die g'Kek dazu trieb, ihr geliebtes Leben als Reisende zwischen den Sternen aufzugeben und statt dessen Zuflucht auf der schwerkraftbelasteten Welt Jijo zu suchen, wo sie mit ihren Rädern (die sie anstelle von Beinen besitzen) jedoch nur schlecht auf dem felsigen Boden vorankommen. Haben ihre Vorfahren mit ihren vier schlanken Stielaugen, mit denen diese Rasse in alle Richtungen gleichzeitig blicken kann, bereits erkannt, welch dunkles Schicksal auf den galaktischen Winden für sie vorgezeichnet war? Hat die erste g'Kek-Generation, die hier landete, keine andere Fluchtmöglichkeit gesehen? Vielleicht haben sie ihre Nachfahren auch nur zu diesem harten Leben in Bedrängnis verdammt, weil es für ihr Volk keine andere Rettung gab.

Nicht lange nach den g'Kek, so etwa vor zweitausend Jahren, fiel überstürzt eine Gruppe Traeki vom Himmel, so als fürchteten sie, ein furchterregender Feind sei ihnen direkt auf den Fersen.
Sie verloren keine Zeit, versenkten sogleich ihr Schleichschiff in der tiefsten Senke des Ozeans, ließen sich dann am Hang nieder und wurden zu den sanftmütigsten Bewohnern unter uns Sechsen.
Welche Nemesis mag sie aus ihrer gewohnten, gewundenen Bahn geworfen haben?
Jeder Jijoaner, der hier geboren wurde und einen Blick auf diese vertrauten Stapel fettiger Ringe wirft, die jedes Dorf am Hang mit würzigem Dampf und Worten der Weisheit versorgen, kann es kaum glauben, daß solche Wesen Feinde haben.
Im Lauf der Zeit vertrauten auch sie uns ihre Geschichte an. Bei dem Feind, vor dem sie geflohen waren, handelte es sich nicht um eine andere Rasse, und sie waren auch nicht in

eine tödliche Vendetta unter den Sternengöttern der Fünf Galaxien verwickelt. In Wahrheit waren sie vor einem Aspekt ihrer selbst davongelaufen. Bestimmte Ringe – Komponenten ihrer physischen Erscheinung – waren kurz vor der Flucht modifiziert worden und hatten diese Rasse in unbezwingbare Wesen verwandelt. Genauer gesagt in Jophur, allmächtige Wesen, die unter allen vornehmen Klans der Galaktiker gefürchtet wurden.

Ein Schicksal erwartete die Traeki, das für die Vorväter unserer Ringstapel nicht mehr zu ertragen gewesen war. So hatten sie sich entschlossen, lieber zu gesetzlosen Flüchtlingen zu werden – zu Soonern auf einer Welt, die für Intelligenzwesen tabu war –, um der schrecklichen Zukunft zu entgehen, die ihre Art erwartete.

Der Verpflichtung nämlich, gewaltig und großartig sein zu müssen.

Man erzählt sich, daß die Glaver hingegen nicht aus Furcht auf diesen Planeten gekommen seien, sondern vielmehr, weil sie den Pfad der Erlösung suchten – den Zustand des seligen Vergessens, bei dem alles Wissen verlorengeht. Bei der Verfolgung dieses Ziels sind die Glaver bedeutend weiter vorangekommen als jeder andere auf Jijo. So haben sie uns den Weg gewiesen, falls wir denn bereit sind, ihrem Beispiel zu folgen.

Ob nun dieser heilige Pfad der Ignoranz für uns so erstrebenswert ist oder nicht, wir müssen ihnen dennoch Respekt für das Erreichte zollen, haben sie sich doch von verfluchten Flüchtlingen in eine Rasse von gesegneten Ahnungslosen verwandelt. Als unsterbliche Sternenreisende könnte man sie für ihre Verbrechen zur Verantwortung ziehen – darunter auch und vor allem für das Vergehen, sich auf Jijo angesiedelt zu haben. Doch nun haben sie sich durch die Reinheit ihrer Ignoranz Straffreiheit und die Möglichkeit erworben, als Rasse wieder ganz von vorn anzufangen.

Nachsichtig, wie wir nun einmal sind, lassen wir sie unsere Küchenabfälle durchstöbern und unter Baumstämmen nach Insekten suchen. Mögen sie einst auch mächtige Geistesrie-

sen gewesen sein, so rechnen wir sie in ihrem gegenwärtigen Zustand nicht zur Gemeinschaft der Sechs, zu den Soonern Jijos. Denn sie sind nicht länger befleckt von den Sünden ihrer Vorfahren.

Die Qheuen waren die ersten, die mit einem festen Vorhaben hier anlangten.
Unter der Führung ihrer fanatischen grauen Matronen richtete die erste Generation dieser Krabbenwesen all ihre fünf Scheren bedrohlich gegen den bloßen Vorschlag, sich mit den bereits vorhandenen Exilanten-Gemeinden auf Jijo zusammenzutun. Vielmehr beabsichtigten sie deren völlige Unterwerfung.
Dieses Vorhaben scheiterte schließlich, als die blauen und die roten Qheuen ihre historisch gewachsene Rolle als Diener der Grauen abschüttelten, sich selbständig machten und nach eigenen Wegen suchten, während ihre grauen Kaiserinnen und Königinnen hilflos und frustriert zurückblieben in ihrem Bemühen, die alten feudalen Verhältnisse wiederherzustellen und aufrechtzuerhalten.

Unsere großen hoonschen Brüder blähen ihre Kehlsäcke gewaltig auf, wenn man ihnen die Frage stellt: »Warum seid ihr hier?« Leises Meditationsrumpeln ertönt dann zur Antwort, und schließlich erklären die Ältesten unter ihnen dann in grollend klingenden, aber gutmütig gemeinten Worten, daß ihre Vorfahren weder vor einer Gefahr noch vor Unterdrückung noch wegen irgendwelcher Spielschulden geflohen seien.
Aber warum sind die Vorväter dann gekommen und haben die schrecklichen Strafen in Kauf genommen, die über ihre Nachfahren kommen, sollten sie je als illegale Siedler auf Jijo erwischt werden?
Die Ältesten unter den Hoon zucken dann in aller Liebenswürdigkeit die Achseln, als wüßten sie den Grund dafür nicht und interessierten sich auch kaum dafür.

Aber einige kennen eine alte Sage, eine kurze Geschichte, nach der ein Galaktisches Orakel einst den sternenreisenden Hoon eine einzigartige Gelegenheit geboten habe, wenn sie nur den Mut aufbrächten, sie auch zu ergreifen. Die Möglichkeit nämlich, etwas zurückzuerlangen, das man ihnen geraubt hatte, obwohl die Hoon den Verlust noch gar nicht bemerkt hatten. Ein wertvolles Geburtsrecht, das sich vielleicht auf einer verbotenen Welt aufspüren ließe.
Doch meistens, wenn einer dieser Hünen seinen Kehlsack aufbläht, um von den alten Zeiten zu singen, gibt er nur eine fröhliche Ballade über die kruden Boote und Segelschiffe zum Besten, die die Hoon gleich nach ihrer Landung auf Jijo mehr oder weniger aus dem Nichts konstruiert und gebaut hatten. Dinge eben, bei denen sich ihre sternenfahrenden Vettern nicht einmal die Mühe gemacht hätten, sie auch nur in der allwissenden Galaktischen Bibliothek nachzuschlagen, ganz zu schweigen davon, so etwas bauen zu wollen.

Die Sagen, die man von den flinkhufigen Urs zu hören bekommt, berichten, daß ihre Vormütter Rebellinen gewesen seien, die Jijo aufgesucht hätten, um hier ungehindert zu gebären – und damit den strengen Vorschriften zu entfliehen, die ihnen in den zivilisierten Teilen der Fünf Galaxien auferlegt worden waren. Bei ihrer kurzen Lebensspanne, ihrem feurigen Temperament und ihrem zügellosen Sexualleben kann man sich recht gut vorstellen, daß die Gründerinnen der Urs-Kolonie auf dieser Welt tatsächlich im Sinn gehabt hatten, den ganzen Planeten mit ihrem Nachwuchs anzufüllen ... andernfalls wären sie wohl längst ausgestorben, so wie die Zentauren der Mythen, denen sie äußerlich gleichen. Aber sie haben weder das eine noch das andere getan und nach langen Konflikten, die sowohl ihre Arbeit in den Schmieden betrafen als auch die Schlachtfelder, ihren Platz als ehrenwerte Mitglieder in der Gemeinschaft der Sechs Rassen erlangt. Mit ihren donnernd galoppierenden Herden und ihrer meisterlichen Beherrschung der Eisen- und Stahl-

gewinnung führen sie ein heißes und hartes Leben, was durchaus als Ausgleich für die kurze Spanne angesehen werden darf, die sie als Einzelwesen in unserer Mitte verweilen.

Schließlich, vor zweihundert Jahren, stießen die Menschen zu uns und brachten die Schimpansen und auch andere Schätze mit. Doch ihr größtes Geschenk war das Papier. Indem sie die Fundgrube des gedruckten Wissens in Biblos schufen, erwuchsen sie zu den Meistern der Geschichten in unserer in dieser Hinsicht erbärmlichen Gemeinschaft von Exilanten.

Das Auftauchen von Gedrucktem und Wissen veränderte das Leben am Hang von Grund auf und rief eine neue Tradition von Wissenschaft ins Leben. So kam es, daß spätere Generationen von Soonern es wagen durften, ihre adoptierte Welt, ihre hybride Zivilisation und sogar sich selbst zu studieren.

Was nun den Grund anbetrifft, warum diese Menschen den Weg nach Jijo gefunden haben – und damit nicht nur die Galaktischen Gesetze gebrochen, sondern auch alles aufs Spiel gesetzt haben, nur um mit anderen Gesetzlosen unter einem bedrohlichen Himmel zu hausen –, so haben sie die sonderbarste Geschichte zu erzählen, die je unter den Sippen Jijos weitergegeben wurde.

Eine Ethnologie des Hangs
von Dorti Chang-Jones und Huoh-alch-Huo

Sooner

Alvin

Benommen und halb gelähmt, wie ich da in meiner Metallzelle lag, konnte ich einfach nicht abschätzen, wieviel Zeit inzwischen verstrichen war. Und zu hören bekam ich nur das Maschinensummen des mechanischen Seeungeheuers, das mich und meine Freunde in unbekannte Gefilde verschleppte.

Ich schätze, ein paar Tage sind schon vergangen, seit unser selbstgebasteltes U-Boot, die wunderschöne *Wuphons Traum*, zerschellte und ich mich dazu aufraffen konnte, mich zu fragen: Was kommt als nächstes?

Nur dunkel erinnere ich mich an das Gesicht des Monsters, als es zum ersten Mal im Licht unseres selbstgebauten Scheinwerfers auftauchte und wir durch das primitive gläserne Sichtfenster unseres Boots einen Blick darauf werfen konnten. Nur für einen kurzen Moment war es zu sehen, aber der reichte vollauf, um dieses gewaltige Gebilde zu erkennen, das aus dunklen, eisigen Tiefen zu uns aufgestiegen war. Wir vier – Huck, Schere, Ur-ronn und ich – hatten schon vorher mit dem Leben abgeschlossen und waren fest davon überzeugt, am Grund des Ozeans zerschmettert zu werden.

Unsere Expedition war gescheitert, und keiner von uns fühlte sich mehr als wagemutiger Tiefseeabenteurer. Wir fürchteten uns wie die Kinder, die wir ja schließlich waren, und entleerten unsere Därme, während wir darauf warteten, daß der grausige Abgrund unser Boot, das im Grunde nur aus einem ausgehöhlten Baumstamm und ein paar Extras bestand, in Millionen Splitter zertrümmerte.

Und plötzlich tauchte diese kolossale Kreatur vor uns auf und öffnete ihr Maul, das groß genug war, die *Traum* mit einem Haps zu verschlucken.

Nun ja, ganz so glatt wurden wir nicht verschlungen. Als wir durch diesen Schlund rollten, erhielten wir einen fürchterlichen Schlag.

Die Kollision gab unserem kleinen Boot endgültig den Rest.

Und was dann folgte, ist in meiner Erinnerung immer noch von Schmerzen begleitet und von Nebel unsichtbar gemacht.

Ich glaube, alles ist besser als der Tod, aber seit dem schweren Stoß hat es Momente gegeben, in denen mein Rücken so schrecklich schmerzte, daß ich am liebsten ein letztes dunkles Lied durch meinen ebenfalls in Mitleidenschaft gezogenen Kehlsack gesungen hätte, den Abschied für den jungen Alvin Hph-wayuo, Linguist in der Ausbildung, den alten irdischen Autoren nacheifernder Schriftsteller, super-duper kühner Held und ungehorsamer Sohn von Mu-phauwq und Yowg-wayuo in Wuphon Port, am Hang, Planet Jijo, Vierte Galaxis, Universum.

Aber irgendwie bin ich dann doch am Leben geblieben.

Wahrscheinlich wäre es mir bloß zu unhoonisch erschienen, nach all dem, was meine Freunde und ich durchgemacht haben, einfach aufzugeben. Wenn ich nun der einzige Überlebende war? Ich schuldete es Huck und den anderen einfach, jetzt weiterzumachen.

Meine Zelle – ein Gefängnis? ein Krankenzimmer? – mißt gerade mal zwei mal zwei mal drei Meter. Ein bißchen arg eng für einen Hoon, selbst für einen, der noch nicht ausgewachsen ist. Und hier drin wird es noch unbequemer, wenn einer oder mehrere von diesen sechsbeinigen, metallenen Dämonen versuchen, sich in diese Kammer zu quetschen, um mein Rückgrat zu behandeln und dabei an mir in einer Weise herumklopfen und -pieken, von der ich nur hoffen kann, daß sie, wenn auch unbeholfen, freundlich gemeint ist. Doch trotz all ihrer Bemühungen kehren die Schmerzen regelmäßig in unangenehmen Wellen zurück. Und in solchen Momenten wünsche ich mir sehnlichst etwas von den Schmerzmitteln, die der alte Stinky zubereitet (damit ist der Traeki-Apotheker in meinem Heimatdorf gemeint).

Natürlich mache ich mir so meine Gedanken. Zum Beispiel, daß ich vielleicht nie wieder laufen kann ... oder meine Familie wiedersehen werde ... oder die Seevögel dabei beobachten kann, wie sie über die Müllschiffe hinwegsausen, die unterhalb der kuppelartigen Tarnbäume in Wuphon vor Anker gegangen sind.

Ich habe versucht, mit den insektenartigen Riesen ins Gespräch zu kommen, die sooft in meine Zelle eindringen. Jeder einzelne von ihnen besitzt einen Leib, der allein schon größer als mein Vater ist (und bei dem handelt es sich um einen ausgewachsenen Hoon). Das hintere Ende dieses Torsos hängt über, und die Metallhülle ist so hart wie Buyur-Stahl. Bei diesem Aussehen mußte ich sie einfach als überdimensionierte *Phuvnthus* vorstellen, das sechsbeinige Ungeziefer, das an den Wänden unserer Holzhäuser nagt und dabei einen süßlichen, sich lange haltenden Gestank hinterläßt.

Doch diese Wesen hier riechen nach Maschinen, und zwar solchen, die schon zu lange laufen. Aber zurück zu meinen Bemühungen. Ich habe sie in einem Dutzend Erd- und in allen mir bekannten Galaktischen Sprachen angesprochen, aber sie scheinen noch weniger redselig zu sein als die Phuvnthus, die Huck und ich als kleine Kinder gefangen haben, um mit ihnen Kunststückchen einzuüben und sie dann in unserem Miniatur-Zirkus auftreten zu lassen.

In diesen dunklen Stunden habe ich Huck sehr vermißt. Vor allem ihren scharfen Verstand und ihren sarkastischen Witz. Es fehlte mir sogar, wie sie immer mit einem Rad über mein Beinfell zu rollen pflegte, wenn sie meine Aufmerksamkeit auf sich ziehen wollte, weil ich wieder einmal in hoonscher Seemanns-Trance auf den Horizont hinausstarrte. Das Letzte, was ich von ihr zu sehen bekommen hatte, waren ihre Räder gewesen, die sich nutzlos im Maul des Ungeheuers gedreht hatten – kurz nach dem Moment, in dem seine gewaltigen Zähne unsere kostbare *Traum* zermalmt hatten und wir aus den Trümmern unseres Amateur-U-Boots geflogen waren.

Warum war ich nicht sofort zu meiner Freundin geeilt, warum hatte ich mich nach der Bruchlandung nicht sofort zu ihr begeben? So sehr ich das in jenem Augenblick auch vorgehabt haben mochte, ich hatte kaum etwas sehen oder hören können, während ein gräßlich heulender Wind durch das Maul pustete und alles bitterkalte Meerwasser hinausfegte. In diesen Sekunden hatte ich schon die größte Mühe damit, Luft zum Atmen zu bekommen. Und als ich mich dann aufraffen wollte, machte mir mein Rücken einen Strich durch die Rechnung.

In diesen hektischen Momenten vermeinte ich auch, einen Blick auf Ur-ronn zu erhaschen, die ihren langen Hals hierhin und dorthin drehte, mit allen vier Beinen und den beiden verkümmerten Armen um sich schlug und vor Entsetzen darüber schrie, im Wasser unterzugehen, das für sie etwas Widerliches darstellt.

Ur-ronn blutete aus zahlreichen Wunden, überall dort, wo ihr lohfarbenes Fell von Splittern durchbohrt worden war – den Überresten unseres Bullauges, das sie höchstselbst und voller Stolz in der Vulkanschmiede von Uriel, der Schmiedin, hergestellt hatte.

Scherenspitze war auch dort und dank seiner Qheueneigenschaften von unserer Gruppe am besten dafür ausgestattet, unter Wasser zu überleben. Als roter Qheuen war er es nämlich gewohnt, auf seinen fünf Scherenbeinen durch salziges Flachwasser zu eilen. Allerdings war unser Sturz in die bodenlose Tiefe sicher auch mehr, als er verkraften konnte. Meine Erinnerung an diese Momente ist nicht die beste, aber ich glaube, Schere hat noch gelebt, als ich ihn zum letzten Mal gesehen hatte … oder narrt mich hier Wunschdenken?

Meine letzten bewußten Erinnerungen an unsere »Rettung« vermischen sich mit den sonderbarsten Bildern ... und dann habe ich das Bewußtsein verloren, um im Delirium zu versinken und ganz allein in dieser Zelle zu erwachen.

Manchmal stellen die Phuvnthus etwas mit meinem Rückgrat an, das wohl helfen soll, aber so höllisch weh tut, daß ich in solchen Augenblicken mehr als gewillt bin, alle Geheimnisse preiszugeben, die ich kenne. Nur müßten diese Kreaturen mich schon ausfragen wollen, was sie natürlich nie tun.

So berichte ich also nie etwas von der geheimen Mission, zu der Uriel, die Schmiedin, uns ausgesandt hatte. Wir sollten einen verbotenen Schatz auf dem Meeresgrund suchen, den ihre Vorfahren vor Jahrhunderten dort versteckt hatten. Eine Kiste, die die ersten ursischen Siedler dort unweit der Küste hinterlassen hatten, nachdem sie ihre Schiffe und sonstigen technischen Spielzeuge im Meer versenkt hatten, um eine weitere gefallene Rasse zu werden. Nur höchste Not konnte Uriel dazu verleiten, den Vertrag der Gemeinschaften zu brechen und zu versuchen, diese Konterbande zu bergen.

Ich glaube, ein solcher Fall höchster Not ist durchaus gegeben, wenn man die Ankunft der fremden Piraten im rechten Licht sieht, die gekommen waren, das Versammlungsfest der Sechs Rassen zu sprengen und der gesamten Gemeinschaft mit Völkermord drohten.

Irgendwann ließen die Schmerzen in meinem Rückgrat nach, und ich konnte mir meinen Rucksack vornehmen, in ihm herumkramen und mich daran machen, mein zerfleddertes Tagebuch weiterzuführen, um vom weiteren Fortgang unseres Abenteuers zu berichten, das unter einem so unglücklichen Stern stand. Das Schreiben verlieh mir neuen Lebensmut, wenigstens ein bißchen. Selbst wenn keiner aus unserer Gruppe überleben sollte, mein Tagebuch hat zumindest die Chance, eines Tages in mein Heimatdorf zurückzugelangen.

Ich bin in einem kleinen Dorf aufgewachsen, habe Unmengen Abenteuergeschichten von menschlichen Autoren wie Clarke, Rostand, Conrad und Xu Xiang verschlungen und davon geträumt, daß die Bürger am Hang eines Tages sagen würden: »Wow! Dieser Alvin Hph-wayuo war schon ein toller Geschichtenerzähler, mindestens so gut wie die alten Schreiber von der Erde.«

Dieses Tagebuch hier könnte meine einzige und letzte Chance dafür sein.

So verbrachte ich also lange Miduras mit einem stumpfen Holzkohleklumpen, den ich in meiner dicken Hoonfaust hielt, und kritzelte die Seiten bis zu dieser hier voll – der Bericht, wie es dazu kam, daß ich mich in dieser bemitleidenswerten und wenig ehrenhaften Lage wiederfand,

– darüber, wie vier Freunde aus Echsenhäuten und einem ausgehöhlten Garu-Stamm ein U-Boot gebastelt und sich eingebildet haben, damit im Großen Mitten auf Schatzsuche zu gehen,

– darüber, wie Uriel, die Schmiedin, uns unterstützte und die ganze Kapazität ihrer Bergschmiede für unser Projekt einsetzte, wodurch dann aus einem halb ausgegorenen Traum endlich eine richtige Expedition werden konnte,

– darüber, wie wir vier uns in Uriels Observatorium schlichen und einem menschlichen Weisen zuhörten, der von Sternenschiffen am Himmel sprach, die womöglich erschienen waren, um das Urteil über die Sechs Rassen zu bringen, das ihnen geweissagt worden war

– und darüber, wie die *Wuphons Traum* bald darauf von einem Kran am Felsen Terminus hing, an der Stelle, wo der heilige Graben des Mitten dem Land ganz nahe kommt. Uriel erzählte uns mit dem Lispeln ihrer gespalteten Oberlippe, daß ein Raumschiff oben im Norden gelandet sei. Aber in diesem Kreuzer befänden sich keine Galaktischen Magistrate. Statt dessen seien weitere Kriminelle gekommen, die noch größere Sünden begingen als unsere schändlichen Vorfahren.

Mit diesem Wissen schlossen wir dann die Luke, und die große Winde setzte sich in Bewegung. Doch als wir auf dem Grund die angegebene Stelle erreichten, mußten wir feststellen, daß Uriels Kiste verschwunden war! Und schlimmer noch, als wir uns auf die Suche nach dem Behälter machten, kam unser Boot vom Kurs ab und kippte über den Rand einer unterseeischen Klippe.

Wenn ich nun ein paar Seiten zurückblättere, kann ich leicht feststellen, daß der Bericht von jemandem geschrieben worden ist, der auf der Messerschneide bohrenden und beharrlichen Schmerzes hockte. Dennoch enthalten diese Zeilen eine Dramatik, die ich jetzt, im nachhinein, so wohl nicht wieder hinbekommen kann. Besonders bei der Szene, als der Boden plötzlich unter den Rädern unserer *Traum* verschwand und wir uns der schrecklichen Wahrheit stellen mußten, in den echten Mitten hinabzustürzen.

Dem sicheren Tod entgegen.

Bis die Phuvnthus uns unvermittelt aufgefangen haben.

So kommt es, daß ich in dieser Zelle hocke, von einem metallenen Wal verschluckt, von geheimnisvollen stummen Wesen bewacht und ohne die geringste Ahnung, was aus meinen Freunden geworden ist, ob sie noch leben oder ob ich ganz allein übriggeblieben bin. Ich weiß ja nicht einmal, ob ich mein weiteres Dasein als Krüppel fristen muß oder gar im Sterben liege.

Stehen die Metallwesen, die mich gefangengenommen haben, am Ende im Bunde mit den Sternenschiffen, die in den Bergen niedergegangen sind?

Oder handelt es sich bei ihnen um ein ganz anderes Rätsel, das aus Jijos uralter Vergangenheit aufgestiegen ist? Womöglich gar um Relikte der verschwundenen Buyur? Oder um die Geister noch älterer Mieter dieser Welt?

Darauf fällt einem so leicht keine Antwort ein, und da ich den

Bericht über den Absturz und den Untergang der *Wuphons Traum* abgeschlossen habe, will ich kein weiteres kostbares Papier mit sinnlosen Spekulationen vergeuden. So lege ich also meinen Kohleklumpen beiseite, auch wenn ich mich damit meines letzten Schildes gegen die Einsamkeit beraube.

Mein ganzes Leben lang bin ich von den Büchern der Irdischen beeindruckt gewesen und habe mich oft genug als Held in einer superspannenden Geschichte gesehen. Und nun hängt der Erhalt meiner geistigen Gesundheit allein davon ab zu lernen, mich in Geduld zu üben.

Darin, die Zeit verstreichen zu lassen, ohne vor Sorge den Verstand zu verlieren.

Darin, endlich so zu leben und zu denken wie ein Hoon (der ich ja eigentlich bin).

Asx

Ihr dürft mich Asx nennen.

– Ihr, ihr vielfarbigen Ringe, die ihr zu einem hohen, sich nach oben verjüngenden Stapel aufgeschichtet seid, diverse stinkende und lang haftende Gerüche absondert, euch von dem lebenserhaltenden Saft nährt, der in unserem gemeinsamen Kern aufsteigt, und teilhabt am Gedächtniswachs, das von unserem höchsten, dem Sinnesring, herabsickert.

– Ihr, die Ringe, die ihr verschiedene Aufgaben übernehmt in diesem gemeinsam geteilten Körper, einem plumpen Kegel, der fast so groß wie ein Hoon ist, es an Gewicht mit einem blauen Qheuen aufnehmen kann und sich so langsam über den Boden bewegt wie ein alter g'Kek mit einem Achsenbruch.

– Ihr, die Ringe, die ihr jeden Tag aufs neue darüber abstimmen müßt, ob wir unsere Koalition fortsetzen sollen.

Von euch, ihr Ringe, erwarte ich/erwarten wir nun eine Entscheidung: Sollen wir mit dieser Fiktion fortfahren? Uns weiterhin »Asx« nennen?

Die einheitlichen Wesen – die Menschen, die Urs und all die anderen liebgewordenen Partner im Exil – benutzen beharrlich diesen Begriff (ein Name ist das ja eigentlich weniger) Asx für diesen lose zusammengeschlossenen Haufen traniger Ringe, als besäße ich/besäßen wir tatsächlich einen festgeschriebenen Namen und nicht nur den Ausdruck, auf den wir uns nach langwieriger Debatte auf kleinstem Nenner einigen konnten.

Natürlich sind alle einheitlichen Wesen schon ein wenig verrückt. Wir Traeki haben schon vor langer Zeit Abstand davon genommen, in einem Universum zu leben, das vom Egoismus regiert wird.

Wir konnten uns eben nicht mit der Vorstellung abfinden – und das ist auch der Hauptgrund für unseren Rückzug hierher nach Jijo – zu den egoistischsten Geschöpfen im gesamten Kosmos zu werden.

Früher hat dieser Stapel von wulstigen Ringen die Rolle eines bescheidenen Dorfapothekers gespielt, und zwar unweit der Meeresmarschen beim Heiligtum Weit-Feucht, wo ich den anderen mit unseren Sekreten dienen durfte. Aber dann haben die anderen angefangen, mir/uns Ehre zu erweisen, indem sie uns »Asx« nannten und uns zum obersten Weisen der Traeki-Sooner wählten. Mit diesem Rang wurde ich dann auch ordentliches Mitglied im Großen Rat der Sechs.

Und nun stehen wir auf dem verwüsteten Stück Land, bei dem es sich bis vor kurzem um die angenehm anzuschauende Festival-Lichtung gehandelt hat. Unsere Sensor-Ringe und Neural-Ranken fahren entsetzt vor dem Lärm und den Anblicken zurück, die ihnen so entsetzlich sind. Und so stehen wir im wahrsten Sinne des

Wortes blind und taub da, während unsere zusammengefügten Ringe von den harten Energiefeldern von gleich zwei Raumschiffen geplagt werden, die groß wie Berge ganz in der Nähe niedergegangen sind.

Und schon verblaßt unsere Wahrnehmung dieser Raumschiffe ...

Wir bleiben in völliger Schwärze zurück.

Was ist gerade geschehen?

Bewahrt Ruhe, meine Ringe. So etwas ist uns doch auch schon früher widerfahren. Ein zu großer Schock kann einen Traeki-Stapel vollkommen aus der Bahn werfen und Lücken in seinem Kurzzeitgedächtnis hervorrufen. Doch gibt es eine andere, viel zuverlässigere Möglichkeit, um herauszufinden, was eben geschehen ist. Bei der neutralen Erinnerung handelt es sich ohnehin um eine viel zu unzuverlässige Angelegenheit. Wie gut, daß wir noch auf das langsamere, aber effektivere Wachs zählen können.

Bedenkt nur, wie das frische Wachs in unserem gemeinsamen Kern hinabgleitet, immer noch heiß und glänzend ist und auf sich den frischen Abdruck der Ereignisse trägt, die kürzlich auf dieser vom Schicksal heimgesuchten Lichtung stattgefunden haben. Hier auf dieser Fläche, wo einst bunte Pavillons standen und Banner fröhlich im Wind Jijos flatterten. Das große Fest eben, die alljährliche Zusammenkunft der Sechs Rassen, bei der der seit hundert Jahren währende Friede gefeiert werden sollte, bis ...

Ist das die Erinnerung, nach der wir suchen?

Aufgepaßt ... ein Sternenschiff senkt sich auf Jijo! Kein schleichendes, das wie bei unseren Vorfahren im Schutz der Nacht herankommt. Kein hoch fliegendes wie die Kugeln der rätselhaften Zang. Nein, dies ist einer der arroganten Kreuzer der Fünf Galaxien, und er wird von hochnäsigen Fremden geführt, die sich selbst Rothen nennen.

Folgt dieser Erinnerung, denn sie führt euch zu dem Moment, in dem wir zum ersten Mal die Rothen-Herren zu sehen bekamen, als sie endlich aus ihrem metallenen Bau stiegen. So schön anzusehen und von vornehmstem Äußeren, strahlten sie ein majestätisches Charisma aus, gegen das sogar der Charme ihrer Himmelsmenschen-Diener verblaßte. Wie wunderbar es doch sein muß, ein Sternengott zu sein! Selbst ein Gott, der nach dem Galaktischen Gesetz als Krimineller angesehen werden muß!

Was haben wir erbärmlichen Barbaren ihnen schon entgegensetzen können? Wie konnten wir es wagen, vor ihrem Glanz aufrecht zu stehen? Einem Strahlen, so hell wie das der Sonne gegen den Schein einer Kerze.

Aber wir Weisen stießen bald auf die schreckliche Wahrheit hinter diesen Wesen. Nachdem sie einige von uns als Führer und für sonstige Dienste angeworben hatten, die ihnen dabei helfen sollten, diese Welt zu plündern, durften die Rothen es natürlich nicht zulassen, irgendwelche Zeugen auf Jijo zurückzulassen.

Sie würden uns alle umbringen.

Nein, das führt zu weit zurück. Versuch anders zu erinnern.

Wie wäre es mit diesen lebendigen Spuren, meine Ringe? Eine rote Flammensäule entsteht im Dunkel der Nacht. Eine Explosion, die unseren heiligen Pilgerzug auseinanderjagt. Erinnert ihr euch an den Anblick der Rothen-Station, an ihre verdrehten und rauchenden Stahlträger? An die verbrannten Kisten mit den gesammelten Bioproben? Und an das Schlimmste, den Tod einer Rothen und eines Sternenmenschen?

Im Licht der Dämmerung kommt es zum Austausch übler Beschimpfungen zwischen den Rothen auf der einen und uns Weisen auf der anderen Seite. Und es bleibt nicht bei Schmähungen, auch Drohungen werden ausgestoßen.

Nein, das ist doch schon über einen Tag her. Streiche über ein Stück Wachs, das neuere Begebenheiten aufgezeichnet hat.

Hier sehen wir eine große Fläche des Schreckens vor uns, die gräßlich durch unseren fettigen Kern aufscheint. Seine Farbe und sein Gewebe vermengen Blut mit kaltem Feuer und verströmen den Rauchgeruch von brennenden Bäumen und verkohlten Körpern.

Erinnert ihr euch, wie Ro-kenn, der überlebende Rothen-Herr, den Sechs Rassen fürchterliche Rache geschworen und seine Killer-Roboter gegen uns geschickt hat?

»Tötet jeden hier! Vernichtung über alle, die die Aufdeckung unseres Geheimnisses mitangesehen haben!«

Doch vernehmt nun das Wunder in Gestalt der Kompanien unseres tapferen Bürgerselbstschutzes. Sie rennen aus den umgebenden Wäldern. Jijoanische Wilde, bewaffnet nur mit Pfeil und Bogen, Schrotflinten und ihrem Mut. Erinnert ihr euch, wie sie die hünenhaften Killerdämonen todesmutig angegriffen haben ... und den Sieg davontrugen?

Das Wachs lügt nicht. Alles spielte sich binnen Augenblicken ab, in denen dieser Stapel alter Ringe nur dastehen und auf das schreckliche Wüten der Schlacht starren und sich darüber wundern konnte, daß ich/wir nicht in einem Haufen brennender Wülste vergingen.

Obwohl sich rings um uns Berge von Toten und Verwundeten auftürmten, konnte doch am Ausgang des Kampfes kein Zweifel bestehen. Die Sechs Rassen hatten den Sieg errungen! Ro-kenn und seine gottgleichen Diener waren geschlagen und hatten die Augen angesichts dieses überraschenden Wurfs von Jafalls' ewig aufs neue rollenden Würfeln in beleidigter Verblüffung weit aufgerissen.

Ja, meine Ringe, ich weiß, daß dies nicht die allerjüngste Erinnerung ist. Diese Schlacht hat sich vor vielen Miduras ereignet. Und offensichtlich hat sich seitdem noch mehr ereignet. Genauer gesagt, etwas Fürchterliches.

Vielleicht ist das Aufklärungsschiff der Sternenmenschen oder

Daniks, wie sie sich selbst nennen, inzwischen von seinem Erkundungsflug zurückgekehrt und hat einen der grimmigen Krieger mitgebracht, die den Rothen-Herren in tiefster Verehrung ergeben sind. Oder aber das Hauptschiff der Rothen ist gelandet, um das zusammengeraubte Bio-Gut zu inspizieren, und muß nun feststellen, daß alle Proben zerstört und ihre Kameraden tot oder gefangengenommen sind.

Das könnte den Gestank von rauchender Zerstörung erklären, der nun in unseren Kern eindringt.

Aber die späteren Erinnerungen stehen uns noch nicht zur Verfügung. Noch ist das Wachs nicht geronnen.

Für einen Traeki bedeutet das so viel, als hätte sich gar nichts ereignet.

Jedenfalls noch nicht.

Vielleicht steht alles nicht ganz so schlimm, wie es den Anschein hat.

Dabei handelt es sich um eine Gabe, die wir bei unserer Ankunft auf Jijo wiedererlangt haben. Ein Talent, das uns dabei dienlich ist, den Verlust der Dinge auszugleichen, die wir zurückgelassen haben, als wir die Sterne aufgaben.

Das Geschenk des Wunschdenkens nämlich.

Rety

Der harte Flugwind riß die Feuchtigkeit aus ihren tränenden Augen und erlöste sie so von der Schande, sich vor anderen weinend und mit nassen Wangen zu zeigen. Dennoch hätte Rety am liebsten vor Wut losgeheult, wenn sie daran dachte, was sie alles verloren hatte. Sie lag auf dem Bauch auf einer Metallplatte, hielt sich mit Händen und Füßen am Rand fest, ertrug den grimmigen Wind und mußte sich von Ästen ins Gesicht schlagen lassen. Manchmal verfingen sich Zweige in ihrem Haar, zerrten furchtbar daran und bescherten ihr mehr als einmal eine blutende Kopfwunde.

Doch das alles war nichts im Vergleich zu dem Umstand, daß sie um ihr Leben fürchten mußte, wenn sie auch nur einen Moment aufhörte, sich krampfhaft festzuhalten.

Die fremde Maschine, auf der sie ritt, sollte eigentlich ihr treuer Diener sein. Doch der verwünschte Blechkasten wurde in seiner panikartigen Flucht einfach nicht langsamer, obwohl die Gefahr doch schon weit, weit zurücklag. Wenn Rety jetzt den Halt verlor, müßte sie im günstigsten Fall mehrere Tage zu dem Dorf zurückhumpeln, in dem sie geboren worden war und in dem vor weniger als einer Midura ein kurzer, aber heftiger Überfall stattgefunden hatte.

Schon der Gedanke daran brachte sie gleich wieder zum Kochen. Es hatte nur wenige Herzschläge in Anspruch genommen, um all ihre Pläne und Hoffnungen zunichte zu machen. Und an allem war dieser elende Dwer schuld!

Sie hörte den jungen Jäger stöhnen. Er wurde unter ihr von zwei Metallarmen festgehalten. Während der stark beschädigte Kampfroboter immer weiter und geradezu kopflos floh, wandte Rety sich ab vom Leiden Dwers, das er sich doch nur selbst zuzuschreiben hatte. Warum hatte er sich auch durch die schmutzigen Grauen Hügel bis zu ihrem Dorf durchschlagen müssen – so weit entfernt von seinem sicheren Heim am Meer, vom Hang eben, wo sechs intelligente Rassen auf einer viel höheren Ebene der ignoranten Armut lebten als Retys eigene Sippe von elenden Wilden? Warum legte einer der Hangleute auch zweitausend Meilen quer durch die Hölle zurück, um dieses beschissene Ödland zu erreichen?

Was hofften Dwer und seine Kumpane damit zu erreichen? Waren sie denn nur darauf aus, Retys verwilderte Verwandtschaft zu unterwerfen?

Von ihr aus konnte er ihre stinkende Sippschaft geschenkt haben. Und die Bande von ursischen Soonern gleich dazu, denen Kunn mit dem Feuer aus seinem kreischenden Aufklärungsschiff das Mütchen gekühlt hatte. Dwer durfte sie gern alle haben, mit Kußhand sogar. Warum hatte dieser Mistkerl nicht im Wald warten können, bis Rety und Kunn ihre Arbeit hier erledigt hatten und wieder abgeflogen waren? Warum hatte er mal wieder keine Geduld aufbringen können und den Roboter angreifen müssen, als sie gerade auf ihm thronte?

Wahrscheinlich hat er das nur aus Neid getan. Sicher ist ihm die Vorstellung unerträglich, daß ich der einzige Mensch auf Jijo bin, der die Chance erhalten hat, von diesem Stinkloch von einem Planeten davonfliegen zu können.

Doch in Wahrheit wußte Rety es besser. So tickte Dwers Gehirn nämlich nicht.

Aber meins.

Als der Jäger wieder stöhnte, murmelte Rety zornig: »Es wird dir noch mehr leid tun, Dwer, wenn ich wegen dir nicht von diesem Schlammloch fortkomme!«

So war aus ihrer glorreichen Heimkehr am Ende doch nichts geworden.

Zuerst hatte es ihr großen Spaß gemacht, ihrer Sippe einen Besuch abzustatten. In Kunns Silberpfeil war sie aus dem wolkenverhangenen Himmel herabgestiegen und hatte sich stolz den erstaunten und auch erschrockenen Gesichtern ihrer verdreckten Brüder, Schwestern, Vettern und Basen präsentiert, die sie während ihrer ganzen vierzehn Lebensjahre nur herumgeschubst hatten. Was für ein toller Höhepunkt in ihrem wagemutigen Spiel, das vor ein paar Monaten begonnen hatte, als sie endlich allen Mut zusammengenommen hatte und aus diesem Jammertal des Schmutzes und des Schmerzes geflohen war und sich ganz allein auf den Weg zum sagenhaften Hang gemacht hatte, den ihre Großeltern einst verlassen hatten, um als wilde Sooner ein Leben in Freiheit zu führen.

Frei von den naseweisen Gesetzen der Weisen darüber, welche Tiere man töten durfte und welche nicht. Frei von den nervigen Bestimmungen darüber, wie viele Kinder man in die Welt setzen durfte. Und auch frei davon, all diese sonderbaren Nachbarn in seiner Nähe ertragen zu müssen, die auf vier oder fünf Beinen liefen oder gar auf summenden Rädern durch die Gegend rollten.

Rety konnte bei dem Gedanken an die Gründer ihres Stammes nur verächtlich schnauben.

Freiheit von Büchern und Medizin. Frei, um wie Tiere dahinzuvegetieren!

Die junge Frau hatte schließlich von solch einem Leben die Nase endgültig voll gehabt und sich auf den Weg gemacht, um etwas Besseres oder den Tod zu finden.

Die Reise war mörderisch gewesen. Eiskalte Flüsse und sengende Wüsten galt es zu überwinden. Und dann wäre es beinahe tatsächlich um sie geschehen gewesen. Sie war einem geheimnisvollen Metallvogel gefolgt, hatte dabei einen hohen Paß überschritten, war auf den Hang gelangt und dann in das Netz einer Mulch-Spinne geraten. Das Netz hatte sich in eine tödliche Falle verwandelt, als die Ranken der Spinne sich um sie schlossen und goldfarbene Tropfen absonderten, die dazu bestimmt waren, gefangenes Gut auf ewig zu konservieren …

Die Erinnerung kam ihr ungebeten in den Sinn – wie Dwer mit einer glänzenden Machete einen Weg durch das Dickicht geschlagen, sie befreit und sie dann mit seinem Körper geschützt hatte, als das Netz Feuer fing …

Sie dachte an den glänzenden Vogel, wie er in den Flammen gefunkelt hatte, um dann heimtückisch von einem Roboter vernichtet zu werden, der ganz so ausgesehen hatte wie ihr »Diener« hier, der sie jetzt Jafalls-weiß-wohin verschleppte.

Retys Gedanken wurden abgelenkt, als der Roboter eine Kurve flog, bei der sich einem der Magen umdrehte. Die junge Frau wäre fast von der Platte geflogen und schrie den »Diener« an.

»*Idiot!* Keiner schießt mehr auf dich! Außerdem waren das bloß ein paar Hangleute, und die sind auch noch zu Fuß gekommen. Nichts und niemand auf Jijo kann dich jetzt noch einholen!«

Aber der Maschinenmensch raste immer weiter, schwebte auf einem Kissen von gottgleicher Energiekraft.

Ob er meine Einwände überhaupt verstehen kann? fragte sie sich. Dwer und seine zwei oder drei mitgebrachten Kumpane, allesamt mit plumpen Feuerstöcken bewaffnet, hatten nur wenige Duras benötigt, um diesen sogenannten Kriegsroboter, wenn auch unter eigenen Verlusten, zu beschädigen und in die Flucht zu schlagen.

Jafalls, was für ein Mist. Sie dachte an das geschwärzte Loch in dem Metallklotz, wo Dwer ihm bei seinem Überraschungsangriff die Antenne herausgerissen hatte. *Wie soll ich das Kunn bloß erklären?*

Ihr neuerworbener Rang als Sternengöttin ehrenhalber stand auf der Kippe. Der wütende Pilot des Aufklärungsschiffes würde sie vielleicht einfach in diesen Hügeln, in denen sie aufgewachsen war, bei den Wilden zurücklassen, die sie so sehr verabscheute.

Ich kehre nie mehr zu meinem alten Stamm zurück! schwor sie sich. *Lieber schließe ich mich irgendwelchen wild lebenden Glavern an, die draußen auf der Giftebene Insekten und Käfer aus Kadavern heraussaugen.*

Daß alles so gekommen war, war allein Dwers Schuld. Rety haßte es, ihre Ohren nicht gegen das Stöhnen dieses Obertrottels verschließen zu können.

Wir bewegen uns nach Süden. Dorthin, wohin Kunn geflogen ist. Der Roboter will wohl zu ihm und persönlich Meldung erstatten, weil Dwer ihm die Möglichkeit des Fernsprechens genommen hat.

Rety war Zeugin von Kunns Folterkünsten geworden, und das

erfüllte sie mit der Hoffnung, die Wunde am verletzten Bein des jungen Jägers würde sich wieder öffnen. Ja, wenn er langsam verblutete, wäre das genau das, was er verdient hatte.

Die dahinsausende Maschine ließ die Grauen Hügel hinter sich und erreichte die an einigen Stellen mit Bäumen bestandene Prärie. Hier strömten einige Wasserläufe zusammen und verwandelten den Bach in einen Fluß, der sich langsam auf das Tropenland zu wand.

Die Reise ging jetzt langsamer und glatter vonstatten, und Rety riskierte es, sich aufrecht hinzusetzen. Aber der Roboter wählte nicht den kürzesten Weg über das Wasser, sondern folgte seinem Lauf und kam nur selten in die Nähe des reetbestandenen Ufers.

Das Land machte einen angenehmen Eindruck. Guter Boden für Ackerbau oder Viehzucht – vorausgesetzt natürlich, man verstand etwas davon und fürchtete sich nicht davor, von oben gesehen zu werden.

Der Ausblick rief der jungen Frau die Wunder ins Gedächtnis zurück, die sie auf dem Hang geschaut hatte, nachdem sie mit knapper Not der Mulch-Spinne entronnen war. Die Leute dort verstanden sich auf die vielfältigsten geschickten Künste, von denen ihre Sippe keine Ahnung mehr hatte. Doch trotz ihrer hochmodernen Windmühlen und Gärten, ihrer Bücher und Metallwerkzeuge hatten die Hangbewohner bei Retys Ankunft auf der Festival-Lichtung sonderbar nachdenklich und ängstlich gewirkt.

Was die Sechs Rassen so in Bestürzung versetzt hatte, war ein Sternenschiff gewesen, das nach zweitausend Jahren ihre Isolation beendet hatte.

Rety waren die Sternenwesen wunderbar vorgekommen. Das Schiff gehörte den unsichtbaren Rothen-Herren, aber die Besatzung bestand aus so schönen und klugen Menschen, daß die junge Frau alles dafür gegeben hätte, so zu sein wie sie – und nicht mehr die dumme Wilde mit der Narbe im Gesicht, die sich damit abmühte, auf einer Tabuwelt ein erbärmliches Dasein zu fristen.

Ein Wunsch war in ihr erwacht ... und mit Frecheit und List hatte sie dafür gesorgt, daß er in Erfüllung ging. Rety hatte dafür gesorgt, mit diesen großen und schönen Menschen zusammenzukommen – mit Ling, Besh, Kunn und Rann – und sich Schritt für Schritt in ihr Vertrauen geschlichen. Als Kunn sie dann fragte, ob sie ihn zum Lager ihres alten Stammes führen würde, sagte sie sofort mit Freuden zu. Die lange Reise, für die sie vorher Wochen und Monate gebraucht hatte, legte sie nun in aller Bequemlichkeit in einem Vierteltag zurück, wobei sie sich aus dem Fenster des Aufklärungsschiffes alles anschaute, während sie galaktische Köstlichkeiten knabberte.

Die langen Jahre der Schmähung und des Verachtetwerdens wurden für sie wiedergutgemacht, als sie die schockierten Blicke ihrer verluderten Verwandten sah, die es nicht fassen konnten, daß aus dieser ebenso verdreckten Kröte wie sie selbst Rety die Sterngöttin geworden war.

Ach, wenn dieser Triumph doch nur etwas länger angedauert hätte!

Sie wurde aus ihren Träumereien gerissen, als Dwer ihren Namen rief.

Rety blickte über den Rand ihrer Plattform und sah sein windgerötetes Gesicht und das vom getrockneten Blut an den Kopf geklebte Haar. Eines seiner Hosenbeine aus Hirschleder wies am Verband ockerbraune Flecke auf, doch die junge Frau konnte nirgends Anzeichen dafür entdecken, daß seine Wunde sich wieder geöffnet hatte. Der Jäger steckte immer noch zwischen den Roboterarmen, die ihn nicht losließen, und hielt seinen kostbaren selbstgemachten Bogen fest umklammert, als ob er das Letzte sei, von dem er sich trennen wollte. Rety konnte es kaum fassen, daß sie vor gar nicht so langer Zeit noch geglaubt hatte, dieses primitive Ding sei es wert, gestohlen zu werden.

»Was willst du denn jetzt schon wieder?« fuhr sie ihn an.

Der junge Mann sah ihr ins Gesicht, und als er sprach, klang es wie ein Krächzen.

»Kann ich ... etwas Wasser haben?«

»Vorausgesetzt, ich hätte welches«, gab sie unwirsch zurück, »nenn mir nur einen Grund, warum ich es mit dir teilen sollte.«

Etwas raschelte an ihrer Hüfte. Ein schmaler Kopf auf einem langen Hals schob sich aus ihrem Gürtelbeutel. Drei dunkle Augen funkelten sie an, von denen zwei Lider besaßen und das dritte wie ein Juwel geformt war und über keine Pupille verfügte.

»Frau nicht den da anlüg! Weib hab Wasser. Ganz Flasch voll. Yee riech sein bitter Geschmack.«

Rety schnaubte angesichts dieser unwillkommenen Unterbrechung durch ihren Miniatur-»Ehemann«.

»Die ist nur noch halbvoll. Schließlich hat mir keiner gesagt, daß wir auf eine lange Reise gehen.«

Der kleine ursische Hengst gab durch ein Zischen zu verstehen, daß er ihr Verhalten mißbilligte. »Frau teil mit Mann, sonst komm Pech. Find kein Loch für klein Larven!«

Rety hätte beinahe entgegnet, daß ihre Heirat mit Yee überhaupt keinen Bestand habe und daß sie niemals zusammen »Larven« haben würden. Es war schon zum Haareraufen mit Yee. Er schien sich einzubilden, ihr ins Gewissen reden zu müssen, wann immer ihm das in den Kram paßte, und gar nicht zu begreifen, daß sie darauf gern verzichten konnte.

Warum mußte ich ihm auch erzählen, daß Dwer mich vor der Mulch-Spinne gerettet hat? Dabei heißt es doch immer, daß Urs-Hengste dumm seien. Typisch für mein Glück, mich mit einem echten Genie zusammentun zu müssen.

»Also gut ... meinetwegen!«

Die Flasche, eines der Wunder der Fremden, wog kaum mehr als die Flüssigkeit, die sie enthielt. »Laß sie ja nicht fallen!« warnte sie den Jäger, während sie den Behälter an der roten Schnur zu ihm hinabließ. Er griff gierig danach.

»Nein, du Idiot! Den Deckel kann man nicht wie einen Stopfen herausziehen. Du mußt ihn drehen. Siehst du, so geht's doch gleich besser, du ungebildeter Hangtrottel.«

Sie verschwieg natürlich, daß sie anfangs auch vollkommen hilflos vor einem Schraubverschluß gestanden hatte. Das war passiert, als Kunn und die anderen sie zum Dank mit Kandidatenstatus bei sich aufgenommen hatten – in der Zeit, in der sie noch nicht den großen Durchblick erlangt hatte.

Rety verfolgte nervös, wie der Mann trank.

»Verschütt das Wasser doch nicht! Und wag es ja nicht, alles auszutrinken. Hast du mich gehört? Das reicht jetzt, Dwer. Hör sofort auf! DWER!«

Aber er ignorierte ihre Proteste und ließ das Naß in seine Kehle rinnen, während sie zeterte und schimpfte. Als die Flasche leer war, lächelte er sie mit aufgeplatzten Lippen an.

Rety war viel zu verblüfft, um sofort reagieren zu können, und insgeheim wußte sie, daß sie an seiner Stelle genau das gleiche getan hätte.

Stimmt, entgegnete eine innere Stimme, *aber von ihm hätte ich das nicht erwartet.*

Ihr Ärger verging, als Dwer sich drehte und eine bequemere Stellung zwischen den Metallarmen zu erlangen suchte, während der Roboter ungerührt seine Flucht fortsetzte. Der Jäger kniff die Augen zusammen und hielt die Kordel in der einen und die Flasche in der anderen Hand, als warte er darauf, daß etwas geschah. Die Maschine stieg einen Hügel hinauf, hüpfte über ein paar Dornensträucher, flog auf der anderen Seite wieder hinunter und schien kaum auf die Äste zu achten, die im Weg waren. Als das ärgste Gehüpfe vorüber war, spähte Rety wieder über den Rand ... und fuhr angesichts eines Paars schwarzer Knopfaugen gleich zurück.

Schon wieder dieser verdammte Noor! Dieser Mistköter, der auf den Namen Schmutzfuß hörte (oder auch nicht). Einige Male hatte dieser bewegliche Kerl während der Dunkelheit versucht, aus seiner Nische zwischen Dwer und einer Ausbuchtung in der Hülle des Roboters zu ihr heraufzusteigen. Aber Rety gefiel die Art nicht, wie ihm der Speichel zwischen den nadelscharfen Zähnen aus dem Maul tropfte, wenn er Yee zu sehen bekam. Nun stand Schmutzfuß mit den Vorderpfoten auf dem Brustkorb des Jägers und schien sich zu einem neuen Versuch bereit zu machen.

»Verzieh dich!« Sie schlug nach dem schmalen, grinsenden Schädel. »Ich möchte sehen, was Dwer treibt.«

Seufzend zog sich der Noor auf seinen alten Platz zurück.

Etwas Blaues blitzte kurz vor ihnen auf, als Dwer die Flasche von sich schleuderte. Sie landete mit einem Platsch in flachem Wasser und löste eine gekräuselte Welle aus. Der Jäger mußte mehrere Versuche unternehmen, die an seinem Handgelenk befestigte Schnur so zu werfen, daß die Flasche mit der Öffnung nach vorn durchs Wasser fuhr. Der Behälter gluckerte, als der junge Mann ihn schließlich wieder zu sich heranzog.

Daran hätte ich auch denken können. Wenn ich wie er vorn gesessen hätte, wäre ich bestimmt längst darauf gekommen.

Dwer hatte eine Menge Blut verloren, und deswegen war es nur fair, daß er als erster trinken, die Flasche nochmals füllen, sie erneut leeren und sie dann nach einer weiteren Füllung nach oben weiterreichen durfte.

Ja, fair, verdammt. Und so wird er es auch tun. Sie mir nämlich voll zurückgeben.

Rety sah sich mit einem unerwünschten Gedanken konfrontiert.

Du vertraust ihm.

Aber er ist dein Feind. Dwer hat dir und den Daniks nichts als Scherereien gemacht. Trotzdem bist du bereit, ihm dein Leben anzuvertrauen.

Wenn sie ehrlich war, traf das auf Kunn nicht unbedingt zu. Sollte sie dem den Rothen treu ergebenen Sternenmenschen wieder gegenüberstehen, was unweigerlich der Fall sein würde, würde sie nur schwerlich auf den Gedanken kommen, ihm ihr Leben anzuvertrauen.

Dwer füllte die Flasche ein letztes Mal und hielt sie der jungen Frau dann hin. »Danke, Rety … dafür schulde ich dir etwas.«

Sie lief rot an, und das paßte ihr ganz und gar nicht. »Vergiß es. Wirf mir nur die Schnur zu.«

Das versuchte er auch. Die Kordel streifte tatsächlich ihre Finger, aber nach einem halben Dutzend Würfe mußte sie sich eingestehen, daß es ihr einfach nicht gelang, die Schlinge, die er gebunden hatte, zu fassen zu bekommen.

Was soll bloß werden, wenn ich die Flasche nie fange?

Plötzlich tauchte der Noor aus seiner Nische auf und nahm die Schnur zwischen die Zähne. Er stieg wieder auf Dwers Brust, stützte sich auf das Laserrohr des Roboters und kam Retys ausgestreckter Hand immer näher.

Tja, dachte sie, *wenn es denn gar nicht anders geht …*

Als sie sich ein Stück weiter vorbeugte, sprang Schmutzfuß und krallte seine Klauen in ihren Arm, als handele es sich dabei um eine Kletterranke. Die junge Frau heulte vor Schmerz, doch bevor sie den Arm zurückziehen konnte, hatte der Noor schon ihre Plattform erreicht und grinste sie selbstzufrieden an.

Der kleine Yee stieß einen Entsetzensschrei aus, zog sich rasch in seinen Beutel zurück und zog über sich den Reißverschluß zu.

Rety entdeckte Bluttropfen auf ihrem Ärmel, schlug wütend nach dem Noor und versuchte, ihn mit einem Tritt von der Plattform zu befördern. Doch Schmutzfuß wich ihr geschickt aus, kam ihr dabei immer näher, grinste sie flehentlich an, gab ein klägliches Wimmern von sich und hielt ihr die Flasche mit beiden Vorderpfoten hin.

Die junge Frau seufzte schließlich frustriert, nahm den Behälter entgegen und gestattete dem Noor, sich hier oben hinzuhocken, allerdings auf ihrer anderen Seite, so weit wie möglich von dem ursischen Hengst entfernt.

»Anscheinend will es mir einfach nicht gelingen, einen von euch Burschen loszuwerden, was?« erklärte sie laut.

Schmutzfuß keckerte, und von weiter unten antwortete ihr ein kurzes, müdes und ironisches Lachen.

Alvin

Einsamkeit befiel mich, als ich unter großen Schmerzen in dieser engen Metallzelle eingesperrt dahockte. Das ferne Maschinensummen erinnerte mich an die dunklen Wiegenlieder, die mein Vater mir früher vorgesungen hat, wenn ich mit Zehpocken oder Kehlsackjucken im Bett lag. Manchmal wurde das Geräusch heller und schriller, und wenn es sich so anhörte wie ein zum Untergang verurteiltes Holzschiff, das auf Grund läuft, fingen meine Schuppen an zu prickeln.

Endlich schlief ich ein …

… und erwachte voller Panik, weil zwei dieser metallenen sechsbeinigen Monster mich in ein Gestell aus Stahlrohren und Ledergurten zwängten und mich dort festbanden. Im ersten Moment hielt ich das Gestell für eines der Folterinstrumente, die ich einmal in einer Ausgabe von *Don Quixote* mit Illustrationen von Gustave Doré gesehen hatte. Vor dem Erstkontakt schien so etwas auf der Erde sehr in Mode gewesen zu sein. Ich schlug um mich und wehrte mich nach Kräften, doch das brachte mir nicht mehr ein als neue stechende Schmerzen.

Endlich entdeckte ich mit einiger Verlegenheit, daß man mich hier nicht peinigen oder zu einem Geständnis zwingen wollte. Vielmehr stellte das Gestell so etwas wie ein selbstgebautes Rückenkorsett dar, das man meiner Körperform angepaßt hatte und das dazu diente, die Last von meinem verletzten Rückgrat zu nehmen. Ich kämpfte gegen die aufsteigende Panik an, als die Spinnenwesen mich auf die Füße stellten und ich die enge Berührung des Metalls spürte. Vor Erleichterung und Überraschung schwankte ich zwar ein bißchen, konnte aber tatsächlich ein paar Schritte weit laufen, auch wenn mir jede Bewegung Höllenqualen bereitete.

»Na, dann sollte ich wohl danke sagen, ihr großen, häßlichen Mistkäfer«, erklärte ich dem ersten der Riesen-Phuvnthus. »Aber ihr hättet mich schon vorher warnen können.«

Natürlich erwartete ich keine Antwort, aber einer der beiden drehte seinen gepanzerten Körper zu mir – sein Buckelrücken und das fächerartig auslaufende Ende bildeten eine Linie, die in meine Richtung zeigte – und verbeugte sich vor meiner Eltern Sohn. Ich ging davon aus, daß es sich dabei um eine höfliche Verbeugung handelte, aber vermutlich bedeutete die Geste bei diesen Wesen etwas vollkommen anderes.

Als sie mich diesmal verließen, schlossen sie die Zellentür nicht. Langsam und mit vor Anstrengung verzerrtem Gesicht trat ich zum ersten Mal aus meinem Stahlsarg und folgte den massigen Kreaturen, die einen engen Gang hinunterstampften.

Mir war vorher schon in den Sinn gekommen, daß ich mich in einer Art Unterseeschiff befand; einem gewaltigen Ungetüm, das in seinem Bauch durchaus die größten Segelschiffe der Hoon aufnehmen konnte, die zur Zeit die Meere Jijos befuhren.

Doch darüber hinaus war ich vollkommen auf Spekulationen angewiesen. Das Gebilde erinnerte mich an Frankensteins Ungeheuer, weil es aus so vielen verschiedenen Teilen zusammengebastelt war. Und wohin die Reise ging, wohin das Gefährt mich brachte, konnte ich mir nicht einmal in meinen wildesten Phantasien vorstellen. Jedesmal, wenn wir durch eine Luke traten, gewann man den Eindruck, in ein ganz anderes Schiff zu gelangen, das von Handwerkern und Ingenieuren einer vollkommen verschiedenen Kultur zusammengesetzt worden war ... ach was, eher noch von denen eines ganz fremden Volkes. In einer Sektion bestanden die

Deckböden und Wände aus Stahlplatten, die man mit Nieten befestigt hatte. In der nächsten war alles aus irgendeiner Fibersubstanz angefertigt, ein biegsames, gleichwohl aber halt- und belastbares Material. Auch die Korridore waren alles andere als einheitlich zu nennen. Mal ungeheuer breit, dann wieder so schmal, daß man kaum hindurchkam. Und die Hälfte der Zeit konnte ich mich wegen der niedrigen Decken nur gebückt vorwärtsbewegen, was beim Zustand meines Rückens bestimmt kein Vergnügen war.

Endlich glitt eine Tür mit leisem Zischen vor uns auf. Eine Spinne bedeutete mir mit einer ihrer gebogenen Beißzangen, ich solle eintreten, und ich gelangte in eine trübe beleuchtete Kammer, die deutlich größer war als meine bisherige Zelle.

Meine Herzen schlugen mir sofort vor Freude bis zum Hals: Meine Freunde waren hier! Sie alle und höchst lebendig!

Meine Kumpel drängten sich vor einem kreisrunden Sichtfenster und starrten hinaus in den tintenschwarzen Ozean.

Ich hätte natürlich versuchen können, mich an sie heranzuschleichen, aber Qheuen und g'Kek besitzen im wahrsten Sinn des Wortes auch hinten Augen – und so stellt es wahrhaftig eine Herausforderung dar, Huck und Schere zu überraschen.

(Obwohl mir das bei einigen wenigen Gelegenheiten tatsächlich gelungen ist!)

Als Schere und Huck meinen Namen riefen, zog Ur-ronn ihren langen Hals ein und raste dank ihrer vier Hufe schneller als die anderen zu mir. Wir alle fielen in einer vielrassigen Umarmung zu Boden.

Huck war die erste, die dafür sorgte, daß der Normalton wieder bei uns einkehrte.

»Paß doch auf, was du mit deinen Klauen machst, Krebsgesicht!« schnauzte sie Schere an. »Du zerbrichst mir ja noch eine meiner Speichen! Und ihr andren tretet sofort ein paar Schritte zurück. Seht ihr denn nicht, daß Alvin verletzt ist? Laßt ihm doch wenigstens genug Raum zum Atmen!«

»Du hassst dasss gerade nötig!« schimpfte Ur-ronn zurück. »Mit deinem linken Rad hassst du ihm gerade die Sssehen ssserquetssst, Oktopusssgesssissst!«

Erst als unsere ursische Freundin das erwähnte, fiel es mir auch auf. Ich hatte gar nichts von dem Schmerz bemerkt, weil ich so glücklich war, meine Freunde wiederzusehen und ihr kindisches Gezänk wieder hören zu dürfen.

»Hrrrm. Laßt mich euch alle anschauen ... Ur-ronn, du wirkst viel trockener, seit ich dich zum letzten Mal gesehen habe.«

Die junge Urs schnaubte ein klägliches Lachen durch ihren Nüsternring. Auf ihrem Fell zeigten sich größere nackte Stellen, wo das Haar naß geworden und abgefallen war. »Unsssere Gassstgeber haben eine Weile gebraucht, bisss sssie den rissstigen Feusstigkeitsssgrad für meine Sssuite heraussgefunden haben, aber irgendwann haben sssie esss dann doch hingekriegt«, entgegnete sie. Auf ihrem Körper waren auch Nähte zu erkennen – die Nähbehandlung der Phuvnthus, um Ur-ronns Schnittwunden zu schließen, die sie erlitten hatte, als sie durch das Bullauge unserer *Traum* geflogen war. Zu ihrem Glück spielen beim Paarungsritual der Urs Äußerlichkeiten keine große Rolle. Bei ihrem Volk wirkt der Status viel erotischer als zum Beispiel ein makelloses Fell. Und eine Narbe oder zwei konnten den Status unserer Freundin durchaus erhöhen, erlaubten sie ihr doch, darauf hinzuweisen, wie weit sie schon in der Welt herumgekommen war.

»Klar, und jetzt wissen wir auch, wie Urs riechen, wenn sie tatsächlich mal ein Bad genommen haben«, bemerkte Huck schnippisch. »Sie sollten sich und uns dieses Vergnügen öfter gönnen.«

»Dasss mussst gerade du sssagen! Mit dem grünen Sssweisss an allen Augensssstielen!«

»Hört auf! Hört auf!« lachte ich aus vollem Hals. »Laßt das Gekabbel für einen Moment, damit ich euch einmal richtig betrachten kann.«

Ur-ronn hatte wirklich recht. Hucks Augenstiele bedurften tatsächlich der Pflege, und sie selbst hatte guten Grund, sich um ihre Speichen Sorgen zu machen. Einige von ihnen waren gebrochen, und die neugesponnenen Fasern bedeckten gerade erst die Ränder. In der nächsten Zeit würde sie sich nur vorsichtig bewegen dürfen.

Was hingegen Schere betraf, so sah er glücklicher aus als je zuvor.

»Schätze, du hattest absolut recht mit deinen Monstern, die in der Tiefe hausen«, erklärte ich unserem Freund mit dem roten Rückenpanzer. »Auch wenn die hier nicht ganz so aussehen, wie du sie uns beschrie…«

Ich schrie, als scharfe Nadeln sich in meinen Rücken bohrten und bis zu meinem Nacken hinaufstiegen. Am rollenden Knurren erkannte ich dann gleich Huohu, unser kleines Noor-Maskottchen wieder, der seiner Freude über das Wiedersehen dadurch Ausdruck verlieh, daß er von mir sofort ein hoonsches Grummelrumpeln zu hören verlangte.

Bevor ich meinen wunden Kehlsack dazu bringen konnte, ihm den Wunsch zu erfüllen, meldete sich Ur-ronn schon von dem Sichtfenster aus dunklem Glas: »He, Leute, sssie haben den Sssuchssseinwerfer wieder eingesssaltet!« Sie klang wirklich aufgeregt und dringend. »Komm her, Alvin, dasss mussst du dir unbedingt ansssehen!«

Umständlich bewegte ich mich auf meinen Krücken zu der Stelle am Fenster, die die anderen mir freundlicherweise freihielten. »Ssso etwasss wolltessst du dir immer ssschon einmal anssauen«, sagte sie voller Ehrfurcht. »Jetssst sssieh hinausss und betrachte die Wunder.

Vor dir breitet sssisss der Grossse Mitten ausss!«

Asx

Hier haben wir eine neue Erinnerung, meine Ringe. An ein Ereignis, das der kurzen Schlacht auf der Lichtung folgte, und zwar so rasch, daß die Kampfgeräusche immer noch von den so arg in Mitleidenschaft gezogenen Waldesschlucht widerhallen.

Ist das Wachs schon ausreichend hart geworden? Könnt ihr darüber streichen und die ehrfurchtgebietende Unruhe, die erschreckende Schönheit jenes Abends spüren, als wir das grelle und gleichbleibende Glühen beobachteten, das über uns hinwegzog?

Folgt den Spuren der klebrigen Erinnerung an den Funken, der über den Himmel zog und beim spiralförmigen Abstieg immer heller wurde.

Niemand unter uns konnte an seiner Herkunft einen Zweifel haben.

Der Rothen-Kreuzer kehrte zurück, um die Ernte seiner Bioplünderer einzufahren, die von einer ruhebedürftigen Welt gestohlen worden war.

Das Schiff kehrte zurück, um die Kameraden aufzunehmen, die es zurückgelassen hatte.

Doch statt reicher Beute wird die Besatzung ihre Station zerstört und ihre Kameraden tot oder gefangen vorfinden.

Schlimmer noch, wir haben ihre wahren Gesichter sehen können! Wir Ausgestoßenen könnten das vor dem Galaktischen Gericht aussagen – vorausgesetzt natürlich, wir leben lange genug, um dort aufzutreten.

Man muß kein Genie sein, um zu erkennen, welches Unheil uns jetzt bevorsteht. Uns sechs gefallenen Rassen auf der verlorenen Welt Jijo.

Wie ein irdischer Schriftsteller es vielleicht ausdrücken würde: Wir steckten bis zum Hals in der Scheiße, die dazu auch noch ständig höher stieg, und unter unseren Füßen war kein fester Grund.

Sara

Die Reise entwickelte sich von einem nervösen Rausch zu etwas Erhebendem, fast schon Transzendentalem.

Doch bis dahin verging zunächst noch einige Zeit.

Als man Sara unvermittelt auf den Rücken eines galoppierenden Wesens setzte, das direkt der Sagenwelt entsprungen zu sein schien, war sie zunächst nur entsetzt und verwundert. Mit seinen schnaubenden Nüstern und dem gewaltigen Schädel, den es hin und her schüttelte, wirkte ein lebendiges Pferd doch eindeutig beeindruckender als die Gedenkstatue dieser verlorenen Spezies in der Stadt Tarek. Der muskelbepackte Leib des Rosses schien bei seinem Preschen unfaßbar wendig und geschmeidig. Sara klapperte mit den Zähnen, als der Ritt unter dem Licht des blassen Mondes über die Hügel des Zentralhangs ging.

Nach zwei schlaflosen Tagen und Nächten kam sie sich immer noch wie in einem Traum vor. Wie aus einem Märchenbuch war die Schwadron dieser legendären Kreaturen erschienen und in Begleitung einiger bewaffneter urischer Kriegerinnen auf den zerstörten Lagerplatz der ursischen Rebellen getrottet. Sara und ihre Freunde hatten gerade noch mit knapper Not der Gefangenschaft entkommen können. Diejenigen, die sie entführt hatten, lagen zwar tot oder mit Streifen des zerfetzten Zelts gefesselt auf dem Boden, aber sie rechneten damit, jeden Moment von den eintreffenden Verstärkungen der Fundamentalisten erneut festgenommen zu werden. Doch statt neuer Gegner spuckte die Dunkelheit plötzlich diese sonderbaren Retter aus.

Sara und alle ihre Freunde waren verwirrt, nur Kurt der Sprengmeister nicht. Er begrüßte die Neuankömmlinge wie alte Freunde. Während Jomah und der Fremde sich noch lautstark darüber wunderten, echte, lebende Pferde vor sich zu sehen, blieb Sara kaum die Zeit zu blinzeln, da hatte man sie auch schon in einen Sattel gesetzt.

Klinge erklärte sich freiwillig bereit, am Lagerplatz mit seinem vergehenden Feuer zu bleiben und die Verwundeten zu versorgen, doch Neid strömte aus jeder Faser seines blauen Rückenpanzers. Sara hätte ihn ja gern mitgenommen oder sogar mit ihm getauscht, doch sein Panzer war zu massig und zu schwer für einen Pferderücken. So blieb ihr kaum noch Gelegenheit, Klinge zum Abschied ermutigend zuzuwinken, bevor die Schwadron sich auch schon in Bewegung setzte, wieder in die Nacht eintauchte und auf dem Weg zurückkehrte, den sie gekommen waren.

Das Donnern der Hufe bereitete Sara schon bald Kopfschmerzen.

Vermutlich dürfte ich mich überhaupt nicht beklagen. Diese Tortur von einem Ritt ist immer noch besser, als von Dedinger und seiner Bande gefangengenommen zu werden oder gar diesen fanatischen Urunthai in die Hände zu fallen.

Die verschiedenen Fundamentalistengruppen hatten sich zusammengeschlossen – solche Allianzen überdauerten normalerweise kaum den Tag ihres Entstehens –, um des Fremden habhaft zu werden und ihn den Rothen zu verkaufen. Aber offenbar hatten sie diesen rätselhaften Findling unterschätzt. Trotz seiner Verletzungen, die ihn seiner Sprachfähigkeit beraubt hatten, hatte der Sternenmann einen Weg gefunden, das Mißtrauen zwischen den Rebellengruppen der Menschen und der Urs zu schüren, bis sich alles in einem blutigen Kampf entladen hatte.

Und damit überließ er es uns, unser eigenes Schicksal zu meistern, und das konnte nicht lange gutgehen.

Dennoch war das Wunder geschehen, und Sara sah sich einer neuen Koalition von Menschen und Urs gegenüber. Einem Bündnis, das fester zusammenhielt, gleichwohl aber ebenso fest entschlossen zu sein schien, sie und ihre Freunde Jafalls-weiß-wohin zu bringen.

Als die leuchtenden Felsen von Torgen über den Hügeln aufragten, konnte Sara einen Blick auf die ursischen Kriegerinnen werfen, deren hellbraune Flanken eine weniger grelle Kriegsbemalung aufwiesen als die der Urunthai. Doch in ihren Augen brannte die gleiche dunkle Flamme, die die Seele dieser Wesen aufzehrte, wenn ihnen die Gerüche eines nahen Konfliktes in die Nüstern drangen. Sie bewegten sich hintereinander in Patrouillenkette, und in ihren schlanken Händen hielten sie Armbrüste, während sie ihre langen Hälse eingezogen hatten – ein Zeichen dafür, daß sie auf der Hut waren. Obwohl sie deutlich kleiner als die Pferde waren, ging von ihnen doch die Aura von Erfahrung und Kampferprobtheit aus.

Die menschlichen Retter wirkten sogar noch beeindruckender. Allesamt Frauen, insgesamt sechs, die mit neun gesattelten Pferden erschienen waren, als seien sie nur gekommen, um zwei oder drei Personen zu bergen und auf die Rückreise mitzunehmen.

Aber wir sind zu sechst: Kurt und sein Neffe Jomah, Prity und ich und der Fremde und Dedinger.

Kein Problem. Es schien den ernsten Reiterinnen nichts auszumachen, zu zweit im Sattel zu sitzen.

Sind sie deswegen alle Frauen? Um das Gewicht für die Tiere zu reduzieren?

Auch wenn die Reiterinnen sich tadellos im Sattel hielten, so schien ihnen das Hügelland mit seinen verborgenen Senken und Felsspitzen doch Sorgen zu machen. Sara vermutete, daß es ihren Rettern nicht sonderlich gefiel, des nachts durch unbekanntes Gelände reisen zu müssen, und das konnte sie ihnen durchaus nachfühlen.

Keine der Frauen kam Sara bekannt vor. Noch vor einem Monat hätte sie das überrascht, weil sie die menschliche Bevölkerung Jijos zu kennen glaubte. Anscheinend war der Hang doch größer, als sie gedacht hatte.

Dwer hat viele Geschichten von seinen Reisen erzählt, die er im Auftrag der Weisen unternahm. Er behauptete, alles Land im Umkreis von tausend Meilen gesehen zu haben.

Aber er hatte nie Amazonen zu Pferd erwähnt.

Sara fragte sich kurz, ob die Reiterinnen vielleicht gar nicht von dieser Welt stammten. Bei den vielen Raumschiffen, die hier in der letzten Zeit gelandet waren, schien auch das möglich zu sein. Aber nein. Der Dialekt der Frauen klang zwar etwas fremd in Saras Ohren, aber ihre Sprache war durchaus mit den Dialekten am Hang verwandt, wie sie aufgrund ihrer linguistischen Studien erkennen konnte. Und auch wenn die Amazonen in dieser Region fremd waren, so beugten sie sich doch zur Seite, wenn der Pfad an einem Migurv-Baum vorbeiführte – also wußten sie um die klebrigen Wedel dieses Gewächses. Der Fremde war nicht so bewandert. Trotz mehrerer mit Gesten ausgeführter Warnungen, den Schoten nicht zu nahe zu kommen, faßte er eine davon neugierig an und lernte so auf recht unangenehme Weise, diese Bäume in Zukunft zu meiden.

Sara sah nach Kurt. Auf dem hageren Gesicht des Sprengmeisters breitete sich mit jeder in Richtung Südwesten zurückgelegten Meile mehr Zufriedenheit aus. Und auch die Pferde schienen für ihn nichts Besonderes zu sein.

Man hat uns immer gesagt, wir lebten in einer offenen Gesellschaft. Aber anscheinend gibt es auch bei uns Geheimnisse, die nur wenigen bekannt sind.

Offenbar waren aber nicht alle Sprenger in dieses Geheimwissen eingeweiht. Kurts Neffe plapperte aufgeregt vor sich hin und grinste immer wieder den Fremden an.

Nein, Emerson, korrigierte sie sich in Gedanken.

Sara warf dem dunkelhaarigen Mann, der vor ein paar Monaten vom Himmel gefallen war und seine brennenden Wunden in einem elenden Sumpf nahe des Dorfes Dolo gelöscht hatte, einen Seitenblick zu. Als sie ihn entdeckt hatte, war er mehr tot als lebendig gewesen, doch dank der fürsorglichen Pflege in ihrem Baumhaus hatte sich der Sternenreisende gut erholt und erwies sich als verläßlicher Abenteurer. Zwar war er immer noch stumm, aber vor ein paar Miduras hatte er für sich einen bedeutenden Sieg errungen, als er sich auf die Brust tippte und wieder und wieder einen Namen äußerte – Emerson. Man merkte ihm den Stolz deutlich an, etwas geschafft zu haben, was normale Personen für selbstverständlich hielten: seinen eigenen Namen auszusprechen.

Emerson schien sich auch auf einem Pferderücken zu Hause zu fühlen. Bedeutete das, daß man solche Tiere auf den Götterwelten der Fünf Galaxien immer noch kannte und auch zu nutzen wußte? Doch wenn dem wirklich so war, welchem Zweck mochten Rösser dann dort dienen, wo man doch über die wunderbarsten Maschinen verfügte, die einem auf ein bloßes Kopfnicken hin jeden Wunsch erfüllten?

Sie sah nach ihrem Assistenten, dem Schimpansen Prity, und schaute ihn kurz an, um festzustellen, ob das Hüpfen des Ritts seine Schußwunde wieder aufgerissen hatte. Prity saß hinter einer Amazone, hatte die Arme um ihre Hüfte gelegt und hielt die ganze Zeit die Augen geschlossen. Ohne Zweifel hatte der Assistent sich wieder in sein geliebtes Universum der abstrakten Formen und Formeln zurückgezogen – in eine bessere Welt als diese hier mit ihrem Leid und ihrer schlampigen Non-Linearität.

Wo sie schon einmal dabei war, suchte ihr Blick auch kurz Dedinger. Man hatte dem Rebellenführer die Hände gebunden und ihn auf ein Pferd gesetzt. Sara empfand kein Mitleid mit dem ehemaligen Gelehrten, der sich zum Propheten berufen fühlte. In all den Jahren, in denen er seinen militanten Fundamentalismus gepredigt und seine Gefolgschaft in der Wüste dazu gedrängt hatte, den Pfad der Erlösung zu beschreiten, hatte er sicher auch gelernt, sich in Geduld zu üben.

Aber Dedingers falkenartiges Gesicht zeigte eine Miene, die bei Sara ein Schaudern auslöste: vollkommen gelassen und in Ruhe nachdenkend.

Der Ritt wurde schneller, als der Hügelpfad in offenes Gelände einmündete, und Sara klapperte noch mehr mit den Zähnen. Einige Kriegerinnen aus Ulashtus Abteilung fielen zurück, weil sie bei dem Tempo nicht mehr Schritt halten konnten.

Kein Wunder, daß viele Urs-Klans wütend auf die Pferde waren, damals, als die Menschen sich auf Jijo anzusiedeln begannen. Diese Tiere gaben uns Schnelligkeit und Mobilität – zwei Vorteile, die die ursischen Hauptleute bislang stets stolz für sich in Anspruch genommen hatten.

Vor zwei Jahrhunderten hatte die damalige Urunthai-Sekte, nachdem sie den menschlichen Neuankömmlingen in einer Schlacht eine tüchtige Tracht Prügel verabreicht hatte, die von den Erdlingen so geliebten Rösser als Kriegsbeute gefordert und die edlen Tiere danach Stück für Stück niedergemetzelt.

Sie haben sicher gedacht, danach würden wir dazu gezwungen sein, uns zu Fuß zu bewegen und zu Fuß zu kämpfen und somit kein Problem mehr für sie darstellen.

Ein Fehlschluß, der sich für die Urs als fatal erweisen sollte, als nämlich Drake der Ältere ein großes Bündnis schmiedete, um die Urunthai auf ihrem Boden zu jagen und zu stellen. Die gesamte Führung der Sekte war damals an den Schlammhuf-Fällen ersäuft worden.

Doch allem Anschein nach sind zu jener Zeit nicht alle Pferde getötet worden. Wie ist es nur möglich, daß sich ein Klan von Reitern so lange hat verbergen können?

Und noch rätselhafter: *Warum sind sie gerade jetzt wieder aufgetaucht und riskieren, entdeckt zu werden? Doch wohl nicht bloß, um Kurt zu treffen, oder?*

Das mußte etwas mit der Krise zu tun haben, die durch das Auftauchen der Sternenschiffe entstanden war, womit die, je nach Standpunkt, gesegnete oder verfluchte Isolation der Sechsheit ihr Ende gefunden hatte. Warum sollte man noch Geheimnisse für sich behalten, wenn der Tag des Gerichts doch offensichtlich bevorstand?

Als sich der Morgen langsam auf dem bewölkten Himmel ausbreitete, war Sara vollkommen erschöpft und konnte ihren Hintern nicht mehr spüren. Wogende Hügel breiteten sich vor ihnen aus und zogen sich bis zu dunkelgrünem Marschland hin.

Die Gruppe machte schließlich an einem schattigen Bach Rast. Man half Sara vom Pferd und führte sie zu einer ausgebreiteten Decke, auf der sie zitternd und seufzend zusammenbrach.

Als der Schlaf über sie kam, sah sie im Traum Bilder von den Personen, die sie zurückgelassen hatte.

Von Nelo, ihrem alt gewordenen Vater, der immer noch in seiner geliebten Papiermühle arbeitete und keine Ahnung davon hatte, daß sich schon Gruppen zusammenfanden, die dieses Werk zerstören wollten.

Von Melina, ihrer Mutter, die vor einigen Jahren gestorben war und die in Dolo immer eine Außenseiterin geblieben war, seit dem Moment vor langer Zeit, als sie das Dorf mit ihrem Erstgeborenen auf dem Arm betreten hatte.

Vom todkranken Joshu, ihrem Liebsten damals in Biblos, dessen bloße Berührung sie alles hatte vergessen lassen, sogar den gewaltigen Vorsprung der Steinfaust. Ein hübscher, schelmischer großer Junge, dessen Tod sie vollkommen aus der Bahn geworfen hatte.

Von Lark und Dwer, ihren Brüdern, die losgezogen waren, um am Festival auf der Lichtung hoch oben in den Rimmer-Bergen teilzunehmen ... wo dann wenig später die Sternenschiffe niedergegangen waren.

So wie sich die Bilder und Gedanken in ihrem Kopf drehten, wälzte auch sie sich im Schlaf hin und her.

Als letztes Bild kam ihr das von Klinge in den Sinn, dessen Qheuen-Stock hinter dem Dolo-Damm Flußkrebse hielt und züchtete. Guter alter Klinge, der Sara und Emerson vor der Katastrophe im Lager der Urunthai bewahrt hatte.

»Anscheinend ist es mein Schicksal, immer zu spät zu kommen«, flüsterte ihr Qheuen-Freund aus drei Beinmündern. *»Aber mach*

dir keine Sorgen, wir sehen uns wieder. Es tun sich einfach zu viele Dinge, die man nicht verpassen will.«

Klinges Verläßlichkeit, die so ehern war wie sein Rückenpanzer, hatte Sara immer Halt geben können. Im Traum antwortete sie ihm:

»Ich halte das Universum an ... um es daran zu hindern, noch mehr Interessantes zu tun, ehe du wieder an meiner Seite bist.«

Mochte der blaue Qheuen ihr auch nur im Traum erschienen sein, Klinges zischendes, pfeifendes Lachen wärmte Sara, und ihr unruhiger Schlaf ging in einen sanfteren Rhythmus über.

Die Sonne stand schon auf halber Höhe, als jemand Sara schüttelte und in die Welt zurückholte. Eine der schweigsamen Amazonen stand vor ihr und teilte ihr knapp mit, das »Mor'nmal« sei fertig – sie meinte mit diesem altertümlichen Ausdruck das Frühstück. Sara erhob sich auf wackligen Beinen, und ihr ganzer vermaledeiter Körper schmerzte und war wund.

Sie schlang eine Schlüssel grobkörnigen Haferbreis hinunter, der mit unbekannten Traeki-Zutaten gewürzt war. Währenddessen sattelten die Reiterinnen ihre Pferde oder hörten Emerson zu, wie er sein geliebtes Hackbrett zupfte und das kleine Tal mit einer lustigen Melodie anfüllte, die für eine Reise genau das Richtige zu sein schien. Trotz ihrer gewohnten Morgengereiztheit spürte Sara, daß der Sternenmensch nur versuchte, das Beste aus seiner Situation zu machen. Musik und Gesang waren für ihn die einzige Möglichkeit, sein Handicap der Stummheit zu überwinden.

Sara traf Kurt dabei an, wie er seinen Schlafsack zusammenrollte.

»Hör zu«, sprach sie den alten Sprengmeister gleich an, »ich will ganz bestimmt nicht deinen Freundinnen gegenüber undankbar erscheinen und weiß durchaus zu würdigen, daß sie uns gerettet haben. Aber du hast doch wohl nicht ernsthaft vor, den ganzen Weg bis zum Berg Guenn zu reiten ...« Ihr Tonfall machte klar, daß sie genausogut hätten versuchen können, auf Pferderücken die Distanz zu einem der Monde Jijos zurückzulegen.

Auf Kurts steinerner Miene erschien, was selten genug vorkam, ein Lächeln. »Hast du denn einen besseren Vorschlag parat? Gut, du hattest eigentlich vor, den Fremden vor die Hochweisen zu führen, aber der Weg zu ihnen wird uns von wütenden Urunthai versperrt. Und vergiß nicht die beiden Sternenschiffe, die wir letzte Nacht gesehen haben und die hintereinander zur Festival-Lichtung geflogen sind. Die Weisen haben im Moment sicher ganz andere Sorgen.«

»Wie konnte ich die nur vergessen?« murmelte sie. Diese gewaltigen Kreuzer, die brüllend den Himmel durchpflügt hatten, hatten sich doch unauslöschlich in ihrem Gedächtnis eingebrannt.

»Du kannst dich natürlich in einem der Dörfer, an denen wir bald vorbeikommen, absetzen lassen und verkriechen, aber sollte Emerson nicht schleunigst zu einem erstklassigen Apotheker gebracht werden, bevor Pzoras Medizinvorräte aufgebraucht sind?«

»Wenn wir weiter nach Süden ziehen, erreichen wir den Gentt. Dort könnte uns ein Flußschiff bis zur Stadt Ovoom bringen.«

»Vorausgesetzt natürlich, daß immer noch Schiffe auf dem Fluß verkehren und Ovoom noch steht ... Selbst wenn beides der Fall sein sollte, warum willst du dich dann mit deinem fremden Freund verstecken, wo sich so große Ereignisse ankündigen? Überleg dir nur, daß ihm in diesem Spiel eine wichtige Rolle zugedacht sein könnte. Vielleicht liegt es an ihm, daß den Weisen und der Gemeinschaft der Sechs Rassen geholfen wird. Und möchtest du es wirklich auf dich nehmen, ihm die einzige Chance zu verbauen, wieder nach Hause zu gelangen?«

Sara wußte, worauf der Sprengmeister hinauswollte. Er unterstellte ihr, sie hielte Emerson fest wie ein Kind, das sich weigert, ein geheiltes Tier wieder in den Wald zu entlassen.

Ein Schwarm Süßfliegen näherte sich dem Sternenmann und tanzte zum Rhythmus seiner Musik, einer höchst sonderbaren Melodie. Wo hatte er sie bloß aufgeschnappt, etwa auf der Erde? Oder in einem anderen Sternensystem?

»Davon einmal ganz abgesehen«, fuhr Kurt fort, »wenn du es aushalten kannst, noch eine Weile länger auf einem dieser Tiere zu reiten, erreichen wir den Berg Guenn eher als du mit dem Schiff Ovoom.«

»Das ist doch Blödsinn! Wir müssen durch Ovoom hindurch, um ans Meer zu gelangen. Und der andere Weg ist viel zu umständlich, nur enge Schluchten – und nicht zu vergessen das Tal!«

Etwas blitzte in seinen Augen auf. »Soweit ich weiß ... gibt es einen direkteren Weg dorthin.«

»Was soll das heißen? Etwa in südlicher Richtung? Hinter dem Gentt beginnt die Ebene des Scharfen Sandes, und die zu durchqueren wäre selbst unter günstigsten Bedingungen ein zweifelhaftes Unterfangen. Ich muß wohl nicht extra darauf hinweisen, daß wir nicht von günstigsten Bedingungen ausgehen dürfen. Oder hast du etwa vergessen, daß Dedingers Gefolgsleute dort sitzen?«

»Nein, das habe ich nicht vergessen.«

»Einmal angenommen, es gelingt uns tatsächlich, an den Sandmenschen und den Flammendünen vorbeizukommen, dann stehen wir vor dem Spektralstrom, und gegen den erscheint eine normale Wüste wie eine blühende Wiese!«

Der Sprengmeister zuckte nur die Achseln, aber es war ihm deutlich anzumerken, daß er sie auf der Reise zu dem Berg, der in der Ferne schimmerte, dabeihaben wollte – auch wenn das genau entgegengesetzt zu dem Ort lag, an den sie Emerson bringen wollte, was sie sich eigentlich fest vorgenommen hatte. Kurts Ziel führte sie fort von Lark, Dwer und den schrecklichen Sternenschiffen und hin zu einem geheiligten Ort Jijos, der vor allem für eines bekannt war: die Stelle, wo der Planet sich selbst mit flammender Lavahitze erneuerte.

Alvin

Vielleicht lag es an der komprimierten Luft, die wir einatmeten, oder am unaufhörlich widerhallenden Dröhnen der Maschinen. Möglicherweise war aber auch nur die vollkommene Dunkelheit draußen dafür verantwortlich, daß wir alle dem Eindruck unterlagen, in eine unfaßbare Tiefe zu blicken – die uns jetzt sogar noch größer erschien, seit unsere tapfere kleine *Wuphons Traum* im Maul dieses gigantischen metallenen Seeungeheuers verschwunden war. Ein einzelner Lichtstrahl – unglaublich viel heller als die selbstgefertigten Lampen an unserem Mini-U-Boot – drang wie ein Speer hinaus, um die Finsternis zu zerteilen, und wanderte über ein Land, wie ich es mir in meinen wildesten Alpträumen nie vorgestellt hatte. Selbst die lebhafte Phantasie eines Verne, eines Pukino oder eines Melville waren nichts im Vergleich zu dem, was sich in dem sich drehenden Lichtkreis zeigte, während wir langsam durch den unterseeischen Canyon zogen, in dem sich allerlei uralter Abfall angesammelt hatte. Unseren Augen offenbarten sich kurze Blicke auf titanische Gebilde, die durcheinandergefallen und nach dem Zufallsprinzip aufeinandergeschichtet waren, so daß …

An dieser Stelle muß ich innehalten und zugeben, daß ich mich in einer gewissen Verlegenheit befinde. Gemäß den Lehrbüchern für Anglik-Literatur gibt es für einen Schriftsteller zwei grundsätzliche Wege, unbekannte Objekte oder Terrains zu beschreiben. Zum einen katalogisiert er Geräusche und optische Eindrücke, Maße, Proportionen und Farben – so sagt er zum Beispiel aus, daß dieses Objekt aus Trauben von kolossalen Kuben zusammengesetzt ist, die mit durchsichtigen Röhren miteinander verbunden sind; oder daß jener Gegenstand einer gewaltigen Kugel ähnelt, an deren einer Seite sich eine höhlenartige Vertiefung befindet, und aus seinem zerstörten Innenleben ragt ein glänzendes Band heraus, ein flüssiges Banner, dem es irgendwie gelungen ist, dem Zug von Zeit und Gezeiten zu widerstehen.

Oh, natürlich könnte ich so etwas jetzt auch versuchen und mit ein paar hübschen Bildern und Beschreibungen aufwarten, aber diese Methode ist einfach zum Scheitern verurteilt, weil mir jegliche Handhabe fehlte, die Entfernungen und Größen einzuschätzen! Mein Auge suchte vergebens nach einem Anhaltspunkt. Manche Gegenstände, die in diesem Tohuwabohu aufeinanderlagen, wirkten so riesig, daß selbst das mächtige Schiff, in dem wir uns aufhielten, dagegen klein ausfiel – so ungefähr wie bei einer Elritze, die es in eine Herde von Behmo-Schlangen verschlagen hat. Tja, und was die Farben anging, so verschluckte das Wasser trotz des hellen Scheinwerfers alle Tönungen bis auf ein düsteres Dunkelblau. Eine passende Farbe für ein Leichentuch an diesem Ort des eiskalten Todes.

Die andere Möglichkeit, etwas Fremdes oder Unbekanntes zu beschreiben, besteht darin, die Objekte mit solchen zu vergleichen, die man bereits kennt ... nur war mir diese Methode noch unmöglicher. Selbst Huck, die bei manchen Dingen Ähnlichkeiten erkennt, die mir einfach zu hoch sind, konnte nicht anders, als mit allen vier Augenstielen gleichzeitig auf die Haufen und Berge von altem Abfall zu starren und keinen Mucks von sich zu geben.

Natürlich waren einige Gegenstände darunter, die uns irgendwie vertraut vorkamen – zum Beispiel, als der Lichtstrahl über Reihen von Fensterrahmen, geborstenen Bodendielen und zerbrochenen Wänden strich. Die Türme lagen hier achtlos durcheinander gestreut, einige mit der Spitze nach unten, andere steckten wie eine Lanze im Bauch eines anderen. Zusammen bildeten sie eine Stadt von solchen Ausmaßen, wie ich es mir nie habe vorstellen können (nicht einmal in Geschichten aus alten Zeiten ist eine so riesige Stadt je aufgetaucht). Aber irgendwer muß diese Metropole einmal bis auf die Grundmauern abgerissen, zusammengesammelt und hier ins Meer gekippt haben, damit die Bauwerke auf dem Grund von demjenigen in Besitz genommen werden, der als einziger Anspruch darauf hat – Mutter Jijos hungriger Bauch nämlich.

Ich erinnere mich, einige Bücher gelesen zu haben, die aus der Vor-Erstkontakt-Epoche stammten, die als die Große Entschlossenheit bekannt geworden ist. In jener Ära kamen die Irdischen von ganz allein darauf, sich vernünftig zu verhalten und ihren Planeten zu achten und zu schonen, nachdem sie ihn jahrhundertelang wie eine Senkgrube behandelt hatten. Unter diesen Werken war zum Beispiel Alice Hammetts Krimi *Der Fall des halb aufgegessenen Klons* – darin kann man dem Mörder die Tat zwar nicht nachweisen, aber er bekommt dennoch zehn Jahre Gefängnis aufgebrummt, weil er die Beweismittel ins Meer gekippt hat. In jenen Tagen scheinen die Menschen keinen Unterschied zwischen Mittengräben und dem Meeresgrund im allgemeinen gemacht zu haben. Das Wegwerfen von Abfall galt als Umweltverschmutzung, ganz gleich wie und wo.

Es kam mir eigenartig vor, diese endlose Landschaft aus Abfall von zwei verschiedenen Gesichtspunkten aus zu sehen. Vom Standpunkt des Galaktischen Gesetzes aus war dies geweihter Boden und Bestandteil von Jijos Präservationszyklus – ein Gebiet also, in dem sich diese Welt um ihr eigenes Wohl kümmerte. Doch als jemand, der mit irdischen Büchern aufgewachsen war, konnte ich meine Pespektive verschieben und in dieser Anhäufung so etwas wie die Schändung des Planeten erkennen, mit anderen Worten einen Ort der furchtbaren Sünde.

Die »Stadt« fiel hinter uns zurück, und wir starrten wieder auf bizarre Gebilde, unidentifizierbare majestätische Objekte, die Hinterlassenschaft einer Zivilisation von Sternengöttern, die wir erbärmlichen verfluchten Sterblichen zu verstehen uns niemals einbilden durften. Hin und wieder stellten meine Augen in der Finsternis, und zwar außerhalb des Scheinwerferkegels, ein kurzes Aufleuchten fest – Blitze, die zwischen den Ruinen aufflackerten, als hausten dort noch uralte Mächte, die Funken wie vergehende Erinnerungen absonderten.

Wir murmelten leise miteinander, und jeder von uns zog sich auf das zurück, worin er sich am besten auskannte. Ur-ronn spekulierte über die Natur der Materialien, über die Bestandteile der Gegenstände oder welchem Zweck sie einmal gedient hatten. Huck hingegen schwor jedesmal, wenn das Licht über eine Gruppe verdächtiger Schatten fuhr, dort Schriftzeichen entdeckt zu haben. Schere bestand bei ungefähr jedem zweiten Objekt darauf, daß es sich dabei um ein Raumschiff handelte.

Der Mitten nahm unsere Vermutungen auf die gleiche Weise entgegen, wie er alles andere akzeptierte, nämlich mit geduldigem und unerschütterlichem Schweigen.

Einige der größeren Gebilde waren schon ziemlich tief in den Boden eingesunken, es ragte nur noch die Spitze aus dem Schlick.

Dies muß die Stelle sein, dachte ich, *wo die Ozeanplatte Jijos tief unter den Hang taucht und Dreck, Kruste und alles andere, was herumliegt, in die Magmaseen hinabzieht, die weiter oben unsere Vulkane am Köcheln halten. Im Lauf der Zeit werden alle diese Objekte zu Lava und damit zu wertvollen Erzen, die von den zukünftigen Rassen genutzt werde können, die einen neuen Mietvertrag für Jijo abgeschlossen haben.*

Ich mußte an das Segelschiff meines Vaters denken und an die riskanten Fahrten, die er unternahm, um hier jene Kisten mit dem heiligen Abfall irgendwo über Bord zu werfen, die von jedem Volk der Gemeinschaften als teilweise Abbezahlung der Sünden ihrer Vorväter geschickt werden. In einem alljährlich stattfindenden Ritual durchsiebt jedes Dorf ein Stück seines Landes und reinigt es von unserer Verschmutzung und den Überresten der Buyur.

Die Fünf Galaxien werden uns sicher dafür bestrafen, uns hier niedergelassen zu haben. Aber eines müssen sie uns lassen: Wir haben stets nach einem bestimmten Kode gelebt und uns an die heiligen Schriftrollen gehalten.

Unter uns Hoon ist ein Lied ziemlich populär, das die Geschichte von Phu-uphyawuo, dem Kapitän eines Abfallschiffes, erzählt. Dieser sah eines Tages einen Sturm heraufziehen und warf seine Ladung von Müll über Bord, bevor er den dunkelblauen Mitten erreicht hatte. Kisten und Tonnen flogen weit vor dem Graben des Zurückbringens ins Meer und landeten an einer flachen Stelle auf dem Ozeanboden. Und damit befleckte der Kapitän einen Streifen Meeresgrund, der sich nicht im Zustand der Wandlung und der Erneuerung befand. Man nahm Phu-uphyawuo fest und verbannte ihn zur Strafe in die Ebene des Scharfen Sandes, wo er den Rest seiner Tage unter einer Hohldüne fristete und dort gerade genug grünen Tau zu trinken bekam, um am Leben zu bleiben, aber nicht, um seine Seele zu reinigen. Als seine Zeit dann gekommen war, zermahlte man sein Herzbein zu Staub und verstreute diesen über die Wüste, wo er nie von Wasser weggespült oder gereinigt werden würde.

Und ich befinde mich jetzt im Mitten, sagte ich mir und versuchte, dieses Wunder zu begreifen, *und wir sind die ersten, die ihn wirklich zu sehen bekommen.*

Abgesehen natürlich von den Phuvnthus und dem, was hier unten noch so leben mag.

Ich spürte, wie mich Erschöpfung überkam. Trotz des Rückenkorsetts und der Krücken breiteten sich stetig Schmerzen in mir aus. Dennoch konnte ich den Blick einfach nicht von dieser eiskalten Landschaft losreißen.

Wenn man dem Weg des Scheinwerferlichts durch die subozeanische Schwärze folgte, konnte man den Eindruck gewinnen, wir stürzten einen Minenschacht hinab, an dessen Grund sich ein Juwelenschatz befand – glitzernde Gegenstände, die die Form von spitzen Nadeln, klobigen Kugeln, glänzenden Pfannkuchen oder knubbeligen Zylindern hatten. Bald aber ragte ein gigantischer schimmernder Berg vor uns auf, breiter als Wuphon Bay und stämmiger als der Vulkan Guenn.

»Also, das sind ja wohl ganz eindeutig Schiffe!« rief Schere und fuchtelte mit einer Klaue durch die Luft. Wir drängten uns noch dichter ans Glas und gafften auf die gebirgsartige Ansammlung von Röhren, Kugeln und Zylindern, von denen einige mit hörnerartigen Auswüchsen bestückt waren – so ähnlich wie bei einem Felsschleicher, dessen Nackenhaare sich aufgestellt haben.

»Das sind Wahrscheinlichkeits-Wieheißensienochgleichdinger-Sternenkreuzer, mit denen man von einer Galaxis zur nächsten reist«, erklärte Huck fachfräuisch und protzte mit ihrem Wissen von den Geschichten aus der *Tabernakel*-Ära.

»Wahrscheinlichkeits-Flanschen«, korrigierte Ur-ronn sie auf Galaktik-Sechs. Was technische Dinge anging, so war sie Huck meilenweit voraus. »Aber ich glaube, du könntest damit recht haben.«

Unser Qheuen-Freund grinste fröhlich, als das Suchlicht in einen dieser gewaltigen Berge von spitz zulaufenden Objekten fuhr. Und wenig später erkannten wir alle die Umrisse und die Formen anhand der Zeichnungen in den alten Texten wieder: Frachter und Kurierschiffe, Transporter und Kreuzer, die vor langer Zeit aufgegeben und hier versenkt worden waren.

Die Maschinengeräusche wurden etwas leiser, und das U-Boot steuerte genau auf das Gewirr der alten Raumschiffe zu. Selbst der kleinste dieser Schrotthaufen überragte das zusammengebastelte Phuvnthu-Boot noch so sehr wie ein ausgewachsener Traeki einen Haufen von einem Herdenhuhn.

»Ich frage mich, ob sich in diesem Berg auch das eine oder andere Schiff unserer Vorfahren befindet«, dachte Huck laut. »Ihr wißt schon, die Schleichschiffe, die unsere Ahnen hierhergebracht haben, wie die *Laddu'kek* oder die *Tabernakel.*«

»Kaum wahrssseinlisss«, entgegnete Ur-ronn in ihrem lispelnden Englik. »Vergessst nissst, dasss wir unsss immer noch im Riff befinden. Und bei dem handelt esss sssisss nur um einen Ausssläufer des Mitten. Unsssere Vorväter haben sssissser ihre Ssiffe im

Hauptgraben versssenkt, dort, wo auch ssson die Buyur den Grossteil ihresss Abfallsss gelasssen haben.«

Ich blinzelte mehrmals, während ich mir das durch den Kopf gehen ließ. *Dieser Riesengraben hier sollte nur ein Ausläufer sein? Nicht mehr als ein Nebencanyon des noch mächtigeren Mitten?*

Natürlich hatte unsere ursische Freundin vollkommen recht! Dennoch konnte einem bei dieser Vorstellung schwindlig werden. Welch unvorstellbar große Mengen von Abfall mußten im Verlauf der Jahrmillionen erst in den Hauptgraben gekippt worden sein! Sicher so viel, daß selbst die Recycling-Kraft von Jijos aneinander mahlenden Erdplatten damit überfordert war. Kein Wunder, daß die Großen Galaktiker bestimmte Welten für zehn Millionen Jahre von der Besiedlungsliste nahmen. So lange brauchte ein Planet bestimmt, um die Mahlzeit aus Zivilisationsmüll zu verdauen und ihn in die Rohstoffe der Natur zurückzuschmelzen.

Ich dachte wieder an das Müllschiff meines Vaters, an seine knarrenden Masten und an den Frachtraum voller Kisten mit dem Zeugs, das wir Sooner nicht recyclen können. Der Abfall, den wir in zweitausend Jahren in den Mitten gekippt haben, fällt sicher angesichts dieses Bergs von aufgegebenen Raumschiffen überhaupt nicht auf.

Wie unermeßlich reich die Buyur und ihre Mitgötter gewesen sein müssen, um solche Mengen an Wohlstand fortzuwerfen! Einige dieser Schiffe wirkten groß genug, um jedes einzelne Haus, jeden Khuta und jede Hütte zu verschlucken, die wir von den Sechs Rassen errichtet haben. Wir entdeckten dunkle Portale, Türme und hundert weitere Formen und wurden uns dabei eines Umstands immer deutlicher bewußt: Diese schattigen Titanen waren hier hinabgesandt worden, um in Frieden ruhen zu können. Ihr ewiger Schlaf durfte nicht von Wesen wie uns gestört werden.

Der Sturz auf dieses Riff von toten Schiffen zu beunruhigte mich allmählich. Spürte denn sonst niemand, wie verdammt rasch wir uns diesen Ruinen näherten?

»Vielleicht ist dies ihr Zuhause«, vermutete Schere, als wir auf ein verdrehtes, ovales Gebilde zustürzten, das mindestens halb so groß wie Wuphon Port war.

»Möglicherweise sind die Phuvnthus ja aus Teilen dieser alten Maschinen zusammengebaut, die hier unten lagern«, bemerkte Huck. »Sie haben sich selbst aus dem zusammengebastelt, was hier so herumliegt. Das Schiff, auf dem wir uns hier befinden, sieht ja auch so aus, als habe man es aus Schrott konstruiert ...«

»Vielleissst waren die Phuvnthusss ja einssst die Diener der Buyur!« unterbrach Ur-ronn sie. »Oder gar von einer Rassse, die noch vor den Buyur hier gelebt hat. Oder sssie sssind Mutanten, wie in der Gesssissste, die isss neulisss gelesssen ...«

Das wollte ich mir nicht länger anhören. »Ist denn noch keiner von euch auf die einfachste und wahrscheinlichste Erklärung gekommen? Daß sie womöglich Wesen wie wir sind?«

Als die drei sich wie ein Mann zu mir umdrehten und mich anstarrten, zuckte ich nach Menschenart die Achseln.

»Die Phuvnthus sind vermutlich Sooner wie wir auch. Sagt bloß, daß ist euch noch nicht in den Sinn gekommen.«

Ihre verwirrten Mienen waren mir Antwort genug. Wenn ich behauptet hätte, unsere Gastgeber seien in Wahrheit verkleidete Noor – dann hätten Huck, Schere und Ur-ronn mich sicher genauso blöde angestarrt.

Nun gut, ich habe auch nie behauptet, der hellste zu sein; ganz gewiß nicht hier und jetzt, wo die Rückenschmerzen mich umbrachten.

Wie schon erwähnt, besaßen wir keine Möglichkeit, um festzustellen, wie nah oder wie weit wir reisten. Huck und Schere murmelten nervös vor sich hin, während unser Boot immer schneller auf den Schiffsberg zustürzte und die Maschinen im Rückwärtsgang aufheulten.

Ich glaube, wir sind alle zusammengezuckt, als ein Riesenstück verrosteten Metalls zur Seite fuhr – und das wenige Duras, bevor wir mit ihm kollidierten. Unser Boot glitt in ein gähnendes Loch in diesem Abfallgebirge und fuhr durch einen Korridor, dessen Wände von den Schiffshüllen gebildet wurden. Wir waren tatsächlich in diesen phantastischen Haufen interstellaren Mülls eingedrungen!

Asx

Lest das eben gehärtete Wachs, meine Ringe.

Seht, wie die Bürger der Sechsheit umhereilen, die Festivalzelte niederreißen, die Verwundeten forttragen und vor dem Rothen-Sternenschiff fliehen, das allzubald schon erwartet wird.

Unser ältester Weiser, Vubben vom Volk der g'Kek, trägt aus der Schriftrolle der Vorbedeutungen Warnungen gegen die Uneinigkeit unter uns Sechs vor. Wahrlich, wir Bürger müssen noch härter als bisher danach streben, unsere Gegensätze in Form und Gestalt zu vergessen, gleich ob Rückenpanzer, Fleisch, Fell oder Rad.

»Kehrt heim«, fordern wir Weisen die Völker auf. »Seht nach euren Tarnnetzen, nach euren Tüchern, Brettern und künstlichen Felsen. Bleibt am Boden, nahe den geschützten Orten Jijos. Seid bereit für den Kampf, wenn er denn kommt. Und macht euch darauf gefaßt, notfalls im Kampf das Leben zu lassen.«

Die Fundamentalisten, die diese Krise ursprünglich provoziert haben, haben zu bedenken gegeben, daß den Rothen möglicherweise Apparate zur Verfügung stünden, mit denen sie Ro-kenn und seine Lakaien aufspüren könnten, vielleicht anhand ihrer Gehirnwellen oder ihrer Implantate. »Um unserer Sicherheit willen sollten wir die Gefangenen umbringen und ihre Gebeine in die Lavaseen werfen.«

Dem widersprach heftig eine andere Partei, die sich selbst

Freunde der Rothen, nannte und verlangte, Ro-kenn sofort freizulassen und sich seinem gottgleichen Willen zu unterwerfen. Diese Gruppe umfaßte nicht nur Menschen, sondern auch einige Qheuen, Hoon und sogar ein paar Urs, und ihnen allen war gemeinsam, im Feldlazarett der Fremden gegen die unterschiedlichsten Leiden behandelt worden zu sein.

Einige glauben, die Erlösung schon zu Lebzeiten erlangen zu können, ohne erst den beschwerlichen Weg der Glaver gehen zu müssen.

Wieder andere sehen in diesem Chaos die höchstwillkommene Chance, alte Rechnungen zu begleichen. Gerüchten zufolge soll in einigen Teilen des Hangs schon offene Anarchie ausgebrochen sein. Und man spricht auch davon, daß dieses oder jenes hübsche und nützliche Bauwerk umgestürzt oder in Flammen aufgegangen sei.

Welches Parteiengezänk doch in unseren Reihen herrscht! Dieselbe Freiheit, die ein Volk in Friedenszeiten blühen und gedeihen läßt, erschwert es bei einer Krise, dieser in einer einigen Front gegenüberzutreten. Wäre es besser für uns, in einer Gesellschaft zu leben, in der Ordnung und Disziplin herrschen, wie beim alten Qheuen-Feudalstaat der grauen Königinnen?

Aber es ist zu spät, das zu bedauern oder zu debattieren. Die Zeit, die uns noch bleibt, muß fürs Improvisieren genutzt werden – eine Kunst, von der man sagt, daß sie in den Fünf Galaxien nicht sonderlich hoch geschätzt wird.

Aber für uns arme Wilde mag sie die einzige und letzte Hoffnung darstellen.

Ja, meine Ringe, wir können uns nun wieder an alles erinnern.

Fahrt über das Wachs und verfolgt, wie die einzelnen Karawanen die Lichtung verlassen und zu ihrer Ebene, ihrem Wald oder ihrem Meer ziehen. Unsere Geiseln werden an abgelegene Orte geführt, wo nicht einmal die alles durchdringenden Spüraugen eines

Sternenschiffes sie entdecken können. Die Sonne flieht diesen Ort ebenfalls, und die Sterne überbrücken das immense Territorium, das wir Universum nennen. Ein Reich, das uns verweigert ist, durch das unsere Feinde aber reisen, wie es ihnen beliebt.

Einige Bürger bleiben hier, um das Raumschiff zu erwarten.

Wir haben abgestimmt, nicht wahr? Jeder einzelne von uns Ringen, die zusammen Asx ergeben. Wir haben entschieden, auf der Lichtung zu verharren, damit unsere Asx-Stimme im Namen der Gemeinschaften zu den zornigen Freunden sprechen kann. Unsere Basiswulst ruht auf hartem Fels, und wir vertreiben uns die Zeit damit, den komplexen Mustern des Heiligen Eies zu lauschen, die mit sonderbar schimmernden Motiven in unserem Kern vibrieren.

Aufgemerkt, meine Ringe, keine von diesen zurückgeholten Erinnerungen lassen eine Erklärung für unseren gegenwärtigen Status des Entsetzens zu – den Schrecken darüber, daß etwas Fürchterliches geschehen sein muß.

Doch wartet, was ist mit dieser sich gerade verhärtenden Wachsspur?

Nehmt ihr in dieser die glänzenden Umrisse eines riesigen Schiffs aus dem Weltraum wahr? Das aus demselben Teil des Himmels herabdonnert, in dem soeben die Sonne verschwunden ist?

Oder ist das gar die Sonne selbst, die zurückgekehrt ist, um wütend über dem Talgrund zu schweben?

Das Riesenschiff scannt unser Tal mit seinen alles aufdeckenden Strahlen und sucht nach Anzeichen derer, die es zurückgelassen hat.

Ja, meine Ringe, folgt der Erinnerung im Wachs.

Stehen wir kurz davor, die wahre Ursache für unsere Angst wiederzuentdecken?

Lark

Der Sommer arbeitete hart und schwer über den Rimmer-Bergen und verschlang alle Gletscherzonen, die nicht von Schatten geschützt wurden und weit älter waren als die Sechs Rassen auf dieser Welt. In bestimmten Intervallen überzog eine krachende statische Entladung die alpinen Hänge, wenn zahllose Grashalme sich zum Himmel erhoben, sich ihm wie verzweifelte Tentakel entgegenstreckten. Der intensive Sonnenschein wurde von heftigen Schauern unterbrochen. Von Regenvorhängen, die sich wellenförmig die Hänge hinaufzogen und das Bergland mit kontinuierlichen Nässeteppichen belegten. Höher und höher stiegen die Tropfen, bis die Gipfel Regenbogenkronen trugen, auf denen wie Edelsteine das Zucken komprimierter Blitze funkelte.

Kompaktes Donnern grollte von den Höhen bis hinunter zum Ufer eines giftigen Sees, auf dem Pilze über ein vierzig Hektar großes Gebiet von ausgedörrten Ranken und Reben wucherten. Einst ein mächtiger Außenposten der Galaktischen Kultur, präsentierte der Ort sich heute nur noch als Geröll aus Mauern und Säulen, denen der Zahn der Zeit jede Form genommen hatte. Die Luft in dem engen Tal war schwül von den säurehaltigen Aromen, und ständig stiegen neue giftige Gerüche aus dem See oder drangen aus den unzähligen erodierenden Poren der Wände.

Der jüngste Weise der Gemeinschaften von Jijo pflückte gelbes Moos von einem verwitterten Strang, einem der Myriaden Ausläufer, aus denen sich einmal der Körper einer Kreatur, die eine halbe Million Jahre alt war, zusammengesetzt hatte – der Mulch-Spinne nämlich, die dafür verantwortlich war, diese uralte Buyur-Stätte zu vernichten und das Gebilde im Lauf der Zeit wieder der Natur zuzuführen. Lark war zuletzt Ende des vergangenen Winters an diesem Ort gewesen. Allein hatte er im Schneegestöber nach Fußspuren von Dwer und Rety Ausschau gehalten, den beiden, die der tödlichen Wut dieser Spinne hatten entkommen können. Seit diesem wütenden Todeskampf hatte sich hier einiges geändert. Große Teile der Tentakel fehlten einfach. Man hatte sie kürzlich eingesammelt, und niemand hatte sich der Mühe unterzogen, Lark den Sinn und Zweck dieser Maßnahme zu erklären, obwohl er doch hierhergeschickt worden war. Und von dem, was von der Mulch-Spinne noch übrig war, waren weite Partien von diesem klebrigen Moos überzogen.

»Spirolegita cariola«, murmelte er den Namen dieser Pflanzengattung, während er das abgepflückte Stück zwischen den Fingern zerrieb. Eine widerstandsfähige und aggressive Cariola-Art. Dieser freudlose und unheimliche Ort schien der ideale Nährboden für alle Arten von Mutationen zu sein.

Ich frage mich, was dieses Gebiet wohl aus mir machen wird oder aus unserer ganzen Gruppe, wenn wir hier noch lange bleiben müssen.

Er hatte sich nicht nach dieser Aufgabe gedrängt. Man hatte ihn zum Gefangenenwächter bestimmt. Und dieser Titel gab ihm das Gefühl, unsauber zu sein.

Ein Strom sinnloser Silben brachte ihn dazu, sich zu dem Tarntuch umzudrehen, das sie über Felsbrocken gespannt hatten.

»Das ist ein klensionatischer Sivalator, mit dem man überschüssigen Torf refinduliert …«

Die Stimme ertönte aus dem tiefen Schatten unter der Tarnung – eine kräftige weibliche Altstimme, der man jetzt jedoch Teilnahmslosigkeit und Resignation anhörte. Leises Klappern folgte, als irgendein Objekt auf einen Haufen geworfen und ein anderes aufgenommen wurde.

»Vom ersten Eindruck her nehme ich an, das war einmal ein Glannis-Stutzer, wie man ihn wahrscheinlich bei den Ritualen der Chihanik-Sekte verwendet hat … es sei denn, wir haben hier bloß ein weiteres Buyur-Spielzeug vor uns, das sie mit ihrem merkwürdigen Humor entwickelt haben.«

Lark schirmte die Augen gegen die Sonne ab, um Ling ausmachen zu können, die junge Raumfahrerin, Wissenschaftlerin und Dienerin der gottgleichen Rothen. Einige Wochen lang hatte Lark unter ihr für die Invasoren gearbeitet – sie hatten einen »eingeborenen Führer« benötigt ... bis zur Schlacht auf der Lichtung, wo das Verhältnis zwischen ihnen binnen einiger Herzschläge ins Gegenteil verkehrt worden war. Seit diesem überraschenden Sieg der Bürger hatte der Hohe Rat die Biologin unter Larks Obhut und Bewachung gestellt – eine Pflicht, um die er nie gebeten hatte, auch wenn sie ihm eine Beförderung einbrachte.

Und nun darf ich mich als eine Art Medizinmann inmitten einer Gesellschaft von Wilden ansehen, dachte er etwas bissig. *Der oberste Bewacher einer Gefangenen von den Sternen. Der Lord Geiselbewahrer.*

Und unter Umständen sogar ihr Henker. Er verscheuchte diesen Gedanken gleich wieder aus seinem Bewußtsein. Viel eher würde man Ling im Zuge irgendeines Abkommens, das die Weisen und die Rothen und Daniks miteinander abschlossen, ihren Leuten zurückgeben. Oder aber sie wurde, was jeden Moment geschehen konnte, von einer Horde unüberwindlicher Roboter befreit, die Larks kleine Streitmacht von Schwertkämpfern wie ein Rudel Santi-Bären verscheuchen und die hilflosen Verteidiger eines Zil-Honigbaums einfach beiseite schieben würden.

So oder so wird Ling freikommen und wahrscheinlich noch dreihundert Jahre auf ihrer Heimatwelt irgendwo in den Fünf Galaxien leben, wo sie breit ausgeschmückte Geschichten von ihrem Aufenthalt bei den wilden Barbaren in einer schäbigen, kulturlosen Siedlung auf irgendeiner Tabu-Welt zum Besten gibt. Und uns Nachfahren von Gesetzlosen bleibt inzwischen nichts anderes übrig, als auf das Wunder zu hoffen, mit dem bloßen Leben davonzukommen. Um uns weiterhin damit abrackern zu können, auf der armen müden Welt Jijo ein bescheidenes Auskommen zu finden, wobei wir uns glücklich preisen dürfen, wenn es einigen von uns gelingen sollte, sich den Glavern auf dem Pfad der Erlösung anzuschließen und den Weg zum gesegneten Vergessen zu beschreiten.

Lark hätte lieber dem Ganzen ein nobles und heldenhaftes Ende bereitet. Sollten die Sechs doch bei dem Versuch untergehen, diese zerbrechliche Welt Jijo zu verteidigen, damit sie endlich ihre Ruhe wiederfände, die vor ein paar tausend Jahren unterbrochen worden war.

Solch eine Denkweise galt natürlich als pure Häresie. Nach der orthodoxen Meinung waren alle Bürger der Sechs Rassen Sünder, die ihre Schuld lediglich etwas abmildern konnten, wenn sie sich bemühten, in Frieden mit Jijo zu leben. In Larks Augen war das nichts als Heuchelei. Die Siedler sollten besser ihr Verbrechen sanft, freiwillig und unaufdringlich beenden – und das so rasch wie möglich.

Der junge Biologe hatte nie ein Geheimnis aus seinen radikalen Überzeugungen gemacht ... und deshalb verwunderte es ihn ja jetzt auch so sehr, vom Hohen Rat mit dieser substantiell wichtigen Aufgabe betraut worden zu sein.

Die junge Piratin trug nicht länger die schimmernde Tracht des Danik-Sternen-Klans – der geheimen Gruppe der Menschen, die die Rothen-Herren geradezu anbeteten. Man hatte Ling in eine schlechtsitzende Bluse und einen groben Rock gesteckt, die beide an jijoanischen Webstühlen entstanden waren. Doch auch jetzt hatte Lark Mühe, nicht von ihrer Schönheit angetan zu sein. Es hieß, die Sternenmenschen könnten sich jederzeit ein neues Gesicht kaufen, und das bereitete ihnen überhaupt keine Anstrengung. Ling behauptete zwar, sich um reine Äußerlichkeiten nicht zu scheren und sich noch nie ein neues Aussehen besorgt zu haben. Aber man mußte ihr dennoch zubilligen, daß sich keine Frau am Hang mit ihr vergleichen konnte.

Unter den wachsamen Augen zweier Miliz-Unteroffiziere hockte die Biologin mit gekreuzten Beinen da und betrachtete die

Relikte, die die tote Mulch-Spinne zurückgelassen hatte – sonderbare Metallgebilde, die wie archaische Insekten in Bernstein von einer halbdurchsichtigen goldfarbenen Masse überzogen waren. Bei diesen Objekten handelte es sich um Überreste der Buyur, den letzten legalen Mietern auf Jijo, die vor einer halben Million Jahren ausgezogen waren, woraufhin man diese Welt von der Liste genommen und für brach erklärt hatte. Eine ganze Reihe der eiförmigen goldfarbenen Bewahrungskugeln lag verstreut am aschgrauen Seeufer. Statt alle Spuren der vorherigen Bewohner zu vernichten, hatte die hiesige Mulch-Spinne offensichtlich einige Gegenstände aufbewahren wollen und sie sozusagen versiegelt. Wenn Lark der unfaßbaren Geschichte Glauben schenkte, die sein Halbbruder Dwer ihm über die Spinne erzählt hatte, dann hatte diese regelrecht Artefakte *gesammelt!*

Der Anblick der transparenten, leuchtenden Schutzmäntel machte ihn immer noch nervös. Dieselbe Substanz, die die Spinne aus ihren porösen Tentakeln absonderte, hätte beinahe Dwer und Rety, das wilde Sooner-Mädchen, in der Nacht das Leben gekostet, als die beiden fremden Roboter sich hier bekämpft und dabei den lebenden Morast aus ätzenden Ranken in Brand gesetzt hatten. Das lange Leben der verrückten Spinne hatte dabei sein Ende gefunden. Wenn man das goldfarbene Zeugs berührte, fühlte es sich eigenartig an, als würde sich eine dicke, fremdartige Flüssigkeit unter zwei soliden Kristallscheiben langsam bewegen.

»Toporgit« hatte Ling das glatte Material einmal in einem ihrer seltenen menschenfreundlichen Momente genannt. »Es ist sehr selten, und ich kenne es nur aus Geschichten und Berichten. Offenbar handelte es sich dabei um Pseudomaterie, um ein Substrat aus organisch gefalteter Zeit.«

Was immer das auch bedeuten mochte. Diese Definition erinnerte ihn an Saras Ausführungen, wenn sie ihm ihre geliebte Welt der Mathematik begreifbar zu machen versuchte. Als Biologe empfand er es als bizarr, daß ein Lebewesen so etwas wie »gefaltete Zeit« aus seinen zahlreichen Tentakeln tröpfeln ließ – auch wenn die Mulch-Spinne allem Anschein nach genau das getan hatte.

Sobald Ling ein Relikt lange genug betrachtet hatte, beugte sie sich über einen Stoß Blätter von Larks bestem Papier und machte sich in ihrer kleinen Schrift Notizen. Sie konzentrierte sich darauf, als sei jeder einzelne ihrer kindlichen Blockbuchstaben ein ganz eigenes Kunstwerk. Lark kam es so vor, als habe sie noch nie zuvor einen Bleistift in der Hand gehalten und sich insgeheim geschworen, diese Hürde zu nehmen. Als Galaxienreisende war sie es natürlich gewohnt, mit ganzen Datenströmen umzugehen, multidimensionale Displays zu manipulieren, die Informationen des komplexen ökologischen Systems dieser Welt durchzusieben und im Auftrag der Rothen nach Bioschätzen Ausschau zu halten, die es wert waren, gestohlen zu werden. Wenn sie sich jetzt damit abmühen mußte, sich handschriftliche Notizen zu machen, konnte man das durchaus damit vergleichen, von einem Raumschiff auf ein Traeki-Rollbrett umzusteigen.

Was für ein tiefer Fall: Eben noch eine Halbgöttin, und im nächsten Moment die Geisel von ein paar ungeschlachten Wilden.

Dieses emsige Krakeln half ihr aber bestimmt dabei, ihre Gedanken von den jüngsten Ereignissen abzulenken – von diesem traumatischen Tag nur zwei Meilen unterhalb vom Nest des Heiligen Eies, als ihre Basis unvermittelt explodiert war und die Horden der Bürger von Jijo plötzlich rebelliert und zur Gewalt gegriffen hatten. Aber Lark spürte, daß bei ihr mehr dahintersteckte als der bloße Wille, sich mit etwas anderem zu beschäftigen. Während sie ihre Worte auf das Papier schrieb, zeigte ihre Miene die gleiche konzentrierte Befriedigung, die sie stets dabei zu empfinden schien, wenn ihr etwas gelingen wollte. Der Biologe hatte sie mehrmals dabei beobachten können, und obwohl er immer noch wütend auf sie war, nötigte diese Hingabe an die Arbeit ihm doch einigen Respekt ab.

Unter den Sechs Rassen erzählte man sich die unterschiedlichsten Sagen über die Mulch-Spinnen. Einigen dieser Wesen sagte man nach, während der langen, stagnierenden Äonen, in denen sie mit nichts anderem beschäftigt waren, als Metall- und Steingebilde der Vergangenheit zu verzehren, merkwürdige Obsessionen entwickelt zu haben. Früher hatte Lark solche Geschichten als Aberglauben abgetan, aber was diese Spinne hier anging, so mußte er Dwer und seinen Ausführungen recht geben. Schließlich lagen die Beweise für die fetischhafte Sammelwut hier überall in Form von zahllosen eiförmigen und goldfarbenen Kapseln verstreut. Hier in diesem Dickicht befand sich die größte Ansammlung Galaktischen Schrotts des gesamten Hangs. Zusammen mit dem giftigen See war dieser Ort deswegen das ideale Versteck für eine gefangengenommene Sternenpiratin. Wenn das zurückgekehrte Raumschiff über die entsprechenden Instrumente verfügte, um Jijo nach vermißten Kameraden abzusuchen, würde es hier kaum etwas aufspüren können. Zwar hatte man Ling gründlich abgesucht und ihr alles abgenommen, was sie am Leib trug, aber es bestand ja immer noch die Möglichkeit, daß sie irgendein Implantat unter der Haut trug, das von entsprechenden Suchgeräten erkannt werden konnte. Auf der fernen Galaktischen Welt, auf der sie aufgewachsen war, mochte so etwas gang und gäbe gewesen sein. Aber selbst wenn man von einem solchen Implantat ausging, würden die hier herumliegenden buyurischen Relikte bestimmt dafür sorgen, die Suchstrahlen abzulenken oder zu täuschen.

Die Bürger hatten sich betreffs der Unterbringung ihrer Geiseln natürlich auch noch andere Gedanken gemacht.

Vermutlich können die Schiffssensoren nicht tief in den Boden eindringen, meinte ein menschlicher Techniker.

Ein Lavastrom, der in der Nähe fließt, wird sicher die Augen der Fremden täuschen, bemerkte eine ursische Schmiedin.

Die weiteren Geiseln, Ro-kenn und Rann, hatte man daher an solche Orte geführt. Alle drei Verstecke lagen weit voneinander entfernt und befanden sich in unterschiedlichem Terrain. Dabei war für die Bürger die Überlegung ausschlaggebend gewesen, wenigstens eine Geisel behalten zu können. Immerhin war das Leben eines jeden Bewohners des Hangs, bis hinunter zu Kindern und Larven, bedroht, und das rechtfertigte jede Mühe.

Der Auftrag, den man Lark erteilt hatte, war daher von entscheidender Bedeutung. Dennoch haderte er mit seinem Schicksal und wünschte, er könne mehr tun, als nur hier herumzuhocken und auf das Ende der Welt zu warten. Gerüchten zufolge bereiteten sich andere längst darauf vor, sich mit Waffen gegen die Sternenkriminellen zur Wehr zu setzen. Lark verstand wenig vom Gebrauch der Waffen, die am Hang üblich waren. Seine Fähigkeiten bestanden eher darin, den natürlichen Fluß lebender Spezies zu untersuchen; dennoch beneidete er die Kampfwilligen.

Ein blubberndes, schnaufendes Geräusch ließ ihn ans andere Ende des Zelts eilen, wo sein Qheuen-Freund Uthen wie ein aschgrauer Chitinberg lag. Er nahm sofort den selbstgebastelten Aspirator zur Hand, den er aus Bambus, einer Schluchtschweinblase und Mulch-Spinnen-Saft hergestellt hatte, schob die Spitze in eine der Beinmundöffnungen seines Kollegen und fing an zu pumpen, um die schleimige Flüssigkeit aus dem Qheuenkörper zu saugen, die Uthens Ventilationsröhren verklebte. Er wiederholte den Vorgang an allen fünf Beinen, bis sein Freund und Partner etwas freier atmen konnte. Der Qheuen hob seine zentrale Kopfkuppel, und sein Sichtring strahlte.

»D-d-danke, L-l-lark ... es t-t-tut mir leid-d-d, d-d-dir so eine L-l-last zu sein ...«

Er konnte seine Beinmünder noch nicht koordinieren, und so sprachen sie alle gleichzeitig, ohne aufeinander abgestimmt zu sein. Es hörte sich an, als würden fünf dieser Wesen gleichzeitig reden. Oder wie ein Traeki, dessen Ringe sich nicht einig waren, weil jeder etwas anderes sagen wollte. Uthens Fieber und seine körperliche Schwäche ließen eine schmerzliche Beklommenheit in Larks

Brust entstehen. Er bekam einen Kloß in der Kehle, was es ihm noch schwieriger machte, seinem Freund mit fröhlich klingenden Lügen zu antworten.

»Ruh dich nur aus, Scherenbruder, damit du wieder zu Kräften kommst. Bald hüpfst du wieder draußen herum, gräbst mit mir Fossilien aus und entwickelst kluge Theorien, die deine Mütter vor Scham blau anlaufen lassen.«

Das löste bei seinem Freund ein mattes, röchelndes Lachen aus. »Wo wir sch-sch-schon von-n-n Häresie red-d-den ... es s-s-sieht ganz so aus, als würden d-d-du und Haru ... Haru ... Harullen-ullen doch noch euren Willen bekommen.«

Die Erwähnung von Larks zweitem grauen Qheuen-Freund verdoppelte seinen Schmerz und ließ ihn zusammenzucken. Uthen wußte noch nichts vom Schicksal seines Vetters, und Lark würde es ihm zu diesem Zeitpunkt ganz bestimmt nicht erzählen.

»Was meinst du damit?«

»Anscheinend-d-d haben die Pirat-t-ten d-d-doch noch einen Weg gefund-d-den, Jijo wenigstens von einer d-d-der s-s-sechs Plagen zu befreien ...«

»Sag so etwas bitte nicht«, drängte Lark. Aber Uthen hatte nur ausgesprochen, was am Hang allgemein gedacht wurde. Die Krankheit, die den Qheuen befallen hatte, gab dem g'Kek-Arzt, der sich ein Stück weiter ausruhte und vor Erschöpfung alle vier Augenstiele eingerollt hatte, Rätsel auf. Uthens sonderbares Leiden ängstigte die Milizsoldaten. Alles, was sie wußten, war, daß Uthen und Lark in die zerstörte Danik-Station gestiegen waren und dort bei ihren Untersuchungen alles mögliche angefaßt hatten.

»Es hat-t-t mich betrübt-t-t, als die Fund-d-damentalisten die Station in die Luft gejagt haben.« Sein Rückenpanzer bebte, als er nach Atem rang . »Obwohl-l-l doch die Rothen versucht haben, mit-t-t unserem Heiligen Ei Mißbrauch zu treiben-n-n ... und-d-d uns falsche Träume schickten, um uns zu entzweien ... um die

Sechsheit auseinanderzutreiben ... Denn selbst-t-t ein solches Verbrechen rechtfertigt-t-t nicht-t-t ... so eine Zerstörung und die Ermordung von Fremden-n-n.«

Lark wischte sich eine Träne aus dem Augenwinkel. »Du bist ihnen viel freundlicher gesonnen als die meisten anderen.«

»D-d-du mußt-t-t mich ausreden lassen-n-n. Ich wollte nämlich sagen, daß wir jetzt wissen, was die Piraten die ganze Zeit im Sinn gehabt haben ... etwas viel Schlimmeres als die falschen Träume. Sie haben nämlich etwas entwickelt, Bakterien, um uns zu Fall zu bringen-n-n.«

Also hatte Uthen die Gerüchte auch gehört, oder er war von selbst zu diesem Schluß gelangt.

Biologische Kriegführung, zum Zwecke des Völkermords.

»Wie in *Krieg der Welten.*« Das war einer von Uthens Lieblingsromanen der Erdmenschen. »Nur, daß diesmal die Rollen vertauscht worden sind.«

Larks Vergleich brachte den Qheuen wieder zum Lachen, ein röchelndes, ungesundes Geräusch.

»Ich habe mich-ch-ch ... immer mit diesen-n-n ... armen Marsianern identifiziert-t-t.«

Der Sichtring umwölkte sich, und das Licht des Bewußtseins erlosch in ihm, während die Kuppel in den Rückenpanzer zurücksank. Lark überprüfte noch einmal die Atmung des Freundes und stellte beruhigt fest, daß sie sich nicht verschlechtert hatte. Uthen war nur vollkommen erschöpft und müde.

So stark bist du, dachte er, während er über die harte Schale strich.

Wir sehen die Grauen immer als die Härtesten der Harten an. Aber selbst ein solch mächtiger Rückenpanzer kann keinen Laserstrahl aufhalten.

Harullen hatte das am eigenen Leib zu spüren bekommen. Der Tod hatte Uthens Vetter während der Schlacht auf der Lichtung ereilt, als die Milizmassen der Sechs Rassen in einem Wahnsinnsangriff gegen die Killerroboter Ro-Kenns angestürmt waren. Nur der Vorteil der Überraschung hatte ihnen den Sieg geschenkt. Die Sternenwesen waren keinen Augenblick auf die Idee gekommen, daß Wilde vielleicht Bücher besaßen, in denen sie nachlesen konnten, wie man Feuerwaffen herstellte – primitive, aber auf kurze Distanz durchaus gefährliche Waffen.

Der Sieg kam für Harullen zu spät. Zu entschlossen – oder auch zu stur zur Flucht – hatte der Führer der Häretiker seine letzten Augenblicke damit verbracht, gezierte Aufforderungen zu Ruhe und Besonnenheit zu rufen, wobei seine Beinmünder in fünf verschiedene Richtungen gleichzeitig mahnten. Er wollte die Milizionäre dazu bewegen, die Waffen niederzulegen und über alles in Ruhe zu verhandeln – bis sein mächtiger, krebsartiger Leib von einer Killerdrone in mehrere ungleiche Teile zerschnitten worden war, die kurz darauf selbst getroffen wurde und zerplatzte.

Unter den Grauen Matronen in der Stadt Tarek wird großes Jammern und Heulen anheben, dachte Lark, während er sich mit beiden Armen auf Uthens gefleckten Panzer stützte und dem angestrengten Atmen zuhörte. Er wünschte von ganzem Herzen, mehr für den Freund tun zu können.

Die Ironie seines nächsten Gedankens war nur ein weiterer bitterer Geschmack in seinem Mund.

Ich habe immer geglaubt, wenn das Ende einmal käme, würden die Qheuen die letzten sein, die untergehen.

Emerson

Die Landschaft Jijos fliegt jetzt geradezu an ihnen vorbei, als fürchten die mysteriösen Reiterinnen, jede weitere Verzögerung könne all ihre Hoffnungen zunichte machen.

Da es Emerson an der Fähigkeit der Sprache gebricht, hat er

natürlich keine Ahnung, wohin die Reise geht oder warum solche Eile geboten ist.

Sara dreht sich hin und wieder in ihrem Sattel um und schenkt ihm ein ermutigendes Lächeln. Aber sein Rewq-Symbiont zeigt ihm ihr Gesicht in die Farben des Zweifels gehüllt – ein Nimbus von Emotionen, die er mittlerweile so gut zu lesen versteht wie früher die Buchstaben auf einem Daten-Display. Vielleicht sollte ihn Saras Unruhe beunruhigen, denn er ist auf dieser sonderbaren und gefährlichen Welt vollkommen von ihr abhängig. Doch Emerson ist zur Zeit nicht in der Lage, sich Sorgen zu machen; dazu gibt es einfach viel zu viele andere Dinge, über die er nachdenken muß.

Feuchtigkeit schwängert die Luft, als die Karawane in das Tal eines gewundenen Flusses gelangt. Nasse Düfte erwecken in ihm die Erinnerung an den Sumpf, durch den er sich nach der Bruchlandung schwer verwundet und vor Schmerzen halb gelähmt mühen mußte. Aber Emerson läßt den Mut nicht sinken. Im Gegenteil, er begrüßt jede Sinneswahrnehmung, die zufällig irgendeine Tür in seinem Gedächtnis aufstößt – sei es ein Geräusch, ein Geruch oder irgend etwas, das ihm hinter der nächsten Wegbiegung ins Auge springt.

Einige Dinge sind über den Abgrund von Zeit und Verlust zu ihm zurückgekehrt, als habe er sie schon seit längerem vermißt. Wiedergefundene Namen hauptsächlich, mit denen er Gesichter und sogar Bruchstücke von isolierten Ereignissen verbinden kann:

– *Tom Orley* ... so klug und so stark. Riecht zuverlässig alle Gefahren. Eines Tages hat er einige auf das Schiff zurückgebracht. Gefahren und Ärger genug für Fünf Galaxien.

– *Hikahi* ... die süßeste Delphinin. Besonders gute Freundin. Stürmte eines Tages los, um ihren Geliebten, den Kapitän, zu retten ... wurde seitdem nie wieder gesehen.

– *Toshio* ... jungenhaftes Lachen. Das starke, mutige Herz eines Jünglings. Wo mag er sich jetzt aufhalten?

– *Creideiki* ... Kapitän. Ein weiser Delphinoffizier. Und ein Krüppel wie er selbst.

Kurz denkt Emerson über die Ähnlichkeit ihrer beiden Verletzungen nach ... Aber die Überlegung löst sofort einen so stechenden, brennenden Schmerz aus, daß der Gedanke gleich davonwirbelt und verloren ist.

Tom ... Hikahi ... Toshio ... Er wiederholt ihre Namen, von denen jeder einem Freund gehört, den er nicht mehr gesehen hat seit ... seit einer sehr langen Zeit.

Andere Erinnerungen, die jüngerer Natur sind, lassen sich nur schwer fassen, und der Zugang zu ihnen ist mit Pein verbunden.

Suessi ... Ths't ... Gillian ...

Er spricht jeden dieser Namen wieder und wieder leise vor sich hin, und das trotz seiner Schwierigkeiten, Zunge und Lippen zu koordinieren, und dem Geschaukel des Ritts. Emerson unterzieht sich solcher Pein, um sich zu trainieren. Wie sonst soll er je die alte Gewandtheit im Umgang mit der Sprache wiedergewinnen, die Fähigkeit, sich ohne Mühe eines großen Wortschatzes zu bedienen, wie das früher eine Selbstverständlichkeit für ihn war, als man ihn noch für einen ziemlich gescheiten Burschen hielt ... bevor diese furchtbaren Löcher in seinem Kopf und in seinem Erinnerungsvermögen aufgetaucht sind.

Manche Namen fallen ihm leichter ein, eben die, die er nach seinem Erwachen auf Jijo gelernt hat, als er im Delirium in dem Baumhaus lag:

– *Prity,* der kleine Schimpanse, der ihm vieles mit Gesten und Handzeichen beibringt. Obwohl er selbst auch stumm ist, besitzt er ein großes Faible für die Mathematik und auch die Zeichensprache – und vor allem den spöttischen Gebrauch derselben.

– *Jomah* und *Kurt ...* der Klang zweier Namen, mit denen sich eine ältere und eine jüngere Version desselben schmalen Gesichts verbinden. Lehrling und Meister einer einzigartigen Kunst, deren Zweck es ist, alle Dämme, Städte, Häuser und Hütten der gesetzlosen Siedler auszuradieren, die sie auf dieser Tabuwelt errichtet haben.

Emerson erinnert sich an Biblos, ein Archiv, in dem man Bücher aus Papier aufbewahrt. Dort hat Kurt seinem Neffen die wohlplazierten Sprengladungen gezeigt, mit denen das mächtige Felsdach zum Einsturz gebracht werden kann, um unter sich die Bibliothek zu begraben und zu Staub zu zermahlen – sobald der Befehl dazu käme.

– Und noch ein Name steckt in seinem Bewußtsein: *Dedinger.* Er reitet hinter Meister und Lehrling, und sein wettergegerbtes Gesicht ist von unzähligen Falten durchzogen. Er führt eine Gruppe menschlicher Fundamentalisten an, deren Vorstellungen und Ideologie Emerson nicht begreift, außer daß sie predigen, von den Besuchern aus dem Himmel sei keine Liebe zu erwarten. Während die Truppe weiterreitet, bewegen sich Dedingers graue Augen hin und her, als berechne er schon seinen nächsten Schachzug.

Einige Namen und ein paar Orte – der Klang dieser Namen hat für ihn mittlerweile eine Bedeutung. Ein ziemlicher Fortschritt, aber Emerson macht sich keine falschen Vorstellungen. Ihm ist klar, daß er vor seinem Unfall, der ihn gebrochen auf dieser Welt zurückgelassen hat, Hunderte von Worten gekannt haben muß. Hin und wieder bekommt er Wortfetzen vom Geplapper seiner Gefährten mit, die den Hauch einer Bedeutung für ihn haben. Doch obwohl sie sich häufig unterhalten, kann er diese Fetzen nicht erhaschen, sie locken ihn nur, um ihn zu verhöhnen.

Manchmal ermüdet ihn dieses vergebliche Greifen und Tasten, und dann stellt er sich seine eigenen Fragen. Ob die Menschen vielleicht nicht ganz so kampflustig sein würden, wenn sie weniger redeten? Wenn sie dafür mehr beobachteten und zuhörten?

Zu seinem Glück sind Worte nicht das einzige, was ihn beschäftigt. Da ist zum Beispiel diese unerklärliche Vertrautheit mit der

Musik. Und wenn sie eine Rast einlegen, betreibt er mit Prity und manchmal auch Sara mathematische Spiele, indem sie Formen in den Sand zeichnen. Die beiden sind wirkliche Freunde, und wenn sie lachen und sich freuen, wärmt es ihm das Herz.

Und schließlich besitzt er noch ein weiteres Fenster zur Welt.

So lange, wie er es aushalten kann, setzt Emerson den Rewq auf ... einen maskenartigen Film, der die Welt in Farbflächen verwandelt. Während all seiner früheren Reisen ist ihm ein solches Wesen niemals begegnet. Doch die sechs Rassen auf dieser Welt gebrauchen es häufig, um die Stimmungen ihres Gegenübers zu erfassen. Wenn man die Kreatur zu lange aufbehält, bereitet einem das Kopfschmerzen. Dennoch faszinieren ihn die Auren, die Sara, Dedinger und die anderen umgeben. Manchmal gewinnt er den Eindruck, daß die Farben mehr als nur Gefühle ausdrücken ... aber er kann noch nicht so recht festmachen, was sie zusätzlich verraten, ist aber guten Mutes, bald dahinterzukommen.

An eine Wahrheit kann er sich ziemlich gut erinnern. Einen Rat, den er aus dem trüben Brunnen seiner Vergangenheit gefördert hat und der ihn ermahnt, Vorsicht walten zu lassen:

Das Leben kann voller Illusionen sein.

TEIL ZWEI

Die Sagen und Legenden berichten von vielen wertvollen Texten, die in einer bitteren Nacht verlorengingen, bei einer nie dagewesenen Katastrophe, die von manchen die Nacht der Geister genannt wird, in der ein Viertel der Bibliothek von Biblos niedergebrannt ist. Unter den unschätzbaren Bänden, die in jener grausamen Winterdämmerung in Flammen aufgegangen sind, befand sich Berichten zufolge einer, der Bilder von den Buyur enthalten haben soll – jener mächtigen Rasse, deren Leasing-Vertrag für Jijo vor fünftausend Jahrhunderten ausgelaufen ist.

Kurze Tagebucheintragungen von denen, die Zeuge dieses Desasters waren, sind uns erhalten geblieben, und laut den Berichten von einigen, die vor dem Feuer in der Xeno-Wissenschafts-Abteilung des Archivs gestöbert haben, handelte es sich bei den Buyur um stämmige Wesen, die entfernt den Ochsenfröschen ähnelten, wie man sie auf Seite 96 von Clearys FÜHRER DURCH DIE TERRESTRISCHEN LEBENSFORMEN *sehen kann. Allerdings hatten unsere Vorgänger Elefantenbeine und scharfe, vorwärtsblickende Augen. Man sagte ihnen nach, meisterliche Schöpfer von nützlichen Organismen gewesen zu sein, und angeblich besaßen sie einen äußerst scharfen Witz.*

Aber soviel wußten einige unserer Sooner-Rassen vorher schon über diese Wesen, sowohl von ihren erzählerischen Traditionen her als auch durch die vielen klugen Dienerkreaturen, die immer noch die Wälder Jijos bevölkern und möglicherweise auf der Suche nach ihren abgezogenen Herren sind. Doch abgesehen von diesen wenigen Puzzleteilen besitzen wir so gut wie keine Kenntnis über die Rasse, deren mächtige Zivilisation diesen Planeten über eine Million Jahre lang beherrscht hat.

Wie konnte soviel Wissen in einer einzigen Nacht verlorengehen? Heutzutage ist so etwas nur noch schwer zu verstehen. Warum haben die Erdkolonisten, die hier ankamen, keine Kopien von derart wertvollen Texten angefertigt, bevor sie ihr Schleichschiff in den Tiefen des Ozeans versenkten? Wieso haben sie nicht überall auf dem Hang Duplikate dieser Bücher deponiert, um ihr Wissen gegen alle Gefahren und Katastrophen zu schützen?

Zur Verteidigung unserer Vorfahren müssen wir uns ins Gedächtnis zurückrufen, in welch krisengeschüttelten Zeiten sie damals lebten – der Große Friede war noch nicht geschlossen, das Heilige Ei noch nicht aufgetaucht. Die fünf sapienten Rassen, die sich bereits auf Jijo befanden (die Glaver hier einmal ausgeschlossen), hatten zur Zeit der Ankunft des Menschenschiffes untereinander ein wackliges Gleichgewicht der Kräfte hergestellt.
Doch dann schlich sich die Tabernakel *an Izmunutis staubigem Auswurf vorbei, um illegal Erdlinge nach Jijo zu bringen, die letzte Welle krimineller Kolonisten, die diesen Planeten heimsuchen sollte. In jenen Tagen bekriegten sich die Urs-Klans und die stolzen Kaiserinnen der Grauen Qheuen mehr oder weniger permanent, während die hoonschen Stämme sich unentwegt Scharmützel um den schon lange währenden Streit über die Frage lieferten, ob Traeki Bürgerrechte besäßen oder nicht. Der Rat der Weisen hatte wenig Einfluß auf diese Konflikte. Ihm blieb nicht mehr übrig, als die heiligen Schriftrollen, die einzigen Schriftzeugnisse jener Ära, zu lesen und zu deuten.*

In diese angespannte Atmosphäre geriet nun die letzte Invasion von Soonern auf der Flucht, die hier eine Öko-Nische vorfanden, die nur auf sie zu warten schien. Doch die Menschen gaben sich nicht damit zufrieden, hier lediglich ein Dasein als Baumfarmer oder als weiterer Stamm von Straftätern zu fristen.

So nutzten sie die Maschinen und Apparate der Tabernakel ein letztes Mal, ehe sie das Schiff endgültig versenkten. Mit dessen gottgleichen Kräften schnitten sie erst die Festung Biblos in den Fels und fällten dann tausend Bäume, um aus dem Holz Papier herzustellen und daraus Bücher zu drucken.
Diese Tat entsetzte die anderen fünf Rassen so sehr, daß die Erdlinge beinahe ihre Anfangszeit nicht überlebt hätten.
Außer sich vor Zorn, legten die Königinnen von Tarek gleich einen Belagerungsring um die Siedlung der Menschen und hofften auf die Unterstützung der restlichen Rassen – gegen eine solche Übermacht wären die Neuankömmlinge hoffnungslos unterlegen gewesen. Andere, die angesichts des offenkundigen schweren Verstoßes der Erdlinge gegen die heiligen Gesetze der Schriftrollen mindestens ebenso erzürnt waren, griffen nur deshalb nicht zu den Waffen, weil deren Priesterweisen sich weigerten, einen Heiligen Krieg auszurufen.
Dieser Umstand gab den Führern der Menschen ausreichend Zeit, mit den anderen Völkern zu verhandeln, deren Stämme und Weisen mit Büchern und dem darin enthaltenen Wissen zu locken und sie mit nützlichen Dingen zu bestechen: Speichenverstärkungen und -naben für die g'Kek; bessere Segel für die hoonschen Kapitäne; und für die ursischen Schmiedinnen das langgesuchte Geheimnis der Herstellung von klarem Glas.
Wie sehr diese Gaben die Verhältnisse auf Jijo veränderten, zeigte sich schon einige Jahrzehnte später, als sich eine neue Generation von gebildeten Weisen zusammentat, um den Großen Frieden offiziell zu beschließen, und ihre Namen auf blütenweißes Papier setzten. Kopien dieses Vertrages wurden in jedes einzelne Dorf auf dem Hang geschickt.
Das Lesen war zu einer beliebten Beschäftigung geworden, und selbst das Schreiben wurde kaum noch als Sünde angesehen.
Eine orthodoxe Minderheit wehrt sich allerdings immer noch gegen das Klappern und Rattern von Druckpressen und beharrt fundamentalistisch darauf, daß Wissen die Speicherung

desselben mit sich bringe, woraus unweigerlich der Hochmut entstehe, dem unsere raumfahrenden Vorfahren den Großteil ihrer Schwierigkeiten zu verdanken hätten. Vielmehr müßten wir, so erklären sie, die Loslösung von allem Wissen pflegen und nach Vergessen streben, um den Pfad der Erlösung beschreiten zu können.

Vielleicht haben sie damit recht. Doch gegenwärtig finden sich nicht viele, denen es eilig damit ist, den Glavern auf ihrem gesegneten Weg zu folgen.

Noch nicht jetzt, so die vorherrschende Meinung am Hang. Zuerst müssen unsere Seelen vorbereitet werden.

Und Wissen, so sagen unsere Neuen Weisen, kann durch Bücher genährt werden.

aus: *Wie der Frieden geschmiedet wurde – eine historische Meditation* von Homer Auph-puthtwaoy

Streaker

Kaa

Gestrandet, dank eines unerbittlichen Schicksals, an den Gestaden Jafalls'.

Ausgesetzt wie ein gestrandeter Wal und ohne Aussicht, je wieder nach Hause zu gelangen.

Abgeschnitten auf fünf verschiedene Arten:

Erstens abgeschnitten von der Erde durch feindselige Fremde, die einen tödlichen Groll gegen die Terraner im allgemeinen und die Besatzung der *Streaker* im besonderen hegen (obwohl Kaa die Gründe dafür nie so recht verstanden hat).

Zweitens verbannt von der Heimatgalaxis der Erde und dank einer Kapriole des Hyperraums vom Kurs abgekommen und irgendwohin verschlagen – obwohl viele in der Mannschaft immer noch Kaa dafür verantwortlich machen und von einem »Pilotenfehler« sprechen.

Drittens mußte das Sternenschiff *Streaker* Zuflucht auf einer Tabu-Welt suchen, auf einem Planeten, der von der Liste gestrichen wurde, um sich von der Besiedlung durch sapiente Wesen zu erholen. Für einige der ideale Hafen, für andere eine schlimme Falle.

Viertens, dadurch, daß die überlasteten Triebwerke des Schiffs endlich gänzlich ihren Dienst einstellten und die *Streaker* tief unten in der finstersten Ecke des Planeten und fern von Atmosphäre und Licht dem Reich der Geister überließen.

Und jetzt auch das noch, dachte Kaa. *Ausgestoßen sogar von einer Mannschaft von Schiffbrüchigen!*

Natürlich hatte Lieutenant Tsh't es nicht so direkt ausgedrückt, als sie ihm befohlen hatte, in dem winzigen Außenposten zu bleiben, mit lediglich drei Freiwilligen als Gesellschaft.

»Das wird dein erstes wichtiges Kommando, Kaa. Deine Chance zu beweisen, aus welchem Holz du geschnitzt bist.«

Klar, Holz, und das mir als Delphin. Wie soll ich beweisen, aus welchem Holz ich geschnitzt bin, wenn eine hoonsche Harpune mir in den Leib fährt, sie mich an Bord ziehen und dann aufschlitzen und ausnehmen.

Gestern wäre es beinahe so weit gekommen. Kaa war einem Segelschiff der Einheimischen gefolgt, um festzustellen, wohin und mit welcher Mission das Boot unterwegs war. Plötzlich war Mopol, einer seiner jungen Assistenten, vorgeprescht und im Kielwasser des Hoon-Fahrers aufgetaucht, um auf den wogenden Wellen zu reiten … eine Lieblingsbeschäftigung der Delphine damals auf der Erde, wo sie sich gern an vorbeiziehende Schiffe gehängt hatten und quasi im Huckepack im Kielwasser mitgeschwommen waren. Aber hier war ein solches Treiben natürlich eine große Dummheit, und Kaa hatte sich sehr darüber geärgert, nicht daran gedacht zu haben, das den dreien von vornherein zu untersagen.

Als sie später in ihren Stützpunkt zurückgekehrt waren, hatte Mopol nur die lahme Entschuldigung vorgebracht, die Anwälte gern als Ausrede benutzten: »Was regst du dich so auf, ist doch nichts passiert.«

»Nichts passiert? Du hast zugelassen, daß die Seeleute dich sehen!« schimpfte Kaa. »Hast du denn nicht mitbekommen, daß sie Speere hinter dir her geworfen haben, als ich dich gerade nach unten zog?«

Mopols schlanker Körper und sein Schnabelmaul drückten Rebellion aus. »Wahrscheinlich haben die doch in ihrem ganzen Leben noch keinen Delphin gesehen. Die Hoon haben mich bestimmt für irgendeinen Fisch von dieser Welt gehalten.«

»Und daran wollen wir auch nichts ändern, verstanden?« grollte der Pilot.

Mopol hatte sein Einverständnis gemurmelt, aber seitdem ließ der Vorfall Kaa keine Ruhe mehr.

Etwas später haderte er in Gedanken mit seinem Schicksal, während er inmitten von Wolken von Grundschlamm daran arbeitete, Fiberstränge zu einem Kabel zusammenzuspleißen, das das U-Boot *Hikahi* bei seiner Rückkehr zum Versteck der *Streaker* verlegt hatte. Kaas neu installierte Kamera sollte es ihm einfacher machen, die Hoon-Siedlung auszuspionieren, deren kaum zu entdeckende Docks und getarnte Häuser sich in einer Bucht ganz in der Nähe befanden. Schon konnte er der Basis melden, daß die hoonschen Tarnvorrichtungen hauptsächlich gegen eine Beobachtung aus der Luft vorgesehen waren. Sie versuchten also, ihre Kolonie vor dem Himmel und nicht vor dem Meer zu verstecken. Der Pilot hoffte, daß man ihm diese Erkenntnis an Bord der *Streaker* als großes Verdienst anrechnen würde.

Nur war er nicht als Spion ausgebildet worden, sondern als Pilot, verdammt noch mal!

In den ersten Tagen der Mission der *Streaker* hatte er allerdings auch wenig Gelegenheit erhalten, das Schiff zu steuern. Er stand damals im Schatten von Chefpilot Keepiru, der stets die besten und ruhmreichsten Aufträge erhielt. Als Keepiru auf Kithrup verlorenging – zusammen mit dem Captain und einigen anderen Mannschaftsmitgliedern –, erhielt Kaa endlich die Chance, sein Können unter Beweis zu stellen, ob er nun über viel Erfahrung verfügte oder nicht.

Und nun fliegt die Streaker *nirgendwo mehr hin. Ein gestrandetes Schiff benötigt zuallerletzt einen Piloten. Wahrscheinlich bekomme ich deswegen solche Aufträge zugeteilt, weil ich ja entbehrlich bin.*

Er beendete das Verknoten der Fasern und zog gerade die Arbeitsarme seines Geschirrs ein, als etwas Silbergraues aufblitzte, mit Höchstgeschwindigkeit an ihm vorbeischoß und das Wasser in Unruhe versetzte. Sonarimpulse bombardierten ihn, während gleichzeitig die Unterwasserwellen seinen Körper hin und her warfen. Dann erfüllte das keckernde Lachen von Delphinen sein Gehör.

** Gib zu, Sternsucher!*
** Du hast mich nicht gesehen,*
** Als ich zu dir glitt!*

Natürlich hatte Kaa schon seit einiger Zeit bemerkt, daß der Jüngling sich ihm heimlich näherte, aber er hatte geschwiegen, weil er Zhaki Gelegenheit geben wollte, seine Fähigkeiten im Anschleichen zu üben.

»Sprich Englik«, befahl er kurz angebunden.

Kleine, spitz zulaufende Zähne blitzten kurz in einem schräg einfallenden Strahl Sonnenlichts auf, als der junge Tursiops herumschwang und ihn ansah. »Aber es ist doch viel einfacher, uns in Trinarisch zu verständigen! Außerdem bekomme ich manchmal vom Englik Kopfschmerzen.«

Nur sehr wenige Menschen, die zufällig diesen Austausch zweier Neo-Delphine belauscht hätten, hätten diese Laute verstehen können. Wie das Trinarisch auch setzte sich dieser Unterwasserdialekt aus abgehackten Stöhn- und Klickgeräuschen zusammen. Doch seine Grammatik unterschied sich gar nicht sosehr von der des Standard-Englik. Und Grammatik steuert die Denkweise dessen, der sie benutzt. So hatte Creideiki es sie gelehrt, als der Meister der Keeneenk-Künste noch unter ihnen an Bord der *Streaker* weilte und sie mit seiner Weisheit leitete.

Aber Creideiki ist nun schon seit zwei Jahren nicht mehr bei uns, hat uns mit Mr. Orley und den anderen verlassen, als wir von Kithrup vor den feindlichen Schlachtflotten flohen. Dennoch vermissen wir ihn jeden Tag. Er war einer der Besten, die unsere Rasse je hervorgebracht hat.

Wenn der Meister sprach, konnte man für eine Weile tatsächlich vergessen, daß Neo-Delphine primitive, noch unfertige Wesen waren, eben die jüngste und noch nicht voll akzeptierte sapiente Rasse in den Fünf Galaxien.

Kaa bemühte sich nun, Zhaki so zu antworten, wie es ihr vermißter Kapitän getan hätte.

»Die Schmerzen, die du in deinem Kopf verspürst, nennt man Konzentration. Diese Fähigkeit erlangt man nicht ohne Mühe, aber dank ihrer ist es unseren menschlichen Patronen gelungen, ihre Sterne zu erreichen, und zwar ganz ohne fremde Hilfe.«

»Sicher, und sieh nur, wie weit sie damit gekommen sind«, entgegnete der Jüngling frech.

Bevor der Pilot darauf reagieren konnte, gab Zhaki ihm das Zeichen, daß er Luft benötige, und sauste auf geradem Weg nach oben. Er drehte nicht einmal eine Wachsamkeits-Spirale, um sich nach möglichen Gefahren umzusehen. Damit verletzte er die Sicherheitsbestimmungen, aber mit jedem neuen Tag, den sie zwangsweise auf Jijo verbrachten, lockerte sich die Disziplin ein Stück mehr. Dieses Meer war einfach zu angenehm und zu freundlich, und es verführte dazu, Sorgfalt und Gehorsam zu vernachlässigen.

Kaa übersah den Vorfall und folgte Zhaki an die Wasseroberfläche. Dort atmeten sie beide aus und saugten die süße Luft ein, in der sich erste leise Hinweise auf bevorstehenden Regen befanden. Wenn sie hier, über dem Wasser, durch ihre genmodifizierten Luftlöcher Anglik sprachen, mußten sie sich eines anderen Dialekts bedienen, der sich vornehmlich aus Zisch- und Blubberlauten zusammensetzte, aber der Sprechweise der Menschen schon deutlich ähnlicher war.

»Das hat gutgetan«, sagte der Pilot. »Und jetzt erstatte mir Bericht.«

Sein Gegenüber warf den Kopf zurück. »Die roten Krabben ffföpfen nift den geringften Verdacht. Fie konfentrieren fif ganf auf ihre Krebfgehege. Wenn wir unf heranfleiffen, fieht nur felten einer von feiner Arbeit auf.«

»Das sind keine Krabben, sondern Qheuen! Und ich habe dir strikte Anordnungen erteilt. Du sollst nicht so nah heran, daß sie dich bemerken können!«

Die Hoon galten als noch gefährlicher als die Qheuen, deswegen übernahm der Pilot es persönlich, sie auszuspionieren. Dennoch durfte er wohl von Zhaki und Mopol erwarten, sich so diskret wie möglich zu verhalten, während sie die Qheuensiedlung am Rand des Riffs erkundeten. *Aber allem Anschein nach liege ich auch damit falsch.*

»Mopol wollte einige von den Delikatefen der Roten probieren. Defwegen haben wir für ein kleinef Ablenkungfmanöver geforgt. Iff habe alfo eine kleine Ffule diefer Fiffe mit den grünen Floffen zufammengetrieben – du weift ffon, die fo ähnliff ffmecken wie die Ffargaffo-Aale – und fie dann quer durff die Qheuen-Kolonie getrieben. Und foll iff dir waf fagen? Die Krabben haben tatfäfliff aufklappbare Netfe für eben den Fall, daf ihnen ein folfef Glück widerfährt! Kaum befand fiff die Fiffule in ihrem Gebiet, haben fie die Netfe fuffnappen laffen und den ganfen Sfwarm hochgefogen!«

»Dann kannst du aber von Glück sagen, daß sie dich nicht gleich mitgefangen haben! Und was hat Mopol währenddessen angestellt?«

»Während die Roten mit ihrem Fang befäftigt waren, ift Mopol über ihre Krebf-Gehege hergefallen!« Zhaki kicherte vergnügt. »Iff habe dir übrigenf einen aufgehoben. Fie find wirkliff köftliff!«

Zhaki trug einen Minibehälter an seiner Seite, in dem sich ein einzelner Arbeitsarm befand, der während des Schwimmens zusammengelegt werden konnte. Auf ein Neuralsignal hin öffnete die Hand den Beutel des Jünglings, zog eine zappelnde Kreatur heraus und reichte sie dem Piloten.

Wie soll ich jetzt reagieren? fragte sich Kaa, während er auf den Krebs starrte. Wenn er ihn annahm, ermutigte er damit doch Zhaki zu weiteren Ungehorsamkeiten, oder? Und wenn er ihn ablehnte, würde er bestimmt als sturer Bock und Prinzipienreiter dastehen.

»Ich warte lieber noch etwas, bis wir herausgefunden haben, ob du von der Beute keine Magenverstimmung bekommst«, erklärte er schließlich seinem Assistenten. Man hatte ihnen untersagt, mit der heimischen Fauna zu experimentieren, also etwas davon zu sich zu nehmen. Anders als auf der Erde setzten sich die meisten planetaren Ökosysteme aus Mischungen von Spezies von allen Fünf Galaxien zusammen, die die jeweiligen Mieterrassen mitgebracht und eingeführt hatten. Ein solcher Leasing-Vertrag konnte über zehn Millionen Jahre laufen, und da mochte schon einiges Getier zusammenkommen. Bislang hatten sich alle Fischsorten als bekömmlich und wohlschmeckend erwiesen, aber schon die nächste Art konnte das genaue Gegenteil bewirken und einen vergiften.

»Wo hält sich Mopol denn jetzt auf?«

»Er ift wieder furück auf feinem Poften, um daf fu tun, waf man ihm aufgetragen hat«, antwortete der Jüngling. »Er obferviert, wie die roten Krabben mit den Hoon verfahren. Biflang konnten wir feftftellen, daf letftere fwei Kiften Feetang fum Hafen gebrafft haben. Dafür erhielten fie einige Ladungen Holf ... du weift ffon, gefällte Baumftämme.«

Kaa nickte. »Also treiben sie tatsächlich Handel miteinander. So etwas hatten wir schon vermutet. Hoon und Qheuen leben auf einer verbotenen Welt einträchtig miteinander. Ich frage mich, was das zu bedeuten hat.«

»Wer weif daf ffon? Wenn fie nifft fo voller Geheimniffe wären, könnte man fie ja wohl kaum alf Auferirdiffe befeiffnen, oder? Kann iff jetft furück fu Mopol?«

Der Pilot machte sich keine Illusionen darüber, was zwischen den beiden jungen Raumfahrern vor sich ging. Wahrscheinlich stand das nicht im Einklang mit ihrer Arbeit und ihren Pflichten. Aber wenn er die Sache zur Sprache brächte, würde Zhaki ihn bestimmt beschuldigen, prüde, oder schlimmer noch, »eifersüchtig« zu sein.

Wenn ich doch nur echte Führungsqualitäten besäße, dachte der Pilot. *Der Lieutenant hätte mich nie mit diesem Kommando betrauen sollen.*

»Ja, kehr zu ihm zurück«, antwortete er. »Aber nur, um Mopol dort abzuholen und mit ihm zum Außenposten zurückzukehren. Es ist spät geworden.«

Zhaki richtete sich senkrecht auf und stellte sich auf seinen wedelnden Schwanz.

* *Ja, Großmächtiger!*
* *Deinem Befehl ich folge.*
* *Wie Mond den Tiden.*

Damit drehte sich der junge Delphin und sauste davon. Bald konnte der Pilot nur noch seine Rückenflosse ausmachen, wie sie durch die Wasser schnitt.

Kaa dachte über die Unverschämtheit in Zhakis letzter Bemerkung auf Trinarisch nach.

Nach menschlichen Gesichtspunkten – vor allem nach der Kausallogik mit Ursache und Wirkung, die die Patrone ihren delphinischen Klienten beigebracht hatten – bewegten die Ozeane sich aufgrund des Gravitationszugs von Sonne und Mond hin und her. Aber es gab auch noch ältere Denkweisen, die von den Vorfahren der Meeressäuger gepflegt worden waren, lange bevor die Menschen die Gene ihrer Delphine verändert hatten. In den Zeiten vor diesem Kontakt hatte es unter den Meeresbewohnern nicht den geringsten Zweifel daran gegeben, daß die Tiden die mächtigste Kraft von allen besaßen; und nach der alten Delphin-Religion bewegten die Gezeiten den Mond, und nicht umgekehrt.

Mit anderen Worten, Zhakis flapsige Bemerkung war nicht nur impertinent, sie grenzte auch schon an Insubordination.

Tsh't hat einen Fehler begangen, dachte der Pilot bitter, während er sich auf den Weg zur Unterkunft machte. *Sie hätte uns nie hier draußen allein lassen sollen.*

Unterwegs erkannte er auch die größte Gefahr, die seiner Mission drohte. Sie bestand nicht in den Harpunen der Hoon oder den Scheren der Qheuen, nicht einmal in fremden Schlachtkreuzern, die unvermittelt auftauchten, sondern in dem Planeten selbst.

In diese Welt kann man sich nämlich verlieben.

Der Geschmack des Ozeans entzückte ihn, und auch das samtige Gefühl des Wassers war ihm höchst angenehm. Der Zauber dieser Welt äußerte sich auch in den Fischschwärmen, die ihm ihren Respekt zollten, indem sie vor ihm flohen, aber nur so schnell, daß er einige von ihnen fangen konnte, wenn ihm der Sinn danach stand.

Am verführerischsten waren jedoch die Echos, die die ganze Nacht hindurch durch die Wände ihres Außenpostens vibrierten – ein ferner Rhythmus, fast jenseits der Hörschwelle. Ein unheimliches Geräusch, das ihn dennoch an die Walgesänge der alten Heimat erinnerte.

Anders als Oakka, die grüne Grünwelt, und erst recht anders als der schreckliche Planet Kithrup, schien Jijo einen ehrfurchtgebietenden Ozean zu besitzen. Ein Meer, in dem ein Delphin in Frieden seine Bahnen ziehen konnte.

Und alles zu vergessen vermochte.

Brookida wartete schon, als Kaa sich durch die winzige Luftschleuse wand, die kaum groß genug war, um einen Delphin nach dem anderen und schon gar nicht zu mehreren hindurchzulassen. Die Außenstation bestand aus einer luftgefüllten Kugel, die zur Hälfte mit Wasser gefüllt und am Ozeanboden vertäut war. An einer Wand hatte man eine Laborstation für den Metallurgen und Geologen installiert, einen ältlichen Delphin, dessen Gebrechlichkeit zugenommen hatte, je weiter die *Streaker* von der Heimat fliehen mußte.

Brookidas Proben waren gewonnen worden, als die *Hikahi* einem hoonschen Segelschiff über den Kontinentalschelf hinaus folgte, wo es einen abgrundtiefen Graben ansteuerte und dann seine Ladung in ihn hineinkippte! Während Kisten, Kästen, Fässer und Truhen im dunklen Wasser versanken, war es dem weit aufgerissenen Maul des U-Boots gelungen, ein paar davon abzufangen, um sie nach der Rückkehr zur Station zur Analyse zu hinterlassen.

Der Wissenschaftler war bereits auf etwas gestoßen, was er »Anomalien« nannte. Doch heute schien etwas anderes den Metallurgen in Erregung zu versetzen.

»Wir haben eine Nachricht erhalten, während ihr draußen wart. Lieutenant Tsh't hat auf ihrem Weg zur *Streaker* etwas Erstaunliches aufgelesen!«

Kaa nickte. »Ich war dabei, als sie davon berichtete, falls du das schon vergessen haben solltest. Sie sind auf einen uralten Kasten gestoßen, den die illegalen Siedler im Meer versenkt haben, als sie ...«

»Das war doch gar nichts!« Der alte Delphin wirkte so erregt, wie der Pilot ihn schon lange nicht mehr erlebt hatte.

»Tsh't hat sich später noch einmal gemeldet und durchgegeben, daß sie eine Gruppe Kinder aufgefischt haben, die kurz davor standen, zu ertrinken.«

Kaa blinzelte verwirrt.

»Kinder? Meinst du damit etwa ...«

»Nein, keine Menschenkinder – und auch keine Delphinjungen. Aber warte nur, bis du erfährst, um wen es sich bei ihnen handelt und was sie dazu gebracht hat, hierher nach unten, unter Wasser zu kommen!«

Sooner

Alvin

Ein paar wenige Duras vor dem Aufschlag fing ein Teil des Schrottwalls vor uns an, sich zu bewegen. Eine ganze vielschichtige Wand, die sich aus durchlöcherten und eingedellten Schiffsrümpfen zusammensetzte, glitt wie durch Zauberei beiseite und bot dem Phuvnthu-Gefährt einen langen, schmalen Tunnel zur Weiterfahrt an.

Dort ging es dann auch gleich hinein, und beinahe unmittelbar vor unserem Bullauge ragten zerklüftete Metallwände auf. Ein paar Momente später öffnete sich die Tür unserer Kammer, und ein Metallarm winkte uns zu, herauszukommen.

Draußen erwarteten uns schon etliche dieser Wesen – insektenartige Kreaturen mit langen, in Metall gepackten Leibern und mit großen glasschwarzen Augen: unsere mysteriösen Retter, Wohltäter und Wächter.

Meine Freunde wollten mir gleich helfen, doch ich schickte sie fort.

»Auf, Leute. Ist schon schwierig genug, mit diesen Krücken zurechtzukommen. Da brauche ich nicht auch noch euch im Weg zu haben. Lauft ruhig los, ich komme schon nach.«

Als wir an der Kreuzung vorbeiliefen, von der es zu meiner Zelle ging, wollte ich gleich abbiegen, aber die sechsbeinigen Spinnen bedeuteten mir, weiter geradeaus zu humpeln. »Ich brauche aber meine Sachen«, erklärte ich dem ersten Phuvnthu. Doch der gab mir mit einer Bewegung seines Klauenarms NEIN zu verstehen und stellte sich mir in den Weg.

Verdammt, fluchte ich leise und dachte an meinen Block und an den Rucksack, die sich noch in der Zelle befanden. Hoffentlich konnte ich bald dorthin zurück.

Ein langwieriger, unübersichtlicher Marsch führte uns an allen möglichen Luken und durch Korridore mit Metallwänden entlang. Ur-ronn bemerkte, daß einige der Schweißnähte nach »ziemlich hastig durchgeführter Arbeit« aussähen. Ich bewunderte sie dafür, im Angesicht dieser überwältigenden fremden Technik ihren professionellen Blick beibehalten zu können.

Heute vermag ich nicht mehr so genau zu sagen, wann wir den Seedrachen verließen und in das eigentliche Lager (Bau, Stadt oder Stock?) gelangten, aber zu irgendeinem Zeitpunkt bewegten sich die Phuvnthus nicht mehr so fahrig und nervös klappernd. Ich bekam sogar ein paar Brocken von den sonderbar klackenden Geräuschen mit, die ich ursprünglich für ihre Sprache gehalten hatte. Leider blieb mir nicht die Zeit, genauer hinzuhören. Allein schon die Mühe, einen Fuß vor den anderen zu setzen, zwang mich dazu, gegen unerträgliche Schmerzwogen anzukämpfen.

Endlich standen wir vor einem Gang, der so aussah, als sei er nicht aus allerlei unterseeischem Strandgut zusammengeklopft worden. Die Wände zeigten eine gleichmäßige altweiße Färbung, und sanftes Licht herrschte hier, das von der ganzen Decke gleichzeitig zu kommen schien. Dieser Korridor erstreckte sich auf beiden Seiten leicht nach oben, und nach ungefähr einem Viertelbogenschuß konnte man seinen weiteren Verlauf in beide Richtungen nicht mehr erkennen. Irgendwie gewann ich den Eindruck, wir befänden uns in einem riesigen Kreisgang, obwohl ich mir beim besten Willen nicht vorstellen konnte, wozu eine solche Einrichtung gut sein sollte.

Noch verblüffender aber war das Empfangskomitee, das uns erwartete. Unvermittelt sahen wir uns zwei Wesen von einem Äußeren gegenüber, das sich nicht mehr von dem der Phuvnthus unterscheiden konnte – abgesehen allerdings von dem Umstand, daß sie ebenfalls sechs Extremitäten besaßen. Die beiden standen aufrecht auf ihrem hinteren Beinpaar, trugen silberfarbene Gewänder und breiteten vier schuppige und zwischen den Fingern zusammengewachsene Hände mit einer Geste aus, von der ich nur hoffen konnte, daß es sich dabei um einen Willkommensgruß handeln sollte. Die Wesen waren ziemlich klein und ragten mir gerade bis an die oberen Knie (oder für diejenigen, die es noch genauer wissen wollen, sie erreichten die Höhe von Scheres rotem Rückenpanzer). Aus ihrem Kopf, an dem vor allem die vorgewölbten Augen auffielen, wuchsen feuchte und lockige Fasern, die einen Gesamteindruck von Schaum vermittelten. Als sie uns sahen, quiekten sie gleich los und gaben uns mit Gesten zu verstehen, daß wir ihnen folgen sollten. Die Spinnen hingegen zogen sich daraufhin gleich zurück und schienen es sehr eilig zu haben …

Wir vier jungen Leute aus Wuphon berieten uns mit einem kurzen Austausch von Blicken. Als Schere vor und zurück schaukelte, die Qheuen-Geste für ein Achselzucken, trotteten wir schließlich gehorsam hinter unseren neuen Führern her. Ich spürte, wie Huphu leise auf meiner Schulter knurrte und die fremden Wesen nicht aus den Augen ließ – und ich nahm mir insgeheim vor, sofort die Krücken fallenzulassen und den Noor zu packen, wenn er Anstalten treffen sollte, sich auf einen der Fremden zu stürzen. Irgendwie hatte ich nämlich das Gefühl, daß man sich von ihrer Winzigkeit leicht täuschen lassen und sie für weniger gefährlich halten konnte, als sie tatsächlich waren.

Alle Türen und Schotten, an denen wir vorbeikamen, waren verschlossen. Neben jede Öffnung hatte man einen Papierstreifen an die Wand geklebt, und zwar überall auf derselben Höhe. Huck drehte einen ihrer Augenstiele in meine Richtung und zwinkerte mir im Morsealphabet zu:

DARUNTER SIND GEHEIMNISSE!

Ich schnallte natürlich gleich, was sie mir damit sagen wollte. Unsere Gastgeber schienen nicht zu wollen, daß wir die Aufschriften an ihren Türen lesen konnten. Das wiederum implizierte, daß sie Schriftformen und Sprachen benutzten, die auch uns am Hang nicht unbekannt waren. In mir erwachte die gleiche Neugier, wie unsere g'Kek-Freundin sie ausstrahlte. Gleichzeitig nahm ich mir vor, auch sie sofort aufzuhalten, wenn sie etwas Dummes vorhatte – wie zum Beispiel einen der Papierstreifen abzureißen. Zu gewissen Zeitpunkten ist Impulsivität durchaus angebracht und wünschenswert. Dieser hier gehörte nicht dazu.

Irgendwann öffnete sich dann eine der Türen mit einem leisen Seufzen, und unsere zwergenhaften Führer winkten uns hinein.

Drinnen teilten Vorhänge einen großen Saal in parallele Würfel. Kurz fielen mir auch verwirrende, glänzende Maschinen ins Auge, aber ich konnte mich nicht lange darauf konzentrieren, weil jetzt etwas vor uns auftauchte, das mir den Atem stocken ließ.

Den drei anderen erging es ähnlich. Wir sahen uns einem Quartett von überaus vertrauten Wesen gegenüber: einer Urs, einem Hoon, einem roten Qheuen und einer jungen g'Kek.

Abbilder von uns! schoß es mir gleich durch den Kopf, obwohl man die vier nicht direkt mit Spiegelbildern vergleichen konnte. Ein Hauptunterschied bestand darin, daß wir durch unsere Doppelgänger hindurchsehen konnten. Und während uns noch die Augen aus dem Kopf fielen, winkte jede dieser transparenten Gestalten einem von uns zu, ihm hinter einen Vorhang in eine Kabine zu folgen.

Nachdem der erste Schock überwunden war, erkannte ich, daß es unseren Abbildern an Perfektion mangelte. Die Urs besaß einen gepflegten Pelz, und mein hoonsches Gegenüber kam ohne Rückenkorsett und Krücken aus. Hatten diese Unterschiede etwas zu bedeuten? Meine Karikatur lächelte mich auf altmodische Hoon-Weise an, indem sie den Kehlsack flattern ließ. Aber sie vergaß, mit Mund und Lippen zu grimassieren, wie wir Hoon uns das seit der Ankunft der Menschen angewöhnt hatten.

»Toll«, murmelte Huck ironisch, während sie den Ersatz-g'Kek vor ihr anstarrte, dessen Räder und Speichen fest angezogen und auf Hochglanz poliert waren. »Ich bin ja *sooo* überzeugt davon, daß wir hier echte Sooner vor uns haben, Alvin.«

Ich zuckte zusammen. Also hatte ich mit meiner ersten Überlegung falsch gelegen. Das sollte aber für meine Freundin noch lange kein Grund sein, mir das jetzt unter die Nase zu reiben.

»Hrrrm ... halt die Klappe, Huck.«

»Dasss müssen holographissse Projektionen sssein«, lispelte Ur-ronn. Sie sprach Englik, weil das die einzige jijoanische Sprache sein dürfte, die für eine solche Diagnose angebracht war, stammte sie doch von den Menschenbüchern, die uns seit dem Großen Druck zur Verfügung standen.

»Bin ganz deiner Meinung-nung«, stotterte Schere, während die Geistwesen sich in ihre Kabinen zurückzogen. »Was sollen wir jetzt bloß tun-un?«

»Uns bleibt wohl kaum eine Wahl«, knurrte Huck. »Jeder von uns folgt seinem Führer, und wenn alles gutgeht, sehen wir uns auf der anderen Seite wieder.«

Mit leicht rumpelnden Rädern rollte sie in die vorgesehene Kabine. Hinter ihr wurde der Vorhang zugezogen.

Ur-ronn schnaubte seufzend. »Gutesss Wasssssser, eusss beiden.«

»Feuer und Asche«, antworteten Schere und ich höflich und verfolgten, wie sie ohne besondere Eile hinter ihrer Karikatur her trabte.

Der falsche Hoon winkte mir fröhlich zu, die Kammer ganz rechts zu betreten.

»Gib nur Name, Dienstgrad und Dienstnummer preis«, ermahnte ich meinen Qheuen-Freund.

Ein verwirrtes »Hä-äh?« ertönte unsynchron aus drei seiner Beinmünder. Als ich auf dem Weg zu meiner Kabine einen Blick zurückwarf, drehte sich sein Kuppelsichtring unentschlossen im Kreis. Er starrte hierhin, dorthin und dahin, nur nicht in die Richtung, in der sein durchsichtiges Abbild auf ihn wartete.

Ein Raumteiler aus Stoff trennte mich von den anderen ab.

Mein stiller Führer führte mich zu einem weißen Obelisken, besser gesagt, einem aufrecht stehenden Klotz, der die Mitte der kleinen Kammer einnahm. Pantomimisch bedeutete die Hoon-Karikatur mir, frisch auf das Gebilde zuzulaufen und mich auf eine kleine Metallplatte an seinem Fuß zu stellen. Als ich ihm gehorcht hatte, fühlte ich an Gesicht und Brust Wärme, die aus dem weißen Obelisken zu strömen schien.

Kaum stand ich auf der Platte, fing das Gebilde auch schon an, sich zu bewegen ... es drehte sich nach unten, breitete sich aus und verwandelte sich in einen Tisch – und meine Wenigkeit lag darauf wie auf einer Servierplatte. Huphu bequemte sich, von meiner Schulter zu steigen, natürlich unter Beleidigungen und Beschwerden. Doch dann fing er an zu jaulen, weil ein Schlauch aus dem Boden wuchs, dessen Ende sich schlangengleich meinem Gesicht näherte.

Nun gut, mag der geneigte Leser jetzt einwenden, warum hast du dich nicht gegen den Schlauch gewehrt oder einen Fluchtversuch unternommen? Aber was hätte ich damit schon gewinnen können?

Gas strömte aus der Öffnung, dessen Geruch mich in meine Kindheit zurückversetzte, in die Zeit, wenn wir Verwandte im Krankenhaus von Wuphon besuchen mußten. Stink-Haus haben wir den Bau damals unter uns genannt, obwohl der dortige Traeki-Apotheker uns stets sehr freundlich behandelte und, wenn wir brav und artig waren, sogar ein Stück Zuckerwerk für uns aus seinem obersten Ring zauberte ...

Mein Bewußtsein zog sich immer weiter hinter einen Nebel zurück, aber ich erinnere mich, in jenem Moment gehofft zu haben, auch diesmal möge mich wieder eine süße Belohnung erwarten.

»Gute Nacht«, murmelte ich, während Huphu mit den Zähnen klapperte und jaulte. Und dann wurde rings um mich herum alles irgendwie schwarz.

Asx

Streichelt das frisch strömende Wachs, meine Ringe, das noch heiß fließt und Nachrichten aus der Jetztzeit mitbringt.

Hier, verfolgt diesen dumpfen Schrei, einen Laut größter Pein, der von den frostigen Höhen widerhallt und ganze Wälder des mächtigen Großbambus ins Zittern versetzt.

Noch vor wenigen Momenten schwebte das Rothen-Schiff majestätisch über der zerstörten Station und suchte die Lichtung nach Anzeichen verlorener Spießgesellen ab, nach den vermißten Mitgliedern seiner Mannschaft.

Wie zornig das dröhnende Schiff erschien, so abwartend, bedrohlich und bereit, sofort Rache zu nehmen.

Doch wir sind auf der Lichtung geblieben, nicht wahr, meine Ringe? Die Pflicht gebot diesem Traeki-Stapel, seinen Platz nicht zu verlassen, waren wir doch vom Rat der Weisen dazu auserkoren worden, mit den Rothen-Herren zu verhandeln.

Auch andere verweilten länger an diesem Ort und strömten über den zertrampelten Festivalplatz. Neugierige und Schaulustige. Aber ebenso aus anderen persönlichen Motiven – Bürger, die den Invasoren ihre Loyalität beweisen wollten.

So stand ich, standen wir also nicht allein hier, um Zeuge dessen zu werden, was sich nun ereignen sollte. Etliche hundert waren anwesend und starrten ehrfürchtig auf den Kreuzer, der den Talgrund mit seinen Strahlen abtastete und die geschmolzenen, rußbedeckten und verbogenen Trümmer der unterirdischen Station durchleuchtete.

Dann kam es zu dem unvermittelten, schrecklichen Geräusch. Ein Schrei, der immer noch ungeronnen durch unseren fettigen Kern hallt. Ein Alarmruf voller Furcht und Entsetzen, der aus dem Schiff selbst dringt.

Wollen wir uns an noch mehr erinnern? Sollen wir es wagen, diesen wächsernen Pfad weiter zu verfolgen? Auch wenn er uns weiteren Schmerz geschmolzener Hitze bescheren wird?

Ja?

Ihr seid wahrlich mutig, meine Ringe ...

Seht nur, das Rothen-Schiff ist plötzlich in Licht gebadet!

Aktinische Strahlung ergießt sich von oben über die Hülle ... ausgesandt von einer neuen Wesenheit, die erstrahlt wie eine flammende Sonne.

Doch es ist kein Stern, sondern ein weiteres Schiff aus dem All. Ein Raumschiff, das unvorstellbarerweise noch viel mehr Größe aufweist als der Kreuzer der Gen-Piraten. Es ragt turmhoch über dem Invasorenschiff auf, so wie ein vollständiger Traeki neben einem gerade gevlennten Ring.

Dürfen wir dem Wachs Glauben schenken? Kann es tatsächlich etwas so Riesiges und Leuchtendes wie dieses Gebirge von einem Schiff geben, das da gewaltig wie eine Gewitterfront über dem Tal steht?

Der Rothen-Kreuzer ist gefangen und stößt gräßliche, kreischende Geräusche aus, während er versucht, diesem titanischen Neuankömmling zu entkommen. Doch die Lichtkaskaden zwingen ihn immer weiter nieder. Die Kräfte, die hier entfesselt werden, sind im ganzen Tal zu spüren und beinahe physisch greifbar. Wie eine solide Faust drückt der Strahl das Rothen-Schiff gegen dessen Willen hinunter, bis sein Bauch über Jijos verwundeten Boden schabt.

Eine Sintflut von gelben Farben ergießt sich über den kleineren Raumer und bedeckt ihn Schicht um Schicht, die sich auf ihm wie Baumsaft verdicken. Bald ist das Schiff der Piraten hilflos eingeschlossen. Blätter und Zweige scheinen mitten in ihrer Bewegung erstarrt zu sein und verharren reglos neben der in Gold und Gelb eingeschlossenen Hülle.

Und darüber schwebt weiterhin der Goliath unter den Raumschiffen.

Die Lichter werden schwächer.

Der Titan senkt sich herab, seine Triebwerke summen das Lied unüberwindlicher Macht, und es scheint so, als sei ein Berg zu Besuch gekommen und wolle nun seinen Platz in den Rimmers einnehmen. Ein Fels fällt vom Himmel, zerschmettert unter sich den Felsboden und formt mit seinem ungeheuren Gewicht das Tal neu.

Nun verändert der Wachsstrom seinen Kurs. Die geschmolzene Essenz destillierten Verdrusses biegt in eine neue Richtung ab.

Wo will sie hin, meine Ringe?

Über einen Abgrund.

Hinab in die Hölle.

Rety

Sie mußte an ihren Vogel denken, das bunte, lebendige Wesen, so unfair verstümmelt, aber so tapfer und so wenig zu bezwingen wie sie selbst, die hartnäckige Kämpferin.

Alle ihre Abenteuer hatten an dem Tag begonnen, an dem Jass und Bom von einer Jagd zurückkehrten und gleich damit prahlten, eine geheimnisvolle Flugkreatur verwundet zu haben. Die Trophäe, die sie mitbrachten – eine wunderbare Metallfeder –, stellte den Katalysator dar, auf den Rety so lange gewartet hatte. Sie sah die Feder als gutes Omen für ihren Aufbruch an, und nun stand ihr Entschluß endgülig fest, den Stamm zu verlassen. Dieses Zeichen wollte ihr sagen, daß endlich die Zeit gekommen war, diese zerlumpte Sippe hier zu verlassen und sich anderswo ein besseres Leben zu suchen.

Ich glaube, jeder sucht nach einer Chance, wie ich sie erhalten habe, dachte sie, während der Roboter dem Verlauf einer weiteren Flußbiegung folgte. Der Strom schlängelte sich dem letzten Zielpunkt von Kunns Erkundungsflug zu, den das Mädchen kannte. Rety hatte das gleiche Ziel, auch wenn sie sich davor fürchtete, dort anzukommen. Der Danik-Pilot würde Dwer hart bestrafen, was ja nicht so schlimm war, aber in seinem Zorn würde er womöglich auch vor Rety nicht haltmachen und ihr etliche Vorwürfe machen.

Sie schwor sich, das über sich ergehen zu lassen und klein beizugeben. *Ich will alles tun, damit die Sternenmenschen ihr Versprechen halten und mich bei ihrer Abreise von Jijo mitnehmen.*

Das müssen sie einfach tun! Schließlich habe ich ihnen den Vogel geschenkt. Und Rann hat gesagt, das Tier sei ein wichtiger Hinweis, der den Daniks und ihren Rothen-Herren sehr bei ihrer Suche weiterhelfen würde …

Hier angekommen, hielt sie in ihrem Gedankengang inne.

Wonach suchten diese Typen eigentlich?

Anscheinend leiden sie an irgend etwas furchtbaren Mangel, sonst würden sie doch nicht das Risiko auf sich nehmen, das Galaktische Gesetz zu brechen und sich auf diese verbotene Welt zu schleichen.

Rety hatte dem ganzen Gerede von »Gen-Raub« oder »Piraten aus dem Weltraum« nie Glauben geschenkt. Quatsch! Die Rothen waren doch nicht hierhergekommen, um nach Tieren zu suchen, die kurz vor der Schwelle zum eigenständigen Denken standen und damit Kandidaten für den Schub sein könnten. Wenn man mitten in der Natur aufwächst und sich mit anderen Tieren um jede Mahlzeit streiten muß, erkennt man bald, daß alle Lebewesen denken. Ganz gleich, ob Waldtier oder Fisch … Manche ihrer Stammesgenossen beteten ja sogar Bäume und Steine an!

Für Rety war solches Getratsche blanker Unsinn. Würde ein Gallaiter etwa weniger stinken, nachdem er das Lesen gelernt hatte? Und wäre ein Mistwälzer nicht noch abstoßender, wenn er beim Dungbad Gedichte rezitieren würde? Nach ihrer Lebenserfahrung war die Natur nicht nur gefährlich, sondern auch niederträchtig und gemein. Solange sie den Bauch voll hatte, war ihr alles andere egal, und dafür hätte sie sogar ihren Traum aufgegeben, in einer glänzenden Galaktischen Stadt zu leben.

Deswegen glaubte sie auch nicht, daß Kunn und seine Truppe den halben Weltraum durchquert hatten, nur um hier ein paar Dreckwühlern das Sprechen beizubringen.

Aber was hatte sie dann hierhergeführt? Und wovor fürchteten sie sich?

Der Roboter mied tieferes Wasser, denn sein Kraftfeld brauchte festen Grund, sei es Fels oder Boden, um sich darauf aufbauen zu können. Als der Fluß breiter wurde und seine Zuflüsse sich selbst in Ströme verwandelten, wurde das Vorankommen bald immer unmöglicher. Selbst ein weiter Umweg nach Westen bot keine Möglichkeit, das fließende Wasser zu umgehen. Schließlich hielt die Drohne einfach an und summte frustriert, weil sie rings herum von Flüssen umgeben war.

»Rety!« rief Dwer von unten. »Rede noch einmal zu ihm!«

»Habe ich doch schon oft genug, oder hast du das vergessen? Bei deinem blöden Überfall hast du ihm bestimmt außer der Antenne auch die Ohren abgerissen!«

»Na ja ... versuch es einfach noch einmal. Sag ihm, daß mir ... vielleicht eine Möglichkeit eingefallen ist, den Fluß zu überqueren ...«

Rety starrte zu ihm hinab, wie er da eingepfercht in den metallenen Schlangenarmen hing. »Vor gar nicht so langer Zeit wolltest du den Ärmsten noch kaputtmachen, und jetzt bietest du ihm deine Hilfe an?«

Er verzog das Gesicht. »Immer noch besser, als so lange in seinen Armen herumzuwandern, bis die Sonne erloschen ist. Außerdem glaube ich, daß es auf dem Aufklärer Medikamente und Nahrungsmittel gibt. Davon abgesehen, habe ich mittlerweile so viel von diesen Menschen aus dem Weltraum gehört, daß ich mich frage, warum du den ganzen Spaß mit ihnen allein haben sollst?«

Rety wußte nicht, an welcher Stelle er aufgehört hatte, es ernst zu meinen, und angefangen hatte, sich über sie lustig zu machen. Ein wenig ärgerte sie das schon. Aber auf der anderen Seite: Wenn die Idee des Jägers sich als nützlich erweisen sollte, würde Kunns Strafe vielleicht nicht so hart ausfallen.

Und mich lobt er dann womöglich, freute sie sich in Gedanken.

»Meinetwegen.«

Damit wandte sie sich an die Maschine und sprach zu ihr, wie sie es bei den Sternenreisenden gelernt hatte.

»Drohne Vier! Höre meine Befehle und befolge sie. Ich befehle dir hiermit, uns herunterzulassen, damit wir uns einen Plan einfallen lassen können, wie wir über diesen verdammten Fluß kommen. Der Gefangene meint, er wüßte da vielleicht eine Möglichkeit.«

Der Roboter reagierte zunächst nicht auf sie und fuhr damit fort, auf der vergeblichen Suche nach einer Übergangsstelle zwischen zwei Höhen hin und her zu fliegen. Doch schließlich änderte sich der Ton der summenden Repulsoren, und die Metallarme ließen Dwer los. Er fiel auf eine moosbewachsene Uferbank und rollte sich ab. Dann blieb der Jäger für eine Weile stöhnend liegen. Seine Gliedmaßen zuckten, als wäre er ein gestrandeter Fisch.

Steif und ungelenk ließ sich Rety von der Plattform gleiten, kletterte an der Drohne hinunter und zuckte zusammen, als sie wieder festen Boden unter sich spürte. Tausend Nadeln schienen in ihre Beine zu stechen, aber es ging ihr doch wesentlich besser als ihrem Begleiter. Sie kniete sich neben ihn hin und stieß ihn in die Seite.

»He! Ist alles in Ordnung mit dir? Oder brauchst du Hilfe?«

Er schloß die Augen vor Schmerzen, konnte aber den Kopf schütteln. Als er sich aufmühte, legte sie ihm dennoch einen Arm um die Schulter und stützte ihn. Sie untersuchten den Verband an seiner Oberschenkelwunde. Das Blut dort war längst getrocknet, und es war kein neues hinzugekommen.

Die Drohne wartete geduldig, während der Jäger umständlich auf die Beine kam und wacklig stehenblieb.

»Vielleicht kann ich dir über das Wasser helfen«, erklärte Dwer der Maschine. »Wenn mir das gelingt, werden wir aber nicht mehr so wie vorher von dir transportiert, ja? Außerdem wirst du Pausen einlegen und uns dabei helfen, etwas Eßbares zu finden, einverstanden?«

Wieder schwieg der Roboter eine Weile. Dann ertönte ein tschirpender Ton. Rety hatte während ihrer Zeit als Sternengötterlehrling ein paar Brocken Galaktik Zwei aufgeschnappt und erkannte, daß dieser aufsteigende Ton ja bedeutete.

Dwer nickte. »Ich kann dir aber nicht garantieren, daß mein Plan auch funktioniert. Also, hör zu, wir gehen es folgendermaßen an.«

Eigentlich war die Idee des Jägers simpel, und im Grunde genommen hätte jeder darauf kommen können. Doch als Dwer am anderen Ufer aus dem Fluß stieg und von den Achseln abwärts tropfnaß war, sah Rety ihn mit anderen Augen an. Noch bevor er dort angekommen war, verließ die Drohne ihre Position über seinem Kopf und schien am Körper des Mannes vorbeizugleiten, bis das Wasser flach genug geworden war und ihre Kraftfelder wieder greifen konnten.

Während seiner Flußdurchwatung hatte Dwer so ausgesehen, als trage er einen überdimensionierten achteckigen Hut, der wie ein Ballon über ihm schwebte. Seine Augen waren glasig, und die Haare standen ihm zu Berge, als Rety ihm half, sich hinzusetzen.

»He!« Wieder stieß sie ihn in die Seite. »Alles okay mit dir?«

Sein Blick starrte in weite Fernen, und es dauerte ein paar Duras, ehe er antwortete.

»Äh ... ja ... ich glaube schon.«

Das Mädchen schüttelte den Kopf. Selbst Schmutzfuß und Yee hatten für eine Weile ihre Feindseligkeiten in Form von giftigen bis mörderischen Blicken eingestellt, um den Mann vom Hang anzustarren.

»Das war ja richtig unheimlich«, bemerkte Rety. Seine Tat »mutig«, »aufregend« oder »Wahnsinn« zu nennen, kam ihr nicht über die Lippen. Der junge Mann sollte sich bloß nichts einbilden.

Der Jäger verzog das Gesicht, als seien die Nachrichten von seinen schmerzenden Stellen gerade erst im Gehirn eingetroffen. »Ja ... das war es ... und noch einiges andere mehr.«

Der Roboter gab wieder ein Tschirpen von sich. Rety schloß, daß dieser Dreifachton mit dem schrillen Ende soviel bedeutete wie: *Genug ausgeruht – wir müssen weiter!*

Sie half Dwer auf den provisorischen Sitz, den die Drohne mit zusammengefalteten Armen geschaffen hatte, und hockte sich dann neben ihn. Als der Flug nach Südwesten wieder aufgenommen wurde, saßen die beiden in der ersten Reihe, und Schmutzfuß und Yee kauerten zwischen ihnen, um sich mit ihren Körpern vor dem scharfen Fahrtwind zu schützen.

Rety hatte oft genug gehört, was die großmäuligen Jäger Jass und Bom über diese Gegend verbreitet hatten. Ein flaches Land mit sumpfigen Marschen, durch das sich kreuz und quer Flüsse und Bäche zogen.

Alvin

Als ich erwachte, fühlte ich mich benommen und so high wie ein Schimpanse, der zu viele Ghigree-Blätter gekaut hat. Aber wenigstens waren die Schmerzen verschwunden.

Ich lag immer noch auf dem Klotz, der sich in einen Tisch verwandelt hatte, doch jetzt hielten mich nicht mehr die unangenehmen Gurte an ihm fest. Und auch das Rohr mit dem ausströmenden Gas war verschwunden. Vorsichtig drehte ich den Kopf und entdeckte neben mir einen niedrigen Tisch. Auf dem befand sich eine weiße Schüssel, in die man einige Dinge gelegt hatte, die mir doch ziemlich vertraut vorkamen – Körperteile, die für die Hoon bei den Ritualen des Lebens und des Todes eine enorm wichtige Rolle spielen.

Bei Jafalls! schoß es mir durch den Kopf. *Diese Ungeheuer haben mir die Rückgrate herausgeschnitten!*

Doch fiel mir etwas ein, und ich wurde ruhiger.

Moment mal, du bist doch noch im Wachstum. Und Kinder besitzen zwei Paar Rückgrate. Außerdem solltest du nächstes Jahr das Alter erreichen, in dem man die Milchrückgrate verliert …

Ja, damals ging es mit dem Denken tatsächlich so langsam voran. Schmerzen und dazu Medikamente können so etwas durchaus bewirken.

Zögernd betrachtete ich die Schüssel genauer: Sie enthielt wirklich mein Baby-Rückgrat. Normalerweise verlor man das über einen Zeitraum von mehreren Monaten, eben in dem Maße, wie das Erwachsenenrückgrat sich an die Oberfläche schiebt. Durch den Unfall mußten beide Paare gegeneinandergeknallt sein. Der dabei entstehende Druck auf die Nerven hatte wohl den natürlichen Vorgang beschleunigt, und da hatten die Phuvnthus entschieden, daß es wohl besser sei, das Milchrückgrat schon jetzt herauszunehmen, auch wenn die Erwachsenenknochen noch nicht ganz so weit waren.

Haben sie das nur geraten, oder kennen sie sich mit der hoonschen Anatomie aus?

Nun mal halblang, dachte ich, *eins nach dem anderen. Kannst du deine Zehen spüren? Sie bewegen?*

Ich sandte den Befehl nach unten, die Krallen auszufahren, und spürte gleich darauf den Widerstand der Tischplatte, als die Spitzen sich in sie bohren wollten. So weit, so gut.

Jetzt griff ich mit der Linken an meinen Rücken und ertastete dort, wo sich normalerweise meine Rückgrate befinden, einen dicken, glatten und festen Verband.

Dann ertönten Worte. Eine unangenehm freundliche Stimme erklärte in nicht ganz akzentfreiem Galaktik Sieben:

»Der orthopädische Verband, den wir dir angelegt haben, wird dir dabei helfen, bei all deinen Bewegungen den Streß zu lindern, bis der Erwachsenenknochensatz sich gefestigt und stabilisiert hat. Dennoch möchten wir dir dringend raten, es am Anfang langsam angehen zu lassen. Also bitte keine plötzlichen oder abrupten Bewegungen.«

Der »orthopädische Verband« bedeckte nicht nur meinen Rücken, sondern auch vorne den Bauch. Er fühlte sich nach professioneller Arbeit und nicht unbequem an, so ganz anders als die Bandagen, die mir die Metallspinnen vorher angelegt hatten.

»Bitte nehmt meinen großen Dank entgegen«, antwortete ich in formellem Galaktik Sieben, stützte mich behutsam auf einen Ellenbogen auf und drehte den Kopf in die andere Richtung. »Und gleichzeitig möchte ich mich für die Unannehmlichkeiten entschuldigen, die ich euch mit meiner Verletzung bereitet haben muß ...«

Ich unterbrach mich. Eigentlich hatte ich nämlich erwartet, einen Phuvnthu oder einen dieser Winzlinge oder meinetwegen auch ein Hologramm zu erblicken. Statt dessen befand sich vor mir nur ein geisterhaftes wirbelndes Gebilde, ebenso transparent wie unsere Karikaturen, aber auf künstlerische Weise abstrakt – mehr oder weniger ein Spinnennetz von komplexen Linien, die neben meinem Operationstisch auf und ab, hierhin und dorthin schwankten.

»Du hast uns keine Unannehmlichkeiten bereitet.« Die Stimme schien aus dem Zentrum des Wirbels zu kommen. »Wir waren nur neugierig, wie die Dinge oben auf der Welt der Luft und des Lichts stehen. Euer plötzliches Erscheinen, als ihr neben unserem Aufklärungsboot in den Tiefseegraben gestürzt seid, traf uns genauso unerwartet wie unser Auftauchen euch.«

Selbst in meinem halbbenommenen Zustand konnte ich leise Ironie aus den Ausführungen des Liniengebildes heraushören. Während es mich höflich und freundlich behandelte, erinnerte es mich doch gleichzeitig daran, daß wir, die Besatzung der *Wuphons Traum*, von ihnen gerettet worden waren und ihnen deswegen etwas schuldeten.

»Das stimmt«, gab ich zu, »obwohl meine Freunde und ich nie in den Abgrund gestürzt wären, wenn nicht jemand den Gegenstand entfernt hätte, zu dessen Bergung man uns hinuntergeschickt hat. Wir mußten danach suchen, und das führte uns dann an den Rand, über den wir schließlich gekippt sind.«

In dem sich ständig wandelnden Muster erschien ein neues, bläulich blinkendes Licht.

»Ihr beansprucht also diesen gesuchten Gegenstand für euch. Dann ist er wohl euer Eigentum?«

Nun galt es, auf der Hut zu sein, denn diese Frage konnte durchaus eine Falle sein. Gemäß den Gesetzen, die in den Schriftrollen festgelegt waren, durfte die Kiste, nach der wir im Auftrag Uriels gesucht hatten, überhaupt nicht existieren. Schon ihr bloßes Vorhandensein widersprach dem Geist unseres Gesetzes, nach dem alle Sooner-Kolonisten auf einer verbotenen Welt ihr Verbrechen nur dadurch mildern konnten, indem sie sich all ihrer gottgleichen Werkzeuge entledigten. So war ich froh, im streng formellen Galaktik Sieben sprechen zu können, wodurch ich nämlich gezwungen war, meine Worte sorgfältig abzuwägen. In meinem Heimatdialekt hätte ich einfach drauflosgeplappert und womöglich alles verraten.

»Ich beanspruche für mich und meine Freunde ... das Recht, diesen Gegenstand inspizieren zu dürfen ... und behalte mir die Option vor, eventuelle Eigentumsrechte zu einem späteren Zeitpunkt geltend zu machen.«

Nun drang Purpurrot in den sich drehenden Wirbel, und ich hätte schwören können, daß das Wesen belustigt war. Vielleicht hatte dieses Gebilde die gleichen Fragen vorher schon meinen Kameraden gestellt. Ich verstehe zwar, mich relativ gewählt auszudrücken, und selbst Huck meint, daß mich niemand im Galaktik Sieben zu übertreffen vermag, aber ich kann nicht behaupten, der Klügste in unserer Clique zu sein.

»Was das angeht, so werden wir später versuchen, zu einer Klärung zu kommen«, sagte die Stimme. »Zuerst möchte ich, daß du uns von deinem Leben erzählst und uns berichtest, was sich in letzter Zeit auf der Oberwelt getan hat.«

Das löste etwas Neues in mir aus ... Nennen Sie es meinetwegen den Händlerinstinkt, der in jedem Hoon schlummert. Die hohe Kunst des Feilschens gehört eben zu unseren Lieblingsbeschäftigungen. Vorsichtig und langsam richtete ich mich in eine sitzende Position auf und überließ es dem Korsett, den Großteil meines Gewichts zu tragen.

»Hrrrm, du verlangst also von mir, das einzige herzugeben, was wir noch zum Tausch anzubieten haben, nämlich unsere Geschichte und die unserer Vorfahren. Was kannst du mir denn dafür anbieten?«

Die Stimme gab eine ziemlich treffende Imitation eines hoonschen Entschuldigungsrumpelns von sich.

»Verzeih bitte. Es ist uns überhaupt nicht klar gewesen, daß du das so sehen könntest. Nun denn, du hast uns schon eine ganze Menge mitgeteilt. Wir wollen dir nun deinen Informationsschatz zurückgeben. Bitte sei unserer tiefen Zerknirschung darüber versichert, ihn uns angeeignet zu haben, ohne dich vorher um Erlaubnis zu fragen.«

Eine Tür glitt auf, und einer der Winzlinge betrat den kleinen Raum. In seinen vier schlanken Armen trug er meinen Rucksack.

Und mehr noch, obenauf lag mein kostbares Tagebuch, arg mitgenommen und leicht zerfleddert, aber immer noch der Gegenstand, der mir auf der ganzen Welt der teuerste war. Ich riß das Werk sofort an mich und blätterte die eselsohrigen Seiten durch.

»Sorge dich nicht«, beruhigte mich die Stimme aus dem Wirbel. »Unser Studium dieses Dokuments erwies sich zwar als sehr erhellend, hat gleichwohl aber nur unseren Appetit auf mehr Informationen geweckt. Deine ökonomischen Interessen sind durch unsere Neugier also keineswegs geschmälert worden.«

Das brachte mich zum Nachdenken. »Ihr habt also mein Tagebuch gelesen?«

»Wir können uns nur noch einmal dafür entschuldigen. Es erschien uns nämlich weise, dort nachzuschlagen, um deine Verletzungen besser erkennen zu können und zu erfahren, wie und auf welche Weise es euch in dieses Reich der Nässe und der Dunkelheit verschlagen hat.«

Wieder schwangen in den Worten Implikationen und versteckte Bedeutungen mit, die ich nicht analysieren konnte. So wollte ich zu jenem Zeitpunkt diese Befragung so rasch wie möglich beenden und mich lieber erst mit Huck und den anderen darüber beraten, was und wieviel wir preisgeben sollten.

»Ich würde jetzt gern meine Freunde sehen«, erklärte ich dem Wirbel und sprach, um meinen Worten Dringlichkeit zu verleihen, Englik.

Das Wesen zitterte kurz, was, wie ich glaubte, seine Form des Nickens darstellte.

»Einverstanden. Sie sind bereits darüber informiert worden, dich erwarten zu dürfen. Folge bitte dem Führer an der Tür.«

Das kleine Amphibienwesen wartete höflich, während ich die Füße behutsam auf den Boden stellte und sie dann vorsichtig mit meinem Gewicht belastete. Ich spürte hier und da ein paar Stiche, gewöhnte mich aber relativ rasch daran, die zusätzliche Stütze des Verbands zu nutzen. Dann klemmte ich mir das Tagebuch unter den Arm und warf einen fragenden Blick auf den Rucksack und die Schale mit meinem Babyrückgrat.

»Diese Gegenstände werden hier sicher verwahrt«, versprach mir die Stimme.

Das will ich hoffen, dachte ich. *Mum und Dad werden sie haben wollen ... vorausgesetzt natürlich, daß ich Mu-phauwq und Yowg-wayuo je wieder zu Gesicht bekomme ... und um so mehr, wenn ich sie nie wiedersehe ...*

»Vielen Dank.«

Nun zeigten sich in dem Wirbel unterschiedliche Farbflecke.

»Jeder deiner Wünsche ist mir Befehl.«

Mit dem Tagebuch unter dem Arm folgte ich dem Zwerg nach draußen. Als ich noch einen Blick zurück auf den Tisch warf, war das sonderbare Linienwesen schon verschwunden.

Asx

Hier ist sie endlich, meine Ringe, die Szene, nach der wir so lange gesucht haben. Und sie ist abgekühlt, um darüberstreichen zu können.

Ja, meine Ringe, es wird Zeit für eine neue Abstimmung. Sollen wir in diesem katatonischen Zustand bleiben und lieber darauf verzichten, uns dem Anblick zu stellen, der bestimmt blankes Entsetzen in uns auslösen wird?

Unser erster Ring besteht darauf, daß der Pflicht allemal der Vorrang gebührt, auch und vor allem über der uns Traeki angeborenen Tendenz, vor allem Unangenehmen zu fliehen.

Seid ihr anderen damit einverstanden? Sollen wir weiter Asx bleiben und der Wirklichkeit so entgegentreten, wie sie sich uns präsentiert? Wie entscheidet ihr, meine Ringe?

streicheln wir das Wachs …
folgen wir den wächsernen Spuren …
sehen wir uns an, wie das fremde Schiff erscheint …

Das monströse Schiff summt das Lied überwältigender Macht, steigt zu uns herab, vernichtet jeden verbliebenen Baum an der Südseite des Tals, schiebt Erdreich zu einem Damm auf, der den Lauf des Flusses hemmt, und füllt den Horizont wie ein Riesenberg aus.

Könnt ihr das fühlen, meine Ringe? Die Warnung, die von ihm ausgeht und mit säurensauren Dämpfen durch unseren Kern pocht?

An der schier endlosen Flanke des Raumers öffnet sich eine Luke, die groß genug ist, um eines unserer Dörfer zu verschlucken.

Vor dem beleuchteten Hintergrund im Innern des Schiffes zeichnen sich nun die Silhouetten von Wesen ab.

Von nach oben spitz zulaufenden konischen Gebilden.

Von Ringstapeln.

Schreckliche Verwandte von uns, von denen wir gehofft hatten, sie nie wiedersehen zu müssen.

Sara

Sara erschien der wilde Ritt der letzten Nacht in einem viel angenehmeren Licht, als die Pferde nun ein Tempo vorlegten, bei dem sich ihr Hinterteil weich wie Butter anfühlte.

Wenn ich nur daran denke, daß ich mir als Kind immer gewünscht habe, einmal so zu galoppieren wie die Heldinnen in meinen Büchern!

Wann immer der Ritt ein wenig ruhiger wurde, warf sie verstohlene Seitenblicke auf die geheimnisvollen Reiterinnen, die sich auf den Rücken der riesigen mythischen Tiere ganz zu Hause zu fühlen schienen. Diese Amazonen nannten sich selbst Illias, und ihre Existenz war bis vor kurzem unbekannt gewesen. Doch nun schien sich etwas ereignet zu haben, das sie dazu bewog, sich offen zu zeigen.

Sollte der Grund dafür einzig und allein darin bestehen, den Sprengmeister Kurt an sein Ziel zu bringen?

Vorausgesetzt, seine Mission ist von allergrößter Wichtigkeit, und davon darf ich wohl ausgehen, wozu braucht er dann meine Hilfe? Ich bin doch nur eine Wissenschaftlerin, die sich der theoretischen Mathematik verschrieben hat und sozusagen nebenbei ein wenig Linguistik betreibt. Doch all mein Wissen ist mehrere Jahrhunderte hinter dem zurück, was auf der Erde mittlerweile Standard sein dürfte. Für Galaktiker bin ich sicher nicht mehr als eine halbgebildete Schamanin.

Der Trupp hatte die Höhen hinter sich gelassen und kam nun an Siedlungen vorbei. Zuerst an einem ursischen Lager, dessen Werkstätten unter der Erde angelegt und dessen Koppeln gegen den glühenden Himmel getarnt waren. Als das Land grüner wurde, passierten sie auch Dämme, an denen Blaue Qheuen ihre Zuchtfarmen am Seegrund pflegten. Schließlich ritten sie auf ein Wäldchen am Flußufer zu und stellten beim Näherkommen fest, daß es sich bei den »Bäumen« in Wahrheit um geschickt getarnte Masten von hoonschen Fischer- und Khota-Booten handelte. Sara konnte später sogar eine Webersiedlung der g'Kek erkennen, wo dicke Stämme Rampen, Brücken und schwankende Stege stützten, auf denen sich die klugen Radwesen bewegten.

Alle Orte, an denen die Reiter vorbeikamen, waren verlassen – zumindest hatte es auf den ersten Blick diesen Anschein. Aber in den Gehegen scharrten immer noch Hühner, und mehr als ein Tarnnetz war frisch geflickt worden.

Zur Mittagszeit hält sich niemand gern im Freien auf; erst recht nicht, wenn finstere Geister über den Himmel ziehen.

Jeder, der in seinem Mittagsschläfchen gestört wurde und den Kopf hob, nahm kaum mehr wahr als vage galoppierende Gestalten, die von einer Staubwolke eingehüllt wurden.

Doch später war es natürlich unvermeidlich, daß man sie bemerkte, nach der Mittagszeit nämlich, als die Bürger der Sechs Rassen aus ihren Hütten eilten und gleich anfingen zu rufen und zu schreien, sobald die Schwadron Pferde und Reiter vorbeidonnerte. Die verschlossenen Illias-Frauen reagierten nie auf solche Anrufe, aber Emerson und der junge Jomah winkten den erstaunten Dörflern zu und lösten damit bei einigen sogar zögerliche Hochrufe aus. Sara mußte darüber kichern, und sie schloß sich dem Possenspiel ihrer Freunde an und half ihnen dabei, den Reiterzug in etwas zu verwandeln, was einer Parade aus alter Zeit glich.

Schließlich waren die Rösser am Ende ihrer Kräfte. Die Führer bogen in ein Wäldchen ab, wo zwei weitere Amazonen auf sie warteten. Sie trugen Lederkleidung und sprachen mit einem Akzent, der Sara irgendwie verblüffend bekannt vorkam. Die Reiter erhielten eine warme Mahlzeit und danach neue, ausgeruhte Reittiere.

Da hat jemand die ganze Reise aber perfekt organisiert, sagte sich Sara. Sie zog es vor, ihr Essen im Stehen einzunehmen – irgendeinen übelriechenden vegetarischen Brei, über dessen Ingredenzien sie lieber nicht nachdenken wollte – weil sie sich unterwegs geschworen hatte, in Zukunft nur noch dann zu sitzen, wenn es sich absolut nicht vermeiden ließ. Außerdem lockerte das Herumlaufen ihre verkrampften Muskeln ein wenig.

Bei der nächsten Etappe ging es jedoch schon etwas besser. Eine Amazone zeigte Sara nämlich einen Trick: Sie mußte sich flexibel in die Steigeisen stemmen, um so das Auf und Ab des Ritts abzufedern.

Sara war für diesen Tip sehr dankbar, fragte sich aber insgeheim: *Wo haben sich diese Illias die ganze Zeit über versteckt gehalten?*

Dedinger, der Wüstenprophet, sah sie an, als ihr Blick über die Truppe schweifte. Offenbar wollte er mit ihr über das Geheimnis der Amazonen reden, aber sie wandte rasch den Kopf ab, weil sie keine Lust hatte, mit ihm zu sprechen. So angenehm es auch war, mit einem Mann von seinen Geistesgaben zu reden, seine Charakterfehler machten ihr seine Gegenwart unerträglich. Da verbrachte sie ihre freie Zeit doch lieber mit Emerson. Der Mann konnte zwar nicht mehr sprechen, besaß dafür aber ein überaus angenehmes Wesen.

Südlich der Großen Marsch passierten sie immer seltener Dörfer. Dafür traf man hier häufiger Traeki an, angefangen von den hohen, sehr fähigen Stapeln, die für ihre Kräuterkunde und Arzneien berühmt waren, bis hinab zu den Stapeln aus lediglich fünf, vier oder gar drei Wülsten, denen es oblag, Abfälle in sich aufzunehmen, so wie es ihre Vorfahren schon auf der vergessenen Heimatwelt getan haben mußten, bevor eine Patron-Rasse erschienen war und ihnen den Großen Schub versetzt hatte.

Sara schloß die Augen und träumte von geometrischen Bögen und Kreisen, um ihren Geist von der Hitze und der Anspannung abzulenken. Sie gelangte in die Welt der Parabeln und der Kurvendiskussionen, an einen Ort, an dem Zeit und Entfernung keine Rolle spielten. Als sie die Augen wieder öffnete, setzte bereits die Dämmerung ein, und zu ihrer Linken floß ein breiter Strom, an dessen fernem anderen Ufer Lichter blinkten.

»Traybold's Crossing«, bemerkte Dedinger nach einem Blick auf die Siedlung, die unter Tarnschlingpflanzen verborgen lag. »Ich glaube, seine Bewohner haben sich endlich entschieden, das Richtige zu tun, was mich sehr freut ... auch wenn dadurch Wanderern wie uns einige Unannehmlichkeiten bevorstehen.«

Der listige Rebellenführer wirkte hochzufrieden. Warum? fragte sich Sara.

Hat hier früher eine Brücke gestanden? Haben die Fanatiker des Dorfes sie abgerissen, ohne den Befehl der Weisen abzuwarten?

Dwer, ihr weitgereister Bruder, hatte ihr die Brücke, die sich über den Gentt spannte, einmal als Wunderwerk der Tarnung beschrieben. Aus der Ferne und von oben sähe sie aus wie eine Ansammlung zufällig angeschwemmter Baumstämme. Aber selbst ein solches Kunstwerk ließ heutzutage buchstabengetreuen Schriftrollengläubigen keine Ruhe mehr.

Im trüben Licht der Dämmerung machte sie ein verloren wirkendes Skelett verkohlter Stämme aus, das sich von einem Sandufer zum anderen erstreckte.

Genau wie zu Hause im Dorf Bing. Was haben Brücken nur an sich, daß fanatische Zerstörungswütige wie durch Zauberei von ihnen angezogen werden?

Aber in diesen wirren Zeiten erweckte alles von Bürgerhand Geschaffene den Unmut der Fundamentalisten.

Die Werkstätten, Dämme und Bibliotheken – wozu brauchen wir die überhaupt? Wir folgen den Glavern auf dem Pfad der gesegneten Einfalt. Vielleicht setzt sich Dedingers Ideologie ja doch durch. Und möglicherweise behält er recht und Lark nicht.

Sara seufzte. *Daß meine eigenen Vorstellungen sich eines Tages durchsetzen würden, hat ja ohnehin niemand geglaubt, nicht einmal ich.*

Trotz seiner Gefangenschaft strahlte Dedinger das Bewußtsein aus, daß seine Sache kurz vor ihrem endgültigen Triumph stehe.

»Nun müssen unsere jungen Retterinnen Tage damit verschwenden, jemanden zu finden, der ihnen ein Boot vermietet. Kein eitles Tun mehr, um den Tag des Gerichts hinauszuschieben. Als hätten Sprenger und ihre Freundinnen jemals den Lauf des Schicksals beeinflussen können!«

»Halt die Klappe«, knurrte Kurt.

»Weißt du, ich habe immer geglaubt, du und deine Zunft stünden auf unserer Seite, wenn der Zeitpunkt gekommen wäre, all die

Eitelkeiten und den Luxus aufzugeben und sich auf den Pfad der Erlösung zu begeben. Es muß doch ziemlich frustrierend sein, sich sein ganzes Leben lang darauf vorzubereiten, alles in die Luft zu jagen, um dann im entscheidenden Moment davor zurückzuschrecken.«

Kurt drehte ihm den Rücken zu.

Sara rechnete damit, daß die Illias zum nächsten Fischerdorf reiten würden. Hoonsche Boote waren groß genug, um ein Pferd aufzunehmen und auf die andere Seite zu befördern, auch wenn dieser quälend langsame Transport die Illias den neugierigen Blicken eines jeden Bürgers im Umkreis von einem Dutzend Meilen aussetzen würde. Und sie wollte lieber gar nicht daran denken, daß damit auch die ursischen Urunthai oder Dedingers hartgesottene Gefolgsleute Zeit genug bekommen würden, zu ihnen aufzuschließen.

Doch zu ihrer großen Überraschung verließ die Schwadron den Flußweg und bewegte sich in westlicher Richtung auf einem schmalen Pfad weiter, der durch dichtes Unterholz führte. Zwei Amazonen fielen zurück und beseitigten alle Spuren hinter dem Trupp.

Liegt ihr geheimes Lager etwa inmitten dieses Gestrüpps?

Aber alle möglichen Jäger und Sammler mußten doch in diese Gegend kommen. Kein Volk von Pferdereitern konnte sich in einem solchen Landstrich über hundert Jahre lang verborgen halten.

Bald hatte Sara in diesem Labyrinth von Stämmen, Zweigen und Wurzeln jegliche Orientierung verloren und konzentrierte sich lieber auf die Reiterin, die vor ihr ritt. Es wäre doch zu dumm, wenn sie sich hier verirrte und sich allein durch die Nacht vorwärtsmühen mußte.

Der Pfad stieg stetig an, bis sie schließlich eine Kuppe erreichten, von der aus man einen weiten Ausblick auf eine ganze Gruppe ziemlich gleichhoher Hügel hatte, die eine buschbestandene Senke umringten. Die Höhen waren so symmetrisch angelegt, daß Sara darunter buyurische Ruinen vermutete.

Doch dann vergingen ihr alle archäologischen Betrachtungen, als ihr etwas ins Auge fiel. Ein Blinken im Westen, das viele Meilen entfernt sein mußte.

Zwischen den breiten Schultern eines Berges zeigte sich ein Keil aus Licht.

Seinen Gipfel färbten rote und orangefarbene Bänder.

Fließende Lava.

Das Blut Jijos.

Ein Vulkan.

Sara blinzelte. Hatten sie ihn etwa schon erreicht, den …

»Nein«, beantwortete sie sich selbst die Frage. »Das ist nicht der Berg Guenn, sonden der Feuerberg.«

»Wenn das wirklich unser Ziel wäre, Sara, stünden wir vor weitaus weniger Schwierigkeiten«, erklärte ihr Kurt, der sich ganz in der Nähe aufhielt. »Davon abgesehen sind die Schmiedinnen vom Feuerberg recht konservativ und wollen nichts mit dem Treiben an dem Ort zu tun haben, zu dem wir unterwegs sind.«

Treiben? Gefiel es dem Sprengmeister etwa, in Rätseln zu ihr zu sprechen?

»Du hast doch wohl nicht vor, den ganzen Weg bis …«

»Bis zur großen Schmiede zurückzulegen? Doch, Sara, und keine Bange, das schaffen wir auch.«

»Aber die Brücke ist doch zerstört worden! Dann ist da noch die Wüste. Und dahinter liegt der Spektral…«

Sie sprach nicht weiter, als der Trupp sich wieder in Bewegung setzte und auf die Sträucher in der Senke zuritt.

Dreimal hielten die Illias an und stiegen ab, um geschickt verborgene Barrikaden beiseite zu schieben, die selbst noch aus der Nähe wie zufällig herumliegende Felsen oder Baumstämme aussahen. Endlich gelangten sie auf eine kleine Lichtung, wo sie von einer neuen Gruppe in Leder gekleideter Frauen begrüßt und umarmt wurden. Ein Lagerfeuer brannte auch dort … und der köstliche Duft von Essen stieg ihr in die Nase.

Trotz des anstrengenden Tages, der hinter ihr lag, gelang es Sara, ihrem Pferd den Sattel abzunehmen und das müde Tier abzureiben. Sie aß wieder im Stehen, weil sich die Befürchtung hartnäckig in ihr hielt, nie wieder sitzen zu können.

Ich sollte nach Emerson sehen und dafür sorgen, daß er seine Medizin einnimmt. Vielleicht ist ihm auch eine Geschichte oder ein Lied willkommen, damit er ruhig einschlafen kann.

Ein kleines Wesen glitt auf sie zu und schnaufte nervös.

Nicht-Gehen-Loch, bedeutete er ihr mit Handzeichen. *Loch-unheimlich.*

Sara runzelte die Stirn.

»Von was für einem Loch redest du denn?«

Der Schimpanse nahm ihre Hand und zog sie zu ein paar Illias, die gerade Satteltaschen und Gepäck auf ein großes, kistenartiges Gebilde luden.

Ein Wagen, erkannte Sara, nachdem sie genauer hingesehen hatte. Ein ziemlich wuchtiger, großer Karren, der statt der üblichen zwei über vier Räder verfügte. Man spannte frische Pferde vor ihn an, aber wohin sollte das Fuhrwerk rollen? Doch wohl nicht etwa durch dieses Dickicht!

Dann entdeckte Sara das »Loch«, von dem Prity ihr berichtet hatte: Am Fuß eines der konischen Hügel gähnte eine Öffnung mit glatten Wänden und einem ebenen Boden. Ein Leuchtstreifen verlief mitten auf dem leicht abschüssigen Tunnelboden, bis er hinter einer Biegung nicht mehr zu sehen war.

Kurt und Jomah hatten bereits zusammen mit Dedinger den Karren bestiegen und den Gefangenen zwischen sich gesetzt. Zum ersten Mal zeigte sich auf den aristokratischen, selbstbewußten Zügen des Rebellen so etwas wie Überraschung.

Und dieses einzige Mal mußte Sara dem Fundamentalisten zustimmen.

Emerson stand am Eingang der Höhle und rief irgend etwas hinein – wie ein kleiner Junge, der sich am Echo seiner Stimme erfreut. Der Sternenmann grinste, wirkte überglücklich und streckte seine Hand nach Sara aus. Sie atmete tief durch und ergriff sie dann.

Ich wette, Dwer und Lark waren noch nie in so einem Tunnel. Vielleicht bin ich es ja, die bei unserem Wiedersehen die faszinierendste Geschichte zu erzählen hat.

Alvin

Ich traf meine Freunde in einer Kammer an, in der eisiger Nebel die Sicht versperrte und die Geräusche verschluckte. Vom Geklapper meiner Krücken und auch von meinen schweren Schritten war so gut wie nichts zu hören, als ich mich auf die Silhouetten von Huck, Ur-ronn und Schere zubewegte. Der Qheuen sah merkwürdig aus, bis ich entdeckte, daß der kleine Noor sich auf seinen Rückenpanzer gehockt hatte. Keiner von ihnen sah in meine Richtung. Statt dessen starrten sie alle in das sanfte Glühen des Nebels.

»He, was ist denn hier los?« rief ich. »Ist das eine Art, einen alten Freund zu begrüßen ...«

Huck drehte einen Augenstiel in meine Richtung.

»Wir-freuen-uns-dich-wohlbehalten-und-munter-wiederzusehen-aber-jetzt-halt-die-Klappe-und-schieb-deinen-Hintern-hierher!«

Nur wenige auf dem Hang beherrschen wie Huck die Kunst, all das in ein einziges Galaktik-Drei-Wortkonglomerat zu pressen, aber das rechtfertigte es noch lange nicht, mich so rüde anzufahren.

»Hrrrmph-danke-gleichfalls-du-Wesen-das-du-von-etwas-zu-gefesselt-bist-um-dich-der-gebotenen-Höflichkeit-zu-befleißigen.«

Ich verstand mich auch auf diese Kunst.

So schleppte ich mich weiter und bemerkte beim Näherkommen, wie verändert meine Kameraden waren: Ur-ronns Fell glänzte, Hucks Räder waren perfekt ausgewuchtet, und Scheres Rückenpanzer hatte man von allen Unebenheiten befreit und auf Hochglanz poliert. Selbst Huphu sah aus wie aus dem Ei gepellt.

»Was gibt's denn?« wollte ich wissen. »Worauf starrt ihr denn ...«

Mir stockte der Atem, als ich erkannte, wo sie gerade standen: am Rand eines Balkons ohne Geländer, von dem aus man auf die Quelle des bleichen Glühens und der Kälte hinabblicken konnte. Ein Würfel mit einer Seitenlänge von zwei ausgewachsenen Hoon, der eine blasse, gelblichbraune Färbung aufwies, lang eingehüllt in Nebel, der aus ihm selbst zu strömen schien. Seine Wände waren glatt und schmucklos, bis auf ein Symbol an seiner Vorderseite: eine Spirale mit fünf gewundenen Armen und einem knollenartigen Zentrum, durch das senkrecht ein leuchtender Balken fuhr.

Mögen wir Bürger auf dem Hang auch fern von jeglicher Zivilisation tief gesunken sein, und mag es auch schon lange her sein, daß unsere Vorfahren als Sternengötter die Galaxien durchstreiften – dieses Symbol ist selbst dem kleinsten Kind unserer Gemeinschaften ein Begriff. Die Heiligen Schriftrollen tragen es, und wenn die Propheten und Weisen aus ihnen vortragen und von verlorenen Wundern sprechen, löst dieses Zeichen bei allen tiefe Ehrfurcht aus.

Wenn dieses Emblem an diesem Kasten dort unten angebracht war, konnte das nur eines bedeuten: Wir standen vor einem größeren Wissensschatz, als man sich das auf dem Hang vorstellen oder in seiner Phantasie ausmalen konnte. Selbst wenn die menschliche Besatzung des Schleichschiffs *Tabernakel* bis zum heutigen Tag damit fortgefahren hätte, Bücher zu drucken, würden doch alle Seiten zusammen nur einen winzigen Bruchteil des Wissens enthalten, den dieser Würfel hier repräsentierte – eine Schatzkammer des Wissens, das man schon zusammengetragen hatte, als viele der heutigen Sterne noch gar nicht geboren worden waren.

Dies war das Symbol der Großen Bibliothek der Zivilisation der Fünf Galaxien.

Ich habe irgendwo einmal gelesen, daß in solchen Momenten große Geister wunderbare Dinge zu sagen vermögen.

»G-g-g-ott ...«, ächzte Schere.

Ur-ronn war weniger prägnant.

»All die Sssachen ...«, lispelte sie, »die wir ihn fragen können ...«

Ich stieß Huck in die Seite.

»Bitte, du hast gesagt, du wolltest dir was zu lesen suchen.«

Zum ersten Mal in all den Jahren, die ich sie nun schon kannte, fiel meiner g'Kek-Freundin keine schlagfertige Bemerkung ein. Ihre Augenstiele zitterten, und das einzige Geräusch, das von ihr zu vernehmen war, war ein scharfes Seufzen.

Asx

Wenn wir doch nur flinke Lauffüße hätten
Würde ich sie jetzt benutzen, um davonzurennen.
Wenn wir doch nur Grabklauen hätten,
Würde ich sie jetzt benutzen, um ein Loch zu graben und mich darin zu verstecken.
Wenn ich doch nur Flügel hätte, würde ich gleich davonfliegen.

Da es mir/uns aber an diesen Hilfsmitteln gebricht, entscheiden sich die Ringe unseres gemeinsamen Stapels beinahe dafür, uns permanent in uns zurückzuziehen, die Außenwelt auszuschließen, die objektive Welt zu negieren und darauf zu warten, daß das Unerträgliche endlich verschwindet.

Aber es will nicht verschwinden.

So teilt es uns schließlich unser zweiter Erkenntnisring mit.

Unter den fettigen Spuren des Wissens, die unseren alten Kern wie ein alter Mantel umhüllen, finden sich viele, die erst angelegt wurden, nachdem wir das Lesen von Büchern gelernt und lange Diskussionen mit anderen Weisen geführt hatten. Diese philosophischen Schichten stimmen mit dem Zweiten Ring überein. So schwierig das für einen Traeki auch zu begreifen sein mag, aber der Kosmos verschwindet nicht, wenn wir uns in uns selbst zurückziehen. Die Logik und die Naturgesetze scheinen dagegen zu sprechen.

Das Universum dreht sich also weiter, und wesentliche Dinge ereignen sich weiterhin, eins nach dem anderen.

Dennoch bedarf es unserer ganzen Kraft, die zitternden Sensorenringe auf diesen Berg von einem Schlachtschiff zu richten, der sich vor kurzem erst vom Himmel herabgesenkt hat und dessen Hülle das Tal und das Firmament ausfüllt.

Und noch schwieriger ist es, auf die geöffnete Luke an der Flanke des Kreuzers zu blicken – ein Metallmaul, größer als das riesige Gebäude in der Stadt Tarek.

Doch wirklich entsetzlich ist es, den schrecklichsten aller Schrecken zu schauen – die Vettern, vor denen wir Traeki einst geflohen sind.

Die übermächtigen und allgewaltigen Jophur.

Wie prächtig sie aussehen mit ihren glänzenden Saftringen. Wie gewaltig sie in dem von innen beleuchteten Portal stehen und ohne Mitleid auf das zerrissene Tal blicken, dessen Formen auch weiterhin von dem enormen Gewicht ihres Schiffes zusammengedrückt werden, und auf die Lichtung mit ihren Verbrechern, die fast auf den Zustand von Tieren hinabgesunken sind, auf diesen Pöbel aus sechs verschiedenen Rassen, auf die degenerierten Nachfahren einstiger Flüchtlinge.

Exilanten, die in einer Art Wahn glaubten, sie könnten dem Unausweichlichen womöglich entgehen.

Unsere Mitbürger murmeln ängstlich vor sich hin und können immer noch nicht fassen, was eben dem Rothen-Schiff widerfahren ist – der Macht, die uns monatelang in Furcht und Schrecken versetzt hatte und nun begraben unter tödlichem, solidem Licht verharren muß.

Ja, meine Ringe, ich registriere, wie einige der Bürger, und es handelt sich um die, die schnell im Denken und auch sonst nicht auf den Kopf gefallen sind, auf dem Absatz kehrt machen und sich verdrücken, noch ehe das Landebeben des Schiffes abgeklungen ist. Die anderen sind Narren genug, um von Neugier oder Ehrfurcht angetrieben, nun erst recht auf den Raumer zuzuströmen. Vielleicht reichen ihre Geistesgaben nicht aus, um den Titanen und seine Insassen mit irgendeiner Gefahr in Verbindung zu bringen.

So harmlos wie ein Traeki, so heißt es doch allgemein auf dem Hang. Was kann schon Schlimmes von einem Stapel klebriger und fettiger Ringe ausgehen, werden sie sich sagen.

Ach, meine armen, unschuldigen Nachbarn, ihr werdet es schon bald herausfinden, und dann wehe euch!

Lark

In dieser Nacht träumte er von dem letzten Mal, als er Ling lachen gesehen hatte – bevor ihre Welt und die seine sich für immer veränderten.

So lange schien das her zu sein, jener mondbeschienene Abend, an dem der Pilgerzug stolz an vulkanischen Erdspalten und steilen Klippen vorbeizog und sich mit gemeinsamer Hoffnung und voller Ehrfurcht dem Heiligen Ei näherte. Zwölf Reihen mit je zwölf weißgekleideten Gläubigen – Qheuen, g'Kek, Traeki, Urs,

Menschen und Hoon bunt gemischt – bestiegen den geheimen Pfad zu ihrer heiligsten Stätte. Und zum ersten Mal wurden sie von Gästen aus dem Weltraum begleitet: einem Rothen-Herren und zwei Danik-Menschen nebst ihren Roboterleibwächtern. Sie wollten an dem Ritual teilnehmen, um die Einheitsriten eines altmodischen Volks von Wilden zu erleben.

Lark träumte von dem Pilgerzug – bis zu dessen letztem friedlichen Moment, bevor die Gemeinschaft durch die Worte Fremder und die Taten der Fundamentalisten kurz vor der Zersplitterung stand. Und ganz besonders gut erinnerte er sich an das Lächeln Lings, als sie ihm die frohe Botschaft überbrachte.

»Schiffe kommen, Lark. So viele Schiffe.
Es wird an der Zeit, euch alle nach Hause zu bringen!«

Zwei Worte flogen unablässig wie Funken in der Nacht durch seinen Geist. Vibrierten rhythmisch, während er im Schlaf versuchte, sie zu fassen zu bekommen:

... Schiffe ...
... nach Hause ...
... Schiffe ...
... nach Hause ...

Eines der Worte entzog sich endgültig seinem Traumgriff, und er konnte nicht herausbekommen, welches von beiden es war. Doch das andere bekam er zu fassen, und er ließ es nicht mehr los, auch wenn sein flammenartiges Glühen noch stärker wurde. Ein seltsames Licht, das sich aus seiner Gefangenschaft zu befreien versuchte. Es strömte durch Fleisch und Knochen, um dann klar zu werden und ihm anzubieten, ihm alles zu zeigen.

Alles, bis auf ...

Bis darauf, daß Ling nun verschwunden war. Mitgenommen von dem Wort, das entkommen war.

Schmerzen zerrten Lark aus seiner einsamen nächtlichen Phantsie, und er fand sich mehr oder minder gefesselt in seiner eigenen, durchgeschwitzten Decke wieder. Seine zitternde Hand hatte sich hart in der Brust verkrallt und löste dort die Schmerzen aus.

Lark atmete lange und vernehmlich aus, dann setzte er die Linke ein, um die Rechte von der Brust zu lösen. Er mußte jeden Finger einzeln wegziehen, und plötzlich kullerte etwas aus der geöffneten Handfläche.

Der Stein, der Splitter aus dem Heiligen Ei, den er als rebellisches Kind einst mit einem Hammer aus dem Monolithen geschlagen hatte und den er seitdem als selbstauferlegte Strafe und Mahnung ständig bei sich trug. Als seine traumumfangene Verwirrung langsam von ihm abfiel, spürte er den steinernen Talisman in seiner Hand pochen – im Rhythmus seines Herzschlages.

Lark starrte auf das Tarnzelttuch über ihm, durch dessen Ritzen Mondlicht drang.

Ich muß hier in Dunkelheit auf Jijo bleiben, dachte er und sehnte sich danach, noch einmal das strahlende Licht zu schauen, das seinen Traum angefüllt hatte. Ein Schein, der ferne Sichten zu offenbaren schien.

Ling richtete später am Tag das Wort an ihn, als ein nervöser Milizsoldat ihnen das Mittagessen hereinreichte.

»Hör mal, das ist doch einfach zu blöd« begann sie. »Wir beide behandeln einander, als wäre der andere eine giftige Höllengeburt. Dabei könnten wir unsere Zeit wirklich besser nutzen, als Groll aufeinander zu hegen. Denk nur daran, daß dein Volk und meins sich auf gefährlichem Kollisionskurs zueinander befinden.«

Lark waren längst ähnliche Gedanken durch den Kopf gegangen, aber Lings abweisendes und bedrücktes Brüten hatte zwischen ihnen einen breiten Graben geschaffen, den er nicht überqueren konnte. Doch hier und jetzt sah sie ihm offen ins Gesicht, und zwar so dringlich, als wolle sie alle vertane Zeit aufholen.

»Meiner Ansicht nach ist es längst zu der Kollision gekommen«, bemerkte er.

Sie preßte die Lippen zusammen und nickte.

»Das stimmt. Aber es wäre falsch, eurer gesamten Gemeinschaft die Schuld für die Taten einer Minderheit anzuhängen, die dazu auch noch ohne höheren Befehl ...«

Er unterbrach sie mit einem bitteren Lachen. »Selbst wenn du dich bemühst, ernsthaft zu reden, Ling, klingst du immer noch herablassend.«

Die Biologin starrte ihn verständnislos an. Dann nickte sie wieder. »Also gut. Eure Weisen haben den Angriff der Fundamentalisten post fakto sanktioniert, indem sie uns gefangennehmen ließen und mit Erpressung gedroht haben. Man könnte also durchaus sagen, daß wir uns ...«

»Bereits im Krieg befinden? Da muß ich dir recht geben, teure Ex-Arbeitgeberin. Nur scheinst du bei deinen Ausführungen den *casus belli* ausgelassen zu haben.« Lark wollte sich nicht wieder von ihr unterkriegen lassen und bewies ihr deshalb, daß er ebenfalls etwas von der Diplomatensprache verstand und auch als Wilder den einen oder anderen lateinischen Brocken einwerfen konnte. »Wir kämpfen hier um unser Leben. Und zwar erst recht, seit wir erfahren haben, daß die Rothen von Anfang an vorhatten, hier Völkermord zu begehen.«

Ling sah an ihm vorbei zu einem g'Kek-Arzt, der wachsende Mengen einer ekelerregenden Flüssigkeit aus den Beinmündern eines Qheuen absaugte. Der Kranke lag im hinteren Teil des Zeltes im Koma. Es handelte sich um Uthen, mit dem die Danik einige Monate lang zusammengearbeitet hatte. Die beiden hatten einheimische Spezies darauf untersucht, ob sie sich für einen Schub eigneten.

Doch der Anblick des leidenden Qheuen vermochte nicht, sie von den Ausführungen ihres ehemaligen menschlichen Mitarbeiters abzulenken.

»Glaub mir bitte, Lark, ich habe nichts mit dieser Krankheit zu tun. Genausowenig wie mit diesem Trick, den Ro-kenn angeblich benutzt hat, indem er versucht haben soll, PSI-Beeinflussungen durch euer Heiliges Ei auszustrahlen.«

»Angeblich versucht haben soll? Willst du damit etwa andeuten, wir verfügten über die Technologie, so etwas vorzutäuschen, womöglich, um euch in Mißkredit zu bringen?«

Ling seufzte. »Ich würde diese Idee nicht gleich in Bausch und Bogen verdammen. Schließlich habt ihr Jijoaner uns von Anfang an etwas vorgemacht und auf der Klaviatur unserer Vorurteile herumgespielt. Ihr habt uns noch in unserer Auffassung unterstützt, ihr wärt nicht mehr als ungebildete Barbaren. Wir haben erst nach Wochen herausgefunden, daß ihr keine Analphabeten seid! Und es mußte noch mehr Zeit vergehen, ehe wir entdeckten, daß ihr Hunderte Bücher besitzt, vielleicht sogar Tausende.«

Ein ironisches Lächeln verzog seinen Mund, ehe er begriff, wieviel er damit verriet.

»Wie, etwa noch mehr? Noch viel mehr?« Sie starrte ihn mit großen Augen an. »Aber wo bewahrt ihr sie auf? Beim Barte von Dänikens, wo habt ihr sie her?«

Lark schob sein Essen beiseite; er hatte es kaum angerührt. Dann griff er in seinen Rucksack und zog einen in Leder gebundenen Band heraus. »Ich weiß nicht mehr, wie oft ich dir das schon zeigen wollte. Und jetzt ist es vielleicht nicht mehr so wichtig.«

Ling wischte sich erst die Finger ab, bevor sie das Buch entgegennahm, eine Geste, die Lark sehr gefiel, genauso wie ihre Vorsicht, als sie die Seiten umblätterte. Doch nach einer Weile erkannte er, daß nicht Ehrfurcht dahintersteckte, sondern schlichte Unkenntnis. Die Biologin war es einfach nicht gewohnt, etwas Gedrucktes in Händen zu halten.

Wahrscheinlich hat sie in ihrem ganzen Leben noch kein Buch gesehen, höchstens im Museum.

Die Reihen von Druckbuchstaben wurden von Lithographien

unterbrochen, und Ling verwunderte sich ein ums andere Mal über die flachen, unbeweglichen Bilder. Viele der hier dargestellten und beschriebenen Spezies Jijos waren während der Monate ihrer Zusammenarbeit auch im Zelt der Daniks aufgetaucht, als sie die Tiere auf diejenigen Eigenschaften hin untersucht hatten, die für die Rothen von Interesse waren.

»Wie alt ist dieses Werk? Hast du es hier auf dem Planeten gefunden, vielleicht unter all diesen Gegenständen hier?« Sie zeigte auf die Artefakte, die die Mulch-Spinne aufgehoben hatte – Relikte der längst abgezogenen Buyur, die in bernsteinfarbenen Kokons eingeschlossen waren.

»Du bist schon wieder überheblich!« stöhnte Lark. »Jafalls noch mal, der Text ist in Englik geschrieben!«

Sie nickte nervös. »Natürlich. Du hast ja recht. Aber wer hat denn dann ...«

Lark blätterte zurück und präsentierte ihr dann die Titelseite:

**PHYLOGENETISCHES INTERDEPENDENZ-PROFIL
DER ÖKOLOGISCHEN SYSTEME AM HANG JIJOS**

»Das ist erst der Band eins. Der zweite existiert nur in Notizen. Ich hatte meine Zweifel, ob wir so lange leben würden, um auch noch Band drei fertigstellen zu können, deswegen haben wir die Wüsten, Meere und Tundren weggelassen, damit sich ein anderer darum kümmern kann.«

Ling blickte mit großen Augen auf das Leinenpapier, strich vorsichtig über zwei Druckzeilen, sah ihn dann an und warf schließlich einen Blick auf den im Sterben liegenden Qheuen in der Ecke.

»Ja, richtig geraten«, erklärte er. »Du befindest dich im selben Zelt wie die beiden Autoren. Und da ich dir das Werk jetzt vorlege, erhältst du eine einmalige Gelegenheit: Sollen wir beide das Buch mit unserem Autogramm zieren? Ich fürchte, du bist der letzte Mensch, der die Chance dazu bekommt.«

Sein bitterer Sarkasmus war völlig verfehlt, denn er konnte an ihrem Gesichtsausdruck ablesen, daß sie nicht die geringste Vorstellung davon hatte, worum es sich bei einem Autogramm handelte. Doch ein Gutes hatte das Buch: Ling war jetzt nur noch die Wissenschaftlerin und nicht mehr die Danik von den Sternen, die ihn von oben herab behandelte. Sie schlug Seite um Seite um und murmelte bei jedem Kapitel, das sie überflog.

»Dieser Band hätte uns bei unserer Arbeit von allergrößtem Nutzen sein können.«

»Deswegen habe ich ihn dir ja auch nie vorgelegt.«

Ling reagierte darauf mit einem kurzen Nicken. Angesichts ihrer unterschiedlichen Auffassung darüber, ob Gen-Piraterie richtig war oder nicht, konnte sie seine Haltung durchaus verstehen.

Endlich hatte Ling sich auch die letzte Seite angeschaut und klappte das Buch zu. »Ich fühle mich geehrt. Was ihr da zusammengetragen habt, ist einfach unglaublich. Selbst in meiner kühnsten Phantasie vermag ich mir nicht vorzustellen, welche Mühen es euch gekostet haben muß, unter den hiesigen Bedingungen und dann auch noch ohne fremde Hilfe ein solches Werk zu erschaffen ...«

»Doch, wir hatten Hilfe von einigen anderen. Und wir haben uns bei der Arbeit auch auf Erkenntnisse gestützt, die andere vor uns niedergelegt hatten. So funktioniert Wissenschaft doch, oder? Jede Generation erlangt mehr Wissen, indem sie Neues dem hinzufügt, was vorangegangene bereits herausgefunden haben ...«

Seine Stimme erstarb, als ihm bewußt wurde, was er da von sich gab.

Fortschritt? Das ist doch Saras Form der Häresie, nicht die meine!

Aber warum bist du darüber so gereizt? Wenn nun tatsächlich eine Seuche dieser Fremden alles intelligente Leben auf Jijo auslöscht? Warst du nicht vor einiger Zeit noch der festen Ansicht, daß dies ein Segen für diese Welt sei? Erschien dir das nicht als ideale

Lösung, um der illegalen Besiedlung dieses Planeten ein rasches Ende zu bereiten? Dieser an sich harmlosen Invasion, die dennoch nie hätte stattfinden dürfen?

Während er tagtäglich mit Uthens Krankheit konfrontiert worden war, hatte sich in ihm eine neue Erkenntnis festgesetzt: Der Tod kann manchmal etwas Erstrebenswertes sein, doch nur in abstrakter Hinsicht. Wenn er jedoch konkret in dein Leben tritt, dir ganz nahe kommt und dich persönlich betrifft, sieht die Sache schon ganz anders aus.

Wenn Harullen, der Häretiker, noch am Leben gewesen wäre, hätte er Lark vielleicht geduldig dazu gebracht, seinen festen Glauben an die Richtigkeit des Galaktischen Gesetzes wiederzufinden, das aus guten Gründen jegliche Besiedlung von Brach-Welten verbot und unter Strafe stellte.

Schließlich war es doch unser großes Ziel, für die egoistischen Sünden unserer Vorväter zu sühnen und Jijo zu helfen, von der Krankheit seiner Bewohner geheilt zu werden.

Aber Harullen war nicht mehr. Ein Rothen-Roboter hatte ihn in Stücke zerfetzt. Daher mußte Lark ganz allein mit seinen Zweifeln fertig werden.

Fast wäre es mir lieber, Sara hätte recht. Wenn ich doch nur in unserem Leben hier etwas Hehres sehen könnte. Etwas, wofür es sich lohnt, Anstrengungen zu erdulden und zu kämpfen.

Aber um ganz ehrlich zu sein, ich will nicht sterben.

Die Biologin beschäftigte sich erneut mit dem Buch. Mehr noch als die meisten anderen konnte sie das würdigen, womit Uthen und er ihr ganzes Leben als Erwachsene verbracht hatten. Ihre professionelle Sicht dieser Arbeit half auch, den Abgrund zwischen ihren beiden Persönlichkeiten zu überbrücken.

»Du hast mir ein wunderbares Geschenk gemacht«, erklärte sie schließlich und sah ihn wieder an. »Ich wünschte, ich könnte dir etwas ähnlich Wertvolles zurückgeben.«

Lark dachte nach.

»Ist es dir damit wirklich ernst?«

»Natürlich.«

»Also gut. Warte hier bitte, ich bin gleich wieder zurück.«

Vom hinteren Teil des Zelts aus gab der Arzt ihm mit zwei gekreuzten Augenstielen zu verstehen, daß Uthens Zustand unverändert sei. Eine gute Nachricht, denn bisher hatte jede Veränderung eine Verschlechterung bedeutet. Lark strich dem Freund über den Chitinpanzer und wünschte, er könnte dem im Koma befindlichen Qheuen auf irgendeine Weise Linderung verschaffen.

»Ist es meine Schuld, daß du dir diesen Virus eingefangen hast, alter Freund? Ich habe dich überredet, mit mir die zerstörte Station der Fremden aufzusuchen, um dort nach ihren Geheimnissen zu suchen.« Er seufzte. »Das kann ich nie wieder gutmachen. Aber das, was du in deiner Tasche mit dir trägst, mag vielleicht anderen helfen.«

Lark nahm ihm den Beutel ab und kehrte damit zu Ling zurück. Er griff hinein und fand die Objekte, die sich so wunderbar kühl anfühlten.

»Vor einiger Zeit haben wir das hier gefunden. Ich möchte, daß du mir dabei hilfst, sie zu lesen – natürlich nur, wenn es dir mit deinem Versprechen vorhin wirklich ernst war.«

Er legte einen der rhombenförmigen Gegenstände in ihre Hand – ein hellbraunes Stück, glatt wie Glas und auf beiden Seiten mit einem spiralförmigen Symbol versehen.

Ling starrte mehrere Duras lang darauf. Als sie den Kopf wieder hob, war ein neuer Ausdruck in ihre Augen getreten. Kündete der von Respekt dafür, daß er sie so geschickt in die Ecke gedrängt hatte? Indem er sie mit dem einzigen Charakterzug festnagelte, den sie gemeinsam hatten – dem starken Ehrgefühl nämlich?

Zum ersten Mal, seit sie sich begegnet waren, schien die Biologin bereit zu sein, in ihm einen Gleichwertigen zu sehen.

Asx

Beruhigt euch, meine Ringe, niemand kann euch dazu zwingen, gegen euren Willen über Wachs zu streichen.

Als Traeki-Stapel ist jeder unserer Wülste sein eigener Souverän mit dem freien Willen, keine Erinnerungen zu ertragen, auf die er noch nicht vorbereitet ist.

Lassen wir also das Wachs noch ein Weilchen abkühlen – die Mehrheit von uns hat so entschieden – *bevor wir einen erneuten Blick darauf wagen.*

Soll der jüngste Schrecken sich noch etwas gedulden.

Aber unser zweiter Ring der Erkenntnis erhebt Einspruch. Er besteht darauf, daß wir nicht länger damit säumen, uns der schrecklichen Neuigkeit zu stellen – daß nämlich die Jophur, unsere furchtbaren Vettern, auf Jijo eingetroffen sind.

Der zweite Ring erinnert uns an die Schwierigkeit des Solipsismus, jenes Rätsel, das unsere Traeki-Vorväter erst dazu bewogen hat, aus den Fünf Galaxien zu fliehen. *Solipsismus.* Der Mythos eines Bewußtseins, das sich selbst alles bedeutet.

Die meisten sterblichen sapienten Wesen kennen diese Eingebildetheit in der einen oder anderen Weise. Ein Individuum kann andere optisch, durch Berührung oder emphatisch wahrnehmen und sie trotzdem für Automaten oder Erdichtetes halten. Für Karikaturen von geringer Bedeutung.

Im Solipsismus existiert die Welt für jedes Individuum solitär.

Wenn man sich dieses Konzept vorurteilsfrei aus der Nähe ansieht, kommt es einem krank, verrückt oder versponnen vor. Das trifft ganz besonders auf Traeki zu, da wir uns aus mehreren Ringen zusammensetzen und einzeln nicht gedeihen oder denken können. Doch Egoismus kann auch für ambitionierte Wesen von Nutzen sein, indem er nämlich ihr völlig auf einen Erfolg ausgerichtetes Bewußtsein enorm vorantreibt.

Solcher Wahn scheint geradezu von essentieller Bedeutung dafür zu sein, großmächtig zu werden.

Die terranischen Weisen kannten dieses Paradox dank der langen Isolation, in der die Menschheit gelebt hat. Ignorant und allein, verfielen die Irdischen bald diesem und bald jenem bizarren Aberglauben und suchten wie besessen nach Konzepten, an die keine Rasse, die einen Schub erlebt hat, auch nur für eine Dura einen Gedanken verschwenden würde. Doch gemäß den Erzählungen der Wölflinge haben die Menschen endlos mit ihren eigenen, viel zu groß geratenen Egos gerungen.

Einige haben versucht, ihr Selbst zu unterdrücken und sich von allem loszulösen. Andere haben ihre persönlichen Ambitionen dem Nutzen eines größeren Ganzen untergeordnet, sei das nun die Familie, die Religion oder ein politischer Führer.

In jüngerer Zeit haben sie eine Phase durchgemacht, in der der Individualismus zum höchsten Wert erhoben wurde und, schon ihrem Nachwuchs beigebracht, ihr Ego maßlos und über alle natürlichen Grenzen und Schranken hinaus aufblähte. Einige Werke aus dieser irrsinnigen *Ära des Selbst* finden sich noch in der Bibliothek von Biblos, und aus jeder Seite springt einem Selbstgerechtigkeit und maßlose Arroganz entgegen.

Und unmittelbar vor dem Ersten Kontakt versuchten sie es mit etwas ganz Neuem.

Die Bücher dieser Zeit sprechen von »Reife«.

Wir Traeki – die wir aus unseren schwermütigen Sümpfen unserer Heimatwelt erhoben worden waren und den Schub erhalten hatten – schienen davor gefeit zu sein, nach Größe und Macht zu streben, mochten unsere Patrone, die gesegneten Poa, unsere Ringe auch mit noch so vielen zusätzlichen Fähigkeiten ausgestattet haben. O ja, wir empfanden es als sehr angenehm, zu hohen, weisen Stapeln aufgeschichtet zu werden, vom Wachs zu lesen und zu den

Sternen zu reisen. Doch zur großen Enttäuschung unserer Patrone entwickelten wir nie irgendein Interesse daran, uns in die Rivalitäten der verschiedenen Fraktionen und Parteien einzumischen, die konstant die Fünf Galaxien erschüttern. Fanatismus, Fundamentalismus und ähnliche Ismen sind uns Wülsten schon immer als vollkommen sinnlos erschienen.

Irgendwann wurde es den Poa zu dumm, und sie haben Experten zu uns gebracht – die Oailie.

Diese haben uns studiert und unser bedauernswertes Handicap bald aufgespürt. Mit Hilfe ihrer enormen Fähigkeiten haben die Oailie uns mit Werkzeugen und sonstigem Vermögen ausgestattet, damit wir leistungsbewußt werden und nach Größe streben.

Die Experten versorgten uns mit neuen Ringen.

Den Wülsten der Macht.

Den Ringen des ichbezogenen Ruhms.

Den Wülsten, die aus einem normalen Traeki einen Jophur machten.

Zu spät erkannten wir und auch die Poa, was damit angerichtet worden war, daß Ambition nämlich auch ihren Preis hat.

Wir sind geflohen, nicht wahr, meine Ringe?

Dank eines unglaublichen Glücksfalls (und eines Konstruktionsfehlers der Oailie) gelang es einigen Traeki, die »Verbesserungen« der Experten wieder loszuwerden und den unseren, die nicht länger als solche anzusprechen waren, zu entkommen.

Nur einige wenige Wachskristalle sind uns aus jenen Tagen geblieben. Erinnerungen, denen immer noch das Entsetzen darüber anhaftet, was aus unserem Volk wurde.

Damals sahen unsere Vorfahren keine andere Möglichkeit als die, sich davonzuschleichen.

Dennoch ist in unserem Kern bis auf den heutigen Tag ein schlechtes Gewissen erhalten geblieben, das sich hin und wieder schmerzlich meldet.

Gab es denn wirklich keinen anderen Weg?

Hätten wir nicht bleiben und alle Anstrengungen unternehmen sollen, unsere furchtbaren neuen Ringe zu zähmen?

Die Flucht unserer Ahnen erscheint uns heute, nach der Ankunft der Jophur, als sinnlos ... *aber war sie womöglich auch falsch?*

Seit dieser Traeki hier in den Hohen Rat aufgenommen worden ist, hat er viele Bücher der Terraner gelesen und vor allem ihr einsames, epochales Ringen studiert – jene schmerzliche Anstrengung, die sie unternommen haben, um ihre von Grund auf elipsistische Natur irgendwie in den Griff zu bekommen. Dieser Kampf war noch nicht beendet, als sie die Wiege ihrer Heimatwelt verließen, um mit der Galaktischen Zivilisation in Kontakt zu treten.

Die Forschungen des Asx sind noch nicht abgeschlossen und haben erst recht noch zu keinem Ergebnis geführt, aber wir sind gleichwohl auf einige bemerkenswerte, ja atemberaubende Ergebnisse gestoßen.

Die fundamentale Ingredienz scheint der Mut zu sein.

Was gibt's, meine Ringe?

Also gut, einverstanden. Eine Mehrheit hat sich vom zweiten Ring der Erkenntnis überzeugen lassen.

Dann wenden wir uns wieder der noch heißen neuen Wachsspur zu, die uns schreckliche jüngste Erinnerungen beschert.

Glänzende konische Gebilde starrten hinab auf die verwirrten Zuschauer, die auf der geschundenen Lichtung geblieben waren und sich dort zusammendrängten. Hoch oben auf einem Balkon an der Flanke des Titanenschiffes tropften die leuchtenden, fettigen Stapel, während sie uns Wilde hier unten in Augenschein nahmen – uns wie gebannt dastehende Bürger von sechs Exilrassen.

Farben ziehen im Wechselspiel über die plumpen Wülste – Anzeichen rasch durchgeführter Dispute. Selbst aus dieser Entfernung spüre ich die Kontroverse unter den allmächtigen Jophur, während sie untereinander heftig Argumente austauschen – also über unser Schicksal debattieren.

Die Ereignisse verschieben sich, während unsere tropfenden Wachsströme zusammenfließen.

Ganz nah.

Endlich haben wir die allerjüngsten Vorfälle erreicht.

Könnt ihr ihn spüren, meine Ringe? Den Moment, in dem unsere furchtbaren Vettern ihre Diskussion darüber beendet hatten, was mit uns geschehen solle? Inmitten der Blitze ihres erbitterten Wortgefechts tauchte plötzlich die Farbe des Beschlusses auf. Diejenigen, die dort das Kommando führten – mächtige Ringstapel, deren Autorität unantastbar ist – fällten ihre Entscheidung in betäubender Eintracht.

Wie ungeheuer sicher sie sich waren! Wie gewaltig entschlossen! Ihr Dekret überspülte selbst uns noch, die wir sechs Bogenschüsse entfernt standen.

Und nun kam etwas Neues aus dem entsetzlichen Schlachtschiff.

Tödlinge Klingen aus infernalischem Licht.

Emerson

Er hat Löcher eigentlich nie besonders gemocht. Doch diese Erdhöhle hier erschreckt und fasziniert Emerson gleichzeitig.

Eine seltsame Reise erwartet sie: Sie fahren in einem hölzernen Wagen mit einem Vierergespann Pferde davor, der rumpelt und knarrt. Der Gang mit seinen gebogenen und unebenen Wänden erinnert an einen endlos langen Darm. Das einzige Licht hier drinnen stammt von einer Reihe von Glühpunkten, die sich vor und hinter ihnen erstrecken und auch in den abzweigenden Seitenstollen zu erkennen sind.

Nachdem sie den im Wald verborgenen Eingang hinter sich gebracht hatten, verwandelte sich die Zeit in etwas Vages: die Vergangenheit lag verschwommen zurück, und die Zukunft ließ sich noch nicht schauen. Genauso, wie es ihm ergangen ist, seit er auf dieser wilden Welt das Bewußtsein wiedererlangt hat – auch sein Kopf stellt sich als Höhle dar, und dort, wo sich sein Gedächtnis befinden sollte, existieren nur dunkle Schatten. Diese Dualität beschäftigt ihn während der Fahrt.

Emerson spürt, wie dieser Ort Assoziationen tief in seinem Innern auslösen will. Zusammenhänge und Ähnlichkeiten, die jenseits der Barriere seiner Amnesie kratzen und heulen. Erinnerungen lauern auf ihn, lassen sich aber einfach nicht greifen. Sie scheinen von schlimmen Erlebnissen zu künden, von Schrecken, bei dem keine Hoffnung mehr besteht – doch sie beißen und stechen, sobald er sich auf sie konzentriert, um sie zu fassen zu bekommen.

Fast erscheint es ihm, als würden sie von jemand oder etwas gut bewacht.

Doch all das kann ihn nicht mehr davon abhalten, weiter gegen diese Barrieren anzurennen. Zuviel Zeit schon hat er in Gesellschaft dieser Schmerzen verbracht, als daß sie ihm noch Vorsicht und gar Furcht abnötigen könnten. Emerson hat alle Tricks und Schliche des Schmerzes erfahren und kennt sich bestens mit ihnen aus.

Weiß über sie viel besser Bescheid als über sich selbst.

Wie ein Beutetier, dem es zu langweilig geworden ist, vor dem Jäger davonzurennen, bleibt er stehen, dreht sich um und jagt nun seinen Verfolger: Emerson folgte gierig der Witterung der Furcht, um an ihre Quelle zu stoßen.

Seinen Mitreisenden ergeht es nicht so. Obwohl die Zugtiere keuchen und ihre Hufe klappern, klingen hier alle Geräusche unheimlich gedämpft, und auch das flache Echo erweckt den Eindruck, sich im Reich des Todes zu befinden. Emersons Freunde drängen sich nervös auf den schmalen Bänken zusammen, und die Atemwolken erfüllen die kalte Luft wie mit einem Nebel.

Nur der Sprengmeister scheint von alldem wenig überrascht zu sein. Jedenfalls macht er einen ruhigeren Eindruck als Sara oder Dedinger. Man könnte fast meinen, Kurt habe von der Existenz dieses unterirdischen Ganges gewußt oder zumindest so etwas geahnt. Dennoch bewegen sich seine weißgeränderten Augen unaufhörlich, als suche er die Schatten nach Bewegungen ab, die nicht hierher gehören. Und auch die Amazonen, jene schweigsamen Reiterinnen, wirken unruhig. Dabei müssen sie diesen Tunnel doch kennen und sind ihn bestimmt schon einige Male entlanggefahren; aber Emerson spürt förmlich, daß ihnen dieser unterirdische Gang nicht sonderlich behagt.

Tunnel.

Dieses Wort kommt ihm in den Sinn, und er bildet es mit den Lippen, um es danach stolz dem bereits geborgenen Schatz der wiedergefundenen Wörter hinzuzufügen.

Tunnel.

Zu irgendeiner Zeit einmal hatte dieser Begriff für ihn eine besondere Bedeutung, stellte mehr dar als nur eine Bezeichnung für einen unterirdischen Gang ... als seine Aufgabe darin bestand, mächtige Maschinen feinabzustimmen, die durch die weißgefleckte Schwärze des Alls donnerten ... in jener Zeit bedeutete dieser Ausdruck ...

Nein, keine neuen Worte kommen ihm in den Sinn. Schlimmer noch, einige der Bilder von vorhin entfallen ihm wieder. Sonderbarerweise strömen aber Gleichungen in sein Bewußtsein, die aus einem Teil seines Gehirns stammen müssen, das weniger beschädigt ist als sein Sprachzentrum. Mathematische Gleichungen, die ihm auf emotionslose, sterile Weise beizubringen versuchen, was er sich unter einem Tunnel vorzustellen hat – doch es ist ein anderer

Tunnel, der mit diesem Erdgang hier wenig zu tun hat. Vielmehr handelt es sich um die multidimensionalen Röhren, die um die tückischen Riffe des Hyperraums herumführen.

Aber zu seiner großen Enttäuschung wohnt diesen Formeln nicht die Kraft inne, weitere Erinnerungen aus dem schwarzen Verlies in seinem Innern zu befreien.

Schließlich weisen sie nicht diesen verräterischen Geruch der Furcht auf.

Ohne Verletzung scheint auch sein untrüglicher Orientierungssinn davongekommen zu sein. Emerson erkennt genau, an welcher Stelle der Tunnel den breiten Strom unterqueren muß, doch zu seiner Verblüffung sickert hier nirgendwo Wasser die glatten Wände hinunter. Bei dem Gang scheint es sich um eine solide Arbeit Galaktischer Baumeister zu handeln, und man hat bei seiner Konstruktion darauf geachtet, daß er Jahrhunderte, wenn nicht gar Äonen überdauert – so lange, bis der Zeitpunkt der Demontage gekommen war.

Doch dieser Moment war schon vor langem über diese Welt gekommen. Der Tunnel hätte wie die großen Städte abgerissen werden müssen, damit sich Jijo während der Zeit der Brache erholen könne. Aber durch irgendeine Unachtsamkeit oder einen Programmierfehler hatten die großen Zerstörungsmaschinen und die Säureseen diesen Ort übersehen.

So dient dieser uralte Gang heute verzweifelten Flüchtlingen, die durch ihn den Blicken des feindseligen Himmels entkommen wollen, an dem sich plötzlich Schiffe gezeigt haben.

Emerson weiß, daß er selbst einmal auf einem Raumschiff geflogen ist, auch wenn die Details noch sehr vage und verschwommen sind ... und mit ihm waren Gillian, Hannes, Tsh't und die anderen Besatzungsmitglieder der *Streaker*.

Gesichter huschen vor seinem geistigen Auge auf, und zu jedem einzelnen ein Name – doch der Erinnerungsschmerz ist so groß, daß er mehrmals stöhnt und die Lider zusammenpreßt ... Gesichter, nach denen Emerson sich sehnt und die er doch gleichzeitig nie wiederzusehen hofft ... Er weiß, daß man ihn irgendwie geopfert haben muß, damit die anderen entkommen konnten.

War dieses Vorhaben gelungen? Konnte die *Streaker* vor diesen fürchterlichen Schlachtschiffen davonschleichen? Oder hat er Schmerzen und Pein ganz umsonst auf sich genommen?

Seine Gefährten atmen schwer und schwitzen. Die abgestandene Luft im Tunnel scheint ihnen zu schaffen zu machen. Nicht so Emerson, für den sie nicht mehr ist als eine andere Art von Atmosphäre. Im Lauf seiner vielen Jahre im Raum hat er alle möglichen Gemische eingeatmet ... wenigstens gibt die hiesige Luft den Lungen alles, was sie benötigen ...

... ganz anders als die Winde damals auf dieser grünen Grünwelt, wo einem selbst ein ganz ruhiger Tag den Tod bringen konnte, wenn der Helm nur eine undichte Stelle aufwies ...

Und sein Helm hatte versagt, wie er sich jetzt unvermittelt erinnert, und das im allerungünstigsten Moment, als er eine Fläche von saugenden, klebrigen Halbpflanzen überquerte und um sein Leben lief ... wohin ...

Sara und Prity atmen plötzlich vernehmlich ein, reißen ihn aus seinen Gedanken und zwingen ihn, den Kopf zu heben, um festzustellen, was sich vor ihnen tut oder getan hat.

In munterem Tempo rollt der Wagen zwischen weiter auseinanderstehenden Wänden hindurch, und man hat den Eindruck, sich im Bauch einer Schlange zu befinden, und zwar genau an der Stelle, wo sie ihre Beute verdaut. Die gewölbten Wände ziehen sich in die Schatten zurück, in denen man gerade noch verschiedene Objekte erkennen kann – röhrenartige Gefährte, an denen der Zahn der Zeit genagt hat. Einige sind auch von herabfallenden Felsen zerschmettert worden. Geröllhaufen versperren an manchen Stellen die Wege, die aus diesem Tunnel hinausführen.

Emerson hebt eine Hand und streichelt das filmartige Wesen, das leicht wie ein Schal oder ein Schleier auf seiner Stirn sitzt. Der Rewq erbebt unter dieser Berührung und gleitet tiefer, um sich wie eine durchsichtige Membrane über die Augen des Trägers zu legen. Für Emerson erhellen sich nun einige Farben, während andere verblassen. Die uralten Wagen leuchten wie Gespenster, und es kommt ihm so vor, als blicke er nicht durch Raum, sondern durch Zeit hindurch. Fast kann er sich vorstellen, sie in Bewegung zu sehen, während vitale Energien sie antreiben und durch ein Netzwerk schicken, das einst ein Weltreich miteinander verband.

Die Illias, die auf der vordersten Bank hocken, fassen die Zügel fester und starren stur geradeaus. Der Rewq zeigt ihm einen Nimbus der Angespanntheit, der sie umgibt, aber auch die nervöse, abergläubische Ehrfurcht, die sie in dieser Umgebung befallen hat. In ihren Augen sind sie nun nicht in ein Gewölbe voller verstaubter Relikte geraten, sondern an einen makabren Ort, an dem Phantome hausen – die Geister aus einem Zeitalter der Götter.

Die Kreatur auf seiner Stirn beschäftigt Emerson sehr. Wie gelingt es dem kleinen Parasiten, dem Träger Emotionen zu übertragen und verständlich zu machen – selbst zwischen so unterschiedlichen Wesen wie einem Menschen und einem Traeki? Und das alles ohne Zuhilfenahme von Worten? Jeder, der solche Wesen auf der Erde einführte, würde damit ein Vermögen machen.

Er wirft einen Blick nach rechts und sieht, wie Sara ihrem Schimpansen Trost spendet und ihn im Arm hält. Ihr Assistent fürchtet sich vor der finsteren, echolosen Höhle, doch der Rewq verrät Emerson, daß dieses Unbehagen zum Teil gespielt ist. Prity tut nur so, um seine Chefin vor ihren eigenen klaustrophobischen Ängsten abzulenken.

Der Sternenmann lächelt wissend. Die Farben, die Sara umgeben, verraten ihm, was er auch ohne die Hilfe des Symbionten längst bemerkt hatte: die Wissenschaftlerin dürstet danach, von jemandem gebraucht zu werden.

»Ist doch alles gut, Prity«, beruhigt sie den Affen. »Ganz ruhig, es wird alles gut.«

Die Worte sind so simpel und vertraut, daß Emerson sie sofort versteht. Er hat dieselben Sätze gehört, als er im Delirium um sich geschlagen hat, während jener im Dunkeln liegenden Tage nach seiner Rettung aus dem Sumpf, als er dank Saras aufopfernder Pflege davor bewahrt wurde, in den Schlund des dunklen Feuers zu stürzen.

Die Riesenkammer scheint endlos zu sein, und nur der Leuchtstreifen bewahrt sie davor, vom Kurs abzukommen. Emerson dreht sich um und sieht den jungen Jomah, der auf der letzten Bank sitzt. Die Mütze in seinen Händen ist nur noch eine zerknautschte Masse. Sein Onkel Kurt redet leise auf ihn ein und erklärt ihm dies und jenes, während er auf die Decke und die Wände zeigt. Vielleicht spekuliert er darüber, wie diese Anlage geschaffen wurde, oder er stellt Überlegungen an, welcher Menge Sprengstoffs es bedarf, um den Tunnel zum Einsturz zu bringen.

Neben Emerson strahlt der an Händen und Füßen gebundene Rebellenführer reinen Haß aus.

Emerson schnaubt angesichts der Stimmung, in der sich seine Gefährten befinden. Was für ein unlustiger Haufen! Er war schon an bedeutend verstörenderen Orten als diesem harmlosen unterirdischen Grab ... an manche davon kann er sich sogar erinnern. Wenn es eine Wahrheit gibt, an die er sich aus seinem früheren Leben erinnern kann, dann die, daß eine fröhliche Reise viel rascher verläuft, ganz gleich, ob man sich tief im Weltraum oder an der Schwelle zur Hölle befindet.

Er bückt sich zu der Tasche hinunter, die zwischen seinen Füßen steht, und holt das kleine Hackbrett heraus, das Ariana Foo ihm damals in der Biblos-Bibliothek geschenkt hat, jenen Gängen und Fluren, die überreich mit Büchern aus Papier gefüllt sind. Emerson läßt die Klöppel im Beutel, legt sich das Instrument auf den Schoß und zupft ein paar Saiten an. Die Töne reißen die anderen aus ihrem nervösen Gemurmel, und sie drehen sich zu ihm um.

Auch wenn Emersons Gehirn der Sprachfähigkeit beraubt ist, so sind ihm doch verschiedene Wege nicht unbekannt, seine Umgebung zu beeinflussen und in eine andere Stimmung zu versetzen. Musik entspringt ebenso wie Gesang einem anderen Gehirnzentrum.

Er spielt, was gerade an Tönen aus den schattigen Datenbänken seines Erinnerungsvermögens nach oben treibt – aus den Schubläden, Fächern und Schränken, die von den späteren Traumata seines Lebens nicht betroffen worden sind. Dann kommt ihm ein lustiges Wanderlied in den Sinn, das ihm besonders passend erscheint, bietet es den Reisenden doch am Ende eines jeden Verses Hoffnung.

Die Melodie kommt ihm ohne Willensanstrengung und als Ganzes ins Bewußtsein und begleitet seine Stimme, die zwar ungeübt, aber kräftig ist.

Ich habe 'n Muli, und die heißt Sal,
Noch fünfzehn Meilen bis zum Erie Canal.
Sie arbeitet gut, mit ihr geht's well,
Noch fünfzehn Meilen bis zum Erie Canal.

So manche Last wir haben schon getragen,
Ob Holz, ob Kohle und andere Plagen.
Und nach'm Weg wir brauchen nicht zu fragen,
Von Albany bis Buffalo, und das seit vielen Tagen.

Umgeben von den vielen Schatten lassen sich die Reisenden nicht leicht von ihren Ängsten ablenken. Auch Emerson spürt die Last der Felsen über ihm und das Alter der Anlage. Doch er weigert sich, sich davon bedrücken zu lassen. So singt er lauter, und bald fällt Jomah beim Refrain ein. Sara ist die nächste, wenn auch zögernd. Die Pferde verdrehen die Ohren. Sie wiehern und fallen in einen Trab.

Das unterirdische Stellwerk haben sie nun hinter sich gebracht, und der Tunnel wird wieder enger. Die Wände sausen von beiden Seiten auf sie zu. Vor ihnen fällt der Lichtstreifen in einen Anschlußgang.

Emersons Gesang stockt für einen Moment, als eine neue Erinnerung durch seinen Geist huscht. Plötzlich fällt ihm ein abrupter Abfall ein … er stürzte durch ein Portal in eine pechschwarze Leere … und fiel weiter, als das Universum sich von allen Seiten gleichzeitig um ihn zusammenzog, als wollte es ihn zerquetschen.

Und da ist noch etwas anderes.

Hellblaue Augen.

Sehr alt …

Aber das Lied besitzt ein Eigenleben, und sein Tempo ergießt sich unaufhaltsam aus irgendeiner fröhlichen Ecke seines Gedächtnisses und überwindet diese Schnipsel von schrecklichen Bildern. Er erinnert sich an den nächsten Vers und singt ihn mit rauhem, kehligem Trotz:

Senkt die Brücke, das Tor macht auf,
In die Stadt wir strömen in vollem Lauf.

Kenn deinen Nachbar, und mach schnell,
Wenn du je willst befahr'n den Erie-Canal.

Seine Gefährten drängen sich aneinander, um so weit wie möglich von den Wänden fortzukommen. Sie pressen die Schultern gegeneinander, als der Schlund sich auftut, um sie zu verschlucken.

TEIL DREI

Sobald eine längere Kolonisierungsphase ihr Ende erreicht hat, bedient man sich gern und allgemein der Methode des Subduktions-Recyclings, um auf einer lebendigen Welt die Abfälle zu beseitigen.
Wo der natürliche Zyklus der tektonischen Platten für eine mächtige Einsaugkraft sorgt, schmelzen die heißen Konvektionskräfte die Elemente und mischen sie, die vorher zu Werkzeugen und anderen Errungenschaften der Zivilisation geformt worden waren, neu. Materialien, die andernfalls für neu entstehende Spezies giftig oder sonstwie hinderlich sein könnten, werden so vom Brach-Lebensraum entfernt, und die Welt kann sich in ihre dringend benötigte Ruhephase zurückziehen.

Was nun mit dieser raffinierten Materialien weiter geschieht, nachdem sie eingesaugt worden sind, hängt ganz von denjenigen Mantelprozessen ab, die dem Planeten eigen sind. Manche Konvektionssysteme verwandeln die geschmolzenen Substanzen in hochgradig reine Erze. Andere lösen sich unter Wasser auf und stimulieren so den Ausbruch gewaltiger flüssiger Magmaauswürfe. Eine weitere Methode besteht in plötzlichen Ausstößen von Vulkanstaub, der dann für eine kurze Frist den Planeten bedeckt und später in der metallischen Sprengflüssigkeit dünner Sedimentschichten nachgewiesen werden kann.

Ein jeder solcher Ausbruch kann zu erheblichen Störungen der lokalen Biosphäre führen, und gelegentlich zu Phasen der allgemeinen Auslöschung mehrerer oder aller Spezies. Doch der daraus resultierende reichere und fruchtbarere Boden erweist sich zum Ausgleich als Segen und Ermutigung für die Entwicklung neuer präsapienter Spezies …

aus: EINE GALAKTOGRAPHISCHE NACHHILFESTUNDE FÜR WÖLFLING-TERRANER

Sonderausgabe des Bibliotheks-Instituts der Fünf Galaxien, Erscheinungsjahr 42 E. C. (in teilweiser Begleichung der Schulden aus dem Jahr 35 E. C.)

Streaker

Hannes

Suessi wurde nostalgisch, wenn er an das Menschsein dachte. Gelegentlich wünschte er sich dann sogar, immer noch ein Mann zu sein.

Nicht, daß er undankbar gewesen wäre und die Gunst nicht zu schätzen gewußt hätte, die die Alten ihm an jenem sonderbaren Ort mit Namen Fraktalsystem erwiesen hatten, wo grenzenlos überlegene Wesen seinen alten, gebrechlichen Körper in etwas Dauerhafteres und Belastbareres verwandelt hatten. Ohne diese Gabe wäre er längst mausetot – und so kalt wie die Riesenkörper, die ihn in diesem finsteren Beinhaus der Schiffe umgaben.

Die uralten Raumkreuzer wirkten friedlich und strahlten Würde aus. Die Versuchung war groß, zumindest darüber nachzudenken, es ihnen gleichzutun, nur noch zu ruhen und die Äonen verstreichen zu lassen, ohne sich über irgend etwas Sorgen oder Gedanken machen zu müssen.

Aber Suessi war viel zu beschäftigt, um sich mit der Überlegung zu befassen, wie es wohl sein mochte, sein Leben beendet zu haben.

»Hannes«, krachte eine Stimme direkt in seinem Hörnerv.

»Noch zwei Minuten, Hannes. Dann dürften wir wohl so weit sein, mit dem Schneiden fortzufahren.«

Helle Lichtspeere schnitten durch die Schwärze des Wassers und erschufen auf einem Hüllensegment des terranischen Raumschiffes *Streaker* Leuchtovale. Verzerrte Silhouetten fuhren durch die Scheinwerferstrahlen hin und her – die langen, wellenförmigen Schatten der Arbeiter, die in Druckanzügen steckten und sich nur langsam und vorsichtig bewegten.

Und das nicht ohne Grund, denn schließlich war diese Sphäre viel gefährlicher als das harte Vakuum des Alls.

Suessi hatte keinen Kehlkopf mehr, genausowenig wie eine Lunge, um Luft an dem Organ vorbeizupusten, wenn er denn noch über eines verfügt hätte. Aber seine Stimme hatte er behalten.

»Ich bin bereit, Karkaett«, bestätigte er und lauschte dann, wie seine Worte in stöhnende Saser-Impulse verwandelt wurden. »Verbindung bitte aufrechterhalten. Schieß nicht übers Ziel hinaus.«

Ein Schatten unter vielen wandte sich ihm zu. Obwohl er in einem harten Druckanzug steckte, vollführte er mit seinem Delphinschwanz eine deutliche Drehung. In der Körpersprache dieser Wesen hatte dies eine feste Bedeutung:

Vertrau mir ... oder hast du eine andere Wahl?

Suessi lachte – ein Schütteln seines Brustkorbs aus Titanium, der die alte Affenstil-Methode synkopischer Keucher ersetzte. Nicht unbedingt ein Fortschritt oder eine angenehmere Art, aber die Alten schienen mit Lachen nicht viel im Sinn gehabt zu haben.

Karkaett leitete sein Team bei den letzten Vorbereitungen an, während er das Tun am Monitor verfolgte. Anders als bei anderen Spezialisten in der Mannschaft der *Streaker* hatte das Ingenieurs- und Mechaniker-Team mit jedem Jahr, das verging, mehr Selbstvertrauen und Erfahrung gewonnen. Vielleicht brauchten sie in absehbarer Zeit überhaupt keine Ermutigung – mit anderen Worten die Überwachung – durch ein Mitglied ihrer Patronats-Rasse mehr. Wenn dieser Tag gekommen war, würde Hannes sich zufrieden zum Sterben hinlegen.

Ich habe zuviel gesehen und zu viele Freunde verloren. Eines Tages werden wir ja noch von einer dieser E.T.-Parteien gefangengenommen, die uns schon so lange verfolgen. Und wenn wir doch irgendwie die Chance erhalten, uns in die Obhut eines der großen In-

stitute zu begeben, werden wir dort sicher zu hören bekommen, daß die Erde während unserer kopflos durchgeführten Flucht durch das ganze Universum untergegangen ist. Gleich, welche von beiden Möglichkeiten eintrifft, ich möchte dann nicht mehr dabei sein.

Die Alten können sich ihre jafallsverdammte Unsterblichkeit sonstwo hinstecken.

Suessi erfreute sich daran, wie geschickt und koordiniert sein Team arbeitete und wie überaus erfahren es eine eigens zu diesem Zweck konstruierte Schneidemaschine ansetzte. Seine Gehörsensoren nahmen leises Murmeln auf – Keeneenk-Gesänge, die Meeressäugern dabei halfen, sich auf komplizierte Gedanken und Tätigkeiten zu konzentrieren, zu denen ihre altherkömmlichen Gehirne nicht geschaffen waren. Wie zum Beispiel mechanische Probleme von der Art, die die delphinischen Philosophen den schmerzlichsten Preis für den Schub nannten.

Die hiesige Umgebung war den Delphinen bei ihrer Arbeit alles andere als eine Hilfe: ein Gebirge von einem Friedhof für lange tote Raumschiffe, ein gespenstischer Schrotthaufen, der sich in dem Ozeanabgrund angesammelt hatte und mit dem die Meeressäuger normalerweise ihre geheimsten Kulte und größten Mysterien assoziierten. Das dichte Wasser schien jedes einzelne Werkzeugklappern zu verstärken. Und jedes Schwirren eines Harnisch-Greifarms hallte auf unheimliche Weise in der dichten Flüssigkeitsumgebung wider.

Zwar sprachen alle an Bord, auch die Mechaniker, Englik, aber untereinander zogen sie das Trinarische vor – zur Betonung von Momenten der Entschlossenheit und der Tat. Karkaetts Stimme übermittelte in einem herausgestoßenen delphinischen Haiku großes Selbstvertrauen:

* *In großem Dunkel*
* *Wohin kommt nie der Zyklon*
* *Dort bleibt entschlossen!*

Das Schneidegerät wurde angesetzt, und kaltes Feuer spritzte über das Schiff, das ihnen Heim und Refugium zugleich war. Das sie durch unvorstellbare Schrecken geführt hatte. Die Hülle der *Streaker* – der Terragens-Rat hatte den Raumer von einem drittklassigen Gebrauchtschiffehändler erstanden und zu Erkundungsflügen umgerüstet – war der ganze Stolz des verarmten Erd-Klans gewesen. Der erste Kreuzer mit einem Delphin als Kapitän und einer Mannschaft, die sich mehrheitlich aus Meeressäugern zusammensetzte, und seine Mission bestand darin festzustellen, was es wirklich mit der Milliarden Jahre alten Großen Bibliothek der Zivilisationen in den Fünf Galaxien auf sich hatte und ob alles stimmte, was darüber erzählt wurde.

Doch unterwegs hatten sie ihren Kapitän verloren und mit ihm etwa ein Viertel der Besatzung. Und ihre Mission hatte sich in eine Kalamität sowohl für die Erd-Klan wie auch die Fünf Galaxien verwandelt. Und was die Hülle der *Streaker* anging – einst trotz ihres Alters so stolz und glänzend –, so war sie mittlerweile von einem Mantel aus einem schwarzen Material überzogen, gegen das die hiesigen Tiefseewasser klar und fröhlich wirkten. Dieses Substanz schluckte alle Photonen auf und hielt den Raumer am Grund des Meeres fest.

Nach all dem, was wir dir armem Ding schon angetan haben, nun auch noch das.

Doch dies sollte die letzte Prüfung für ihr Schiff sein.

Einmal hatten bizarre Felder sie in einem galaktischen Tidenbecken umfaßt, das man den Flachen Cluster nannte. Dort waren sie vom Regen in die Traufe geraten, als sie auf eine riesige, ausrangierte Flotte voller Geheimnisse stießen, die seit tausend Äonen unberührt gewesen waren.

Mit anderen Worten, hier hatte das ganze Unheil erst so richtig seinen Anfang genommen.

Harte Strahlen schüttelten sie am Morgan-Verbindungspunkt durch, wo ein unerwarteter Hinterhalt beinahe damit Erfolg gehabt hätte, die *Streaker* und ihre arglose Besatzung in die Falle zu locken.

Auf dem giftigen Planeten Kithrup führten sie die notwendigen Reparaturen durch, und fast wäre ihnen die Flucht von dort nicht mehr gelungen, als ganze Scharen von angriffslustigen Kriegsschiffen auftauchten. Sie entkamen nur, weil die *Streaker* im Innern eines thennanischen Kreuzers fortflog und die Feinde nichts davon merkten.

Sie erreichten mit knapper Not den nächsten Transferpunkt, doch nur um den Preis, bei der raschen Flucht ein Großteil der Besatzung zurücklassen zu müssen.

Danach erschien ihnen die grüne Grünwelt Oakka als ideales Ziel, befand sich in diesem Raumsektor doch eines der Hauptquartiere des Navigations-Instituts. Wer sollte besser dazu geeignet sein, die von ihnen gesammelten Daten in seine Obhut zu nehmen? Wie Gillian Baskin ihnen damals erklärte, war es die Pflicht dieses Hauptquartiers, Probleme von Galaktischen Bürgern an die Großen Institute weiterzuleiten; jenen erhabenen Agenturen, deren unparteiische Herren vielleicht der erschöpften Besatzung der *Streaker* ihre furchtbare Last abnehmen würden. In jenen Tagen erschien ihnen das als vollkommen logisch, doch in Wahrheit reisten sie nur ihrem Untergang entgegen. Die Agenten dieser »neutralen« Agentur betrogen sie, ein schlimmer Beleg dafür, wie tief die Zivilisation gesunken und in Auflösung begriffen war. Nur ein Trick Gillians rettete die Erdlinge – der und ein tollkühner Überfall unter Führung von Emerson D'Anite, der quer über das Land gezogen war, um die Basis der Verräter von hinten anzugreifen.

Wieder einmal ging die *Streaker* geschunden und gepeinigt aus einer Begegnung hervor.

Für eine Weile fanden sie etwas Ruhe im Fraktal-System, jenem riesigen Labyrinth, in dem uralte Wesen ihnen Schutz und Aufnahme gewährten. Doch auch hier standen am Ende nur neuer Verrat, der Verlust weiterer Freunde und eine weitere Flucht, die sie noch weiter von der Heimat fortbrachte.

Als jedes weitere Entkommen aussichtslos schien, fand Gillian in der Bibliotheks-Einheit, die sie auf Kithrup erbeutet hatten, den entscheidenden Hinweis: ein Phänomen mit der Bezeichnung »Weg der Sooner«. Ausgehend von dieser Rettungsmöglichkeit, stellte sie eine gefährliche Route zusammen, auf der die *Streaker* vielleicht in Sicherheit gelangen konnte, wenn auch nur für eine Weile und vorbei an einem Riesenstern, der größer war als der Orbit der Erde, große Flammen verschleuderte und Rußwolken von sich gab, die sich in vielen derart dicken Schichten auf das Schiff legten, daß man sie kaum abbekommen konnte.

Aber die *Streaker* schaffte den Flug nach Jijo.

Von oben sah diese Welt wunderbar aus. *Zu schade, daß wir nur einen Blick auf die Planetenoberfläche werfen konnten, bevor wir in diesen Abgrund mit seinem Raumerfriedhof hinabtauchten.*

Unter den Sonarbefehlen der delphinischen Techniker machte sich der verbesserte Schneider weiter über die Schiffshülle her. Wasser verdampfte so heftig, daß es immer wieder zu Explosionen kam, deren Widerhall diese ganze Höhle im Metallberg ausfüllte. Natürlich war es nicht ungefährlich, auf so begrenztem Raum zuviel Energie freizusetzen. Gase mochten sich sammeln und zu einem explosiven Gemisch vermengen. Gar nicht erst zu reden davon, daß ein erhöhter Energieausstoß oben im All registriert und entdeckt werden konnte. Einige in der Mannschaft waren der Ansicht, das Risiko sei einfach zu groß ... daß man besser die *Streaker* aufgeben und statt dessen versuchen solle, eines der alten Schiffe auf diesem Friedhof zu reaktivieren und dann zu bemannen.

Einige Trupps durchforschten zur Zeit den Schrotthaufen und suchten nach einem brauchbaren Raumer. Aber Gillian und Tsh't hatten entschieden, doppelgleisig zu fahren, und Suessis Crew befohlen, weiter an der Hülle zu arbeiten.

Hannes war froh darüber. Er hatte zuviel in die *Streaker* gesteckt, um sie einfach aufgeben zu können. *In dieser verbeulten Hülle steckt sicher mehr von mir als in diesem Cyborg-Körper.*

Er schützte seine Sensoren vor dem gleißenden Licht des Schneiders und betrachtete nachdenklich das Gebirge überflüssig gewordener Schiffe, die die Wände dieser künstlichen Höhle bildeten. Die toten Raumer schienen zu ihm zu sprechen ... aber das bildete er sich sicher nur ein.

Auch wir haben Geschichten zu erzählen, teilten sie ihm mit. *Jeder von uns ist voller Stolz gestartet und voller Hoffnung geflogen, unzählige Male von erfahrenen Mechanikern geflickt und repariert worden. Und diejenigen haben uns verehrt, die wir vor den Geschossen und der Ödnis des Weltraums geschützt haben ... Dies alles geschah lange vor der Zeit, als deine Rasse anfing, von den Sternen zu träumen.*

Suessi lächelte. Solche Worte hätten ihn früher einmal vielleicht beeindruckt. Millionen Jahre alte Schiffe hätten vor einigen Jahren noch Ehrfurcht in ihm ausgelöst. Doch heute kannte er die Wahrheit über diese alten Kisten.

Ihr wähnt euch alt? dachte er zurück. *Ich habe wirkliches Alter gesehen.*

Schiffe, gegen die die meisten Sterne jung erschienen.

Der Schneider löste Unmengen von Blasen aus. Kreischend sandte es seine Ionenpfeile aus nächster Entfernung in die schwarze Masse, die die Hülle bedeckte. Doch als sie die Maschine endlich abschalteten, war das Ergebnis ihrer Zerstörungsarbeit eher enttäuschend.

»Mehr von dem Dreck haben wir nicht entfernt?« fragte Karkaett ungläubig und starrte auf den kleinen Fleck erodierten Kohlenstoffs. »Bei dem Tempo brauchen wir Jahre, bis wir alles herunter haben.«

Chuchki, sein Maat, die so dick war, daß sie fast aus dem Druckanzug platzte, bemerkte in ehrfürchtigem Trinarisch:

** Viel Rätsel drängen*
** Wild von Jafalls' Schatten her –*
** Wohin ging Kraft?*

Suessi wünschte, er besäße immer noch einen Kopf, um ihn jetzt zu schütteln, oder Schultern, um die Achseln zu zucken. So blieb ihm nichts anderes übrig, als einen blubbernden Seufzer ins dunkle Wasser zu entlassen, der sich anhörte wie von einem gestrandeten Wal.

** Nicht Jafalls Fügung*
** Noch durch ihre Helferin –*
** Wüßt' ich nur Antwort.*

Gillian

Für einen Menschen ist es alles andere als einfach, so zu tun, als wäre er ein Fremder.

Ganz besonders, wenn es sich bei diesem Fremdrassigen um einen Thennanianer handelt.

Wolken täuschender Farben umwogten Gillian und legten Ersatzfleisch über die Lüge, die sie darstellte, und versorgten sie mit einer ledrigen Haut und zwei stämmigen Beinen. Auf dem Kopf wackelte und drehte sich, jedesmal wenn sie nickte, ein simulierter Kamm. Jeder, der sich ihr nicht weiter als zwei Meter näherte, würde glauben, einen kräftigen Krieger mit Panzerhaut und den Orden von hundert Sternenfeldzügen vor sich zu haben – und keineswegs eine blonde Frau mit schwarzen Ringen unter den Augen; eine Ärztin, die das Schicksal dazu gezwungen hatte, ein kleines Schiff durch wirre Zeiten zu führen.

Die Verkleidung gelang ihr mittlerweile ziemlich gut. Und das sollte sie auch, schließlich arbeitete Gillian seit gut einem Jahr an ihrer Perfektionierung.

»Gr-phmph-pltith«, murmelte sie.

Als sie damit angefangen hatte, diese Scharade aufzuführen, hatte die Niss-Maschine ihre Englik-Sätze noch ins Thennanische übersetzen müssen. Aber mittlerweile sprach Gillian diesen Galaktischen Dialekt so gut wie die besten auf der Erde, wahrscheinlich sogar so gut wie Tom.

Trotzdem hört es sich aus meinem Munde immer noch merkwürdig an. Ungefähr so wie ein Kleinkind, das Spaß daran hat, Blähungsgeräusche nachzuahmen.

Es gab Zeiten, da mußte sie schon arg an sich halten, um nicht mitten in einem Satz loszuprusten. Damit würde natürlich die ganze Tarnung auffliegen. Thennanianer waren nicht gerade für ihren Humor berühmt.

Gillian stand jetzt vor der Maschine und beendete die traditionelle Grußformel.

»Fhishmishingul parfful, mph.«

Kalter Nebel trieb durch die Kammer; er entströmte einem tieferliegenden Deck, auf dem sich ein beigefarbener Würfel befand, der sein eigenes fahles Licht erzeugte. Gillian ertappte sich dabei, den Kubus schon wieder als Zauberkasten anzusehen, als einen Behälter, der sich in mehreren Dimensionen gleichzeitig aufhielt und weit mehr in sich barg, als man von solch einem Kasten erwarten durfte.

Die Kapitänin stand auf einem Balkon ohne Geländer. Sie hatte sich als Thennanianer herausstaffiert, weil der Kubus vorher diesen Wesen gehört hatte. Ungeduldig wartete sie auf seine Antwort. Das Symbol mit der Spirale und dem Balken an seiner Kopfseite verschwamm vor ihren Augen, als blicke das Emblem sie mit einer Seele an, die weit älter war als das Menschengeschlecht.

»Toftorph-ph parfful. Fhishfingtumpti parfful.«

Die Stimme klang tief und resonant. Wenn Gillian tatsächlich ein echter Thennanianer gewesen wäre, hätten die Untertöne ihr den Kamm zu Berge stehen lassen und eine respektvolle Erwartungshaltung in ihr ausgelöst. Zu Hause auf der Erde sprach die Bibliothekseinheit mit der freundlichen Stimme einer gütigen Großmutter, die über unendlich viel Erfahrung, Geduld und Weisheit verfügte.

»Ich stehe bereit, Informationen zu vernehmen«, übersetzte ihr der Knopf, den sie im Ohr trug, die Worte in Englik. »Danach darf man mich um Rat angehen.«

So hielt es diese Maschine immer, und zwar jedes einzelne Mal. Gillian konnte nicht einfach eine Information aus dem Archiv verlangen, sie mußte erst etwas dafür geben.

Normalerweise wäre das kein Problem gewesen. Eine Bibliothekseinheit, die in einem größeren Schiff installiert war, besaß über Außenkameras Kontakt zum Geschehen im Kontrollraum und außerhalb der Hülle, um für die Nachwelt über alle Geschehnisse Berichte anzulegen. Im Gegenzug bot das Archiv raschen Zugang zur in zwei Milliarden Jahren gehorteten Weisheit, die man auf den planetengroßen Archiven der Bibliotheks-Institute der Fünf Galaxien zusammengetragen hatte.

Und da liegt auch schon das Problem, dachte die Ärztin.

Zum ersten handelte es sich bei der *Streaker* um kein größeres Schiff. Ihre eigenen Bibliothekseinheiten waren plump, billig und langsam – und das war leider alles, was die verarmte Erde zu bieten hatte. Aber dieser Würfel hier war ein wahrer Schatz. Sie hatten ihn auf Kithrup aus dem mächtigen Kriegskreuzer eines reichen Sternenfahrer-Klans »geborgen«.

Gillian wollte der Archiv-Einheit weismachen, sie befinde sich immer noch auf diesem Kreuzer und diene einem thennanianischen Admiral. Und dafür war es vonnöten, sich dem Kasten in entsprechender Verkleidung zu nähern.

»Deine direkten Beobachtungseinheiten sind leider immer noch außer Betrieb«, erklärte sie ihm in der Sprache der Vorbesitzer. »Doch ich habe dir ein paar Bilder mitgebracht, die wir mit tragbaren Aufzeichnungsgeräten geschossen haben. Bitte nimm diese Daten nun entgegen und akzeptiere sie.«

Sie gab der Niss-Maschine, ihrem klugen robotischen Assistenten, der sich im Nebenraum aufhielt, das verabredete Zeichen. Im nächsten Moment entstanden vor dem Würfel Bilderfolgen. Sie zeigten den Tiefsee-Graben, den die örtlichen Jijoaner den »Mitten« nannten. Natürlich waren diese Aufnahmen vorher sorgfältig bearbeitet worden; genauer gesagt, man hatte alles entfernt, was die Einheit nicht zu wissen brauchte.

Wir betreiben hier ein äußerst gefährliches Spiel, dachte Gillian, während die wechselnden Holo-Simulationen Ansichten auf gewaltige Berge von uraltem Schrott, abgerissenen Städten und sonstigem Müll zeigten. Auf diese Weise wollten sie dem Würfel vorgaukeln, das thennanianische Kriegsschriff *Krondors Feuer* verberge sich aus taktischen Gründen in diesem Reich der toten Maschinen … und zwar ohne die Einheit die Hülle der *Streaker* oder die Delphine sehen zu lassen und ohne preiszugeben, auf welchem Planeten sie sich befanden und wo dieser gelegen war.

Wenn wir es je wieder nach Hause oder auch nur zur Basis eines Neutralen Instituts schaffen, wird man uns sofort festnehmen und von uns verlangen, diese Einheit herauszurücken. Und deshalb sollte sie so wenig wie möglich von uns wissen. Vielleicht haben wir dann die Möglichkeit, uns mit irgendeiner Geschichte aus der Sache herauszuwinden.

Davon abgesehen, würde der Würfel es sicher für unter seiner Würde halten, halbwilden Wesen wie den Erdlingen zu Diensten zu sein. Da beließ man ihn doch besser in dem Glauben, er arbeite immer noch für diejenigen, die ihn offiziell und legal geleast hatten.

Seit dem Desaster von Oakka hatte Gillian all dies zu ihrer persönlichen Chefsache gemacht, und es bereitete ihr ein höllisches Vergnügen, unter ihrer Tarnung Informationen aus der Einheit hervorzulocken. In vielerlei Hinsicht war der Bibliothekswürfel nämlich um ein Vielfaches wertvoller als jedes Relikt, das sie im Flachen Cluster aufgestöbert hatten.

Und wenn man es recht betrachtete, funktionierte dieser Schwindel ausgezeichnet und viel besser als erwartet. Einige der Informationen, die Gillian bislang erhalten hatte, könnten sich für den Terragens-Rat als überlebenswichtig erweisen.

Vorausgesetzt natürlich, wir kommen jemals wieder nach Terra.

Seit den Vorfällen auf Kithrup, wo die *Streaker* die Besten und Klügsten ihrer Besatzung verloren hatte, war die Hoffnung darauf, um es gelinde auszudrücken, erheblich gedämpft worden …

Auf einem Gebiet der Technologie hatten die Menschen des Zweiundzwanzigsten Jahrhunderts den Galaktischen Standard so gut wie erreicht, und das schon vor dem Ersten Kontakt.

Auf dem Gebiet der Holographie-Simulation nämlich.

Special Effects-Genies in Hollywood, Luanda und Aristarchus gehörten zu den ersten, die sich sofort auf die Kunst der Außerirdischen stürzten und sich wenig bis gar nicht davon beeindrucken ließen, daß die E. T.s, wie man sie auf der Erde nannte, auf einen Vorsprung von einer Milliarde Jahre verweisen konnten. Binnen Jahrzehnten konnten die Erdlinge sich zufrieden auf die Schultern klopfen und sich rühmen, es in einem Bereich mit den besten Klans der Sternenreisenden aufnehmen zu können:

Die Terraner waren wahre Virtuosen auf dem Gebiet des Fälschens von Bildern geworden.

In den vielen tausend Jahren unserer Zivilisation haben wir einander, wenn wir uns nicht gerade auf Nahrungssuche befanden, Geschichten erzählt, Ausflüchte gesucht, Propaganda betrieben, Illusionen erzeugt und Filme gedreht.

Und da es unseren Vorfahren an Wissenschaftlichkeit gebrach, haben sie oft genug die Magie zu Hilfe genommen.

Die beste Möglichkeit, die Unwahrheit aufzutischen.

Dennoch kam es der Ärztin wie ein großes Wunder vor, daß ihre thennanianische Verkleidung ihren Zweck erfüllte. Offensichtlich funktionierte die »Intelligenz« dieses Kastens, auch wenn sie gewaltig groß war, anders als die ihre und verfügte über ganz eigene Grenzen.

Könnte aber auch sein, daß dem Würfel mein ganzer Aufwand vollkommen schnuppe ist.

Gillian hatte die Erfahrung gemacht, daß die Einheit buchstäblich alles als Input akzeptierte, so lange die Holo-Show nur glaubwürdige Bilder präsentierte, die sie noch nicht gesehen hatte. Also ließ die Ärztin mit Hilfe der Niss-Maschine immer wieder neue Aufnahmen vom Tiefseegraben vorbereiten. Heute kamen die Bilder über Fiberkabel vom westlichen Meer. Kaa und sein Forschungs-Team stellten sie zur Verfügung. Sie hielten sich in einer besiedelten Gegend auf, die der Hang genannt wurde. Untergegangene Gebäude tauchten vor dem Würfel auf, augen- und fensterlos und tot unter den suchenden Strahlen der Unterwasserscheinwerfer. Dieser Friedhof für Städte schien noch riesiger zu sein als der für Raumschiffe, in dem die *Streaker* Zuflucht gesucht hatte. Hier ruhten die Überreste dessen, was eine Planetenkultur eine Million Jahre lang geschaffen, konstruiert und errichtet hatte.

Nach einem letzten Schwenk endete die Holo-Übertragung.

Für einen Moment trat Stille ein, und die Ärztin wartete ungeduldig. Dann ließ sich der beigefarbene Kasten vernehmen:

»Dieser Datenstrom stand in keiner Verbindung zu früher gezeigten. Überhaupt haben die Vorführungen keine kausal-temporale Beziehung zu den Bewegungen und Ereignissen innerhalb dieses Schiffes. Hängt das mit den vorher erwähnten Kampfschäden zusammen?«

Gillian mußte sich diese Beschwerde – sogar mit denselben Worten vorgetragen – jedesmal anhören, seit sie ihre Scharade begonnen hatte – und alles hatte angefangen, kurz nachdem Tom diese Beute an Bord des Raumers gebracht hatte ... nur wenige Tage, ehe er davonflog, um endgültig zu verschwinden.

Und so antwortete sie wie stets mit ihrem Bluff.

»Das ist korrekt. Bis die Reparaturen abgeschlossen sind, kannst du das Konto der *Krondors Feuer* mit den eventuell anfallenden Strafgebühren für solche Diskrepanzen belasten. Und nun bereite dich bitte auf die Beratung vor.«

Diesmal trat keine Pause ein.

»Stell deine Fragen.«

Mit dem Transmitter, den sie in der Hand hielt, gab sie der Niss-Einheit im Nebenraum ein Zeichen. Der Tymbrini-Spion fing sofort an, Datenanfragen zu senden – und das mittels eines roten Lichts, dem das Auge keines organischen Wesens folgen konnte. Wenig später verlief das rote Licht in beiden Richtungen. Die Datenübermittlung hatte begonnen. Die Lichter blinkten so grell, daß die Ärztin sich abwenden mußte. Vielleicht befand sich in diesen Informationen ja etwas, das sich als hilfreich für die Mannschaft der *Streaker* erwies und ihre Überlebenschancen erhöhte.

Gillians Herz schlug schneller. Auch diese Momente bargen ihre Gefahren. Wenn ein Sternenschiff zufällig im System war und den Planeten scannte – womöglich einer ihrer Verfolger –, würden die Borddetektoren die digitale Aktivität unweigerlich erfassen.

Der Ozean Jijos bot eine Menge Schutz, und der Berg der toten Raumschiffe, in dem sie sich befanden, tat ein Übriges, aber ein gewisses Risiko blieb – doch das nahm die Kapitänin gern auf sich.

Wenn nur der Großteil der Informationen, die sie erhielten, nicht so verwirrend und konfus gewesen wären! Viele Daten waren sicher für Raumfahrer mit größerer Flugerfahrung und besserer Ausbildung gedacht, als sie die Besatzung der *Streaker* aufweisen konnte.

Und was noch viel schlimmer ist, wir wissen bald nicht mehr, was wir der Bibliothekseinheit noch an interessanten Dingen zeigen können. Wenn sie keinen Input mehr erhält, wird sie vermutlich nicht mehr mit uns kommunizieren und jegliche Zusammenarbeit einstellen.

Aus diesem Grund hatte Gillian gestern auch beschlossen, die vier einheimischen Kinder diese Kammer des Nebels betreten und sich den Würfel anschauen zu lassen. Alvin und seine Freunde wußten noch nicht, daß sie sich an Bord eines terranischen Schiffes befanden, und so konnten sie auch nicht viel falsch machen und noch weniger verraten. Auf der anderen Seite war es nicht auszuschließen, daß die Bibliotheks-Einheit sich für diese Halbwüchsigen interessieren würde.

Und tatsächlich hatte es den Würfel ziemlich verwirrt, eine Urs und einen Hoon einträchtig nebeneinander stehen zu sehen – ein Anblick, den man in den Fünf Galaxien wirklich so gut wie nie geboten bekam. Allein schon der Umstand, einen lebenden g'Kek vor sich zu haben, reichte vollauf aus, die nimmermüde Neugier des Kastens fürs erste zu stillen.

Wenig später hatte er bereitwillig Unmengen an Daten über die verschiedenen Typen von Raumschiffen preisgegeben, die die *Streaker* auf diesem Tiefsee-Schrottplatz umgaben – darunter auch Parameter, wie sie von den buyurischen Kontroll-Paneels benutzt worden waren.

Das waren sehr hilfreiche Informationen. Aber wir benötigen mehr. Noch viel mehr.

Ich fürchte, über kurz oder lang wird mir nichts anderes mehr übrigbleiben, als mit echten Geheimnissen herauszurücken …

Davon kannte Gillian durchaus einige, die sie präsentieren konnte … wenn sie sich nur traute. In ihrem Büro, das nur ein paar Türen den Gang hinunter lag, befand sich ein mumifizierter Leichnam, der mindestens eine Milliarde Jahre alt war.

Herbie.

Um in den Besitz dieser Reliquie zu gelangen – und natürlich auch der Koordinaten ihres Herkunftsortes –, hatte eine der fanatischsten pseudoreligiösen Allianzen innerhalb der Fünf Galaxien sie seit der Zeit vor der Katastrophe auf Kithrup gejagt.

Gillian betrachtete den beigefarbenen Kasten nachdenklich …

Wenn ich dich nur einen kurzen Blick auf Herbie werfen lasse, bekommst du bestimmt einen Kurzschluß und spuckst jede einzelne Information aus, die sich in deinen Datenbänken befindet.

Weißt du, das Komische daran ist, daß es mich überglücklich machen würde, wenn wir diesem verdammten Ding nie begegnet wären.

Als junges Mädchen hatte sie oft davon geträumt, die Sterne zu bereisen und im Weltraum kühne Taten zu vollbringen, von denen man noch in Jahrhunderten berichten würde. Zusammen mit Tom hatte sie den Werdegang dorthin geplant – inklusive ihrer Hochzeit. Ihr gemeinsames Ziel bestand darin, bis zur äußersten Grenze vorzustoßen, die zwischen der Erde und den Rätseln eines gefahrenerfüllten Kosmos verlief.

Wenn sie heute an diesen naiven Traum zurückdachte und daran, auf welche Weise er in Erfüllung gegangen war, mußte sie laut lachen. Doch sie unterdrückte diesen Drang, preßte die Lippen zusammen und hielt die bittere, giftige Ironie in sich eingeschlossen, ohne einen Laut von sich zu geben.

Denn hier und jetzt mußte sie einen verdienten und würdevollen thennanianischen Admiral spielen.

Und die Wesen dieser Rasse hatten für Ironie nichts übrig. Was vermutlich mit dem Umstand zusammenhing, daß sie niemals lachten.

Sooner

Ewasx

Am besten gewöhnt ihr euch so rasch wie möglich daran, meine Ringe.

Das Bohren und Durchdringen, das ihr verspürt, stammt von meinen Kontrollwurzelfasern, die unter Umgehung dieser langsamen und altmodischen Wachsspuren in unseren Kern kriechen, um euch Ringe aneinanderzuschmieden, zu vereinen und unter eine neue Ordnung zu bringen.

Und nun erhaltet ihr eure Lektion, indem Ich euch nämlich beibringen werde, wie ihr euch in Zukunft als folgsame und gelehrsame Diener von etwas Größerem, als ihr selbst es seid, zu verhalten habt. Nicht länger werden wir hier einen Stapel von schlecht zusammengefügten Komponenten vor uns haben, die sich ständig streiten und sich in ihrer Uneinigkeit nur selbst lähmen. Von jetzt an ist Schluß mit der ständigen Abstimmerei darüber, welche Entscheidungen ein zerbrechliches, zauderndes Ich fällen soll.

So war es die Art unserer primitiven Vorfahren-Stapel, die lose zusammenhängende, konförderierte Gedanken in den duftreichen Sümpfen unserer Heimatwelt Jophekka dachten und den lieben langen Tag darüber meditierten. Die großen Sternen-Klans übersahen uns, erschienen wir ihnen doch als wenig geeignetes Material für einen Schub. Aber die großmächtigen, schneckenähnlichen Poa sahen in unserem sinnenden Vorgänger Potential und fingen an, diese konischen Gebilde aufzuziehen.

Wohlan, vor einer Million Jahren wurde selbst den Poa unsere langatmige Traeki-Natur zuviel.

»Entwickelt neue Ringe für unsere Klienten«, bedrängten sie die geschickten Oailie, »damit sie beweglicher, zielstrebiger und agiler werden.«

Für die Oailie war das kein Problem, denn sie galten als wahre Meister der genetischen Künste.

Womit haben sie uns versehen? In was haben sie uns verwandelt?

Sie verpaßten uns neue, ambitionierte Wülste.

Herren-Ringe.

Wie Mich.

Alvin

Das ist jetzt nur ein Test. Ich probiere eine neue Art des Schreibens aus.

Na ja, wenn man das noch Schreiben nennen kann. Ich spreche die Sätze nämlich laut aus und verfolge, wie die Worte mitten in der Luft erscheinen, ausgestoßen von einem kleinen Kasten, den man mir ausgehändigt hat.

Nicht, daß ich was gegen ihn hätte, im Gegenteil, er ist ultracool. Letzte Nacht hat Huck den Autoschreiber dazu benutzt, den ganzen Raum mit Wörtern und Schriftzeichen in Galaktik Drei, Galaktik Acht und jedem noch so obskuren Dialekt zu füllen, von dem sie ein paar Brocken kennt. Dann hat sie von der Maschine Übersetzungen davon angefordert, bis man sie inmitten der leuchtenden Buchstaben kaum mehr sehen konnte.

Unsere Gastgeber haben uns den Kasten gegeben, damit wir unsere Lebensgeschichte aufschreiben. Vor allem wollen sie wissen, wie die Sechs Rassen auf dem Hang miteinander leben und auskommen. Wenn wir damit fertig sind, hat uns die Stimme aus dem Wirbel eine Belohnung versprochen: Wir dürfen dann dem großen eiskalten Würfel Fragen stellen.

Huck ist über diesem Angebot beinahe ohnmächtig geworden. Wir erhalten freien Zugang zu einer Speicher-Einheit der Großen Bibliothek der Fünf Galaxien! Das ist genau so, als hätte man dem Konquistadoren Cortez eine Landkarte gegeben, auf der alle Goldstädte eingezeichnet sind. Oder dem legendären hoonschen Helden Yuq-wourphmin das Passwort für die Kontrolle der Roboterfabriken von Kururn. Mein Namensvetter hätte nicht glücklicher und ergriffener sein können, nicht einmal dann, wenn die Geheimnisse von Vanamonde und des Verrückten Geistes in all ihrer fürchterlichen Pracht aufgedeckt worden wären.

Anders als bei Huck ist meine Freude nicht uneingeschränkt. Sogar Sorge beschleicht mich. Wie die Detektive in den alten Geschichten von der Erde frage ich mich: Wo ist der Haken an der Sache?

Werden unsere Gastgeber ihr Versprechen auch dann noch halten, wenn wir ihnen alles mitgeteilt haben, was wir wissen?

Oder werden sie die Antworten auf unsere Fragen fälschen? (Wir besaßen ja keine Möglichkeit, das zu überprüfen.)

Möglicherweise ist es ihnen auch egal, was wir die Maschine fragen, weil sie davon ausgehen, daß uns dieses Wissen ohnehin nichts nutzt, weil wir ja doch nie mehr nach Hause kommen.

Aber gehen wir einmal davon aus, daß sie es offen und ehrlich meinen. Daß wir tatsächlich die Chance erhalten, von der Bibliotheks-Einheit Auskunft zu bekommen, diesem Lager von Wissen, das von einer Zivilisation zusammengetragen worden ist, die Milliarden Jahre alt ist.

Was, um alles auf Jijo, sollen wir sie eigentlich fragen?

Ich habe gerade eine Midura mit Versuchen und Experimenten verbracht. Text diktiert. Mir alles angesehen und es neu schreiben lassen. Eins muß man dem Autoschreiber lassen, mit ihm geht es lockerer und flüssiger voran als mit einem Bleistift und einem Klumpen Guarru-Gummi als Radierer. Mit bloßen Handbewegungen lassen sich ganze Textblöcke wie feste Gegenstände bewegen und verschieben. Ich muß nicht einmal laut sprechen, es reicht schon, wenn ich nur etwas vor mich hin murmele. Ich habe es sogar damit probiert, lautlos Worte aneinanderzureihen, wie man das tut, wenn man nicht will, daß Umstehende etwas davon mitbekommen, und er hat prompt reagiert.

Natürlich glaube ich nicht, daß er in der Lage ist, Gedanken zu lesen, aber ich könnte wetten, daß er Veränderungen der Muskeln in meinen Stimmbändern oder etwas in der Art registriert. Über so etwas habe ich nämlich in so Geschichten wie *Die Black-Jack-Ära* oder *Der Tramp von Luna City* gelesen. Damals fand ich das ziemlich spannend, aber jetzt direkt damit konfrontiert zu werden ist schon ein wenig unheimlich.

Ein Beispiel gefällig? Ich habe der kleinen Maschine gesagt, ich würde gern ihr Engelik-Synonymwörterbuch sehen. Bislang hatte ich mir immer eingebildet, über einen herausragenden Wortschatz zu verfügen, weil ich die Ausgabe von *Roget's Thesaurus* in unserer Stadtbücherei auswendig gelernt habe. Aber wie sich jetzt herausstellt, hat das Buch die meisten Lehnwörter aus dem Hindi und dem Arabischen weggelassen, die ins Englisch-Eurasische eingeflossen sind. Was dieser kleine Apparat zu bieten hat, also da bleibt Huck und mir die Spucke weg ... na ja, mir zumindest, meine g'Kek-Freundin ist ja gerade nicht da, und ich kann nicht sehen, wie sie darauf reagiert.

Meine Gefährten halten sich in den Nebenzimmern auf und geben alles von sich, was in ihrem Gedächtnis abgespeichert ist. Ich kann mir gut vorstellen, daß Huck eine Geschichte voller Farbe und Tempo und von einzigartiger Brillanz von sich gibt, um unsere Gastgeber zufriedenzustellen. Ur-ronn hingegen wird es mit ihrem Bericht übergenau nehmen und etwas Korrektes, aber

Staubtrockenes zu erzählen haben. Und Schere, nun, der wird bald den Faden verlieren und dann atemlos Geschichten über Seeungeheuer zum Besten geben.

Was mich betrifft, so habe ich einen gewissen Vorsprung vor den anderen, weil in meinem Tagebuch ja schon der größte Teil unserer Geschichte erfaßt ist, vor allem, wie wir vier Wagemutigen an diesen Ort der sonderbar gewundenen Korridore tief unter den Wellen gelangt sind.

So bleibt mir Zeit, darüber zu grübeln, warum die Phuvnthus all das von uns wissen wollen.

Vielleicht steckt ja nur Neugier dahinter. Aber man kann nie wissen. Wenn nun irgend etwas von dem, was wir von uns geben, sich schädlich für jemanden oben auf dem Hang auswirkt? Doch ich kann mir nicht so recht vorstellen, wie das möglich sein sollte ... ich meine, schließlich sind wir nicht in militärische Geheimnisse eingeweiht – außer vielleicht, was die Kiste angeht, die zu bergen Uriel, die Schmiedin, uns überhaupt erst losgeschickt hat. Andererseits wußte die Stimme in dem Wirbel bereits davon.

In meinen optimistischeren Momenten stelle ich mir vor, die Metallspinnen geben uns den Schatz (darum muß es sich nämlich bei der Kiste handeln) zurück, fahren uns mit ihrem stählernen Wal nach Wuphon, und wir steigen dann wie die sagenhafte Crew der *Hukuph-tau* als vermeintlich Tote vor unseren Verwandten aus dem Wasser auf. Hei, das würde bestimmt eine große Überraschung für Uriel, Urdonnol oder meine Eltern. Zu Hause hat man uns bestimmt längst abgeschrieben.

Doch ich habe nicht nur optimistische Momente, und so kommen mir auch andere Szenarien in den Sinn, die sich einfach nicht verscheuchen lassen wollen. Wie die Ereignisse, die sich abgespielt haben, nachdem der Metallwal die *Traum* mit seinem Maul abgefangen hat. Dieses schon leicht verschwommene Bild von den Spinnenwesen hält sich hartnäckig, wie sie über die Trümmer unseres selbstgebauten U-Boots klettern, sich in einer raschen, abgehackten Sprache verständigen und dann voller Todesangst zurückfahren, als sie Ziz erblicken, den harmlosen, kleinen Fünfring-Stapel-Traeki, den der Alchemist Tyug uns mitgegeben hat.

Feuerspeere haben den Armen in Stücke gerissen.

Ich meine, da fragt man sich doch ganz unwillkürlich, aus welchem Grund jemand eine solche Gemeinheit begeht.

Eigentlich könnte ich mich ja an die Arbeit machen.

Wie fange ich meine Geschichte an?

Sie können mich Alvin nennen …

Nein, zu irdisch abgedroschen. Wie wäre es … damit?

Alvin Hph-wayuo wachte eines Morgens auf und entdeckte, daß er sich in einen Riesen verwandelt hatte …

Klingt klasse, ist aber auch nicht ganz das Richtige.

Vielleicht sollte ich meine Geschichte nach dem Vorbild von *Zwanzigtausend Meilen unter dem Meer* gestalten.

Da sind wir also, vier Schiffbrüchige, die von freundlichen Wärtern in einer Untersee-Welt gefangengehalten werden. Hmmm … Obwohl Huck ein Mädchen ist, wird sie bestimmt darauf bestehen, den Part des Helden Ned Land zu bekommen. Ur-ronn entscheidet sich sicher für Professor Aronnax, und dann müssen Schere und ich es unter uns ausmachen, wer von uns beiden der komische Tolpatsch Conseil sein muß.

Und wann werden wir dann endlich Kapitän Nemo treffen?

Hm, diese Art, Texte zu verfassen, hat einen großen Nachteil. Zwar geht alles mühelos vonstatten, und Fehler kann man sofort korrigieren, aber man neigt dann doch zur Geschwätzigkeit und sprudelt einfach drauf los. Beim guten alten Schreiben mit dem Bleistift mußte man sich immer vorher überlegen, was man als nächstes zu Papier bringen woll…

Moment, was war das?

Da ist es schon wieder. Ein fernes Donnern … beim zweiten Mal allerdings schon lauter … und etwas näher …

Ich fürchte, das will mir nicht gefallen. Überhaupt nicht gefallen.

...

Bei Jafalls! Jetzt fängt zu guter Letzt auch noch der Boden an zu beben.

Das Rumpeln erinnert mich an den Berg Guenn in unserer Heimat, wenn er rülpst und sonstwie Verdauungsbeschwerden hat und jeder am Hang sich fragt, ob es nun so weit ist und das große ...

Bei allen verfluchten Kehlsackratten, das ist jetzt aber wirklich kein Spaß mehr!

Richtige, echte Explosionen. Jemand wirft Bomben auf uns, und er kommt immer näher!

Und nun gesellt sich auch noch ein neues Geräusch hinzu. Ein Kreischen wie von einer Zookir, die sich die Seele aus dem Leib schreit, weil sie grade festgestellt hat, daß sie sich eben auf eine Federechse gehockt hat.

Stammt der Lärm vielleicht von einer Sirene? Ich habe mich immer gefragt, wie sich so etwas anhört ...

Bei Gishtuphwayo! Jetzt flackert auch noch das Licht. Der Boden bebt nicht mehr, er hebt und senkt sich ...

Was, um Jafalls' willen, geht hier vor?

Dwer

Die Aussicht vom höchsten Punkt der Düne aus war alles andere als vielversprechend.

Der Danik-Aufklärer befand sich etwa fünf oder sechs Meilen weit draußen auf See und war nur als winziger Punkt jenseits der Linie auszumachen, wo sich die Farbe des Wassers von einem hellen Blaugrün in Schwarzblau verwandelt. Der Gleiter sauste hin und her, so als suche er nach etwas, das er verlegt hatte. Nur wenn der Wind gerade günstig stand, konnten die beiden das leise Dröhnen seiner Triebwerke vernehmen.

Etwa alle vierzig Duras bemerkte Dwer, daß sich etwas Fleckenartiges vom schlanken Bauch des Aufklärers löste, noch einmal kurz in der Sonne aufblitzte und dann ins Meer fiel. Zehn weitere Duras mußten vergehen, bis sich an der Eintrittsstelle das Wasser zu einem Hügel aus Schaum erhob – wie bei einem Seeungeheuer, das tief unten sterbend in seinen letzten Zuckungen lag.

»Was treibt Kunn denn da?« fragte der Jäger und drehte sich zu Rety um, die ihre Augen mit einer Hand beschirmte, um den fernen Gleiter besser erkennen zu können. »Hast du irgendeine Ahnung?«

»Ich weiß es nicht«, antwortete das Mädchen. »Vermutlich hat das etwas mit dem Vogel zu tun.«

»Mit dem Vogel?« wiederholte er verwirrt.

»Mensch, du weißt doch, mein Metallvogel, den wir vor der Mulch-Spinne gerettet haben.«

»Ach der«, nickte Dwer. »Der Vogel, den du den Weisen zeigen wolltest. Wie haben die Fremden ihn denn in die Finger be…«

Rety unterbrach ihn rasch, ehe er dumme Rückschlüsse ziehen konnte.

»Die Daniks wollten wissen, wo die Maschine hergekommen ist. Also hat Kunn mich gebeten, ihn hierherzuführen. Er wollte sich Jass vorknöpfen, weil der der einzige war, der gesehen hat, wie der Vogel aus dem Meer gekommen ist. Ich hätte natürlich nie gedacht, daß er mich im Dorf zurücklassen wollte …« Sie biß sich auf die Zunge. »Jass wird Kunn hierhergebracht haben. Kunn erwähnte was von ›Vogelangeln‹. Ich wette, er will ein paar von diesen Apparaten fangen.«

»Oder denjenigen, der deinen Vogel gebaut hat. Und jetzt versucht er gerade, ihn aus seinem Versteck zu scheuchen und an Land zu treiben.«

»Ja, könnte sein.« Sie nickte kurz. Offenbar war ihr das Thema peinlich. Dwer beschloß, nicht in sie zu dringen und mehr über ihr Abkommen mit den Sternenmenschen erfahren zu wollen.

Je weiter sie nach Süden gekommen waren, desto öfter hatten sie Bäche oder Marschabflüsse angetroffen, und Dwer hatte sich etliche Male gezwungen gesehen, den Roboter »hinüberzutragen«, bevor sie bei Einbruch der Dämmerung endlich ihr Nachtlager aufgeschlagen hatten. Dabei war einige Spannung entstanden, weil der Roboter den Jäger unbedingt dazu drängen wollte, die Reise fortzusetzen. Aber die Todeswaffen der Maschine waren bei Dwers Angriff zu stark beschädigt worden, und der junge Mann hatte sich von den auf und zu schnappenden Metallklauen des Roboters nicht sonderlich beeindrucken lassen. Eine sonderbare Ruhe war nämlich über ihn gekommen, als habe er während des Transports der Maschine über das Wasser erkannt, daß es auch mit den Apparaten der Sternengötter nicht allzuweit her war. Möglicherweise bildete er sich das auch nur ein, doch das Gefühl war stark genug, um ihm alle Furcht vor diesem Killer zu nehmen.

Mit grollendem Verdruß, der ihn fast menschlich machte, gab der Roboter schließlich klein bei. Sie ließen sich an einem kleinen Feuer nieder, und Dwer teilte mit Rety das, was sich noch in seinem Tragebeutel befand. Nach einem Moment des Zögerns steuerte das Mädchen auch ihren Teil bei und zog zwei kleine Tafeln aus der Tasche, die sich sehr glatt anfühlten. Sie zeigte ihm, wie man den Inhalt auswickelte, und kicherte, als sie seinen Gesichtsausdruck bemerkte. Der Jäger ließ den fremden Geschmack auf seiner Zunge zergehen, und daß er ihm gefiel, sah man ihm deutlich an. Bei Retys Prusten ging ihm auf, was für ein Gesicht er machen mußte. Er mußte ebenfalls lachen und hätte sich beinahe an dem Schokoriegel der Daniks verschluckt. Die Masse war ungeheuer süß, und Dwer nahm sich vor, ihren Genuß auf die Liste der Dinge zu setzen, von denen er froh war, sie noch zu Lebzeiten kennengelernt zu haben.

Als er sich später mit Rety vor das glimmende Holzfeuer gesetzt und sie sich in Decken gewickelt hatten, träumte er eine Abfolge phantastischer Bilder. Und diesmal erschienen sie ihm stärker als bei allen früheren Gelegenheiten. Möglicherweise war das darauf zurückzuführen, daß er den Roboter sooft »getragen« hatte und dabei in Kontakt mit dessen Bodentastfeldern geraten war. Statt ein erdrückendes Gewicht zu spüren, fühlte er sich in seinem Traum ungeheuer leicht, als triebe sein Körper ungehindert voran. Unverständliche Panoramen flackerten unter seinen geschlossenen Lidern ... Objekte, die vor dunklen Hintergründen aufglühten, Gasgebilde, die aus eigener Kraft leuchteten, und einmal das starke Gefühl des Wiedererkennens, der zeitlose Eindruck von liebender Vertrautheit.

Das Ei, vermutete sein schlafendes Bewußtsein. Nur sah das Heiligtum merkwürdig verändert aus. Nicht wie ein überdimensionierter Stein, der aufrecht in einer Bergschlucht stand, sondern eher wie eine riesige dunkle Sonne, deren Schwärze das Funkeln der anderen Sterne auslöschte.

Am nächsten Morgen brachen sie noch vor dem ersten Tageslicht auf und mußten nur zwei Wasserläufe überqueren, bis sie das Meer erreichten. Dort nahm der Roboter die beiden wieder auf und flog mit ihnen am Strand entlang, bis sie diese Dünen hier erreichten – eine hochgelegene Stelle, von der aus man die blauen Wasser des Riffs weit überblicken konnte.

Zumindest hielt Dwer dieses Meer für das Riff – die große Spalte, die den Kontinent teilte. *Ich wünschte, ich hätte mein Fernrohr noch,* dachte er. Damit hätte er jetzt vielleicht feststellen können, was der Pilot des Aufklärers eigentlich da draußen trieb.

Vögelangeln, hatte Rety vermutet.

Wenn Kunn wirklich etwas Derartiges beabsichtigte, mußte er noch einiges über das Fischen lernen. Dwer erinnerte sich an einen Rat, den ihm der alte Fallon vor Jahren gegeben hatte:

Ganz gleich, wie stark deine Waffe ist oder welches Wild du jagst, man sollte es nie gleichzeitig treiben und beschießen wollen. Wenn du allein bist, dann verzichte darauf, das Opfer aufzuspüren.

Der einsame Jäger ist ein Meister der Geduld und erlernt erst in aller Ruhe die Schliche seiner Beute.

Gut und schön, aber die Sache hatte einen Haken: Sie erforderte Einfühlungsvermögen. Je besser man lernte, so zu denken und zu fühlen wie die Beute, desto stärker wuchs die Gefahr, eines Tages in dem Tier nicht mehr nur etwas zu sehen, das man erlegen wollte.

»Tja, eines haben wir ja wirklich geschafft«, bemerkte Rety giftig, während sie die Maschine dabei beobachtete, wie sie auf dem höchsten Punkt der Düne mit den Armen Zeichen gab und aussah wie ein kleines Kind, dessen Eltern sich zu weit von ihm entfernt haben. »Seine Kommunikationsausrüstung hast du gründlich ruiniert. Selbst auf kürzere Entfernungen, sogar auf Sichtweite, ist er nicht mehr in der Lage, sich mit seinem Herren über Funk in Verbindung zu setzen.«

Dwer war beeindruckt. Das Mädchen hatte doch eine Menge dazugelernt, seit sie dafür gesorgt hatte, von den Fremden adoptiert zu werden.

»Glaubst du, der Pilot kann uns mit bloßem Auge sehen, wenn er zum Dorf zurückkehrt, um dich aufzulesen?«

»Vielleicht ...«, antwortete sie langsam. »Vorausgesetzt natürlich, daß er das auch vorhat. Womöglich vergißt er mich ja ganz, wenn er das gefunden hat, wonach er sucht, und kehrt auf dem kürzesten Weg zur Rothen-Station zurück, um dort Bericht zu erstatten.«

Dwer ahnte schon seit einiger Zeit, daß Rety einiges von der Gunst der Sternenmenschen verloren hatte. Sie klang jetzt bitter, und das sicher auch aufgrund des Wissens, daß in dem Aufklärer Jass saß, ihr Stammesgenosse, der sie früher am schlimmsten von allen drangsaliert hatte. Eigentlich hatte sie ja alles in die Wege geleitet, damit dieser Grobian von den Daniks die in ihren Augen gerechte Strafe erhielt. Aber mittlerweile saß eben dieser Jass neben dem Piloten und konnte ihn in seinem Sinne beeinflussen, während Rety hier unten festsaß.

Diese Sorgen waren ihrer Miene deutlich abzulesen. Wenn nun ihr größter Feind die Belohnung erhielt, für die sie gelogen, betrogen und manipuliert hatte – die Einladung, mit zurück zu den Sternen zu fliegen?

»Hm, wir sollten wohl besser dafür sorgen, daß er uns beim Rückflug nicht übersehen kann.«

Dwer hatte es nicht allzu eilig, dem Sternenpiloten gegenüberzutreten, der vor einiger Zeit die ursischen Sooner so brutal aus der Luft abgeknallt hatte. Er machte sich auch keinerlei Illusionen darüber, wie Kunn ihn behandeln würde. Aber der Gleiter bot ihnen die Chance, von hier fortzukommen, und er stellte Retys ganze Hoffnung dar, doch noch ihren Preis zu erhalten. Wenn er den Danik irgendwie ablenken konnte, würde der vielleicht gar nicht erst in die Grauen Hügel zurückkehren. Danel Orzawa war in dem kurzen Kampf mit dem Roboter ums Leben gekommen, aber es war trotzdem wichtig, Zeit zu gewinnen, damit Lena Strong mit der ursischen Bandenführerin ein Abkommen schließen und womöglich die Sooner-Sippe auf ihre Seite ziehen konnte ... so mochte es ihnen gelingen, sich fortzuschleichen und einen Ort aufzusuchen, an dem die Sternengötter sie nicht aufspüren konnten. Lena Zeit zu verschaffen war das Mindeste und vielleicht auch Letzte, was der Jäger für sie tun konnte.

»Ja, wir errichten ein Feuer«, schlug das Mädchen jetzt vor und zeigte auf den Strand, der von den vergangenen Stürmen her noch mit Treibholz übersät war.

»Das wollte ich auch gerade sagen«, entgegnete der Jäger.

Rety kicherte wieder.

»Aber klar, das kannst du deiner Oma erzählen.«

Sara

Anfangs erschien ihr der uralte Tunnel viel zu düster und unheimlich. Sara stellte sich die ganze Zeit über vor, ein verstaubter alter Buyur-Wagen erwache unvermittelt zum Leben und sause wie ein zorniges Phantom auf den kleinen Pferdekarren zu, um die Narren zu bestrafen, die es gewagt hatten, in dieses Reich der Geister einzudringen. Lange Zeit wollte diese Angst nicht weichen, und sie atmete zu rasch und zu kurz, während ihr Herz rasend schnell schlug.

Doch die Furcht hat einen großen Feind, der noch mächtiger ist als Selbstvertrauen oder Mut.

Die Langeweile.

Sara war es bald überdrüssig, Midura um Midura auf der harten Bank zu hocken. Schließlich seufzte sie lang, und damit verschwand auch das bedrückende Gefühl. Kurz darauf verließ sie den Wagen, um neben ihm herzulaufen. Beim ersten Mal wollte sie sich nur die Beine vertreten, doch später blieb sie immer länger draußen und begleitete den Karren im Dauerlauf.

Das gefiel ihr bald immer besser.

Vermutlich versuche ich nur, mich an die neue Zeit anzupassen. Wer weiß schon, ob in der Welt, die uns nun erwartet, Intellektuelle und Gelehrte überhaupt gebraucht werden oder erwünscht sind.

Emerson gesellte sich zu ihr, lächelte sie an und lief mit seinen langen Beinen mühelos neben ihr her. Allmählich verlor der Tunnel auch für die anderen seine Bedrohlichkeit. Die beiden Wagenlenkerinnen aus dem geheimnisvollen Illias-Stamm – Kepha und Nuli – entspannten sich sichtlich mit jeder Meile, die sie ihrem Zuhause näher kamen.

Aber wo mochte ihr Heim liegen?

Sara stellte sich in Gedanken eine Karte des Hangs vor und zog einen weiten Bogen, der südlich vom Gentt verlief, aber sie stieß nirgendwo auf eine Stelle, wo sich eine Reiter-Klan so lange versteckt halten konnte.

Möglicherweise in einer riesigen, leeren Magmakammer, direkt unter einem Vulkan …

Was für eine Vorstellung – irgendein magischer Zufluchtsort mit verborgenen Wiesen, sicher verborgen vor dem drohenden Himmel. Eine unterirdische Welt wie in den Abenteuergeschichten der Vor-Kontakt-Zeit, in denen es um uralte, gigantische Höhlen, mystische Lichtquellen und widernatürliche Untiere ging.

Natürlich ließen die Naturgesetze es nicht zu, daß solch ein Ort entstehen konnte.

Aber hätten nicht die allmächtigen Buyur – oder gar eine Rasse, die Jijo vor ihnen geleast hatte – dieselben Kräfte, die diesen Tunnel geformt hatten, dazu einsetzen können, eine geheime unterirdische Basis zu schaffen? Eine Stätte, an der bestimmte Schätze aufbewahrt werden konnten, während an der Oberfläche alles zerstört und vernichtet wurde, was sapiente Wesen dort hinterlassen hatten?

Sara kicherte bei diesem Gedanken, aber ganz verscheuchen konnte sie ihn nicht.

Etwas später näherte sie sich dem Sprengmeister.

»Also gut, Kurt, ich stecke in der Sache mit drin. Jetzt kannst du mir doch auch verraten, was so furchtbar wichtig ist, daß Emerson und ich dich begleiten müssen.«

Aber der alte Mann schüttelte nur den Kopf, weil er vor Dedinger nicht darüber reden wollte.

Was soll der Fundamentalist denn schon groß anstellen? Etwa seine Fesseln zerreißen, nach oben laufen und aller Welt davon berichten? dachte sie.

Der Wüstenprophet machte allerdings nicht den Eindruck, als würde er sich ohne weiteres selbst befreien können. Und dennoch konnte es einem geradezu mulmig werden, wenn man sah, wieviel in sich ruhendes Selbstvertrauen Dedinger ausstrahlte, als würde alles sich so richten, daß seine Sache doch am Ende obsiegen würde.

In Zeiten wie diesen schießen Fundamentalisten, Häretiker und sonstige Fanatiker wie Pilze aus dem Boden ... sie schwärmen umher wie diese Abhörwespen, wenn sie ein neues Gerücht vernommen haben. Es sollte wirklich niemanden von uns überraschen, daß Volksverführer heutzutage regen Zulauf finden.

Die Heiligen Schriftrollen schrieben zwei Wege vor, auf denen Jijos illegale Kolonisten die schwere Last ihrer Sünden lindern konnten. Der eine befahl, den Planeten nach Kräften zu erhalten, der andere, den Pfad der Erlösung zu beschreiten. Seit den Tagen von Drake und Ur-Chown hatten die Weisen gelehrt, daß beide Möglichkeiten sich durchaus damit vereinbaren ließen, Handel zu treiben und für das persönliche Wohlergehen zu sorgen. Nur einige Puristen sprachen sich dagegen aus und forderten, daß die Siedler sich für eine der beiden Richtungen zu entscheiden hätten.

Wir dürfen gar nicht hier sein, lautete der Standpunkt von Larks Partei. *Als Sooner sollten wir uns der Geburtenkontrolle bedienen, um dem Galaktischen Gesetz Genüge zu tun. So können wir diesem Brachplaneten endlich seinen Frieden zurückgeben. Und wenn das erreicht ist, sind auch unsere Sünden abgetragen.*

Andere Gruppierungen verlangten, daß der Pfad der Erlösung einen höheren Stellenwert erhalten solle.

Jeder einzelne Klan hat dem Beispiel der Glaver zu folgen, predigte nicht nur Dedinger seinen Anhängern, sondern auch die Urunthai vertraten vehement diesen Standpunkt. *Erlösung und Erneuerung kommen nur zu denen, die sich von den Hindernissen des Geistes befreien und ihre wahre Natur wiederentdecken.*

Die erste Barriere, die es niederzureißen gilt – und dabei handelt es sich um den Mühlstein, der unsere Seelen festhält –, ist das Wissen.

Beide Parteien beschimpften die heutigen Hohen Weisen als die wahren Häretiker und wurden nicht müde, die Bürger mit ihrem Sermon zu überziehen, der oft genug von keinerlei logischem Zusammenhalt behindert wurde. Als dann die gefürchteten Sternenschiffe aus dem Himmel auftauchten, strömten die Fundamentalisten in Massen aus, um den reinen Glauben zu predigen. Sie boten einfache Botschaften als die rechte Medizin für diese unsicheren Zeiten.

Sara wußte genau, daß ihre eigene Form der Häresie kaum geeignet war, Anhänger in Scharen anzulocken. Schließlich schien ihre Lehre kaum zu Jijo zu passen – diesem Planeten voller Verbrecher, denen der Untergang vorherbestimmt war, sei es auf die eine oder die andere Weise. Und dennoch …

Alles hängt von deinem persönlichen Standpunkt ab.

So hatte es ihr einmal ein wirklich kluger Traeki-Weiser erklärt.

Wir lassen uns nämlich viel zu oft blenden, und dabei übersehen wir das Wesentliche.

Lark

Eine ursische Kurierin stürmte aus dem Wald schwankenden Großbambus'.

Bringt sie etwa schon die Antwort?

Lark hatte erst vor wenigen Miduras einen Milizionär mit einer Botschaft an Lester Cambel losgeschickt, der sich mit den anderen Hohen Weisen in deren geheimes Versteck zurückgezogen hatte.

Aber nein. Die Urs mit dem vor Anstrengung zerzausten Fell kam den Weg von der Festival-Lichtung herangaloppiert. Sie hatte es so eilig, daß sie nicht einmal anhielt, als Lark ihr anbot, die Schlagader eines angebotenen Simlas zu ritzen und ihr den traditionellen Willkommensgruß in Form eines Bechers dampfenden

Blutes als Erfrischung zu reichen. Die Menschen verfolgten fassungslos, wie die Urs statt dessen das Maul in einen Eimer ungereinigten Wassers tauchte und angesichts seines bitteren Geschmacks nicht einmal einen Schüttelkrampf bekam.

Zwischen tiefen Schlucken berichtete sie mit knappen Worten von dem, was sich inzwischen getan hatte.

Ja, wie die Gerüchte schon erwähnt hatten, sei das zweite gelandete Sternenschiff riesengroß. Es hocke wie ein neuer Berg im Tal und blockiere den Fluß, so daß der gefangene Rothen-Kreuzer nun auch noch in einem Sumpf festsitze und Ling und ihre Kameraden auf doppelte Weise festsäßen.

Überlebende Augenzeugen hätten berichtet, daß in der von innen hell beleuchteten Luke an der Seite des Titanenschiffes vertraute Gestalten aufgetaucht seien: sich nach oben verjüngende koonische Formen. Stapel von Ringen, die verschwenderisch glänzten.

Nur wenige unter den Anwesenden, vor allem diejenigen nicht, die sich in den alten Sagen auskannten, hätten allerdings gleich geahnt, daß dieses Erscheinen nichts Gutes zu bedeuten habe. Doch ihnen sei nur wenig Zeit geblieben, die anderen zu warnen, denn schon seien Strahlen brüllend durch die Nacht geschossen und hätten im Umkreis von zwölf Bogenschüssen alles zerstört und vernichtet.

Im Morgengrauen hätten sich einige besonders Mutige auf die umliegenden Höhen gewagt, und ihren Augen habe sich ein Bild der Verheerung voller öliger Flecken und blutiger Klumpen gezeigt. *Ein Verteidigungsperimeter*, hätten einige Bürger gleich vermutet, obwohl solche Vorsicht für allmächtige Sternengötter doch etwas übertrieben erscheinen müsse.

»Wie viele Tote und Verwundete hat es gegeben?« wollte Jeni Shen, der Feldwebel in Larks Milizeskorte, von der Kurierin wissen. Die Unteroffizierin war von kleiner, stämmiger Statur und eine gute Bekannte seines Bruders Dwer. Die ganze Nacht hindurch hatte die kleine Truppe in der Ferne flackernde Lichtblitze gesehen und Geräusche wie von Donner vernommen – aber keiner von ihnen hätte dahinter eine solche Katastrophe vermutet, wie die Botin sie zu vermelden hatte.

Die Urs sprach von Hunderten von Opfern ... und darunter befinde sich auch einer der Hohen Weisen der Gemeinschaften, genauer gesagt Asx, der sich zum Zeitpunkt des Beschusses in der Nähe einer Gruppe von Neugierigen und verwirrten Freunden der Sternenreisenden aufgehalten habe, um mit den Neuankömmlingen in Verhandlungen zu treten. Nachdem der Staub sich gelegt habe und die Feuer erloschen seien, habe man von dem Traeki nichts mehr gesehen.

Der g'Kek-Arzt, der Uthen versorgte, drückte den Schmerz und den Kummer, den alle hier empfanden, am deutlichsten aus, indem er alle vier Augenstiele einzog und mit seinem Anstoßbein auf den Boden stampfte. Für einen g'Kek die höchste Form, Entsetzen auszudrücken. Asx war unter allen sechs Rassen sehr beliebt gewesen, da er ein offenes Ohr für die Probleme von jedermann hatte, gleich, welcher Gemeinschaft er auch angehörte. Er kümmerte sich ebenso um Eheprobleme (»Meine Frau hat immer Kopfschmerzen!«) bis zur Aufteilung der Besitztümer eines zu halbierenden Qheuen-Stocks (»Was mir ist, ist mir, und was ihm gehört, darüber verhandeln wir.«).

Asx hatte sich jedes noch so geringe Problem geduldig angehört und dann über eine Lösung nachgedacht. Manchmal grübelte er tage- oder wochenlang, und es konnte auch schon einmal ein ganzes Jahr darüber vergehen, aber am Ende hatte er stets eine Antwort parat – oder auch mehrere, wenn das Kümmernis so etwas erforderte.

Bevor die Kurierin weiterzog, durfte Lark aufgrund seines Rangs als Weiser Dritter Ordnung einen kurzen Blick auf die Skizzen werfen, die die Urs in ihrem Botenbeutel mitführte. Er zeigte Ling die Zeichnung eines massiven, ovalen Schiffs, neben dem der Kreuzer, der die Biologin auf diese Welt gebracht hatte, winzig wirkte. Die Miene der jungen Frau verfinsterte sich. Zwar kannte sie den Schiffstyp nicht, aber allein seine immense Größe verhieß nichts Gutes.

Larks eigener Bote, ein Mensch, tauchte bei Tagesanbruch zwischen den Stämmen des Großbambus auf und überbrachte die dringende Bitte Lester Cambels, Lings persönliche Bibliotheks-Einheit zu ihm zu schicken, damit mit deren Hilfe die Datenstäbe gelesen werden könnten, die Lark und Uthen in der zerstörten Station gefunden hatten.

Das Angebot zur Zusammenarbeit, das die Biologin am Vorabend gemacht hatte, war jedoch darauf begrenzt, Daten über Seuchen zur Verfügung zu stellen, insbesondere über die, die zur Zeit in der Qheuen-Gemeinde wütete.

»Wenn Ro-kenn tatsächlich Vorbereitungen getroffen hat, mittels Bakterien einen Völkermord zu verüben, gilt er auch nach unserem Gesetz als Verbrecher«, erklärte sie.

»Auch wenn es sich bei ihm um einen Rothen-Herrn handelt?« fragte Lark skeptisch zurück.

»Ja, selbst dann. Ich verhalte mich ihm gegenüber keineswegs unloyal, wenn ich Nachforschungen über die Hintergründe dieser Tat anstelle. Möglicherweise stoße ich dabei ja auch auf Beweise, daß es sich nicht so verhalten hat.

Trotzdem solltest du nicht von mir erwarten, euch dabei zu unterstützen, gegen meine Mannschaftskameraden oder Patrone Krieg zu führen. Natürlich vermögt ihr jetzt ohnehin nicht mehr viel gegen sie auszurichten, sind sie doch gewarnt und auf der Hut. Einmal ist es euch gelungen, uns mit Minenstollen und Schießpulver zu überraschen und unsere kleine Forschungsstation zu zerstören. Aber ihr werdet feststellen, daß es schon erheblich mehr bedarf, um ein richtiges Sternenschiff zu beschädigen. Nicht einmal eure bestausgestatteten Fundamentalisten wären dazu imstande.«

Diese Debatte führten die beiden, bevor die Nachricht von der Landung des zweiten Kreuzers eingetroffen war – und bevor sie erfuhren, daß die ungeheure Größe des Raumkolosses das Rothen-Schiff wie ein Spielzeug erscheinen ließ.

Während sie auf Cambels Antwort warteten, schickte Lark seine Soldaten in das verbrannte Dickicht am Seeufer, um dort die goldenen Perlen aufzusammeln, in denen die Mulch-Spinne ihre Sammelobjekte konserviert hatte. Die Galaktische Technologie war seit Millionen von Jahren standardisiert. Da bestand doch Hoffnung, unter all dem Schrott im Museum der Spinne eine halbwegs funktionsfähige Lese-Einheit zu finden. Einen Versuch war das allemal wert.

Während Ling und er sich durch den Berg von Bernstein-Kokons arbeiteten, nahmen sie ihr altes Spiel von vorsichtiger Frage und noch vorsichtigerer Antwort wieder auf. Zwar hatten die Umstände sich geändert – Lark fühlte sich in ihrer Anwesenheit nicht mehr wie ein hinterwäldlerischer Dummkopf –, aber dennoch setzten sie das Spiel in seiner alten Form fort.

Ling machte diesmal den Anfang und wollte von ihm einiges über den Großen Druck erfahren, jenes Ereignis, das die ständig im Hader liegenden Völker von Jijo endlich zur Gemeinschaft der Sooner-Rassen zusammengeschmiedet hatte. In seiner Bedeutung stand der Buchdruck damit noch über dem Erscheinen des Heiligen Eies.

Lark antwortete ihr wahrheitsgemäß, verschwieg aber alles, was mit dem Archiv in Biblos zu tun hatte. Dafür berichtete er ihr lang und breit von der Tätigkeit der verschiedenen Zünfte: den Druckern, den Fotokopierern und den Papiermachern. Er erzählte ihr vor allem von letzteren, von ihren schweren Hämmern, mit denen sie den Papierbrei stampften, und von den übelriechenden Trockenvorrichtungen, wo unter dem scharfen Auge seines Vaters, des weithin berühmten Nelo, die feinsten Blätter aufgehängt wurden.

»Eine dauerhafte, über mehrere voneinander unabhängige Herstellungsschritte verteilte und analoge Datenbank ist natürlich vom Weltraum her nicht festzustellen. Schließlich fließen dabei weder Elektrizität, noch sind irgendwelche elektronische Gerätschaften vonnöten«, lobte die Biologin. »Selbst als wir Bücher zu Gesicht bekamen, haben wir vermutet, sie seien per Hand abgeschrieben, aber nicht, daß ein kulturell hochstehender Herstellungsprozeß dahintersteckte. Stell dir vor, eine Wölfling-Technologie hat sich unter diesen besonderen Umständen als so erfolgreich erwiesen ...«

Trotz dieser offenkundigen Bewunderung fragte sich Lark, welche Haltung die Daniks in Wahrheit zum Buchdruck einnehmen mochten, schienen sie doch allzu bereitwillig alle Errungenschaften ihrer Vorfahren als nichtig abzutun, es sei denn, irgendein Fortschritt sei auf die Intervention der Rothen zurückzuführen.

Nun war es an ihm, eine Frage zu stellen, und er beschloß, es mit einem anderen Thema zu versuchen.

»Als das Tarnwesen von Ro-pols Gesicht gekrochen ist, schienst du mir genauso überrascht wie wir anderen auch.«

Er bezog sich damit auf die Ereignisse unmittelbar vor der Schlacht auf der Lichtung, als alle Anwesenden hatten verfolgen können, wie eine aufgebahrte tote Rothen ihre charismatische, symbiotische Maske verloren hatte. Ro-pols Augen, einst warm und ausdrucksstark, starrten nur noch leblos aus einem enttarnten Gesicht, das scharfe, kantige Züge aufwies und eher einem Raubtier als einem Menschen zu gehören schien.

Ling hatte noch nie einen ihrer Herren in seinem natürlichen Zustand gesehen. Wie stets ließ sie sich nun bei der Antwort von Vorsicht leiten.

»Ich gehöre nicht zum inneren Kreis.«

»Was habe ich mir darunter vorzustellen?«

Die Biologin atmete tief ein. »Rann und Kunn besitzen das Privileg, mehr über die Rothen zu wissen, als ein normaler Danik je hoffen darf. Rann durfte sogar schon einmal zu einer der geheimen Zufluchtsstätten der Patrone mitfliegen. Die meisten von uns werden nie in den Genuß einer solchen Auszeichnung gelangen. Wenn wir nicht in einer Mission unterwegs sind, leben wir mit unseren Familien in den getarnten Schluchten des Außenpostens Poria. Nur etwa hundert Rothen halten sich dort auf. Selbst auf Poria laufen einem die Patrone nicht tagtäglich über den Weg.«

»Trotzdem erscheint es mir sonderbar, etwas so grundsätzlich Wesentliches von dieser Patronen-Rasse nicht zu wissen, die doch immerhin vorgeben ...«

»Natürlich bekommt man Gerüchte zu hören«, unterbrach sie ihn rasch. »Und manchmal begegnet einem ein Rothen, dessen Gesicht irgendwie merkwürdig aussieht ... so als habe er einen Teil davon falsch aufgesetzt. Vielleicht spielen wir das Spiel ja einfach mit, weil wir uns irgendwann entschieden haben, so zu tun, als würden wir solche Verzerrungen einfach nicht bemerken ... Aber ich habe den Eindruck, daß du eigentlich auf etwas ganz anderes hinaus wolltest.«

»Und worauf?«

»Deine Frage vorhin implizierte, daß ich entsetzt darüber sein müßte, daß unsere Patrone Symbionten tragen, um uns humanoid zu erscheinen; um in unseren Augen unvergleichlich schön auszusehen. Nun, ich frage dich aber, warum die Rothen keine Hilfsmittel einsetzen sollten, wenn die ihnen dabei helfen, von uns bereitwilliger als Führer anerkannt zu werden, die unsere Rasse zur Größe leiten?«

»Wie steht's zum Beispiel mit dieser hübschen kleinen Charaktereigenschaft namens Ehrlichkeit«, entgegnete der Biologe.

»Erzählt ihr etwa euren Schimpansen oder Zookir auch alles? Belügen Eltern nicht manchmal ihre Kinder, und das zu deren eigenem Besten? Und was stellen Verliebte alles an, um in den Augen ihres Partners hübscher und begehrenswerter zu erscheinen?

Würdest du die alle in Bausch und Bogen als der Unehrlichkeit beschuldigen?

Denk doch einmal nach, Lark: Wie gering mag die Wahrscheinlichkeit wohl sein, daß eine andere Rasse in unseren Augen so unvergleichlich schön aussieht, wie das bei unseren Herren der Fall ist? Nun gut, ein Teil ihrer Attraktivität mag auf frühere Phasen des Schubs zurückzuführen sein, als sie unsere affenartigen Vorfahren auf der alten Erde nahezu zu Menschen machten, bevor der große Test begann. Vermutlich haben sie es unseren Ahnen in den Genen eingepflanzt, sie als überaus schön anzusehen ... so ähnlich, wie man den Hunden vor Urzeiten beibrachte, alles für das Streicheln durch eine Menschenhand zu tun.

Und du darfst nicht vergessen, daß wir noch unfertige Wesen sind. Auf primitive Weise emotional. Ich möchte dich einmal etwas fragen: Wenn es deine Aufgabe wäre, unzuverlässige, mürrische Wesen zum Schub zu führen, und du eines Tages herausfändest, daß es deine Arbeit als Lehrer wesentlich erleichtern würde, einen kosmetischen Symbionten aufzusetzen, würdest du dann nur einen Moment zögern?«

Bevor Lark mit einem entschiedenen Ja antworten konnte, fuhr sie schon fort:

»Benutzen nicht die Bürger eurer Sechs Rassen Rewq-Kreaturen zu einem ähnlichen Zweck? Diese Symbionten, die ihren Körperfilm über eure Augen legen, euch ein wenig Blut abzapfen und euch im Gegenzug die Emotionen der anderen übersetzen? Fällt diesen Rewq nicht eine entscheidende Rolle bei dieser komplexen Interaktion zu, die ihr eure Gemeinschaften nennt?«

»Hrrrm.« Lark brachte die Reaktion eines zweifelnden Hoon zustande. »Rewq helfen uns aber nicht beim Lügen. Und sie selbst lügen auch nicht.«

Ling nickte. »Nun gut, ihr hattet aber auch nie eine so gewaltige Aufgabe zu verrichten wie die Rothen – nämlich wilde Ungebildete zu brillanten Menschen zu erziehen. Eine Rasse, deren Fähigkeit, in Zukunft zu Größe zu gelangen, ihre Mitglieder kapriziös und gefährlich macht, die uns zu Fehlentscheidungen und tödlichen Irrtümern neigen läßt.«

Lark unterdrückte den Impuls, ihr heftig zu widersprechen. Sie war auf dem besten Weg, sich auf ihren Standpunkt zu versteifen und keiner Logik mehr zugänglich zu sein. Wenigstens hatte sie eben zugegeben, daß zumindest einer der Rothen ein schlimmes Verbrechen beabsichtigt hatte und daß Ro-kenns Taten als kriminell angesehen werden durften.

Und wer vermag schon zu sagen, ob wirklich mehr an der Geschichte dran ist? Vielleicht hat hier ja nur ein Einzelindividuum finstere Pläne geschmiedet. Womöglich ist die Rasse der Rothen ja tatsächlich so wunderbar, wie Ling behauptet. Wäre es nicht viel schöner, wenn die menschliche Rasse tatsächlich von solchen Herren geführt und geleitet und das nächste Jahrtausend wirkliche Größe bereithalten würde?

Ling hatte durchaus ehrlich und überzeugt geklungen, als sie erklärte, der Kommandant des Rothen-Schiffes würde der Sache auf den Grund gehen.

»Es ist von allergrößter Wichtigkeit, eure Weisen davon zu überzeugen, daß sie die Geiseln und Ro-pols Leichnam herausgeben müssen. Und natürlich auch diese Photographien, die euer Porträtist angefertigt hat. Mit Erpressung kommt man bei einem Rothen nicht weiter. Das mußt du mir wirklich glauben, Lark. Es entspricht einfach nicht ihrem Charakter, auf Drohungen zu reagieren. Davon abgesehen, können die von euch gesammelten ›Beweise‹ auf lange Sicht einen Schaden anrichten, den wir uns heute noch nicht auszumalen vermögen.«

Wie gesagt, das hatte sie geäußert, bevor die atemberaubende Neuigkeit eingetroffen war – daß eine fremde Macht das Rothen-Schiff gefangengenommen und in ein Gefängnis aus Licht eingesperrt hatte.

Lark betrachtete gedankenverloren eines der goldenen Eier der

Mulch-Spinne, während Ling damit fortfuhr, von dem ebenso schwierig zu erreichenden wie ruhmreichen Schicksal zu schwadronieren, das die Rothen-Herren für die impulsive, brillante Menschheit vorgesehen hatten.

»Weißt du«, bemerkte er einen Moment später, »an der ganzen Sache ist etwas, das mich stört. Die Logik paßt irgendwie nicht zusammen.«

»Was meinst du damit?«

Lark biß sich auf die Unterlippe und sah aus wie eine höchst unentschiedene Urs. Dann beschloß er, von nun an mit offenen Karten zu spielen.

»Also gut, vergessen wir mal für einen Moment diesen neu aufgetretenen Faktor des fremden Sternenschiffes. Könnte doch sein, daß die Rothen mit ein paar Rothen in Streit liegen. Woher sollst du das wissen? Du hast ja selbst eben gesagt, daß sie keinen Grund haben, euch alles auf die Nase zu binden. Womöglich handelt es sich bei den Fremden auch um Gen-Piraten, die hierhergekommen sind, um Jijos Biosphäre auszuplündern. Schließlich ist nicht auszuschließen, daß der Magistrat der Galaktischen Migrations-Agentur erschienen ist, um uns vor das Jüngste Gericht zu stellen, so wie es in den Schriftrollen prophezeit wird.

Doch im Augenblick sollten wir uns vielleicht eher mit einem anderen Thema befassen und die Schlacht auf der Lichtung Revue passieren lassen – die Kampfhandlungen, in deren Verlauf du gefangengenommen worden bist. Alles begann damit, daß Bloor ein Photo von Ro-pol ohne Maske geschossen hat. Ro-kenn geriet daraufhin außer sich und hat seinen Robotern befohlen, auf alles zu feuern.

Aber hast du mir nicht einmal zu versichern versucht, daß überhaupt kein Anlaß bestünde, die einheimischen Zeugen eures Besuchs auf dieser Welt zu vernichten? Daß eure Herren auch so damit fertig würden, ganz gleich, ob mündliche oder schriftliche Überlieferungen noch Hunderttausende von Jahren fortbestünden, in denen vom Besuch einer Gen-Piraten-Bande, bestehend aus Menschen und Rothen, gekündet würde?«

»Ja, das habe ich dir gesagt.«

»Du gibst aber doch auch zu, daß Gen-Diebstahl gegen das Galaktische Gesetz verstößt! Ich weiß, deiner Ansicht nach stehen die Rothen über solchen Dingen – und trotzdem wollten sie es nicht zulassen, daß Beweise für ihr Tun entstehen.

Gehen wir einmal davon aus, daß glaubwürdige Beweise, möglicherweise auch Photos, den Inspektoren der Migrations-Behörde in die Hände geraten, wenn sie dieser Welt das nächste Mal einen Besuch abstatten. Beweise gegen dich, Rann und Kunn. Gegen menschliche Gen-Piraten. Selbst ich Hinterwäldler kenne das Gesetz, das in den Fünf Galaxien vorherrscht: ›Achte auf deine eigene Art.‹ Hat Ro-kenn etwa einmal erwähnt, wie die Rothen die Erde vor den Sanktionen bewahren wollen, die unweigerlich über sie verhängt werden, wenn euer Piratenakt aufgeflogen ist?«

Ling setzte eine grimmige Miene auf. »Du willst damit sagen, er habe uns zum Narren gehalten, habe mich dazu verführt, die Einheimischen hier in Sicherheit zu wiegen, während er längst plante, irgendwelche Viren freizusetzen und damit alle Zeugen zu beseitigen.«

Offensichtlich fiel es ihr schwer, das einzugestehen.

Doch zu ihrer Überraschung schüttelte Lark den Kopf.

»Das habe ich anfangs, als die Qheuen reihenweise erkrankt sind, auch gedacht. Doch was ich mir da vorgestellt habe, umfaßte nur einen Bruchteil des Schreckens, der dann wirklich über uns kam.«

Die Biologin war nun ganz Aufmerksamkeit und fragte: »Was könnte noch furchtbarer sein als Massenmord? Wenn man Ro-kenn einen solchen Plan nachweisen kann, führt man ihn in Ketten aus Dolor-Stahl ab! Und dann erwartet ihn eine Strafe, wie sie seit Äonen kein Rothen mehr erhalten hat.«

Lark zuckte die Achseln und entgegnete: »Vielleicht wird es so kommen. Aber lassen wir das mal beiseite und sehen wir uns die Tat aus einem anderen Blickwinkel an.

Erstens: Ro-kenn hat sich nicht allein auf die Seuche verlassen, um alle Zeugen zu beseitigen.

Er verfügte sicherlich über ein ganzes Arsenal der unterschiedlichsten Viren – infektiöse Agenten aus den zurückliegenden Kriegen in den Fünf Galaxien. Und zweifellos haben die sternenreisenden Qheuen schon vor langem heftige Abwehrreaktionen gegen den Virus entwickelt, der gerade Uthens Lymphgefäße angreift. Und wir können fest damit rechnen, daß Ro-kenns Gebräu noch viele von uns dahinraffen wird.«

Ling wollte protestieren, aber er ließ sie nicht zu Wort kommen.

»Ich kenne mich ein wenig damit aus, wie sich eine Epidemie in natürlichen Ökosystemen auswirkt. Es wäre schon ein gewaltiger Zufall, selbst für einen Breitband-Virus, jeden einzelnen Bürger unserer Gemeinschaften zu töten. In solchen Fällen gibt es immer Wesen, die immun gegen den Virus sind, und selbst der am raffiniertesten entwickelte Kampfstoff muß davor kapitulieren. Dann gibt es da noch einen weiteren Punkt zu bedenken: Je mehr unsere Bevölkerung ausgedünnt wird, desto schwieriger wird es, den Virus in die abgelegenen Siedlungen einzuschleusen.

Nein, meine Liebe, Ro-kenn mußte sich noch etwas mehr einfallen lassen. Zum Beispiel den totalen Zusammenbruch der Gemeinschaft und einen Krieg unserer Sechs Völker gegeneinander. Eine solche Auseinandersetzung ließe sich steuern und immer weiter anstacheln – bis der Konflikt eine Dimension erreicht hätte, in dem die einzelnen Parteien ihren Gegner auch noch in den entlegensten Winkeln Jijos heimsuchen und dabei willentlich neue Parasiten verbreiten, um ihre Feinde zu vernichten.«

Er konnte es Ling nachgerade ansehen, daß sie nach einer Schwachstelle in seinen Ausführungen suchte, um diese ad absurdum zu führen. Aber die Biologin war selbst dabeigewesen, als Ro-kenn seine Psycho-Bänder vermittels des Heiligen Eies hatte abspielen lassen. Den Bürgern waren Alptraumbilder erschienen, und Stimmen hatten versucht, sie dahingehend zu manipulieren, gegen die anderen Vorbehalte und Aggressionen zu entwickeln. Die Anwesenden hatten sich jedoch davon nicht beeinflussen lassen, weil sie vorgewarnt gewesen waren ... Aber was wäre geschehen, wenn diese Psycho-Botschaften wie geplant überallhin übertragen worden wären, verstärkt durch die hypnotisierenden Wellen des Heiligen Eies.

»Ich werde zu Hause von diesem Vorfall Bericht erstatten«, schwor sie mit leiser Stimme. »Ro-kenn wird seine gerechte Strafe erhalten.«

»Das ist lobenswert«, entgegnete der junge Mann, »aber ich bin noch lange nicht fertig. Verstehst du, selbst wenn es Ro-kenn gelungen wäre, seine Seuchen mit dem Ausbruch eines Krieges zu kombinieren, hätte er damit noch lange nicht die Garantie gehabt, auch wirklich alle sechs Rassen vernichtet zu sehen ... oder die Chance für immer im Keim zu ersticken, daß irgendwelche glaubwürdigen Beweise erhalten geblieben und von den Überlebenden über viele Generationen weitergegeben worden wären. Wir bräuchten diese ja nur in irgendwelchen Erdlöchern zu verstecken, und die Inspektoren der Institute würden sie irgendwann aufspüren.

Auf der anderen Seite konnte er bestimmen, welche Rasse am Ende übrigbleiben und welche als erste ausgelöscht werden würde. Und unter uns Sechsen gibt es ein Volk, dessen Schicksal er kannte und das er wie kein anderes zu manipulieren verstand: den Homo sapiens.

So wie ich es sehe, bestand Ro-kenns großer Plan aus mehreren Teilen. In der ersten Phase wollte er dafür sorgen, daß alle anderen Völker einen Haß auf die Menschen entwickelten. In der zweiten Phase ging es darum, die fünf Mitrassen empfindlich zu schwächen, am ehesten durch Seuchen, und das dann ebenfalls den Erdlingen in die Schuhe zu schieben. Aber sein Hauptziel bestand zweifellos darin, die Irdischen auf Jijo auszulöschen. Und dabei war es ihm egal, ob von den Hoon, g'Kek, Qheuen, Urs oder Traeki ein paar als Zeugen übrigbleiben würden.«

Ling starrte ihn verwirrt an. »Aber wozu sollte das gut sein? Du hast doch eben selbst davon gesprochen, daß keine Beweise übrigbleiben dürften ...«

»Ja, richtig, aber wenn die Überlebenden auf Jijo vor allem ihren Haß auf die Menschen in der Erinnerung behalten hätten, würden sie nach einigen Generationen ihrem Nachwuchs nur noch erzählen, daß ein Schiff voller Erdlinge auf ihre Welt gekommen ist, ein paar Genproben gestohlen und dann versucht hat, jedermann zu töten. Und es wäre völlig unerheblich, welche Menschen diese Verbrechen begangen haben.

Möglicherweise erscheinen hier schon in wenigen Jahrhunderten die Galaktischen Richter – sie brauchen ja nur einen anonymen Tip zu erhalten – und erfahren bei ihren Voruntersuchungen, wie Menschen von der Erde hier gewütet haben. Dann treffen die schlimmsten Sanktionen Terra, während die Rothen unbehelligt davonkommen.«

Lin schwieg zunächst und suchte verzweifelt nach einem Widerspruch in seinen Aussagen. Endlich hob sie den Kopf und grinste ihn breit an.

»Für einen Moment hattest du mich tatsächlich in Sorge versetzt, aber jetzt habe ich die Schwachstelle in deiner Argumentation gefunden.«

Lark legte neugierig den Kopf schief. »Dann schieß mal los.«

»Dein diabolisches Szenario wirkt auf den ersten Blick logisch und stimmig, weist aber bei genauerem Hinsehen zwei Fehler auf:

Erstens: Die Rothen sind die Patrone der Menschheit. Die Erde und ihre Kolonien stellen, auch wenn sie zur Zeit noch von diesen versponnenen Darwinisten im Terragens-Rat beherrscht werden, immer noch die überwiegende Mehrheit unseres Gen-Pools dar. Die Rothen können gar nicht zulassen, daß unserer Heimatwelt irgend etwas Schlimmes zustößt. Selbst angesichts der großen Galaktischen Krise unternehmen sie hinter den Kulissen alles, um die Sicherheit Terras vor ihren zahlreichen Feinden zu gewährleisten ...«

Da war er schon wieder – der Hinweis auf schlimme Ereignisse, die sich angeblich Mega-Parseks entfernt ereigneten. Lark hätte wirklich gerne mehr darüber erfahren, aber Ling war gerade in Fahrt und ließ sich nicht aufhalten.

»... und damit zum zweiten Widerspruch: Angenommen, Rokenn hat tatsächlich beabsichtigt, den Menschen alle Schuld für seine Schurkereien in die Schuhe zu schieben – *Warum sind dann er und Ro-pol aus der Station herausgekommen und haben sich euch Soonern gezeigt?* Sie sind ganz normal herumgelaufen, haben sich sogar von euren Künstlern zeichnen und porträtieren lassen und euren Schreibern ihre Worte diktiert. Es wäre doch viel schlauer gewesen, sich im Verborgenen zu halten. Aber indem sie sich euch präsentierten, haben sie sich in die Gefahr gebracht, als Rothen im Gedächtnis der Sechs Rassen zu bleiben und von späteren Generationen beschuldigt zu werden.«

Ling mochte auf der einen Seite bereit sein, ihren ehemaligen Boss als kriminell oder geistesgestört anzusehen, aber mit allem Wortreichtum und aller Vehemenz, die sie aufbieten konnte, verteidigte sie die Patronats-Rasse. Lark war sich nicht sicher, ob er diesen glühenden Glauben zertrümmern sollte. Schließlich fühlte er sich ja auch einer Ideologie verpflichtet.

»Tut mir leid, Ling«, entgegnete er deshalb, »aber das von mir entworfene Szenario wird von deinen Einwänden nicht im mindesten beeinträchtigt:

Dein erster Punkt hat nur dann Beweiskraft, wenn es wirklich stimmt, **daß es sich bei den Rothen tatsächlich um unsere Patrone handelt.** Ich weiß natürlich, daß du das felsenfest glaubst, denn diese Aussage bildete den Mittelpunkt deiner Erziehung. Dennoch: Glauben ist nicht identisch mit Wissen. Du gibst ja selbst zu, daß deine Gruppe, die Daniks, nur eine winzige Minderheit innerhalb der Menschheit ausmacht, daß ihr auf einem isolierten Außenposten lebt und dort nur selten einen Rothen zu sehen bekommt. Laß all die mythischen Sagenberichte über angebliche frühe Besucher aus dem Weltraum beiseite oder den Firlefanz, den irgendwelche Fabuliersüchtigen sich über die altägyptischen Pyramiden zusammenreimen, was bleibt dann noch? Dann hast du nur noch das Wort der Rothen, daß sie in einer besonderen Beziehung zu unserer Rasse stünden. Einer Beziehung, die ein Riesenschwindel sein könnte.

Und damit zu deinem zweiten Einwand: Ruf dir doch nur einmal den Lauf der Ereignisse in Erinnerung zurück. Ro-kenn wußte ganz genau, daß er auf Papier oder Photoplatte festgehalten wurde, als er an jenem Abend aus der Station kam, um die Menge mit seinem Charisma für sich zu gewinnen und gleichzeitig den Samen der Zwietracht unter uns zu säen. Die Sechs Rassen leben schon so lange zusammen, daß sie die Schönheitsideale der anderen kennen und diese auch zu würdigen wissen. Und eines bin ich durchaus bereit zuzugeben: Die Rothen sind wirklich schöne Wesen.

Ro-kenn wußte womöglich auch längst, daß wir über die nötige Ausrüstung und die erforderlichen Fähigkeiten verfügten, Abbilder auf dauerhaften Platten zu konservieren. Denn als er später Bloors erste Photographien vorgelegt bekam, hat er kaum einen Blick darauf geworfen. Nun gut, er hat so getan, als würde er mit den Weisen schachern, aber du und ich, wir wissen beide ganz genau, daß die Beweise, die sie aufgeboten haben, um ihn zu erpressen, nicht den geringsten Eindruck auf ihn gemacht haben. Ro-kenn hat nur mitgemacht, weil er bis zur Rückkehr seines Schiffs Zeit gewinnen wollte. Wahrscheinlich hätte er damit sogar Erfolg gehabt, wenn Bloor nicht im entscheidenden Augenblick Ro-pols Leiche auf die Platte gebannt hätte – nämlich als sie nackt und ohne Symbionten dalag. In dem Moment hat Ro-kenn dann wirklich die Beherrschung verloren. Er ist geradezu hysterisch geworden und wollte alle Anwesenden umbringen lassen!«

»Ja, daran erinnere ich mich noch sehr gut.« Ling schüttelte den Kopf. »Der pure Wahnwitz. Aber dafür solltest du Verständnis aufbringen. Die Ruhe der Toten zu stören gilt in allen Kulturkreisen als schweres Vergehen. Kein Wunder, daß Ro-kenn da aufgebracht war.«

»Aufgebracht? Von wegen. Er wußte ganz genau, was er tat. Überleg doch mal, Ling: Wenn eines Tages Inspektoren von den Instituten die Photos zu sehen bekommen, auf denen Menschen und einige recht menschenähnliche Wesen zu erkennen sind, von denen noch nie jemand etwas gehört hat und die sich schwere Verbrechen auf Jijo zuschulden haben kommen lassen – könnten solche Photoplatten dann wirklich dazu führen, daß diese Schandtaten den Rothen angelastet würden?

Vielleicht, wenn die Rothen wirklich so aussehen würden. Aber bis zu dem Zeitpunkt, als Bloor das nackte Gesicht Ro-pols abgelichtet hat, konnten unsere armseligen Beweise den Rothen nicht viel anhaben. Denn in spätestens zwei Generationen würde sich unter den Überlebenden niemand mehr daran erinnern können, wie diese angeblichen Patrone ohne Gesichtsmaske ausgesehen haben.«

»Was redest du denn da? Jeder Danik wächst damit auf, die Rothen mit ihren Symbionten zu sehen und zu erleben. Wir wissen, daß sie so etwas tragen, und ...« Ihre Stimme stockte, und dann starrte sie den Biologen mit weit aufgerissenen Augen an. »Du willst damit doch wohl nicht andeuten, daß ...«

»Doch, und wäre das wirklich so abwegig? Nachdem die Rothen schon so lange mit euch zusammenarbeiten, haben sie sicher längst die nötigen Maßnahmen ergriffen. Sobald sie die Menschen nicht mehr als Strohmänner für ihre Pläne benötigen, werden diese Patrone einfach einen eigens dafür geschaffenen Virus freisetzen, um alle Daniks bis auf den letzten Mann zu töten – genau so, wie sie es auch schon mit den Menschen auf Jijo beabsichtigt haben.

Und spinnen wir den Faden ruhig noch etwas weiter. Wenn sie

den Virus erst einmal an uns und an euch erfolgreich ausprobiert haben, besitzen sie in ihm eine ausgezeichnete Waffe gegen die Erdlinge, die sich mit hohem Profit an alle Feinde der Erde verkaufen läßt. Und wenn unsere Rasse erst einmal ausgelöscht ist, wer bleibt dann noch übrig, um unsere Unschuld zu beweisen? Wer wird dann noch die Mühe auf sich nehmen, die wahren Schuldigen für eine Serie von Verbrechen zu suchen, die überall in den Fünf Galaxien begangen wurden, und zwar von Gruppen von Zweibeinern, die den Menschen sehr ...«

»Hör auf!« schrie sie ihn an. Sie war aufgesprungen, und Goldkokons regneten aus ihrem Schoß auf den Boden. Ling mußte sich an der Tischkante festhalten, weil sie hyperventilierte.

An diesem entscheidenden Punkt angekommen, wollte Lark aber nicht lockerlassen und stellte sich direkt vor sie.

»Seit wir von der Lichtung aufgebrochen sind, habe ich mir eigentlich nur mit diesen Fragen das Hirn zermartert. Und ich kann es drehen und wenden, wie ich will, keine andere Erklärung ergibt einen Sinn. Selbst das Verbot der Rothen, euch Neuraltaster tragen zu lassen, paßt hervorragend in meine Theorie.«

»Das habe ich dir doch schon längst erklärt. Sie haben sie uns verboten, weil uns solche Anzapfer in den Wahnsinn treiben können.«

»Tatsächlich? Warum schrecken die Rothen selbst dann nicht vor ihrem Gebrauch zurück? Vielleicht weil sie so unglaublich viel höher entwickelt sind?« Lark schnaubte. »Übrigens habe ich gehört, daß Menschen andernorts solche Taster benutzen und sehr zufrieden damit sind.«

»Woher willst du denn wissen, was Menschen anderswo tragen ...«

Der Biologe unterbrach sie mit einer Handbewegung.

»Die Wahrheit ist doch, daß die Rothen es nicht riskieren können, daß sich ihre menschlichen Haustiere direkter Verbindungen des Geistes mit Computern bedienen; denn möglicherweise könnte ein Danik eines Tages die Sicherheitssperren umgehen, direkten Zugang zu der Großen Galaktischen Bibliothek bekommen und dann herausfinden, wie diese Patrone euch als Bauern in ihrem kosmischen Schachspiel benutzt haben …«

Ling fuhr vor ihm zurück. »Bitte, Lark … Ich will nichts mehr davon hören!«

Er verspürte Mitleid mit ihr, und aus einem Impuls heraus wollte er sie nicht weiter bedrängen. Doch sein Verstand unterdrückte diese Aufwallungen, denn nun mußte und sollte alles ans Tageslicht kommen, jetzt oder nie.

»Ich muß zugeben, daß dieser Plan, Menschen als Strohmänner, für Gen-Piraterie und andere Verbrechen vorzuschieben, ebenso gerissen wie genial ist. Vor zwei Jahrhunderten, als die *Tabernakel* die Erde verließ, besaß unsere Rasse nicht den besten Ruf. In den Augen der anderen Völker standen wir auf der untersten Stufe der Galaktischen Bürgerschaft. Man nannte uns Wölflinge – ein Schimpfwort für Rassen, hinter denen kein Klan steht, der ihnen den Rücken stärkt. Wenn es also irgendwo zu einer Straftat kommt, geben wir die perfekten Sündenböcke ab. Daß die Rothen auf so etwas Perfides gestoßen sind, nötigt einem schon einen gewissen widerwilligen Respekt ab.

Die Frage, die sich nun stellt, lautet: Warum lassen bestimmte Menschen es zu, so von anderen mißbraucht zu werden?

Vielleicht hält die Historie ja die Antwort darauf bereit, Ling. Gemäß unseren Texten und anderen Quellen haben die Menschen zum Zeitpunkt des Ersten Kontakts an einem gewaltigen Minderwertigkeitskomplex gelitten – als nämlich unsere primitiven Raumbötchen über eine unfaßbare Zivilisation von Sternengöttern stolperten. Deine Vorfahren und die meinen haben sich für unterschiedliche Wege entschieden, mit diesem Komplex umzugehen. Beide haben nach einem Strohhalm gegriffen, nach irgend etwas, das ihnen Hoffnung bot.

Die Kolonisten der *Tabernakel* träumten davon, an einen Ort zu entkommen, wo sie nicht mehr im Blickfeld der Bürokraten und mächtigen Galaktischen Klans stehen würden. Eine Welt, auf der sie sich friedlich fortpflanzen und den alten Traum der Siedler im historischen Wilden Westen aufleben lassen könnten, unbebautes, herrenloses Land zu besiedeln und zu bebauen.

Im Gegensatz dazu haben deine Danik-Vorfahren begierig eine Geschichte aufgesaugt, die ihnen von einer Gruppe gerissener Schwätzer aufgetischt wurde. Eine höchst angenehme Erklärung, die, wenn man sie denn glaubte, bestens dazu geeignet war, den verwundeten Stolz mit Balsam zu pflegen, ging es in dieser wunderbaren Mär doch darum, einer bestimmten Gruppe von Menschen und ihren Nachfahren eine grandiose Zukunft zu verheißen – vorausgesetzt natürlich, sie gehorchten ihren neuen Herren aufs Wort. Auch wenn das bedeutete, daß ihre Kinder zu Trickbetrügern, Dieben und Schwindlern erzogen werden mußten, die die Drecksarbeit für eine Bande von Galaktischen Gangstern zu erledigen hatten.«

Ling zitterte am ganzen Leib, als sie einen Arm ausstreckte und die Handfläche nach außen hielt, so als wolle sie jedes weitere Wort mit physischer Kraft abwehren.

»Ich habe dich … eben gebeten … damit aufzuhören«, erklärte sie noch einmal, aber so gepreßt, als bereite ihr das Atmen Mühe. Ihre Züge waren vor Schmerz verzerrt.

Und nun hörte Lark wirklich damit auf, ihr zuzusetzen. Er war zu weit gegangen, auch wenn es ihm nur um die Wahrheit ging. Ling keuchte heftig und suchte nach Resten ihrer Würde, um irgendwie ihr Gesicht wahren zu können. Taumelnd drehte sie sich um und stolzierte dann steifbeinig zu dem Säuresee, der unterhalb der Felsen aus zusammengefallenen Buyur-Ruinen lag.

Gibt es jemanden, dem es gefällt, wenn man ihm seine gehegte und liebgewordene Weltsicht Stück für Stück zertrümmert? fragte er sich, während er zusah, wie die Danik Steine in das hochgiftige Wasser schleuderte.

Die meisten von uns würden alle Beweise des Universums abstreiten, ehe sie auch nur in Erwägung zögen, daß ihr eigener Glauben falsch sein könnte.

Aber die Wissenschaftlerin in ihr läßt es nicht zu, Beweise und Fakten einfach abzutun. Sie muß sich mit ihnen auseinandersetzen, ganz gleich, ob sie ihr nun passen oder nicht.

Die Wahrheitsliebe ist schwierig zu erlernen, und wenn man sie dann einmal beherrscht, erweist sie sich nicht immer als reiner Segen. Wenn eine neue Wahrheit auftaucht, die einen im Innersten trifft, bleibt einem nämlich kein Fluchtpunkt mehr, an den man sich vor ihr zurückziehen kann.

Lark war sich darüber im klaren, daß seine eigenen Gefühle bei dieser Geschichte nicht unbedingt zur Klarheit seiner Beweisführung beitrugen. Ärger kochte in ihm, und in den mischte sich die Scham darüber, daß er seine eigenen Überzeugungen nicht mehr in reinem, unbeflecktem Licht sehen konnte. Hinzu kam eine eher kindliche Freude darüber, Lings frühere Überheblichkeit erheblich ins Wanken gebracht zu haben ... und der Kummer darüber, daß ein solches Gefühl in ihm vorhanden war. Lark genoß es zwar, recht behalten zu haben, doch vielleicht wäre es in dieser Situation besser gewesen, am Ende falsch zu liegen.

Gerade als ich sie so weit hatte, mich als Gleichen anzusehen, und sie vielleicht sogar schon anfing, mich ein wenig zu mögen, mußte ich wie ein Elefant durch ihr Leben trampeln und alle Ideale zerstampfen, mit denen sie aufgewachsen ist und die sie verehrt. Warum mußte ich sie mit der Nase darauf stoßen, wieviel Blut an den Händen ihrer Götter klebt?

Du kannst einen Streit für dich entscheiden. Es mag dir sogar gelingen, sie zu überzeugen. Aber kann dir jemand jemals wieder vergeben, es getan zu haben?

Der Biologe schüttelte den Kopf, als ihm bewußt wurde, wieviel er jetzt wahrscheinlich mutwillig fortgeworfen hatte – und das für das zweifelhafte Vergnügen, brutal ehrlich gewesen zu sein?

Ewasx

Fürchtet euch nicht, meine niederen Bestandteile.

Die Gefühle, die euch nun überkommen, mögen euch wie Strafe und Schmerzen erscheinen, aber glaubt Mir, sie drücken nur die Art der Liebe aus, die euch zu gegebener Zeit teuer sein wird. Von nun an bin Ich eins mit euch, einer eurer Teile. Nie würde es Mir einfallen, euch einen Schaden zuzufügen, zumindest nicht für den Zeitraum, in dem dieses Bündnis hier einen Zweck erfüllt.

Fahrt damit fort, das Wachs zu streicheln, denn die altmodischen Wege des Gedächtnisses haben immer noch einen geringen Nutzen (und solange sie Meinen Zwecken dienen …). Versammelt euch nur um die jüngeren Bilder, so daß wir uns gemeinsam an die Ereignisse erinnern können, die zu unserer neuen Union geführt haben. Erschafft vor euch die Szene neu, so wie Asx sie wahrgenommen hat, als er voller Ehrfurcht dastand und zu dem mächtigen Jophur-Raumschiff *Polkjhy* hinaufstarrte, als es vom Himmel schwebte, die Piraten gefangensetzte und dann in diesem verheerten Tal landete. Armer, so lose zusammenhängender und gedankengelähmter Asx – hat er/habt ihr nicht zitternd bebend und hilflos dagestanden?

Ja, Ich kann eine weitere Antriebskraft streicheln. Diejenige nämlich, die euch trotz der Gefahren, die euch umgaben, auf wunderbare Weise zusammenhielt, das alles zusammenschmiedende Pflichtgefühl. Die Pflicht gegenüber der Ansammlung von Halbwesen, die ihr die Gemeinschaften nennt.

Euer Asx, das heißt, euer Stapel, plante, für die Gemeinschaften zu sprechen. Er erwartete, den sternenreisenden Menschen gegenüberzutreten, und mit ihnen diesen Kreaturen, die sich selbst Rothen nennen. Doch dann erblickte er in der sich auftuenden Luke unseres Schiffes Jophur.

Habt ihr euch nicht abgewandt und zu fliehen versucht?

Wie lahm und langsam euer Stapel vor der Veränderung gewesen ist. Als die Feuerspeere aus diesem gewaltigen Schiff schnellten, wie habt ihr dann auf den Mahlstrom der Zerstörung reagiert, den sie hervorriefen? Auf die heißen Strahlen, die durch Holz, Stein und Fleisch fuhren, aber stets darauf achteten, diesen Stapel von alt gewordenen Ringen hier auszusparen und zu schonen? Hättet ihr da schon die wunderbaren neuen Laufbeine besessen, über die wir jetzt verfügen, wärt ihr womöglich mitten in dieses Tosen hineingeraten. Aber Asx war so furchtbar langsam. Es gelang ihm nicht einmal, Gefährten, die in seiner Nähe standen, mit seinem großen Traeki-Leib zu schützen.

So sind dann alle gestorben, bis auf diesen alten Stapel hier.

Erfüllt euch das nicht mit Stolz?

Der nächste Strahl, der aus dem Schiff fuhr, erfaßte diese Ansammlung von bunten Wülsten, hob sie in die nächtliche Luft und trug diese fetttriefenden Ringe zu Toren, die sich bereitwillig vor ihnen öffneten.

Oh, wie vortrefflich sich Asx trotz aller Verwirrung auszudrücken verstand. Mit überraschendem innerem Zusammenhalt für einen Stapel, der keinen Herrn besitzt, zapfte er das Wachs der Beredsamkeit an. Er flehte, schmeichelte und debattierte mit den rätselhaften Wesen, die sich hinter grellem Licht verbargen.

Endlich traten diese Entitäten vor und zeigten sich ihm. Das Deck des Sternenschiffes füllte sich mit Asx' fleischgewordenen Alpträumen.

Wie geeint ihr wart, Meine Ringe! An der Aussage des Wachses gibt es nichts zu deuteln. In jenem Moment wart ihr euch einig wie nie zuvor.

Geeint im geteilten Entsetzen darüber, die Vettern-Stapel wiederzusehen, vor denen eure Vorfahren einst, vor vielen Zyklen, zu fliehen versuchten.

Vor uns mächtigen und vollkommenen Jophur!

Dwer

Der Roboter erwies sich als überaus hilfreich, als es darum ging, Treibholz auf der meerzugewandten Seite einer Düne aufzuschichten, von der aus man einen guten Ausblick auf das Riff besaß. Ohne Rast und ohne zu verschnaufen lud er eine Ladung ab, nur um dann gleich wieder loszueilen und eine neue zu besorgen – meist von dort, wohin Rety ihn mit einer Bewegung ihres ausgestreckten Arms schickte. Die Danik-Maschine schien ausnahmsweise wieder gewillt zu sein, ihren Befehlen zu gehorchen – vermutlich aber nur so lange, wie ihre Anordnungen auf ein Zusammentreffen mit Kunn hin ausgerichtet waren.

Eine so vollkommene Unterwerfung unter seinen Herrn erinnerte Dwer an alte Geschichten von der Erde über Hunde. Seine Mutter hatte ihm einige vorgelesen, als er noch klein gewesen war. In diesem Moment kam es ihm sonderbar vor, daß die Siedler auf der *Tabernakel* Pferde, Esel und sogar Affen mitgebracht hatten, aber keine Hunde.

Vielleicht kennen Lark oder Sara den Grund dafür.

So pflegte Dwer immer zu denken, wenn er mit etwas konfrontiert wurde, das er nicht verstand. Doch jetzt rief dieser Gedanke einen schmerzlichen Stich in ihm hervor, weil ihm klar war, daß er seine Geschwister vielleicht nie wiedersehen würde.

Möglicherweise tötet Kunn mich ja nicht auf der Stelle und führt mich lieber in Ketten zu seinen Rothen-Herren, bevor die alle Sechs Rassen ausgelöscht haben, um wirksam ihre Spuren zu beseitigen.

Dieses schreckliche Schicksal hatten die Hohen Weisen Jijos gefallenen Kolonisten vorausgesagt, und Dwer sagte sich, daß sie schon wissen mußten, wovon sie redeten. Er erinnerte sich an Lena Strongs Überlegungen, auf welche Weise die Fremden wohl ihren Massenmord durchführen würden. Aus Freude am Entsetzen hatte die stämmige Frau während der langen Reise östlich der Rimmers ständig versucht, sich selbst an grausamen Phantasien zu übertreffen. Würden die verbrecherischen Sternengötter den Hang in Feuer baden und ihn von den Gletschern bis zum Meer in schwarze Asche verwandeln? Oder würden sie die Polkappen zum Schmelzen bringen und so die ganze Soonerbrut ersäufen? Ihre morbiden Spekulationen waren für Dwer bald wie ein fünfter Reisegefährte, während er die beiden robusten Frauen und den Weisen und Oberförster über tausend Meilen giftigen Grases bis zu den Grauen Hügeln geführt hatte, weil sie hier ein Fragment der menschlichen Zivilisation auf Jijo zu bewahren hofften.

Dwer hatte Jenin, Lena und Danel zum letzten Mal während des kurzen Kampfes vor den Hütten von Retys altem Klan gesehen. Derselbe Roboter, der jetzt Holz sammelte, hatte den armen Danel mit seinem Todesstrahl niedergestreckt, und das nur wenige Sekunden, bevor Dwer seine Waffenvorrichtung hatte zerstören können.

Solch eine Kampfmaschine war eben doch kein Hund, den man zähmen oder abrichten konnte. Er würde auch niemals Dankbarkeit dafür zeigen, daß der Jäger ihm sooft dabei geholfen hatte, einen Fluß zu überqueren, weil seine Kraftfelder dort alleine keinen Halt fanden.

Und Schmutzfuß? Nun, den konnte man wohl kaum als besten Freund des Menschen bezeichnen. Dem kleinen Noor wurde es rasch langweilig, beim Holzsammeln zuzusehen, und so trottete er davon, um die Wasserlinie zu untersuchen, wo er dort zu buddeln begann, wo Blasen im Wasser einen Stock von Sandkrabben verrieten. Dwer freute sich schon darauf, ein paar von diesen Leckerbissen über einem Feuer braten zu können ... bis ihm auffiel, daß Schmutzfuß jedes erbeutete Tier aufknackte und sofort verschlang, ohne auch nur eines für die Menschen beiseite zu legen.

So nützlich wie ein Noor, zitierte er bitter ein Sprichwort, das auf dem Hang weit verbreitet war, unterdrückte den beißenden

Hunger in seinem Bauch und machte sich über einen weiteren Stapel Holz her.

Er versuchte, optimistisch zu bleiben.

Vielleicht gibt Kunn mir ja etwas zu essen, bevor er mich auf die Foltermaschinen legt.

Yee stand stolz auf der Spitze des wachsenden Holzhaufens. Der winzige ursische Hengst erteilte mit seiner piepsigen Stimme Anweisungen, als wären Menschen ohne die Unterweisung durch einen Urs nicht in der Lage, ein anständiges Feuer zu errichten. Retys »Gemahl« tat seine Enttäuschung über Dwers bescheidenen Beitrag zu dem Stapel kund und schien nicht das geringste Verständnis dafür aufzubringen, daß der Jäger verwundet, von den Roboterklauen über halb Jijo geschleppt worden war und seit längerem nichts mehr zu essen bekommen hatte. Dwer ignorierte also die Beschwerden des Zwergs, lud seine Last ab, stieg dann die Düne hinauf, schirmte die Augen ab und hielt auf dem weiten Meer nach Anzeichen von Kunns Aufklärer Ausschau.

Er entdeckte ihn unweit des Horizonts, eine silberne Perle, die über den dunkelblauen Wassern des Riffs hin und her flog. In regelmäßigen Abständen fiel etwas Kleines, Glitzerndes aus dem Bauch des schlanken Gefährts. Dwer vermutete, daß es sich dabei um Bomben handelte, denn etwa zwanzig Duras, nachdem ein solcher Behälter ins Meer gefallen war, blähte sich die See dort abrupt auf und bildete einen dicken Schaumteppich. Manchmal drangen auch scharfe, fast musikalische Töne bis ans Ufer.

Nach Retys Worten versuchte der Danik, irgend etwas oder irgendwen aus seinem Versteck zu treiben.

Ich hoffe, du wirfst daneben, dachte der Jäger ... obwohl der Sternenmensch andererseits in viel aufgeräumterer Stimmung sein würde, wenn er sein Ziel erreicht hatte. Und das konnte sich durchaus darauf auswirken, wie er dann seine Gefangenen behandeln würde.

»Was mag Jass ihm wohl die ganze Zeit ins Ohr blasen«, besorgte sich das Mädchen laut. Sie erschien unvermittelt neben ihm auf dem Dünenkamm. »Wenn die beiden nun dicke Freunde geworden sind?«

Dwer wartete mit der Antwort, bis der Roboter eine weitere Ladung Holz abgeliefert und sich dann gleich wieder auf den Weg gemacht hatte.

»Hast du deine Meinung etwa geändert? Wir können immer noch fliehen. Genau, wir nehmen die Drohne auseinander, gehen Kunn tunlichst aus dem Weg und ziehen uns irgendwohin zurück.«

Das Mädchen lächelte ihn zuckersüß an.

»Aber, Dwer, soll das etwa ein, wie heißt das noch gleich, ein Antrag sein? Wie stellst du dir das denn vor? Wir beide gründen hier irgendwo im Niemandsland unseren eigenen kleinen Sooner-Klan? Für den Fall, daß du es schon vergessen haben solltest, aber ich habe schon einen Ehemann, und für einen zweiten muß ich mir erst seine Erlaubnis einholen.«

Eigentlich hatte er vorgehabt, mit Rety in die Grauen Hügel zurückzukehren, wo Lena und Jenin sich sicher über eine weitere Arbeitskraft freuen würden. Und wenn die Kleine das nicht gewollt oder keine Lust gehabt hätte, ihren alten Klan wiederzusehen, hätten sie auch nach Westen ziehen und in ein bis zwei Monaten das Tal erreichen können – natürlich nur, wenn sie unterwegs etwas zu essen fanden.

Aber Rety war noch nicht fertig, und sie klang mittlerweile ziemlich giftig.

»Außerdem schwebt mir immer noch ein Apartment oder ein Bungalow auf dem Port Outpost vor. So eins, wie Besh und Ling es mir auf Fotos gezeigt haben. Weißt du, mit einem Balkon und einem Bett, das so weich ist wie eine Wolke. Ich glaube, das würde mir mehr zusagen, und es wäre sicher auch um einiges komfortabler, als hier für den Rest meiner Tage zusammen mit irgendwelchen Wilden im Dreck herumzuwühlen.«

Der Jäger zuckte nur die Achseln. Eigentlich hatte er auch nicht erwartet, daß sie seinem Plan zustimmen würde. So beschäftigte er sich wieder damit, alles für das große Leuchtfeuer vorzubereiten. Als »Wilder« hatte er seine eigenen Gründe, Kunns Aufmerksamkeit auf sich zu lenken.

»Na ja, ist ja auch egal. Der Roboter wird sich bestimmt nicht ein zweites Mal übertölpeln lassen.«

»Dabei hatte er doch großes Glück, deine erste Attacke überhaupt überlebt zu haben.«

Dwer brauchte einen Moment, ehe ihm zu Bewußtsein kam, daß das aus ihrem Mund schon so etwas wie ein Kompliment gewesen war. Er genoß dieses Lob, weil ihm durchaus klar war, daß er so bald kein zweites zu hören bekommen würde, wenn überhaupt jemals.

Dieser ungewohnte Moment der Nähe wurde abrupt zerstört, als etwas Massives an ihnen vorbeiflog, und zwar so rasant, daß der Luftzug Mann wie Mädchen zu Boden warf. Dwers angeborener Jagdinstinkt brachte ihn sofort wieder hoch, und er folgte dem Objekt ... bis zur nächsten Düne, wo es inmitten einer Sandfontäne verschwand.

Er erkannte gleich, daß er hier den Roboter vor sich hatte, der sich mit unfaßbarer Geschwindigkeit in den Sand grub. Binnen weniger Herzschläge hatte die Drohne ein tiefes Loch gebuddelt, und war hineingesprungen, um ihre verbliebenen Sensorenlinsen nach Süden und Westen zu richten.

»Komm schon!« drängte Dwer und nahm Bogen und Köcher auf. Rety schien zuerst nicht recht zu verstehen. Dann verlor sie zusätzliche Zeit damit, den jammernden, zischenden Yee vom Holzstapel zu heben. Schließlich folgte sie dem Jäger die Düne hinunter auf die andere Seite. An ihrer Basis war Dwer schon damit beschäftigt, mit bloßen Händen ein Loch auszuheben.

Vor langer Zeit hatte Fallon, der Pfadfinder, ihn folgende Weisheit gelehrt: *Wenn du in einer Krisensituation nicht genau weißt, was eigentlich los ist, dann mach es einfach den Tieren nach, die darauf reagieren.* Wenn der Roboter also plötzlich das starke Bedürfnis verspürte, sich zu verstecken, hielt der Jäger es für geboten, seinem Beispiel zu folgen.

»Jafalls noch mal!« murmelte Rety. »Was treibt er denn jetzt schon wieder?«

Sie stand immer noch da und starrte hinaus auf das Riff. Dwer riß sie neben sich in das Loch. Erst als er sie beide mit Sand zugedeckt hatte, wagte er es, den Kopf zu heben.

Der Danik-Pilot schien auf der Flucht zu sein. Der Aufklärer stürzte aus dem Himmel und sauste auf den Strand zu. *Er sucht nach einer Deckungsmöglichkeit,* sagte sich der Jäger. *Vielleicht will er sich ja wie der Roboter in den Sand buddeln.*

Dwer reckte den Hals und suchte den Himmel nach dem ab, was Kunn in solche Panik versetzt haben mochte. Aber schon sauste der Aufklärer in einem irrwitzigen Zickzackkurs heran. Von seinem Heck flogen Feuerbälle wie Funken, die von einem brennenden Scheit sprangen. Sie flammten hell auf, ließen die Luft ganz eigenartig vibrieren und verzerrten die Umrisse des Schiffes.

Von einer Stelle aus, die hinter dem Jäger lag, schossen Feuerspeere aus großer Höhe auf den fliehenden Gleiter zu. Die meisten wurden von den flimmernden Zonen abgelenkt, aber einer fand einen Weg zwischen ihnen hindurch und traf sein Ziel.

Einen Moment vorher hatte Kunn sein wendiges Schiff noch herumgerissen und begonnen, seinen Angreifer zu beschießen. Er konnte noch eine Salve abgeben, bevor das feindliche Geschoß an seiner Hülle explodierte.

Dwer stieß Retys Gesicht in den Sand und schloß die Augen.

Die Detonation brachte nicht, wie er es eigentlich erwartet hatte, Jijo zum Erbeben. Statt dessen erfolgte eine Reihe dumpfer Erschütterungen, die fast schon enttäuschend waren.

Als die beiden ihre sandbedeckten Gesichter hoben, bekamen sie das Ende vom Zweikampf der Götterstreitwagen mit.

Kunns Gleiter war hart hinter den Dünen aufgekommen, schlitterte weiter und verschwand im Marschland, wobei er eine tiefe Furche hinter sich aufwarf. Rauch stieg von seinem zerstörten Heck auf.

Der Sieger kreiste hoch über ihm in der Luft und verfolgte das Ende seines Opfers. Das fremde Schiff glitzerte matt silbern, aber in einer Art, die weniger auf Metall als vielmehr auf eine Kristallstruktur schließen ließ. Der Angreifer wirkte darüber hinaus eindeutig größer und stärker als Kunns Aufklärer.

Der Danik hatte nicht den Hauch einer Chance gehabt.

Rety murmelte etwas vor sich hin, was der Jäger nur mit Mühe verstehen konnte.

»Sie meinte, jemand Stärkerer würde kommen.«

Dwer schüttelte den Kopf. »Von wem redest du denn?«

»Von dieser stinkigen alten Urs. Der Anführerin der Rebellen, die im Dorf auf der Koppel gefangen waren. Sie sagte, die Rothen würden sich vor einem stärkeren Gegner fürchten. Offensichtlich hat sie damit nicht falsch gelegen.«

»Urs stinkig?« beschwerte sich Yee. »Mein Weib haben nötig, das zu sag!«

Rety streichelte dem kleinen Hengst den lang ausgestreckten Hals, bis er zufrieden seufzte.

Das abgeschossene Danik-Schiff wurde von einer zweiten Explosion erschüttert, deren grelles Licht eine Öffnung in seiner Seite umrahmte, aus der zwei vom beißenden Qualm aus dem Schiffsinneren umhüllte Menschen hastig in den Sumpf sprangen. Die beiden mühten sich taumelnd durch das trübe Wasser, wobei sie sich gegenseitig stützten, bis sie endlich eine schilfbestandene kleine Insel erreicht hatten, auf der sie erschöpft zusammenbrachen.

Das fremde Schiff zog einen weiten Kreis und verlor dabei an Höhe. Als es sich drehte, entdeckte der Jäger einen Rauchfaden, der aus einem Riß in seiner Flanke quoll. Sein Triebwerk hustete, spuckte und setzte manchmal aus. Schließlich setzte es neben dem Aufklärer auf.

Tja, es sieht ganz so aus, als ob die Sache für Kunn noch nicht ausgestanden wäre.

Und dann fragte er sich: *Warum nur erfüllt mich das mit grimmiger Freude?*

Alvin

Die knochenerschütternden Stöße nahmen mit jeder Dura an schrecklicher Stärke zu und hämmerten auf unser unterseeisches Gefängnis ein. Manchmal schienen sie sich zurückzuziehen, aber nur, um dann mit einer derart furchtbaren Wucht zurückzukehren, daß ein armer Hoon-Junge die größte Mühe hatte, aufrecht auf dem schwankenden Boden stehenzubleiben.

Die Krücken und das Rückenkorsett nutzten überhaupt nichts, und der kleine Autoschreiber hatte auch nichts Besseres zu tun, als den Raum mit meinen in höchster Not ausgestoßenen Worten einzunebeln. Während ich durch diese Satzwolken taumelte und nach einem Halt suchte, fuhr der Apparat ungerührt damit fort, meine Äußerungen in Blasen zu verwandeln, wobei er auch vor meinen Flüchen in Englik und Galaktik Sieben nicht haltmachte. Als ich an einer Wand eine Strebe ertastete, hielt ich mich gleich wie ein Ertrinkender daran fest. Das Getöse der widerhallenden Explosionen hörte sich an wie ein Riese, der mit schweren Schritten näher kam … und immer näher …

Doch als ich schon fürchtete, irgendeine Nahtstelle würde aufplatzen und die dunklen, schweren Wasser des Mitten hereinströmen lassen, hörte das Donnern unvermittelt auf.

In der Stille, die nun einsetzte, fühlte ich mich noch desorientierter als vorher bei dem scheußlichen Krach. Mein Kehlsack blähte sich sinnlos auf, während der hysterische Huphu mit seinen Krallen meine Schulter zerfetzte und die Schuppen dort in Korkenzieherbändchen verwandelte.

Glücklicherweise besitzen Hoon irgendwie nur wenig Talent, in Panik zu geraten. Möglicherweise liegt das an unserer langen Reaktionszeit, vielleicht aber auch an unserer nur schwach ausgebildeten Vorstellungskraft.

Während ich noch versuchte, wieder zu mir zu kommen, öffnete sich die Tür, und eines der kleinen Amphibienwesen stürmte herein. Es plapperte ein paar rasche Sätze in Pidgin-Galaktik Zwei und verschwand dann gleich wieder.

Aha, wir wurden gerufen. Das wirbelnde Wesen hatte Lust auf ein weiteres Schwätzchen mit uns.

»*Vielleicht sollten wir unser Wissen austauschen*« erklärte unser Gastgeber, als wir (inklusive dem kleinen Noor) uns vor ihm versammelt hatten.

Huck und Schere, die in der Lage waren, in alle Richtungen gleichzeitig zu blicken, tauschten mit Ur-ronn und mir bedeutungsschwangere Blicke aus. Uns alle hatte das Donnern und Dröhnen vorhin ganz schön mitgenommen. Auch wenn wir in der Nähe eines Vulkans aufgewachsen waren – auf so etwas waren wir nicht vorbereitet gewesen!

Die Stimme schien mitten aus der Stelle zu kommen, wo die abstrakten Linien sich zu einem engen Muster zusammenfügten. Allerdings wurde mir rasch klar, daß es sich dabei nur um eine Illusion handeln konnte. Die Formen und Laute waren Projektionen, die ein Wesen aussandte, das sich woanders aufhielt, vermutlich hinter einer der Wände. Die ganze Zeit rechnete ich schon damit, daß Huphu lossausen und wie in dem Film *Der Zauberer von Oz* einen Vorhang beiseite ziehen würde, hinter dem sich ein kleiner Mann in einem lächerlichen smaragdgrünen Anzug verbarg, der an einer Maschine herumhantierte.

Halten sie uns hier wirklich für Dorftrottel, die auf einen solchen Trick hereinfallen?

»Wissen?« schnaubte Huck höhnisch und zog drei ihrer Augenstiele wie sich zusammenringelnde Schlangen zusammen. »Du willst Wissen mit uns teilen? Dann fang doch mal gleich damit an, uns zu erzählen, was hier eigentlich vor sich gegangen ist? Ich dachte schon, der ganze Blecheimer würde auseinanderfallen! War das ein Seebeben? Saugt der Mitten uns etwa auf?«

»Ich versichere euch, daß nichts dergleichen geschehen ist«, antwortete die Stimme in flüssigem Galaktik Sechs. *»Die Quelle des Übels, das uns gleichermaßen besorgt wie euch, befindet sich über uns, nicht unter uns.«*

»Eksssplosssionen«, murmelte Ur-ronn, schnaubte und stampfte mit einem Huf auf. »Dasss waren keine Beben, sssondern Unterwassserbomben. Jemand wirft Bomben auf unsss, und er ssscheint genau sssu wisssen, wo sssein Sssiel liegt. Isss würde mal sssagen, da oben issst einer, der eusss nissst bessondersss leiden kann.«

Schere zischte scharf, und ich starrte unsere ursische Freundin an, aber schon entgegnete die Stimme im Wirbel:

»Das ist eine durchaus treffende Vermutung.«

Ich konnte nicht entscheiden, ob unser Gastgeber beeindruckt oder nur sarkastisch war.

»Und da unsssere Sssprengmeisssster sssu ssso etwasss kaum in der Lage sssein dürften, gelangt man ssswangsssläufig sssu dem Ssslusss, dasss ihr viel mässstigere Feinde habt alsss unsss ssswache Sssesssheit.«

»Schon wieder eine vernünftige Überlegung. Was für eine kluge junge Dame du doch bist.«

»Hrrrm«, machte ich mich bemerkbar, um auch etwas von diesen höhnischen Schmähungen abzubekommen. »Wir haben in der Schule gelernt, daß man immer zuerst die einfachste Hypothese untersuchen sollte. Also gebe ich mich Spekulationen hin: Ihr werdet von denselben Feinden verfolgt, die vor einer Weile auf der Festival-Lichtung gelandet sind. Von den Gen-Piraten, von denen Uriel kurz vor unserer Abfahrt erfuhr. Das stimmt doch, oder?«

»Keine dumme Schlußfolgerung, die möglicherweise sogar der Wahrheit entspricht ... aber genausogut könnte es auch jemand anderes sein.«

»Jemand anderes-deres? Was willst du damit sagen-gen?« fragte Schere aufgeregt, hob drei seiner Beine und stand recht wacklig auf den übrigen zweien. Seine Chitinhaut nahm eine gefährlich dunkelrote Färbung an. »Daß außer den Iitiiis auf der Lichtung noch andere hier aufgetaucht sind-sind?« Er meinte damit Extraterrestrische, E. T.s. »Daß Dutzende Feinde euch verfolgen-folgen?«

Unser Gastgeber schwieg, aber seine Linien drehten sich mit der Geschwindigkeit eines Tornados. Der kleine Huphu, den die Stimme schon von Anfang an fasziniert hatte, starrte nun gebannt auf die neuen Muster in der Spirale und bohrte dabei seine Krallen in meine Schulter.

Huck rollte ein Stück vor und fragte heiser, aber streng: »Wie viele Völker sind hinter euch her?«

Als die Stimme sich dann wieder zu Wort meldete, war jeder Anflug von spöttischem Amüsement aus ihr verschwunden. Sie klang jetzt sogar müde und verbraucht.

»Ach, meine lieben Kinder. Allem Anschein nach hat sich das halbe bekannte Universum an unsere Fersen geheftet, um uns schon seit Jahren zu verfolgen.«

Schere klapperte aufgeregt mit den Beinen auf dem Boden, und Huck stieß einen tiefen, traurigen Seufzer aus. Mein eigener betrübter Grollknurrer riß den kleinen Noor aus seiner tranceartigen Fixierung auf den Wirbel, und er fing an, mit den Zähnen zu klappern.

Ur-ronn grunzte nur, als habe sie so etwas erwartet und sähe ihren angeborenen ursischen Zynismus jetzt nur bestätigt. Und dessen Hauptthese lautet: Wenn es den Anschein hat, als könnten die Dinge nicht noch schlimmer werden, tun sie es erst recht. Jafalls hat eine sehr fruchtbare, aber auch hinterhältige Phantasie. Die Göttin der Unbestimmtheit schnitzt ständig neue Gesichter auf ihren Schicksalswürfel mit den unendlich vielen Seiten.

»Na ja, das heißt doch wohl, hrrrm, daß wir alle unsere Vermutungen begraben können, bei den Phuvnthus handele es sich um antike Jijoaner oder Bewohner der Tiefsee.«

»Oder um übriggebliebene Maschinen aus dem Buyur-Schrott«, fügte unsere g'Kek-Freundin hinzu. »Und erst recht sind sie keine Seeungeheuer.«

»Stimmt«, bestätigte Schere enttäuscht. »Nur ein weiterer Haufen verrückter Galaktiker.«

Das wirbelnde Muster klang verwirrt. *»Ihr würdet hier unten lieber Meeresungeheuer antreffen?«*

»Vergiß es«, entgegnete Huck. »Das würdest du doch nicht verstehen.

Dennoch gerieten die Linien wieder in Bewegung.

»Ich fürchte, damit könntest du durchaus recht haben. Eure kleine Clique hat uns schon mehrfach ziemlich verwirrt. So sehr, daß einige von uns bereits einen tückischen Plan dahinter vermuten – genauer gesagt, man habe euch bewußt bei uns eingeschleust, um Konfusion in unseren Reihen zu säen.«

»Was soll das denn heißen?«

»Eure Vorstellungen, Werte, Überzeugungen und vor allem eure unübersehbare Zuneigung zueinander unterminieren alle unsere Überzeugungen über die Zustände in den Galaxien – und das um so mehr, als wir glaubten, diese seien unverrückbar in der Realität verankert.

Damit wir uns nicht falsch verstehen: Diese Konfusion ist an und für sich gar nicht einmal so unangenehm. Als denkendem Wesen sind mir gewisse Primärmotive nicht unbekannt, wie zum Beispiel die Lust auf Überraschungen. Und diejenigen, mit denen ich zu-

sammenarbeite, zeigen sich kaum weniger verblüfft über das unvorhersehbare Wunder eurer Kameradschaft.«

»Wie schön, daß wir euch eine Freude bereiten konnten«, bemerkte Huck ebenso sarkastisch, wie die Stimme vorhin geklungen hatte. »Jetzt verrat mir doch, ob ihr Typen genau wie unsere Vorfahren nur hierhergekommen seid, um euch zu verstecken?«

»Eine gewisse Parallele besteht. Aber wir hatten nie vor, uns hier länger aufzuhalten – nur so lange, bis die notwendigen Reparaturen durchgeführt, die Vorräte ergänzt worden sind und ein günstiges Fenster zum nächsten Transfer-Punkt aufgetaucht ist.«

»Also könnten sich Uriel und die anderen Weisen über das Schiff irren, das auf unserer Lichtung erschienen ist? Handelt es sich bei dieser Bande von Gen-Piraten nur um ein Täuschungsmanöver? Seid ihr in Wahrheit die Ursache unserer gegenwärtigen Schwierigkeiten?«

»Schwierigkeiten sind synonym für jede Entität, die über einen Metabolismus verfügt. Warum sonst hättet ihr jungen Abenteurer sie wohl so eifrig suchen sollen.

Aber ich will eure Spekulationen nicht einfach abtun. Als wir hierherkamen, glaubten wir, alle Verfolger abgeschüttelt zu haben. Das Schiff, das in euren Bergen aufgetaucht ist, mag rein zufällig dort gelandet oder von gewissen anderen Faktoren angezogen worden sein. Wie dem auch sei, wenn wir von eurer Existenz gewußt hätten, hätten wir wohl eher außerhalb dieses Planeten Unterschlupf gesucht. Vielleicht in einer der toten Städte auf einem eurer Monde, auch wenn solche Örtlichkeiten für Reparaturarbeiten nicht gerade ideal sind.«

Das erschien mir nun nicht unbedingt schlüssig. Ich mag ja ein unwissender Wilder sein, aber aus den klassischen wissenschaftlichen Abenteuerromanen, die ich schon seit frühester Jugend lese, weiß ich, daß es ganz schön spannend sein kann, so wie mein Namensvetter in irgendeiner Geisterstadt auf einem Mond zu arbeiten und dort mächtige Maschinen zu erwecken, die schon seit

Ewigkeiten schlafen. Welche Art von sternenfahrenden Wesen könnte schon Dunkelheit und Salzwasser der Arbeit in einem sauberen Vakuum vorziehen?

Wir verfielen in dumpfes Schweigen, weil es uns unmöglich war, auf Wesen sauer zu sein, die die Verantwortung für ihr Tun so bereitwillig auf sich nahmen. Und davon abgesehen, waren sie wegen ihrer Flucht vor der Galaktischen Verfolgung nicht unsere Brüder und Schwestern im Geiste?

Oder fliehen sie vor der Gerechtigkeit? fragte eine unangenehme Stimme in mir.

»Kannst du uns vielleicht sagen, warum so viele Rassen einen Groll auf euch hegen?« fragte ich daher.

Das Gewirbel zog sich zu einem engen Tunnel zusammen, dessen anderes Ende in der Unendlichkeit zu verschwinden schien.

»Wie ihr auch, wähnten wir uns als kühne Abenteurer und sind dabei an Orte geraten, wo man uns nicht unbedingt willkommen heißen wollte …«, begann die Stimme und klang jetzt richtiggehend traurig. *»Bis wir dann das Pech hatten, auf den Gegenstand zu stoßen, hinter dem wir her waren und von dem wir uns Wunder erwarteten, die unsere phantastischsten Träume übertreffen würden.*

Wir haben kein Gesetz gebrochen und auch durchaus vorgehabt, das Fundstück mit anderen zu teilen. Doch unsere Verfolger ließen bald ihre Maske fallen und bedrängten uns über jedes legale Maß hinaus. Wie Riesen, die sich um eine Fliege streiten, führen sie bei jeder sich bietenden Gelegenheit Krieg! Ja, sie bekämpfen sich sogar gegenseitig, bloß um uns in ihre Gewalt zu bekommen. Und wer unter ihnen uns am Ende den Schatz abringen kann, wird ihn sicherlich nicht zum Vorteil der Bürger in den Fünf Galaxien einsetzen.«

Wieder waren wir vor Ergriffenheit sprachlos. Schere keuchte aus allen Beinmündern gleichzeitig, ehe er Worte fand.

»Scha-scha-schatz?«

Huck rollte näher an den Wirbel heran. »Kannst du auch beweisen, was du da gerade von dir gegeben hast?«

»Zur Zeit noch nicht. Denn damit würden wir eure Völker einer noch größeren Gefahr aussetzen als der, in der sie sich bereits befinden.«

Ich erinnere mich daran, mir damals den Kopf darüber zerbrochen zu haben, was wohl schlimmer sein könnte als der Massenmord, von dem Uriel gesprochen hatte und der wohl am Ende unseres ungewollten Kontakts mit den Gen-Piraten stehen würde.

»Dennoch will ich versuchen, das zu ermöglichen«, fuhr die Stimme fort, *»würde dadurch doch die Basis unseres gegenseitigen Vertrauens entschieden gestärkt werden. Und womöglich könnten wir uns dann wirklich eine große Hilfe sein.«*

Sara

Einmal angenommen, die beiden sorgfältigsten Beobachter der Welt studieren dasselbe Ereignis. Sie würden wohl nie zu einer Übereinstimmung darüber finden, was genau sich getan hat. Natürlich könnten sie auch nicht die Zeit zurückdrehen, um sich alles noch einmal in Ruhe anzusehen. Ereignisse können aufgezeichnet, aber niemals wiederholt werden.

Und bei der Zukunft handelt es sich um eine noch nebulösere Angelegenheit. Sie ist ein Territorium, über das wir uns Geschichten ausdenken und das wir in unsere Pläne einbeziehen, die dann doch nie aufgehen.

Saras geliebte Gleichungen, die sie aus den irdischen Werken aus der Zeit vor dem Ersten Kontakt bezogen und abgeleitet hatte, stellten die Zeit als eine Dimension dar. Genauer als eine Dimension, die mit denen von Höhe, Breite und Tiefe verwandt war. Die großen Mathematiker der Galaktiker lachten über dieses Bild und nannten die relativistischen Modelle von Einstein und anderen naiv. Doch Sara wußte, daß sich hinter diesen Formeln und Theorien Wahrheit verbarg. Das mußte einfach so sein, denn sie waren zu schön, um nicht Bestandteil des Universumplans zu sein.

Dieser Widerspruch führte sie von der Mathematik fort und hin zu den Problemen der Sprache. Wie Sprache den Geist bestimmt, so daß einige Ideen in aller Leichtigkeit entstehen, während andere sich beim besten Willen nicht ausdrücken lassen. Die Sprachen der Erde – wie Englik, Russki oder Nihanisch – schienen eine besondere Tendenz zu Paradoxa, Tautologien und Beweisen aufzuweisen, die sich zwar überaus überzeugend anhörten, der realen Welt aber zuwiderliefen.

Doch das Chaos hatte sich schon längst in die Galaktischen Sprachen der anderen Exilrassen auf Jijo eingeschlichen, als die Terraner noch gar nicht angekommen waren. Für einige Linguisten in Biblos stand dies als Beleg für die Devolution fest, die Sternenfahrer befiel, wenn sie sich der Verbarbarisierung hingaben – und am Ende würden sie sich nur noch in präsapienten Grunzlauten äußern können.

Aber im letzten Jahr war Sara auf eine andere Erklärung gestoßen, die auf der Informationstheorie aus der Zeit vor dem Ersten Kontakt beruhte. Die Erkenntnis schien ihr so verlockend, daß sie Biblos verließ, um in aller Ruhe daran zu arbeiten.

Oder habe ich nicht vielmehr nur nach einer Ausrede gesucht, um von dort fortzukommen?

Nachdem Joshu an den Pocken gestorben und ihre Mutter einem Herzschlag erlegen war, erschien ihr die Arbeit auf einem eher obskuren Feld als ideale Flucht aus der Welt. Sie zog ganz allein in ein Baumhaus, wo sie zur Gesellschaft nur den Schimpansen Prity und ihre Bücher hatte. Auf diese Weise glaubte sie, sich am besten vor der Realität schützen und verstecken zu können.

Aber das Universum hat die unangenehme Eigenschaft, auch Mauern durchdringen zu können.

Sara betrachtete Emersons glänzende dunkle Haut und sein robustes Lächeln, das von Gefühlen der Freude und der Zuneigung erwärmt wurde. Wenn man einmal von seiner Stummheit absah, erinnerte der Sternenmann überhaupt nicht mehr an das menschliche Wrack, das sie aus dem Mulch-Sumpf bei Dolo gezogen und dann wieder gesund gepflegt hatte.

Vielleicht sollte ich meine hochfliegenden intellektuellen Pläne samt und sonders begraben und mich lieber auf das konzentrieren, worauf ich mich wirklich verstehe. Wenn unter den Sechs Rassen ein Krieg ausbrechen sollte, würde man viel eher Krankenschwestern als mathematische Theoretiker benötigen.

Solche und ähnliche Gedanken gingen ihr durch den Kopf, während sie gemeinsam mit den anderen dem Leuchtstreifen durch den Tunnel folgte. Diese Linie änderte sich nicht während des ganzen Weges. Und diese Unwandelbarkeit schien Sara für ihre privaten Häresien, ihren chaotischen und blasphemischen Glauben zu tadeln, dem sie vermutlich als einzige unter allen Bürgern Jijos anhing.

Einer Ideologie nämlich, die Fortschritt nicht von vornherein ablehnte.

Nachdem sie eine Weile neben dem Wagen hergelaufen war, ging ihr die Puste aus, und sie stieg wieder ein. Sara ließ sich neben Prity nieder und entdeckte, daß der Schimpanse heftig schnaufte. Sofort untersuchte sie seine Wunde, aber ihr Assistent befreite sich aus ihrem Griff, setzte sich auf eine andere Bank und sog die Luft zwischen gebleckten Zähnen ein. So blieb ihr nichts anderes übrig, als still dazusitzen und geradeaus zu schauen.

Auch unter den Kutscherinnen war Unruhe entstanden. Kepha und Nuli atmeten vernehmlich ein. So nahm Sara ebenfalls einen tiefen Zug, um ein zu Kopf steigendes Konglomerat von Kontrasten zu schmecken. Ländlicher Wiesenduft vermischte sich mit scharfem metallischen Gestank, und darunter befand sich auch noch etwas vollkommen Fremdartiges. Sie erhob sich, die Knie fest gegen die Rückenlehne der Bank vor ihr gepreßt.

War das tatsächlich ein Licht, was da am Endpunkt des Leuchtstreifens zu leuchten schien?

Wenig später konnte es daran keinen Zweifel mehr geben. Emerson schob sich seinen Rewq über die Augen, nur um ihn gleich wieder abzunehmen.

»Onkel, wach auf!« rief Jomah und schüttelte Kurt an der Schulter. »Ich glaube, wir sind am Ziel.«

Doch der Schimmer blieb für längere Zeit vage. Dedinger murmelte ungeduldig in sich hinein, und zum ersten Mal konnte Sara ihm zustimmen. Die Aussicht, das Ziel dieser sonderbaren Reise fast erreicht zu haben, ließ das restliche Stück des Tunnels unerträglich lang erscheinen.

Die Pferde trabten ohne übertriebene Eile weiter, und Kepha und Nuli griffen unter ihren Sitz und verteilten unter den Mitreisenden dunkle Brillen. Nur Emerson erhielt keine, weil sein Rewq einen zusätzlichen Schutz für die Augen überflüssig machte. Sara drehte die von ursischen Schmiedinnen angefertigten Gläser in der Hand.

Sobald wir aus diesem Loch herausgekommen sind, werden wir wahrscheinlich für eine ganze Weile das Tageslicht nicht ertragen können. Doch Sara glaubte nicht, daß dieser Zustand lange anhalten würde, dann würden sich ihre Augen wieder an den Sonnenschein gewöhnt haben. Die Vorsichtsmaßnahme kam ihr ein wenig übertrieben vor.

Zumindest werden wir endlich erfahren, wo dieses Reitervolk sich all die Jahre über versteckt hat. Begierig darauf, das endlich herauszufinden, verspürte sie doch auch ein wenig Trauer, denn keine Realität – nicht einmal die göttlichen Wunder der Galaktiker – konnten mit den phantastischen Bildern mithalten, die die Abenteuerromane von der alten Erde in solchen Fällen bereithielten.

Gelangen wir durch ein mystisches Portal in eine Parallel-Wirklichkeit? Oder in ein Königreich, das in den Wolken schwebt?

Sara seufzte. *Wahrscheinlich finden wir uns nur in irgendeinem abgelegenen Bergtal wieder, wo die Bewohner der umliegenden Dörfer durch Inzucht und Ignoranz zu dumm geworden sind, um den Unterschied zwischen einem Esel und einem Pferd zu erkennen.*

Der uralte Weg stieg nun merklich an. Der Streifen am Boden verblaßte in dem Maße, wie Helligkeit die Wände überzog. Licht entströmte einer Quelle, die sich weit vor ihnen befinden mußte. Bald gewannen die Wände Farbe und Form. Sara konnte auch gezackte Umrisse erkennen.

Sie blinzelte enttäuscht, als sie erkannte, daß sie auf Gebilde mit dreifachen Zahnreihen zurollten, die an gigantische Urs-Mäuler erinnerten. Die Zähne schienen groß genug zu sein, um mit einem Biß den ganzen Wagen zu durchbohren.

Sara beruhigte sich rasch, als sie entdeckte, daß der Anblick die beiden Kutscherinnen vollkommen unbeeindruckt ließ. Doch selbst als sie entdeckte, daß die Zähne aus Metall bestanden und zudem noch verrostet waren, fiel es ihr schwer, sich klarzumachen, daß sie hier nur eine alte, tote Maschine vor sich hatte.

Ein riesiger Apparat der Buyur.

Solch eine Anlage hatte sie noch nie zu Gesicht bekommen. Die peinlich ordentlichen Buyur hatten während ihrer letzten Jahre auf Jijo alle großen Gebäude und Maschinen zerlegt und ins Meer befördert. Ganze Städte hatten sie abgetragen und den Samen von Mulch-Spinnen in den Boden gegeben, um den Rest aufzufressen.

Warum haben die Dekonstrukteure dann dieses Ding hier nicht fortbefördert?

Hinter den massiven Zahnreihen ließen sich Scheiben mit glitzernden Steinen feststellen. Erst bei näherem Hinsehen erkannte Sara, daß es sich dabei um Diamanten von der Größe ihres Kopfes handelte.

Die bislang ruhige, glatte Fahrt verlief nun etwas unruhiger, als Kepha den Karren durch die Gurgel der Maschine steuerte und in einem Zickzackkurs die Scheiben passierte.

Dann ging Sara ein Licht auf.

Aber das ist doch ein Dekonstruktor! Er war wohl gerade damit beschäftigt, den Tunnel niederzureißen, als sein Antrieb den Geist aufgab.

Warum hat sich niemand die Mühe gemacht, ihn zu reparieren oder das ganze funktionsuntüchtige Gebilde durch ein neues zu ersetzen?

Sara mußte nicht lange Ausschau halten, um auch darauf eine Antwort zu erhalten.

Lava.

Zungen und Bäche aus Basalt traten aus einem Dutzend Rissen im Fels. Sie mußten vor einer halben Million Jahre hier ausgehärtet sein.

Die Maschine hatte keinen Antriebsschaden, sondern wurde von einer Lavaeruption überrascht.

Viel später mußten Bergarbeitertrupps irgendeiner der Sechs Rassen die Stelle entdeckt und durch den Bauch des Geräts einen Pfad geschaffen haben, um so das letzte Stück des Tunnels bis zur Oberfläche freizulegen. Sara konnte die Spuren primitiver Spitzäxte erkennen. Auch Explosivstoffe schien man eingesetzt zu haben – und deswegen wußten auch die Sprengmeister über diese Anlage Bescheid.

Sara wollte zu Kurt hinübersehen, um festzustellen, wie er auf diesen Fund reagierte, doch in diesem Moment rollte der Wagen um die letzte Kurve, und gleißendes Tageslicht ergoß sich über die Reisenden. Der Wagen fuhr eine steile Rampe hinauf und tauchte immer tiefer in den Mahlstrom von Licht ein.

Sara suchte nach ihrer Schutzbrille, als rings um sie herum Farben explodierten.

Wirbelnde Töne, die ihr in die Augen stachen.

Farben, die kreischten.

Die so mächtige Melodien sangen, daß es ihr in den Ohren pochte.

Farben, die ihre Nase zum Jucken brachten und auf ihrer Haut Gefühle erzeugten, die bis an den Rand des Schmerzes gingen. Ein gleichzeitiges Keuchen und Stöhnen entrang sich den Kehlen der Reisenden, als der Wagen auf einer Anhöhe anhielt und einen Blick auf eine Landschaft präsentierte, wie sie fremdartiger und traumhafter nicht sein konnte.

Obwohl Sara die dunkle Schutzbrille aufgesetzt hatte, schimmerten die Gipfel und Täler in mehr Farbtönen, als Sara auseinanderhalten konnte.

Halb benommen versuchte sie, ihre Eindrücke zu sortieren. Auf der einen Seite ragte der mammutgroße Dekonstruktor auf, ein Gebilde aus verfallendem Metall, das zur Hälfte in Wellen flüssigen Magmas ertrunken war. Und diese Wellen erstreckten sich bis zum fernen Horizont, erstarrt in Schichten glitzernden Gesteins.

Und damit hatte sie die Antwort auf ihre erste Frage.

Wo konnte man auf dem Hang ein großes Geheimnis über hundet Jahre lang (oder noch länger) bewahren?

Selbst Dedinger, der Prophet aus der Wüste, stöhnte laut auf, als auch ihm die ebenso simple wie geniale Erklärung aufging.

Sie waren an dem einzigen Ort auf Jijo gelangt, an dem niemand nach Reitern suchen würde.

Sie befanden sich im Zentrum des Spektralstroms.

TEIL VIER

Aus den Unterlagen von Gillian Baskin

Ich wünschte, ich könnte mich Alvin offenbaren. Nach der Lektüre seines Tagebuchs und aufgrund dessen, was wir zu hören bekommen, wenn wir seine Gespräche mit den anderen abhören, glaube ich, ihn schon recht gut zu kennen.
Sie beherrschen das Englik des Dreiundzwanzigsten Jahrhunderts so gut, und ihr Eifer und Enthusiasmus unterscheidet sich so sehr von dem der anderen Hoon und Urs, denen ich in der Zeit vor unserer Landung auf Jijo begegnet bin, daß ich oft genug vergesse, hier Aliens zu belauschen. Und an ihre oft eigentümliche Betonung und Modulation habe ich mich so sehr gewöhnt, daß sie mir schon gar nicht mehr auffallen. Aber irgendwann platzt dann einer von ihnen mit einer Bemerkung mit so abartig verdrehter Logik heraus, daß ich mir dann doch wieder sagen muß, hier keine Menschenkinder vor mir zu haben – auch wenn sie so aussehen, als hätten sie sich in Halloween-Kostüme geworfen, um als Krebs, Zentaur oder Tintenfisch im Rollstuhl herumzulaufen.
Während die Zeit verging, haben sie sich immer öfter gefragt (und daraus kann ich ihnen bestimmt keinen Vorwurf machen), ob sie nun Gefangene oder Gäste in diesem unterseeischen Refugium wären. Sie ließen ihren Spekulationen freien Lauf, und die mündeten dann in endlosen Diskussionen. Auch vergleichen sie sich gern mit diversen berühmten Gefangenen aus der Weltliteratur. Und ihre Rezeption dieser Werke hat schon etwas interessant Abwegiges: Ur-ronn zum Beispiel begreift Richard II. als die Geschichte einer legitimen Geschäftsübernahme, und Bolingbroke spielt darin die Rolle des Lehrlings des Königs.

Schere, der Rote Qheuen, behauptet, der Held in Feng Hos Chroniken sei gegen seinen Willen im Harem des Kaisers gefangengehalten worden, auch wenn er sich dort ungehindert der über achthundert Schönen bedienen konnte und jederzeit durch die Tür ins Freie hätte spazieren können.

Huck meint, es sei doch frustrierend, daß Shakespeare sich so wenig Zeit für Macbeths böse Gattin genommen habe. Es wäre doch wirklich interessant gewesen zu erfahren, was aus ihrem Versuch geworden sei, der Sünde zu entfliehen, indem sie Erlösung im Zustand der Präsapiens suchte. So kann es mich kaum überraschen, daß die kleine g'Kek bereits Pläne für eine Fortsetzung des Klassikers hat, in der beschrieben werden soll, wie die Lady »einen neuen Schub aus ihrem Zustand der Brache« erhält. Ihr ambitioniertes Vorhaben hat nicht weniger als ein Moraltraktat über die Verderbtheit und das unausweichliche Schicksal der Fünf Galaxien zum Ziel.

Über diese zum Teil verblüffenden Einsichten hinaus verwundert es mich doch sehr, wie hier auf Jijo eine Gesellschaft von des Lesens unkundigen Ausgestoßenen plötzlich von den nachfolgenden Erdlingen mit einer Flut von Literatur überschwemmt wurde. Was für eine Ironie des Schicksals, die Situation der Erde umzudrehen – schließlich ging unsere eigene Kultur beinahe unter, als sie sich plötzlich mit der ungeheuren Fülle der Großen Galaktischen Bibliothek konfrontiert sah.

Erstaunlicherweise haben die Sechs Rassen auf diesem Planeten Vertrauen zueinander und eine unerwartete Vitalität entwickelt – vorausgesetzt, man darf Huck, Alvin und die anderen als Maßstab für diese Zivilisation nehmen.

Ich wünsche dem Experiment dieser Völker alles Gute.

In einem Punkt bin ich aber noch nicht sehr weit gekommen, und das ist ihre Religion, die ich überhaupt nicht begreife. Ihr Konzept der Erlösung durch Devolution scheint für sie eine absolute Selbstverständlichkeit darzustellen und ihr ganzes Sein zu bestimmen. Doch mir ist schleierhaft, welchen Reiz eine solche Religion auf ihre Anhänger ausübt.

Zu meiner großen Überraschung erklärte mir neulich unsere Schiffsärztin, daß sie diesen Glauben ziemlich gut verstehe.
»Jeder Delphin wächst damit auf, den Ruf zu hören«, sagte Makanee. »Im Schlaf zieht unser Geist immer noch durch die weite Liedlandschaft des Weltraums. Wann immer der Streß der Sapiens zu groß für uns wird, lockt uns dieser Traum, zu unserer wahren Natur zurückzukehren.«
Die Delphin-Besatzung der STREAKER steht nun schon seit drei langen Jahren unter Druck. Makanee und ihre Mitarbeiter müssen sich um über zwei Dutzend Patienten kümmern, die sich, wie ein Jijoaner es ausdrücken würde, bereits im »Zustand der Erlösung« befinden. Oder, anders ausgedrückt, diese Delphine sind zu ihrer »wahren Natur« zurückgekehrt. Oder mit ganz anderen Worten, wir haben sie als Kameraden und erfahrene Kollegen verloren – und zwar so sehr, als wären sie tot.
Makanee bekämpft diese Regression, sobald sie bei einem Patienten die ersten Symptome feststellt. Doch auf der anderen Seite hat sie darüber schon eine Philosophie entwickelt und kann mich sogar mit einer Theorie versorgen, warum mir dieser Zustand der Erlösung so abstrus erscheint.
Und diese Theorie lautet ungefähr so:

»Vielleicht fürchtet ihr Menschen diesen Weg des Lebens, weil eure Rasse so hart darum ringen mußte, das Stadium der Sapiens zu erreichen. Ihr habt es euch selbst mühsamst im Laufe tausender Generationen erworben, von denen die meisten in blanker Unkenntnis verbracht wurden.
Wir Flossenwesen aber – und mit uns die Urs, die Qheuen, die Hoon und all die anderen Galaktischen Klans – haben die Sapiens als Gabe bekommen, und zwar von einer Rasse, die schon vor uns so weit war. Deswegen könnt ihr nicht erwarten, daß wir genauso verbissen daran festhalten wie ihr, die ihr euer Letztes geben mußtet, um in den Genuß dieser Gnade zu gelangen.
Mit der besonderen Anziehungskraft dieser Religion vom Weg der Erlösung verhält es sich ein wenig so wie mit dem

Schuleschwänzen. Tatsächlich geht eine gewisse Verlockung von der Vorstellung aus, alles treiben zu lassen, die Selbstdisziplin abzuschütteln und die Anstrengung aufzugeben, vernünftig bleiben und geradeaus denken zu müssen. Wenn man sich um nichts mehr kümmert, ist einem doch bald alles egal. Deine Nachfahren erhalten irgendwann eine zweite Chance und betreten ganz von vorn den Weg des Schubs, der wieder ganz nach oben führt, an der Hand einer neuen Patronats-Rasse, die einen an der Hand nimmt und einem alles erklärt und zeigt.«

Ich habe Makanee dann gefragt, ob dieses Konzept für sie auch einen besonderen Reiz habe. Ob sie sich neue Patrone wünsche. Ob die Delphine mit anderen Mentoren als den Menschen besser fahren würden?

Sie lachte nur, und ihre Antwort bestand in einem köstlich vieldeutigen trinarischen Haiku:

** Wenn kommt Winters Eis*
** Und es knurrt im Norden Meer*
** Nur Feig sucht Golfstrom.*

Die Antwort der Ärztin ließ mich wieder einmal über die Herkunft der Menschheit nachsinnen.

Auf der Erde zögern die meisten Menschen mit der Antwort, wenn es um die Frage geht, ob unsere Rasse von irgendwelchen Gen-Ingenieuren beeinflußt worden ist – und zwar vor dem Zeitalter von Wissenschaft und Technik und vor dem Ersten Kontakt. Sture Darwinisten, die auf ihrer Meinung beharren, haben auf Terra immer noch einen großen Einfluß, aber nur wenige bringen den Mut auf, den Galaktischen Experten und ihrer äonenalten Erfahrung zu widersprechen, wenn diese behaupten, der einzige Weg zur Sapiens verlaufe über den Schub. Die meisten Erdenbürger geben sich mit solchen Erklärungen zufrieden.

So findet diese Debatte meistens in TV-Talkshows (»Ich bin schwanger von einem Außerirdischen und jetzt zahlt er keine Alimente«) oder auf Parties statt, wo Menschen, Del-

phine und Schimpansen darüber spekulieren, wer unsere absenten Patrone denn nun gewesen sein mögen. Einer zur Zeit unseres Abflugs aktuellen Zählung zufolge kamen dafür sechs Dutzend verschiedene Kandidaten in Frage – angefangen von den Tuvallianern über die Lehtani bis hin zu den Sonnengeistern und Zeitwanderern aus der bizarren Neunzehnten Dimension.

Während eine Minderheit unter den Delphinen glaubt, auch wir Menschen müßten Patrone haben, sind die meisten von ihnen der Ansicht von Makanee und gehen davon aus, daß wir Menschen es aus eigener Kraft geschafft und uns ohne Eingriff von außen aus der Dunkelheit des Geistes befreit haben.
Wie hat Kapitän Creideiki es einmal ausgedrückt:

»Es gibt so etwas wie ein Rassegedächtnis, Tom und Jill. Erinnerungen, an die man durch tiefe Keeneenk-Meditation gelangen kann. Ein besonderes Bild entsteht, erzeugt vor dem Hintergrund unserer traumartigen Sagen: Es zeigt ein affenartiges Wesen, das, auf einem Baumstamm sitzend, paddelt, um das Meer zu überqueren. Und dieses Wesen ruft stolz in die Welt hinaus, daß es allein und nur mit einer Steinaxt dieses Gefährt geschnitzt und gezimmert habe. Und es erwartet vom indifferenten Kosmos Glückwünsche und Bestätigung.
Nun frage ich euch, würde irgendein Patron, der etwas auf sich hält, seinen Klienten sich so töricht aufführen, sich derart der Lächerlichkeit preisgeben lassen?
Nein. Euch Menschen war von Anfang an anzumerken, daß ihr von Amateuren großgezogen worden seid. Nämlich von euch selbst.«

So sind mir die Ausführungen Creideikis im Gedächtnis geblieben. Tom fand sie zum Brüllen komisch, aber in mir regte sich der Verdacht, daß der Kapitän einen entscheidenden Teil dieser Geschichte für sich behalten haben mußte. Da

mußte noch mehr dran sein, und vielleicht würde er uns bei passender Gelegenheit auch den Rest erzählen.
Aber es gab nie wieder eine passende Gelegenheit.
Als wir an jenem Abend zusammen mit Creideiki speisten, befand sich die STREAKER schon auf ihrer verschlungenen Route zurück zum Flachen Cluster.
Und einen oder zwei Tage später änderte sich für uns alles.

Es ist spät geworden, und ich sollte diesen Bericht beenden, um noch etwas Schlaf zu bekommen.
Hannes meldet von den Schneidearbeiten gemischte Resultate. Karkaett und er haben eine Möglichkeit gefunden, einiges von der Kohlenstoffschicht an der Hülle unseres Schiffs zu entfernen, aber wenn er noch mehr Druck draufgibt, werden dabei wahrscheinlich unsere ohnehin schon geschwächten Wände zu Schaden kommen. Also können wir das vergessen.
Aber es gibt auch Gutes zu vermelden: Die Kontrollparameter, die ich der Bibliotheks-Einheit entlocken konnte, haben Suessi und ihrer Truppe entscheidend dabei geholfen, ein paar von den ausrangierten Schiffen hier unten wieder zum Leben zu erwecken! Natürlich sind die Kreuzer nur noch Schrott wert, andernfalls hätten die Buyur sie ja mitgenommen. Aber das eiskalte Wasser, in dem sie seit so langer Zeit eingeschlossen sind, scheint keine Spuren an ihnen hinterlassen zu halben. Vielleicht läßt sich ja die eine oder andere Schiffshülle für uns nutzen. Davon abgesehen, haben die Maschinisten und Ingenieure endlich etwas Sinnvolles zu tun.
Und wir brauchen dringend eine Ablenkung – nun, da die STREAKER wieder einmal in der Falle zu sitzen scheint. Erneut haben uns Galaktische Kreuzer gefunden. Selbst in dieser abgelegenen Ecke des Universums wollen sie unsere Geheimnisse erbeuten, und sie trachten uns nach dem Leben.
Wie haben sie uns nur aufspüren können?
Darüber habe ich mir in der letzten Zeit mehr als einmal den Kopf zerbrochen. Wie haben sie nur unsere Witterung aufnehmen können?

Die Route entlang des Izmunuti schien narrensicher zu sein. Vor uns haben schon andere erfolgreich diesen Weg gewählt – wie zum Beispiel die Vorfahren der Sechs Rassen auf Jijo. Es hätte doch wirklich gutgehen müssen – warum nur bei uns nicht?

Ich starre quer durch den Raum auf die kleine Gestalt, die sich im Zentrum des Lichtscheins befindet. Mein engster Gefährte, seit Tom uns verlassen hat.

Herbie.

Der Preis, den wir im Flachen Cluster erbeutet haben.

Der Träger all unserer Hoffnungen, der uns doch nur Pech und Unglück gebracht hat.

Lag ein Fluch auf der riesigen Flotte von halbdurchsichtigen Raumschiffen auf die wir in jener sonderbaren Ecke des Weltraums gestoßen sind? Als Tom einen Weg durch ihre leuchtenden Felder fand und Herbie als Souvenir mitnahm, hat er da auch den Fluch mit an Bord gebracht, der uns wohl verfolgen wird, bis wir die verdammte Mumie in ihr Milliarden Jahre altes Grab zurückgelegt haben?

Früher habe ich die uralte Mumie faszinierend gefunden. Und ihr Lächeln, das fast schon menschlich anmutet, schien mir das I-Tüpfelchen daran zu sein.

Doch ich habe gelernt, diesen Kadaver zu hassen, genausosehr wie den ganzen Raum, durch den wir nach der Bergung dieser Mumie fliehen mußten.

Ich würde alles dafür geben, Tom zurückzubekommen. Um die vergangenen drei Jahre ungeschehen zu machen. Um wieder in der guten und unschuldigen Zeit zu leben, als die Fünf Galaxien nur einfach furchtbar gefährlich waren und wir noch so etwas wie eine Heimat besaßen.

Streaker

Kaa

»Aber du haft doch gefagt, die Hoon feien unfere Feinde!«

Zhaki klang trotzig, aber seine Körperhaltung, der gesenkte Kopf und die erhobenen Flossen, verriet große Unsicherheit. Kaa machte sich das zunutze, ruderte mit den Brustflossen durch das Wasser und nahm die feste, aufrechte Haltung eines Offiziers im Terragens-Aufklärungskorps ein.

»Das waren ja auch ganz andere Hoon«, entgegnete er. »Und die Katastrophe von NuDawn hat sich vor langer Zeit ereignet.«

Zhaki schüttelte die flaschenförmige Schnauze und spritzte Gischt durch die feuchte Kuppel. »Eteef sind Eteef. Auferirdiffe wollen die Erdlinge bei jeder fich bietenden Gelegenheit verniffen, genau fo wie die Foro, die Tandu und all die anderen ftinkigen Galaktiker!«

Kaa zuckte bei dieser unzulässigen Verallgemeinerung zusammen, aber nach zwei Jahren ständiger Flucht waren solche Ansichten in den Mannschaften weit verbreitet. Schließlich pflegte auch Kaa sein von Selbstmitleid geprägtes Bild einer Erde, die allein gegen das gesamte Universum stand – auch wenn ihm manchmal zu Bewußtsein kam, daß das so nicht ganz stimmen konnte; denn dann wäre die Erde schon längst zu Staub zerblasen worden.

Wir besitzen Verbündete und sogar ein paar Freunde ... Darüber hinaus erfreuen wir uns der widerwilligen Sympathie einiger neutraler Klans, wenn diese auf ihren Symposien zusammenkommen, um darüber zu debattieren, was gegen diese Pest des Fanatismus unternommen werden kann, die mittlerweile über die Gesamtheit der Fünf Galaxien gekommen ist. Vielleicht findet sich dort ja irgendwann einmal eine Mehrheit für einen Konsens zur Wiedereinführung der Zivilisation.

Möglicherweise wird dann dort auch beschlossen, unsere Mörder zu bestrafen ... auch wenn uns das dann sicher kaum noch etwas nützen wird.

»Wenn ihr meine Meinung hören wollt«, erklärte Brookida und kehrte dem Arbeitstisch am hinteren Ende der vollgestopften Kammer den Rücken zu, »ich würde die Hoon nicht in dieselbe Kategorie wie unsere anderen Verfolger stecken. Bei ihnen handelt es sich nicht um religiöse Fanatiker oder um machtbesessene Eroberer. Wenn überhaupt, könnte man sie nur als sauertöpfische Bürokraten bezeichnen. Kleingeister, die sich stur an Bestimmungen, Verordnungen und Erlasse halten, weshalb ja auch so viele von ihnen in die Dienste der Galaktischen Institute treten. Bei Nu-Dawn haben sie im Grunde nichts anderes gewollt, als die Gesetze einzuhalten. Als die menschlichen Siedler rebellierten ...«

»Fie glaubten, eine Invafion käme über fie!« wandte Zhaki ein.

»Ja, natürlich«, nickte Brookida. »Aber unsere Kolonie dort hatte noch nichts vom Ersten Kontakt mitbekommen, und es mangelte ihr schlicht an der nötigen Ausrüstung, die Galaktischen Anfragen zu hören. So erschienen dann die Hoon, um die rituelle letzte Warnung auszusprechen – und dabei stießen sie auf etwas, das in ihren Vorschriftenlisten nicht enthalten war: bewaffnete Verbrecher, und dazu noch Barbaren, die keine der Galaktischen Sprachen verstanden. Sie riefen Miliz-Einheiten der Jophur ...«

»Das hat aber nun wirklich nichts mehr mit unserem aktuellen Problem zu tun«, unterbrach Kaa Brookidas Geschichtslektion. »Zhaki, und du hörst auf damit, den einheimischen Hoon die Fischernetze zu zerreißen! Das lenkt nur unnötige Aufmerksamkeit auf uns.«

»Nicht nur Aufmerksamkeit, sondern auch Rachegefühle«, bestätigte Brookida. »Sie erhöhen nun bestimmt ihre Wachsamkeit, um jeden Störenfried zu vertreiben. Schon beim letzten Mal haben sie viele Speere geworfen.«

Der junge Delphin schnaubte nur und antwortete mit einem Delphin-Haiku:

* *Laß sie werfen Speer*
* *Wie auf Erden Sturmwellen*
* *Ersäufen Zweibein.*

Kaa zuckte zusammen. Vor einem Moment noch hatte Zhaki unbedingt die Menschen rächen wollen, die auf der verlorenen Kolonie ums Leben gekommen waren – und das zu einer Zeit, als noch kaum ein Delphin das Sprechen gelernt hatte. Und nun warf dieser ungezogene Bengel schon alle Zweibeiner in einen Topf und spielte damit auf einen alten Groll unter den Meeressäugern aus der Zeit an, als die Menschen noch nicht die Zieheltern der Delphine geworden waren. Kaa schüttelte den Kopf. Es hatte überhaupt keinen Wert, mit einem so unvernünftigen Jüngling zu debattieren.

Doch leider gehörte es zu seinen Pflichten, die Disziplin in seiner Truppe aufrechtzuerhalten.

* *Wenn du das nicht stoppst*
* *Wird kein Speer sein so heftig*
* *Wie meine Zähne.*

Zugegeben, es gab elegantere Haikus, und von den poetischen Klassikern des Kapitän Creideiki, mit denen dieser seine Mannschaft in Erstaunen zu versetzen pflegte, waren Kaas Zeilen weit entfernt. Aber auch ohne diesen wunderbaren Klang, dem sich selbst die Wellen anzupassen schienen, reichte die Warnung aus, um Zhaki einzuschüchtern. Der Offizier ließ es aber damit noch nicht gut sein, sondern sandte intensive Sonarwellen aus seinem

Kopf durch Zhakis Körper und entdeckte dort die Furcht, die in dem Jüngling brodelte.

Im Falle eines Falles kommt man mit den Maßnahmen der Alten doch immer noch am weitesten, dachte er.

»Du bist entlassen«, zischte er. »Geh jetzt schlafen. Morgen erwartet uns ein neuer anstrengender Tag.«

Zhaki drehte sich gehorsam um und zog sich hinter den Vorhang in die Nische zurück, die er mit Mopol teilte.

Trotz des Erfolges, den Kaa gerade errungen hatte, wußte er, daß es nicht lange dauern würde, bis er wieder Ärger mit dem Jüngling haben würde.

Tsh't hat gesagt, unsere Mission sei überaus wichtig. Aber ich wette, sie hat uns diesen Auftrag bloß erteilt, weil wir von allen aus der STREAKER am entbehrlichsten sind.

In dieser Nacht träumte er, er wäre wieder Pilot.

Neo-Delphine besaßen eine besondere Begabung dafür, Schiffe zu steuern – ein überaus wunderbares Talent für die jüngste sapiente Spezies in den Fünf Galaxien. Schon dreihundert Jahre, nachdem menschliche Genetiker damit begonnen hatten, die Delphine zu modifizieren, wurde das Sternenschiff *Streaker* zu einem wichtigen Experiment ausgesandt, bei dem die Tauglichkeit einer Delphin-Besatzung erprobt werden sollte. Der Terragens-Rat glaubte, die umstrittene Position der Erde im intergalaktischen Konzert ein wenig verbessern zu können, wenn überall bekannt wurde, daß ihre Schiffe von Wesen mit einer natürlichen Pilotenbegabung gesteuert wurden.

»Lucky« Kaa war natürlich stolz und begeistert gewesen, daß man ihn für diese Mission auswählte. Doch der Flug selbst brachte ihm eine niederschmetternde Erfahrung ein.

Ich mag zwar gut sein … aber bei weitem nicht der Beste.

Im Traum erlebte er den furchtbaren Hinterhalt bei Morgran

von neuem. Die knappe Flucht in letzter Sekunde erschütterte ihn immer noch – und das sogar im Schlaf.

Eingeschlossen in seiner Station auf der Brücke und nicht in der Lage, etwas anderes zu tun, als die halsbrecherische Fahrt über sich ergehen zu lassen, verfolgte er, wie Chefpilot Keepiru das alte Aufklärungsschiff der Snark-Klasse mit gewagten Manövern, um die ihn jeder Tandu-Kampfkreuzer beneidet hätte, Lauerminen und Schlingenfeldern auswich und endlich in den Morgran-Mahlstrom zurücktauchte – und das alles ohne die Hilfe eines Leitcomputers.

Obwohl die Begebenheit schon zwei Jahre zurücklag, hatte sie in Kaas Gedächtnis noch nichts von ihrer Lebendigkeit verloren.

Transitfäden umschwärmten sie, ein sinnverwirrendes Tohuwabohu räumlicher Singularitäten. Dank einer Laune der zerebralen Evolution zeichneten sich ausgebildete Delphin-Piloten dadurch aus, sich die schimmernden Raum-Zeit-Spalten vermittels Sonarbilder vorstellen zu können. Aber Kaa war nie durch ein solches Chaos gebraust. Durch so einen Tornado miteinander verwobener Bänder. Jede einzelne dieser leuchtenden Schnüre konnte, wenn man sie im falschen Winkel erwischte, das Schiff in den Normalraum zurückschleudern, und zwar als zusammengepreßte Masse, die einem Quarks-Eintopf glich …

… doch irgendwie bewegte sich der Kreuzer geschickt zwischen den einzelnen Bändern hindurch, und so gelang es Keepiru, die Verfolger abzuschütteln. Sie mieden daraufhin die bekannten Handelsrouten und flogen schließlich einen Fluchtort an, den Kapitän Creideiki ausgesucht hatte.

Kithrup, eine Welt, auf der man die für die Reparaturen dringend erforderlichen reinen isotopischen Metalle vorfand, die in dem giftigen Meer wie Korallen wuchsen …

… Kithrup, die Heimatwelt zweier bislang unbekannter Rassen, von denen die eine sich in Verzweiflung und Selbstmitleid wälzte, während die andere hoffnungsvoll voranschritt …

… Kithrup, wohin ihnen eigentlich niemand hätte folgen dürfen …

… Aber die Galaktiker spürten sie auch hier auf. Schiffe verschiedener Klans, die sich untereinander im Orbit bis zum Wahnsinn bekämpften …

… Und bald darauf war Keepiru verschwunden, und mit ihm Toshio, Hikahi und Mr. Orley …

… Kaa lernte, daß manche Wünsche besser unerfüllt blieben – und es dauerte nicht lange, bis ihm klar wurde, daß er eigentlich gar nicht Chefpilot sein wollte.

Seitdem hatte er deutlich an Erfahrung gewonnen. Die Fluchtmanöver, die er flog – zum Beispiel vom Oakka- und vom Fraktal-System –, führte er mit Präzision, wenn auch leider nicht mit Brillanz, erfolgreich durch.

Auf jeden Fall nicht gut genug, um seinen Spitznamen »Lucky« zu rechtfertigen.

Ich habe aber noch nie jemanden in der Truppe gehört, der von sich behauptete, das alles viel besser zu können.

Kurzum, dieser Schlaf brachte ihm nicht viel Erholung.

Zhaki und Mopol trieben es schon wieder miteinander. Noch vor Tagesanbruch rieben sie ihre Körper aneinander, quietschten und drohten mit ihren herumschlagenden Schwanzflossen den Vorhang herunterzureißen. Eigentlich hätte Kaa sie hinausschicken müssen, wenn sie unbedingt herumtollen wollten, aber das wagte er nicht.

»Typisches postpubertäres Verhalten«, erklärte ihm Brookida am Nahrungsmittelspender. »Junge Männer werden von allem erregt. Unter natürlich lebenden Delphinen lassen die gleichgeschlechtlichen Spielchen in dem Maße nach, wie ihre Gedanken von den jungen Weibchen beherrscht werden, die sie dann für sich gewinnen wollen. Junge Burschen versuchen auch oft, ihre eigene

Stärke und ihren Status zu testen, indem sie gemeinsam ältere Männer herausfordern.«

Selbstverständlich war das Kaa alles bekannt – nur das »typisch« fand nicht seine ungeteilte Zustimmung.

Ich habe mich doch nie so aufgeführt. Natürlich bin ich auch ein ungezogener, ungehorsamer und arroganter Jungflosser gewesen. Aber ich habe mich nie vorsätzlich schamlos benommen oder mich in der Öffentlichkeit viehisch aufgeführt.

»Vielleicht hätte Tsh't unserem Team ein paar Weibliche hinzufügen sollen«, dachte er laut.

»Das wäre uns keine Hilfe«, entgegnete der Metallurg. »Wenn diese beiden Halbstarken schon an Bord des Schiffes keine für sich gewinnen konnten, würde ihnen das hier draußen erst recht nicht gelingen. Unsere Feminaflossen haben hohe Ansprüche.«

Kaa mußte darüber so lachen, daß er ein halbgekautes Stück Meerbarbe ausspuckte. Er war dem Älteren dankbar für diesen rauhen Scherz, auch wenn Brookida damit einen etwas heiklen Punkt unter der Besatzung der *Streaker* angesprochen hatte, den Antrag auf Paarung nämlich, der hier und da aufgetaucht und unterzeichnet worden war.

Er wechselte lieber das Thema. »Wie kommst du mit der Analyse der Stoffe voran, die die Hoon ins Meer gekippt haben?«

Der Metallurg nickte in Richtung seines Arbeitstisches, auf dem einige mit bunten Bändern verzierte Kisten standen, die man aufgebrochen hatte. Davor lag der Inhalt verstreut: Knochenstücke, Glas, Kristall und haufenweise Asche und Staub.

»Bislang bestätigten die Funde das, was der Junge in sein Tagebuch geschrieben hat.«

»Interessant. Dabei war ich mir sicher, die vier seien uns von unseren Feinden geschickt worden, um uns hinters Licht zu führen.« Die Offiziere der *Streaker* hatten unter der Besatzung Abschriften des Tagebuchs verteilen lassen, und was dort zu lesen stand, schien einfach zu unglaublich, um wahr zu sein.

»Offenbar haben uns die Jugendlichen, die wir aufgefischt haben, keine falschen Geschichten aufgetischt. Muß wohl zu ihren ökologiebestimmten Ritualen gehören, wenn sie ihren nicht-recyclebaren Abfall ins Meer kippen. Selbst dafür sind ja nur bestimmte Verwertungszonen vorgesehen. Und allem Anschein nach können sie bestimmte Bestandteile der Körper ihrer Verstorbenen nicht wiederverwerten.«

»Jetzt sag bloß, du hast auch ...«

»Ja, auch menschliche Knochen sind darunter«, sagte Brookida. »Und auch welche von Schimpansen, Hoon, Urs und so weiter ... von allen Rassen, die der Junge in seinem Tagebuch aufgeführt hat.«

Das verwirrte Kaa sehr, daß er zunächst nichts mehr zu sagen wußte.

»Auch von ... Jophur?« Er mußte allen Mut zusammennehmen, um den Namen dieser Rasse auszusprechen.

Der Metallurg runzelte die Stirn. »Das ist, fürchte ich, eine Definitionsfrage. Ich habe bereits entsprechende Anfragen an Gillian und die Niss-Einheit geschickt. Die beiden meinen, diese sogenannten Traeki versuchten wahrscheinlich, die anderen Rassen zu täuschen, und das gehöre zu einem ausgeklügelten, langfristigen Plan der Jophur.«

»Wie meinst du das? Ich verstehe überhaupt nichts mehr.«

»Na ja, so genau weiß ich das auch nicht. Anscheinend ist es für diesen Plan nicht unbedingt erforderlich, daß alle Traeki auch eingeweiht sind. Nur ein paar von ihnen, nämlich die mit geheimen Herrenringen und der nötigen verborgenen Ausrüstung, um ihre Rassegenossen manipulieren und beherrschen zu können. Offen gesagt, das ist mir alles ein bißchen zu hoch. Aber Gillian hat die erbeutete Bibliotheks-Einheit danach gefragt. Und die Maschine hält das für ein denkbares Szenario.«

Darauf wußte Kaa nun erst recht nichts mehr zu sagen. Angelegenheiten von solcher Tragweite waren ihm viel zu komplex und lagen jenseits seines Verständnishorizonts. So konnte er nicht anders reagieren, als vom Schnabel bis hinunter zur Schwanzflosse zu zittern.

Sie verbrachten einen weiteren Tag damit, die örtlichen Sooner auszukundschaften. Der hoonsche Hafen, Wuphon, entsprach ziemlich genau den Beschreibungen, die in Alvins Tagebuch enthalten waren ... auch wenn der Ort in den Augen von Wesen, die bereits die Himmelstürme von Tanith und die großen Städte auf dem irdischen Mond gesehen hatten, primitiv und schäbig erscheinen mußte. Doch das konnte auch daran liegen, daß die Hoon ihren Schiffen viel mehr Liebe und Aufmerksamkeit widmeten als ihren Häusern. Die schlanken Segler wiesen kunstvolle Schnitzarbeiten und sogar stolze Galionsfiguren auf, die meist irgendwelche grellen Götter darstellten.

Wenn einer dieser Kähne an Kaa vorüberzog, hörte er die tiefen, grollenden Geräusche des hoonschen Gesangs. Die Matrosen liebten es, diesen Ausdruck, ihre Freude über die schaumgekrönten Wellen schallen zu lassen.

Nur schwer vorstellbar, daß es sich bei diesen Seeleuten um Angehörige derselben Rasse handeln soll, die Brookida als sture, leidenschaftslose Beamtenköpfe beschrieben hat. Vielleicht haben wir es ja hier mit zwei verschiedenen Rassen zu tun, deren Mitglieder sich äußerlich recht ähnlich sehen und die sich auch die gleichen Namen geben.

Kaa notierte sich in Gedanken, dem heutigen Bericht eine entsprechende Anfrage beizufügen.

Auf Deck hielten sich nicht nur Hoon auf. Er entdeckte kleinere Wesen, die flink die Takelage hinaufkletterten. Doch nachdem er sich beim nächsten Schiff mit einer tragbaren Kamera bewaffnet hatte, segelte es viel zu rasch an ihm vorüber, um eine klare Aufnahme machen zu können.

Auf der *Streaker* verlangte man auch bessere Bilder von dem Vulkan, bei dem es sich offenbar um das industrielle Zentrum der

Sooner-Rassen handelte. Gillian und Tsh't überlegten bereits, einen weiteren Roboter an Land zu schicken, obwohl bei früheren Versuchen die meisten dieser Drohnen verlorengegangen waren. Kaa erhielt Spektralaufnahmen von den Ausströmungen des Bergs und entdeckte die Schienen einer kleinen Bahn, die man geschickt mit Felsen und Sträuchern getarnt hatte.

Der Offizier warf häufiger als sonst einen Blick auf Zhaki und Mopol, die sich jedoch heute ausnahmsweise zu benehmen schienen und sich nur auf ihre Arbeit konzentrierten, die darin bestand, die Kolonie der Roten Qheuen zu belauschen.

Später jedoch, als sie sich auf dem Weg zurück zur Basis befanden, blieb Mopol immer weiter zurück und wurde zusehends langsamer.

»Ich muß wohl etwas Falsches gegessen haben«, murmelte der blaue Delphin-Jüngling, und unangenehmes Gurgeln und Rumpeln war aus seinem Bauch zu vernehmen.

Das hat mir gerade noch gefehlt, dachte Kaa. *Hundertmal habe ich ihn schon gewarnt, die einheimische Fauna so lange in Ruhe zu lassen, bis Brookida sie untersucht hat!*

Mopol meinte schließlich, es ginge ihm wieder besser. Doch als das Wasser rings um die Basis nach Sonnenuntergang immer dunkler wurde, fing er erneut an zu stöhnen. Brookida untersuchte ihn mit dem kleinen Medo-Scanner, fand aber nicht heraus, was dem Jüngling fehlte.

Tsh't

Nominell befehligte sie das berühmteste Raumschiff der Erde. Ein stolzer Raumer, der mit seinem Alter von neunhundert Jahren nach galaktischem Standard als neuwertig gelten durfte. Der Terragens-Rat hatte ihn bei einem punticinischen Gebrauchtraumerhändler erworben, dann umgebaut und schließlich in Anspielung auf die Fähigkeiten der neo-delphinischen Besatzung *Streaker* getauft.

Doch wenn Tsh't sich jetzt dieses verbeulte und ramponierte Schiff so ansah, bezweifelte sie, daß es je wieder die großen Spiralstraßen befahren würde. Der Kreuzer war mit einer dicken Schicht hartnäckigen schwarzen Sternenstaubs bedeckt und saß tief unten auf dem Meeresgrund fest, während irgendwelche Verfolger Sonarbomben in die Tiefe fallen ließen. Kurzum, aller Wahrscheinlichkeit nach war die *Streaker* dazu verdammt, sich dem sie umgebenden Schrotthaufen von Sternenschiffen zuzugesellen, der langsam in dem alles verschlingenden Schlick dieses ozeanischen Grabens versank.

Die erste Begeisterung, die Tsh't empfunden hatte, als sie das Kommando übernahm, war längst verflogen. Die Erregung des Fluges und die Aufregung, eine ganze Mannschaft unter sich zu haben, hatten ebenfalls kaum länger gehalten. Mittlerweile brachte ihr die neue Autorität keinerlei Befriedigung mehr. Schließlich hatte sie keinem Schicksal zu trotzen oder schwerwiegende Entscheidungen zu treffen. Diese Rolle hatte längst Gillian Baskin übernommen.

Ihr blieben nur noch die gut zehntausend Kleinigkeiten, um die sich ein Kapitän kümmern mußte ... wie zum Beispiel der griesgrämige Koch, der sich ihr im wassergefüllten Gang in den Weg gestellt und jammernd um die Erlaubnis gebeten hatte, nach oben ins Reich des Lichts zu dürfen.

»Hier unten ift ef fu dunkel und fu kalt, um Fiffe fu fangen!« beschwerte sich Bulla-jo, dessen Aufgabe in der Kombüse darin bestand, bei der Zubereitung der Mahlzeiten für die gut hundert Delphine an Bord zu helfen. »Meine Jagdgruppe kann fiff in diefen unförmigen Druckanfügen kaum bewegen. Und haft du mal einen Blick auf die fogenannten Fiffe geworfen, die wir in unferen Netfen fangen? Unheimliffe Kreaturen, die voller Ftacheln find und im Dunklen glühen.«

»Dr. Makanee hat etwa vierzig der hier vorkommenden Fischarten als eßbar und nahrhaft eingestuft, vorausgesetzt, wir geben ihnen die richtigen Gewürze zu.«

Aber der Koch grummelte immer noch.

»Alle verlangen die Fiffe, die wir vorher ferviert haben und die von der Oberwelt der Wellen und der friffen Luft ftammten. Da oben ffwimmen wunderbare Fifffchulen in Hülle und Fülle umher.«

Und in seiner Verdrossenheit verlieh er seinen Worten mit einem Haiku in Trinarisch Gewicht:

* *Wo Sonne perfekt*
* *Glitzert viele Fischbeute*
* *Flieht im Spiel vor uns!*

Dann schloß er: »Wenn wir Frifffiff wollen, müffen wir hinauf an die Oberfläffe, wie du ef unf ffon fooft verfprochen haft.«

Tsh't unterdrückte den Drang, entnervt zu seufzen, weil Bulla-jo so vergeßlich zu sein schien. In diesem frühen Stadium des Schubs nahmen Neo-Delphine nur das wahr und zur Kenntnis, was ihnen genehm war. Irgendwelche dabei auftretenden Widersprüche wurden geflissentlich ignoriert.

Und wenn ich ehrlich bin, tue ich das ja hin und wieder auch.

Die Kapitänin bemühte sich um die Geduld, die Creideiki immer gelehrt hatte.

»Dr. Baskin hat alle Vorhaben ausgesetzt, weitere Gruppen hinauf ins Sonnenlicht zu schicken«, erklärte sie dem Koch, dessen fleckige Flanken und kurze Schnauze ihn als Abkömmling der Stenos-Linie auswiesen. »Oder ist dir etwa entgangen, daß wir Gravo-Emissionen gemessen haben, und zwar direkt über diesem Meeresgraben? Und hast du nichts davon mitbekommen, daß jemand Sonarbomben ins Wasser geworfen hat, die uns galten?«

Bulla-jo senkte die Schnauze und nahm eine Haltung des anmaßenden Widerspruchs ein. »Wir können doch nackt nach oben. Ohne Werkfeuge und Geräte fpüren die Itiif unf niemalf auf.«

Tsh't war gegen ihren Willen beeindruckt, wie phantasievoll der Mann sein konnte, wenn er sich etwas in den Kopf gesetzt hatte.

»Das würde nur funktionieren, wenn die E.T.s, die Itiis, weit weg wären, im Orbit vielleicht, oder uns in großer Höhe überfliegen würden. Doch sobald sie unseren ungefähren Standort kennen, fliegen sie tiefer und langsamer über die Stelle, und dann suchen sie mit ihren Geräten nach den radiochemischen Bestandteilen in den Molekülen unseres Blutes. Und wenn nur einer von uns seine Rückenflosse über Wasser zeigte, wären wir verraten.«

Die Situation besaß für die Kapitänin den bittersüßen Geschmack der Ironie, wußte sie doch etwas, das sie nicht mit Bulla-jo zu teilen beabsichtigte.

Sie werden uns aufspüren, ganz gleich, welche Vorsichtsmaßnahmen Gillian auch ergreift.

So versuchte sie, den frustrierten Koch zu beruhigen.

»Ertrag es nur noch etwas länger, ja, Bulla-jo? Ich selbst würde auch lieber in warmem Wasser silbrige Fische jagen. In Kürze wird sich für alles eine Lösung gefunden haben.«

So oder so, fügte sie in Gedanken hinzu.

Immer noch verdrossen, aber doch besänftigter salutierte der Maat, indem er die Brustflossen zusammenschlug, und schwamm dann zur Kombüse zurück. Tsh't aber war klar, daß diese Krise von nun an ständig auftauchen würde. Delphinen behagte es nicht, so weit vom Sonnenlicht entfernt zu sein oder vom zyklischen Reiben der Gezeiten an den Küsten. Meeressäuger waren nicht dafür geschaffen, in der Tiefe zu hausen, wo die Klangwellen unter dem enormen Wasserdruck von merkwürdigen, verstörenden Nebengeräuschen begleitet wurden.

Wir befinden uns im Reich des Physeter, des Potwals – des breitstirnigen Boten der uralten Traumgötter, der in diese Tiefen hinabtaucht, um mit den langarmigen Dämonen zu ringen.

Der Abgrund war der Ort, an dem Hoffnungen und Alpträume aus Vergangenheit, Gegenwart und Zukunft umhertrieben und dunkle Sedimentschichten formten – eine Stätte, die man am besten den schlafenden Wesen überließ.

Wir Neo-Flossen sind im Grunde unseres Herzens sehr abergläubisch. Aber was sollten wir auch sonst sein, da doch die Menschen unsere geliebten Patrone sind? Erdlinge, die doch selbst Wölflinge sind, Primitive, gemessen am Maßstab einer Kultur, die Milliarden Jahre alt ist.

Solche Dinge gingen ihr durch den Kopf, während sie tief einatmete und ihre Kiemenlunge mit der luftangereicherten Flüssigkeit füllte, die Sauerstoffwasser genannt wurde und in fast allen Gängen im Wohnbereich der *Streaker* floß. Dabei handelte es sich um eine genetisch verbesserte Atemmaterie, die einem Meeressäuger alles gab, was er brauchte, ihn aber nie wirklich erfüllte. Und somit stellte das Sauerstoffwasser für die Delphine einen weiteren Grund dar, sich nach der sauberen, klaren und hellen Welt oben zu sehnen.

Sie wandte sich in Richtung der Brücke, stieß mit kräftigen Stößen durch die prickelnde Flüssigkeit und ließ hinter ihren Flossen große Blasenwolken zurück. Jede Blase gab ein leises Plopp von sich, wenn sie rülpsend zum Leben erwachte, um sich dann wieder in der angereicherten Materie aufzulösen. Manchmal hörte sich das vereinte Rauschen an wie leiser Elfenapplaus – oder wie das spöttische Gelächter von Kobolden, das ihr durch das ganze Schiff folgte.

Wenigstens mache ich mir nicht selbst etwas vor, sagte sie sich. *Ich löse meine Aufgaben gut. Das meint auch Gillian, und sie setzt ihr ganzes Vertrauen in mich. Aber ehrlich gesagt, ich eigne mich nicht für einen Kommandoposten.*

Tsh't hätte es sich nicht träumen lassen, das Schiff einmal zu leiten, als es sich donnernd aus dem Erdorbit erhoben hatte. Auf dem Planeten hatte man es für die Bedürfnisse einer Delphin-Besatzung umgerüstet. Damals, nach der Schiffsuhr vor zwei Jahren, hatte sie nur den Rang eines einfachen Leutnants eingenommen und war der Fünfte Offizier von Kapitän Creideiki gewesen, also ein Niemand. Jeder an Bord hatte gewußt, daß Tom Orley oder Gillian Baskin den Kapitän vertreten konnten, wenn es denn einmal erforderlich werden sollte ... und tatsächlich hatte Gillian ja während der Krise auf Kithrup das Kommando übernommen.

Tsh't hatte nichts dagegen einzuwenden, daß ihr eine Menschin vor die Nase gesetzt worden war. Bei der Flucht aus der Falle von Kithrup hatten Tom und Gillian wahre Wunder vollbracht, auch wenn die beiden Liebenden infolge dieses Manövers getrennt worden waren.

War das nicht die Pflicht menschlicher Führer und Helden? Nämlich dann einzuschreiten, wenn eine Gefahr ihre Schutzbefohlenen zu überwältigen drohte?

Aber was geschieht mit uns, wenn die Gefahr selbst für unsere Menschen zu groß und zu schwierig wird?

Die Galaktische Tradition sah ein feststrukturiertes – manche sagten, unterdrückendes – Hierarchiesystem von Schuld und Verpflichtung vor. Eine Klientenrasse schuldete ihrem Patronats-Klan etwas. Die Patrone wiederum waren ihren Wohltätern verpflichtet ... und so weiter und so fort, die ganze Kette der Schübe entlang bis zurück zu den legendären Progenitoren.

Diese Hierarchiekette war auch der Auslöser für die Reaktion der Fanatiker-Klans gewesen, nachdem ihnen die Entdeckung der *Streaker* bekannt geworden war – und schon hatte sich ihre Flotte ausrangierter Schiffe mit uralten Kennzeichnungen in Bewegung gesetzt.

Doch die Schuldpyramide hatte auch ihre positiven Seiten. Den Schub verliehen zu bekommen bedeutete für eine neue Spezies, eine Menge Hilfe dabei zu erhalten, die Lücke zwischen bloßen Tieren und sternenreisenden Bürgern der Fünf Galaxien zu überwinden. Und wenn die eigenen Patrone auf eine Frage keine Antwort wußten, so fragten sie einfach bei ihrem eigenen Patronats-Klan nach. Und der wiederum bei seinem, und so weiter.

Gillian hatte versucht, sich dieses System zunutze zu machen, indem sie die *Streaker* von Kithrup nach der grünen Welt von Oakka geflogen hatte, um dort Rat von den unparteiischen Mitarbeitern des Navigations-Instituts zu erhalten. Als dieser Plan gescheitert war, suchte sie als nächstes auf der Fraktalkugel Hilfe, auf jener riesigen, eisigen Welt, die eher einer gigantischen Schneeflocke glich, die die Ausmaße eines Sonnensystems aufwies. Gillian hatte gehofft, daß die ehrwürdigen Wesen, die dort lebten, sie mit weisem Rat versorgen oder der Besatzung wenigstens Unterschlupf gewähren würden.

Es war bestimmt nicht Dr. Baskins Schuld, daß beides in die Hose ging.

Gillian hatte die durchaus richtige Idee, dachte Tsh't. *Aber sie neigt auch dazu, das Offensichtliche nicht wahrzunehmen.*

Wer wird einem am ehesten helfen, wenn man tief in Schwierigkeiten steckt und die Meute, die einen lynchen will, schon sehr nah gekommen ist?

Ein Gericht?

Ein paar Gelehrte in einer Universität?

Oder die eigene Familie?

Die Kapitänin hatte es bislang nicht gewagt, ihren Vorschlag laut auszusprechen. Wie auch Tom Orley sonnte sich Gillian voller Stolz in dem romantischen Bild vom Terraner-Klan, der es aus eigener Kraft geschafft hatte und allein gegen das gesamte Universum stand. Tsh't wußte, wie ihre Antwort ausfallen würde – ein klares Nein.

Und um keinem direkten Befehl zuwiderhandeln zu müssen, hatte sie schon vor der Flucht der *Streaker* aus dem Fraktal-System in aller Heimlichkeit damit begonnen, ihren Plan in die Tat umzusetzen.

Was hätte ich denn sonst tun sollen, als unser Schiff von schrecklichen Feindflotten verfolgt wurde, unsere besten Offiziere verschwunden waren und die Erde unter Belagerung stand? Unsere

Freunde, die Tymbrini, können sich doch kaum selbst helfen. Und die Galaktischen Institute sind schon lange korrupt, und die Alten hatten uns belogen ...

Wir hatten keine andere Wahl ...

... Ich hatte keine andere Wahl ... Natürlich fiel es ihr nicht gerade leicht, ihr Tun verborgen zu halten, vor allem nicht vor jemandem, wie Gillian, die die Delphine so gut kannte. In den Wochen, die die *Streaker* nun schon in diesem Meeresgraben feststeckte, hatte sie bereits halb gehofft, ihr Ungehorsam würde unwirksam bleiben und am Ende nichts bringen.

Doch dann hatte ein Offizier an seinen Geräten Gravo-Spuren gemessen, die von Raumschiffen stammten, die in den Orbit von Jijo eindrangen.

Also haben sie uns doch noch gefunden, hatte sie bei dieser Nachricht gedacht und ihre Befriedigung für sich behalten, während ihre Mannschaftskameraden ihrer Wut und ihrer Enttäuschung lautstark Luft gemacht und sich beklagt hatten, daß sie nun von gnadenlosen Feinden auf einer verlorenen Welt eingekesselt seien.

Die Kapitänin hätte ihnen so gern die Wahrheit offenbart, es aber dann doch nicht gewagt. Die gute Neuigkeit konnte, nein, mußte noch etwas warten.

Jafalls sei Dank, daß ich recht behalten habe.

Tsh't hielt vor der Brücke an und füllte ihre genetisch veränderten Lungen erneut mit Sauerstoffwasser an. Sie führte ihrem Blut Nährstoffe zu, um klarer denken zu können, bevor sie die nächste Phase ihres Plans in Angriff nahm.

Einer Klientenrasse bleibt nur eine realistische Möglichkeit, wenn ihre geliebten Patrone sich in höchster Not befinden und keine andere Möglichkeit mehr offensteht.

Mögen die Götter der uralten Erdozeane wissen und verstehen, was ich getan habe.

Und was ich jetzt vielleicht noch tun muß.

Sooner

Nelo

Einst erstreckte sich ein städtischer Megakomplex der Buyur zwischen zwei Flüssen, den ganzen Roney entlang bis zum fernen Bibur.

Heute steht von den Türmen und Bauten natürlich nichts mehr. Alles wurde abgerissen und zu den Meeren geschafft, und an ihrer Stelle erheben sich dornige Farne und wolkenartige Voow-Bäume aus einem Morast von Schlamm und öligem Wasser. Mulch-Spinnen-Ranken umrahmen die wenigen verbliebenen Hügel, die alles sind, was von der einst gewaltigen Stadt übriggeblieben ist. Doch auch diese Lianen sind nur noch Schatten ihrer selbst, ist doch ihr großes Zerstörungswerk fast vollbracht.

In Nelos Augen war dies alles Ödland, zwar voller Leben, aber für die Sechs Rassen vollkommen nutzlos, außer vielleicht als Ferienparadies für erholungsbedürftige Traeki.

Was will ich eigentlich hier? fragte er sich. *Ich sollte in Dolo sein und in meiner Papiermühle arbeiten, aber nicht hier durch den Sumpf fahren, bloß damit eine verrückte alte Schachtel Gesellschaft hat.*

Hinter sich hörte er die hoonschen Seeleute leise fluchen. Dumpf grollende Laute, die ihren Ärger darüber ausdrückten, durch dieses elende Ödland staken zu müssen. Die beste Zeit zum Sammeln und Auflesen kam mit dem Beginn der Trockensaison, wenn alle Bürger sich in hohen Booten auf den Weg durch den Sumpf machten und nach buyurischen Relikten Ausschau hielten, die von den Mulch-Spinnen übersehen worden waren. Aber in dieser Jahreszeit, wo die Regenstürme täglich einsetzen konnten, waren die Bedingungen für eine Suche miserabel. Die schlammigen Kanäle führten wenig Wasser, und die Gefahr einer von den Regenstürmen ausgelösten Springflut war nicht zu unterschätzen.

Nelo warf einen Seitenblick auf die alte Frau, die vorn am Bug in ihrem Rollstuhl saß und mit einem Rewq vor den Augen an den sichtversperrenden Bäumen und Ästen vorbeispähte.

»Die Mannschaft ist nicht gerade glücklich über diese Reise, Weise Foo«, bemerkte er. »Sie würden lieber damit warten, bis das Wetter besser ist.«

Ariana Foo antwortete, ohne mit ihrer Suche innezuhalten: »Ein wirklich großartiger Vorschlag. Dann sitzen wir vier Monate oder länger herum, während sich der Sumpf mit Wasser füllt, die Kanäle ihre Bahn verändern und der Gegenstand, nach dem wir suchen, im Morast untergeht. Ganz zu schweigen davon, daß die Information, hinter der wir her sind, für uns dann wahrscheinlich nichts mehr wert ist.«

Der Papiermacher zuckte die Achseln. Ariana Foo war eine Weise im Ruhestand. Offiziell besaß sie keine Autorität mehr. Doch als ehemalige Hochweise aller Menschen auf Jijo konnte sie immer noch alles verlangen, wonach ihr Herz begehrte, auch, daß Nelo seine geliebte Papiermühle direkt am Dolo-Damm verließ, um sie auf dieser absurden Suche zu begleiten.

Gut, in der Papiermühle gibt es zur Zeit nicht viel zu tun, das war ihm durchaus klar. *Aller Handel ist aufgrund der Panik über diese vermaledeiten Raumschiffe zum Erliegen gekommen, und die Bürger haben andere Dinge im Kopf, als einen größeren Posten Papier zu bestellen.*

»Jetzt ist die beste Zeit für unsere Suche«, erklärte Ariana. »Wir befinden uns am Ende der Trockensaison, und da der Wasserstand niedrig ist und die Gewächse ihre Blätter hängenlassen, ist die Sicht optimal.«

Nelo blieb nichts anderes übrig, als sich damit abzufinden. Die allermeisten jungen Männer und Frauen waren zum Bürgerselbstschutz eingezogen worden, und so blieben nur die Kinder und die Alten, um einen Suchtrupp zusammenzustellen. Doch auf der anderen Seite war es vor ein paar Monaten seine eigene Tochter gewesen, die gemeinsam mit ihren Begleitern den Fremden aus dem Weltraum in dieser Region des Sumpfes aufgelesen hatte, als sie an einer Routine-Aufsammeltour teilgenommen hatte. Außerdem war er Ariana etwas dafür schuldig, ihm Nachricht von Sara und den Jungs gebracht zu haben – als sie das letzte Mal von ihnen gehört habe, seien sie alle wohlauf gewesen. Die Weise war einige Zeit mit seiner Tochter zusammengewesen und hatte sie von der Stadt Tarek bis zum Archiv in Biblos begleitet.

Er spürte, wie ein weiterer Tropfen an seine Wange klatschte – der zehnte, seit sie den Fluß verlassen hatten und sich durch diese endlose Ödnis quälten. Nelo streckte eine Hand gegen den verfärbten Himmel aus und betete darum, daß die Regenstürme sich noch ein paar Tage Zeit ließen.

Dann mag meinetwegen der Himmel alle Schleusen öffnen! Das Wasser im Stausee steht tief. Wir brauchen doch den Wasserdruck für das Mühlrad, sonst muß ich das Werk noch wegen Energiemangel schließen.

Seine Gedanken kehrten wieder zu seiner Arbeit zurück. Zuerst der Ankauf und das Sortieren recycelter Stoffe von den Sechs Rassen. Dann das Zerstampfen und Durchsieben derselben. Schließlich das Pressen und Trocknen und endlich der Verkauf des feinen Papiers, für das seine Familie weithin bekannt war, seitdem die Menschen Jijo mit der Einführung dieses Materials beglückt hatten.

Wirklich ein Segen, auch wenn manche es einen Fluch nannten. Diese radikale Weltsicht fand nun breiten Zulauf unter den Dörflern, die sich voller Panik vor dem Ende von allem fürchteten …

Ein Schrei ertönte aus dem Ausguck.

»Da drüben!« rief eine drahtige junge Hoon und zeigte aufgeregt nach vorn. »Hrrrm, das muß das Schiff der Fremden sein. Ich habe euch doch gesagt, daß es genau hier niedergegangen sein muß.«

Wyhuph-eihugo hatte Sara damals auf der Sammel-Tour begleitet, eine Pflicht, der reihum alle Bürger nachkommen mußten. Als Mädchen besaß sie keinen Kehlsack, aber sie brachte dennoch ein erstaunliches und vom Stolz über ihre Navigationskünste erfülltes Rumpeln zustande.

Endlich, dachte Nelo. *Jetzt kann Ariana ihre Zeichnungen anfertigen, oder was auch immer sie sonst vorhat, und wir verlassen diesen fürchterlichen Ort.*

Die kreuz und quer herumliegenden Mulch-Kabel bereiteten ihm Unbehagen, auch wenn der obsidianbewehrte Bug des Schiffes keine Schwierigkeiten hatte, durch die vertrockneten Lianen zu schneiden. Dennoch hatte Nelo schon die ganze Zeit über das Gefühl, immer tiefer in eine tückische Falle zu geraten.

Die Weise im Ruhestand murmelte etwas vor sich hin. Der Papiermacher drehte sich verdutzt zu ihr um.

»Was hast du gesagt?«

Die Alte deutete nach vorn, und ihre Augen funkelten neugierig.

»Ich entdecke nirgendwo Ruß.«

»Ja und?«

»Der Fremde hatte Brandwunden, und seine Kleider waren nur noch verkohlte Fetzen. Da haben wir natürlich angenommen, sein Gleiter sei brennend abgestürzt – möglicherweise nach einem Gefecht mit irgendwelchen Feinden hoch über Jijo. Aber schau selbst hin. Siehst du an dem Wrack irgendwelche Brandflecke?«

Das Boot umrundete gerade das letzte Voow-Baumwäldchen, an dessen anderer Seite der Flieger niedergegangen war, wo er seitdem in einem Nest von abgerissenen Ästen ruhte. Die einzige sichtbare Öffnung in dem Gleiter erinnerte eher an eine Blüte, die ihre Blätter ausgebreitet hat, als an eine Tür oder Luke. Die Bruchlandung hatte eine breite Schneise der Zerstörung hinterlassen, die sich weit nach Nordwesten erstreckte. Einige Hügel, die sich aus dem Sumpf erhoben, präsentierten sich mit einem tiefen Einschnitt, als habe ihnen jemand einen strengen Mittelscheitel gezogen. Nur spärlich hatte die Vegetation diese aufgebrochene Erde wieder in Besitz genommen.

Nelo besaß einige Erfahrungen als Landvermesser, und so fiel es ihm nicht schwer, die Ausmaße des Schiffes zu errechnen. Der Gleiter war nicht besonders groß – jedes Hoon-Boot konnte es mit seiner Länge aufnehmen –, und eines ließ sich jetzt schon ausschließen: Bei diesem Gefährt handelte es sich keineswegs um einen der majestätischen Kreuzer, die den Himmel über Dolo zerschnitten und die Bürger in Hysterie versetzt hatten. Die Form der abgerundeten Flanken erinnerten eher an eine Träne und wirkten für den Papiermacher nicht gerade so, als sei sie von Menschenhand hergestellt worden.

Zwei Tropfen trafen seine Wange und seine Stirn, und kurz darauf zerplatzte ein dritter auf seinem Handrücken. Vom Horizont rollte das Grollen von Donner heran.

»So beeil dich doch!« drängte er Ariana, die gerade erst ihren Zeichenblock aufschlug.

Die Hoon an den Staken und Rudern murrten unglücklich, um ihrem Unmut Luft zu machen.

Nelo betrachtete das fremde Raumschiff gründlich, aber alles, was ihm dazu einfallen wollte, war Abfallbeseitigung. Wenn die Bürger sich auf den Weg zu Buyur-Stätten begaben, wollten sie dort hauptsächlich nach Gegenständen, Werkzeugen oder Apparaten Ausschau halten, die sich als nützlich erweisen konnten, sei es nun zu Hause oder in der Werkstatt. Aber ob sich mit einem solchen Stück nun etwas anfangen ließ oder nicht, alles verschwand doch irgendwann in den mit Bändern verzierten Kisten und Körben, um dem Großen Mitten übergeben zu werden. Die Kolonisten redeten sich ein, auf diese Weise Jijo sauberzuhalten –

oder diesem Planeten wenigstens etwas Gutes anzutun, wo sie ihm doch sonst nur Schaden zufügten.

»Bei Jafalls!« murmelte der Papiermacher leise, während er auf den Gleiter starrte, der den Fremden aus dem Weltraum hierhergebracht hatte. Für ein Sternenschiff wirkte es wirklich reichlich klein, aber um es von hier fortzuschaffen, schienen doch viele kräftige Hände vonnöten zu sein.

»Wird bestimmt eine Heidenarbeit, den Kasten von dem Hügel zu ziehen … ganz zu schweigen davon, ihn zum Meer zu befördern.«

Wieder ertönte aus dem Süden ein Donnerschlag.

Ewasx

Man bringt uns Jophur bei, daß es furchtbar ist, als Traeki dahinzuvegetieren – als Stapel von Wülsten, die ohne ein Zentral-Ich auskommen müssen und dazu verurteilt sind, ein Leben voller Unentschlossenheit, Zersplitterung und der Illusion von Einigkeit zu führen.

All unsere Lieder preisen die begnadeten, mächtigen Oailie, die den zu ängstlichen Poa die Herrschaft entrissen und uns in das letzte und entscheidende Stadium des Schubs geführt haben.

Diese Oailie haben nämlich den Master-Ring entwickelt, der unsere Bestandteile auf etwas konzentriert und daran bindet.

Und daß heute in den Fünf Galaxien alle vor unserem Namen erbeben und wir die Mächtigsten sind, liegt allein an Ringen wie Mir.

Dennoch, während Ich versuche, eure kleinen Selbst in unsere neue Gesamtheit zu integrieren, verblüfft es Mich doch, wie lebendig diese alten Wachstropfen zu erzählen wissen, die Ich an den Wänden unseres inneren Kerns entdecke. Erinnerungen aus der

Zeit, als Ich Mich noch nicht mit eurem gealterten Stapel vereinigt hatte. Wie verblüffend klar diese Berichte erscheinen, auch wenn sie oft genug einen Kontrapunkt zu eurer Harmonie setzen.

Ich muß gestehen, daß euer Dasein, als ihr noch Asx wart, durchaus Verve und Intensität hatte.

Vielleicht überrascht Mich das auch nur so sehr, weil Ich noch jung bin und erst vor kurzem aus der Seite unseres Schiffskommandanten gezogen wurde – aus dem Brutkastenring des Großmächtigen selbst!

Ja, so etwas darf man eine wirklich vornehme Herkunft nennen. Ihr könnt euch also Meine Überraschung vorstellen, als Ich Mich dann hier in diesem Stapel wiederfinden mußte. Ich, der Ich dazu geboren wurde, um meine Pflichten in der Herrscherkaste zu erfüllen, bin nun aus pragmatischen Gründen mit einem zerlumpten Stapel altersschwacher Ringe vermählt, die über wenig Bildung verfügen und von bizarren und absonderlichen Ideen und Vorstellungen geprägt sind. Man hat Mir den Auftrag erteilt, das Beste aus dieser Situation zu machen und mit euch zurechtzukommen, bis irgendwann in der Zukunft die Chirurgie der Rekonfiguration an euch vorgenommen werden kann …

OH, ICH BEMERKE EINE REAKTION IN EUREN REIHEN. Einige versetzt diese Aussicht in Unruhe, und besonders Unser zweiter Ring der Erkenntnis sorgt sich sehr.

Fürchtet euch nicht, Meine Ringe. Akzeptiert die schmerzenden Stiche der Liebe, die euch beruhigen und an eure Stellung erinnern sollen: Von nun an habt ihr keine Fragen mehr zu stellen, sondern nur noch zu dienen und zu gehorchen. Seid versichert, daß der Eingriff, von dem Ich gerade gesprochen habe, mittlerweile unter den mächtigen Jophur ziemlich fortentwickelt wurde.

Wenn ein Ring entfernt wird, um einem neuen Stapel hinzugefügt zu werden, können wir Jophur inzwischen fast die Hälfte der übriggebliebenen Komponenten retten und sogar wiederverwerten! Nun gut, ihr seid schon ziemlich alt, und die Priester befinden vielleicht, daß ihr zuviel Gift von anderen Rassen in euch tragt und daher für eine Weiterverwendung in einem neuen Stapel nicht zu gebrauchen seid. Aber vertraut diesem, Meinem Versprechen: Ich, der von euch so geliebte Master-Ring, werde zum gegebenen Zeitpunkt die Integration in einen neuen Stapel bei bester Gesundheit überstehen, und Ich werde die angenehmsten Erinnerungen an unsere gemeinsame Zeit in Meinen neuen Stapel mitbringen.

Ich weiß, daß diese Garantie euch zutiefst zufriedenstellen wird, sobald ihr in unserem gemeinsamen Kern ausreichend darüber nachgedacht habt.

Lark

Stille wie in einer Kathedrale erfüllte den Baumbuswald – einen Verhau dichtstehender graugrüner Säulen, die so hoch aufragten, als wollten sie den Himmel selbst stützen. Jeder dieser majestätischen Stämme hatte einen Umfang wie der Rückenpanzer einer grauen Qheuen-Königin. Einige von ihnen erreichten sicher die Höhe des Steindachs von Biblos.

Jetzt kann ich mir vorstellen, wie sich ein Insekt fühlen muß, wenn es zwischen Pampasgrashalmen herumkrabbelt.

Sie marschierten über einen schmalen Pfad, der sich durch die Riesensäulen wand, und manchmal standen die Stämme so eng, daß Lark nur die Arme ausstrecken mußte, um zwei der Giganten gleichzeitig berühren zu können. Nur die Miliz-Unteroffizierin schien nichts davon mitzubekommen, daß die anderen Reisenden sich an diesem Ort, in dem es nur eine vertikale Perspektive gab, wie eingesperrt fühlten. Die meisten ihrer Soldaten warfen nervöse Blicke auf die seltsamen, im Halbschatten verschwindenden Linien.

»Wie weit ist es bis nach Dooden Mesa?« fragte Ling und zog

an den Gurten ihres ledernen Rucksacks. Schweiß rann ihr den Hals und die Brust hinunter und hinterließ dunkle Flecke auf dem handgewebten Wams, das aus jijoanischer Produktion stammte. Der Effekt war lange nicht so aufregend, wie der Jäger ihn von anderen gemeinsamen Touren her in Erinnerung hatte, als der dünne Stoff ihres Danik-Overalls atemberaubend eng an ihrer aufregenden Figur geklebt hatte.

Jetzt, da ich Weiser bin, darf ich mich von so etwas nicht mehr beeinflussen lassen.

Die Beförderung hatte eigentlich nur unangenehme Seiten aufzuweisen.

»Diese Abkürzung habe ich noch nie genommen«, antwortete der Jäger, obwohl Uthen und er früher oft hier in die Berge gekommen waren und nach Proben und anderem Material für ihr Buch geforscht hatten. Die meisten Wege führten um den Berg herum, und von den mit Rädern versehenen g'Kek, denen diese Region nominell unterstand, konnte man nicht erwarten, daß sie sich auf einem so holprigen Weg bewegten. »Ich würde sagen, in zwei Miduras sind wir dort. Möchtest du, daß wir eine Rast einlegen?«

Die Danik zupfte sich Dreck und Grün von den Augenbrauen. »Nein, laß uns lieber weiterlaufen.«

Die vormalige Gen-Piratin ließ Jeni Shen nicht aus den Augen, was nicht verwunderte, hielt doch die kleine Unteroffizierin ihre Armbrust wie ein geliebtes Kind in den Armen und starrte Ling mit Raubtierblicken an, als überlege sie, auf welches lebenswichtige Organ der Danik sie zuerst zielen solle. Jeder konnte die wachsende Animosität zwischen den beiden Frauen wahrnehmen. Und es war klar, daß Ling eher sterben würde, als vor dieser kleinen Milizionärin Schwäche zu zeigen.

Lark sagte sich, daß die Feindschaft zwischen Ling und Jeni ihm einen wesentlichen Vorteil verschaffte. Sie lenkte die Biologin von ihrem Zorn auf ihn ab. Der bestand nicht erst, seitdem er vor einiger Zeit ihren Glauben an die Rothen-Gottwesen mit eiskalter Logik zerschmettert hatte, war aber seitdem deutlich angewachsen. Sie sprach nur noch das Nötigste mit ihm und blieb höflich, aber sie ließ ihn nicht mehr an ihren Gedanken und Gefühlen teilhaben.

Niemand gefällt es wohl, wenn man seinen Glauben wie einen Luftballon zerplatzen läßt – vor allem dann nicht, wenn es sich bei diesem Schurken um einen halbwilden Weisen handelt.

Der Jäger blies die Wangen auf und stieß die Luft aus, die hoonsche Version eines Achselzuckens.

»Hrrrm. Vor der nächsten Anhöhe machen wir eine Pause. Dann dürften wir auch den schlimmsten Teil des Waldes hinter uns haben.«

Tatsächlich lag die dichteste Region bereits hinter ihnen. Die Stämme standen dort so dicht beieinander, daß sie sich bei jedem heftigeren Windstoß aneinander rieben und dabei eine leise, aber durchdringende Trommelmusik erzeugten, die jedem Wanderer, der unter ihnen einherschritt, bis in die Knochen vibrierte.

Die Truppe lief im Gänsemarsch und wich zur Seite aus, wenn der Bambus so dicht stand, daß kein Weg hindurchführte. Und während sie die Stämme umrundeten, achteten sie sehr darauf, nicht vom Pfad abzukommen und womöglich in die Irre zu laufen.

Ich habe richtig gehandelt, als ich Uthen zurückließ, dachte der neue Weise und hoffte, sich damit selbst überzeugen zu können. *Halte durch, alter Freund. Vielleicht finden wir ja noch ein Heilmittel für dich. Ich bete jedenfalls darum.*

Dunst trieb durch die Luft und versperrte ihnen die Sicht. Die Bambusbäume hatten nämlich ziemlich weit oben Wasserreserven gespeichert, und einige dieser Blasen schienen undicht zu sein. Ein ständiger Strom von feinen Tropfen regnete herab und durchtränkte den ohnehin schon nebligen Trampelpfad zusätzlich. Einige Male gelangten sie auch auf eine Lichtung, wo altersschwache Stämme umgekippt waren, alle in ihrem Weg stehenden Nachbarbäume wie Dominosteine mitgerissen und eine breite Schneise der Zerstörung geschaffen hatten.

Gelegentlich entdeckte Lark durch den Dunst Symbole, die in die Stämme eingeschnitzt waren. Dabei schien es sich nicht um Wegmarkierungen zu handeln, sondern um rätselhafte Schriftzeichen in Galaktik Zwei und Galaktik Sechs ... und darunter standen oft Zahlen in Englik zu lesen.

Wie kommt jemand darauf, in einem Großbambus-Wald Graffiti anzubringen?

Manchmal glaubte er sogar, im Halbdunkel zwischen den Stämmen Gestalten zu erkennen – einmal einen Menschen, dann eine Gruppe Urs und schließlich ein Traeki-Pärchen, die im Dickicht zu lauern schienen. Bei letzteren hoffte er zumindest, daß es sich bei diesen Stapeln um Traeki gehandelt hatte. Aber sie waren schon wie Geister verschwunden, noch ehe er genauer hatte hinsehen können.

Außerdem trieb die Unteroffizierin die Gruppe so sehr zur Eile an, daß für weitere Nachforschungen keine Zeit blieb.

Lark und seine Gefangene waren von zwei Hochweisen zu sich bestellt worden – und ein solcher Befehl setzte alle anderen außer Kraft. Mochte ihnen das Terrain auch Schwierigkeiten bereiten, die neuesten Nachrichten von der Versammlungs-Lichtung ließen alle Eile gerechtfertigt erscheinen.

Kuriere hatten berichtet, das Jophur-Schlachtschiff blockiere immer noch das heilige Tal und hocke selbstzufrieden inmitten der von ihm angerichteten Zerstörung. Das Rothen-Schiff liege doppelt gefangen daneben: zum einen unter einem goldfarbenen Kokon, und zum zweiten unter einem mittlerweile ansteigenden See.

Die Jophur schickten diesen Meldungen zufolge täglich mehrere kleinere Schiffe aus, die wie Dolche durch den Himmel schnitten und den Hang und den Ozean erkundeten. Niemand schien aber so recht zu wissen, wonach die Sternengötter eigentlich suchten.

Trotz allem, was in der Nacht geschehen war, in der der Jophur-

Kreuzer landete – Tod und Vernichtung waren über Asx und viele andere auf der Lichtung gekommen –, bereitete der Hohe Rat der Weisen alles dafür vor, weitere Unterhändler zu den Fremden zu schicken. Freiwillige wurden für diese Mission gesucht, und man hoffte darauf, daß die Jophur sich doch noch verhandlungsbereit zeigen würden. Lark war nicht aufgefordert worden, sich dieser Gruppe anzuschließen. Für ihn hatten die Weisen andere Aufgaben vorgesehen.

Die Menschen waren nicht die einzigen, die ein wenig gemogelt hatten, als ihre Gründerväter auf der Tabu-Welt Jijo erschienen waren, um hier eine verbotene Kolonie zu gründen.

Erst über ein Jahr nach der Landung bequemte sich die Besatzung der *Tabernakel* endlich dazu, das kostbare Schiff im Meeresgraben zu versenken – und dieses Jahr hatten sie genutzt, um mit göttlichen Werkzeugen Bäume zu fällen, Bücher zu drucken ... und dann die wertvollen Bände in einer Festung zu lagern, die die Erbauer unter einem großen steinernen Überhang in den Fels geschnitten hatten. Die Anlage wurde zusätzlich von hohen Wällen und einem Fluß geschützt. Während der ersten Jahre, vor allem im Verlauf der Kriege zwischen den Qheuen und den Urs, hatte die Festung Biblos den menschlichen Kolonisten oft genug als letzte Zuflucht gedient, bis sie stark genug geworden waren, um sich aus eigener Kraft Respekt zu verschaffen.

Die Grauen Qheuen hatten sich zu ihrer Zeit eine ähnliche Festung geschaffen. Unmittelbar nach ihrer Ankunft hatten sie mit ihren Maschinen eine mächtige Zitadelle errichtet, bevor sie ihr Schleichschiff den Fluten übergaben. Die Höhlen von Shood, die neben der heutigen Stadt Ovoom gelegen hatten, mußten zu ihrer Zeit als uneinnehmbar gegolten haben. Doch irgendwann war dieses Labyrinth aus in den Fels getriebenen Höhlen im unaufhaltbar aufsteigenden Wasser untergegangen, als nämlich die Roten und die Blauen Arbeiter-Qheuen ihren Sklavendienst aufgekündigt und ihre chitingepanzerten Kaiserinnen allein zurückgelassen hatten, um sich in der Fremde ein neues Heim und ein neues Schicksal zu suchen.

Bei Dooden Mesa handelte es sich um die älteste von Soonern erbaute Feste. Nach der Stadt Tarek stellte Dooden das Herz alles g'Kek-Lebens auf dieser Welt dar. Die Anlage enthielt wunderbare Steinrampen, die wie anmutigste Filigranarbeiten gewunden waren und es den Räderwesen erlaubten, die schnittigsten Manöver zu fahren, sich gefährlich auf die Seite zu legen, Luftsprünge zu veranstalten oder atemberaubende Dreher hinzulegen. Natürlich dienten diese Wege auch dazu, von den Geschäften und Werkstätten hinauf zu den von Baumkronen geschützten Plattformen hinaufzugelangen, wo sich die g'Kek familienweise zum Schlafen hinlegten. Dort hockten sie dann Nabe an Nabe und drehten sich langsam um eine gemeinsame Achse. Unter dem großen Tarnnetz erinnerte dieses mäandernde Straßensystem an Darstellungen auf Bildern, wie man sie in alten irdischen Büchern aus der Zeit vor dem Ersten Kontakt finden konnte – genauer gesagt, man fühlte sich in einen Vergnügungspark oder an eines der Autobahnkreuze vor den Megastädten Terras versetzt.

Lings Gesicht leuchtete vor unverfälschter Freude auf, als ihr Blick über den Ort schweifte. Sie nickte eifrig, während Lark ihr das System von Haupt- und Nebenstraßen erklärte. Die Erbauer von Dooden hatten, wie übrigens auch die von Biblos, niemals vorgehabt, ein Werk für die Ewigkeit zu schaffen, denn das hätte einen schweren Verstoß gegen den Exil-Vertrag bedeutet. Eines Tages würde das alles abgerissen werden, hatten die frühen g'Kek festgelegt, aber davon war wenig zu bemerken, wenn man verfolgte, wie die Räderwesen in sündigem Stolz auf ihre geliebte Stadt und Heimat über die Rampen sausten.

Während die Biologin noch staunte, wurde für Lark die Heiterkeit dieser Szenerie durch die Erinnerungen an die jüngsten Ereignisse vergällt.

Dooden ist nicht nur ihr wahres Zuhause, sondern auch ihr einziges.

Wenn die Rothen nicht gelogen haben, leben außer hier auf Jijo in allen Fünf Galaxien keine g'Kek mehr.

Sollten sie im Zuge der momentanen Entwicklungen auch hier untergehen, werden sie für immer verschwunden sein.

Der junge Weise sah zu, wie Jugendliche besonders waghalsige Kunststücke vorführten, wie sie um die Ecken fegten, wie die Augenstiele hinter ihnen her wehten und wie ihre Achsen heißliefen ... und er weigerte sich zu glauben, daß das Universum den Untergang dieser Rasse zulassen würde. Wie konnte man das Auslöschen eines so wunderbaren Volkes überhaupt nur in Erwägung ziehen?

Sie hatten den Bambuswald nun endgültig hinter sich gebracht und standen auf einem Höhenzug, der von normalen Bäumen bewachsen war. Noch während sie den Anblick genossen, fiel ein Zookir aus dem Wipfel eines Garu-Baumes. Seine dürren Arme und Beine waren mit weißen Torg-Spiralen bedeckt. Zookir waren die beliebten Assistenten und Haustiere der g'Kek und halfen ihnen dabei, auf einer Welt zurechtzukommen, die für radbewehrte Wesen entschieden zu wenig Straßen, dafür aber um so mehr steinige Wege aufwies.

Als dieser Zookir nun die Gruppe bemerkte, blinzelte er zuerst und kam dann langsam näher. Schnüffelnd lief er an den Menschen vorbei und bewegte sich zielstrebig auf Lark zu.

Du kannst dein letztes Hemd darauf verwetten, daß ein Zookir einen Weisen sofort aufspürt, kam ihm das alte Sprichwort in den Sinn. Niemand hatte bislang herausgefunden, woran diese Wesen einen Weisen erkannten, waren sie doch auf vielen anderen Gebieten weniger geschickt und intelligent als Schimpansen. Larks Beförderung war eben erst erfolgt, und er trug die Würde mit Unbehagen – doch dieses kleine Wesen wußte sofort Bescheid. Es berührte sein Handgelenk mit seinen feuchten Nüstern und atmete tief ein. Dann gurrte es zufrieden und drückte ihm ein zusammengefaltetes Blatt Papier in die Hand.

TREFFPUNKT AM REFUGIUM – mehr stand nicht darauf zu lesen.

Lester Cambel

Zwei Hochweise warteten in der engen Schlucht, die eine halbe Meile entfernt lag. Lester Cambel und Messerscharfe Einsicht, die Blaue Qheuen, die für ihre Anteilnahme bekannt und bei allen beliebt und hochgeschätzt war.

Auch in dieser Kluft waren alle Straßen und Wege glatt und besonders geeignet für die Räder der g'Kek, gehörte doch dieses Gebiet ebenfalls zur Dooden–Region. Räderwesen fuhren über die Wiesen und sahen nach ihren Schutzwesen, die in überdachten Gehegen unter den Bäumen untergebracht waren. Dies war das Refugium, der Ort, an dem man die gesegneten Ahnungslosen versorgte – die Wesen, deren bloße Existenz schon eine Zukunft für die Sechs Rassen verhieß, wenn man es mit den Schriftrollen genau nahm.

Einige der Gesegneten versammelten sich um Messerscharfe Einsicht und klickten oder muhten in ihren degenerierten Versionen der Galaktischen Sprachen. Meist traf man hier Hoon und Urs an, aber während Lester noch hinsah, trat auch ein Roter Qheuen hinzu, und schließlich kamen auch ein paar Traeki zögernd näher und schienen sich zu freuen, wie man an ihren stinkenden Ausdünstungen erkennen konnte. Jedem dieser Wesen versetzte die Hochweise einen freundlichen Klaps und strich ihm über den Kopf, als wären ihre Scheren in Wahrheit sanfte Hände.

Der Mensch betrachtete seine Kollegin und mußte sich zu seinem Bedauern eingestehen, daß seine Aufgeschlossenheit wohl nie der ihren gleichkommen würde. Die Gesegneten galten als besondere Bürger, und ihr Rang war höher als der aller anderen Individuen in den Gemeinschaften. Ihre Schlichtheit war schließlich der Beleg dafür, daß auch die anderen Rassen dem Beispiel der Glaver folgen und den Weg der Erlösung beschreiten konnten.

Das Herz sollte mir bei ihrem Anblick überfließen, dachte Lester.

Und doch verabscheue ich es immer mehr, diesen Ort aufzusuchen.

Mitglieder aller Sechs Rassen lebten in den einfachen Unterkünften an den Schluchtwänden und wurden von den g'Kek und freiwilligen Helfern vom ganzen Hang versorgt. Wann immer in einem Dorf der Qheuen, Hoon oder Urs ein Kind entdeckt wurde, das eine besondere Nähe zur heiligen Unschuld aufwies oder mit dem Talent für eine tierähnliche Unwissenheit ausgestattet war, schickte man den Glücklichen hierher, um ihn zu pflegen und zu studieren.

Es gibt eben nur zwei Wege, diesem Fluch zu entgehen, den die Vorfahren uns auferlegt haben, dachte Cambel, während er wieder einmal mit seinem Glauben rang. *Wir können so vorgehen, wie das Larks Häretiker-Partei fordert – nämlich einfach damit aufhören, uns fortzupflanzen und somit Jijo in absehbarer Zeit seinen Frieden zurückgeben.*

Oder wir können danach streben, das Vergessen zu finden. Die Unschuld, die eines Tages unsere Enkel oder Urenkel in einen Zustand der Ahnungslosigkeit zurückversetzt, damit sie irgendwann frisch geläutert und gereinigt für einen neuen Schub bereit sind und der ganze Zyklus wieder von neuem beginnen kann. So können unsere Nachfahren vielleicht neue Patrone und mit viel Glück ein besseres Schicksal finden.

Den letzten Weg schrieben die Heiligen Schriftrollen vor. Auch heute noch, trotz aller Kompromisse, die seit der Ankunft der Menschen und des Heiligen Eies geschlossen worden waren. Und wenn man sich die Situation der Exilrassen vor Augen führte – sie lebten hier mit geborgter Zeit, und über ihnen schwebte immerzu das Damoklesschwert schrecklichster Strafen, sollten die Galaktischen Institute sie jemals aufspüren –, wurde einem rasch bewußt, daß es kaum einen anderen Ausweg gab.

Aber ich bin weder zu dem einen noch zu dem anderen bereit. Ich kann es einfach nicht, genausowenig, wie ich Freude und Erfüllung empfinden kann, wenn ich dieses Refugium hier betrete. Die irdischen Werte und Vorstellungen hindern mich einfach daran, im Zustand dieser Wesen etwas Erstrebenswertes zu sehen. Sie verdienen sicher unser Mitgefühl und unsere Freundlichkeit, aber wir dürfen sie keinesfalls beneiden.

Und dies war dann auch Lesters ganz private Häresie. Er wandte den Blick von der Gruppe um Messerscharfe Einsicht ab. Aber wohin er auch schaute, überall befanden sich weitere Gesegnete. Nun sah er auch noch Menschen, die sich unter einem Ilhuna-Baum versammelt hatten. Sie hockten im Lotussitz um den Stamm herum, hatten die Hände auf die Knie gelegt und sangen leise im Chor. Die Männer und Frauen dort zeigten alle das blöde Lächeln und die leeren Augen, die sie für diesen Ort qualifiziert hatten ... doch Lester wußte, daß sie den anderen nur etwas vormachten.

Vor langer Zeit hatte er den gleichen Weg beschritten. Er hatte sich unter einen ähnlichen Baum gesetzt, sich in den überlieferten Meditationstechniken versucht, die von alten irdischen Religionen stammten, seinen Geist von allen weltlichen Dingen befreit und ihn darauf vorbereitet, die Wahrheit zu empfangen. Für eine Weile hatte es ganz so ausgesehen, als ob ihm das gelingen würde. Jünger versammelten sich um ihn, verehrten ihn und nannten ihn »erleuchtet«.

Das Universum war ihm damals als klar und leuchtend vorgekommen, als brenne in den Sternen ein heiliges Feuer. Und er hatte sich gefühlt, als sei er mit allen Wesen auf Jijo eins geworden, sogar mit den Steinen rings um ihn herum. Lester lebte in Harmonie, benötigte nur wenig Nahrung, brauchte kaum Worte und noch weniger Namen.

Die innere Ruhe jener Tage vermißte er heute manchmal schmerzlich.

Doch nach einer Weile waren ihm Zweifel gekommen. Bei der Klarheit, die er zu finden geglaubt hatte, handelte es sich in Wahrheit um sterile Leere. Dieses Nichts war im Grunde ganz angenehm gewesen, hatte aber nichts mit der angestrebten Erlösung zu tun. Weder für ihn noch für seine Rasse.

Die anderen Fünf unter uns Sechsen setzen keine Meditations- oder Konzentrationsformen ein, um die Einfachheit zu finden. Und Glaver hat man auch noch nie dabei beobachtet, wie sie sinnend vor einem faulenden Baumstamm voller leckerer Insekten hocken. Die Einfachheit ist auf natürlichem Wege über sie gekommen – sie leben ihre Unschuld und Ignoranz.

Wenn Jijo eines Tages wieder offiziell für eine Besiedlung freigegeben wird, kommt sicher rasch ein großer Klan hierher und adoptiert die Glaver als neue Subspezies, um sie dann von neuem auf den Hochpfad zu stellen, auf dem sie dann hoffentlich mehr Glück finden als beim ersten Versuch.

Aber kein Patron wird sich jemals für uns entscheiden. Die noblen älteren Klans halten ganz bestimmt nicht nach irgendwelchen selbstgefälligen Zen-Meistern Ausschau, die nur danach streben, einem ihre eigene Erleuchtung zu erläutern. Die Einfachheit, auf deren Basis man aufbauen könnte, ist von ganz anderer Art. Unsere fernöstlichen Meditationstechniken basieren vielmehr auf dem Stolz und dem Hochmut des Individuums.

Natürlich mochten seine Überlegungen vollkommen überflüssig sein. Wenn das Jophur-Schiff im Auftrag der Großen Institute der Fünf Galaxien erschienen war, würde es hier bald von Inspektoren wimmeln, die sorgfältig alle Verstöße der zweitausendjährigen illegalen Besiedlung Jijos notierten und festhalten würden.

Nur den Glavern würde dann nichts geschehen – die hatten es noch rechtzeitig geschafft. Aber die anderen Sechs Rassen würden teuer für das Spiel bezahlen müssen, auf das sie sich eingelassen hatten.

Aber wenn die Jophur nun nicht von den Instituten geschickt worden sind …

Die Rothen hatten sich als Gen-Räuber entpuppt, als Kriminelle. Nicht auszuschließen, daß die Jophur ähnliches im Sinn hatten, oder? Damit drohte den Gemeinschaften immer noch ein großangelegter Völkermord. Die g'Kek zumindest waren den jüngsten Meldungen von der Lichtung zufolge in allergrößter Sorge.

Es könnte aber auch sein, daß man mit ihnen eher ein Abkommen schließen kann als mit den Rothen. Oder sie fliegen einfach wieder fort, nachdem sie das erledigt haben, wozu sie gekommen sind, und lassen uns ganz in Ruhe.

Wenn dies der Fall sein würde, dann würden Orte wie dieses Refugium hier wieder zur großen Hoffnung für die Zukunft werden … zumindest für fünf von den Sechs Rassen.

Lester wurde aus seinen dunklen Gedanken gerissen, als ihn jemand am Ärmel zog.

»Weiser Cambel? Hier sind die, äh, Besucher, äh, die du erwartet hast, äh, glaube ich jedenfalls …«

Ein junger Mann mit breitem Gesicht, klaren blauen Augen und blasser Haut stand vor ihm. Ein wahrer Riese, was man ihm aber nicht gleich ansah, weil er sich nur in vorgebeugter Haltung zeigte, möglicherweise, um sich kleiner zu machen. Der Bote tippte sich unablässig mit den Fingerspitzen der Rechten irgendwo hin an die Stirn, als wolle er salutieren, habe aber vergessen, wie das genau zu bewerkstelligen war.

Lester sprach ihn freundlich auf Englik an, der einzigen Sprache, die der Junge je gelernt hatte.

»Was möchtest du mir mitteilen, Jim?«

Der Bote schluckte und versuchte sichtlich, sich zu konzentrieren.

»Ich, äh, glaube, die Menschen ... äh, die du sehen wolltest ... also ich glaube, die sind hier ... äh, Weiser Cambel.«

»Lark und die Danik?«

Jim nickte heftig.

»Äh, ja, genau die, Weiser... äh, ich habe sie ... äh, ja, in das Besucherzelt geschickt, damit sie ... äh ... damit sie dort auf dich warten. Das war doch richtig, oder, Weiser?«

»Ja, vollkommen richtig, Jim.« Lester legte ihm freundschaftlich eine Hand auf den Arm. »Jetzt geh bitte zu den beiden zurück und sag Lark, daß ich gleich komme.«

Der Bote grinste breit. Dann drehte er sich rasch um und lief genau den Weg zurück, den er gekommen war. Schließlich wollte er jetzt, da er alles richtig gemacht und sich als nützlich erwiesen hatte, nicht mit irgendeinem dummen Fehler alles zunichte machen.

Das war ein anderer Vertreter der Menschen, die an diesen Ort kommen, dachte Lester. *Einer unserer ganz Speziellen ...*

Der antike Political-Correctness-Ausdruck hinterließ einen fremden, bitteren Nachgeschmack.

Wenn man jemanden wie Jim sieht, glaubt man im ersten Moment, daß er den Erfordernissen entspreche. Einfachheit. Unschuld. Gesegnete Ignoranz. Ein ideales Vorbild auf dem Weg der Erlösung.

Er drehte sich zu den Gesegneten um, die seine Kollegin immer noch umringten – die Hoon, Urs und g'Kek, die von ihren jeweiligen Rassen hierhergeschickt worden waren, um genau das für sie zu sein: die Vorboten, die den Weg wiesen.

Gemäß den Schriftrollen handelt es sich bei diesen Wesen nicht um Kranke. Sie mögen langsam im Denken und Begreifen sein, aber deswegen sind sie nicht minderwertig. Im Gegenteil, die Schriftrollen sehen sie als Führer an.

Aber kann man das wirklich auch von Jim behaupten? Läßt

man einmal alles Mitgefühl beiseite, so muß man einfach zu der Erkenntnis gelangen, daß er krank oder unvollständig ist, daß ihm etwas fehlt. Und wer Augen hat zu sehen, bemerkt das sofort.

Wir können ihm Liebe, Hilfe und Freundschaft geben und sollten das auch tun.

Aber er kann uns Menschen nirgendwohin führen.

Lester gab der Hochweisen ein Zeichen, indem er wie eine Urs den Kopf hob und senkte, um ihr anzuzeigen, daß die beiden eingetroffen waren, nach denen sie geschickt hatten. Messerscharfe Einsicht antwortete darauf mit einer raschen Drehung ihrer Sichtkuppel. Mit einem raschen Zwinkern gab sie ihm in Galaktik Zwei zu verstehen, daß sie gleich käme.

Lester verließ sie und folgte dem Jungen. Unterwegs bemühte er sich, seine Gedanken auf die gegenwärtige Krise zu konzentrieren, auf das Problem des Jophur-Schlachtschiffes. Zurück zu den dringlichen Vorhaben, die unbedingt mit dem jungen Häretiker und der Frau von den Sternen besprochen werden mußten. Er hatte den beiden nämlich einen furchtbaren Vorschlag zu machen – eine weithergeholte und überaus gefährliche Idee –, und er mußte sie unbedingt dazu überreden, ihn anzunehmen.

Doch als er an dem singenden Zirkel unter dem Baum vorbeikam, wurden seine bitteren Gedanken von vorhin gleich wieder hochgespült. Gesunde Männer und Frauen hockten da, die ihre Farmen, Familien und Handwerksberufe aufgegeben hatten, um hier versorgt und umhegt zu werden und nie mehr arbeiten oder einen Handschlag tun zu müssen. Lester wußte, daß die Bilder, die jetzt in seinen Kopf stiegen, eines Hochweisen unwürdig waren. Aber vielleicht wollte er sie gar nicht mit aller Kraft verscheuchen.

Geistig Zurückgebliebene und arbeitsscheue Meditationskünstler, das sind die zwei Typen von Menschen, die unsere Rasse hierherschickt. Und in der ganzen Bande findet sich nicht ein wahrhaft »Gesegneter«. Jedenfalls nicht nach den Standards, die die Heiligen Schriftrollen setzen.

Menschen haben noch nie einen ernsthaften Schritt auf dem Pfad der Erlösung getan. Ur-Jah und die anderen nehmen die Unsrigen nur aus Höflichkeit auf. Sie tun so, als stünde auch uns diese Option, diese mögliche Rettung offen.

Aber dem ist nicht so. Dafür sind wir zu steril.

Ob das Jüngste Gericht von den Sternen irgendwann kommt oder nicht, unserem Volk steht nur eine Zukunft bevor – die der Verdammung.

Dwer

Rauch stieg von der Aufschlagstelle auf. Wider besseres Wissen schlich der Jäger näher heran. Wenn er nur einen Moment nachgedacht hätte, wäre ihm sofort zu Bewußtsein gekommen, daß er jetzt, da der Rothen-Roboter sich in seinem selbstgebuddelten Loch versteckte und jegliches Interesse an den beiden Menschen verloren zu haben schien, die beste Chance besaß, von hier fortzukommen.

Aber wenn Rety nun bleiben wollte?

Sollte sie doch! Lena und Jenin würden sich bestimmt freuen, Dwer wieder bei sich zu haben, vorausgesetzt natürlich, er überstand die anstrengende Reise zu den Grauen Hügeln. Mit seinem verläßlichen Bogen sollte ihm das eigentlich gelingen. Auf der anderen Seite brauchte das Mädchen ihn – doch die beiden Frauen oben im Norden hatten ältere Ansprüche an ihn.

Dwers Sinne hatten sich noch nicht von dem Schlachtgetöse erholt, als der Aufklärer von einem fürchterlichen Neuankömmling vom Himmel geschossen worden war. Beide Gleiter lagen jetzt nebeneinander auf einer Düne – Himmelswagen von unvorstellbarer Macht …

Und Rety bedrängte ihn, unbedingt näher heranzukriechen.

»Wir müssen doch herausfinden, was dort los ist«, beharrte sie in rauhem Flüsterton.

Er warf ihr einen strengen Blick zu, der die Aufforderung enthielt zu schweigen. Überraschenderweise gehorchte sie, und so blieb ihm noch ein Moment zum Nachdenken.

Lena und Jenin sind dort oben noch eine Weile sicher. Vor allem, da Kunn so bald nicht zu ihnen zurückkehren und sie plagen kann. Wenn die Rothen und die Danik sich hier auf Jijo ihren Feinden gegenübersehen, sind die Sternengötter sicher für längere Zeit damit beschäftigt, sich gegenseitig umzubringen. Da bleibt ihnen wohl kaum die Zeit, eine kleine Sooner-Bande in den Grauen Hügeln zu jagen.

Auch ohne die Führung und Anleitung von Danel Orzawa war Lena klug genug, ein für alle drei Seiten annehmbares Abkommen zu schließen – für sie selbst, Retys Sippe und die ursischen Gefangenen. Wenn sie Danels Plan befolgten, konnte aus dieser vereinten Gruppe der Same für eine neue Gemeinschaft mitten in der Wildnis entstehen. Und wenn es auf dem Hang zum Schlimmsten kommen sollte, stand der Gruppe um Lena immer noch der Weg der Erlösung offen.

Der Jäger schüttelte den Kopf. In letzter Zeit hatte er manchmal Mühe, sich zu konzentrieren. Seit er dem Roboter gestattet hatte, ihn als Leitung für seine Kraftfelder zu benutzen, hatte er das Gefühl, Stimmen flüsterten in seinem Kopf, aber so leise, daß er kein Wort verstehen konnte. So ähnlich wie damals, als die verrückte alte Mulch-Spinne in seine Gedanken eingedrungen war.

Doch Schluß mit solchen Überlegungen. Es oblag ihm nicht, sich über die Zukunft den Kopf zu zerbrechen oder zu einer Entscheidung zu gelangen, die eines Hochweisen würdig gewesen wäre. Er wandte sich lieber dem Naheliegenden zu. Vielleicht schuldete er Rety ja rein gar nichts. Und überhaupt, hatte sie das Schicksal nicht verdient, das über sie gekommen war? Aber nein, er konnte sie nicht einfach zurücklassen.

So nickte er ihr jetzt trotz seiner erheblichen Bedenken zu und bedeutete ihr eindringlich mit Handzeichen, nur ja keinen Laut von sich zu geben. Sie antwortete ihm mit einem fröhlichen Achselzucken, das zu besagen schien: *Aber klar doch, natürlich ... so lange, bis ich es mir anders überlegt habe.*

Er legte sich Bogen und Köcher um und machte sich auf den Weg. Dwer kroch von einem Grasbüschel zum nächsten, und als sie beide den Kamm der Düne erreicht hatten, spähte er vorsichtig durch ein paar salzverkrustete Halme auf die beiden Himmelsgefährte hinunter. Das kleinere war nur noch ein rauchendes Wrack und schon zur Hälfte im schlammigen Wasser des Sumpfs versunken.

Das Größere, das unweit vom ersteren niedergegangen war, hatte das Luftgefecht ebenfalls nicht unbeschadet überstanden. Ein tiefer langer Riß zog sich an seiner Flanke entlang, aus dem jedesmal, wenn drinnen die Triebwerke gestartet wurden, Ruß und Qualm drangen.

Auf einer ein Stück weiter entfernt liegenden kleinen Insel lagen zwei Männer und hatten alle viere von sich gestreckt: Kunn und Jass.

Dwer und Rety gruben sich ein neues Loch, in dem sie sich verstecken konnten, um zu verfolgen, was sich als nächstes tun würde.

Sie mußten nicht lange warten. An dem großen Zylinder öffnete sich eine Luke. Aus dem Innern strömte kein Licht nach draußen. Ein Wesen schwebte heraus und wirkte recht vertraut – ein achteckiger Kasten, von dem lange Arme herabhingen, offenbar ein Vetter des stark beschädigten Roboters, der ein Stück weit hinter ihnen in seinem Versteck hockte und sich nicht herauszutrauen schien. Doch die neue Drohne wies Streifen auf, die abwechselnd blau und rosafarben leuchteten, ein Muster, das anzusehen der Jäger unangenehm fand.

Auch dieser Roboter besaß den hornartigen Auswuchs an seinem Unterleib, dessen Spitze aber nach unten zeigte.

Damit kann er wohl Wasserläufe überqueren, sagte sich Dwer. *Wenn der Roboter seinem Kollegen so sehr ähnelt, bedeutet das dann auch, daß es sich bei Kunns Feinden ebenfalls um Menschen handelt?*

Aber nein, widersprach er sich gleich selbst. Danel hatte ihm erklärt, daß alle Roboter und sonstigen Maschinen nach dem gleichen Grundmuster angefertigt und bei sämtlichen fünfhunderttausend sternfahrenden Rassen in den Fünf Galaxien in Gebrauch waren. Änderungen traten nur selten auf und brauchten dann Äonen, um sich allgemein durchzusetzen. Der zweite Roboter konnte also zu jedem beliebigen Volk gehören.

Die Maschine schwebte auf Kunn und Jass zu. Ein Suchlicht wanderte so hell über die beiden, daß es selbst im Sonnenschein deutlich sichtbar war. Die Kleidungsstücke der beiden bewegten sich unter dem Licht, als würden sie von durchsichtigen Leuchtfingern angehoben. Nun senkte sich der Roboter zu ihnen hinab und breitete die Arme aus. Kunn und Jass lagen immer noch ganz still da, als er sie anstieß, abtastete und etliche Gegenstände mit seinen metallischen Scherenhänden einsammelte.

Offenbar hatte er etwas an sein Schiff durchgegeben, denn nun wurde an der Luke eine Rampe ausgefahren, die sich langsam zum Marschland hinabsenkte.

Wer hat denn schon Lust, durch diesen Matsch zu stapfen? fragte sich der Jäger. *Sie werden sicher ein Boot hinablassen, oder?*

Dwer machte sich darauf gefaßt, gleich irgendein bizarres Alienwesen zu erblicken. Vielleicht ausgestattet mit dreizehn Beinen oder sich auf einer Schleimspur vorwärtsbewegend. Viele der großen Klans galten als Feinde der Menschheit – das war auch schon zu Zeiten der *Tabernakel* so gewesen –, wie zum Beispiel die legendären Soro oder die insektenartigen Tandu.

Dwer hegte immer noch die vage Hoffnung, die Besatzung des zweiten Gleiters stamme von der Erde und habe die ganze weite Entfernung zurückgelegt, um ihren kriminellen Vettern das

Handwerk zu legen. Und immerhin gab es draußen im All ja auch noch Hoon, Urs und Qheuen, denen riesige Flotten und gewaltige Ressourcen zur Verfügung standen.

Dann zeigte sich die Besatzung an der Rampe und glitt hinaus in die frische Luft.

»Das sind ja Traeki!« keuchte das Mädchen.

Der Jäger starrte auf das Trio von gewaltig aussehenden Ringstapeln. Sie hatten eine Art Patronengurte umgelegt, von denen allerlei Geräte und Werkzeuge hingen. Die sich nach oben verjüngenden Stapel erreichten das trübe Wasser und ließen sich hinein. Sofort setzten sich ihre Flossenbeine in Bewegung, die sich auf der Rampe eher als Hindernis erwiesen hatten. Sie sausten mit unglaublicher Geschwindigkeit auf die Insel mit den beiden Überlebenden zu.

»Aber Traeki sind doch die friedfertigsten Wesen überhaupt!« wandte Rety ein.

Ja, das sagt man ihnen tatsächlich nach, dachte Dwer und wünschte, er hätte aufmerksamer zugehört, wenn seine Mutter Lark und Sara aus obskuren Büchern vorgelesen hatte, in denen anderes Wissen enthalten war als das, was man in der Schule vermittelt bekam. Er suchte jetzt nach einem bestimmten Namen, aber sein Gedächtnis wollte ihn nicht preisgeben. Doch der Jäger wußte, daß es diesen Namen gab ... und daß er vor langer Zeit Furcht und Entsetzen ausgelöst hatte.

»Ich glaube nicht ...«, flüsterte er zögernd und schüttelte dann heftig den Kopf. »Ich glaube nicht, daß es sich bei diesen Wesen um Traeki handelt. Sie sehen so gar nicht wie die aus, die wir hier auf Jijo haben ...«

Die Szenerie, die sich uns bot, läßt sich nicht leicht beschreiben: Dunstige blaugrüne Gestalten hüpften und sprangen so rasend schnell hin und her, daß es mir heiß und kalt das noch instabile Rückgrat rauf und runter lief. Huck und Schere schienen sich rascher daran zu gewöhnen, denn ich hörte, wie sie auf verschiedene Objekte in dem Bild zeigten und sich wissend das eine oder andere zugrunzten. Diese Momente erinnerten mich doch sehr an unsere Fahrt mit der *Traum*, bei der sich alle bis auf mich um das Sichtfenster gedrängt hatten und Alvin, der Hoon, mal wieder der Letzte gewesen war, der etwas mitbekam.

Schließlich wurde auch mir klar, daß wir auf einen weit entfernten Ort schauten, auf eine Welt voller Sonnenschein und Regen.

(Wie oft haben Huck und ich in irgendeinem Roman von einer Person gelesen, die mittels einer Fernbedienung fremde Länder und Städte erblicken konnte? Eigenartig, nicht wahr, wie ein Konzept, das einem aus zahlreichen Geschichten ziemlich gut bekannt ist, plötzlich zu etwas Unfaßbarem und Erstaunlichem wird, wenn man ihm im wirklichen Leben gegenübertritt.)

Sonnenstrahlen durchströmten die Untiefen, und grüne Wedel schaukelten in der sanften Tide. Flinke silberfarbene Fischschulen eilten vorüber – ja, das waren die Flossenwesen, die unsere Fischer in Netzen fingen, um sie in den hoonschen Kutas zu Stockfisch zu trocknen oder gleich zu kochen.

Die Stimme aus dem Wirbel erklärte, die Kamera sei auch mit einem Mikrophon versehen (ich stelle mir darunter ein Gerät vor, mit dem Töne aufgefangen werden können), und damit war uns klar, warum der ganze Raum von Gurgeln, Plätschern und Rauschen erfüllt war.

Schere verdrehte seinen Rückenpanzer und pfiff aus allen fünf Beinmündern gleichzeitig sein Heimweh-Lamento hinaus – so sehr erinnerte ihn das Bild an die Gezeitengehege, in denen die Brutstätten der Roten Qheuen untergebracht waren.

Ur-ronn hingegen hatte bald die Nüstern voll von dieser Szenerie. Leise stöhnend wandte sie den Kopf ab, weil der Anblick von soviel Wasser einen Brechreiz in ihr hervorrief.

Nun richtete sich das Kameraauge nach oben, und das Wasser geriet kurz in Wallung. Dann zog sich das Meer schaumig zurück, und wir bekamen einen Sandstrand zu sehen. Der kleine Automat, auf dem die Kamera installiert war, rollte an Land, wobei er sich ziemlich dicht am Boden hielt.

»Normalerweise hätten wir eine Drohne nachts an Land geschickt«, teilte uns die Stimme mit, »aber uns bleibt keine Zeit. Wir hoffen darauf, daß das Hitzeflimmern dort eine vorzeitige Entdeckung der Einheit verhindert.«

Ur-ronn seufzte, beglückt darüber, endlich kein Wasser mehr sehen zu müssen.

»Esss wundert einen ssson«, erklärte sie, »warum ihr nissst ein paar Ssspäher vorausssickt.«

»Nun, wir haben Drohnen ausgesandt, um nach Anzeichen von Zivilisation zu suchen. Zwei von ihnen sind überfällig, aber die anderen haben uns verblüffende Berichte geschickt«, entgegnete unser Gastgeber.

»So, worüber denn?« wollte Huck wissen.

»Über hoonsche Seeleute, die auf Segelschiffen aus Holz die Meere befahren.«

»Hrrrmph, was soll denn daran verblüffend sein?«

»Oder über Rote Qheuen, die unbeaufsichtigt von Blauen oder Grauen leben, niemandem verpflichtet sind und friedlichen Handel mit ihren hoonschen Nachbarn pflegen.«

Schere schnaufte und schnaubte, kam aber nicht dazu, etwas zu entgegnen, weil die Stimme schon fortfuhr.

»Fasziniert davon, haben wir eine unterseeische Crew in das Gebiet jenseits des Riffs geschickt. Unsere Leute sind einem eurer

Abfallschiffe gefolgt und haben Proben von allem entnommen, was man dort über Bord gekippt hat. Auf seiner Rückkehr von dieser Mission stolperte unser Aufklärungsschiff über die ursische Kiste, die ihr vier bergen solltet. Wir sind davon ausgegangen, daß die ursprünglichen Besitzer längst ausgestorben seien.«

»Wasss hat eusss denn dasssu bewogen?« fragte Ur-ronn ungehalten.

»Na ja, wir hatten doch vorher die Hoon gesehen! Wer im ganzen Universum würde je darauf kommen, daß Hoon und Urs irgendwo in einem Sektor von nicht einmal einem Kubik-Parsek Größe friedlich zusammenleben könnten? Wenn also die Hoon hier am Leben waren, bedeutete das doch wohl, daß sie alle Urs im weiten Umkreis umgebracht hatten.«

»Ach ssso«, murmelte Ur-ronn und drehte dann den langen Hals, um mich mit einem grimmigen Blick zu bedenken.

»Ihr könnt euch sicher vorstellen, wie verwundert wir waren, als plötzlich ein hölzernes Tauchbötchen auf unser Untersee-Boot zustürzte. Ein ausgehöhlter Baumstamm mit ...«

Die Stimme erstarb sofort, als das kleine Gefährt sich wieder in Bewegung setzte. Wir drängten alle nach vorn, als das Kammeraauge über eine Sandfläche wanderte, die hier und da von Gras oder Sträuchern bestanden war.

»Hör mal!« wandte unsere Urs plötzlich ein. »Isss dachte, ihr würdet keine Funk- oder sssonssstigen Geräte einsssetsssen, weil man die vom Weltraum ausss messsen kann!«

»Das ist richtig.«

»Und warum bekommen wir die Bilder dann direkt übertragen. Dass issst doch eine Live-Übertragung, oder?«

»Eine überaus kluge Beobachtung und eine wirklich intelligente Frage – und das auch noch von jemandem, der mit so etwas eigentlich keine Erfahrung haben dürfte. Aber die Lösung ist recht simpel: Die kleine Drohne kann an Land nur einen Kilometer weit fahren, ist sie doch mit einem Kabel verbunden, über das die Bilder zu uns geschickt werden. So etwas läßt sich vom Orbit aus nur schwer erfassen.«

Irgend etwas ließ mich zusammenzucken. Diese Worte hatten auf unheimlich vertraute Weise etwas in mir wachgerufen.

»Hat dasss vielleissst auch etwasss mit den Exsssplosssionen sssu tun?« war Ur-ronn wieder einmal schneller als ich. »Mit dem kürssslisss erfolgten Angriff auf diesssesss Sssiff? Dahinter ssstecken wohl diejenigen, die eusss vernisssten wollen, oder?«

»Ihr vier seid wirklich überaus scharfsinnig und phantasiebegabt. Eine Unterhaltung mit euch ist wirklich eine nicht alltägliche Erfahrung. Dabei hat man mich dazu geschaffen, mit nicht alltäglichen Erfahrungen umzugehen.«

»Anders ausgedrückt, die Antwort lautet ja«, fiel Huck der Stimme ins Wort.

»Vor einiger Zeit hat eine Flugmaschine das Meer hier mit Sonartentakeln durchsiebt. Ein paar Stunden später folgten dann Wasserbomben, die wohl hauptsächlich dem Zweck dienten, uns aus unserem Versteck in diesem Schrottberg hinauszutreiben.

Die Lage wurde dann noch ernster, als wir die Gravofelder von einem zweiten Schiff erfaßt haben, das in dieses Gebiet gelangt war. Wir haben dann auch noch die typischen Emissionen eines Luftkampfs erhalten. Die beiden Kontrahenten haben sich mit Raketen und Todesstrahlen beschossen. Das Gefecht war aber nur kurz.«

Schere schaukelte abwechselnd auf allen fünf Beinen. »Jungejungejungejunge!« seufzte er und zerstörte damit unser Vorhaben, völlig unbeeindruckt vor unseren Gastgeber zu treten.

»Danach müssen beide Gleiter gelandet sein. Ihre Emissionssignaturen lassen darauf schließen, daß sie sich nicht weit vom Standort unserer Kleindrohne befinden.«

»Wie nahe?« wollte Ur-ronn wissen.

»Sehr nahe.«

Wie gebannt starrten wir auf die Szenen, die jetzt an uns vorbeiflimmerten. Wir bekamen auf Fußknöchelhöhe Wurzeln und Sträucher zu sehen, und das in einer Geschwindigkeit, bei der einem ganz schwarz vor Augen wurde.

Die Kamera rumpelte über Erdklumpen und Gräser, gewann immer mehr an Höhe und konnte endlich ein großes Marschlandgebiet überblicken.

Dann sahen wir sie endlich. Etwas Silbernes. Nein, zwei silberne Gebilde. Die runden Flanken von zwei …

Und plötzlich geschah es.

Eben noch hatten wir einen ersten aufregenden Blick auf zwei notgelandete Raumschiffe werfen können, als der Bildschirm ohne Vorwarnung von einem grinsenden Gesicht ausgefüllt wurde.

Wir alle prallten entsetzt zurück. Ich wich so heftig fort von diesem Bild, daß selbst das High-Tech-Rückenkorsett mich nicht vor heftigen Schmerzen bewahren konnte. Huphu bohrte seine Krallen in meine Schulter, während er überrascht jaulte.

Das Gesicht auf dem Bildschirm teilte sich und präsentierte zwei Reihen glänzender, spitzer Zähne. Schwarze Knopfaugen starrten uns an, natürlich in unglaublicher Vergrößerung, und ihr Blick war so amüsiert, daß wir stöhnend darauf kamen, mit wem wir es da zu tun hatten.

Der Noorkopf wurde kleiner, als unsere Drohne sich vor ihm zurückziehen wollte, aber dann hielt dieser grinsende Tunichtgut sie mit den beiden Vorderpfoten fest und riß auch noch das Maul weit auf, so als wolle er zubeißen.

In diesem Moment meldete sich die Wirbelstimme zu Wort. Sie wandte sich an den Noor, und wir hörten sie über das Mikrophon an der Kameraeinheit. Nur ein kurzer Satz Galaktik Sieben mit einem merkwürdigen Akzent und so hochtönig, daß ein Hoon sie kaum noch verstehen konnte.

»Bruder«, sagte unser Gastgeber, »bitte hör auf damit.«

Ewasx

Ich erhalte eben die Nachricht, daß eine unserer Korvetten vom Schirm verschwunden ist.

Es handelt sich um den Zerstörer, der einen Gleiter der Rothen-Banditen verfolgt hat.

Eigentlich haben wir bei einer solchen Routineoperation nicht mit Schwierigkeiten gerechnet. Unangenehme Fragen werfen sich nun auf. Könnte es sein, daß wir die Tapferkeit dieser Kriminellen unterschätzt haben?

Höre, unser zweiter Ring der Erkenntnis, du besitzt doch Zugang zu vielen Erinnerungen und Gedanken, die einst in diesem Stapel gedacht worden sind, bevor Ich zu euch stieß, um Euer Master-Ring zu werden. Vorfälle, Abstimmungen und Erlebnisse aus der Zeit, als ihr nur Asx gewesen seid.

Ihr erinnert euch doch daran, daß die menschlichen Gen-Diebe großspurige Dinge behauptet haben. Zum Beispiel, daß ihre Patrone – diese mysteriösen Rothen – der Galaktischen Gesellschaft weitgehend unbekannt seien, diese Herren aber über sehr große Macht verfügten, die sie jedoch vornehmlich hinter den Kulissen einsetzten. Und daß diese Wesen sich kaum vor den gewaltigen Schlachtflotten der Großen Klans in den Fünf Galaxien fürchteten.

Wir auf dem Schlachtschiff *Polkjhy* haben auf dem Weg zu dieser Welt ähnlich übertriebene Geschichten gehört. Natürlich haben wir sie als Schwindel oder Bluff abgetan. Als bloße Augenwischerei und durchsichtigen Versuch, die wahre Identität dieser Gesetzlosen verborgen zu halten.

ABER WAS, WENN DIESE BEHAUPTUNGEN GAR NICHT ÜBERTRIEBEN SIND?

Niemand wird bezweifeln, daß tatsächlich geheimnisvolle Kräfte wirken – uralte Mysterien, uns grenzenlos überlegen, aber von riesigem Einfluß. Könnte es sein, daß sich unser Weg mit dem einer rätselhaften Macht gekreuzt hat – und zwar genau hier, fern der Heimat, in einer abgelegenen Galaxie?

ODER GEHEN WIR NOCH EINEN SCHRITT WEITER: Steht tatsächlich eine mächtige Rasse von Wesen, die sich nicht zu erkennen geben wollen, hinter den Terranern und lenkt im Geheimen ihr Schicksal? Schützt sie die Menschen wirkungsvoll vor dem, was unweigerlich alle Wölflings-Völker befällt? Das würde einige der rätselhaften Vorkommnisse in der letzten Zeit verständlicher machen. Ein böses Vorzeichen für unsere Allianz der Gehorchenden, und das auch noch in diesen gefährlichen Zeiten.

ABER NEIN! Die Fakten, die uns vorliegen, lassen keinen Grund zur Panik zu.

Ihr primitiven, von allem abgeschiedenen Ringe habt vermutlich keine Ahnung, wovon Ich eigentlich rede, also will Ich es euch erklären.

Vor nicht allzulanger Zeit wurde die *Polkjhy* von einer Gruppe nichtsnutziger Datenhändler kontaktiert, gewissenlosem Ungeziefer, das uns gegen eine unverschämt hohe Gebühr Neuigkeiten anbot.

Bei ihnen handelte es sich um Menschen, die jedoch von ihren Rothen-Herren vorgeschickt worden waren. Sie wagten es, Uns, die mächtigen und integren Jophur, einfach anzusprechen und mit ihrem korrupten Angebot zu behelligen, und das nur, weil unser Schiff gerade zufällig diese Region auf der Suche nach anderen Verbrechern durchflog. In ihrer widerlichen Gier bildeten sie sich sogar ein, wir würden zweimal den Preis für die Informationen bezahlen, die sie verscherbeln wollten.

– Zum ersten für Hinweise auf die Schurken, hinter denen wir schon seit längerem her sind. Es handelt sich dabei um ein verschwundenes Erdenschiff, das seit Jahren von zehntausend Schiffen verfolgt wird. Ihr könnt euch vorstellen, daß es dabei um etwas enorm Wichtiges gehen muß.

– Zum zweiten für Informationen über die von unseren Vorfahren verfluchten g'Kek. Eine Gruppe von ihnen soll nämlich vor vielen Planetenzyklen hier auf Jijo Zuflucht gesucht haben, um unserem gerechten Zorn und der damit verbundenen Auslöschung zu entgehen.

Die Rothen und ihre Strohmänner hofften nun, durch den Verkauf dieser Nachrichten einen hübschen Profit von uns zu bekommen – den sie zusätzlich zu den von ihnen bereits auf dieser Welt gestohlenen Gen-Proben erhalten würden. Das Geschäft muß ihnen als Krönung dieser Unternehmung erschienen sein, vor allem, weil beide Seiten gut damit beraten waren, keine dieser Transaktionen je bekannt werden zu lassen.

Ist dies etwa die rechte Art für eine große, gewaltige Macht? Gehört es sich für Sternenherren, sich über alle moralischen Bedenken hinwegzusetzen?

Und noch ein Punkt: Welche gottgleichen Wesen würden sich schon so vollkommen von einheimischen Halbwilden übertölpeln lassen, die ihnen ihre unterirdische Station mit den allerprimitivsten Sprengstoffen zerstörten?

Haben sie sich etwa als mächtig und unüberwindlich erwiesen, als wir ihnen unsere Ringe zuwandten und über ihnen und ihrem Schiff niedergingen – und es durch einen geschickten kleinen Trick in Stasis festfrieren ließen?

Nein, meine Ringe, so sieht keine vernünftige Nachforschung aus. Mich besorgt viel mehr, daß ihr unsere kombinierten mentalen Ressourcen damit verschwendet, einer solchen blinden Spur folgen zu wollen.

Diese Abschweifung ist – ODER PLANT IHR DAMIT ETWA EIN WEITERES VERGEBLICHES MAL, MICH VON MEINER AUFGABE ABZULENKEN, BEI DER ES SICH UM MEINEN PRINZIPIELLEN BEITRAG ZU DIESEM STAPEL HANDELT?

Und versucht ihr aus diesem Grund auch, ständig sogenannte Leitmuster von diesem blödsinnigen Stein einzubringen, den ihr das »Heilige Ei« nennt?

Und sind all diese törichten Versuche darauf ausgerichtet, eine Rebellion gegen Mich anzuzetteln?

HABT IHR DENN IMMER NOCH NICHT BEGRIFFEN?

Muß Ich euch noch einmal demonstrieren, warum die Oailie uns geschaffen und Meinesgleichen den treffenden Namen »Master-Ring« verliehen haben?

Lassen wir jetzt also diese dummen Überlegungen fallen und wenden wir uns lieber anderen Erklärungsmöglichkeiten für das Verschwinden der Korvette zu. Möglicherweise ist ja die Besatzung unseres Zerstörers bei der Verfolgung des Rothen-Aufklärers auf etwas anderes gestoßen.

Auf jemanden oder vielleicht sogar auf eine Macht, die noch viel wichtiger und gewaltiger ist?

...?

Könnte das sein? Oder habt ihr wirklich keine Ahnung, was Ich damit andeuten will?

Nicht einmal den blassesten Schimmer? Nun, die meisten Bewohner der Fünf Galaxien – sogar die rätselhaften Zang – wissen um das Schiff, hinter dem wir her sind. Ein Raumer, der von der Hälfte aller Flotten im bekannten Universum verfolgt wird.

Ihr habt wirklich in vollkommener Isolation gelebt, Meine unwissenden Ringe. Meine primitiven Sub-Selbste. Meine hübschen kleinen Spielzeuge, die ihr noch nichts von dem Schiff gehört habt, dessen Besatzung aus halbtierischen Delphinen besteht.

Das ist in der Tat überaus merkwürdig.

Sara

Ohne die dunkle Brille, die die Reiterinnen ihr zur Verfügung gestellt hatten, wäre Sara womöglich erblindet oder hätte den Verstand verloren. Schon das erste grelle Aufblitzen reichte aus, um ihre Sehnerven mit unnatürlichen Farben zu foltern, die um Aufmerksamkeit gurrten, gefährlich schrien und sie anflehten, die Schutzbrille abzunehmen, um sie zu schauen ... und sich vermutlich in einer Welt des veränderten Lichts zu verlieren.

Selbst die Brauntöne der Höhen rings herum schienen mit geheimnisvoller Bedeutung angefüllt zu sein. Sara kam sich vor wie der sagenhafte Odysseus, als dieser an den gefürchteten Sirenen vorbeisegelte. Er befahl seinen Männern, sich die Ohren mit Wachs zu verstopfen, während er selbst sich an den Mast binden ließ, um als einziger den Gesang dieser Versucherinnen zu vernehmen. Währenddessen ruderte die Mannschaft unbeeinträchtigt an den verlockenden Untiefen vorüber.

Würde es wirklich unendlich schmerzen, die Brille abzunehmen und hinaus auf das unfaßbare Land zu starren? Und wenn sie davon ganz in Bann gezogen wäre, würden ihre Freunde sie dann retten? Oder würde ihr Geist in diesem Panorama gefangenbleiben?

Am Hang sprach man nur selten vom Spektralstrom, und selbst auf den Landkarten stand über dieses Gebiet kaum etwas verzeichnet. Auch die abgehärteten Männer, die durch die Wüste gezogen und in den Dünen Roul-Watschler mit Speeren erlegten, hielten lieber Abstand zu dieser unwirtlichen Region. Es hieß, in diesem Landstrich sei kein Leben möglich.

Doch jetzt erinnerte sich Sara an einen Tag vor zwei Jahren, als ihre Mutter in dem Haus neben der Papiermühle im Sterben lag und das große Wasserrad ächzend die Totenklage anstimmte. Sie hielt sich gerade nicht am Krankenlager auf und hörte, wie ihre Mutter und Dwer leise etwas besprachen.

Natürlich besaß ihr jüngerer Bruder die offizielle Genehmigung, bei der Suche nach Soonern, die gegen den Vertrag und die Schriftrollen verstießen, auch über den Hang hinaus zu ziehen. So konnte es Sara kaum überraschen, daß er bereits das giftige Land der psychotischen Farben besucht hatte. Den Satzfetzen, die durch die halb geöffnete Tür an ihr Ohr drangen, entnahm sie, daß Melina ebenfalls den Spektralstrom kannte, und zwar aus der Zeit, bevor sie nach Norden gezogen war und Nelo geheiratet hatte, um am ruhigen grünen Fluß Roney ihre Kinder großzuziehen. Die beiden hatten sehr leise miteinander gesprochen, als ihre Mutter dem jungen Jäger auf dem Totenbett etwas anvertraut hatte, und Dwer hatte danach nie etwas davon erwähnt.

Vor allem aber hatte Sara der sehnsüchtige Ton erstaunt, in dem Melina gesprochen hatte.

»Dwer, ruf mir … bitte die Farben noch einmal ins Gedächtnis zurück …«

Die Pferde schienen keinen Sichtschutz zu benötigen, und die beiden Kutscherinnen hatten ihre Brille eher lässig aufgesetzt, als seien sie nicht mit einer furchtbaren Gefahr konfrontiert, sondern nur mit einer Belästigung. Erleichtert darüber, den alten Buyur-Tunnel endlich hinter sich gebracht zu haben, flüsterte Kepha Nela etwas zu, und zum ersten Mal hörte Sara Illias laut lachen.

Jetzt, da die erste Überraschung einer gesunden Neugier wich, konnte sie auch bald wieder zusammenhängendere Gedanken fassen. *Wie ergeht es hier wohl Einzelindividuen oder ganzen Rassen, die farbenblind sind?* Der Effekt dieser Farborgie mußte mehr beinhalten als die Frequenzen des elektromagnetischen Spektrums, und vermutlich wirkten die ursischen Brillengläser auch weit über eine bloße Lichtverdunklung hinaus. Weitere Effekte könnten zum Beispiel eine Lichtpolarisierung sein. Oder gar PSI-Kräfte?

Emersons Rewq reichte ihm aus, und er benötigte keine Brille. So machte Sara sich gleich Sorgen, als er den Symbionten von seinen Augen schob und einen ungeschützten Blick riskierte. Der

Sternenmann zuckte sofort zusammen und zog sich körperlich vor dem visuellen Ansturm zurück, als habe ihn eine ursische Heugabel direkt ins Auge gestochen. Sara erhob sich und wollte zu ihm, als sie bemerkte, daß der erste Schock nur kurz währte. Einen Moment später schon grinste Emerson sie an, und auf seiner Miene stand Erleichterung zu lesen.

Wenn du das kannst, dann ich doch wohl auch... sagte sie sich und schob die Brille auf die Stirn.

Zu ihrer großen Überraschung wurde sie nicht von unvorstellbaren Schmerzen befallen. Ihre Augen paßten sich rasch den Lichtverhältnissen an, bis das Strahlen für sie erträglich geworden war.

Sara wurde vielmehr schwindlig und übel, weil alles vor ihr sich zu verschieben und aufzulösen schien ... gerade so, als blicke sie auf Schichten und aber Schichten sich überlappender Bilder.

Die Landschaft vor ihr setzte sich vornehmlich aus sich überlagernden Lavaströmen, erodierenden Schluchten und zerklüfteten Mesas zusammen. Doch dieses Terrain schien nur eine Art Hintergrund auf einer Leinwand darzustellen, auf der sich ein wahnsinniger g'Kek-Künstler mit Leuchtfarben und bunten Fäden ausgetobt hatte. Jedesmal, wenn Sara blinzelte, hatten sich danach alle Impressionen verschoben.

– Hochaufragende Türme verwandelten sich in Feenburgen, deren flatternde Banner aus Fetzen von Morgendunst zu bestehen schienen, durch die ein heftiger Wind fuhr.

– Staubige Senken wurden zu schimmernden Wasserbecken. Flüsse von Quecksilber und Ströme von Blut rannen hügelaufwärts und schoben sich wie unvermischbare Flüssigkeiten über- und untereinander.

– Eine nahe Klippe, die wie in einer Traumerinnerung flimmerte, schien buyurischen Ursprungs zu sein und ähnelte den Türmen der Stadt Tarek, doch hier waren die leeren Fenster durch eine Million grell leuchtender Farbpunkte ersetzt worden.

– Saras Blick wanderte zu der staubigen Straße, und die Kutschräder wirbelten Bimssteinstaubwolken hoch. Doch auf einer anderen Ebene transformierten sich diese Fahnen zu Galaxien und Kometen.

– Dann ging es eine kleine Höhe hinauf, und oben angekommen, erwartete sie der wunderbarste Anblick von allen: einige schmale, fingerähnliche Täler, die von steilen Hügeln begrenzt wurden, die wie Meereswellen heranwogten und mitsamt ihrer Gischt in der Zeit festgefroren waren. Unter diesen schützenden Wänden zeigten sich grüne Senken, auf denen sich unfaßbare Wiesen ausbreiteten und unmögliche Bäume erhoben.

»Xi«, verkündete Kepha in einem Akzent, der Sara auf geradezu unheimliche Weise vertraut vorkam …

… und plötzlich kannte sie den Grund dafür.

Vor lauter Verblüffung zog sie die Brille wieder über die Augen.

Die Burgen und Sterne verschwanden …

… aber die Wiesen und sonstigen Gewächse blieben. Vierbeinige Tiere waren zu sehen, die von dem Gras fraßen und an einem Bach tranken.

Kurt und Jomah seufzten, Emerson lachte und Prity klatschte in die Pfoten. Nur Sara war viel zu verwirrt, um etwas von sich geben zu können; denn mittlerweile war ihr klar geworden, woher Melina aus dem Süden wirklich stammte – die Frau, die vor langer Zeit an den Roney gezogen war, um Nelos Frau zu werden. Melina, die fröhliche Exzentrikerin, die immer behauptet hatte, aus dem Tal gekommen zu sein, und die drei ungewöhnliche Kinder neben dem beständig summenden und dröhnenden Dolo-Damm großgezogen hatte.

Mutter …, dachte sie und war vor Erstaunen wie gelähmt. *Das hier muß dein richtiges Zuhause gewesen sein …*

Ein paar Miduras später erschien zusammen mit ihren ursischen Gefährtinnen der Rest der Reiterinnen. Alle waren schmutzig und sahen erschöpft aus. Die Illias nahmen ihren treuen Rössern die

Sättel ab, bevor sie sich selbst ihrer Reitkleidung entledigten und unterhalb einiger Felsvorsprünge, an denen Sara und die anderen Besucher sich ausruhten, in eine heiße vulkanische Quelle stiegen.

Sara beobachtete Emerson und entdeckte, daß ein weiteres Zentrum seines beschädigten Gehirns noch intakt war, denn der Sternenreisende beäugte die nackt badenden Frauen gleich so anerkennend, wie das jeder normale Mann tun würde.

Doch dann mußte sie gleich ihre aufkeimende Eifersucht und die Erkenntnis unterdrücken, es niemals mit der sonnengebräunten, durchtrainierten Figur einer dieser Amazonen aufnehmen zu können.

Emerson drehte sich kurz zu ihr um, errötete und sah so sehr wie ein ertappter Sünder aus, daß sie laut lachen mußte.

»Hinsehen darfst du, aber das Berühren mit den Pfoten ist verboten!« rief sie und drohte ihm dabei übertrieben mit dem Zeigefinger. Er mochte ihre Worte nicht im einzelnen verstanden haben, aber den Sinn des gutgemeinten Tadels erfaßte er durchaus.

Er grinste und zuckte die Achseln, als wolle er entgegnen: *Wer, ich? Nicht im Traum würde ich daran denken!*

Die Besucher, die mit der Kutsche gekommen waren, hatten bereits gebadet, sich dabei aber züchtiger verhalten. Natürlich galt Nacktheit am Hang nicht als Tabu, doch die Illias führten sich auf, als hätten sie noch nie von dem gehört, was jungen Mädchen über das andere Geschlecht beigebracht wurde – und wenn doch, schien es ihnen schnurzegal zu sein. Sollte ihnen wirklich unbekannt sein, daß die sexuelle Erregbarkeit der Männer untrennbar mit ihren Sehnerven verknüpft war?

Vielleicht wissen sie das nicht, weil hier keine Männer leben, dachte Sara. Wenn sie sich hier umsah, entdeckte sie nur Frauen aller Altersstufen, die in den Scheunen, Ställen und Häusern ihrer Arbeit nachgingen. Auch einige Urs waren zu sehen, die alle dem befreundeten Stamm von Ulashtu angehörten. Sie kümmerten sich um ihre Simla- und Eselsherden. Man konnte rasch erkennen, daß sich beide Völker beileibe nicht aus dem Weg gingen. Hier und da unterhielten sich Vertreter beider Spezies, aber es wurde auch deutlich, daß beide Seiten ihre jeweils eigenen Gebiete in der Oase besaßen.

Ulashtu kannte Kurt, wahrscheinlich deshalb, weil sie schon einige Zeit außerhalb dieses Gebiets am Hang verbracht hatte.

Vermutlich unternahmen gelegentlich auch andere Amazonen Ausflüge dorthin und bewegten sich dann unerkannt unter den Sechs Rassen.

Als Melina nach Dolo kam und den Säugling Lark auf der Hüfte trug, hatte sie eine glaubwürdige Geschichte zu erzählen, die sie zusätzlich mit Briefen und Empfehlungsschreiben untermauern konnte. Danach glaubten alle, sie stamme von irgendeinem Ort im Tal und habe den Papiermacher geheiratet, weil ihr erster Mann gestorben war.

Nelo hatte nie ein Aufhebens davon gemacht, daß sein erster Sohn von einem anderen Mann war. Und Melina hatte es stets verstanden, Nachforschungen subtil einen Riegel vorzuschieben.

Aber ein solches Geheimnis …

Ulashtus Reiterinnen brachten eine Gefangene mit: Ulgor, die Hausiererin, die noch in Dolo die Freundschaft von Sara gesucht hatte, aber nur, um sie in eine Falle zu locken, wodurch sie dann zur Gefangenen von Dedingers Fanatikern und den wiedergegründeten Urunthai geworden war. Und nun hatten sich ihre Rollen verkehrt. Sara bemerkte, wie Ulgors drei Augen bestürzt auf die unglaubliche Oase starrten.

Wenn die Urunthai von diesem Ort wüßten, würden sie ihn mit aller Kraft hassen! Ihre Vorgänger haben den Menschen alle Pferde abgenommen und sie dann abgeschlachtet. Die ursischen Weisen haben sich später für diesen Vorfall entschuldigt, genauer gesagt, nachdem Drake die Urunthai besiegt hatte. Aber kann eine Entschuldigung das Auslöschen einer Spezies wiedergutmachen?

Nein, mit Sicherheit nicht. Doch es ist möglich, dem grimmigen

Schicksal ein Schnippchen zu schlagen. Sara sah, wie Füllen und Fohlen unter dem Felsvorsprung ihren Müttern hinterhersprangen, und zum ersten Mal seit langer Zeit fühlte sie sich fast glücklich. Diese Oase konnte sicher kaum von den allwissenden Himmelsaugen der Sternenherren entdeckt werden, denn sie würden sich von dem umgebenden Land der Illusionen täuschen lassen. Vielleicht existierte Xi auch dann noch, wenn auf dem Hang bereits alles Leben ausgelöscht war.

Sie sah, wie man Ulgor zu Dedinger in einen Pferch sperrte. Die beiden wechselten kein Wort miteinander.

Sara mußte nur den Blick von den badenden Frauen und den grasenden Herden lösen, um wieder die glitzernde, funkelnde Landschaft zu sehen, in der jede Strömung und jede Erhebung vorgab, tausend unmögliche Dinge zu sein. Ja, man hätte den Spektralstrom wirklich das Land der Lügen nennen können. Ohne Zweifel konnte man sich an die Farbspiele gewöhnen und die irritierenden Chimären vollkommen vergessen, die nie hielten, was sie vorgaukelten, und auch keine Erkenntnis boten. Vielleicht brauchten die Illias auch keine Träume mehr, lebten sie doch tagtäglich inmitten der Phantasien Jijos.

Die Wissenschaftlerin in Sara fragte sich, warum alle Rassen gleichermaßen von diesem Phänomen betroffen wurden und wie ein solches Wunder auf natürliche Weise entstehen konnte.

In Biblos findet sich kein Text, der darauf Bezug nimmt. Allerdings besaßen die Menschen nur einen winzigen Auszug aus den Galaktischen Nachschlagwerken, als die TABERNAKEL von der Erde startete. Vielleicht findet man ein solches oder ähnliches Phänomen ja auf mehreren Welten.

Doch um wie vieles wunderbarer wäre Jijo, wenn dieses Schauspiel allein hier zu finden wäre! Sie starrte zum Horizont und ließ ihren Gedanken freien Lauf, damit sie aufs Geratewohl Assoziationen aus den schimmernden Farben schaffen konnten …

Eine sanfte weibliche Stimme riß sie in die Wirklichkeit zurück.

»Du hast die Augen deiner Mutter, Sara.«

Sie blinzelte, drehte sich um und sah zwei Frauen vor sich, die die Ledermontur der Illias trugen. Diejenige, die sie angesprochen hatte, war die einzige ältere Frau an diesem Ort.

Und neben ihr stand *ein Mann.*

Es dauerte einen Moment, bis sie ihn wiedererkannt zu haben glaubte: »F-Fallon?«

Der Mann war sichtlich gealtert, seit er Dwer in den Künsten der Jagd und der Art des Waldes unterrichtet hatte. Doch er wirkte immer noch kräftig und hatte sein breites Lächeln nicht verloren.

»Aber ich dachte, du wärst längst tot!« platzte es aus ihr heraus, ehe sie begriff, wie taktlos diese Bemerkung war.

Er zuckte die Achseln. »Die Bürger sollen glauben, was sie wollen. Ich habe jedenfalls nie irgendwo gesagt, ich sei gestorben.«

Ein Zen-Koan, ein unlösbares Rätsel – typisch für den alten Jäger. Erst jetzt ging ihr auf, was die Frau bemerkt hatte. Obwohl sie im Schatten der Wüste stand, schien sie Bestandteil des Spektralstroms zu sein.

»Ich heiße Foruni«, stellte sie sich vor, »und ich bin hier die Reiterführerin.«

»Du hast meine Mutter gekannt?«

Die ältere Frau nahm Saras Hand. Ihre Art erinnerte sie sehr an Ariana Foo.

»Melina war meine Kusine. Ich habe sie in all den Jahren sehr vermißt, obwohl sie uns in ihren Briefen viel von ihren bemerkenswerten Kindern geschrieben hat. Ihr drei rechtfertigt ihre Entscheidung, obwohl ihr das Exil nicht leicht gefallen sein kann. Man trennt sich nicht leicht von unseren Pferden und Farben.«

»Ist Mutter wegen Lark von hier fortgegangen?«

»Wir verfügen über gewisse Mittel, damit vorwiegend Mädchen geboren werden. Aber gelegentlich ist doch einmal ein Junge darunter, und den geben wir dann in die Hände von Pflegeeltern, die uns im Austausch ein kleines Mädchen überlassen.«

Sara nickte. Kindertausch und Pflegeeltern waren am Hang relativ verbreitet, half diese Praxis doch dabei, die Beziehungen zwischen den Dörfern, Klans und Rassen zu verbessern.

»Aber Mutter wollte ihren Lark nicht hergeben.«

»Ganz genau. Davon aber abgesehen, brauchen wir immer Agenten am Hang, und Melina wurde hier nicht so furchtbar dringend gebraucht. Also haben wir sie ziehen lassen, und diese Entscheidung hat sich im nachhinein als richtig erwiesen ... obwohl wir sehr getrauert und sie beweint haben, als wir von ihrem Tod erfuhren.«

Sara nickte, um ihr dafür zu danken.

»Was ich nicht verstehe, ist, warum die Frauen hier unter sich bleiben wollen.«

Die ältere Frau wies tiefe Falten in den Augenwinkeln auf, die vermutlich davon herrührten, hier im Farbstrom ein Leben lang geblinzelt zu haben.

»Das ist Bestandteil des Paktes. Damals haben die Tanten des Urchachkin-Stammes einigen Menschen und vor allem ihren Pferden Zuflucht an einem sehr geheimen Ort geboten, um sie vor den Urunthai zu schützen. In jenen Tagen hatten die Urs-Stuten Angst vor unseren Männern, weil sie soviel größer und stärker waren als ihre kleinen Hengste. So fühlten sie sich besser damit, den Pakt nur mit Frauen zu schließen und die Männer außen vor zu halten.

Außerdem ist es nun einmal so, daß einige junge Männer während der Pubertät dazu neigen, alle sozialen Verpflichtungen und Bindungen abzustreifen, und so wäre zu befürchten gewesen, daß einer von ihnen draußen am Hang mit seinem Wissen um das geheime Land im Spektralstrom prahlen würde. In seinem Drang, sich gegen andere durchzusetzen und Bewunderung zu erhalten, würde er womöglich alles zunichte machen, was wir in vielen Jahren aufgebaut haben.«

»Das kann einem aber auch mit Mädchen passieren. Sie neigen

zum Petzen, wenn sie sich ungerecht behandelt fühlen«, wandte Sara ein.

»Schon richtig, aber wir glauben, das besser im Griff zu haben. Denk doch mal an die jungen Männer, die du kennst, Sara, und stell dir vor, wie sie im Zweifelsfall reagiert hätten.«

Sara dachte an ihre Brüder und fragte sich, wie die sich im kritischen Alter in diesem Land aufgeführt hätten. Lark wäre sicher vernünftig und ruhig geblieben. Aber Dwer war mit fünfzehn ein richtiger Rebell gewesen, und das hatte er erst mit zwanzig abgelegt.

»Aber warum durfte dann der junge Jomah hierher?« fragte sie.

»Der ist mit Kurt gekommen, und der alte Sprengmeister stellt für ihn so etwas wie eine Vaterfigur dar. Wir vertrauen darauf, daß er seinem Neffen beibringt, über unsere Oase zu schweigen. Wie dir sicher aufgefallen ist, erziehen hier die Mütter allein. Wenn wir auch Väter hätten, müßten wir uns womöglich auch bei den heranwachsenden Jungs keine Sorgen machen, aber es ist nun einmal alles so gekommen, wie es gekommen ist.«

Sara hatte noch einen Einwand: »Ich bemerkte aber, daß sich hier nicht nur Frauen aufhalten.«

Die Reiterführerin grinste. »Habe ich etwa behauptet, wir leben hier im Zölibat? Von Zeit zu Zeit führen wir reife Männer hierher, vornehmlich Waldläufer, Weise oder Sprengmeister; Männer also, die schon Erfahrung damit haben, Geheimnisse für sich behalten zu müssen, und die eine gewisse Position innehaben, sich also auch mit Verantwortung auskennen. Natürlich achten wir auch darauf, daß sie ihre Manneskraft noch nicht verloren haben.«

Fallon lachte, um seine Verlegenheit zu überspielen. »Hoffentlich erwartest du in dieser Hinsicht nicht zuviel von mir. Meine Qualitäten liegen mittlerweile auf anderen Gebieten.«

Foruni drückte seinen Arm. »Für eine gewisse Zeit bist du noch ziemlich brauchbar.«

Sara nickte wieder. »Auch das hört sich nach einer ursischen

Lösung an.« Manchmal teilte sich eine Gruppe junger Stuten, die noch nicht reif genug dafür waren, einen eigenen Ehemann zu unterstützen, einen Hengst und reichten ihn von Beutel zu Beutel.

Die Reiterführerin nickte und bewegte auf ursische Art den Hals, um die Ironie ihrer Worte zu unterstreichen. »Nach so vielen Generationen sind wir sicher schon halbe Urs geworden.«

Saras Blick fiel auf Kurt. Der alte Sprengmeister hockte mit Jomah und Prity auf einem flachen Fels und studierte geheime Texte.

»Dann habt ihr eure Reiterinnen losgeschickt, um Kurt zu holen, weil ihr …«

»Bei Jafalls, nein! Der Gute ist dafür wirklich schon etwas zu alt. Wenn wir schon neue Partner herführen, dann heimlich und in aller Diskretion. Hat Kurt dir denn nicht erzählt, worum es hier geht? Hat er nichts von seiner Rolle in der gegenwärtigen Krise erwähnt? Oder von den Gründen, warum wir solch ein Risiko eingegangen sind und euch alle hergeführt haben?«

Als Sara den Kopf schüttelte, blähte Foruni die Nasenlöcher wie eine ursische Tante auf, die nicht fassen kann, wie töricht junge Stuten sein können.

»Nun gut, das ist seine Sache. Mir ist ohnehin nur bekannt, daß wir euch den Rest des Weges eskortieren sollen, und das so bald wie möglich. Du schläfst heute nacht bei uns, Nichte. Aber die Familiengeschichten müssen leider warten, bis wir diese Krise hinter uns haben … falls wir bis dahin nicht alle unter der Erde liegen.«

Sara machte sich auf weitere schmerzliche Stunden im Sattel gefaßt.

»Kann man von hier aus sehen, wohin …«

Fallon nickte und lächelte sanft.

»Ich werde es dir zeigen, Sara. Ist gar nicht weit.«

Sie ließ sich von ihm fortführen, und Foruni bat die beiden, nicht zu lange fortzubleiben, weil bald ein Fest gefeiert werden sollte. Tatsächlich stieg Sara jetzt der Duft von Kochfeuern in die Nase. Doch wenig später waren ihre Gedanken schon abgelenkt.

Der alte Jäger lief mit ihr an schmalen, wundersamen Wiesen vorbei und dann an Weiden, auf denen Simlas grasten. Sie schritten über einen steilen Paß, der zwischen zwei Hügeln hindurchführte. Das Sonnenlicht verdämmerte rasch, und schon ging Passen, der kleinste Mond, am fernen westlichen Horizont auf.

Als sie den Paß hinter sich gebracht hatten, hörte Sara Musik. Die vertrauten Klänge von Emersons Hackbrett. Sie hätte der Musik gerne noch länger gelauscht, aber das Glühen vor ihr zog sie magisch an. Ein schimmerndes Strahlen, das von Jijo selbst aufzusteigen schien und alles Land jenseits der geschützten Oase ausfüllte.

Perlweißes Mondlicht verwandelte das Gebiet. Fort waren mit einem Mal die grellen Töne, aber ein besonderer Farbeffekt blieb zurück und beflügelte die Phantasie. Man mußte schon seine ganze Willenskraft aufbieten, um nicht die Hänge hinunterzurennen und auf die falschen Ozeane und Burgen hereinzufallen – oder die geisterhaften Städte, Sternenlandschaften und Myriaden von Phantomwelten, die ihr nach Mustern und Formen strebendes Gehirn aus den opalisierenden Strahlen und Schatten bildeten.

Fallon legte Sara eine Hand auf den Ellenbogen und drehte sie zu Emerson um.

Der Sternenmann stand auf einem vorspringenden Fels, hielt das Hackbrett vor sich und zupfte an den sechsundvierzig Saiten. Eine unheimliche Melodie erfüllte die Nacht – sie besaß einen Rhythmus, der sich jedoch unmöglich erfassen ließ; ähnlich wie bei mathematischen Formelserien, die nicht konvergieren wollen.

Emersons Umrisse wurden von flackerndem Feuer umhüllt, während er für den Mahlstrom der Natur aufspielte.

Und dieses Feuer entsprang nicht ihrer Einbildungskraft, war kein Gebilde, das eine überforderte Phantasie erschuf. Es wogte und tanzte in der Ferne und rahmte die breiten Kurven eines hohen Gipfels ein, der sich weit in den Himmel hinauftürmte.

Frische Lava.

Jijos heißes Blut.

Der Planetennektar der Erneuerung, der zerschmolz und wieder zusammenfügte.

Der Fremde bediente die Saiten und bot dem Berg Guenn huldigend seine Musik an, der sich dafür mit einem Halo von reinigenden Flammen bedankte.

TEIL FÜNF

VORSCHLAG FÜR EINE NÜTZLICHE STRATEGIE/HANDHABUNG, DIE AUF UNSEREN ERFAHRUNGEN AUF JIJO BASIERT.

BEINAHE EIN JAHRTAUSEND IST VERGANGEN, SEIT WIR ZUM LETZTEN MAL AUF EINEN GRÖSSEREN AUSBRUCH VON TRAEKITUM GESTOSSEN SIND.

Diese Epidemien haben uns vor Zeiten häufiger in Verlegenheit gebracht, vor allem dann, wenn wir in ihrer Folge auf träge herumhängende unglückliche Ringe stießen, die ohne einen Master-Ring nicht wußten, was sie mit sich anfangen sollten. Aber das lebende Wachs enthält keine Erinnerung mehr an einen derartigen Vorfall.
Die Reaktion der Besatzung unseres Polkjhy-Schiffes auf eine solche Entdeckung auf dieser Welt Jijo äußerte sich in Entsetzen und Brechreiz.

DOCH WOLLEN WIR EINEN MOMENT INNEHALTEN und uns vor Augen führen, was die Große Jophur-Liga von einem Experiment lernen und an Vorteil gewinnen kann. Nie zuvor haben unsere erbärmlichen Vettern auf so vertrautem Fuß mit anderen Rassen zusammengelebt. Obwohl sie von diesen vergiftet und beschmutzt worden sind, haben die Traeki doch in ihrem Wachs auch viele Erkenntnisse über Urs, Hoon, Qheuen und sogar die menschlichen Wölflinge und dieses Gewürm, die g'Kek, sammeln können.
Und mehr noch, dieselben Eigenschaften, die wir Jophur bei unseren Traeki-Stapeln als abstoßend empfinden – ihr Mangel, sich auf etwas zu konzentrieren, sich als Ganzheit zu begreifen oder Ehrgeiz zu entwickeln –, scheinen ihnen hier

dabei zugute zu kommen, Freundschaft von den Einerwesen zu erlangen! Die anderen fünf sapienten Rassen auf Jijo vertrauen diesen Ringstapeln. Sie teilen Geheimnisse und Beweggründe mit ihnen, betrauen einige Traeki mit medizinischen Aufgaben und weihen sie sogar in ihre Formen der Lebensverlängerung und/oder -beendigung ein.

STELLT EUCH NUR DIE MÖGLICHKEITEN VOR, DIE UNS ERWARTEN, WENN WIR UNS EINER LIST BEDIENEN!
Wir könnten bewußt neue Traeki schaffen und es für sie in die Wege leiten, der liebevollen Umarmung unseres noblen Klans zu entkommen. Da diese glauben werden, sie befänden sich auf der Flucht von ihren »unterdrückerischen« Master-Ringen, bleibt ihnen nichts anderes übrig, als sich unter den Rassen zu verstecken, die wir unsere Feinde nennen.
Und gehen wir noch einen Schritt weiter: Wir dürfen mit Sicherheit davon ausgehen, daß auch sie ihre Fähigkeit der nichtigen freundlichen Gefühle dazu einsetzen werden, Freundschaft mit unseren Feinden zu schließen. Im Verlauf von Generationen werden sie dasselbe Vertrauen erhalten wie die alten Traeki.
Dann schicken wir einfach einige unserer Agenten hierher, die einige dieser wilden Traeki fangen, beziehungsweise ernten sollen, um sie rasch in Jophur zu verwandeln, so wie wir es mit Asx angestellt haben, der durch die Hinzufügung des dringend benötigten Master-Rings zu Ewasx wurde.
Stünde uns dann nicht sofort umfangreiches Wissen über unsere Feinde zur Verfügung?

Zugegeben, das Ewasx-Experiment war kein hundertprozentiger Erfolg. Der alte Traeki, Asx, vermochte es, viele der wächsernen Erinnerungen zu schmelzen, bevor die Metamorphose abgeschlossen war. Die daraus entstehende teilweise Amnesie hat sich doch als recht lästig erwiesen.
Doch sollte uns dies nicht den Blick auf den Wert dieses Plans verstellen, der darin besteht, Spione in die Mitte unserer Feinde zu schleusen. Agenten, denen man vertrauen

wird, weil man sie für echte Freunde hält. Und gleichzeitig ist es uns dank des Segens der Meister-Ringe möglich, verlorene Brüder zurückzugewinnen, wann und wo auch immer wir auf sie stoßen.

Streaker

Makanee

Zwei Arten von Schülern fanden sich in dem großen, feuchten Klassenraum.

Die eine gab Anlaß zur Hoffnung – die andere zur Verzweiflung.

Eine Gruppe war illegal zustande gekommen – die andere hatte großes Unglück befallen.

Die einen waren unschuldig und lerneifrig.

Die anderen hatten zuviel gesehen und gehört.

* *gut Fisch*
* *Gutfisch, Gutfisch*
* *gut-gut-FISCH!*

Dr. Makanee hatte früher nie jemanden an Bord der *Streaker* Primär-Delphin sprechen hören. Nicht, solange ihr Keeneenk-Meister, Kapitän Creideiki, mit seinem vorgelebten Beispiel für eisenharte Disziplin gesorgt hatte.

Aber heute bekam man immer wieder und überall ein paar Brocken in dieser Altsprache zu hören, jenem simplen, emotional bestimmten Quieken, das noch immer unter den unveränderten Tursiops in den uralten Meeren der Erde in Gebrauch war. Die Schiffsärztin ertappte sich sogar selbst gelegentlich dabei, einen Satz in Primär zu grunzen, besonders dann, wenn der Frust von allen Seiten auf sie einprasselte und gerade niemand in der Nähe war.

Makanee ließ den Blick durch den breiten Raum schweifen, der zur Hälfte mit Wasser gefüllt war. Ihre Schüler rangen miteinander vor dem großen Tank am gegenüberliegenden Ende, weil sie auf ihre Fütterung warteten. Dreißig Neo-Delphine tummelten sich hier, und dazu kamen ein Dutzend sechsarmiger, affenähnlicher Wesen, die über die Regale an den Wänden turnten und sich nach Lust und Laune ins Wasser stürzten. Sie bewegten sich agil im Naß, wobei ihnen vor allem die Schwimmhäute an ihren Händen zugute kamen. Nur die Hälfte der Kiqui-Gruppe war noch am Leben, die man auf der fernen Welt Kithrup in aller Eile eingefangen hatte. Doch das verbliebene Kontingent machte durch die Bank einen gesunden, kräftigen Eindruck und schien den größten Spaß dabei zu haben, mit den delphinischen Freunden herumzutollen.

Ich weiß noch immer nicht, ob wir das Richtige getan haben, sie einfach mitzunehmen. Die Neo-Delphine sind als sapiente Spezies noch viel zu jung, um schon Patronatsverantwortung tragen zu können.

Ein Lehrerpaar versuchte, Ordnung in den ausgelassenen Haufen zu bringen. Makanee entdeckte, daß die jüngere Erzieherin, ihre ehemalige Oberschwester Peepoe, mit einem künstlichen Arbeitsarm in den Tank griff, lebende Leckerbissen herauszog und sie der wartenden Schülerschar zuwarf. Derjenige, der eben Primär gesprochen hatte, ein Delphin in den mittleren Jahren mit leblosen Augen, fing mit der Schnauze ein blaues Etwas mit zuckenden Tentakeln auf, das überhaupt nicht nach einem Fisch aussah. Dennoch grunzte er beim Kauen glücklich:

> **Gutfisch,*
> * *gutfisch,*
> * *guuutfischsch.*

Makanee kannte den unglücklichen Jecajeca noch aus der Zeit, bevor die *Streaker* die Erde verlassen hatte. Der ehemalige Astrophysiker hatte seine Kameras und die glitzernde Schwärze des Alls geliebt. Und heute war er ein weiteres Opfer ihrer langen Flucht, die sie immer weiter von den warmen Ozeanen ihrer Heimat fortführte.

Die Reise war ursprünglich auf sechs Monate angelegt, aber nicht auf zweieinhalb Jahre ... und ein Ende des Rückzugs war immer noch nicht in Sicht. Eine junge Klientenrasse sollte sich nicht solchen Herausforderungen und Gefahren stellen müssen, wie sie uns begegnet sind – erst recht nicht ohne Hilfe.

Wenn man es aus diesem Blickwinkel betrachtete, mußte man schon von einem kleinen Wunder sprechen, weil erst ein Viertel der Besatzung in eine Devolutions-Psychose gefallen war.

Laß nur noch etwas Zeit verstreichen, Makanee, dann gehörst du womöglich auch schon zu ihnen.

»Ja, die sind lecker, was, Jecajeca«, tätschelte Peepoe ihn freundlich und nutzte die Begeisterung des Neo-Delphins zu einer kleinen Lektion: »Kann mir einer sagen, wo diese neue ›Fischart‹ herkommt? In Englik bitte ...«

Die gescheite Hälfte der Klasse meldete sich gleich mit eifrigem Grunzen und Quieken. Aber die Lehrerin strich dem älteren Delphin weiter über den Kopf, unterstützte ihn mit sonarer Ermutigung, und bald kehrte ein wenig Leben in Jecajecas Augen zurück. Und um ihr zu gefallen, konzentrierte er sich sogar auf die Antwort.

»V-von o-oben ... von gut S-sonne ... von Gutwasser.«

Die anderen Schüler johlten oder gaben Furzlaute von sich und belohnten damit seine kurze Rückkehr in seinen früheren Zustand. Doch dort oben war es viel zu steil und zu glatt für ihn. Selbst ein Arzt konnte ihm nicht helfen; denn die Ursache für seine Retardierung lag nicht in einer organischen Erkrankung.

Der geistige Rückzug ist die letztmögliche Rettung, wenn die Sorgen und Ängste zu groß geworden sind.

Makanee beglückwünschte in diesem Moment die Entscheidung von Leutnant Tsh't und Gillian Baskin, der Mannschaft nur Auszüge von Alvins Tagebuch zu lesen zu geben.

Wenn es eins gibt, was uns jetzt garantiert nicht weiterhilft, dann die Nachricht von einer Religion, deren Hauptglaubensgrundsatz lautet, die Devolution sei vollkommen in Ordnung und höchst erstrebenswert.

Als Peepoe damit fertig war, die retardierten Erwachsenen zu füttern, und ihre Kollegin sich dann um die Kinder und die Kiqui kümmerte, hatte sie endlich Zeit für Dr. Makanee. Sie tauchte ganz ins Wasser ein, durchquerte den Raum mit zwei kräftigen Stößen und wirbelte dabei enorme Mengen von Gischt auf.

»Hallo, Doktor, du wolltest mich sprechen?«

Wer würde nicht gern mit ihr sprechen? Ihre Haut erstrahlte in jugendlichem Glanz, und ihre ansteckend gute Laune hatte noch nie ausgesetzt, selbst damals nicht, als das Schiff von Kithrup fliehen und viele Freunde zurücklassen mußte.

»Wir benötigen für eine Untersuchung eine erfahrene Krankenschwester. Ich fürchte, es wird eine lange Mission.«

Abgehackte Sonarklicks strömten aus ihrer Stirn, während sie darüber nachdachte.

»Es geht also um Kaas Außenposten. Ist dort jemand verletzt?«

»So genau weiß ich das nicht. Es könnte sich um alles handeln, von einer Lebensmittelvergiftung bis … bis hin zum Kingree-Fieber.«

Peepoes Miene entspannte sich wieder. »Wenn es nur um eine Lebensmittelvergiftung geht, darum kann Kaa sich doch auch allein kümmern. Ich habe hier nämlich furchtbar viel zu tun.«

»Olachan kommt auch für eine Weile ohne dich zurecht.« Die Krankenschwester schüttelte den Kopf. Diese menschliche Geste hatte sich bei den Delphinen so eingebürgert, daß sie sogar die devolutionierten Flossen benutzten. »Zwei Lehrer sind vorgeschrieben und unabdingbar. Wir dürfen die Kinder und die Kiqui nicht zu lange mit den Unglücklichen zusammenbringen.«

Bislang waren erst fünf Delphinkinder von Mannschaftsmitgliedern geboren worden, und das trotz der wachsenden Anzahl von Unterschriften auf der ärgerlichen Paarungspetition. Diese fünf Jungen bedurften daher einer sorgfältigen Lenkung und Leitung. Und das galt erst recht für die Kiqui, präsapiente Wesen, die ideal für den Schub durch denjenigen glücklichen Klan zu sein schienen, der das Recht für sich gewann, sie zu adoptieren. Und damit lastete eine schwere moralische Verantwortung auf der Besatzung der *Streaker*.

»Ich werde persönlich nach den Kiqui sehen ... und wir befreien die Eltern von einem Teil ihrer Routinepflichten, damit sie die Lehrerin als Hilfskräfte unterstützen können. Mehr kann ich beim besten Willen nicht tun, Peepoe.«

Die junge Krankenschwester nickte, wenn auch widerwillig. »Das geht bestimmt aus wie die Jagd nach dem wilden Thunfisch – oder, um es in der Sprache der Menschen zu sagen, wie das Hornberger Schießen. So, wie ich unseren Kaa kenne, hat er vermutlich nur vergessen, die Wasserfilter zu reinigen.«

Alle an Bord wußten, daß der Pilot schon seit längerem etwas für Peepoe übrig hatte. Delphine konnten einander mit ihren Sonarstrahlen tief ins Herz schauen, und so hatte es wenig Zweck, starke Gefühle oder Leidenschaften verborgen halten zu wollen.

Armer Kaa. Kein Wunder, daß er seinen Spitznamen verloren hatte.

»Da wäre noch ein zweiter Grund, warum wir dich schicken«, fügte die Ärztin leiser hinzu.

»Das habe ich mir schon gedacht. Hat der etwas mit den Gravo-Signalen und Wasserbomben zu tun?«

»Unser Versteck ist nicht mehr sicher«, gab Makanee zu. »Gillian und Tsh't beabsichtigen, die *Streaker* bald woandershin zu schaffen.«

»Und ich soll dabei helfen, ein neues Versteck zu finden? Indem ich unterwegs ein paar von diesen Schrotthaufen scanne?« Peepoe atmete vernehmlich aus. »Sonst noch Wünsche? Soll ich eine Symphonie komponieren? Einen neuen Sternenantrieb erfinden und in den Arbeitspausen Handels- und Freundschaftsabkommen mit den Einheimischen schließen?«

Die Ärztin klickte tadelnd. »Glaub mir, das sonnenerwärmte Wasser oben ist bei weitem das angenehmste, auf das wir seit dem Abflug von Calafia gestoßen sind, und das in jeder nur denkbaren Hinsicht. Alle werden dich darum beneiden.«

Als Peepoe nur verächtlich schnaubte, fügte die Ärztin auf Trinarisch hinzu:

** Wal-Legende sagt*
** Einen Zug nenn ich bestens:*
** Anpassungsliebe.*

Diesmal lachte die Krankenschwester laut und herzlich. Ein solches Haiku hätte sonst nur Kapitän Creideiki zustande bringen können, wenn er noch an Bord gewesen wäre.

Wieder auf der Krankenstation, versorgte die Ärztin die Patienten und machte dann für heute Feierabend. Das Übliche hatte angestanden: ein paar psychosomatische Unpäßlichkeiten und die unvermeidlichen Unfälle, zu denen es unter den Arbeitskolonnen immer wieder kam, wenn die draußen in ihren gepanzerten, unförmigen Schutzanzügen tätig waren und aus dem Berg der aufgegebenen Schiffe Metallplatten herauszogen oder -schnitten. Wenigstens war die Anzahl der Verdauungsbeschwerden zurückgegangen, seit Teams mit Netzen auszogen und einheimische Meeresfrüchte einholten. Jijos oberes Meer wimmelte von Lebensformen, die größtenteils, wenn man sie richtig zubereitete, für den Verzehr geeignet waren. Tsh't hatte sogar schon daran gedacht, kleinere Gruppen auf Freigang nach oben zu schicken ... doch dann hatten die Sensoren die Signale von fremden Sternenschiffen aufgefangen, die in den Orbit eingetreten waren.

War man ihnen schon wieder auf die Spur gekommen? Oder waren neue zornige Flotten aufgetaucht, um die *Streaker* um ihrer Geheimnisse willen zu jagen? Eigentlich hätte niemand in der Lage sein dürfen, den verschlungenen Kurs zu finden, den Gillian um den hiesigen Supergiganten geflogen war, dessen rußige, klebrige Winde schon den Robotwachen des Migrations-Instituts die Linsen verklebt hatten.

Aber diese gute Idee war gar nicht so originär, wie wir gehofft hatten. Andere haben diesen Weg vor uns gefunden. Darunter auch eine Gruppe gesetzloser Menschen. Vermutlich darf man nicht zu überrascht sein, wenn das unseren Verfolgern auch gelingt.

Makanees Armbanduhrbeeper meldete sich. Der Schiffsrat – bestehend aus zwei Delphinen, zwei Menschen und einem verrückten Computer – trat wieder einmal zusammen, um sich den Kopf darüber zu zerbrechen, wie man diesem übermächtigen Universum ein Schnippchen schlagen könne.

Ein sechster Teilnehmer saß stets, wenn auch schweigend, mit am Tisch und bot bei jeder Schicksalswendung eine neue Mischung aus wunderbaren Gelegenheiten und unerwarteten Katastrophen an. Ohne die Beiträge dieses Ratsmitglieds wäre die *Streaker* vermutlich längst untergegangen oder gefaßt worden.

Oder wir wären längst wieder zu Hause und in Sicherheit.

Doch so oder so, man konnte diesem Mitglied die Teilnahme nicht verweigern, und sein Name lautete:

Jafalls, die launische Göttin des Zufalls.

Hannes

Wie sollte man überhaupt noch zurechtkommen? Dr. Baskin zog einen Mitarbeiter nach dem anderen von Hannes Maschinistenkolonne ab, um sie andernorts einzusetzen.

»Ich sage dir, es ist noch viel zu früh, um die *Streaker* einfach aufzugeben«, grollte er.

»Wer hat denn was davon gesagt, sie einfach aufzugeben«, entgegnete Gillian. »Aber mit diesem Kohlenstoffmantel, der das Schiff hier unten festhält ...«

»Uns ist es endlich gelungen, das Zeugs zu analysieren. Allem Anschein nach setzt sich der Stellarwind von Izmunuti nicht nur aus Kohlenstoffatomen oder -molekülen zusammen, sondern aus einer Art Sternenruß, der Röhren, Spulen, Kugeln und ähnliches enthält.«

Dr. Baskin nickte. Mit so etwas hatte sie gerechnet.

»Partikel-Sardinendosen. Oder, in Galaktik Zwei gesagt –« Mit gespitzten Lippen stieß sie Triller und Klicken aus, die die Bedeutung *Containerheime für individuelle Atome* ergaben. »Ich habe bei der erbeuteten Bibliotheks-Einheit einige Nachforschungen angestellt. Offenbar kann ein miteinander verwobenes Netz von solchen Mikrogebilden eine Superleitfähigkeit entwickeln und enorme Mengen Wärme absorbieren. Mit den Werkzeugen, die uns zur Verfügung stehen, wird es uns nie gelingen, diese Schicht einfach abzuschälen.«

»Dieser Mantel könnte uns aber auch ein paar Vorteile bieten.«

»Die Bibliothek erklärt, daß es nur einigen wenigen Klans gelungen sei, das Material zu synthetisieren. Und was soll es uns nützen, wenn es nur unsere Hülle beschwert und unsere Waffenluken verklebt, so daß wir nicht mehr schießen können?«

Suessi hielt dagegen, daß ihre Alternative kaum besser klang. Gut, sie seien von einem großen Haufen uralter Raumschiffe umgeben und es sei sogar schon gelungen, bei einigen die Triebwerke zu reaktivieren. Aber das reiche bei weitem nicht aus, einen echten Ersatz für dieses Erkundungsschiff der Snark-Klasse zur Verfügung zu stellen, das ihnen bislang so gute Dienste geleistet habe.

Und wir dürfen nicht vergessen, daß es sich bei diesen Schrottschiffen um dieModelle handelt, die von den Buyur für nicht wert erachtet wurden, sie beim Auszug mitzunehmen.

Ganz zu schweigen davon, daß eine Delphinbesatzung einen Raumer steuern mußte, den man schon gebaut hatte, als die Menschen auf der Erde gerade erst lernten, sich aus Flintstein die ersten primitiven Werkzeuge herzustellen.

Die *Streaker* sei ein Wunderwerk der klugen Kompromisse und so umgebaut, daß Wesen, die weder über Arme noch Beine verfügten, sich problemlos in ihr bewegen und ihre Arbeit erledigen konnten, sei es, indem sie durch geflutete Korridore schwammen, oder andernfalls in sechsbeinigen Druckanzügen einherschritten.

Delphine sind ausgezeichnete Piloten und auch auf anderen Gebieten als Spezialisten einsetzbar. Eines Tages werden die Galaktischen Klans Schlange stehen, um sie einzeln oder paarweise zu mieten und ihnen als gesuchten Fachkräften die besten Arbeitsbedingungen zu bieten. Aber nur wenige Völker werden ein Schiff wie die STREAKER kaufen wollen, vor allem nicht nach all den Umbauten.

Doch Gillian blieb hartnäckig.

»Wir haben vorher schon Kompromisse geschlossen und uns auf alle möglichen Situationen einzustellen vermocht. Sicher wird sich unter den Wracks hier ein Schiff finden, dessen Einrichtung unseren Bedürfnissen angepaßt werden kann.«

Bevor die Ratssitzung beendet wurde, brachte Hannes noch einen letzten Einwand vor.

»Wißt ihr, wo wir die ganze Zeit an fremden Triebwerken herumhantieren und auch unsere eigenen laufen lassen, müssen wir uns doch darauf gefaßt machen, daß irgendein Verfolger im All trotz all der Wassermassen über uns Emissionen oder Strahlen auffängt.«

»Das ist mir bewußt, Hannes«, entgegnete sie mit grimmigem Blick. »Aber für uns kommt es jetzt auf Schnelligkeit an. Unsere Verfolger scheinen bereits herausgefunden zu haben, in welcher Richtung sie uns suchen müssen. Vielleicht sind sie noch zu weit entfernt, oder irgend etwas hält sie auf. Aber über kurz oder lang sind sie bei uns. Wir treffen daher alle Vorbereitungen, um die *Streaker* in ein anderes Versteck zu bringen. Und sollte uns das nicht möglich sein, bemannen wir eines von diesen Schiffen hier.«

Mit einiger Resignation kümmerte sich Suessi von nun an darum, die Teams neu zusammenzusetzen, stellte die Arbeiten an der Hülle ein und schickte die Kolonnen zu den fremden Schiffen. Die Suche in den Wracks war ebenso gefährlich wie faszinierend. Viele der aufgegebenen Raumer waren deutlich besser ausgestattet und fortschrittlicher entwickelt als die alten Kästen, die die verarmte Erde sich bei zwielichtigen Gebrauchthändlern besorgte. Unter anderen Umständen hätte sich dieser Schrottberg im Mitten als wahre Fundgrube erwiesen.

»Unter anderen Umständen«, murmelte er, »wären wir nie hierhergelangt.«

Sooner

Emerson

Was für ein wunderbarer Ort.

Seit dem einmaligen Sonnenuntergang hatte er die Sterne und den grollenden Vulkan besungen ... und danach die funkelnden Reflexionen auf dem größten Mond. Bei diesen handelte es sich um alte Städte im Vakuum, die schon vor langer Zeit aufgegeben worden waren.

Und jetzt wendet sich Emerson nach Osten, dem neu entstehenden Tag entgegen. Eingehüllt in warme Müdigkeit steht er auf einer der Höhen, die die schmalen Wiesen von Xi beschützen, und stellt sich der rauhen Invasion des Morgengrauens.

Er ist ganz allein.

Selbst die Amazonen bleiben bei Tagesanbruch in ihren Hütten, denn dies ist die Zeit, in der die leuchtenden Strahlen einer angeschwollenen Sonne all die Farben aufwehen, die in der Nacht herabgesunken sind, und sie wie eine überwältigende Flutwelle vorantreiben. Eine Woge von vielfarbigem Licht. Bitterscharfe Punkte wie Scherben von zerbrochenem Glas.

Sein früheres Selbst hätte die Farbflut als schmerzlich und unerträglich empfunden – dieser logisch denkende Techniker und Ingenieur, der immer gewußt hatte, was real war und wie man es klassifizieren mußte. Der geschickte, kluge Emerson, der jeden Schaden beheben oder überbrücken konnte. Dieser Mann wäre vielleicht unter dem Ansturm zusammengebrochen. Über diesem alle Sinne verwirrenden Unwetter stechender Strahlen.

Doch heute erscheint ihm dieser Schmerz gering im Vergleich

zu den anderen Qualen, die er erleiden mußte, seit er auf dieser Welt notgelandet war. Ein Teil seines Gehirns ist ihm herausgerissen worden, und dagegen wirkt die Lichtflut höchstens wie eine Irritation auf ihn ein. Die Farborgie erscheint ihm eher wie die kleinen Krallen von fünfzig miauenden Kätzchen, die wie mit tausend Nadeln in seine vernarbte Haut stechen.

Emerson breitet die Arme weit aus und öffnet sich dem Zauber des Landes, dessen Farben durch die Sperren und Blockaden in seinem Kopf schneiden, die Knoten zerschlagen und die eingeschlossenen Bilder aus ihrem lähmenden Gefängnis befreien.

Gestreifte Canyons leuchten Schicht um Schicht von sonderbaren Bildern auf ... Explosionen im All – Halb unter Wasser liegende Welten, auf denen bauchige Inseln wie Pilze strahlen ... Ein Haus, gebaut aus Eis, das sich rings um einen glühenden roten Stern erstreckt und das schwache Leuchten der Sonne in das gezähmte Feuer in einem Herd verwandelt...

Diese und zahllose andere Szenen schimmern vor ihm auf. Jede einzelne schreit nach seiner Aufmerksamkeit und gibt vor, eine authentische Reflexion aus der Vergangenheit des Sternenmannes zu sein. Doch Emerson weiß, daß es sich bei den meisten von ihnen nur um Illusionen handelt.

Eine Phalanx gewappneter Fräuleins schlägt mit Peitschen aus gegabelten Blitzen nach feuerspuckenden Drachen, von deren Wunden Regenbogen auf den Wüstenboden bluten. Obwohl das Bild ihn fesselt, hält er sich doch nicht weiter mit solchen Szenen auf und bedient sich der Hilfe seines Rewqs, um die irrelevanten, zu phantastischen und zu offensichtlichen Erscheinungen auszusortieren.

Was bleibt dann noch übrig?

Oh, eine ganze Menge.

Aus einem nahen Lavafeld reflektieren Kristallpartikel scharfe Sonnenlichtausbrüche, in denen seine Augen riesige, ferne Explosionen erkennen. Aber alle Größenvorstellungen verlassen ihn, als vor ihm titanische Raumschiffe in einer gewaltigen Schlacht sterben. Geschwader um Geschwader fällt übereinander her und reißt die Reihen des Gegners auf. Ganze Flotten werden durch die sich bewegenden Falten des gepeinigten Raums wie mit Sicheln zerteilt.

Das ist eine echte Erinnerung!

Er hat dieses Bild im Gedächtnis. Es ist ihm unvergeßlich geblieben. Zu überaus entsetzlich, um diese Tode jemals vergessen zu können.

Aber warum konnte er sich dann nicht mehr daran erinnern?

Emerson gibt sich alle Mühe, Worte zu schmieden, und setzt ihre rare Macht dazu ein, diese Szene dort wieder einzusperren, wo sie hingehört.

Ich … habe … gesehen … wie … das … geschehen … ist …

Ich … war … dabei.

Er sucht nach weiteren echten Bildern. Dort drüben, inmitten eines einfachen Felsfeldes, liegt ein galaktischer Spiralarm, und er blickt von oben auf ihn herab – befindet sich an einer flachen Stelle, an die die kosmischen Gezeiten niemals wogen. Dieser Ort hatte Geheimnisse zu bieten, die von keiner Welle der Zeit je aufgewühlt worden waren.

Bis dann eines Tages jemand vorbeikam, sich mehr von seiner Neugier als von seinem Verstand leiten ließ und in die gruftartige Stille eindrang.

Jemand …

Er sucht nach einem passenderen Wort.

Wir …

Und er stößt auf den richtigen Begriff:

… die Streaker!

Emerson braucht den Kopf nur ein wenig zu drehen, und schon erblickt er sie, wie sie sich vor den Steinschichten einer nahen Mesa abzeichnet … ihre schlanke, raupenartige Form mit den angeflanschten Stacheln, die dazu bestimmt sind, sie in diesem Universum verankert zu halten ... einem Kosmos, der allem feindlich gesonnen ist, was der *Streaker* heilig, wichtig und bedeutsam ist.

Sehnsüchtig schaut er auf den Raumer. Voller Scharten und Dellen, von denen er selbst ihr so manche zugefügt hat, erkennt er die kalte Schönheit ihrer Hülle, die nur von dem entdeckt werden kann, der sie wirklich geliebt hat ...

... geliebt hat ...

Kraftvolle, bedeutungsschwere Worte dringen in sein Bewußtsein. Emerson starrt in den Himmel und sucht diesmal ein Gesicht. Es gehört einem Menschen, den er einmal sehr geliebt hat, auch wenn er nie hoffen durfte, von dieser Frau jemals mehr als Freundschaft zurückzuerhalten.

Doch ihr Bild läßt sich in dieser sinnverwirrenden Landschaft nirgends aufspüren.

Der Sternenmann seufzt. Für den Augenblick muß es reichen, die Wiederentdeckungen zu sichten und in die richtige chronologische Reihenfolge zu bringen. Eine bestimmte Wechselbeziehung ist ihm aufgefallen, die sich bei seiner Sichtung als recht nützlich erweist: Wenn ein Bild Schmerzen in ihm auslöst, muß es sich um eine echte Erinnerung handeln.

Was hat dieser Umstand zu bedeuten?

Allein schon die Frage ruft in ihm so viel Pein hervor, daß er schon fürchtet, sein Schädel drohe zu platzen.

Liegt ein bestimmter Zweck dahinter? Soll er davor bewahrt werden, sich weiter zu erinnern?

Stechende Gefühle überkommen ihn. Diese Frage hat alles nur noch schlimmer gemacht! Er darf sie nie wieder stellen!

Emerson preßt die Fäuste an die Schläfen, während diese Bedingung wie mit Hammerschlägen in seinem Bewußtsein festgeklopft wird.

Nie wieder, niemals, niemals!

Er taumelt zurück und stößt ein tierisches Heulen aus. Emerson klingt wie ein verwundetes Tier, das seinen Schmerz in die Felsen hinausschreit. Die Laute fallen wie ein getöteter Vogel vom Himmel ... und fangen sich kurz vor dem Aufprallen zwischen den Steinen ab.

Die Schreie drehen eine Schleife und kehren zu ihm zurück ... doch diesmal als Gelächter.

Emerson brüllt.

Schreit ihnen seinen Zweifel entgegen.

Und grölt vor rebellischer Freude.

Trotz seines Tränenstroms stellt er die Frage wieder und berauscht sich daran, eine Antwort zu erhalten. Zumindest weiß er jetzt, daß er kein Feigling ist. Seine Amnesie ist nicht die Folge eines hysterischen Rückzugs in sich selbst. Keine Flucht vor den Traumata seiner Vergangenheit.

Was ihm und seinem Kopf zugestoßen ist, war aber kein Unfall.

Heißflüssiges Blei rinnt durch sein Rückgrat, als sich die einprogrammierten Sperren gegen seine Suche wehren. Emersons Herz schlägt so heftig, als wolle es seinen Brustkasten sprengen. Doch er achtet nicht darauf und geht die Wahrheit frontal an. Eine brutale Form der Ermutigung bemächtigt sich seiner.

Jemand ... hat ... mir ...

Vor ihm steigt aus der rissigen Mesa ein Gesicht mit eiskalten Augen auf. Seine Haut ist bleich und milchig. Ein geheimnisvolles und uraltes Antlitz voller Tücke. Ein angsteinflößender Anblick, aber nur für jemanden, der noch etwas zu verlieren hat.

Jemand ... hat ... mir ... dies ... angetan!

Mit geballten Fäusten und glühenden Wangen verfolgt er, wie die Farben vor ihm schmelzen, während sich seine Augen mit flüssigem Schmerz füllen. Aber das macht ihm nichts mehr aus.

Was er sieht, ist nicht länger wichtig.

Nur das, was er weiß.

Der Fremde stößt einen Schrei aus, der sich mit den zeitlosen Höhen verbindet.

Ein Ruf des Trotzes.

Ewasx

Doch, sie beweisen Mut.

In dem Punkt muß ich euch recht geben, meine Ringe.

Wir Jophur hätten nicht damit gerechnet, daß sich so rasch jemand zeigen würde, nachdem die *Polkjhy* ein Gebiet von zwanzig Korech rund um unsere Landestelle verwüstet hat. Doch da marschiert tatsächlich eine Delegation auf uns zu und schwenkt einen weißen Lappen.

Zuerst konnte die Nachrichtenabteilung unseres Schiffes wenig mit diesem Symbol anfangen. Doch die Assoziationsringe dieses, Meines Stapels rufen die richtige Erinnerung ab. Bei diesem Tuch handelt es sich um eine alte Tradition der Menschen, die damit Waffenstillstand und Verhandlungsbereitschaft anzeigen wollen.

WIR INFORMIEREN SOFORT DEN KAPITÄNFÜHRER.

Dieser erhabene Stapel scheint über diesen raschen Dienst erfreut zu sein. Meine Ringe, ihr kennt euch wirklich hervorragend mit diesem Gewürm aus. Diese so wertlos erscheinenden Wülste, die wir vom ehemaligen Asx übernommen haben, besitzen wächserne Datenbänke über die Handlungsweisen der Menschen, die der Gehorcher-Allianz noch recht nützlich sein können – insofern wirklich die geweissagte Zeit des Wechsels über die Fünf Galaxien gekommen ist.

Die Großen Bibliotheken haben nur enttäuschend wenig über diesen kleinen Klan von der Erde zu bieten gehabt.

Welche Ironie, daß wir ausgerechnet auf so einer armseligen und trüben Welt wie Jijo ausreichend Daten über diese Wesen finden. Dieses Wissen wird uns unserem Ziel, diese Wölflings-Rasse endlich doch noch auszulöschen, einen großen Schritt näher bringen.

Was? Ihr erbebt bei dieser Vorstellung?

Etwa in freudiger Erwartung dieser Tat? Könnt es wohl nicht

abwarten, bis ein weiterer Feind unseres Klans ausgemerzt worden ist, was?

Nein! Ihr zittert und füllt unseren Kern mit Dämpfen der Meuterei!

Meine armen, vergifteten Ringe. Seid ihr so verseucht von fremden Gedanken, daß ihr tatsächlich etwas für diese widerlichen Zweibeiner übrig habt? Und sogar für dieses g'Kek-Ungeziefer, das zu vernichten wir geschworen haben?

Vielleicht habt ihr bereits mehr von dieser Geistessäure in euch, als euch gut tut. Möglicherweise seid ihr nicht mehr zu retten.

Die Oailie hatten recht. Ohne Master-Ring kann aus einem Stapel nicht mehr werden als ein sentimentaler Traeki-Haufen.

Lark

Der großgewachsene Sternenherr wirkte auch ohne seine schwarze und silberfarbene Uniform und in einem auf dieser Welt gewobenen Hemd und in der groben Hose noch sehr beeindruckend. Ranns muskulöse Arme und sein keilförmiger Oberkörper führten einen durchaus in Versuchung, von ihm übermenschliche Dinge zu erwarten ... wie zum Beispiel im Ring gegen einen ausgewachsenen Hoon zu bestehen.

Das würde ihm tatsächlich einiges von seiner Arroganz nehmen, dachte Lark. *Unter dem Strich ist nichts an ihm, worauf er sich in unserer Gegenwart etwas einbilden könnte.*

Für Ranns traumhaften Körper und sein atemberaubend schönes Aussehen war die gleiche Technologie verantwortlich, die Ling mit der Attraktivität einer Göttin ausgestattet hatte.

Ich könnte genauso stark sein, ebenso gut aussehen und dreihundert Jahre alt werden, wenn ich nicht in dieser verlorenen Wildnis aufgewachsen wäre.

Rann sprach Englik mit dem harten Akzent der Daniks und dazu mit den mahlenden Untertönen der Rothen.

»Der Gefallen, um den ihr mich bittet, ist nicht nur risikoreich, sondern auch eine glatte Unverschämtheit. Könnt ihr mir nur einen guten Grund dafür nennen, warum ich überhaupt einen Gedanken an eine Zusammenarbeit mit euch verschwenden sollte?«

Umringt von Milizsoldaten hockte der Sternenfürst mit gekreuzten Beinen auf dem Boden einer Höhle, von der aus man einen guten Ausblick auf Dooden Mesa hatte, wo getarnte Rampen in den umgebenden Wald übergingen und ebenso wenig von oben zu entdecken waren wie die Tarnnetze, die man über die Stadt und die Lichtungen gespannt hatte. Jenseits der g'Kek-Siedlung schienen die fernen Höhenzüge wie Bambuswälder zu schwanken, durch die ein Wind fährt. In der näheren Umgebung der Höhle stieg Dampf aus geothermischen Öffnungen und verbarg so den Gefangenen vor den Meßgeräten der Galaktiker – zumindest hofften die Weisen das.

Vor Rann lagen einige Datenrauten, die das Siegel der Galaktischen Bibliothek trugen – die kleinen Speichereinheiten, die Lark und Uthen in der zerstörten Danik-Station gefunden hatten.

»Ich könnte dir etliche Gründe nennen«, knurrte Lark. »Die Hälfte der Qheuen, die ich kenne, liegen krank danieder oder sogar im Sterben, und das nur wegen eines dreckigen Virus', den ihr Schweine freigesetzt habt ...«

Der Sternenfürst winkte ab.

»Eine bloße Vermutung. Eher noch eine Unterstellung, die ich scharf zurückweisen muß.«

Lark zog es vor Wut die Kehle zusammen, und er bekam keinen Ton mehr heraus. Trotz der erdrückenden Beweislast weigerte sich Rann wie vernagelt, überhaupt nur die Möglichkeit in Betracht zu ziehen, die Rothen könnten diesen Virus in ihren Labors entwickelt haben.

»*Was du da behauptest*«, hatte er vorhin erklärt, »*ist wirklich ein starkes Stück und steht in völligem Widerspruch zur freundlichen Natur unserer Herren.«*

Zuerst war Lark verblüfft gewesen. Freundliche Natur? War der Danik denn nicht zugegen gewesen, als der unglückliche Photograph Bloor seine Aufnahme von einer Rothen ohne Maske geschossen hatte und Ro-kenn daraufhin so außer sich geriet, daß er seinen Robotern befahl, jeden im Umkreis niederzuschießen?

Lark kam dann auch nicht sehr weit damit, dem Sternenmann all die Punkte aufzuzählen, mit denen er schließlich Ling hatte überzeugen können. Der Riese war viel zu arrogant und eingebildet, um sich mit Argumenten abzugeben, die jemand von dieser Hinterwäldlerwelt Jijo vorbrachte.

Könnte aber auch sein, daß er selbst an der ganzen Sache beteiligt war und jetzt glaubte, striktes Leugnen sei die beste Verteidigung.

Ling hockte unglücklich auf einem Stalagmitenstumpf und brachte es nicht über sich, ihren ehemaligen Vorgesetzten anzusehen. Sie hatten Rann aufgesucht und um Hilfe gebeten, weil es der Biologin nicht gelungen war, die Datenspeicher zu lesen.

»Also gut«, erklärte Lark nun, »wenn Gerechtigkeit und Erbarmen für dich nichts bedeuten, sollten wir es vielleicht mit Drohungen versuchen.«

Der Sternenmann lachte nur rauh.

»Wie viele Geiseln könnt ihr denn opfern, mein barbarischer junger Freund? Ihr habt nur drei von uns, um damit einen Angriff von oben abzuwehren. Deinen Einschüchterungsversuchen mangelt es doch erheblich an Glaubwürdigkeit.«

Lark kam sich vor wie ein Buschlemming vor einem Ligger. Dennoch beugte er sich näher an den Mann heran.

»Inzwischen hat sich einiges geändert, Rann. Vorher hofften wir tatsächlich, euch dem Rothen-Schiff nur gegen gewisse Zugeständnisse auszuhändigen. Aber mittlerweile sitzen dieses Schiff und deine Kameraden unter einer goldfarbenen Blase gefangen.

Wir müssen also nicht mehr mit euch verhandeln, sondern mit den neuen Herren, den Jophur. Ich fürchte, es wird ihnen ziemlich egal sein, in welchem Zustand wir dich ihnen übergeben, sobald die Verhandlungen zu einem Abschluß gekommen sind.«

Rann bewegte keine Miene. Lark empfand das schon als deutlichen Fortschritt.

Ling meldete sich zu Wort.

»Bitte, Lark, so kommst du nicht weiter.« Sie stand auf und trat zu ihrem Mitdanik. »Rann, gut möglich, daß wir den Rest unseres Lebens unter diesen Wesen hier verbringen und die Suppe gemeinsam mit ihnen auslöffeln müssen, die die Jophur uns einbrocken. Wenn wir ein Heilmittel für die Qheuen zur Verfügung stellen, können wir vielleicht unseren Frieden mit der Sechsheit schließen. Die Weisen haben zugesagt, uns von allen Anklagen freizusprechen, wenn wir rasch ein Heilmittel finden.«

Ranns starre Miene bedurfte keines Rewqs, um sich interpretieren zu lassen. Ganz offensichtlich bedeutete es ihm wenig, von Wilden die Absolution zu erhalten.

»Dann gibt es da ja auch immer noch die Photographien«, fuhr die Biologin fort. »Du gehörst dem Inneren Kreis an und wirst daher schon einmal einen Rothen ohne Gesichtsmaske gesehen haben. Aber für mich war das ein Schock, als dieser Symbiont von der toten Rothen gekrochen ist. Du mußt zugeben, daß diese Aufnahme den Bürgern von Jijo einen gewissen Vorteil in die Hände gegeben hat. Wenn du immer noch in Treue fest zu unseren Her… zu den Rothen stehst, solltest du auch das bedenken.«

»Und wem sollten sie diese Bildchen schon zeigen?« grinste der Danik und sah Lark höhnisch an. Doch als er die Miene des jungen Weisen bemerkte, verging ihm der Spott. »Das würdest du doch nicht tun, oder?«

»Was meinst du, die Bilder den Jophur überlassen? Warum sollten wir uns die Mühe machen? Sie können doch jederzeit das Rothenschiff wie mit einem Dosenöffner aufknacken und eure Herren bis in ihre Nukleinsäurebestandteile zerlegen. Mach dir endlich klar, Rann, daß diese Tarnung wertlos geworden ist. Die Jophur haben ihre Mulch-Ringe stramm um eure Herren gebunden.«

»Um die geliebten Patrone der Menschheit!«

Lark zuckte die Achseln. »Ob sie das wirklich sind oder nicht, was könnte das jetzt auch ändern? Wenn es den Jophur so gefällt, lassen sie die Rothen in allen Fünf Galaxien mit einem Bann belegen. Und dann werden eure Herren mit einer Strafe belegt, die sich gewaschen hat.«

»Und was ist mit euren sechs Rassen?« entgegnete der Danik wütend. »Ihr seid doch auch nicht mehr als Kriminelle. Euch alle erwarten schlimme Strafen – nicht nur die Menschen und die anderen, die hier leben, sondern auch die Heimatwelten eurer Spezies!«

»Stimmt«, sagte der junge Weise, »aber das ist uns immer schon bewußt gewesen. Wir wachsen mit dem Bewußtsein trüber Zukunftsaussichten auf. Mit der Schuld, die unsere Vorfahren auf uns geladen haben. Glaub mir, das färbt ganz schön auf unsere ansonsten recht optimistische Weltsicht ab.« Jetzt lächelte er spöttisch. »Aber ich frage mich, ob ein so optimistischer junger Mann wie du, der sich einer großartigen Zukunft erfreuen darf, so ohne weiteres damit einverstanden wäre, all das zu verlieren, was er liebt und sich erhofft.«

Tatsächlich setzte der Mann nun eine düstere Miene auf.

»Rann!« drängte Ling. »Wir müssen uns einfach mit diesen Bürgern hier arrangieren.«

Er sah sie empört an. »Ohne Ro-kenns Zustimmung?«

»Die Milizionäre haben ihn weit von hier fortgeführt. Selbst Lark weiß nicht, wo man ihn festhält. Ist jetzt aber auch egal, denn wir müssen uns überlegen, was für die Menschheit am besten ist, und auch für die Erde … und zwar unabhängig von den Rothen!«

»Das eine kann nicht ohne das andere sein!«

Die Biologin zuckte die Achseln. »Dann sind wir eben pragmatisch: Wenn wir den Gemeinschaften helfen, tun sie vielleicht später auch etwas für uns.«

Der Riese schnaubte nur, doch nach einigen Duras stieß er mit der Fußspitze gegen die kleinen Speicher. »Na ja, ich muß zugeben, neugierig auf diese Dinger zu sein. Sie stammen nämlich nicht aus der Stations-Bibliothek, sonst würden sie andere Embleme tragen. Du hast schon versucht, diese Dateien zu öffnen?«

Ling nickte.

»Gut. Dann sollte ich vielleicht mal einen Versuch wagen.«

Er wandte sich an Lark.

»Du bist dir des Risikos bewußt, wenn ich mein Lesegerät einschalte?«

Der Weise wußte Bescheid. Lester Cambel hatte ihm bereits alles erklärt. Höchstwahrscheinlich würden jedoch die Digitalemissionen des kleinen Lesegeräts unter den Geysiren und Kleinbeben, die beständig die Rimmers plagten, gar nicht bemerkt werden.

Dennoch wollten unsere Vorfahren sicher gehen. Angefangen von den g'Kek und Glavern bis zu Urs und Menschen haben sie alle ihre Schleichschiffe im Mitten versenkt. Nicht ein einziger Computer wurde übrigbehalten. Anscheinend haben die Gründerväter dieses Risiko doch als sehr hoch eingeschätzt.

»Du brauchst einem Sooner keine Vorträge über die Gefahren einer Entdeckung zu halten«, erklärte er dem Riesen. »Unser Leben hier ist Jafalls ständigem Schicksalswürfeln bedingungslos unterworfen.

Und uns ist durchaus klar, daß wir nicht auf einen für uns glücklichen Wurf warten können.

So hoffen wir nur darauf, den verheerenden Wurf so lange wie möglich hinauszögern zu können.«

Jim, einer der Gesegneten, die hier im Sanktuarium Aufnahme gefunden hatten, brachte ihnen etwas zu essen. Der stets fröhliche junge Mann war fast so groß wie Rann, aber wesentlich freundlicher. Der Jüngling hatte auch eine Nachricht von dem Hochweisen Lester dabei – die Gesandtschaft war auf der Festivallichtung eingetroffen und hoffte nun darauf, mit den neuen Invasoren in Kontakt zu treten.

Die Worte auf dem Zettel waren so angeordnet, daß Lark die Coda sofort erkennen konnte:

Gibt's schon Fortschritte?

Er verzog das Gesicht. Was galt unter diesen Umständen schon als ›Fortschritt‹? Lark bezweifelte, daß sie irgendwo, egal in welcher Hinsicht, schon ein Stück vorangekommen waren.

Ling half Rann dabei, die beigefarbenen Dateien in sein Lesergerät zu schieben, das man ihm zu diesem Zweck wieder ausgehändigt hatte. Die beiden Daniks beugten sich über den Bildschirm und starrten verwirrt auf das Labyrinth hell leuchtender Symbole.

Bücher aus der Zeit vor dem Start der *Tabernakel* beschrieben, wie es einem erging, wenn man in die digitale Welt eindrang. Man geriet in ein Reich endlos vieler Dimensionen, Kapabilitäten und Korrelationen, wo aus der Realität jegliche Simulation geschaffen werden konnte. Natürlich reichten bloße beschreibende Texte nicht aus, um den Mangel an praktischer Erfahrung wettzumachen.

Aber ich bin nicht wie irgendein Südseeinsulaner, der staunend vor Captain Cooks Gewehr und Kompaß steht. Ich verstehe etwas von Konzepten, kenne mich etwas in der Mathematik aus und habe eine ungefähre Vorstellung von dem, was möglich ist.

Wenigstens hoffte er das.

Dann beschlich ihn Sorge. Trieben die Daniks ein böses Spiel mit ihm? Taten sie nur so, als hätten sie Mühe, den Text zu entziffern, während sie in Wahrheit nur Zeit gewinnen wollten?

Gerade Zeit stand den Sechsen nicht mehr zur Verfügung. Bald schon würde Uthen seiner Erkrankung erliegen, und ihm würden dann sicher viele weitere seiner gepanzerten Freunde folgen. Und als wäre das noch nicht schlimm genug, waren inzwischen Nachrichten von der Küste eingetroffen, die besagten, daß dort auch schon Hoon schnieften und husteten und ihre Kehlsäcke sich zusammenzogen.

Nun macht schon! drängte er die beiden in Gedanken. *Was kann so schwierig daran sein, einen hochmodernen Computerindex zu benutzen, um irgend etwas nachzuschlagen?*

Rann ließ einen Datenträger zu Boden fallen und fluchte in den gutturalen Phonemen einer für Lark unverständlichen Sprache vor sich hin.

»Der Mist ist verschlüsselt!«

»Das habe ich mir auch schon gedacht«, sagte die Biologin. »Aber weil du doch zum Inneren Zirkel gehörst, glaubte ich …«

»Selbst uns erzählt man noch lange nicht alles. Ich erkenne einen Rothen-Kode, wenn ich einen vor mir habe, aber der hier ist ganz anders.« Er runzelte die Stirn. »Aber nicht unbedingt fremd.«

»Kannst du ihn knacken?« fragte Lark und warf ebenfalls einen Blick auf die verwirrenden schwebenden Symbole.

»Nicht mit diesem simplen Lesegerät. Ich brauche etwas Größeres, Leistungsfähigeres … wie zum Beispiel einen richtigen Computer.«

Ling richtete sich langsam auf und warf Lark einen wissenden Blick zu. Doch sie überließ ihm die Entscheidung.

Der junge Weise atmete vernehmlich aus.

»Hrrmph … Ich glaube, da ließe sich etwas arrangieren.«

Eine gemischte Kompanie des Bürgerselbstschutzes übte am Waldrand. Mit den Streifen ihrer Kriegsbemalung sahen sie wirklich kriegerisch aus. Lark konnte unter den Milizionären allerdings nur eine Handvoll Qheuen entdecken – die gepanzerte Truppe in Jijos Militärmacht.

Als einer der wenigen Jijoaner, die je an Bord eines Gleiters der

Fremden mitgeflogen waren und dabei ihre mächtigen Werkzeuge aus nächster Nähe gesehen hatten, wußte Lark, welch ungeheurem Dusel die Bürger ihren Sieg bei der Schlacht auf der Lichtung zu verdanken hatten. Mit Speeren, Armbrüsten und Flinten hatten sie Sternengötter überwunden. Soviel Glück würden die Gemeinschaften nicht noch einmal haben. Dennoch gab es Gründe, weiter zu üben und die Disziplin in der Truppe aufrechtzuerhalten.

So bleiben die Freiwilligen beschäftigt und erhalten keine Gelegenheit, die alten Fehden zwischen den Sechs Rassen wieder aufleben zu lassen. Wie immer diese Geschichte auch ausgehen mag – ob wir nun mit gesenkten Häuptern unser Urteil erwarten oder kämpfend untergehen –, wir können es uns nicht leisten, untereinander uneinig zu sein.

Lester begrüßte sie unter dem Zelt neben einer kochenden heißen Quelle.

»Damit gehen wir natürlich ein hohes Risiko ein«, erklärte der Hochweise.

»Bleibt uns denn eine Wahl?«

Lark konnte die Antwort in Cambels Augen lesen.

Wir müssen den Preis entrichten und Uthen und die anderen Qheuen zugrunde gehen lassen, wenn damit die anderen weiterleben dürfen.

Der junge Biologe war mit seinem neuen Amt als Weiser alles andere als glücklich. Ihm widerstrebte, daß ständig von ihm verlangt wurde, sich Gedanken zu machen und Kompromißlösungen zu finden, an deren Ende doch nur Unheil stand, ganz gleich, wie man sie drehte und wendete.

Lester seufzte. »Was soll's, versuchen können wir es. Aber ich bezweifle, daß sich der antike Kasten überhaupt aktivieren läßt.«

Auf einem langen, grobgezimmerten Tisch hatten Cambels menschliche und ursische Helfer einige glänzende Geräte aufgestellt. Rann starrte verwundert auf diese Ansammlung, die man von einem fernen, giftigen See hierhergeschafft hatte.

»Aber ich dachte, ihr hättet alle digitalen Apparate dem Meer …«

»Das haben wir auch. Beziehungsweise unsere Vorfahren haben alles versenkt. Bei diesen Kästen hier handelt es sich um Überbleibsel der Buyur.«

»Unmöglich! Die Buyur sind vor einer halben Million Jahre abgezogen.«

Lark erzählte ihm in Kurzfassung die Geschichte von der verrückten Mulch-Spinne, die an einer Sammelbesessenheit gelitten hatte. Dieses Wesen, das zu Zerstörung geschaffen worden war, hatte statt dessen Jahrtausende damit verbracht, allerlei Gegenstände an sich zu bringen und sie in Kokons aus gefrorener Zeit zu konservieren.

Traeki-Alchemisten hatten in tagelanger Arbeit ein Mittel gefunden, mit dem sich diese goldenen Schutzschalen auflösen ließen, und so die Artefakte in die wirkliche Welt zurückgebracht.

Was für ein Glück für uns, über solche Experten zu verfügen, dachte Lark. Die erschöpft wirkenden Stapelwesen standen draußen vor dem Zelt und sonderten aus ihren Chemo-Ringen gelbe Dämpfe ab.

Rann strich vorsichtig über eines dieser geborgenen Geräte, ein schwarzes Trapezoid, das offenbar eine vergrößerte Version seines Lesegeräts war.

»Die Energiekristalle sehen negentropisch und unbeschädigt aus. Habt ihr schon herausfinden können, ob es noch funktionstüchtig ist?«

Lark zuckte die Achseln. »Kennst du dich mit dem Typ aus?«

»Die Galaktische Technologie ist weitestgehend standardisiert – auch wenn Menschen noch gar nicht existierten, als dieses Modell hier gebaut wurde. Es arbeitet auf einem höheren Level als das Gerät, mit dem ich gearbeitet habe, aber …« Der Sternenmensch ließ sich vor dem Apparat nieder und drückte auf einen der Knöpfe.

Aus dem Gerät schlugen sofort Lichtströme, die bis dicht unter die Decke des Zelts fuhren. Der Hochweise und seine Mitarbeiter prallten instinktiv zurück. Ursische Schmiedinnen schnaubten und rollten ihre langen Hälse ein, während die menschlichen Techniker Zeichen machten, mit denen das Böse abgewehrt werden sollte.

Selbst bei Cambels persönlichen Assistenten – seinen bucherfahrenen Experten – stellen die Wissenschaftlichkeit und Sachlichkeit nur eine dünne Schicht dar, die man mit dem Fingernagel abkratzen kann.

»Die Buyur haben hauptsächlich Galaktik Drei gesprochen«, erklärte der Danik. »Aber Galaktik Zwei ist unsere eigentliche Universalsprache, also versuchen wir es zuerst mit ihr.«

Er wechselte auf diese synkopierte Sprache um und äußerte Klack-, Schnalz-, Zisch- und Stöhnlaute in so rascher Folge, daß Lark schon bald nicht mehr mitkam und kein Wort von diesem Geheimdialekt der Computersprache verstand. Die Hände des Sternenfürsten bewegten sich ebenso schnell und flogen über die Tasten des Geräts. Ling unterstützte ihn bei seinen Anstrengungen und half ihm dabei, Unwichtiges zu erfassen und es, falls es ihr irrelevant erschien, sofort beiseite zu schieben und dem Danik somit mehr Arbeitsfläche zu schaffen. Bald war der Bildschirm bis auf ein paar schwebende Zwölfecke freigeräumt, an deren Seiten sich Symbole bewegten.

»Die Buyur waren hervorragende Programmierer«, bemerkte Rann auf Galaktik Sechs. »Auch wenn ihre ganze Leidenschaft den biologischen Entwicklungen und Erfindungen galt, haben sie sich doch bei den digitalen Künsten große Mühe gegeben.«

Lark entdeckt Lester, der zum anderen Ende des Tisches getreten war und dort eine Pyramide aus Sensorsteinen aufgebaut hatte. Das Gebilde wirkte wie ein Hügel aus glänzenden Opalen. Der Hochweise tappte nervös mit einem Fuß auf, während er Wache hielt und nach dem warnenden Funken in der Pyramide schaute.

Der junge Weise blickte nach draußen. Der Waldrand war leer. Die Milizkompanie hatte sich verzogen.

Niemand, der seine fünf Sinne beisammen hat, würde sich freiwillig hier aufhalten, solange wir dieses Experiment durchführen.

Der Danik fluchte wieder leise vor sich hin.

»Ich hatte gehofft, diese Maschine würde die Ideosynkrasien dieser Verschlüsselung erkennen. Das müßte sie auch, wenn es sich dabei um eine der in den Fünf Galaxien gebräuchlichen Standardchiffrierung handeln würde. Sie kennt sicher auch dieBesonderheiten, die bei bestimmten Rassen oder Klans verwendet werden.

Aber unser Computer beharrt darauf, daß er die Verschlüsselung auf diesen Datenträgern nicht kennt ... Er bezeichnet diese Kodiertechnik als ›innovativ‹ ...«

Lark wußte, daß dieser Ausdruck unter den alten Sternen-Klans als milde Beleidigung galt.

»Könnte es sich dabei um ein Chiffriermuster handeln, das erst nach dem Abzug der Buyur entwickelt wurde?« fragte der junge Weise.

Rann nickte langsam. »Eine halbe Million Jahre ist eine ganz schöne Weile, selbst nach Galaktischem Standard.«

Ling meldete sich aufgeregt zu Wort. »Vielleicht handelt es sich dabei ja um eine terranische Sprache.«

Der Riese starrte sie einen Moment lang fassungslos an, dann nickte er und versuchte es mit Englik.

»Das könnte natürlich eine Erklärung dafür sein, warum der Kode mir irgendwie vertraut vorgekommen ist. Aber warum sollten die Rothen einen irdischen Kode benutzen? Wir wissen doch, was sie von Wölflings-Technologie halten. Und mit welcher Verachtung sie auf alles hinabsehen, was diese unglaublichen Terragens produzieren ...«

»Rann«, unterbrach ihn die Biologin leise, »es könnte doch sein, daß diese Speicher gar nicht Ro-kenn oder Ro-pol gehört haben ...«

»Wem denn sonst? Du sagst, du hättest diese Disketten noch

nie gesehen. Und mir sind sie auch noch nie untergekommen. Damit bliebe nur ...«

Er blinzelte mehrmals verwirrt, dann schlug er mit der Faust auf den Tisch. »Wir müssen diese verdammte Chiffre knacken! Ling, hilf mir, die gesamte Energie von diesem Kasten darauf zu bündeln, den Schlüssel zu finden!«

Lark trat rasch näher.

»Hältst du das wirklich für klug?«

»Ihr sucht doch nach einem Heilmittel für eure kranken Mitwilden, oder? Nun gut, das Jophur-Schiff hockt auf den Ruinen unserer Station, und unser Schiff wird gefangengehalten. Das hier ist möglicherweise unsere einzige Chance.«

Ganz offensichtlich bewegte Rann noch ein anderer Grund, die Verschlüsselung zu knacken. Aber zumindest für den Augenblick zogen beide Seiten am selben Strang.

Cambel war nicht wohl dabei, das sah man ihm deutlich an, aber er gab schließlich mit einem Nicken sein Einverständnis und kehrte zu seinen Steinen zurück, um dort weiterhin Wache zu halten.

Wir tun das für dich, Uthen, dachte Lark.

Einige Momente später mußte er einige Schritte zurückweichen, weil sich der Raum rings um den prähistorischen Computer mit Schriftzeichen und Symbolen anfüllte, die wie Schneeflocken in einem arktischen Sturm miteinander kollidierten. Das Buyur-Gerät wandte alle Macht seines digitalen Intellekts auf, um ein komplexes Rätsel zu lösen.

Ranns Hände bewegten sich wieder in rasenden Pirouetten, und währenddessen zeigte seine Miene lodernden Zorn. Die Art von Wut, für die es nur eine Ursache gibt:

Betrogen worden zu sein.

Eine Midura verging, bevor der antike Computer erste vorläufige Ergebnisse verkündete. Lester war inzwischen sichtlich erschöpft.

Schweißflecke breiteten sich auf seinem Gewand aus, und er schnaufte bei jedem Atemzug. Aber er wollte niemandem seinen Platz an den Sensorsteinen überlassen.

»Man braucht ein langes Training, um das warnende Glühen erkennen und dann richtig deuten zu können«, erklärte er. »Wenn ich jetzt meine Augen in der richtigen Weise entspanne, kann ich gerade so eben ein leises Glühen zwischen den beiden untersten Steinen feststellen.«

Langes Training? fragte sich Lark, als er in die Pyramide spähte und gleich ein mattes Leuchten entdeckte, das an die gedämpfte Flamme erinnerte, die entstand, wenn ein toter Traeki in einer Mulch-Pfanne verbrannt wurde, damit seine fettigen Ringe dem Kreislauf Jijos wieder zugeführt werden konnten.

Cambel fuhr mit seiner Lektion fort, als sei sein junger Kollege nicht in der Lage, zwischen den Steinen etwas zu erkennen.

»Eines Tages, sollte uns die Zeit dazu vergönnt sein, werden wir dich lehren, Lark, die passive Resonanz wahrzunehmen. Das Glühen dort unten wird von dem Schlachtschiff der Jophur ausgelöst, das vierzig Meilen von hier entfernt steht. Dessen mächtige Triebwerke sind zur Zeit nicht aktiviert. Doch sind deren Emissionen leider immer noch stark genug, um eine eventuelle neue Störung zu überlagern.«

»Was denn für eine neue Störung?«

»Nun, zum Beispiel weitere Gravo-Repulsoren ... die sich auf dem Weg hierher befinden.«

Der junge Weise nickte grimmig. Wie reiche ursische Händlerinnen, die zwei Gatten in ihren Beuteln trugen, führten auch die großen Kreuzer kleinere Schiffe mit sich – flinke, wendige Gleiter –, die irgendwelche todbringenden Aufgaben zu erledigen hatten. Und vor deren Auftauchen fürchtete sich der Hochweise.

Der junge Mann überlegte, ob er zu den beiden Daniks zurückkehren sollte, die gerade damit beschäftigt waren, Software-Dämonen zu beschwören und einen mathematischen Schlüssel zu finden. Aber was sollte es ihm schon bringen, in das Unergründliche zu starren? So beugte er sich noch einmal über die Pyramide. Jedes Flackern stand für das Echo titanischer Kräfte, gewaltig wie diejenigen, die die Sonne bewegten.

Lange Zeit nahm er nichts weiter wahr als die matte blaue Flamme. Doch dann wurde es sich eines weiteren Rhythmus bewußt, der sich dem schwachen Flackern anpaßte. Die neue Quelle pochte an seinem Brustkasten, direkt neben seinem hämmernden Herzen.

Er griff in sein Gewand und schloß die Finger um das Amulett – den Splitter vom Heiligen Ei, der an einer Lederschnur hing. Der Stein fühlte sich warm an, und seine Pochkadenz, die an einen Pulsschlag erinnerte, schien mit jeder Dura stärker zu werden, bis schließlich sein Arm schmerzhaft vibrierte.

Was könnte das Heilige Ei mit den Triebwerken eines Galaktischen Kreuzers gemein haben? Bis auf den Umstand, daß beide mich wohl bis an mein Lebensende verfolgen werden?

Wie aus weiter Ferne hörte er einen neuerlichen Wutschrei Ranns. Der hünenhafte Danik schlug wieder mit der Faust auf den Tisch, diesmal so fest, daß die Pyramide beinahe zusammengefallen wäre.

Cambel ließ seinen Kollegen stehen, um nachzusehen, worauf der Sternenmensch gestoßen war. Lark wäre gern mitgegangen, konnte sich jedoch nicht von der Stelle rühren. Eine Lähmung hielt ihn fest, die sich von der Hand am Amulett über den ganzen Arm ausbreitete, die Brust überquerte und ihm dann in die Beine fuhr.

»Ähhh ... mmmmm...«

Er wollte etwas rufen, aber jetzt versagte ihm auch noch die Stimme. Die Paralyse beraubte ihn jeglichen Willens.

Jahr um Jahr hatte er danach gestrebt, das zu erfahren, was die normalen Pilger überkam, wenn die ausgewählten Mitglieder der Gemeinschaften die Vereinigung mit Jijos Geschenk suchten –

dem Heiligen Ei, diesem rätselhaften Wunder. Einige empfingen den Segen, erhielten Leitlinien, die von bewegender Weisheit gekennzeichnet waren, und auch Trost für das Leben im Exil.

Aber solches war Lark niemals widerfahren.

Für den Sünder gab es keine Gnade.

Bis jetzt.

Doch statt eines transzendentalen Friedens empfing der junge Weise nur einen bitteren Geschmack, als hätte er geschmolzenes Metall im Mund. Seine Trommelfelle kratzten und ächzten, als versuche jemand, einen Stein in eine viel zu enge Röhre zu schieben. Inmitten seiner Konfusion kamen ihm die Lücken zwischen den Steinen wie das Vakuum zwischen Planeten vor. Die Opale leuchteten wie Monde und schoben sich mit majestätischer Würde aneinander vorbei.

Vor seinen gebannt blickenden Augen erwuchs aus der seidenen Flamme eine minuskelartige Erhebung, einer Knospe ähnlich, die an einem Rosenstrauch erblüht. Die neue Blüte bewegte sich, löste sich von ihrem Elternbusch, kroch über die Oberfläche eines Steins, überquerte die Lücke zum nächsten und schob sich immer weiter nach oben.

Eine kaum zu erkennende Bewegung. Ohne die von der Lähmung verschärfte Wahrnehmung seiner Sinne hätte Lark womöglich nichts davon mitbekommen.

Etwas fliegt auf uns zu ...

Aber er konnte weder rufen noch zu den anderen rennen. Nur ein ersticktes Gurgeln drang aus seiner Kehle.

Am Computer gab es wieder Aufregung. Rann war auf etwas gestoßen, das ihn erneut in höchsten Zorn versetzte. Die anderen drängten sich dichter um den aufgebrachten Danik ... Lester stand direkt hinter ihm, und sogar die Milizionäre waren neugierig geworden. Keiner achtete auf Lark.

Verzweifelt suchte er das Zentrum, in dem die Willenskraft zu Hause war. Den Teil seines Geistes, der die Befehle ausgab: an den

Fuß, sich zu bewegen, an das Auge, in eine andere Richtung zu blicken, oder an die Stimme, bestimmte Worte zu äußern. Aber seine Seele schien noch ganz von dieser aufsteigenden Flamme gefangen zu sein, die sich mählich auf ihn zu bewegte.

Jetzt, da das Warnlicht seine Aufmerksamkeit errungen hatte, wollte es sie freiwillig nicht wieder hergeben.

Ist es wirklich das, was du vorhast? fragte er das Heilige Ei halb flehend und halb tadelnd.

Erst rufst du mich und zeigst mir eine nahende Gefahr … und dann verhinderst du, daß ich die anderen warne?

Wieviel Zeit war inzwischen vergangen? Eine Dura? Oder zehn? Wie lange brauchte die Flamme, um von einem Stein zum nächsten zu gelangen? Mit leisem Prasseln überwand sie die nächste Lücke. Wie viele mußte das kleine Feuer noch hinter sich bringen, ehe es ganz oben angelangt war? Und welcher himmelausfüllende Schatten würde in jenem Moment über ihnen schweben?

Und plötzlich schob sich tatsächlich ein großer Schatten vor sein eingeschränktes Sichtfeld. Ein riesiger Klumpen, an dem seine starr blickenden Augen keine Details ausmachen konnten, versperrte ihm verschwommen den Blick auf die Gruppe am Computer.

Und jetzt sprach dieses Objekt ihn auch noch an.

»Äh… Weiser Lark … Ist mit dir alles in Ordnung, Herr?«

Der Biologe bedeutete ihm stumm, näher heranzutreten. *So ist es recht, Jim. Ja, noch ein Schrittchen mehr nach links …*

Mit einer Abruptheit, die ihm nicht unwillkommen war, schob sich Jims rundes Mondgesicht vor die Flamme. Der Einfältige setzte eine sorgenvolle Miene auf, als er die schweißnasse Stirn des Weisen berührte.

»Kann ich dir etwas bringen, Lark? Vielleicht ein Glas Wasser?«

Der Biologe war aus der hypnotischen Falle freigekommen und fand endlich sein Willenszentrum wieder … es befand sich noch immer an dem Ort, an dem es sich immer aufhielt.

»Ähhh…«

Er atmete keuchend ein und tauchte frische gegen verbrauchte Luft aus. Sofort brachen überall in ihm Schmerzen aus. Doch es gelang ihm, diese zu ignorieren und all seine Kraft auf drei einfache Worte zu konzentrieren:

»Alle … raus … hier!«

Ewasx

Wenn sie sich etwas vorgenommen haben, kommen sie aber auch gleich zur Sache, was, Meine Ringe?

Seht ihr, wie bereitwillig sie unseren Bedingungen nachkommen?

Ihr wirkt überrascht, weil sie sich so beeilt haben, uns zu gefallen, aber ich habe mit nichts anderem gerechnet. Welche Alternative blieb ihnen denn noch, nachdem ihre sogenannten Weisen endlich verstanden haben, wie die Dinge hier laufen?

Wie bei euch, Meine Ringe, ist es der einzige Daseinszweck anderer Rassen zu gehorchen.

Wie es dazu gekommen ist, wollt ihr wissen?

Ja, ihr erhaltet Meine Erlaubnis, wieder über eure altmodischen Wachsbilder zu streichen und euch über die jüngsten Vorgänge in Kenntnis zu setzen. Aber ich werde es euch lieber selbst berichten, und zwar in der rascheren und effektiveren Oailie-Weise, auf daß wir zusammen den wunderbaren Ausgang eines Unternehmens feiern können.

Also, wir beginnen mit dem Eintreffen der Gesandten. Ein Vertreter aus jedem dieser Wilden-Stämme. Sie rollen auf Rädern, watscheln oder laufen auf Huf, Fuß oder Pfote in dieses zerstörte Tal und bewegen sich über die Trümmer und Splitter, die unsere stolze *Polkjhy* wie ein Ring umgeben.

Mutig bauen sie sich unter der überhängenden Wölbung unserer glänzenden Schiffshülle auf und wechseln sich darin ab, etwas zu der geöffneten Luke hinaufzurufen und im Namen ihrer barbarischen Gemeinschaften hübsche kleine Ansprachen zu halten. Mit überraschender Eloquenz zitieren sie relevante Passagen aus dem Galaktischen Gesetz und nehmen im Namen ihrer Vorfahren alle Verantwortung für ihre Anwesenheit auf dieser Tabu-Welt auf sich. Im Gegenzug begehren sie dann von uns zu erfahren, zu welchem Beruf wir auf diesem Planeten niedergegangen seien.

Ob wir vielleicht offizielle Inspektoren und Richter vom Migrations-Institut seien? fragen sie. Und wenn nicht, mit welchem Recht würden wir dann den Frieden dieses Himmelskörpers verletzen?

Was für eine Dreistigkeit! Unter unserer Besatzung auf der *Polkjhy* gerät der junge Priester-Stapel am meisten aus der Fassung, sind wir nun doch dazu gezwungen, uns vor einer Bande von Wilden zu rechtfertigen.

»Warum haben wir diese zweite Gesandtschaft nicht mit unseren Todesstrahlen gegrillt, so wie die erste?«

Auf diese Frage antwortet unser großartiger Kapitänführer:

»Meine Freunde, es kostet uns wenig, etwas Informationsdampf in Richtung dieser halbdegenerierten Wesen abzusondern. Und vergeßt nicht, daß wir hinter einigen Daten her sind, die wir vielleicht von ihnen erlangen können. Erinnert euch daran, daß dieses Geschmeiß mit Namen Rothen uns wertvolle Informationen zum Kauf angeboten hat, bevor wir sie gerechterweise hintergangen haben. Es ist doch vorstellbar, daß wir dieselben Erkenntnisse zu einem deutlich niedrigeren Preis von diesen Unterwesen bekommen können. Das würde uns Zeit und Mühe sparen, die sonst unweigerlich für die Suche aufgewendet werden müßten.«

Aber der junge Priester gab sich noch nicht zufrieden:

»Sieh doch nur auf dieses widerliche Spektakel hinab! Was für ein Greuel! Sie machen sich im Schatten unseres Schiffes breit:

eine Urs neben einem Hoon! Einer unserer bedauernswerten Traeki-Vettern Seite an Seite mit einem dieser Wölflinge! Und unter ihnen findet sich auch, mir dreht sich gleich der Verdauungsring um, ein g'Kek! Was können wir schon gewinnen, wenn wir uns mit dieser durchraßten Bande abgeben! Ich sage, knallen wir sie gleich ab!«

Ja, Meine Ringe, wäre nicht alles leichter für uns geworden, wenn unser Kapitänführer auf den Rat des jungen Priesters gehört hätte? Statt dessen wandte der Prächtige sich an den alten Priester, um dessen Meinung zu hören.

Dieser erhabene Stapel richtete sich nun zur vollen Größe auf, immerhin fünfzig Ringe hoch, und erklärte:

»Auch ich teile die Ansicht, daß eine Verhandlung erniedrigend für uns wäre. Aber auf der anderen Seite schadet es uns wenig, wenn wir die Form wahren und die Rituale einhalten.

Vertrauen wir die Angelegenheit also Ewasx an. Sein Stapel soll mit diesen Unterwesen verhandeln. Mag er herausfinden, was sie über die zwei Beutegruppen wissen, hinter denen wir her sind.«

Und so wurde alles in die Wege geleitet. Man hat diesem improvisierten, hybriden und unfertigen Stapel die Verhandlung übertragen. Wir werden als Agent der niederen Art eingesetzt. Man verlangt von uns, mit halben Tieren zu reden.

Auf diese Weise erfuhr ich dann, wie gering unsere Jophur-Führer mich/uns einschätzen.

Aber das soll euch jetzt nicht kümmern. Wißt ihr noch, wie wir diesen Auftrag angegangen sind? Mit Gewissenhaftigkeit und selbstbewußtem Auftreten. Auf der Gravoplatte sind wir in den zerstörten Wald hinunter zu der Stelle, wo die Sechs auf uns warteten. Unser Assoziationsring erkannte zwei von ihnen wieder: Phwhoon-dau, der sich über seinen weißen Hoonbart strich, und Vubben, den Weisesten aller g'Kek. Diese beiden schrien vor

Freude und Überraschung laut auf, als sie im ersten Moment glaubten, ihren alten Kameraden Asx wieder vor sich zu sehen.

Doch rasch wurden sie sich ihres Irrtums bewußt, und alle sechs fingen an, im Chor zu jammern und eine Kakophonie unterschiedlichster Trauerlaute von sich zu geben. Vor allem der Traeki in ihrer Mitte – wohl der Ersatz für euch im Rat der Hochweisen, was? –, dem unsere Umwandlung besonders nahe zu gehen schien. Oh, wie dieser Stapel von ungeleiteten Wülsten zitterte, als er unsere Jophurisierung erkannte. Man hätte meinen können, sein Stapel würde sich jeden Moment selbst auseinanderreißen. Da jene Ringe ja nicht über einen Master verfügen, der sie bindet und lenkt, wäre es doch durchaus vorstellbar, daß sie ihre Verbindungsmembranen auftrennen und jeder einzelne von ihnen seiner Wege zieht – um zu entfliegen und die tierischen Lebensformen unserer Urahnen wieder anzunehmen.

Doch irgendwann hatten die sechs Weisen sich insoweit wieder erholt, daß sie in der Lage waren, Mir zuzuhören. In einfachen Worten erklärte Ich ihnen, welches Bestreben die *Polkjhy* auf diese abgelegene Welt geführt hat.

Wir kommen nicht vom Migrations-Institut, erklärte Ich ihnen, obwohl wir in gewisser Hinsicht dem Galaktischen Gesetz in diesem Teil des Universums doch Genüge tun wollten, da wir ja beabsichtigten, die rothenschen Gen-Piraten festzunehmen. Der indifferente Kosmos wird nur wenige Fragen stellen, wenn wir diese Verbrecher der Gerechtigkeit ausliefern ... was wir übrigens auch mit kriminellen Kolonisten tun könnten.

An wen wollen die Weisen sich dann um Beistand wenden?

Aber so weit muß es ja nicht kommen ...

... fügte ich hinzu, um sie zu beruhigen. In den Galaxien treibt sich schlimmeres Gelichter herum als ein paar Exilanten, die sich auf einer verbotenen Welt niedergelassen haben und auf die einzige ihnen mögliche Weise nach Erlösung streben.

So richtet sich unsere Suche auch in der Hauptsache auf ein vermißtes Raumschiff, dessen Besatzung sich aus irdischen Delphinen zusammensetzt. Zehntausend Flotten haben diesen Raumer quer durch alle Fünf Galaxien gejagt, denn es hat große Geheimnisse an Bord und vielleicht sogar den Schlüssel zu einem neuen Zeitalter.

Ich habe den Gesandten dann angedeutet, daß wir unter Umständen bereit sein könnten, für Informationen zu bezahlen, die zur Ergreifung dieses Schiffes samt seiner Besatzung führten.

(Ja, Meine Ringe, der Kapitänführer hatte auch diesen Rothen-Schurken versprochen, für ihre Informationen zu zahlen, als ihr Schiff sich im Raum frech vor unseres setzte und man uns mit Erkenntnisschnipseln zu locken versuchte. Aber diese ungeduldigen Trottel gaben in ihrer Gier zuviel preis. Wir hingegen speisten sie mit vagen Zusagen ab und schickten sie los, uns handfestere Beweise zu besorgen … Heimlich sind wir ihnen dann gefolgt, ohne ein Abkommen mit ihnen besiegelt zu haben. Und nachdem sie uns auf diese Welt hier geführt hatten, welche Verwendung hatten wir da noch für sie? Statt sie zu bezahlen, haben wir sie einfach mitsamt ihrem Schiff festgesetzt.

Gut, sie mochten vielleicht noch ein paar Informationen besitzen, die uns hätten nützlich sein können. Aber wenn sich das Delphinschiff in diesem System aufhält, werden wir es über kurz oder lang aufspüren.)

(Jawohl, Meine Ringe, unser Gedächtniskern scheint keine wächsernen Erinnerungen an ein Delphinschiff zu enthalten. Aber andere auf Jijo werden sicher etwas darüber wissen. Vielleicht wurden dem Traeki-Hochweisen gewisse Informationen vorenthalten. Und davon abgesehen, wie weit können wir schon den Erinnerungen trauen, die wir von Asx übernommen haben – immerhin war er verschlagen genug, vor der Übernahme etliche Wachsplatten einzuschmelzen.

Daher müssen wir uns wohl oder übel mit diesen Gesandten der Völker Jijos auseinandersetzen und sie mit Drohungen und Verlockungen für uns zu gewinnen suchen.)

Während die Weisen noch darüber nachdachten, was sie in der Angelegenheit des Delphinschiffs vorzubringen hatten, kam ich schon auf den zweiten Zweck unseres Erscheinens zu sprechen. Wir verlangen die Gerechtigkeit, der zu lange nicht Genüge getan worden ist!

IHR MÖGT UNSER ZWEITES BEGEHR ALS UNANGENEHM EMPFINDEN ODER VIELLEICHT AUCH EMPÖRT SEIN, DASS WIR VON EUCH VERLANGEN, GEGEN EINE GRUPPE IN EURER MITTE VERRAT ZU VERÜBEN. ABER EUCH BLEIBT KEINE ANDERE WAHL, ALS EUCH DER UNVERSÖHNLICHKEIT UNSERES WILLENS ZU BEUGEN. DAS OPFER, DAS WIR VON EUCH VERLANGEN, IST VON ALLERGRÖSSTER WICHTIGKEIT. LASST EUCH BLOSS NICHT EINFALLEN, DAVOR ZURÜCKZUSCHRECKEN ODER EUCH IRGENDWIE DARAUS HINAUSZUWINDEN.

Der Hoon-Weise blähte seinen Kehlsack auf. »Wir haben einige Schwierigkeiten, die Bedeutung deiner Worte zu erfassen. Wen oder was sollen wir opfern?«

Ein zu offensichtlicher Versuch, sich ahnungslos zu stellen. Daher antwortete Ich gereizt und unter Einsatz der Zornverfärbung Meiner obersten Ringe:

IHR WISST GENAU, WAS IHR UNS ÜBERGEBEN MÜSST. SCHON IN ALLERNÄCHSTER ZEIT ERWARTEN WIR VON EUCH DIE ERSTE LIEFERUNG. EINE SYMBOLISCHE DARBIETUNG VON EURER SEITE, UM UNS ANZUZEIGEN, DASS IHR BEGRIFFEN HABT.

Damit befahl Ich Unserem Manipulator-Ring, all Unsere Ranken auf den alten g'Kek zu richten.

Auf Vubben.

Und jetzt erkannte Ich an ihrer Reaktion, daß sie endlich verstanden. Einige Meiner ehemaligen Asx-Ringe teilten ihren Abscheu, aber Ich brachte sie mit ein paar disziplinarischen Stromstößen zur Ruhe.

Die eingeschüchterten Weisen zogen sich hastig zurück, das Gebot des Himmels nun in ihrem Gepäck.

Wir haben nicht damit gerechnet, in den nächsten ein oder zwei Tagen von den in Furcht und Schrecken versetzten Soonern zu hören. In der Zwischenzeit hat unser herrlicher Kapitänführer eine zweite Korvette nach Osten geschickt, um der ersten Einheit zu Hilfe zu kommen, die unweit eines Tiefseegrabens am Ufer gestrandet ist und mit der Selbstreparatur der Schäden am Schiff nicht so recht vorankommt.

(Dieser Graben würde übrigens ein hervorragendes Versteck für das gesuchte terranische Schiff abgeben.)

Anfangs hatten wir befürchtet, die Delphine hätten unseren Gleiter abgeschossen und die *Polkjhy* selbst müsse sich auf den Weg machen. Doch die Berechnungen unseres taktischen Stapels haben ergeben, daß es ein rothenscher Aufklärer war, der einfach einen Glückstreffer landen konnte. So reicht es, lediglich eine zweite Korvette an die Unglücksstelle zu schicken.

Doch als dieser zweite Gleiter gerade starten wollte, haben wir ein Signal aufgefangen, das direkt aus diesen Bergen hier gekommen ist. Was sonst konnte dahinterstecken als die jijoanischen Gesandten, die auf Meine Forderungen reagierten.

So wurde die Korvette nach Norden umgeleitet und auf eine neue Mission geschickt.

Und aufgepaßt, Meine Ringe, soeben trifft ihr Bericht ein. Eine g'Kek-Siedlung – eine kleine Stadt dieser betrügerischen Teufel auf Rädern, versteckt inmitten der Wälder!

Ja, natürlich hätten wir sie auch allein entdecken können. In einiger Zeit, haben wir doch gerade erst damit begonnen, diese Welt zu kartographieren.

Dennoch verdient diese Geste der Weisen Anerkennung, beweist sie uns doch, daß die Sechsheit (die bald auf eine Fünfheit vermindert sein wird) über genügend Geisteskraft verfügt, um verschiedene Dinge gegeneinander abzuwägen, Risiken zu berechnen, sich dem Unvermeidlichen zu fügen und dafür zu sorgen, daß die eigenen Verluste so gering wie möglich ausfallen.

Wie, Meine Ringe? Das überrascht euch? Ihr hättet von euren gerühmten Gemeinschaften eine größer Solidarität erwartet? Gar mehr Loyalität?

Dann macht euch mal auf einiges gefaßt und lernt, Meine wächsernen Hübschen. Wir haben nämlich gerade erst angefangen!

Lark

Tränen rannen dem menschlichen Hochweisen aus den Augen, als er durch den Wald stürmte.

»Das ist alles … meine Schuld«, brachte er keuchend und leise hervor. »Alles meine … Schuld… Ich hätte es nie zulassen dürfen … das Experiment … so nahe bei… der g'Kek-Siedlung …«

Lark hörte Lesters Klagen, als sie zu der Stampede der anderen Flüchtenden stießen, die über die schmalen Wege zwischen den kolossalen Bambusstämmen schwärmten. Er fing Cambel auf, als diesem aus Kummer über das, was sie alle erst vor wenigen Duras hatten mitansehen müssen, die Beine wegknickten. Lark entdeckte einen hoonschen Milizionär, der ein gewaltiges Schwert am Rücken trug. Der stämmige Kriegsmann nahm ihm den Hochweisen ab und trug Lester, der schon nicht mehr so recht bei sich war, vorsichtig in Sicherheit.

Für diejenigen, die durch den Bambus rannten, würde dieser Begriff Sicherheit nie wieder dieselbe Bedeutung haben. Zweitausend Jahre lang hatten die Rampen und Mauern von Dooden Mesa der ältesten und schwächsten Sooner-Rasse Sicherheit und Schutz geboten. Doch keine ihrer Verteidigungsanlagen konnte der Macht des Sternenkreuzers widerstehen, der unmittelbar nach Larks Warnung über dem Tal aufgetaucht war. Einige der Fliehenden, diejenigen, die genug Mut aufbrachten, einen Blick zurück zu werfen, würden nie mehr das Bild von dem schrecklichen Schiff vergessen, daß wie ein beutehungriges Raubtier über den wunderbaren Rampen, Häusern und Werkstätten schwebte.

Der Buyur-Computer muß sie angelockt haben ... mit seiner »digitalen Resonanz ...«

Sobald die Fremden die Bergrücken überwunden hatten, mußten sie einfach auf die g'Kek-Siedlung unten im Tal aufmerksam werden.

»... so nah ... bei den g'Kek ...«

Angetrieben von der Suche nach Antworten und seinem lebenslangen Interesse für alles Galaktische hatte der Hochweise Ling und Rann gestattet, den Computer auf höchster Leistungsstufe laufen zu lassen, um die geheimnisvollen Dateien zu entschlüsseln. Genausogut hätte er für die Jophur einen Köder auslegen können, um sie hierherzulocken.

Einige von denen, die da durch den Bambus jagten, wirkten nicht ganz so panikerfüllt wie die anderen. Die grimmige Jeri Shen hielt ihre Milizabteilung zusammen, und so erhielten Rann und Ling nie die Chance, nach rechts oder links auszubrechen und das Weite zu suchen ... aber wohin hätten die Daniks sich schon wenden sollen? Ihre Mienen wirkten genauso entsetzt wie die aller anderen.

Lark klingelten immer noch die Ohren vom Feuer des Alien-Schiffes. Ihre blendend hellen Strahlen zerfetzten die Tarnvorrichtungen der Siedlung und setzten Dooden Mesa dem erbarmungslosen Schein der Sonne aus. Die Räderwesen liefen aufgeregt durcheinander – wie in einem Ameisenhaufen, den man aufgebrochen hat.

Nach einer Weile setzte der Beschuß ein, und etwas viel Grauenhafteres fiel von dem Racheengel am Himmel.

Ein goldener Nebel. Wie ein Regen aus flüssigem Licht.

In diesem Moment hatte Lark endgültig die Nerven verloren und war in den Wald gesprungen, um dem Desaster zu entkommen, das er selbst mit heraufbeschworen hatte.

Wenigstens bist du nicht allein, Lester. In deiner Hölle bekommst du Gesellschaft.

Dwer

Schmutzfuß benahm sich noch eigenartiger als sonst.

Der Jäger spähte zwischen den summenden Insekten hindurch und verfolgte, wie der verrückte Noor sich mit irgendeinem unglücklichen Wesen beschäftigte, das er nahe am Wasserrand gefangen hatte. Er hielt es mit den Vorderpfoten fest und fletschte die Zähne gegen jeden, der es wagen sollte, ihm die Beute streitig machen zu wollen, oder nur das Pech hatte, hier gerade vorbeizukommen. Die beiden rußgeschwärzten beschädigten Raumgleiter schienen Schmutzfuß überhaupt nicht zu interessieren. Dabei lagen sie doch nur ein Stück weit entfernt zwischen den Dünen.

Warum sollte er sie auch fürchten? dachte Dwer. *Jeder Galaktiker, dessen Blick zufällig auf den Noor fiele, würde sich gleich achselzuckend von ihm abwenden und ihn lediglich für eine weitere Spezies der Fauna von Jijo halten. Genieß deinen Fang, Schmutzfuß. Du brauchst dich wenigstens nicht im heißen Sand zu verbuddeln.*

Dwer hingegen wurde es in seinem Versteck immer ungemütlicher. Er hatte Krämpfe in den Beinen, und der Sand setzte sich eifrig in jeder Körperritze fest. Wenigstens bekam er etwas Schatten, weil er sein Gewand über dem Loch an zwei Pfeilen aufgespannt und es dann mit Sand bestreut hatte.

Aber er steckte ja nicht allein in diesem Beobachtungsposten, sondern zusammen mit Rety – keine besonders gelungene Mischung, und das war noch höflich ausgedrückt. Noch wesentlich lästiger aber waren die Mücken, die menschlichen Atem unwiderstehlich zu finden schienen. Eines nach dem anderen flogen die Insekten zu dem Loch heran, in dem Rety und der Jäger lediglich eine Öffnung für ihre Gesichter freigelassen hatten. Die Kleinwesen flogen ihnen neugierig in den Mund, und dort schien es ihnen so gut zu gefallen, daß sie eine genauere Inspektion unternahmen. Rety hustete, spuckte und fluchte in einem fort, und das trotz Dwers eindringlicher Ermahnungen, still zu sein.

Sie ist eben für so etwas nicht ausgebildet, ist keine Jägerin, dachte er, während er seine Geduldübungen durchführte. Während seiner Lehrzeit bei Meister Fallon hatte dieser ihm die Augen verbunden und ihm befohlen, in diesem Zustand seinen Weg zu finden. Für jedes Geräusch, das der Junge dabei machte, verlängerte der Lehrer die Frist um eine weitere Midura, bis Dwer endlich gelernt hatte, sich in absoluter Stille zu bewegen und diese auch zu schätzen.

»Ich wünschte, der Mistköter würde endlich aufhören, mit seinem Essen zu spielen«, beschwerte sich Rety und starrte hinunter zu dem Noor. »Er könnte uns ja wenigstens etwas abgeben.«

Dwers Bauch knurrte und tat damit seine Zustimmung kund. Aber er selbst entgegnete: »Darauf würde ich mich nicht verlassen. Denk lieber nicht darüber nach, sondern versuche zu schlafen. Wenn die Nacht hereingebrochen ist, schleichen wir uns von hier fort.«

Eigenartigerweise schien sie diesmal gewillt zu sein, ihm zu gehorchen. In einer brenzligen Lage konnte das Mädchen gelegentlich über sich selbst hinauswachsen.

Bei dem, was wir schon alles erlebt haben und was uns sicher noch bevorsteht, wird am Ende unserer Reise eine Heilige aus ihr geworden sein ...

Er schaute nach links zum Sumpf. Beide Gleiter lagen nur zwei Bogenschüsse entfernt im Morast. Wenn Dwer oder Rety die Aufmerksamkeit auf sich zogen, wären sie eine leichte Beute. Der Jäger fürchtete, daß sich das auch in der Nacht nicht ändern würde.

Ich habe gehört, die Sternenmenschen sollen Linsen besitzen, durch die sie die Körperwärme von jemandem sehen können, der sich in der Dunkelheit bewegt. Und auch noch andere Geräte, mit denen sie Metall und Werkzeuge aufspüren können.

Vermutlich würde es nicht eben leicht sein, von hier zu verschwinden – vielleicht sogar unmöglich.

Aber die Alternativen sahen auch nicht viel besser aus. Vorher hätten sie sich Kunn ergeben können. Als adoptierte Danik hätte Rety den Sternenpiloten dazu bringen können, bei Dwer Gnade vor Recht ergehen zu lassen und wenigstens sein Leben zu verschonen ...

Aber dummerweise waren inzwischen die anderen aufgetaucht und hatten Kunns kleinen Aufklärer abgeschossen ... Dwer hatte gespürt, wie sich seine Nackenhaare aufgestellt hatten, während er diese Doughnutstapel dabei beobachtet hatte, wie sie in Begleitung ihrer schwebenden Roboter die Schäden an ihrem Schiff inspiziert hatten.

Warum hast du vor ihnen Angst? Sie sehen doch aus wie Traekie, und die Ringstapel sind die harmlosesten Wesen überhaupt, oder?

Aber nicht, wenn sie aus dem Himmel herabgebraust kommen und mit Blitzen um sich werfen.

Dwer wünschte, er hätte als Kind bei den heiligen Messen besser aufgepaßt und zugehört, wenn aus den Heiligen Schriftrollen vorgelesen wurde, statt herumzuzappeln und sich mit anderen Dingen zu beschäftigen. Einige Passagen stammten von den Stapelwesen und aus der Zeit, als sie mit ihrem Schleichschiff hier angekommen waren. Und wenn der Jäger es richtig im Gedächtnis hatte, enthielten diese Textstellen Warnungen.

Allem Anschein nach waren nicht alle Wulstwesen lieb und freundlich. *Wie hat man sie doch gleich genannt, diese anderen?* Dwer überlegte fieberhaft, wie diese Traeki hießen, die eigentlich keine Traeki waren, aber ihm fiel einfach nichts ein. Überhaupt nichts.

Manchmal wünschte er, etwas mehr wie sein Bruder oder seine Schwester zu sein – tiefschürfende Gedanken zu denken und so viele Bücher gelesen zu haben, daß man bei jeder Gelegenheit das Passende zu sagen oder zu tun wußte. Lark und Sara hätten ihre Zeit sicher besser zu nutzen gewußt, wenn sie wie er hier und jetzt zu längerer Untätigkeit verdammt gewesen wären. Wahrscheinlich hätten sie Alternativen abgewogen, ihre Möglichkeiten aufgelistet und sich schließlich einen klugen Plan einfallen lassen.

Und was tust du? Du döst nur und denkst an nichts anderes als Essen. Und das einzige Problem, das du wälzt, ist die Frage, wie du dich an den Stellen kratzen kannst, an die du jetzt nicht herankommst.

Aber noch war der Jäger nicht verzweifelt genug, um mit erhobenen Händen auf den Gleiter zuzugehen. Na ja, die Fremden und ihre Automaten waren immer noch damit beschäftigt, die rauchgeschwärzte Hülle in Augenschein zu nehmen und sich an der Reparatur der Schäden zu versuchen.

Dwer wurde immer schläfriger, fiel in ein Nickerchen und mußte gegen ein ärgerliches Jucken ankämpfen, das sich in seinem Kopf bemerkbar machte. Dieses Prickeln war immer stärker geworden, seit er den Danik-Roboter zum ersten Mal über einen Wasserlauf »getragen« hatte – genauer gesagt hatte die Maschine seinen Körper als Anker für seine auf festen Boden angewiesenen Kraftfelder benutzt. Jedesmal, wenn der Jäger erschöpft am jenseitigen Ufer zusammengebrochen war, war es ihm hernach so vorgekommen, als sei er aus einer tiefen Grube gestiegen. Mit jeder weiteren Flußüberquerung hatte sich dieser Effekt verstärkt.

Wenigstens ist diese Last nun von mir genommen.

Der Roboter kauerte seit einiger Zeit in der Nachbardüne in einem selbstgebuddelten Loch. Seit das Schiff seines Herrn abgeschossen worden war, besaß er keine Macht mehr und war vollkommen nutzlos geworden.

Dwer nickte wieder ein, fand aber keinen ruhigen Schlaf. Anfangs plagte ihn die Litanei der einzelnen schmerzenden oder juckenden Regionen seines Körpers, danach quälten ihn Alpträume.

Der Jäger hatte immer viel geträumt. Als Kind war er manchmal mitten in der Nacht aufgewacht und hatte das ganze Haus zusammengeschrien, angefangen von Nelo und Melina bis hin zum niedersten Schimpansen. Alle mußten sie sich um sein Bett aufbauen und ihn beruhigen, bis er wieder eingeschlafen war. Dwer wußte nicht mehr, was das für Träume gewesen waren, die ihn da aufgeschreckt hatten, aber auch heute überkamen ihn im Schlaf noch Visionen von erstaunlicher Lebendigkeit und Klarheit.

Aber wenigstens fange ich davon nicht mehr an zu schreien.

Außer vielleicht bei Einzigartiger.

Er erinnerte sich an die alte Mulch-Spinne in ihrem Säuresee in den Bergen, die an jenem schicksalsträchtigen Tag während seiner ersten Reise ganz allein über die Rimmers, direkt in seinem Kopf gesprochen hatte.

– die verrückte Spinne, die sich mit keinem ihrer Kollegen vergleichen ließ, hatte mit allen möglichen Listen versucht, Dwer in ihr Netz zu locken, um ihn ihrer »Sammlung« einzuverleiben.

– die verrückte Spinne, die den Jäger beinahe doch noch ergriffen hätte, in jener schrecklichen Nacht, als Rety und ihr Vogel sich im Gewirr der bitteren Ranken verirrt hatten … bevor dieses Labyrinth in einem tödlichen Inferno explodiert war.

In seinem Halbschlaf sah er wieder die Stränge und Ranken vor sich, die den Körper der Spinne gebildet hatten. Sie krochen in dem Wirrwarr auf ihn zu, kamen immer näher und legten eine Falle aus, aus der er unmöglich entkommen konnte. Aus jedem einzelnen Kabel strömten giftige Dämpfe oder Flüssigkeiten, deren Tropfen die Haut dort, wo sie auftrafen, taub und eiskalt machten.

Dwer erschien plötzlich der Sand, in dem er steckte, wie ein Gewirr von Schlingen und Knoten, die sich immer enger um ihn zogen. Auch wenn sie ihn einschnürten, schienen sie ihn doch auch liebend zu umarmen, wenn auch auf eine verdrehte Weise.

Niemand könnte dich je so schätzen, wie ich das tue, ließ Einzigartige sich geduldig und süß wie immer vernehmen. Wir teilen ein gemeinsames Schicksal, mein Süßer, mein wertvoller Schatz.

Dwer fühlte sich jetzt wirklich in der Falle, wenn auch eher in der einer schläfrigen Ermattung als in der von erdrückenden Sandmassen.

»Du … existierst nur … in meiner Einbildung …«, murmelte er.

Ein glockenhelles Lachen antwortete ihm, und die honigsüße Stimme fuhr fort:

Das hast du stets behauptet, obwohl du dich trotzdem vorsichtshalber meiner Umarmung entzogen hast – bis zu jener Nacht, als ich dich beinahe für mich hatte.

»Die Nacht, in der du gestorben bist!« entgegnete Dwer; seine Worte waren kaum mehr als Vibrationen in der von ihm ausgeatmeten Luft.

Das stimmt, aber du glaubst doch wohl nicht ernsthaft, daß damit schon alles vorbei sei, oder?

Meine Art ist uralt. Ich selbst habe eine halbe Million Jahre gelebt und langsam und allmählich die harten Überreste der Buyur erst weichgemacht und dann aufgelöst. Glaubst du nicht, daß ich in dieser unvorstellbaren Zeitspanne, in der mir wenig anderes zu tun blieb, als lange Gedanken zu denken, alles über die Sterblichkeit erfaßt hätte, was es über sie zu wissen gibt?

Dwer wurde klar, daß sich mit jedem Mal, in dem er dem Roboter über einen Wasserlauf geholfen hatte und dabei von seinen Energiefeldern durchdrungen worden war, in seinem Innern ein Stückchen verändert hatte. Etwas war in ihm entstanden und hatte ihn mit einer neuen Form von Sensibilität versorgt. Oder aber ihn vollkommen in den Wahnsinn getrieben. Aber um was auch immer es sich handeln mochte, nur so ließ sich dieser alberne Traum erklären.

Er öffnete die Augen einen Spalt weit und versuchte, sich wach zu bekommen. Aber die Müdigkeit lastete bleischwer auf ihm, und er brachte nicht mehr zustande, als durch die Wimpern auf den Sumpf vor ihm zu spähen.

Bislang hatte er sich nur für die beiden Gleiter interessiert. Der Größere besaß die Form einer silberfarbenen Zigarre, der Kleinere ähnelte einer bronzefarbenen Pfeilspitze. Doch jetzt betrachtete er auch die Umgebung genauer und richtete seine Aufmerksamkeit mehr auf den Morast und weniger auf die fettigen Fremden.

»Sie sind nichts als Abfall, mein Teurer. Beachte diese vergänglichen Nichtigkeiten gar nicht, diese ›gemachten Dinge‹, die nur der Phantasie von Eintagsfliegen entsprungen sind. Der Planet wird alles absorbieren, selbstverständlich mit ein wenig Unterstützung von meiner Seite.

Die Schiffe hatten seine Aufmerksamkeit so in Anspruch genommen, daß ihm die verräterischen Anzeichen völlig entgangen waren. Gar nicht weit von ihm war die viereckige Erhebung, deren symmetrische Anlage fast völlig unter Vegetation verborgen lag. Die regelmäßigen Vertiefungen, die sich im stets selben Abstand voneinander zeigten und sich bis in die Ferne hinzogen … auf den ersten Blick konnte man sie für Tümpel halten, die sich mit Algen gefüllt hatten, aber nur wenn man ihre geometrische Anordnung außer acht ließ.

Natürlich, hier hatte er eine der alten Buyur-Städte vor sich. Möglicherweise ein Hafen, vielleicht aber auch ein Erholungsort für Sommerfrischler, auf jeden Fall aber schon vor sehr langer Zeit der Auflösung anheimgegeben. Und was die Spinne nicht hatte zerstören können, blieb dem Wind und dem Regen überlassen.

Ich bin der Freund dieses verwundeten Planeten, meldete sich die Stimme erneut, diesmal nicht ohne Stolz.

Wir sind diejenigen, die die häßlichen Narben entfernen.

Wir sind diejenigen, die den Zahn der Zeit beschleunigen.

Ja, dort drüben. Dwer erkannte durch die Schatten seiner Wimpern schlanke Gebilde inmitten von Sumpfpflanzen, die wie Fäden wirkten, die sich zwischen Wurzeln und Löchern hindurchwanden oder sich durch das schlammige Wasser schlichen. Lange Rankengebilde, die sich unendlich langsam voranbewegten. Doch dank seiner Geduld nahm der Jäger die Veränderungen wahr.

Ach, welche Geduld hättest du lernen können, wenn du dich mit angeschlossen hättest! Mittlerweile wären wir eins mit der Zeit, mein Liebling, mein ganz besonderer Schatz.

Es lag nicht allein an dieser lästigen Traumstimme, von der er ganz genau wußte, daß sie nur in seiner Einbildung bestand. Als ihm die Erkenntnis endlich dämmerte, fand er auch die Kraft, den Schlaf abzuschütteln. Er preßte die Lider so fest zusammen, daß Tränen entstanden und alle Klebrigkeit fortspülten. Wieder wach, öffnete er sie und starrte gebannt auf die verdrehten Rankenmuster im Wasser. Ja, sie waren dort.

»Eine Mulch-Spinne«, murmelte er, »und zwar eine, die noch lebt.«

Rety regte sich und war gereizt, weil er sie aus dem Schlummer gerissen hatte.

»Na prima. Ein Grund mehr, von diesem Scheißort zu verduften.«

Aber der Jäger lächelte. Der kurze Schlaf schien ihn dennoch gestärkt zu haben, und er registrierte, wie seine Gedanken sich in neuen Bahnen bewegten und sich von der Starre des bloßen Opfers entfernten.

Er hörte, wie Schmutzfuß bellte und sein neues Spielzeug anknurrte – das Vorrecht eines Raubtiers, das ihm vom Gesetz der Natur verliehen worden war. Vorher hatte ihn der Lärm des Noors irritiert und mit Sorge erfüllt. Doch nun sah er das Gekläffe als gutes Omen.

Alle Fehlschläge und Verwundungen verlangten im Verein mit seinem wenig ausgebildeten Verstand, sofort von diesem gefährlichen Ort zu fliehen – notfalls auf dem Bauch fortzukriechen und Rety mitzunehmen in das erstbeste Versteck, das sich auf dieser tödlichen Welt finden ließe.

Doch jetzt formte sich eine Idee in seinem Kopf und war bald so klar wie die Wasser des Riffs.

Ich laufe nicht mehr davon, beschloß er. *Eigentlich bin ich zu so etwas nämlich gar nicht in der Lage.*

Er war Jäger, dazu war er geboren und ausgebildet worden.

Alvin

Also gut, hier standen wir also und verfolgten durch das magische Auge der Phuvnthus Geschehnisse an einem fernen Ort, als das Kameraauge plötzlich einen verrückten Tanz aufführte und wir unvermittelt mit dem grinsenden Gesicht eines Noor konfrontiert wurden. Einem vielfach vergrößerten Tier – so wie eine Maus ihn wohl sieht, bevor sie ihrer Bestimmung als sein Mittags-Snack gerecht werden muß.

Huphu reagierte auf diesen Anblick mit einem scharfen Zischen, und wieder einmal vergruben sich seine Krallen in meiner Schulter.

Die Stimme in dem Wirbel, unser Gastgeber, zeigte sich genauso überrascht wie der Rest von uns. Dieses sich ständig in Bewegung befindende Hologramm-Gebilde verdrehte sich wie der

Hals einer höchst verwirrten Urs und nickte dabei, als beriete sie sich mit jemandem, der für uns andere unsichtbar blieb. Ich schnappte ein paar Wortfetzen auf, die Englik oder Galaktik Sieben gewesen sein mochten.

Als die Stimme sich wieder laut vernehmen ließ, hörten wir sie zweimal – zuerst direkt und dann zeitversetzt noch einmal aus den kleinen Lautsprechern der Drohne. Der Wirbel benutzte Galaktik Sechs mit Akzent und sprach zu dem Noor:

»Bruder, bitte hör auf damit.« Die fünf Worte waren so leise, daß ich sie kaum hören konnte.

Und das Wunderbare geschah: Der Noor hörte tatsächlich damit auf, den kleinen Roboter zu plagen, und hob den Kopf, um die Beute von vorn bis hinten zu inspizieren.

Natürlich weiß ich, daß wir Hoon solche Wesen als Helfer auf unseren Schiffen anheuern und daß man ihnen eine Reihe von Worten und einfache Befehle beibringen kann. Aber so etwas gibt es eben nur bei uns auf dem Hang, und dort erhalten sie Süßigkeiten und liebe Worte als Belohnung. Woher jedoch sollte ein Noor aus den Rimmers Galaktik Sechs gelernt haben?

Die Stimme versuchte es noch einmal und klang jetzt dringlicher und noch höher, so daß ich die größte Mühe hatte, etwas zu verstehen.

»Bruder, willst du mit uns reden, im Namen des Tricksters?«

Huck und ich tauschten verblüffte Blicke aus. Was wollte der Wirbel damit bezwecken? Und wer war der »Trickster«?

Eine halb vergessene Erinnerung kehrte aus jener Zeit in mein Bewußtsein zurück, als unsere unglückliche *Wuphons Traum* in den weit aufgerissenen Rachen des Phuvnthu-Schiffes gekracht war. Meine Freunde und ich wurden im halb benommenen Zustand auf ein Metalldeck geschleudert, und als ich wieder so weit bei Sinnen war, um durch einen Schleier vor den Augen etwas erkennen zu können, erblickte ich sechsbeinige Monster, die hin und her eilten, unsere selbstgebastelten Instrumente zertrampelten, mit ihren Suchstrahlen in alle Ecken leuchteten und sich in einer mahlenden, abgehackten Sprache unterhielten, die mir unbekannt war. Zuerst erschienen mir diese gepanzerten Wesen als grausam, denn sie brachten unseren Ziz, den kleinen Traeki mit lediglich fünf Ringen, sofort mit ihrem Beschuß zum Zerplatzen. Als sie dann aber Huphu entdeckten, gerieten sie richtiggehend aus dem Häuschen. Ich entsinne mich noch, wie sie ihre Metallbeine einknickten, um sich zu unserem Maskottchen hinabzubeugen, und dann auf es einsummten und -klickten, als wollten sie ihn zum Sprechen bewegen.

Und hier erlebten wir jetzt etwas Ähnliches. Wollte der Wirbel den wilden Noor wirklich dazu überreden, von dem ferngesteuerten kleinen Roboter abzulassen? Huck bewegte zwei Augenstiele in meine Richtung, bei ihr das Anzeichen belustigten Zweifels. Mochte es sich bei unseren Gastgebern um Sternengötter oder nicht handeln, eins stand schon mal fest: Nur ein absoluter Obertrottel konnte erwarten, mit einem Noor in Kommunikation zu treten.

So begreift man sicher die gewaltige Überraschung von uns beiden – sie war sogar noch größer als die von Ur-ronn und Schere –, als das Wesen auf dem Bildschirm das Maul schloß, die Stirn in Falten legte, als denke es angestrengt nach, und dann plötzlich geraspelte Laute von sich gab, bei denen es sich unzweifelhaft um eine in Galaktik Sechs gehaltene Antwort handelte.

»Im Namen des Tricksters ... wer bist du, verdammt noch mal?«

Mein noch im Heilungsprozeß befindliches Rückgrat ächzte schmerzlich, als ich vor Überraschung meinen ganzen Kehlsack auf einmal leerblies. Huck seufzte ebenfalls und sackte dabei sichtlich zusammen. Scheres Sichtkuppel drehte sich schneller um die eigene Achse als die Linien in dem Hologramm. Nur Huphu schien von alldem nichts mitbekommen zu haben. Er leckte sich gedankenverloren und in aller Ruhe unterhalb des Bauchs, als sei überhaupt nichts geschehen.

»Was glaubt ihr fiesen, von Jafalls liegengelassenen Kackhaufen eigentlich, was ihr da tut?!« schimpfte unsere g'Kek-Freundin. Ihre vier Augenstiele standen vor Erregung kerzengerade nach oben, und das zeigte mir an, daß sie weniger wütend als vielmehr voller Furcht war. Zwei von den sechsbeinigen Phuvnthus, die sie deutlich überragten, führten sie ab. Einer an jeder Seite, trugen sie Huck an den Rädern fort.

Der Rest von uns war zwar ebenso unwillens, aber wir beschimpften unsere Wächter nicht. Schere mußte seinen roten Panzer mehrmals seitlich kippen, wenn es durch eine zu schmale Tür ging.

Wir folgten einem Paar dieser kleinen Amphibienwesen, die uns zurück auf das Walschiff brachten, in dem wir in diese unterseeische Zuflucht gelangt waren. Ur-ronn trottete hinter Schere her und hielt den langen Hals nur knapp über den Boden, was bei ihr das sichtliche Anzeichen für Niedergeschlagenheit war.

Ich folgte auf meinen Krücken Huck, hielt mich aber wohlweislich außerhalb der Reichweite ihrer Stützbeine, mit denen sie unablässig nach links und rechts gegen die Korridorwände trat.

»Ihr habt versprochen, uns alles zu erklären!« ereiferte sie sich. »Und ihr habt uns gesagt, wir dürften der Bibliothekseinheit Fragen stellen!«

Weder die Phuvnthus noch die Amphibienwesen würdigten ihr Gezeter einer Antwort, und ich rief mir ins Gedächtnis zurück, was die Stimme in dem Wirbel gesagt hatte, bevor man uns fortführte.

»Wir können es nicht länger zulassen, vier Kinder an einem Ort zu belassen, an dem sie in größter Gefahr schweben. Gut möglich, daß diese Station bald wieder bombardiert wird, und dann sicher heftiger. Davon abgesehen habt ihr schon mehr erfahren, als euch gut tut.«

»Was denn schon?« fragte Schere perplex zurück. »Daß Noor sprechen können?«

Das Hologramm nickte – zumindest interpretierten wir die Bewegung inmitten ihrer Linien so. »Das und noch einiges mehr. Wir können euch nicht länger hier lassen – und auch nicht nach Hause zurückschicken, wie wir es ursprünglich beabsichtigt haben; denn das könnte für euch und eure Familien eine Katastrophe heraufbeschwören. Deswegen sind wir zu dem Schluß gelangt, euch woandershin zu bringen – genauer gesagt an einen Ort, an den ihr schon immer gern einmal hinwolltet, wie aus dem Tagebuch zu erfahren ist. Dort mögt ihr euch dann umsehen, bis die Gefahr vorüber ist.«

»Moment mal!« rief die g'Kek. »Ich wette, du bist hier nicht derjenige, der das Sagen hat. Wahrscheinlich bist du sogar nur ein Computer … ein Ding! Ich will sofort mit deinem Vorgesetzten sprechen!«

Ich schwöre bei allem, was mir heilig ist, daß der Wirbel in diesem Moment sowohl verblüfft als auch amüsiert wirkte.

»Was für wirklich kluge, gewitzte Kinder. Wie ich bei früherer Gelegenheit schon einmal gesagt habe, haben wir seit eurer Ankunft viele Vorstellungen über Bord werfen müssen. Da ich darauf programmiert bin, Mißverhältnisse und Ungereimtheiten interessant zu finden, möchte ich mich bei euch für viele angenehme neue Erfahrungen bedanken und wünsche euch für die Zukunft das Beste.«

Ich weiß nicht, ob nur mir auffiel, daß die Stimme mit keinem Wort auf Hucks Anschuldigung eingegangen war.

Typisch Erwachsene, dachte ich. Ganz gleich, ob hoonsche Eltern oder ihre Entsprechung bei irgendwelchen Aliens … überall im Universum verhalten sie sich Kindern gegenüber gleich.

Huck beruhigte sich, nachdem wir den Raum verlassen hatten und uns wieder in dem Wirrwarr von Gängen und Korridoren befanden, die zu dem Walschiff führten. Die Sechsbeinigen setzten sich schließlich sogar wieder ab, und sie rollte in unserer Mitte. Doch sie hörte nicht auf, leise Schmähungen vor sich hin zu murmeln, die wenig Gutes über das Aussehen, die Manieren und die Abstammung der Phuvnthus enthielten. Aber ich erkannte an der Stellung ihrer Augenstiele, daß das nur aufgesetzt war und sie etwas ganz anderes im Sinn gehabt hatte.

Mit anderen Worten, sie freute sich diebisch, weil ihr etwas in ihren Augen unerhört Gerissenes gelungen war.

Als wir uns dann an Bord des Untersee-Boots befanden, brachte man uns in einen anderen Raum mit einem Bullauge. Offenbar bereitete es den Sechsbeinern keine Sorgen, wenn wir uns die Meergrund-Landschaft einprägten, an der wir vorbeifuhren – was wiederum mich mit Sorge erfüllte.

Wollen sie uns vielleicht in irgendein anderes Wrack in irgendeinen neuen Schrotthaufen irgendwo im Mitten absetzen? Und wenn ja, wer holt uns dann da heraus, wenn die Phuvnthus durch Bombenabwurf vernichtet worden sind?

Aber die Stimme hatte gesagt, man bringe uns an einen sicheren Ort. Vielleicht hält der eine oder andere mich ja jetzt für ein wenig merkwürdig, aber seit wir am Terminus-Fels das feste Land verlassen haben und ins Meer getaucht sind, habe ich mich keinen einzigen Moment sicher gefühlt.

Und was hat der Wirbel damit gemeint, als er sagte, er setzte uns an einem Ort ab, den wir immer schon einmal besuchen wollten?

Das U-Boot oder Walschiff, wie wir es seiner Form wegen nannten, glitt anfangs langsam voran, bis es den Tunnelausgang hinter sich gelassen hatte – einen Weg, den man offensichtlich zwischen den uralten Schiffshüllen geschaffen und mit Trägern und Streben abgestützt hatte. Ur-ronn meinte, das bestätige nur den Schluß, zu dem wir bereits gelangt seien, daß nämlich die Phuvnthus erst kürzlich auf Jijo angelangt und wie unsere Vorfahren vor irgend jemandem auf der Flucht seien. Allerdings bestehe zwischen ihnen und unseren Alten ein großer Unterschied:

Die Phuvnthus hegten die womöglich berechtigte Hoffnung, diese Welt wieder zu verlassen.

Ich beneidete sie darum. Nicht um die Gefahren, die sie in Gestalt ihrer Feinde bedrängten, sondern um die Möglichkeit, die uns versagt blieb: nämlich von hier fortzugehen und auf den Sternenstraßen zu fliegen, auch wenn dort vermutlich der Untergang auf sie lauerte. War es naiv von mir, mir zu sagen, daß die Freiheit ein solches Risiko wert sei? Und war es dumm von mir, sofort mit ihnen tauschen zu wollen, wenn sich mir nur die Gelegenheit dazu bieten würde?

Möglicherweise haben diese Überlegungen in mir den Samen für die spätere Erkenntnis gelegt. Für den Moment, in dem sich alle Puzzleteile plötzlich zusammenfügten. Aber ich will den Ereignissen nicht vorgreifen (behalten Sie, liebe Leser, diesen Gedanken dennoch im Hinterkopf).

Bevor das Walschiff den Tunnel hinter sich gebracht hatte, nahmen wir Gestalten wahr, die sich in der Dunkelheit draußen bewegten, wo sich lange Schatten von den Quellen scharfen und sternenhellen Lichts entfernten. Dieses Wechselspiel von Finsternis und reiner Leuchtkraft erschwerte es uns anfangs, dort überhaupt etwas zu erkennen. Doch dann gelang es Schere, diese Gestalten zu identifizieren.

Es handelte sich bei ihnen um Phuvnthus, um jene sechsbeinigen Wesen, die sich an Bord des Schiffes immer so stampfend und ungelenk bewegt hatten. Doch hier im Wasser schienen sie in ihrem Element zu sein. Sie schwammen wie Fische und zogen zu diesem Zweck ihre Metallbeine ein. An anderen Stellen hatten sie sie allerdings ausgefahren und benutzten sie als Arbeitsarme. Die große Ausbuchtung am hinteren Ende ihres Leibs ergab nun ebenfalls einen Sinn. Sie enthielt eine Schwanzflosse, die diese Wesen anmutig durch das dunkle Wasser antrieben.

Wir vier hatten schon vor einiger Zeit darüber debattiert, daß es sich bei den Phuvnthus nicht um rein mechanische Gebilde handeln könne. Ur-ronn meinte, das metallische Äußere sei nur ein Gehäuse, in das man wie in Kleidungsstücke schlüpfe, und die eigentlichen Phuvnthus lägen in dessen Innern in horizontalen Schalen.

Sie tragen die Anzüge nur im Schiff, weil ihre Körper keine Beine aufweisen, dachte ich, und mir wurde klar, daß sie unter den Stahlpanzern auch ihre wahre Identität verbergen wollten. Aber warum, fragte ich mich, trugen sie diese Hüllen auch draußen im Wasser, wenn sie doch geborene Schwimmer waren?

Wir kamen an Licht von solch gleißender Helligkeit vorbei, daß sie einem in den Augen brannte. Anscheinend wurde dort geschweißt und geschnitten. Reparaturarbeiten! schoß es mir durch den Sinn.

Haben sie sich mit anderen eine Schlacht liefern müssen, bevor sie nach Jijo gekommen … entkommen sind?

In meiner Phantasie entstanden Bilder aus den Space-Opera-Büchern, über die Mister Heinz immer die Nase zu rümpfen pflegte und uns Kinder ermahnte, wir sollten lieber unseren Geist mit Werken von Keats oder Basho erweitern. In diesem Moment sehnte ich mich danach, näher heran zu können und mir die Kampfspuren anzusehen … doch dann fuhr das U-Boot in einen neuen Schacht, und von dem großen Schiff war nichts mehr zu sehen.

Bald darauf gelangten wir in die Schwärze des Mitten. Frostige Kälte schien die Glasscheibe unseres Sichtfensters zu durchdringen, und wir wichen vor ihr zurück … wohl auch aus dem Grund, weil das Walschiff alle Scheinwerfer ausschaltete. Die Welt draußen wurde für uns vollkommen leer, bis auf ein gelegentliches blaues Leuchten wie von einem Seeungetüm, das eine Gefährtin anlocken wollte.

Ich legte mich auf das Metalldeck und machte mich lang, um meinem Rücken etwas Ruhe zu gönnen. Unter mir dröhnten die Triebwerke, und deren Vibrationen fuhren durch meinen Körper.

Sie erinnerten mich an das tief tönende Lied eines gottgleichen Hoon, der nie zum Luftholen innehalten mußte. Ich füllte meinen Kehlsack und begann dazu zu summen. Hoon können am besten nachdenken, wenn im Hintergrund ein konstanter Rhythmus zu hören ist – eine Tonfolge, die als Focus für ihre Konzentration dient.

Und ich hatte wirklich über eine Menge nachzudenken.

Meinen Freunden wurde es schließlich zu langweilig, ins schwarze Nichts hinauszustarren, und bald hatten sich alle um den kleinen Huphu, unser Noor-Maskottchen, versammelt und versuchten, ihn zum Sprechen zu bringen. Schere drängte mich mehrmals, zu ihnen herüberzukommen und ihn mit meinen tiefen Tönen zu locken. Aber ich lehnte jedesmal ab. Huphu kenne ich nämlich schon, seit er noch ein kleiner Welpe gewesen ist. Und ich kann mir einfach nicht vorstellen, daß er uns die ganze Zeit etwas vorgemacht und sich dumm gestellt hat. Davon abgesehen hatte ich den Unterschied bemerkt, der den Noor am Strand von unserem Kleinen abhob. Er hatte nämlich ein Leuchten in den Augen gehabt, das ich bei Huphu noch nie entdeckt hatte. Möglicherweise steckte das hinter seiner verblüffenden Fähigkeit zu reden …

… und während ich jetzt so darüber nachsann, fiel mir ein, daß ich dieses Leuchten vorhin nicht zum ersten Mal gesehen hatte. Etwas Ähnliches hatten auch ein paar Noor aufgewiesen, die sich an den Piers in Wuphon herumtrieben oder auf den Schiffen mitsegelten. Ja, wenn ich es recht bedachte, sie hatten sich schon von ihren Spezieskollegen unterschieden und sich ihnen gegenüber als etwas Besseres gefühlt. Natürlich verhielten sie sich stumm wie die anderen, aber bei manchen Gelegenheiten reagierten sie wachsamer oder pfiffiger – so als arbeite es hinter ihrer Stirn, oder als amüsierte sie das emsige Streben der Sechs Rassen.

Bis zum heutigen Tag hatte ich nur selten einen Gedanken daran verschwendet, denn der Hang zu Belustigung und Schabernack scheint allen Noor angeboren zu sein. Aber es erschien mir jetzt doch so, als sei ich hinter das Geheimnis gekommen, das die einen von den anderen unterschied.

Obwohl Noor oft mit Hoon in Verbindung gebracht werden, haben wir sie nicht auf Jijo eingeführt, so wie die Menschen die Schimpansen, die Qheuen die Lorniks und die g'Kek die Zookir. Die Noor waren längst hier, als wir auf Jijo ankamen und damit begannen, unsere ersten stolzen Boote und Flöße zu bauen. Wir haben immer angenommen, es handele sich bei ihnen um eine einheimische Spezies, die entweder hier entstanden oder aber von den Buyur in ihren Labors gezüchtet worden ist. Möglicherweise hatten sie die Noor hier zurückgelassen, um ihren Nachfolgern eins auszuwischen und sich in ihrer Heimat köstlich darüber zu amüsieren. Obwohl sie uns Hoon an Bord eines Schiffes oft recht nützlich sein können, bilden wir uns doch nie ein, daß die Noor uns in irgendeiner Weise gehorchen oder gar gehören.

Schließlich wurde es auch Huck zu dumm, Huphu ein paar Worte zu entlocken, und sie überließ es Schere und Ur-ronn, den Kleinen weiter zu bedrängen. So rollte sie zu mir heran und blieb eine ganze Weile ungewohnt schweigsam stehen. Aber sie konnte mich nicht eine Midura lang hinters Licht führen.

»Also los, erzähl's mir«, forderte ich sie auf. »Was hast du angestellt?«

»Wie kommst du denn auf so etwas?« Sie tat so, als wisse sie von gar nichts.

»Hrrmm. Fangen wir doch zum Beispiel mit deinem vorgetäuschten Zorn und deinem Gekeife in der Halle an. So was hast du früher mit uns auch gern gemacht, bis wir dich eines Tages durchschaut haben. Und etwas später war es dann mit deinen Wutanfällen vorbei, und du hast so verschmitzt dreingeschaut, als hättest du Richelieu die Kronjuwelen unter der Nase wegstiebitzt.«

Huck zuckte zusammen, was sich bei ihr in einem Zusammenrollen der Augenstiele ausdrückt, und fing dann an zu kichern. »Tja, schätze, da hast du mich erwischt, d'Artagnan. Also schön. Jetzt paß mal gut auf.«

Mit einiger Mühe stützte ich mich auf den Mittelknochen meines Unterarms auf, und die g'Kek rollte näher heran. Ihre Speichen summten vor Aufregung.

»Der Trick ist mir mit den Stützbeinen gelungen. Ich habe mit ihnen gegen die Wände getreten, bis es mir gelungen ist, das hier abzureißen.«

Einer ihrer Tentakelarme rollte sich vor mir aus, und am Ende steckte zwischen den Spitzen ein viereckiger Streifen, der aus dickem Papier angefertigt zu sein schien. Ich griff danach.

»Vorsicht, der klebt an einer Seite. In irgendeinem Buch habe ich einmal gelesen, daß man so etwas Klebeband nennt. Ist leider etwas zerknüllt, als ich es von der Wand gerissen habe. Ich habe dann versucht, es wieder geradezuziehen, aber ich fürchte, viel ist nicht mehr zu erkennen ... Doch wenn du ganz genau hinschaust ...«

Ich starrte auf den Streifen, bei dem es sich um eine der Abdeckungen zu handeln schien, die wir bei unserem ersten Marsch durch die Gänge entdeckt hatten. Sie waren alle in derselben Höhe links neben den Türen angebracht, offenbar zu dem Zweck, Bezeichnungen oder Namen in einer fremden Sprache zu verdecken.

»Du hast nicht zufällig gerade hingesehen, als ich es entfernt habe, oder?« fragte Huck. »Und entdecken können, was darunter zu lesen stand?«

»Hrrmm, ich wünschte, ich hätte es. Aber ich war viel zu beschäftigt damit, deinen Tritten auszuweichen.«

»Tja, da kann man wohl nichts machen. Sieh dir doch einmal dieses Ende hier genauer an. Was erkennst du da?«

Meine Augen waren nicht so scharf wie die der g'Kek, aber im allgemeinen können Hoon ziemlich gut sehen. Nun, ich erspähte einen Kreis, der am rechten oberen Ende offen war und in der rechten Mitte einen nicht durchgängigen Querbalken aufwies. »Ist das vielleicht ein Buchstabe oder so?«

»Damit liegst du hundertprozentig richtig. Jetzt sag mir nur noch, aus welchem Alphabet er stammt.«

Ich konzentrierte mich. Fast alle galaktischen Standard-Basisschriften verwendeten kreisförmige Symbole in der einen oder anderen Form. Aber dieses Gebilde hier war auf seine Art doch einzigartig.

»Nun, ich könnte dir sagen, was mir als erstes in den Sinn gekommen ist, obwohl das unmöglich stimmen kann.«

»Komm, spuck es aus!«

»Hrrrm, sieht so ähnlich aus wie ein Buchstabe aus dem Englik. Genauer gesagt, wie der Buchstabe G.«

Huck atmete erleichtert aus, und ihre Augenstiele wedelten glücklich, als fahre eine Brise durch sie hindurch.

»Das war auch mein erster Eindruck.«

Wir drängten uns wieder an das Sichtfenster, als die Schiffshülle anfing zu knarren und andere Geräusche von sich zu geben, ein sicheres Anzeichen für eine rasche Druckveränderung. Und richtig, bald wurde die Welt draußen heller, und wir wußten, daß das U-Boot sich seinem Ziel näherte. Jetzt strömte auch Sonnenlicht in das flacher gewordene Wasser.

Uns allen wurde ein wenig schwindlig, was sicher vom veränderten Luftdruck herrührte. Schere stieß gezischte Rufe aus, weil er sich freute, vertrautes Terrain wie bei sich zu Hause wiederzusehen (auch wenn hier natürlich weit und breit keine Brutstätten zu erkennen waren).

Endlich tropfte Wasser von der Scheibe, und wir entdeckten unseren Bestimmungsort.

Schiefstehende Obelisken und weite Betonskelette erstreckten sich, gruppiert zu größeren Komplexen, entlang eines Strands.

Huck seufzte zitternd.

Buyur-Ruinen, sagte ich mir. *Wir befinden uns bestimmt vor dem Busch-Land südlich des Riffs, wo einige Städte stehengelassen und Wind und Wetter überlassen worden sind.*

Die Stimme hat mein Tagebuch gelesen und weiß um unsere Begeisterung, an diese Stätte zu gelangen. Wenn man uns schon unter Quarantäne setzen muß, dann dankenswerterweise an einem solchen Ort.

Die alten Ruinenstädte einmal zu sehen war immer schon Hucks größter Wunsch gewesen, und auch als wir uns damals überlegten, was wir in diesem Sommer anstellen wollten, hatte sie das vorgebracht (wir anderen haben uns dann für das Tauchabenteuer mit der *Traum* entschieden, und Huck wurde überstimmt). Nun hüpfte sie mit den Rädern auf und ab und konnte es gar nicht abwarten, an Land zu kommen und die Inschriften auf den Wänden zu studieren, von denen es hieß, sie seien hier haufenweise vorhanden. Vergessen waren alle ihre Beschwerden über die verräterischen Phuvnthus, die ihre Versprechen nicht eingehalten hatten – immerhin wurde hier ein alter Traum von ihr wahr.

Einer der Sechsbeiner trat nun in unseren Raum und bedeutete uns, ihm rasch zu folgen. Zweifellos wollten die Phuvnthus uns rasch an Land bringen, bevor ihre Feinde sie entdecken konnten. Schere war der Erste, und Huck folgte ihm rasch. Ur-ronn sah mich an und drückte auf ihre Weise, nämlich mit einem Schütteln von Kopf und Hals, ein Achselzucken aus. Sie freute sich bestimmt sehr darüber, endlich aus dieser Welt von Wasser und Feuchtigkeit hinauszukommen. Durch das Sichtfenster sah das Land angenehm warm und trocken aus.

Aber aus der Erfüllung all dieser Wünsche und Träume wurde nichts.

Diesmal war ich es, der sich querstellte.

»Nein!« Ich stellte mich breitbeinig hin und blähte den Kehlsack auf. »Nein, ich bewege mich nicht von der Stelle!«

Meine Freunde kehrten zurück und starrten mich an. An der

Art, wie ich meine Krücken fester umklammerte, mußten sie erkennen, daß sie hier einen Fall von typisch hoonscher Sturheit vor sich hatten. Ein Amphibienwesen erschien und quiekte unglücklich.

»Vergeßt es«, erklärte ich. »Wir gehen nicht von Bord.«

»Alvin, ist schon okay«, murmelte Schere. »Sie haben versprochen, uns ausreichend Nahrungsmittel dazulassen. Und sollten die nicht reichen, kann ich immer noch auf Fischfang gehen ...«

Ich schüttelte den Kopf.

»Wir lassen uns von ihnen nicht einfach so abschieben. Uns hier auszusetzen wie eine Bande dummer, hilfloser Kinder, angeblich zu unserer eigenen jafallsverdammten Sicherheit! Sie wollen uns nicht dabeihaben, wenn sich spannende Dinge ereignen.«

»Wovon redest du eigentlich?« wollte Huck wissen. Sie rollte auf mich zu. Das kleine Amphibienwesen ruderte hilflos mit den vier Armen und fiepte. Endlich erschienen zwei große Phuvnthus, und ihre langen, horizontalen Körper in dem Metallgehäuse bewegten sich auf sechs stämmigen Beinen auf mich zu. Aber ich ließ mich nicht von ihnen einschüchtern. Ich streckte einen Arm aus, zeigte damit auf den ersten und sah ihm fest in die beiden Augen, die links und rechts an seinem Kopf angebracht waren.

»Setz dich mit der Stimme in dem Wirbel in Verbindung und richte ihr folgendes aus: Wir können euch helfen, aber wenn ihr uns fortschafft und an irgendeinem Strand aussetzt, können wir natürlich nichts für euch tun. Außerdem seid ihr uns damit noch lange nicht los. Wir finden nämlich einen Weg nach Hause. Wenigstens gelangen wir bis ans Riff. Und dort signalisieren wir unseren Freunden auf der anderen Seite, was hier los ist. Und wir berichten ihnen, daß wir die Wahrheit über euch herausgefunden haben.«

Ur-ronn murmelte leise: »Was denn für eine Wahrheit, Alvin?«

Ich atmete tief und rumpelnd aus, um meinen nächsten Worten mehr Nachdruck zu verleihen.

»Daß wir wissen, wer sie sind.«

Sara

Im Haupthaus eines Reiter-Klans erwartet man, an den Wänden Lassos, Sättel und Pferdedecken zu sehen. Vielleicht sogar die eine oder andere Gitarre. Aber man rechnet nicht damit, hier ein Klavier vorzufinden.

Das Instrument ähnelte dem, das zu Hause im Dorf Dolo stand, in der Hütte, in der Melina ihren Kindern stundenlang aus merkwürdigen Büchern vorgelesen hatte, die niemand außer ihr in der Bibliothek von Biblos jemals auszuleihen schien. Die Werke rochen noch nach Druckerschwärze; offenbar hatte sich seit ihrem Entstehen im Großen Druck von vor zweihundert Jahren niemand für sie interessiert. Darunter fanden sich auch solche mit *geschriebener Musik,* und wenn Melina ein solches bekommen hatte, stellte sie es auf das Klavier, das Nelo ihr als Bestandteil ihres Ehevertrags gebaut hatte, und fing an, darauf zu spielen.

Und heute, in der großen Halle der Illias, wanderten Saras kräftige Finger gleich über die schwarzen und weißen Tasten und berührten die Zahnspuren, die die Qheuenschnitzer hinterlassen hatten. Sie stellte sich ihre Mutter als junges Mädchen vor, wie sie hier in diesem kleinen Reich der Pferde und der geistverwirrenden Farben und Illusionen aufgewachsen war. Diese Welt Xi zu verlassen mußte ihr wie der Wechsel auf einen anderen Planeten vorgekommen sein. Hatte sie Erleichterung verspürt, der klaustrophobischen Enge dieses Orts zu entkommen, als sie durch den Buyur-Tunnel geschritten war, um im schneereichen Norden ein neues Leben zu beginnen? Oder hatte sie tief in ihrem Herzen stets Heimweh nach den verborgenen Wiesen und Lichtungen verspürt? Nach dem körperlichen Vergnügen, auf einem Pferderücken zu sitzen? Nach dem friedlichen, idyllischen Leben, in dem Männer, wenn überhaupt, nur eine geringe Rolle spielten?

Hatte sie die Farbenspiele vermißt, die einen in den Träumen verfolgten und einem bei Tag ihr geheimes Panorama vorgaukelten?

Wer hat dir beigebracht, Mutter, Klavier zu spielen? Wer hat mit dir auf dieser Bank gesessen, so wie du früher mit mir an dem Instrument gehockt und deine Enttäuschung darüber zu verbergen versucht hast, wie ungeschickt meine Finger waren?

Ein Heft mit geschriebener Musik lag auf der polierten Oberfläche des Klaviers. Sara schlug es auf, blätterte darin und erinnerte sich an die alten Weisen, in die ihre Mutter sich stundenlang hatte versenken können, so lange, bis die kleine Tochter eifersüchtig auf die schwarzen Punkte und Linien geworden war. Kleine Zeichen, die Melina in wundervolle Harmonien verwandeln konnte.

Erst später hatte Sara begriffen, wieviel Magie wirklich in diesen Melodien steckte. Denn sie ließen sich wiederholen. In gewisser Hinsicht war geschriebene Musik unsterblich – konnte niemals vergehen.

Das typische jijoanische Ensemble – ein Sextett mit einem Mitglied aus jeder der Sechs Rassen – spielte seine Musik spontan. So wurde eine Komposition nie in derselben Weise vorgetragen wie bei den vorangegangenen Malen. Diese Art der Musik gefiel besonders den Blauen Qheuen und den Hoon, die, der Sage gemäß, in ihren geordneten Galaktischen Gesellschaften nie die Freiheit der Innovation hatten genießen dürfen. Sie wirkten daher recht erstaunt, als ihre menschlichen Partner ihnen vorschlugen, einen erfolgreichen Vortrag für die Nachwelt festzuhalten, zum Beispiel in Traeki-Wachs oder durch Niederschrift in Notenform.

Wozu soll das gut sein? fragten sie. *Jeder Augenblick verdient sein eigenes Lied.*

Sara mußte anerkennen, daß es sich dabei um eine sehr jijoanische Sicht der Dinge handelte.

Sie legte die Hände auf die Tasten und spielte ein paar Tonleitern. Obwohl sie ganz aus der Übung war, erschienen ihr die Fingerübungen wie die Begrüßung durch einen alten Freund. Kein

Wunder, daß Emerson große Befriedigung dabei empfand, Melodien zu zupfen, die ihn an glücklichere Tage erinnerten.

Doch ihr Geist geriet erst richtig in Wallung, als sie auf ein paar einfachere Weisen überwechselte, allen voran ihr Lieblingsstück »Für Elise«.

Gemäß den Texten in Biblos hatten die meisten alten Kulturen der Erde sich einer impulsiveren Art der Musik befleißigt, waren also den jijoanischen Sextetten nicht unähnlich gewesen. Erst kurz vor der Zeit, in der die Menschen den Weg zu den Sternen gefunden hatten, war bei ihnen die Niederschrift der Musik in Noten aufgekommen.

Wir haben immer nach Ordnung und Erinnerbarkeit gestrebt. Vermutlich stellte die geschriebene Musik so etwas wie ein Refugium vor dem Chaos dar, das damals unser dunkles Leben erfüllte.

Natürlich war dies schon eine ganze Weile her und stammte aus derselben Epoche, in der auf der Erde auch die Mathematik eine Ära großer Entdeckungen durchmachte.

Haben die beiden wirklich etwas gemeinsam? Habe ich mich aus ähnlichen Gründen für die Mathematik entschieden wie Melina für ihr Klavierspiel? Weil beide Gebiete im Chaos des Lebens so etwas wie Vorhersagbarkeit oder Vorhersehbarkeit bieten?

Ein Schatten fiel auf die Wand. Sara hörte auf zu spielen und erhob sich halb, um in die Augen von Foruni zu blicken, der in die Jahre gekommenen Führerin des Reiter-Klans.

»Tut mir leid, dich zu stören, meine Liebe.« Die grauhaarige Matriarchin bedeutete Sara, wieder Platz zu nehmen. »Ich habe dich beobachtet und deiner Musik gelauscht, und da kam es mir so vor, als sei Melina zu uns zurückgekehrt und spiele wieder mit ihrer alten Intensität.«

»Ich fürchte, ich sehe meiner Mutter nicht sehr ähnlich, und ich beherrsche das Klavier kaum halb so gut wie sie.«

Die Alte lächelte. »Gute Eltern wollen, daß ihr Kind es einmal besser macht und das erreicht, was sie selbst nicht vermochten.

Weise Eltern aber lassen ihr Kind sich selbst aussuchen, auf welchem Gebiet es alles besser machen will. Du hast dich für das Reich der tiefschürfenden Gedanken entschieden. Ich weiß, daß deine Mutter sehr stolz auf dich gewesen ist.«

Sara reagierte nur mit einem kurzen Nicken auf dieses Lob, denn Forunis Aphorismen konnten ihr nur wenig Trost spenden.

Wenn ich wirklich hätte wählen dürfen, hätte ich mich dann nicht eher dafür entschieden, so schön wie meine Mutter zu werden? Wie sie als eine dunkle Frau voller Geheimnisse zu erscheinen, die die Menschen mit ihren vielen wunderbaren Gaben zu bezaubern wußte. Oder was hättest du an meiner Stelle getan?

Die Mathematik hat sich mich ausgesucht ... mit ihren kühlen Unbegrenztheiten und ihren leisen Hinweisen auf universelle Wahrheiten hat sie mich angelockt und dann gepackt. Doch wen vermag ich schon mit meinen Gleichungen zu verzaubern? Und wer sieht mein Gesicht und meinen Körper mit unverhohlener Begeisterung an?

Melina ist jung gestorben, doch im Kreise derer, die sie liebten. Wer wird schon um mich weinen, wenn ich einmal nicht mehr bin?

Die Führerin der Illias schien Saras Stirnrunzeln mißzuverstehen.

»Haben meine Worte dich verstört?« fragte sie sanft. »Höre ich mich wie eine Häretikerin an, wenn ich erkläre, daß eine Generation besser sein kann als die vorangegangene? Erscheint ein solcher Glaube denn so sonderbar für einen im Verborgenen lebenden Klan, der sich vor einer Zivilisation von Flüchtigen und Exilanten versteckt hält?«

Sara wußte nicht so recht, was sie darauf antworten sollte.

Warum waren Melinas Kinder für jijoanische Verhältnisse so ungewöhnlich? Obwohl Larks Häresie der meinen fundamental gegenübersteht, teilen wir doch eine Gemeinsamkeit – die Ablehnung des Pfads der Erlösung.

Die Bücher, aus denen Mutter uns vorgelesen hat, sprachen von

Hoffnung, die aus einem Akt der Rebellion gewonnen werden kann.

Dann erklärte sie Foruni: »Du und deine ursischen Freunde haben ein paar Pferde gerettet, und das in einer Zeit, in der sie zum Untergang verurteilt waren. Euer Bündnis stellte so etwas wie eine Vorahnung für den Bund dar, den später Drake und Ur-Chown schließen sollten. Ihr seid eine Gesellschaft von entschlossenen Frauen und sucht euch eure Partner sorgfältig unter den besten Männern aus, die Jijo zu bieten hat. In der Isolation, in der ihr hier lebt, erlebt ihr nur das Positive an der Menschheit, doch nur selten ihre eher negativen Seiten.

Nein, es kann mich wirklich nicht überraschen, daß ihr im Grunde eures Herzens Optimisten seid.«

Die Führerin nickte. »Ich habe gehört, daß du bei deinen Forschungen zur Sprachtheorie zu ähnlichen Schlußfolgerungen gelangt bist.«

Sara zuckte die Achseln. »Nein, ich bin bestimmt nicht optimistisch eingestellt. Jedenfalls nicht, was mein persönliches Leben betrifft. Allerdings habe ich für eine Weile geglaubt, ein gewisses Grundmuster in der Evolution der jijoanischen Dialekte und der ganzen literarischen Aktivität, die sich seit dem Großen Druck auf dem Hang entfaltet hat, entdeckt zu haben. Natürlich sind solche Dinge mittlerweile vollkommen überflüssig geworden, seit die Fremden gelandet …«

Die Alte ließ sie nicht ausreden: »Du glaubst aber nicht daran, das Schicksal habe für dich vorgesehen, dem Weg der Glaver zu folgen und mit den anderen durch das gesegnete Vergessen eine zweite Chance für unsere Spezies zu erhalten, oder?«

»Du meinst, was wohl geworden wäre, wenn es die fremden Schiffe nicht hierhergezogen hätte? Ich habe mit Dedinger lange Debatten über diese Frage geführt. Wenn man Jijo in Frieden gelassen hätte, hätte meiner Meinung nach die Möglichkeit bestanden …«

Sie schüttelte den Kopf und wechselte lieber das Thema.

»Wo wir gerade von Dedinger sprechen. Habt ihr den Wüstenpropheten schon gefunden?«

Foruni verzog unglücklich das Gesicht. »Ist doch noch gar nicht so lange her, daß er aus dem Pferch ausgebrochen ist, in den wir ihn gesperrt hatten. Wir hätten nie gedacht, daß der Mann so geschickt sein könnte, als er ein Pferd stahl und auch noch verstand, es zu satteln.«

»Immerhin hat er mehrfach Gelegenheit erhalten, dabei zuzusehen, wie man das macht.«

»Ich muß gestehen, wir waren naiv. Aber es ist auch viel Zeit vergangen, seit wir zum letzten Mal einen Gefangenen in Xi hatten.

Dummerweise führen seine Spuren nicht zurück zum Tunnel. Dort hätten wir ihn nämlich leicht in der Finsternis und Enge zu fassen bekommen. Diese gerissene Nachgeburt eines Liggers ist statt dessen hinaus in den Spektralstrom geritten.«

Sara versuchte, sich einen Mann vorzustellen, der ganz allein eine große Wüste voll giftigen Gesteins und blendenden Lichtes durchquerte. »Meinst du, er könnte es dort schaffen?«

»Du willst wohl eher fragen, ob wir ihn einfangen, bevor er da draußen zugrunde geht.« Nun war es an der Führerin, die Achseln zu zucken. »Fallon ist nicht mehr so drahtig und ausdauernd wie früher – aber er ist vor einigen Miduras mit einigen unserer besten jungen Reiterinnen aufgebrochen. Der Fanatiker sollte bald wieder in unserer Hand sein, und dann geben wir bestimmt besser auf ihn acht ...«

Sie unterbrach sich mitten in ihren Ausführungen und starrte auf ihre Hand. Ein Insekt hatte sich dort niedergelassen und schnüffelte an einer Vene. Sara erkannte in ihm einen Skeeter, eine der blutsaugenden Plagen, die ihr vom Hang wohlvertraut war. Diese Biester waren recht langsam, und man konnte sie leicht erschlagen, doch aus irgendeinem Grund zögerte Foruni damit.

Statt dessen ließ sie es zu, daß die Vampirwespe einen Stachel in die Blutbahn stieß und sich an der Flüssigkeit labte. Als der Skeeter sich ausreichend gesättigt hatte, führte er auf Forunis Hand einen Tanz voller ruckartiger, lockender Bewegungen auf.

Sara sah fasziniert hin. Diese Wespen überlebten in der Regel die Landung auf einer Hand nicht lange genug, um ihre Künste vorzeigen zu können.

Komm mit mir, komm mit mir, schien das Insekt mit jedem Schwung seines Unterleibs und Schwanzes sagen zu wollen. *Komm sofort mit mir.*

Die Tochter Melinas erkannte jetzt, daß es sich bei Skeetern um eine weitere dienstbare Spezies handeln mußte, die die abgezogenen Buyur zurückgelassen hatten. Die kleinen Wespen stellten so etwas wie Boten dar – vorausgesetzt, man ließ sie ihre Nachricht überbringen.

Die Alte seufzte. »Nun, liebe Kusine, es wird Zeit für uns aufzubrechen. Kurt, du und die anderen müßt euch sputen, um den Ort zu erreichen, an dem ihr am dringendsten gebraucht werdet.«

Wir werden dringend gebraucht? fragte sich Sara. *Wozu sollte in solchen Zeiten jemand eine theoretische Mathematikerin und Sprachforscherin benötigen? Also jemanden wie mich?*

Und so wurde die Reise nach Süden fortgesetzt, wieder auf dem Rücken von Pferden. Sie verließen Xi durch den Transittunnel der Buyur und kamen ein weiteres Mal an dem zerstörten Dekonstruktor vorüber, der seine Zerstörungsarbeit nicht hatte beenden können. Doch kurz dahinter bogen sie ab, und nun wurde der enge Gang deutlich breiter, weitete sich wie der aufgebrochene Larvenkokon eines gerade geschlüpften Qheuen. Stellenweise war der Korridor mit Staub angefüllt, an anderen Stellen hatte sich Wasser auf seinem Grund gesammelt.

Nicht lange darauf fanden sie sich unter freiem Himmel wieder und wurden erneut von den leuchtenden Wogen des Spektralstroms überflutet. Die Illias verteilten Umhänge mit Kapuzen. Doch auch mit diesem Schutz hatte man ständig das Gefühl, die Farben suchten in dem reflektierenden Stoff nach einem Loch oder Riß, durch den sie sich ihren Weg nach innen bahnen konnten.

Kurt und Jomah bildeten zusammen mit Kepha, ihrer Führerin, die Spitze. Der alte Sprengmeister beugte sich im Sattel vor, als vermöge er so, rascher ans Ziel zu gelangen. Ihnen folgte Prity auf einem Esel, der für seinen kleinen Körper eher geeignet war als eines der großen Rösser.

Emerson schien ganz in seine Gedanken versunken zu sein, lächelte Sara aber hin und wieder zu. Er setzte seinen Rewq die ganze Zeit über nicht ab, doch wenn er sich zu ihr umdrehte, erkannte sie, daß der Symbiont ihn wohl mit mehr versorgen mußte, als nur die grellen Farben abzuschwächen. Vielleicht machte er ihm die Töne erfaßbarer, übersetzte sie ihm gar; manchmal verkrampfte sich der Sternenmann im Sattel oder richtete sich kerzengerade auf ... allerdings vermochte Sara nicht zu sagen, ob nun Schmerz, Verblüffung oder Erregung der Anlaß dazu sein mochte.

Den Abschluß bildete Ulgor, die ursische Verräterin. Sie war klug genug gewesen, sich dem Ausbruch ihres ehemaligen Verbündeten Dedinger in die Farbwüste nicht anzuschließen. Zwei ursische Reiterinnen aus der Kolonie Xi hatten sie in die Mitte genommen. Je näher sie dem Berg Guenn kamen, desto öfter drehte sich die Fanatikerin nach allen Seiten um und wirkte auch sonst zunehmend unruhiger. Die Nüstern aller Urs blähten sich auf, als der Vulkan vor ihnen den südlichen Himmel ausfüllte und man immer öfter den Geruch von Rauch und geschmolzenem Gestein in die Nase bekam.

Sara fühlte sich gut und war darüber selbst am allermeisten überrascht. Der Sattel unter ihrem Hintern fühlte sich mittlerweile an wie ein Werkzeug, das zu beherrschen ihr Körper gelernt hatte. Als der Weg hinauf steiler wurde und die Reiter gezwungen waren, abzusteigen und ihre Tiere zu führen, fluteten Wogen von angenehmer Wärme durch ihre Beine und kündeten von den Kraftreserven, die noch in ihnen steckten.

Also ist es einem einsiedlerischen Bücherwurm, der sich nie viel bewegt hat, doch möglich, mit anderen Schritt zu halten. Oder muß ich diese Euphorie in mir als erstes Anzeichen der Höhenkrankheit werten?

Sie bestiegen gerade einen der zahllosen Hügel, die sich wie ein Vorgebirge vor dem Vulkan hinzogen, als die drei Urs plötzlich nach vorn preschten, aufgeregt zischten und ganze Wolken von Bimssteinstaub hochwirbelten. Sie schienen ganz vergessen zu haben, wer von ihnen Wächterin und wer Gefangene war, und nur noch den nächsten Ausguck erreichen zu wollen. Ihre Körper zeichneten sich als Silhouetten vor dem Himmel ab, und ihre Köpfe schwangen unisono von links nach rechts und wieder zurück.

Endlich kamen auch Sara und Emerson, beide nun doch vom Aufstieg erschöpft, an der betreffenden Stelle an und blickten in einen breiten Krater hinab ... einer von vielen, die die Flanken des Bergs überzogen, der im Südosten viele Meilen hoch aufstieg.

Aber diese eine Vulkanöffnung hier schien die Urs in höchste Erregung zu versetzen. Dämpfe stiegen aus den Löchern, die sich überall in den runden Wänden auftaten. Vorsichtig nahm Sara die Brille ab. Der Basalt hier war von einer rauheren Qualität und funkelte nicht so sehr. Offensichtlich hatten sie ein anderes Terrain erreicht.

»An dieser Stelle stand einst die erste Schmiede«, erklärte Ulgor mit ehrfurchtsvoller Stimme und zeigte mit dem Mund nach rechts. Sara sah dort einige Basaltblöcke, deren Seiten und Kanten nicht sauber genug geschnitten waren, um auch von den Laserwerkzeugen der Buyur bearbeitet worden zu sein. Dieser Ort wirkte dennoch, als sei er seit langem verlassen. Solche Höhlen waren von den ersten ursischen Siedlerschmiedinnen in den Stein gehauen und geschnitten worden, die es gewagt hatten, die Grasebenen zu verlassen und die heißen Lavaregionen in der Hoffnung aufzusuchen, hier zu lernen, wie man aus jijoanischen Materialien Bronze und Stahl schmieden konnte. In jenen Tagen waren die Qheuen-Königinnen entschiedene Gegnerinnen dieses Unterfangens. Sie erklärten, dabei handele es sich um ein Sakrileg – wie sie es übrigens auch später taten, als die Menschen den Großen Druck über den Hang brachten.

Doch im Lauf der Zeit waren aus solchen Neuerungen Traditionen geworden.

»Irgendwann später haben sie weiter oben günstigere Bedingungen angetroffen«, bemerkte Jomah mit Blick auf den sich weiter hinaufwindenden Weg. Eine der ursischen Wächterinnen nickte. »Aber an diessser Ssstelle haben die ersssten ursssisssen Abenteuerinnen den geheimen Weg durch den Ssspektralssstrom entdeckt – dasss Geheimnisss von Xi.«

Sara nickte. Jetzt wurde ihr klar, warum eine Gruppe von Urs sich mit den Menschen gegen ihre Rassegenossinnen, den mächtigen Klan der Urunthai, verschworen und deren Plan unterlaufen hatte, alle Pferde der Menschen auszurotten. Die Schmiedinnen jener Zeit, in der die Terraner noch neu auf Jijo waren, scherten sich wenig um die Machtspielchen der herrschsüchtigen Tanten in den großen Präriestämmen. Ihnen war es auch egal, wie die Menschen rochen oder welche Tiere sie ritten, sie interessierten sich nur für den Schatz, den die Neuankömmlinge besaßen.

In den Büchern, die die Irdischen drucken, stecken auch Geheimnisse der Metallurgie. Wenn wir davon profitieren und unsere Künste verbessern wollen, müssen wir mit ihnen teilen.

Also steckte kein rein idealistisches Motiv dahinter, eine kleine Herde von Pferden heimlich im Land Xi unterzubringen und zu erhalten. Die Schmiedinnen hatten vielmehr einen Preis dafür gefordert und erhalten.

Die Menschen sind die Ingenieure und Techniker unter den

Sechs auf Jijo. Aber sie haben sich nie mit der Schmiedekunst befaßt – und ich glaube, ich kenne jetzt auch den Grund dafür.

Auch wenn Sara zusammen mit anderen Rassen, darunter auch den Urs, aufgewachsen war, faszinierte es sie doch immer noch, welchen Variationsreichtum diese Zentaurenwesen aufwiesen. Die Bandbreite ihrer Persönlichkeiten und Motive – von den heißblütigen Fanatikern bis zu den pragmatischen Schmieden – war sicher ebenso groß wie bei den Menschen.

Ein weiterer Beleg dafür, daß stereotype Rassenvorurteile nicht nur gefährlich, sondern auch bodenlos dumm sind.

Sie setzten die Reise fort, und der Weg folgte bald einem Höhenzug, von dem aus sich ein spektakulärer Ausblick bot: Links von ihnen erstreckte sich der Spektralstrom, ein unheimliches Gebiet, selbst wenn man es aus dieser Ferne und unter dem Schutz der dunklen Brillen betrachtete. Das Labyrinth der funkelnden Schluchten erstreckte sich bis zum Horizont, wo es in eine Zone von blendendem Weiß überging – in die Ebene des Scharfen Sandes, Dedingers Zuhause, wo der Wüstenprophet versuchte, aus fanatischen Fundamentalisten und rauhen Wüstenbewohnern eine neue Nation zu schmieden; zu Sandmenschen, die sich selbst als Vorhut auf dem Weg der Terraner zur Erlösung sahen.

Auf der anderen Seite gab es, wenn man durch die Lücken im vielfach gefalteten Berg spähte, ein ganz anderes Wunder zu bestaunen: den weiten Ozean, wo Jijo sein Versprechen erfüllte, das Leben zu erneuern. Wohin Melinas Asche gegangen war, nachdem man sie gemulcht hatte. Und auch die von Joshu. Wo der Planet alle Sünden auslöschte, indem er das absorbierte und zerschmolz, was das Universum hierhergeschickt hatte.

Der Hang ist so schmal und dieser Planet so groß. Werden die Sternengötter wirklich mit aller Härte über uns richten, bloß weil wir ganz ruhig und umsichtig ein kleines Eckchen auf dieser verbotenen Welt besiedelt haben?

Unter den Gemeinschaften bestand immer noch die Hoffnung,

die Fremden würden das erledigen, wozu sie hierhergekommen waren, dann wieder abfliegen und die Sechs Rassen dem überlassen, was das Schicksal für sie vorgesehen hatte.

Ja, uns bleiben genau zwei Möglichkeiten, dachte Sara. *Entweder kommt es so – oder ganz anders.*

Der Trupp setzte den Ritt fort, und von jetzt an mußten sie immer häufiger absteigen. Dafür wurde die Aussicht, je weiter sie nach Osten gelangten, stetig faszinierender. Sie passierten die südlichen Ausläufer der Rimmers, und wieder bemerkte Sara bei den Urs eine deutliche Unruhe. An mehreren Stellen drang Rauch aus dem Boden, unter dem die Pferde nervös tänzelten und schnaubten. Dann entdeckte sie ein gutes Stück voraus ein rotes Leuchten – ein Lavastrom, der einige Bogenschüsse entfernt den Hang hinabfloß.

Vielleicht lag es an ihrer Erschöpfung oder an der dünnen Luft oder auch nur an dem schwieriger gewordenen Gelände, doch als Sara den Blick einmal vom Weg abwandte und ihn über die Berge wandern ließ, traf ein grelles Licht ihre ungeschützten Augen. Nach den Erfahrungen im Land Xi zuckte sie sofort zusammen.

Was war das?

Der Blitz wiederholte sich in unregelmäßigen Intervallen, und fast kam es ihr so vor, als wolle der ferne Gipfel zu ihr sprechen.

Dann entdeckte sie an einer anderen Stelle eine weitere Erscheinung, die sich von der ersten deutlich unterschied.

Das kann doch nur eine Illusion sein, dachte sie. *Ja, kein Zweifel … aber so weit entfernt vom Spektralstrom …*

Sie hätte schwören können … daß dort ein titanischer Vogel seine Schwingen ausbreitete … oder ein Drache …

Sara starrte so lange hin, daß sie gar nicht mehr auf den Weg achtete. Ein Stein löste sich unerwartet unter ihrem Stiefel, und sie verlor das Gleichgewicht. Verzweifelt warf sie sich auf die andere Seite und verlor dabei endgültig den Boden unter den Füßen.

Sara stieß einen schrillen Schrei aus und stürzte.

Der kieselbedeckte Weg fing einiges von der Wucht ihres Falls ab, aber sie rollte weiter und dann plötzlich über den Rand. Sich überschlagend, purzelte sie über Steine und Basaltbrocken. Die Ledergarnitur nutzte ihr wenig, und sie spürte jede Spitze wie einen schmerzlichen Stich, bis sie sich in ihrer Not nicht mehr zu helfen wußte und mit Händen und Armen wenigstens Gesicht und Kopf zu schützen versuchte. Und während des Sturzes begleitete sie unentwegt ein langgezogenes Heulen. Wie durch einen Vorhang nahm sie schließlich wahr, daß dieser Laut nicht aus ihrer Kehle stammte, sondern aus der von Prity.

»Sara!« brüllte jemand, und aus der Ferne hörte sie, wie jemand ihr zu folgen versuchte.

Mitten im Fall, zwischen zwei schmerzhaften Aufprallern, erspähte sie etwas durch ihre blutgefärbten Finger – ein Rinnsal, das durch die Landschaft strömte und sich ihr rasch näherte. Eine klebrige Masse, von der große Hitze ausging – so rot wie ihr Blut, nur viel leuchtender. Und sie schien es auf Sara abgesehen zu haben.

Nelo

Ariana Foo verbrachte die Rückreise über den Skizzen, die sie von dem kleinen Raumgefährt angefertigt hatte, in dem der Fremde nach Jijo gelangt war. Während die Ex-Weise solcherart beschäftigt war, schimpfte Nelo vor sich hin, verdrossen über diese unsinnige Unternehmung. Seine Gesellen würden während seiner Abwesenheit sicher nicht feste gearbeitet haben. Jede kleine Abweichung von der Norm war diesen Faulpelzen eine willkommene Gelegenheit, das Werk ruhen zu lassen und sich wie Hoon während ihrer Siesta in die Sonne zu legen.

Handel und Wandel waren während der momentanen Krise

weitgehend zum Erliegen gekommen, und Nelos Lagerhäuser waren zu gut gefüllt. Aber der Meister hatte den Entschluß gefaßt, trotzdem weiter Papier herzustellen. Was sollte nur aus Dolo werden ohne das Knarren des Wasserrads, das Hämmern des Zerstoßers und das süßliche Aroma, das von den frischen Blättern, die draußen zum Trocknen aufgehängt worden waren, durch das Dorf trieb. Nein, unvorstellbar!

Während der Steuermann den Ruderern fröhlich den Takt vorsang, zu dem sie mit ihren Stangen das kleine Schiff durch das Wasser schoben, streckte Nelo eine Hand aus, um festzustellen, ob es regnete. Vorhin hatten ihn ein paar Tropfen getroffen, und vom Süden her war gefährliches Donnergrollen ertönt.

Der Sumpf weitete sich, als sich einige Zuflüsse zu einem Fluß vereinten. Bald würden die Hoon die Stecken einziehen und die Riemen ins Wasser schieben. Und dann war es nicht mehr weit bis zu dem See hinter dem Damm von Dolo.

Das Lied des Steuermanns veränderte sich und erinnerte mehr an ein besorgtes Heulen. Einige Hoon beugten sich über die Seite und starrten ins Wasser. Ein Junge schrie entsetzt auf, als die Strömung ihm den Stecken aus den Händen riß. *Ja, wir kommen wirklich verdammt rasch voran,* sagte sich der Papiermacher, als die letzten Sumpfpflanzen hinter ihnen lagen und die Bäume an den Ufern immer schneller vorüberzogen.

»Alle Mann an die Riemen!« schrie die oberste Ruderin. Ihr neues Rückgrat, das Milchgebein hatte sie erst kürzlich abgeworfen, verdrehte sich ungesund.

»Die Riemen zu Wasser!«

Ariana hob jetzt den Kopf und sah Nelo fragend an. Er reagierte darauf mit einem Achselzucken.

Das Schiff hob und senkte sich, und der Papiermacher mußte an die Katarakte denken, die einige Meilen flußaufwärts hinter der Stadt Tarek lagen. Er hatte einmal eine Fahrt auf diesem Stück Fluß mitmachen müssen, als er die sterblichen Überreste seiner

Frau zum Meer begleitete – und er war nicht begierig darauf, sich noch einmal dieser Erfahrung zu stellen.

Aber hier gibt es doch weit und breit keine Stromschnellen! Schon vor Hunderten von Jahren, als man den Stausee anlegte, war es mit ihnen vorbei.

Das Schiff drehte sich abrupt, und er plumpste auf den Boden. Mit aufgerissenen Händen rappelte er sich auf und setzte sich auf den Platz neben der alten Weisen. Ariana klammerte sich mit beiden Händen an den Lehnen fest. Sie hatte die Mappe mit den Zeichnungen unter ihre Jacke geschoben und den Reißverschluß hochgezogen.

»Alles festhalten!« rief der Steuermann. In völliger Verwirrung hielt der Papiermacher sich an der Reling fest, während rings um sie herum ein Chaos ausbrach, das eigentlich nicht hätte existieren dürfen.

Das gibt es nicht, das kann nicht sein, dachte Nelo wieder und wieder, während das Boot hilflos durch die Fahrrinne rauschte. Zu beiden Seiten war das Ufer zu erkennen. Bäume erhoben sich dort über verdrehten Seepflanzen. Aber die Bäume schienen immer höher zu wachsen, während das Schiff stetig tiefer sank und dabei weiterhin an Fahrt zunahm.

Gischt spritzte über die Dollborde und näßte Passagiere und Mannschaft. Die Hoon ruderten verbissener unter den Rufen ihrer Führerin und den Befehlen des Steuermanns.

Die junge Hoon, die nicht wie die Männer einen Kehlsack besaß, vermochte dennoch, sich bemerkbar zu machen.

»Nach Backbord ... nach Backbord habe ich gesagt, ihr Lumpenkerle und Noorflöhe ... Auf Kurs halten ... Ja, ganz gleichmäßig ... Gerade voraus, und alle zusammen ... Rudert, ihr rückgratlosen Kriecher ... Rudert um euer Leben, elende Bande!«

Zwei Steinmauern flogen ihnen entgegen und drohten, das Schiff zwischen sich zu zermahlen. Ölige Algen klebten an den Mauern, als sie wie Hammer und Amboß aufragten. Die Hoon ruderten wirklich mit aller Kraft und versuchten, die schmale Lücke zu erreichen, die von hochaufsteigender weißer Gischt gekennzeichnet wurde. Was dahinter liegen mochte, blieb vorerst ein Geheimnis, doch Nelo betete darum, es schauen zu dürfen.

Die Stimmen der Hoon, Qheuen und Menschen wurden vor Verzweiflung schrill, als das Boot seitlich gegen eine der Mauern krachte. Es gab einen lauten, tiefen Knall, der sich anhörte wie der Türklopfer am Tor zur Hölle. Doch aus irgendeinem Grund blieb die Hülle unbeschädigt. Das Schiff schoß durch die Lücke und wurde sofort von Gischtregen getroffen.

Wir müßten uns doch längst auf dem See befinden, dachte Nelo und zischte durch zusammengebissene Zähne. *Der See kann doch nicht einfach verschwunden sein!*

Sie flogen wie ein Speer durch einen Sturzbach, wo das Wasser in völliger Konfusion seinen Weg zwischen Felsen und Geröll suchte und immer wieder von neuenstandenen Barrikaden behindert wurde, die sich gerade weiter aufbauten oder von der Wucht der Wassermassen auseinandergerissen wurden. Ein Hindernisparcours, der auch für die besten Steuerleute eine echte Herausforderung darstellte. Aber der Papiermacher hatte dafür jetzt keine Augen, stand für alle an Bord doch die Frage an erster Stelle, ob und wie sie dieses Tohuwabohu überleben konnten.

Er hob den Kopf, und sein Blick wanderte langsam über die Schlammlandschaft, die einmal den Grund des Sees gebildet hatte, über die Wassermassen, die dem Fluß Roney entgegeneilten und von nichts und niemand mehr in ihrem Lauf aufgehalten wurden, und auf den Strom, der wieder so ungehindert seinem Kurs folgte, wie er das vor der Ankunft der Menschen immer schon getan hatte.

Der Damm ... DER DAMM ...

Die beiden Blauen Qheuen, die für diese Reise vom örtlichen Qheuenstock ausgeliehen worden waren, stöhnten laut. Einst hatten sich die Fischgründe und die Lobstergehege in verschwenderischem Reichtum an der Dammwand entlanggezogen. Davon waren jetzt nur noch Trümmer zu erkennen, die überall verstreut lagen.

Das Schiff trieb genau auf das Zentrum des Wassermahlstroms zu.

Nelo konnte nur blinzeln. Der Schmerz über diesen Anblick lähmte ihn so sehr, daß er nicht einmal einen Seufzer hervorbringen konnte.

Der Damm stand noch, aber nur zum größten Teil. Doch bei einem Damm reicht der größte Teil eben nicht aus. Nelo blieb fast das Herz stehen, als er entdeckte, wo die Lücke entstanden war … direkt neben seiner geliebten Mühle.

»Haltet die Riemen fest!« rief die oberste Ruderin überflüssigerweise, während sie den Wasserfall erreichten, dessen donnerndes Rauschen sie schon seit einiger Zeit vernommen hatten.

TEIL SECHS

Aus den Unterlagen von GILLIAN BASKIN

Mein Entschluß ist sicher nicht allein rational begründet. Schließlich ist nicht auszuschließen, daß Alvin nur geblufft hat, um dem Exil zu entgehen. Gut möglich, daß er keine Ahnung hat, wer wir sind.

Vielleicht ist er aber durch Vermutungen auf die Wahrheit gestoßen. Immerhin tauchen Delphine in mehreren der irdischen Bücher auf, die er gelesen hat. Auch in dem Panzergehäuse mit den sechs Laufbeinen kann man einen Delphin wiedererkennen, wenn man nur richtig hinsieht. Und sobald ihm erst einmal ein Verdacht gekommen ist, mag seine fruchtbare Phantasie den Rest hinzugefügt haben.

Als Vorsichtsmaßnahme können wir die Kinder natürlich noch weiter nach Süden oder in ein unterseeisches Habitat schaffen. Dort wären sie dann sicher untergebracht und könnten nichts verraten. Tsh't hat einen entsprechenden Vorschlag gemacht, bevor ich der Hikahi schließlich den Befehl gab, zu wenden und die Vier wieder hierher zu bringen.

Ich muß gestehen, daß mir das nicht vollkommen unlieb ist. Irgendwie vermisse ich Alvin und seine Gefährten jetzt schon. Wenn doch nur die ständig hadernden Rassen der Fünf Galaxien eine solche Kameradschaft untereinander entwickeln könnten wie diese vier jungen Abenteurer.

Aber wie dem auch sei, sie sind schon groß genug, um über ihr eigenes Schicksal entscheiden zu können.

Wir haben einen Bericht von Makanees Krankenschwester erhalten. Auf ihrem Weg zur Außenstation, wo sie nach einem kranken Mitglied von Kaas Team sehen sollte, hat Pee-

poe zwei weitere Schrottberge von ausrangierten Sternenschiffen entdeckt, die zwar kleiner als dieser hier sind, aber immer noch ihren Zweck erfüllen würden, wenn wir mit der Streaker rasch von hier verschwinden müßten. Hannes hat seine Kolonnen bereits an die entsprechenden Vorbereitungsarbeiten gesetzt.

Wieder einmal müssen wir uns auf die Gruppe von circa fünfzig erfahrenen Arbeitern verlassen. Auf die wenigen Verläßlichen, die auch nach drei Jahren unaufhörlichen Stresses noch konzentriert ans Werk zu gehen verstehen. Auf diejenigen, die sich nicht von den abergläubischen Gerüchten über Seemonster, die zwischen den Buyur-Maschinen lauern sollen, ins Bockshorn jagen lassen. Was nun unsere Verfolger angeht, so haben unsere Geräte östlich der Berge keine weiteren Gravo-Signaturen von Gleitern oder Raumern aufgezeichnet. Das mag ein gutes Zeichen sein, aber dieser Aufschub, und um mehr handelt es sich dabei sicher nicht, macht mich doch ziemlich nervös. Zwei Gleiter können doch nicht alles sein, was sie aufzubieten haben. Unsere Sensoren melden einen ziemlich dicken Brocken von Kreuzer, der etwa fünfhundert Kilometer weiter im Nordwesten niedergegangen ist. Steht dieses Riesenschiff in irgendeiner Verbindung mit den beiden Gleitern?

Ihnen muß doch aufgegangen sein, daß sich dieser Meeresgraben ideal als Versteck eignet.

Irgendwie unheimlich, daß sie noch nicht nachgesehen haben.

Fast könnte man den Eindruck gewinnen, sie seien sich sicher, über alle Zeit des Universums zu verfügen.

Die Niss-Maschine vermochte ein paar weitere Worte mit diesem Noor-Vieh auszutauschen, das sich am Strand unserer kleinen Drohne bemächtigt hat. Aber dieses Ungeheuer läßt uns schmoren und behandelt den Roboter wie sein Privatspielzeug oder wie ein kleines Beutetier, das mit Bissen, Stößen, Tritten und Kratzern langsam mürbe gemacht werden soll. Doch gelegentlich trägt der Noor die Drohne im Maul

mit sich, achtet sorgfältig darauf, sich nicht in den Kabeln und Drähten zu verheddern, und gestattet uns so ein paar kurze Blicke auf die beiden abgestürzten Himmelsschiffe.
Wir waren bislang davon ausgegangen, daß es sich bei dem Noor um die Abart eines Tytals handelt ... eines Wesens, das sich höchstens aus Neugier für etwas interessiert. Aber wenn einige dieser Noor in der Lage sind, sich mittels Sprache verständlich zu machen, über welche Fähigkeiten mögen sie dann sonst noch verfügen?
Anfangs glaubte ich, die Niss-Einheit sei am ehesten in der Lage, mit dieser ärgerlichen Störung fertigzuwerden. Immerhin dürfen Noor in gewisser Hinsicht als seine entfernten Vettern gelten.
Aber Familienbande können mitunter auch zu Rivalitäten führen und zu Streit. Vielleicht ist unser Tymbrimi-Gerät doch nicht der richtige Gesprächspartner für den Noor.
Und das ist ein weiterer Grund, warum ich Alvin wieder hier haben möchte.

Trotz all diesen Stresses habe ich Zeit und Gelegenheit gefunden, mich noch ein wenig mit Herbie zu beschäftigen.
Ich wünschte, es gebe eine Möglichkeit, etwas über diese isotopischen Input-Profile vor seinem Tod in Erfahrung zu bringen, aber die chemischen Analysen der Proben, die wir seiner uralten Mumie entnommen haben, zeigen eine eindeutig geringere temporäre Spanne an als damals die Ergebnisse der Messung der kosmischen Strahlen an der Hülle des Schiffes im Flach-Cluster, in das Tom eingestiegen ist.
Mit anderen Worten: Herbie muß demnach jünger sein als das Schiff, in dem wir ihn entdeckt haben.
Das läßt natürlich mehrere Schlußfolgerungen zu.
Handelt es sich bei Herbie schlicht um den Leichnam eines Grabräubers, der vor lediglich ein paar Millionen Jahren und nicht bereits vor zwei Milliarden das Schiff betreten hat?
Oder muß man die zeitliche Diskrepanz als Auswirkung der merkwürdigen Kraftfelder ansehen, auf die wir im Flach-Cluster gestoßen sind? Sie haben die Flotte der geisterhaften

Raumer so dicht umschlossen, daß sie darunter fast unsichtbar wurden. Möglicherweise sind die Außenseiten der Hüllen dem Zeitablauf in einer ganz anderen Form ausgesetzt gewesen als das, was sich im Innern befand.
Mir kommt unser armer Lieutenant Yachapa-jean in den Sinn, der von eben diesen Feldern getötet wurde und dessen Leichnam wir dort zurücklassen mußten. Ob eines fernen Tages eine Expedition den wohlkonservierten Körper eines Delphins entdecken wird und dann aufgeregt durchs Universum düst, um allen mitzuteilen, man habe die Überreste eines der sagenhaften Progenitoren gefunden?
Was für ein großer Spaß das doch wäre, die jüngste sapiente Rasse mit der ältesten zu verwechseln.
Ja, damit würden sie sich wirklich lächerlich machen. Aber geht es uns nicht gerade ebenso?
Herbie regt sich nicht und verändert sich nie. Doch manchmal könnte ich schwören, ihn beim Grinsen zu ertappen.

Die Einheit der Galaktischen Bibliothek, die wir gestohlen haben, spricht manchmal in Rätseln oder benimmt sich eigenartig. Wenn ich mich ihr nicht verkleidet nähern würde, würde sie mir wahrscheinlich überhaupt keine Auskunft geben. Aber auch bei meiner Tarnung als thennanianischer Admiral ergeht sich der schwarze Würfel gelegentlich in Ausflüchten – besonders wenn ich ihm die Symbole vorlege, die Tom während seiner Anwesenheit auf Herbies Schiff abgezeichnet hat.
Eines dieser Zeichen ähnelt dem Emblem, das von jeder Bibliotheks-Einheit im gesamten bekannten Raum verwendet wird: ein großes Spiralrad. Doch statt fünf wirbelnder Arme, die um das Zentrum rotieren, weist dieses neun auf. Und acht konzentrische Ovale überlagern die stylisierte galaktische Helix, so daß man im ersten Moment meinen könnte, eine Dart-Scheibe vor sich zu haben.
Ich jedenfalls habe so etwas noch nie zuvor gesehen.

Wenn ich den Würfel dränge, mir zu antworten, erklärt unser entwendetes Archiv lediglich, das Symbol sei »sehr alt« und sein Gebrauch »memetikalisch verhindert«.
Was immer das auch bedeuten mag.
Auch auf die Gefahr hin, eine Maschine zu vermenschlichen, glaube ich doch, sie wird bei solchen Gelegenheiten so knurrig, als ärgere es sie, verwirrt zu werden und nicht so recht weiterzuwissen. Forscher der Terragens haben darüber hinaus längst herausgefunden, daß Bibliotheks-Einheiten auf bestimmte Fragengebiete zickig reagieren, als sei es ihnen lästig, sich die Mühe machen zu müssen, ihre ältesten Dateien auszugraben ... Oder vielleicht ist das auch nur ihre Art, nicht zugeben zu müssen, daß es Bereiche gibt, über die auch sie nichts wissen.
Das erinnert mich an die Diskussionen, die Tom und ich mit Jake Demwa führten, wenn wir alle spät abends noch zusammensaßen und versuchten, dem Universum einen Sinn abzugewinnen.
Jake hatte da nämlich eine bestimmte Theorie. Nach der sei die Galaktische Geschichte, die von sich doch in Anspruch nehme, über eine Milliarde Jahre zu umfassen, eigentlich nur für die letzten hundertfünfzig Millionen Jahre akkurat und verläßlich.
»Mit jeder Äone, die man über diesen Zeitraum hinaus zurück will, bringt man nur Daten und Fakten in Erfahrung, die doch stark nach sorgfältig zusammengestellten Fabeln riechen«, meinte er.
Natürlich gibt es Beweise dafür, daß sauerstoffatmende Sternenreisende seit anderthalb Milliarden Jahren herumfliegen. Und gewiß sind einige der alten Texte und Aufzeichnungen über Vorfälle in den offiziellen Annalen authentisch. Aber viele Berichte hat man sicher im Lauf der Zeit schöngefärbt. Die Vorstellung erfüllt einen mit einem Frösteln. Die Großen Institute sind doch offiziell zur Wahrheit und zur Kontinuität verpflichtet.
Aber wie können dann wichtige Informationen »memetikalisch verhindert« sein?

Zugegeben, das hört sich nach einer ziemlich abstrakten Obsession an, wenn auf der anderen Seite die Streaker und mittlerweile auch Jijo sich ernstzunehmenden und unmittelbaren Gefahren gegenübersehen. Doch ich kann mir nicht helfen und glaube, daß alle Stränge hier unten auf dem Grund eines planetaren Friedhofs zusammenfinden, wo tektonische Platten die Historie zu Erzen zerschmelzen.
Wir befinden uns mitten in den langsam mahlenden Zähnen einer Maschine, die weit größer ist, als wir uns das bislang vorgestellt haben.

Streaker

Hannes

Bei manchen Gelegenheiten vermißte Hannes Suessi seinen jüngeren Freund Emerson doch sehr. Dessen oft unheimlich anmutenden technischen Fähigkeiten hatten oft genug die *Streaker* wie einen beutegierigen Leoparden schnurren lassen, der auf den Straßen des Weltraums nach Opfern suchte.

Natürlich wußte Hannes auch die Effizienz seiner Flossen-Truppe zu schätzen – liebenswerte, hart arbeitende Kameraden, von denen nicht einer Anzeichen von Regression oder Unlust zu erkennen gab. Nur war das Problem mit den Delphinen, daß sie dazu neigten, Objekte anhand von Sonarprofilen zu visualisieren oder Kallibrationen intuitiv durchzuführen, und zwar auf Grundlage der Geräusche, die Triebwerkvibrationen von sich gaben. Das mochte oft genug eine sehr hilfreiche Arbeitsweise sein, erwies sich aber leider nicht in jedem Fall als zuverlässig.

Emerson D'Anite hingegen …

Hannes hatte nie jemanden kennengelernt, der sich besser auf Quantenwahrscheinlichkeits-Parallelschaltungen verstand. Nicht unbedingt mit der rätselhaften Hyperdimensional-Theorie, sondern eher mit der praktischen Seite. Auf der Ebene der Grundbestandteile der Theorie war es ihm immer wieder gelungen, Bewegung aus den Verzerrungen der gefalteten Raum-Zeit herauszuschinden.

Emerson hatte auch fließend Tursiops-Trinarisch gesprochen …viel besser als Hannes es vermochte, komplexe Vorgänge oder Gedanken in die hybride Sprache der Neo-Delphine zu übertragen. Auf diesem Schiff und bei dieser Besatzung konnte man D'Anites Sprachtalent gar nicht hoch genug einschätzen.

Aber es war eben so gekommen, daß nur noch ein Mensch unter Deck tätig war und mit dafür sorgte, die arg mitgenommenen Triebwerke, die schon seit langem dringend einer Überholung bedurft hätten, am Laufen zu halten.

Natürlich konnte man die Frage aufwerfen, ob Suessi überhaupt noch als Mensch anzusehen war.

Bin ich nun mehr geworden, als ich vorher war – oder weniger?

Er besaß überall im Maschinenraum »Augen« – ferngesteuerte Einheiten, die direkt mit seinem von Keramik umhüllten Gehirn verbunden waren. Mit der Hilfe von tragbaren Drohnen konnte Hannes Karkaett und Chuchki weit über die Grenzen dieses Raums hinaus überwachen ... und sogar kleinere Kolonnen, die überall in diesem gigantischen unterseeischen Schiffsfriedhof an Alien-Schiffen arbeiteten. Auf diese Weise war es ihm möglich, Rat oder Trost zu spenden, wenn die Teams nervös oder frustriert wurden – oder wenn ihre Körper in einem Anfall von meeressäugerischer Klaustrophobie anfingen zu schreien.

Leider bewahrten ihn seine Cyborg-Fähigkeiten nicht davor, sich einsam zu fühlen.

Du hättest mich hier nie allein lassen dürfen, schalt Hannes Emersons abwesenden Geist. *Schließlich warst du Bordingenieur und nicht Geheimagent oder Sternenpilot. Es war verkehrt von dir, dich davonzuschleichen, um irgendwelche Heldentaten zu vollbringen.*

Für solche Arbeiten gab es eigene Spezialisten. Und der *Streaker* hatte man beim Start einige »Helden« mitgegeben – Personen mit der richtigen Ausbildung und allen sonstigen nötigen Voraussetzungen, um sich gefährlichen Herausforderungen zu stellen und in jeder nur denkbaren Situation zu improvisieren.

Dummerweise war von diesen besonderen Spezialisten keiner mehr übriggeblieben: Kapitän Creideiki, Tom Orley, Lieutenant

Hikahi und selbst der junge Mittschiffsmaat Toshio – sie alle hatte es bei der schrecklichen Flucht von Kithrup getroffen.

Und irgendwer mußte danach die Lücke, die sie hinterlassen haben, ausfüllen, schloß Suessi.

Emerson hatte seinen wagemutigen Coup auf Oakka, der grünen Grünwelt, gelandet, als die Gehorcher-Allianz den Terranern eine Falle stellte, während Gillian mit den Offiziellen des Navigations-Instituts über eine friedliche Übergabe zu verhandeln versuchte.

Nicht einmal die stets argwöhnische Niss-Maschine kam darauf, daß die angeblich neutralen Galaktischen Bürokraten ihren Diensteid verletzen und die Verhandlungsfahne der *Streaker* mißachten würden. So etwas galt einfach als unmöglich. Wenn Emerson seinen tapferen Marsch durch den Dschungel von Oakka nicht angetreten und dabei die Feld-Emitter-Station der Jophur ausgehoben hätte, wäre das Schiff sicher einem besonders fanatischen Klan in die Hände gefallen – und das dürfe nie-, niemals zugelassen, sondern müsse um jeden Preis verhindert werden, hatte der Terragens-Rat ihnen dringend aufgetragen.

Laß dir jetzt bloß nicht den Erfolg zu Kopf steigen, hörst du? Was hast du da gerade gedacht? Daß du so etwas wie ein zweiter Tom Orley wärst?

Gut, ein paar Monate später hast du diese irrwitzige Nummer abgezogen und diesen klapprigen thennanianischen Frachter auf halsbrecherischem Kurs durch das Fraktal-System gesteuert, aus allen Rohren gefeuert und so der Flucht der Streaker *Deckung verschafft. Und was hast du damit erreicht, außer dich zusammenschießen zu lassen?*

Suessi erinnerte sich an den Blick von der Brücke der Streaker. Er hatte in das Innere einer frostkalten Struktur von der Größe eines Sonnensystems geschaut, die aus hochverdichteter Primärmaterie gebaut worden war. Ein zerklüftetes, gezacktes Gebilde mit einem bleichen Stern in seiner Mitte. Emersons Gleiter war zwischen den stachelartigen Auswüchsen dieses gigantischen Artefakts hindurchgeflogen und hatte seine hellen, aber nutzlosen Strahlen verschossen, während von allen Seiten die Klauen des Wasserstoffeises nach ihm griffen.

Was für ein törichter Heroismus. Die Alten hätten die Streaker *genauso leicht wie dich stoppen können, wenn sie das nur gewollt hätten.*

Aber sie hatten wohl vor, uns entkommen zu lassen.

Er zuckte zusammen, als ihm wieder vor Augen stand, wie Emersons mutiges Ablenkungsmanöver in einer Explosion schmerzlich grellen Lichts endete, das in der titanischen Fraktalkuppel nicht mehr als einen Funken ausmachte.

Die *Streaker* hatte durch einen Tunnel zwischen den Dimensionen fliehen können und sich dann den ganzen Weg bis zur verbotenen Vierten Galaxis am Pfadfaden entlanggehangelt. Dort angekommen, hatte sich ihre Route mit dem Handelswind einer wasserstoffatmenden Zivilisation gekreuzt, ehe sie an einem rußausstoßenden Sonnengiganten vorbeigestürzt waren, dessen Auswurferuptionen endlich die Spur des irdischen Schiffes verwischt hatten.

Aber vor uns sind schon andere heimlich nach Jijo gelangt und haben sich in der Sicherheit gewiegt, von Izmunutis Kohlenstoff ausreichend geschützt worden zu sein.

Normalerweise hätten wir die gleiche Sicherheit verspüren müssen.

Aber Hannes wußte, daß es bei ihnen anders gekommen war.

Auf unsere Vorgänger war kein Kopfgeld ausgesetzt. Mit dem, was uns mehrere reiche und furchtsame Patronats-Rassen für die Beute an Bord geboten haben, könnte man einen halben Spiralarm kaufen.

Hannes seufzte. Der kürzlich erfolgte Angriff mit den Tiefseebomben war nicht mit großer Präzision durchgeführt worden. Also wußten die Verfolger noch nicht, wo die *Streaker* sich aufhielt, und gingen nur Vermutungen nach. Aber offenbar war die Jagd noch lange nicht beendet, und der Cyborg hatte jetzt mehr als genug zu tun.

Wenigstens habe ich so eine gute Ausrede, um nicht mehr an diesen verdammten Versammlungen des Schiffsrates teilnehmen zu müssen. Diese Debatten sind doch nichts weiter als eine Farce, weil wir am Ende immer das beschließen und tun, was Gillian gesagt hat. Und wir wären ganz schön verrückt, wenn wir es anders halten würden.

Karkaett meldete, daß die Motivatoreinrichtung angeschlossen sei. Hannes streckte einen seiner Cyborgarme aus und adjustierte die Kalibrierungswerte an der Master-Control. Er bemühte sich, Emersons geschickte Fingerbewegungen nachzuahmen. Die biomechanischen Extremitäten, die ihm die Hände ersetzten, waren wunderbare technische Gebilde und übertrafen bei weitem das körperliche Vermögen und die Lebensdauer natürlicher Greifer – dennoch vermißte er oft genug das haptische Gefühl seiner Fingerspitzen.

Die Alten waren sehr großzügig, zunächst ... doch dann haben sie uns beraubt und fortgejagt. Sie haben Leben gegeben und Leben genommen. Vielleicht hätten sie uns auch noch betrogen, um die Belohnung einzustreichen ... oder sie hätten uns in ihrer unermeßlichen Welt Unterschlupf gewähren können, aber sie haben weder das eine noch das andere getan.

Ihre Vorstellungen und Maßnahmen bewegten sich vermutlich in einer für Menschen unergründlichen Dimension. Vielleicht waren alle Geschehnisse und Vorfälle nur Bestandteil eines mysteriösen Plans gewesen.

Manchmal beschleicht mich das Gefühl, die Menschheit wäre besser damit gefahren, nicht ins All hinaus zu reisen, sondern einfach im Bett zu bleiben.

Tsh't

Sie erzählte Gillian Baskin, was sie von ihrer Entscheidung dachte.

»Ich bin immer noch nicht damit einverstanden, diese jungen Sooner wieder hierherzubringen.«

Die blonde Frau drehte sich zu Tsh't um und sah sie aus müden Augen an. In ihren Augenwinkeln zeigten sich Linien und Falten, die beim Start des Schiffes von der Erde noch nicht dort gewesen waren. Bei Missionen wie dieser war es nur natürlich, zu altern.

»Sie in ein Exil zu verbannen, erschien zu ihrem eigenen Besten als die günstigste Lösung. Aber ich glaube, daß sie uns hier an Bord nützlicher sein können.«

»Ja ... wenn man davon ausgeht, daß sie uns die Wahrheit über die Hoon und die Jophur erzählt haben. Wenn diese Wesen tatsächlich einträchtig mit Menschen und Urs zusammensitzen, Bücher aus Papier lesen und Mark Twain zitieren.«

Gillian nickte. »Ich weiß, das klingt wirklich weit hergeholt. Nur ...«

»Kommt dir das alles nicht wie ein unglaublicher Zufall vor? Unser Aufklärungs-U-Boot stößt just in dem Moment auf die alte ursische Kiste, als diese vier Kinder mit ihrem Spielzeug-U-Boot ins Meer geworfen werden und sich auf die Suche nach dem Ding begeben.«

»Sie wären unweigerlich gestorben, wenn die Hikahi sie nicht aufgelesen hätte«, wandte die Schiffsärzitn Makanee ein.

»Schon möglich. Aber ich war noch nicht fertig. Kaum hatten wir sie an Bord geholt, tauchen Gravo-Triebwerke genau über dieser unterseeischen Schlucht auf! Und wenig später fängt jemand an, Bomben auf uns zu werfen! Soll das alles eine Ansammlung bloßer Zufälle sein? Könnte es nicht viel eher so sein, daß es sich bei diesem Quartett um Spione handelt, die unsere Feinde hierherlotsen?«

»Um sich Bomben auf den eigenen Kopf fallen zu lassen?« erwiderte die delphinische Medizinerin mit einem abfälligen Geräusch. »Die viel logischere und simplere Erklärung lautet, daß einer unserer Aufklärungs-Roboter erwischt worden ist und man von ihm auf unseren ungefähren Standort schließen konnte.«

Tsh't wußte selbst gut genug, daß die Sooner-Kinder keine Galaktiker zum Riff geführt hatten. Die Vier hatten nichts damit zu tun. Vielmehr war sie selbst dafür verantwortlich.

Damals, als sich die *Streaker* auf die Flucht aus dem Fraktal-System vorbereitete, um einen weiteren von Gillians ebenso verzweifelten wie genialen Plänen durchzuführen, hatte Tsh't aus einem Impuls heraus eine geheime Botschaft abgesandt. Eine Bitte um Hilfe an die Adresse, der sie als einziger vertraute. Sie hatte auch den Kurs des Schiffes durchgegeben und um ein Treffen auf Jijo gebeten.

Gillian wird mir später dafür sehr dankbar sein, hatte sie in jener Zeit gedacht. *Spätestens dann, wenn unsere Rothen-Herren erst einmal erschienen sind, um uns aus unserer Notlage zu befreien.*

Doch spätestens die Bilder vom Strand hatten ihr klargemacht, wie furchtbar alles schiefgelaufen war.

Zwei kleine Himmelsschiffe waren im Sumpf abgestürzt ... und der größere Gleiter wies die Kennzeichen der schrecklichen Jophur auf.

Tsh't fragte sich, warum ihr Vorhaben fehlgeschlagen war. Sie hatte es doch so gut gemeint.

Ist den Rothen etwa heimlich ein anderer gefolgt, und sie haben nichts davon bemerkt? Oder wurde meine Nachricht abgefangen?

Sorge und Schuldgefühle nagten an ihren Eingeweiden.

Eine weitere Stimme meldete sich zu Wort. Honigsüß ließ sie sich mitten aus der Spirale mit den rotierenden Linien vernehmen. Das Gebilde glühte an einem Ende des Konferenztisches.

»Also hat Alvins Bluff tatsächlich eine Rolle bei deiner Entscheidung gespielt, oder, Dr. Baskin?«

»Es erhebt sich doch die Frage, ob er tatsächlich nur geblufft hat. Diese Kinder sind mit den Werken von Melville und Bickerton aufgewachsen. Möglicherweise hat er erkannt, daß sich im Innern der klobigen Exo-Anzüge Delphine aufhalten. Oder aber uns selbst ist bei den Unterhaltungen mit ihnen ein Lapsus unterlaufen.«

»Nur die Niss-Einheit hat direkt mit ihnen geredet«, wandte Tsh't ein und nickte in Richtung des Wirbels.

Das Gebilde reagierte darauf mit ungewohnter Zerknirschung.

»Wenn ich mir die Unterlagen und Berichte noch einmal ansehe, komme ich nicht umhin einzugestehen, daß mir Begriffe wie ›Kilometer‹ oder ›Stunde‹ entfahren sind. Vermutlich einfach wegen der Macht der Gewohnheit. Alvin und seine Freunde kennen sich sehr gut im Englik aus und werden sicher ihre Schlußfolgerungen gezogen haben – wie zum Beispiel die, daß unter den Galaktikern Wölflings-Maßeinheiten verpönt sind.«

»Wie, ein Tymbrimi-Computer kann tatsächlich einen Fehler machen?« fragte Tsh't unüberhörbar spitz.

Der Wirbel gab einen langgezogenen, tiefen Laut von sich, den alle am Tisch als philosophisches Nachdenken eines besinnlichen Hoons identifizieren konnten.

»Geistig bewegliche Individuen zeichnen sich durch die Fähigkeit aus, neue Dinge und Wege begreifen zu können«, erklärte die Niss-Maschine. »Meine Schöpfer haben mich aus eben diesem Grund diesem Schiff hier überlassen. Und genau deswegen behandeln die Tymbrimi euch irdische Mistkerle auch mit solcher Freundlichkeit.«

Diese Bemerkung war noch harmlos im Vergleich zu den bissigen, giftigen Kommentaren, die die Einheit sonst von sich zu geben pflegte.

»Davon einmal ganz abgesehen, hat mich nicht Alvins Bluff zum Umdenken bewegt«, teilte Gillian jetzt den anderen mit.

»Was denn dann?« wollte Makanee wissen.

Das Niss-Hologramm wies funkelnde Flecken auf, als es an Dr. Baskins Stelle antwortete:

»Es geht um nichts weniger als die Kleinigkeit des Tytal-Problems ... oder anders ausgedrückt, um diesen Noor, der sprechen kann. Das Vieh hat sich bislang als ebenso unkooperativ wie uninformativ erwiesen, und das trotz all unseres Drängens, etwas über seine Art und seine Anwesenheit am Strand zu erfahren.

Ich und Dr. Baskin sind uns in diesem Punkt einig. Wir kommen in dieser Frage nur mit den Kindern weiter. Vor allem mit Alvin.

Er soll den Noor dazu überreden, sich mit uns auszutauschen.«

Sooner

Emerson

Er macht sich Vorwürfe, weil er mit seinen Gedanken ganz woanders gewesen ist und in seiner Abgelenktheit viel zu langsam reagierte, um Sara vor dem Sturz zu bewahren.

Bis zu dem Moment, als dies geschah, erzielte der Sternenmensch gerade neue Erfolge in seinem Bemühen, seine Vergangenheit Stück für Stück zusammenzusetzen – kein leichtes Unterfangen, wenn einem ein Stück Gehirn fehlte, und zwar genau der Teil, der einst die Worte für jeden Gedanken und alle Bedürfnisse zur Verfügung stellte.

Tiefsitzende Hemmnisse und Verbote stellen sich ihm bei seinen Bemühungen in den Weg, sich zu erinnern, und bestrafen schon den bloßen Versuch mit einer Heftigkeit, die ihn aufstöhnen und ins Schwitzen geraten läßt. Aber die eigentümlichen Panoramen, denen er bei dieser Reise begegnet, sind ihm eine große Hilfe. Farben, die wie Querschläger durch die Landschaft schießen, reißen einige der Nischen auf, in denen die Erinnerungen angekettet sind.

Plötzlich kommt ihm eine frühere Begebenheit als Ganzes in den Sinn zurück. Eine uralte Erinnerung, die noch aus seiner Kindheit stammt. Die Nachbarn besaßen einen großen Schäferhund, dessen größtes Vergnügen darin bestand, Bienen zu jagen.

Das Tier schlich auf sehr unhündische Art an seine Beute heran – er kroch auf dem Bauch und verdrehte sich wie eine lachhaft unanmutige Katze – und folgte ihr durch Gras und über Blumenbeete. Im entscheidenden Moment sprang er dann auf.

Als Junge hatte Emerson immer erstaunt und vergnügt verfolgt, wie die Biene wütend hinter den geschlossenen Zähnen des Schäferhunds summte. Das währte meist nicht lange, dann hatte sie die Lust daran verloren und fuhr ihren Stachel aus. Der Hund schnaubte dann, verzog das Gesicht und nieste. Doch der kurze Schmerz war nie so groß wie sein Triumph. Die Bienenjagd schien seinem kastrierten Vorortdasein eine Bedeutung zu geben.

Emerson fragt sich jetzt, warum dieses Bild so stark in seinem Bewußtsein nachwirkt. Ist er so wie der Hund, der sich vom Schmerz nicht davon abhalten läßt, eine widerspenstige Erinnerung nach der anderen aus seinem Innern zu bergen?

Oder ist sein Symbol eher die Biene?

Der Sternenmann kann sich nur bruchstückhaft auf die machtvollen Entitäten besinnen, die in seinem Geist herumgesucht haben und dann seinen Körper in einem brennenden Wrack über Jijo abstürzen ließen. Er weiß aber noch, daß sie ihn und seine Spezies als Insekten angesehen haben.

Emerson stellt sich vor, er besitze ebenfalls einen Stachel, und wünscht sich, die Gelegenheit zu erhalten, die Alten mit einem Stich zum Schnauben, Grimassieren und Niesen zu bringen. Er träumt davon, sie zu lehren, sich vor den Bienen in acht zu nehmen.

Der Fremde reiht die so hart errungenen Erinnerungen zu einer Kette auf. Eine Halskette allerdings, die mehr Lücken als Perlen aufweist. Am leichtesten fällt ihm der Zugang zu Ereignissen in seiner Kindheit, seiner Pubertät und seiner Ausbildung im Terragens-Aufklärungs-Korps ...

Auch als die Karawane das Land der grellen Farben hinter sich läßt und einen steilen Bergpfad hinaufsteigt, weiß er sich mit seinen sonstigen Werkzeugen zu behelfen: mit der Musik, der Mathematik und der Zeichensprache. Vor allem letztere ermöglicht es ihm, sich mit Prity zu verständigen und sogar Witze mit dem Schimpansen zu reißen – wenn auch ziemlich blöde. Während der

Rasten nutzt er den Zeichenblock, um Zugang zu seinem Unterbewußtsein zu finden. Ungeduldig malt er Striche und Kreise und versucht so, Bilder aus seiner Vergangenheit zu fassen zu bekommen.

Die *Streaker* ...

Das Schiff nimmt langsam Gestalt an, zeichnet sich fast von selbst – ein liebgewonnener Zylinder mit hornartigen Auswüchsen, die in Kreisen an der Hülle angeordnet sind. Emerson zeichnet sie unter Wasser, umgibt sie mit Algen und Tang ... eigentlich eine Anomalie für ein Schiff, das den Raum durchquert ... und dennoch ergibt diese Darstellung einen Sinn – und das um so mehr, als weitere Erinnerungen in sein Bewußtsein drängen.

Kithrup ...

Jene fürchterliche Welt, zu der die *Streaker* flog, um auf ihr Zuflucht zu finden, nachdem sie gerade mit letzter Not einem Hinterhalt entronnen war und dabei erfahren mußte, daß mindestens hundert Flotten miteinander im Krieg lagen um das Recht, das kleine Erdenschiff als erster gefangennehmen zu dürfen.

Kithrup ... ein Planet, dessen Ozeane hochgiftig waren ... andererseits aber ein brauchbarer Ort, um die notwendigen Reparaturen durchzuführen, verfügte doch nur ein halbes Dutzend Mannschaftsmitglieder über Beine. Der Rest der Besatzung, intelligente und temperamentvolle Delphine, waren auf Wasser angewiesen, um arbeiten und sich bewegen zu können. Davon ganz abgesehen erschienen die Ozeane als geeignetes Versteck nach dem Desaster bei ...

... *Morgran* ...

Ein Transfer-Punkt. Der sicherste von den fünfzehn Wegen, um von einem Stern zu einem anderen zu gelangen. Man mußte dort nur im richtigen Winkel und auf die rechte Distanz auf das Ziel zu springen und fand sich schon fern vom Stellrad dort wieder. Selbst das irdische Langsamschiff *Vesarius* hatte das vermocht, obwohl man dort nur durch Zufall auf diese Möglichkeit gestoßen war.

Aber schließlich hatte die Menschheit zu jener Zeit auch noch keinen Zugang zu den Galaktischen Techniken erhalten.

Während er an Morgran denkt, kommt ihm Keepiru in den Sinn, der beste Pilot, den er je kennengelernt hat – der Mann, der gern mit seinen unbestrittenen Fähigkeiten angegeben hat. Er steuerte die *Streaker* mit solcher Tollkühnheit aus einer Gefahr, daß die Verfolger ganz schockiert darauf reagierten, um die Terraner dann in den Mahlstrom zurückzubringen und damit fort aus dem Brodeln der Raumschlacht …

… genau so, wie bei dem anderen Gefecht, zu dem es einige Wochen später kam, genauer gesagt über Kithrup. Glänzende, vorzügliche Schiffe, der Stolz und Reichtum ihrer vornehmen Klans, fielen übereinander her und zerstörten binnen Momenten mehr Vermögen, als manche Welt in einem Jahr zu erwirtschaften vermochte.

Emersons Finger fliegen über das Blatt, während er auf dem Papier Explosionen, Strahlen und feuernde Schiffe darzustellen versucht. Er drückt so heftig mit seinem Stift auf, daß die Unterlage aufreißt, und ist furchtbar frustriert, weil es ihm offenkundig unmöglich ist, die gloriose Wildheit wiederzugeben, die er einst mit eigenen Augen schauen durfte …

Der Sternenmann packt Block und Stift wieder ein, weil der Trupp weiterziehen will. Er besteigt sein Pferd und ist insgeheim froh, daß man dank des Rewqs seine Tränen nicht sehen kann.

Später, als sie vor einem rauchenden Vulkanbecken stehen, erinnert er sich unvermittelt an ein anderes Bassin – an eines, das aus gefaltetem Raum bestand … den Flach-Cluster … den letzten Erkundungsort der *Streaker,* bevor sie nach Morgran weiterflog – und laut der Galaktischen Bibliothek eine Stätte, an der sich nichts befinde, was auch nur einen Blick wert wäre.

Welche Vorahnung oder welcher geniale Einfall mochte Kapitän Creideiki bewogen haben, eine solche Stelle anzufliegen?

Denn dort gab es durchaus etwas zu sehen, und in all den Äonen mußten doch sicher auch andere über dieser Armada von nicht mehr verwendungsfähigen Schiffen gestolpert sein. Und was die *Streaker* hier entdeckte, sollte die Ursache all ihrer weiteren Schwierigkeiten werden.

Er sieht die schweigenden Raumer jetzt klar vor seinem geistigen Auge. Einige erscheinen riesig wie Monde, doch alle sind sie durchsichtig wie ein Gespenst, als hätten sie sich noch nicht entschieden, ob sie überhaupt existieren wollten.

Diese Erinnerung bereitet ihm Schmerzen ganz anderer Art. Krallenmarkierungen liegen darüber, als habe eine äußere Macht diesen Teil seines Gedächtnisses einmal gründlich studiert. Möglicherweise versuchte sie, die Muster in den dahinter stehenden Sternen zu erkennen und zu deuten ... um den Kurs der *Streaker* bis zu einem bestimmten Punkt im All zurückverfolgen zu können.

Der Fremde kommt zu dem vorsichtigen Schluß, daß ihr das wohl nicht gelungen ist; denn Sternenkonstellationen waren nie etwas, was er sich besonders gut einprägen konnte.

»Emerson, du mußt wirklich nicht gehen.«

Sein Kopf ruckt hoch, als diese Worte in seinem Bewußtsein auftauchen – sind sie doch um Monate jünger als die Erinnerungen an Morgran oder Kithrup.

Sein Blick fährt über das Land der fiebrigen Farben, das man nun von hoch oben erkennen kann. Und endlich findet er im wogenden Glimmern ihr Gesicht. Eine besorgte Miene und gezeichnet von der Verantwortung für hundert Leben und noch mehr wichtiger Geheimnisse, die es zu bewahren gilt. Wieder spricht sie zu ihm, und diesmal kommen die Worte ungehindert und als Ganzes, weil er sie nämlich nie in dem Teil seines Gehirns abgespeichert hat, der für normale Konversation gedacht ist.

Denn alles, was sie ihm zu sagen hatte, war ihm immer wie Musik erschienen.

»Wir brauchen dich hier. Laß uns doch einen anderen Weg finden.«

Aber es gab für sie keine andere Möglichkeit. Nicht einmal Gillians sarkastischem Tymbrimi-Computer fiel etwas Passendes ein, bevor Emerson sich an Bord eines aufgegebenen thennanianischen Raumers begab, um dort bei einem verzweifelten Einsatz alles zu wagen.

Wenn er jetzt daran zurückdenkt, sehnt er sich danach, einmal denselben Ausdruck in Gillians Augen erblicken zu dürfen, mit dem sie Tom zu verabschieden pflegte, wenn er wieder einmal zu einem Abenteuer auszog.

Er liest darin Sorge und Angst, auch Zuneigung, aber nicht leidende Sehnsucht.

Emerson wendet sich von der zerrissenen Farbwüste ab und dreht sich nach Osten um, wo die Aussicht nicht so verstörend ist. Ferne Berge locken mit ihren natürlichen Formen und grünen Wäldern zur Rast.

Doch auf einem der Gipfel entsteht ein Blitz. Und dann auch an anderen Stellen. Ein Rhythmus, der etwas mitzuteilen scheint ...

Er starrt fasziniert hin, doch seine Konzentration wird von einem erschrockenen Schrei zerstört. Doch er braucht einen Augenblick zu lange, um in die Wirklichkeit zurückzufinden und sich umzudrehen. So entgeht ihm, wie Sara über den Rand des Wegs kippt. Er hört nur Pritys Schreien, und das durchfährt ihn wie eine brennende Fackel ein Netz von Spinnweben.

Saras Name kommt ihm mit ungewöhnlicher Klarheit über die Lippen, und endlich reagiert auch sein Körper. Er sprintet sofort los, hin zu der Unglücksstelle.

Und während er den zerklüfteten Hang hinunterspringt, schleudert er dem Universum unerhört beredte Flüche entgegen, droht ihm seine Rache an, weil es gewagt hat, ihm einen weiteren Freund zu nehmen.

Lark

Das Gesicht der Sergeantin ist durch Tarnfarbe fast unkenntlich gemacht, und in ihrem schwarzen Haar befinden sich noch Lehmbröckchen, Gräser und Zweigstückchen, weil sie durch Erdrinnen und Sträucher gekrochen ist. Und dennoch ist ihm Jeni Shen niemals schöner erschienen.

Die Menschen streben danach, die Dinge zu tun, für die sie geboren wurden. Jeni ist als Kriegerin auf die Welt gekommen. Vermutlich hätte sie lieber in den Zeiten gelebt, als Drake der Ältere und Drake der Jüngere mit Blut, Feuer und Eisen den Großen Frieden schmiedeten. Die heutige Ära muß ihr ziemlich langweilig erscheinen.

»So weit, so gut«, begann die junge Milizionärin ihren Bericht. Der grobe jijoanische Kampfanzug ließ ihre Formen im Licht der Laternen nicht einmal erahnen.

»Ich bin ziemlich nah herangekommen und habe verfolgen können, wie die Gesandtschaft das Tal betrat, um den Jophur die Antwort des Hochrats zu überbringen. Ein paar Roboter schwebten heran, um sie zu inspizieren. Besonders auf den armen Vubben hatten sie es abgesehen und beschnüffelten ihn von den Speichen bis zu den Augenstielen. Danach durften alle sechs, eskortiert von den Robotern, weiterziehen.« Jeni machte eine wegwerfende Handbewegung. »Damit sind nur noch höchstens zwei Drohnen übrig, die dieses Gebiet hier patrouillieren. Wir können uns wohl keine besseren Voraussetzungen für unser Vorhaben wünschen.«

»Steht das denn überhaupt in Frage?« rief Rann. Der große Danik lehnte gegen einen Kalkstein und hatte die Arme vor der Brust übereinandergelegt. Der große Sternenmann war unbewaffnet, führte sich aber so auf, als sei dies seine Expedition. »Natürlich schreiten wir jetzt zur Tat. Alles andere wäre blanker Unsinn.«

Trotz Ranns Bestimmtheit stammte der Plan eigentlich von

Lark. Und ihm oblag es auch zu entscheiden, ob sie ihren Plan nun ausführten oder damit noch etwas warteten. Immerhin trug er die Verantwortung für etwa fünfzig tapfere Leben, die bei diesem Unternehmen aufs Spiel gesetzt wurden. Und er mußte es auch auf sich nehmen, wenn die Jophur sich von diesem Tun so provoziert fühlten, daß sie alle am Hang vernichteten.

Außerdem könnten wir den Weisen in die Quere kommen. Vielleicht haben sie gerade in dem Moment eine Annäherung zu den Jophur gefunden, wenn wir zuschlagen.

Doch wie sollten die Sechs Rassen jemals den Preis bezahlen können, den die Fremden von ihnen verlangten? Während die Gesandten versuchten, die Forderungen der Jophur herunterzuhandeln, versuchten andere festzustellen, ob es keine dritte Möglichkeit gab – eine, bei der die Gemeinschaften überhaupt nicht bezahlen mußten.

Nervöse Augenpaare starrten ihn aus allen Ecken der Höhle an. Sie befanden sich in einer der zahllosen dampfenden Felslöcher, die überall in den Hügeln zu finden waren. Ling gehörte zu den wenigen, deren Miene Unerbittlichkeit ausdrückte. Sie stand ziemlich abseits von Rann. Die beiden Daniks verstanden sich nicht mehr so gut, seit sie an dem Computer gesessen und versucht hatten, die geheimnisvollen Datenspeicher zu entschlüsseln – an jenem furchtbaren Nachmittag, als Rann sich voller Wut verraten gefühlt hatte und ein goldener Regen auf Dooden Mesa herabfiel. So besaßen die Sternenmenschen durchaus unterschiedliche Gründe, diese Expedition zu unterstützen.

Lark war von Jenis Bericht nicht übermäßig begeistert. Nur höchstens zwei Drohnen ... Nach Auskunft von Lesters Technikern waren die Roboter durchaus in der Lage, auch unter der Erde zu sondieren, um ihre Herren vor allen möglichen Gefahren zu schützen. Auf der anderen Seite war diese Gegend von unzähligen Löchern, aus denen beständig Dampf aufstieg, und häufigen kleineren Erdbeben gekennzeichnet. Außerdem waren da noch die subtilen Lieder des Heiligen Eies – Emanationen nach einem bestimmten Muster, die das steinerne Amulett, das Lark an der Brust trug, zum Vibrieren brachten.

Alle sahen ihn erwartungsvoll an, Menschen, Urs, Hoon und andere Freiwillige. Auch ein paar Qheuen, einige der wenigen, die noch nicht erkrankt waren. Er mußte eine Entscheidung fällen.

»Also gut«, erklärte er. »Gehen wir es an.«

Ein kurzer, aber entschiedener Befehl. Grinsend drehte Jeni sich um und drang als Erste tiefer in die Höhle ein. Die Fackelträger folgten ihr.

Lark hätte lieber gesagt: *Um Jafalls' willen! Nichts wie raus hier! Ich gebe allen einen aus, die in der Lage sind, ihr Glas auf das Wohl unseres armen Uthen zu heben.*

Aber wenn er den Namen seines Freundes ausgesprochen hätte, wäre der Schmerz in seinem Innern zu übermächtig geworden, und er hätte weinen müssen. So schloß er sich der Kolonne von Gestalten an, die im Licht der Fackeln, die an der Wand befestigt waren, durch die dünne Passage schlurften.

Seine Gedanken schienen bei der Wanderung ins Innere des Berges Purzelbäume zu schlagen. So fragte er sich zum Beispiel kurz, wo auf dem gesamten Hang sich eine Kneipe finden ließe, in der Mitglieder aller Sechs Rassen gleichzeitig ihr Glas auf das Wohl von Uthen leeren konnten? Nur die wenigsten Lokale schenkten sowohl Alkohol als auch frisches Simlablut aus, und das aus dem einleuchtenden Grund, daß Menschen und Urs sich vor den Trinkgewohnheiten der jeweils anderen Rasse ekelten. Ganz zu schweigen von den Traeki, denen es höchst unangenehm war, in Gegenwart von anderen etwas zu sich zu nehmen.

Aber ich kenne da doch eine Bar in Tarek ... Das heißt natürlich nur, wenn Tarek noch offen und nicht längst unter dem goldenen Regen eingeschlossen ist. Nach Dooden Mesa haben die Jophur womöglich die größeren Städte heimgesucht, in denen sich auch größere g'Kek-Gemeinden finden.

Da fragt man sich doch, warum die g'Kek überhaupt hierher nach Jijo gekommen sind. Sie können nur den Weg der Erlösung beschreiten, wenn der asphaltiert ist …

Lark schüttelte den Kopf, um all diese unsinnigen Überlegungen zu verscheuchen.

Banalitäten. Details um der Details willen. Aber die Gehirnsynapsen arbeiten immer weiter, auch wenn man sich nur darauf konzentrieren will, dem Mann vor einem zu folgen, ihm nicht in die Hacken zu treten und sich nicht den Schädel an einem Stalaktiten anzuschlagen.

Wenn einer seiner Begleiter sich zu ihm umdrehte, sah er einen ruhigen, zuversichtlichen Anführer. Doch in Larks Kopf schlugen die Gedanken weiterhin Kapriolen, und er mußte es erdulden, sich mit den nebensächlichsten und blödsinnigsten Dingen zu beschäftigen.

Ich sollte in diesem Moment eigentlich meinen Freund beweinen.

Warum hast du noch keinen Traeki-Bestatter aufgesucht, damit er alles Nötige für die Mulch-Zeremonie arrangiert? Damit Uthens auf Hochglanz polierter Rückenpanzer stilvoll zu den Gebeinen seiner Vormütter überführt werden kann, die im Großen Mitten begraben liegen.

Zu meinen Pflichten gehört es natürlich auch, den Grauen Qheuen einen Besuch abzustatten und ihnen in der verstaubten Halle, von der aus sie einst den Großteil des Hangs beherrscht haben, mein Beileid auszusprechen.

Ja, dort in der Halle der Neunzig Zahngeschnitzten Säulen, wo sie immer noch mit aller längst vergangenen königlichen Pracht auftreten … aber wie soll ich ihnen beibringen, daß zwei ihrer besten Söhne gestorben sind? Harullen, zerteilt von den Laserstrahlen der Fremden, und Uthen, dahingerafft von einer Pestilenz der Rothen.

Und wie soll ich ihnen erklären, daß ihre anderen Kinder die nächsten sein werden?

Uthen war sein bester Freund gewesen. Der Kollege, der mit ihm die Faszination über das Auf und Ab im fragilen Ökosystem dieser Welt geteilt hatte. Obwohl er sich Larks Häresie nie angeschlossen hatte, war er doch der einzige gewesen, der verstanden hatte, warum die Sooner-Rassen niemals nach Jijo hätten kommen dürfen. Neben Lark hatte nur er begriffen, daß einige der Galaktischen Gesetze durchaus ihre Berechtigung hatten.

Ich habe dich im Stich gelassen, alter Freund. Aber auch wenn ich all die anderen Pflichten nicht erfüllen kann, so will ich doch versuchen, etwas zur Wiedergutmachung zu arrangieren.

Nämlich für Gerechtigkeit sorgen.

Geröll bedeckte den Boden der letzten großen Höhle, das von der Verschwörung der Fundamentalisten aus Wänden und Decke gerissen worden war – als junge Rebellen eben diese Gänge benutzt hatten, um heimlich Explosivstoffe unter der Außenstation der Daniks anzubringen. Bei der Sprengung waren Lings Freundin Besh und die weibliche der Rothen-Sternenherren ums Leben gekommen. Der Rückprall dieser Tat ließ sich immer noch spüren, so wie die weit auseinandergezogenen Wellen in einem See, in den man einen dicken Stein geworfen hat.

Das Schlachtschiff der Jophur lag jetzt auf der zerstörten Station. Doch niemand auf dem Hang wäre auf die Idee verfallen, einen solchen Angriff ein zweites Mal zu versuchen. Angenommen, der Riesenraumer ließe sich ebenfalls mit primitivem Spengstoff vernichten, so wären dafür solche Mengen an Explosivpaste erforderlich, daß Larks fünfzig Getreue bis zum nächsten Gründertag damit beschäftigt sein würden, Fässer heranzurollen. Davon abgesehen, fand sich kein Freiwilliger, der sich diesem tödlichen Raumungeheuer genähert hätte. Larks Plan sah auch vor, sich dem Kreuzer nicht weiter als bis auf etliche Bogenschüsse zu nähern.

»Von hier an wird der Weg zu eng für die Grauen«, erklärte die Unteroffizierin.

Die ursischen Partisanen spähten in die Passage, die nun deutlich schmaler wurde. Sie rollten unisono den Hals ein, weil sie etwas zu schnüffeln bekamen, was ihnen nicht gefiel.

Die Grauen Qheuen hockten sich auf den Boden, und die anderen eilten zu ihnen, um die Lasten von den Rückenpanzern zu lösen und aufzunehmen. Wenn mehr Zeit zur Verfügung gestanden hätte, wäre es den riesigen Wesen sicher möglich gewesen, den Gang mit ihren Grabscheren und diamantharten Zähnen ausreichend zu weiten. Aber Lark spürte, daß sie sich eine solche Verzögerung nicht leisten konnten. Außerdem wußte niemand, wie lange diese Qheuen noch gesund bleiben würden. So schickte er sie schweren Herzens zurück.

Wer mochte schon ahnen, welche anderen Viren bereits von Jijos Winden herumgetragen wurden? Vielleicht ein biologischer Kampfstoff, der alle Rassen dahinraffen würde? Ling hatte in den Dateien eindeutige Hinweise auf solche Maßnahmen gefunden. Rann allerdings weigerte sich immer noch anzuerkennen, daß die Rothen zu so etwas in der Lage seien.

Der finster vor sich hin blickende Danik brütete seit seiner Sitzung am Computer über etwas anderes, auf das er in den Datenspeichern gestoßen war.

Auf der Station, die die Gen-Piraten auf dieser Welt errichtet hatten, mußte es einen Spion gegeben haben. Jemand, der sorgfältig Tagebuch über alle Missetaten der Rothen und ihrer menschlichen Helfer geführt hatte.

Ein Agent des Terragens-Rates!

Offenbar war es der Erdregierung gelungen, einen Informanten in die Reihen der Daniks einzuschleusen, also der Menschen, die die Rothen wie Götter verehrten.

Lark hätte sich zu gern ausführlich mit Ling unterhalten, aber es fand sich einfach keine Gelegenheit zur Wiederaufnahme ihres alten Frage-und-Antwort-Spiels. Seit ihrer Flucht vor dem Desaster in Dooden Mesa, als sie zusammen mit Lesters panikerfüllten Technikern und anderen durch den Riesenbambuswald gestolpert waren, hatten sie keinen Moment Ruhe gefunden. Neu geschlagene Wege und frisch gefällte Stämme hatten die atemlosen Flüchtlinge zusätzlich verwirrt, bis sie plötzlich auf eine Lichtung gelangt waren, die auf keiner Karte verzeichnet war. Sie hatten dort eine Gruppe Traeki überrascht, die in einer Linie aufgereiht dastanden und gemeinsam giftige Gase absonderten, so daß es sich anhörte wie eine ganze Batterie pfeifender Wasserkessel.

Sofort tauchten ganze Schwadronen von Urs auf, um die Wulstwesen zu schützen. Sie bissen den Menschen in die Fersen, als handele es sich bei ihnen um Simlas, die davonlaufen wollten, und vertrieben so die Schar der Flüchtigen, die von nun an getrennt voneinander in mehreren Gruppen nach Süden und Westen weitereilten.

Selbst als sie dann später ein Lager aufgeschlagen hatten, hatte sich keine Chance geboten, mit Ling die Angelegenheiten der Galaktiker zu diskutieren. Die Biologin verbrachte die Zeit mit den Medizinern und teilte ihnen das Wenige mit, was sie aus den Unterlagen des Spions über die Krankheit erfahren hatte, von der die Qheuen befallen wurden.

Lark selbst fand sich in immer größerem Maße von Aktivität umgeben, mußte er doch eine ständig anwachsende Gefolgschaft organisieren.

Gleich werde ich es wieder einmal erleben, daß verzweifelte Individuen jedem folgen, der ihnen einen Plan vorlegt.

Selbst wenn der von einem Narren wie mir stammt.

Hoonsche Träger nahmen jetzt die Lasten der Qheuen auf, und schon setzte sich der Zug wieder in Bewegung. Ein halbes Dutzend Blauer Qheuen bildete die Nachhut. Sie waren sehr jung, und ihre Rückenpanzer wiesen teilweise noch Feuchtigkeit vom Schlüpfvorgang auf. Obwohl sie zu den Kleinsten ihrer Spezies gehörten, mußten die anderen an manchen Stellen immer noch zu Hammer und Pike greifen, um Kalkstein abzuschlagen und den

Weg zu verbreitern. Immerhin bildeten sie einen wesentlichen Bestandteil in Larks Plan.

Er konnte nur hoffen, daß sein geradezu phantastisches Vorhaben nicht die einzige Maßnahme blieb, die gerade auf Jijo in die Wege geleitet wurde.

Beten hat vielleicht nicht immer genützt, aber auch noch nie geschadet.

Seine Finger spielten mit dem Amulett. Der Stein fühlte sich normal kühl an. Das Heilige Ei schien ihm nichts mitzuteilen zu haben.

An der Kreuzung, an der die fundamentalistischen Verschwörer nach links abgebogen waren und ihre Sprengstofflast unter die Rothen-Station getragen hatten, wandte sich Larks Truppe nach rechts. Dieser Weg war kürzer, barg dafür aber mehr Gefahren.

Jim der Gesegnete fand sich bei der Gruppe stämmiger Männer, die mit ihren Hauwerkzeugen den Gang weiteten. Er ging den Kalkstein mit solcher Wucht an, daß Lark einschreiten mußte.

»Nicht so wild, Junge. Du weckst mit deinen Schlägen ja noch die recycelten Toten auf.«

Die verschwitzten Arbeiter lachten darüber, und die hoonschen Träger fielen dumpf grollend darin ein. Brave Hoon, dachte er, weil er wußte, wie sehr diese Wesen es haßten, sich in begrenzten Räumen aufhalten zu müssen. Und auch die Urs mußten gelobt werden. Ihnen machte es zwar nichts aus, durch Höhlen zu streifen, aber sie näherten sich hier dem Wasser, und das behagte ihnen ganz und gar nicht.

Und keiner in dieser gemischten Truppe freute sich darauf, bald dem titanischen Raumschiff gegenüberzustehen.

Die Sechs Rassen hatten Jahrhunderte damit zugebracht, vor dem Tag den Kopf einzuziehen, an dem die Schiffe der Institute landeten und über die Sooner zu Gericht säßen. Doch als dann tatsächlich fremde Raumer erschienen, entstiegen diesen keine hochwohlgeborenen Magistrate, sondern Diebe und brutale Mörder. Doch so schlimm die Rothen und ihre menschlichen Handlanger auch gewesen sein mochten, gegen die Jophur wirkten sie wie Waisenknaben.

Und was die Stapelwesen von uns verlangen, können wir ihnen einfach nicht geben.

Wir wissen nichts über das »Delphinschiff«, hinter dem sie her sind. Und wir würden uns lieber den rechten Arm (oder die entsprechende Extremität) abschneiden, als ihnen unsere g'Kek-Brüder und -Schwestern auszuliefern.

Und so fand sich Lark, der sein Leben lang gehofft hatte, die Galaktiker würden erscheinen, um der illegalen Besiedlung auf Jijo ein Ende zu bereiten, in der merkwürdigen Lage wieder, eine verzweifelte Truppe in den Kampf gegen die Sternengötter zu führen.

Die menschliche Literatur, die seit dem Großen Druck über den Hang gekommen ist, hat uns in der unterschiedlichsten Weise, aber doch entschieden beeinflußt. Die terranischen Bücher sind voll von Geschichten über jemand, der für eine verlorene Sache gefochten oder sich einem Wagnis verschrieben hat, an das niemand bei klarem Verstand auch nur einen Gedanken verschwenden würde.

Ling und er halfen sich gegenseitig durch einen Felskamin, dessen Wände von Sickerwasser und feuchten Flechten glitzerten. Dann traf von der Vorhut die Meldung ein:

»Das Wasser ist direkt vor uns.«

Die Botschaft stammte von Jeni.

Also habe ich recht behalten, dachte er.

Wenigstens bis jetzt.

Das Naß war ölig und kalt, und ein muffiger Geruch ging von ihm aus.

Doch weder das eine noch das andere konnte die jungen Blauen Qheuen davon abhalten, gleich in den schwarzen See zu schlüpfen, bewaffnet mit Mulchfiberschnüren, die sie von einer Spule abrollten. Die Hoon fingen gleich an, mit Handpumpen Luft in Blasen zu pumpen, und Lark wappnete sich dafür, in die kalte und dunkle Feuchtigkeit zu steigen.

Hast du es dir vielleicht anders überlegt?

Jeni überprüfte den Sitz seines Schutzanzugs aus Echsenmembranen. Damit würde er sicher das eisige Wasser nicht so sehr spüren, aber das war ohnehin Larks geringste Sorge.

Kälte kann ich ertragen, wenn ich nur genug Atemluft bekomme.

Bei den Luftblasen handelte es sich um eine Neuentwicklung, die man noch nicht in der Praxis erprobt hatte. Im Prinzip handelte es sich dabei um einen Traeki-Ring mit dicken Wänden, um einen möglichst hohen Gasdruck aushalten zu können. Die Unteroffizierin befestigte ihm nun seine Luftblase am Rücken und zeigte ihm dann, wie er durch den Hautschlauch atmen mußte – ein gummiartiger Traekitentakel, der ihm frische Luft zuführte und gleichzeitig die verbrauchte absaugte.

Du bist damit aufgewachsen, dich auf die Chemikalien und Sekrete der Traeki zu verlassen, zum Beispiel dabei, einheimische Früchte eßbar zu machen, oder zum Beispiel den von ihnen destillierten Alkohol zu genießen, ohne den kein Fest auskommt. Außerdem stellen Traeki-Apotheker in ihrem Chemo-Synthese-Ring Arzneien und Tinkturen für dich her, wenn du erkrankt bist. Trotzdem ekelt dich die Vorstellung, einen von ihren Tentakeln in den Mund stecken zu müssen.

Der Schlauch schmeckte wie eine schleimige Talgkerze.

Ling und Rann, die sich am anderen Ende der kleinen Felskammer aufhielten, gewöhnten sich rasch an diese jijoanische Neuheit. Natürlich waren sie auch nicht mit Traekis aufgewachsen und hatten nicht mitansehen müssen, wie diese sich an Mulch und faulenden Abfällen gütlich taten.

»Komm schon«, tadelte Jeni ihn so leise und eindringlich, daß ihm die Ohren brannten. »Fang bloß nicht an, mir das Hemd vollzukotzen. Du bist jetzt immerhin ein Weiser. Die anderen verlassen sich auf dich – und sie beobachten dich.«

Lark nickte zweimal und versuchte es aufs neue. Er schob sich den Schlauch wieder zwischen die Zähne und biß darauf, wie die Unteroffizierin es ihm beigebracht hatte. Die Luft, die gleich in seinen Mund strömte, schmeckte lange nicht so widerlich, wie er es erwartet hatte. Vielleicht hatte man dem Sauerstoff ja ein mildes Relaxant beigemischt. Die Traeki-Apotheker waren sehr geschickt in solchen Dingen.

Wollen wir hoffen, daß ihre Sternenvettern nicht darauf kommen.

Auf dieser Voraussetzung basierte Larks ganzer Plan. Der Jophur-Schiffskommandant mochte sich auf einen unterirdischen Angriff eingestellt haben, aber es stand zu hoffen, daß die Gegner nicht mit einem amphibischen Vorgehen durch eine Wasserfläche rechneten.

Die Rothen haben uns eindeutig unterschätzt. Wenn Jafalls und das Heilige Ei uns günstig gesonnen sind, begehen die Jophur vielleicht den gleichen Fehler.

Jeder Taucher trug außerdem einen Rewq, der seine Augen schützen und ihm gleichzeitig dabei helfen sollte, in dem dunklen Wasser etwas zu erkennen. Die Truppe führte nämlich nur Phosphor-Handstrahler mit, deren Schein nicht allzuweit reichte. Handschuhe und wasserabweisende Stiefel komplettierten die Ausrüstung.

Lings helles Lachen brachte Lark dazu, sich zu ihr umzudrehen. Er sah, daß sie auf ihn zeigte und kicherte.

»Du hast es gerade nötig, solltest dich mal selber sehen«, entgegnete er dem plumpen Wesen, in das sie sich verwandelt hatte. Sie wirkte jetzt noch monströser als ein Rothen ohne Maske. Die Hoon hielten einen Moment darin inne, Lasten an den Wasserrand zu schleppen, und lachten ebenfalls gut gelaunt, während ihre Noor-Begleiter breit grinsten.

Der neue Weise versuchte, sich die Szenerie weiter oben, jenseits der Felsschichten über ihren Köpfen, im Tageslicht vorzustellen, wo der Jophur-Kreuzer breit auf der Berglichtung hockte und den Bach daran hinderte, ungehemmt zum Meer zu laufen. Mittlerweile hatte sich dort ein See gebildet, der bereits eine Meile an den Bergwänden hinaufreichte.

Wasser sucht sich seinen eigenen Weg. Die Stille, an der wir aus den Höhlen kommen, liegt sicher bereits etliche Bogenschüsse vom Ufer entfernt. Wir müssen also eine größere Strecke schwimmend zurücklegen.

Aber daran ließ sich leider nichts ändern. Und nicht nur die Entfernung erschwerte es ihnen, ihr Ziel zu erreichen.

Blasen zeigten sich auf der Wasseroberfläche, und eine Qheuen-Kopferhebung tauchte auf, dann eine weitere. Die jungen Blauen krabbelten an Land, atmeten schwer durch ihre fünf Beinmünder und erstatteten gleich in aufgeregtem Galaktik Sechs Bericht:

»Der Weg zu offenem Wasser – ist klar. In guter Zeit – wir haben ihn zurückgelegt. Zum Ziel – wir euch nun führen.«

Die Hoon und die Urs ließen die Pfadfinder hochleben, aber Lark konnte sich ihrer Freude nicht ganz anschließen.

Schließlich waren die Hoon und die Urs nicht diejenigen, die nun den Rest des Wegs zurücklegen mußten.

Wasser hatte Löcher, Grotten und Höhlen geformt. Die Füße oder Scheren wirbelten ganze Wolken von Schlick auf, der die Phosphorstrahlen mit Myriaden von lichtablenkenden Punkten anfüllte. Larks Rewq gab sich die größte Mühe, die richtigen Filter auszuprobieren, bis er diesen Schleier durchdringen und teilweise klare Sicht herstellen konnte. Dennoch mußte der Weise sich sehr konzentrieren, um sich nicht den Kopf oder einen anderen Körperteil an Felsvorsprüngen anzuschlagen. Wenigstens hatten die Blauen Qheuen ein Führungsseil angebracht, an dem er sich vorwärtshangeln konnte, ohne befürchten zu müssen, vom Kurs abzukommen.

Wie plump und unbeholfen die Bemühungen der menschlichen

Schwimmer doch neben den Bewegungen der jungen Qheuen wirkten, die sich mit ihren Scheren an den Felswänden entlangbewegten, und das mit erstaunlicher Beweglichkeit und Geschwindigkeit. Diese Wesen waren im Wasser ebenso zu Hause wie an Land.

An manchen Stellen löste sich sein Schutzanzug, und dort wurde seine Haut taub. Andere Körperstellen erhitzten sich von der Anstrengung. Am meisten störte ihn aber der Traeki-Tentakel in seinem Mund, der auf geradezu unheimliche Weise seine Bedürfnisse vorauszuahnen schien. Wenn Lark die Luft anhielt, wie das ein Mann tut, wenn er sich gerade mit der Lösung eines Problems beschäftigt, kitzelte der Schlauch seinen Hals so lange, bis er ausatmen mußte. Beim ersten Mal, als das geschah, mußte der Weise würgen und husten. Was würde eigentlich passieren, wenn ihm sein Frühstück hochkam? Würden er und sein Schlauch dann gemeinsam ersticken? Oder würde der Traeki-Ring seinen Mageninhalt als leckere Belohnung ansehen, so wie ein Pferd, dem man ein Stück Zucker gab?

Lark war so auf die Führungsleine konzentriert, daß er den Moment verpaßte, in dem er die Felskatakomben hinter sich ließ und in das Unterwasserland von ehemaligen Wiesen, ertrunkenen Bäumen und herumtreibenden Trümmern geriet. Bald drang Tageslicht durch das Wasser und verwandelte die Versammlungslichtung, die nun den Grund eines Sees bildete, in eine fremde Landschaft, in der die einst vertrauten Formen und Gegebenheiten nicht mehr wiederzuerkennen waren.

Die Leine führte an einem kleinen Wäldchen von Niederbambus vorbei, dessen Stämme immer noch hoch genug waren, um weit oben die Wasseroberfläche zu durchstoßen. Die Qheuen hatten sich um einen Stamm versammelt und saugten die Luft aus ihm heraus. Als sie sich versorgt hatten, schwammen sie um Lark und die anderen herum und drängten sie, nun weiter an dem Seil entlangzuschwimmen.

Lange bevor er in dem trüben Wasser Einzelheiten erkennen konnte, entdeckte er schon das Glühen ihres Ziels. Rann und Ling schienen es ebenfalls bemerkt zu haben. Aufgeregt schwammen sie los und überholten Jeni. Als Lark zu ihnen stieß, preßten sie bereits die Hände an einen riesigen glatten Sarkophag, der wie fester gelber Mondschein wirkte. Unter ihm lag das zigarrenförmige Schiff der Rothen, ihr Heim so fern der Heimat, doch nun eingeschlossen in einer tödlichen Falle.

Die beiden Sternenmenschen schwammen auseinander, er nach links, sie nach rechts. Jeni und Lark nickten sich nur kurz zu, dann folgte sie Rann. Zwar war sie ihm körperlich unterlegen, aber immer noch am ehesten in der Lage, mit dem Danik fertigzuwerden. Der Weise schwamm hinter der Biologin her und behielt sie genau im Auge, während sie sich an der gelbgoldenen Wand entlangbewegte.

Obwohl Lark von allen Bürgern der Sechsheit am meisten Erfahrung mit den Gottmaschinen der Galaktiker besaß, kam er heute doch zum ersten Mal diesem Eindringling nahe, dessen spektakuläres Erscheinen vor vielen Wochen so abrupt das Versammlungsfest unterbrochen hatte. Wie großartig und unbezwinglich das Schiff ihnen damals erschienen war! Wie furchteinflößend und einschüchternd! Und jetzt saß es hilflos gefangen. War entweder schon tot oder doch zumindest auf ewig eingekerkert.

Allmählich identifizierte er einige Einzelheiten, wie zum Beispiel die Verankerungen, die das Schiff gegen die Fluktuationen der Quantenwahrscheinlichkeit an Ort und Stelle hielten ... was immer auch darunter zu verstehen sein mochte. Die selbsternannten Techniker in Cambels Umgebung zögerten mit Antworten, selbst wenn es nur um die Grundlagen der Schiffskonstruktion ging. Was den Hochweisen selbst betraf, so hatte der nicht an Larks Unterweisung teilgenommen und es vorgezogen, sich in sein Zelt zurückzuziehen und sich dort seinen Schuldgefühlen hinzugeben, nahm er doch die ganze Schuld auf sich, den Untergang über Dooden Mesa gebracht zu haben.

Trotz aller Gefahren, die hier lauerten und seine Haut kribbeln ließen, entdeckte er doch auch so etwas wie Schönheit, die von dem Raumer ausging, wie er so in diesem Reiche schwamm, wo Sonnenstrahlen wie Speere ins Wasser drangen und schwebende Staubpartikel zum Leuchten brachten. Was für eine besinnliche, stille Welt!

Und noch etwas anderes war einen Blick wert. Trotz der Eidechsenmembranen, mit denen Ling sich umwickelt hatte, konnte man sich an den Formen der Biologin einfach nicht sattsehen.

Sie hatten das eingeschlossene Schiff fast zur Hälfte umrundet, als sie plötzlich in eine Schattenzone gerieten, die alles Sonnenlicht fernhielt. Eine große Wolke oder ein Berg konnte dieses Phänomen auslösen ... Dann begriff er – *das Jophur-Schiff!*

Obwohl es durch das trübe Wasser nur unscharf zu erkennen war, lief es ihm beim Anblick seiner Größe doch heiß und kalt den Rücken hinunter. So riesig, wie es am Rand des Sees dastand, hätte es ohne große Mühe das Rothen-Schiff auf einen Haps verschlingen können.

Dabei kam ihm ein sonderbarer Gedanke.

Zuerst haben die Rothen uns in Ehrfurcht versetzt. Dann durften wir miterleben, wie ihre Majestät von einer größeren Macht zurechtgestutzt wurde. Kann sich so etwas noch einmal ereignen? Kommt vielleicht bald ein neuer Sternengott, um die Jophur zu überwältigen? Wie groß muß dessen Schiff dann sein? Wie ein Gebirge, unter dessen Schatten der gesamte Hang in Nacht versinkt?

Er stellte sich immer titanischere Raumer vor, die nacheinander hier auftauchten und ihren Vorgänger an Größe jeweils bei weitem übertrafen. Nach dem Gebirge ein Kreuzer von den Ausmaßen eines Mondes, danach ein Schiff, so gewaltig wie Jijo ... und schließlich ein Himmelsgefährt, das so immens war wie eine Sonne oder gar wie Izmunuti ... ja, warum eigentlich nicht?

Die Phantasie ist schon eine eigenartige Sache. Sie verhilft einem Halbwilden, der am Boden kriecht, dazu, seine Gedanken mit den unmöglichsten Dingen anzufüllen.

Aufwirbelnde Blasen hätten ihm beinahe den Rewq vom Gesicht gerissen, als Ling plötzlich rasch davonschwamm und ihre Beine heftig Wasser traten. Lark folgte ihr gleich ... nur um nach ein paar Schwimmstößen innezuhalten und nach vorn zu starren.

Direkt vor ihm fuhr Ling mit einer Hand über eine Stelle der goldenen Kuppen, hinter der eine Öffnung im Schiff zu erkennen war. Eine herabgelassene Luke, durch die das Licht aus dem Innern des Raumers drang. Einige Gestalten standen dort – drei Menschen und ein Rothen-Herr, der natürlich seine Maske trug. Die Vier schienen gerade mit einigen Instrumenten die Konsistenz ihres Gefängnisses analysieren zu wollen, aber auf keine zufriedenstellenden Ergebnisse gestoßen zu sein, wie an ihren besorgten Mienen abzulesen war.

Alle vier schienen in der kristallinen Zeit eingeschlossen und festgefroren zu sein.

Aus nächster Nähe erinnerte der gelbe Kokon an die Konservierungsperlen der Mulch-Spinne oben in den Bergen, deren verrückte Sammelwut beinahe Dwer und Rety das Leben gekostet hätte. Doch diese Käseglocke hier ähnelte nicht den wohlgeformten Ovoiden von Einzigartiger. Vielmehr gewann man den Eindruck einer teilweise geschmolzenen Kerze, deren Schichten sich überlagerten und an der Basis aufschichteten. Die Jophur hatten ihre eingefrorene Zeit sehr großzügig über die Rothen ausgegossen. Vermutlich war es ihnen darum gegangen, das Schiff wirklich gründlich zu versiegeln.

Wie auch in Dooden Mesa, sagte sich der Weise.

Eine ideale Möglichkeit, einen Gegner auszuschalten, ohne zerstörerische Feuerlanzen einsetzen zu müssen.

Vielleicht dürfen es selbst die allmächtigen Jophur nicht wagen, die Ökosphäre Jijos zu beschädigen. Möglicherweise gilt das als genauso schweres Verbrechen wie Genraub oder illegale Besiedlung.

Doch auf der anderen Seite hatten diese Un-Traeki keine Skrupel gehabt, den Wald rings um ihr Schiff plattzumachen. Nicht auszuschließen, daß dieser goldene Käfig noch einem anderen Zweck diente. Ging es ihnen mehr darum, einen Gegner festzusetzen, statt ihn gleich zu töten? Dann war es am Ende auch möglich, die in Dooden Mesa eingeschlossenen g'Kek aus ihrem goldenen Grab zu befreien.

Dieser Gedanke war Lark schon vor drei Tagen durch den Kopf gegangen. Rasch hatte er dann Experimente mit der neuen Traeki-Lösung durchgeführt und weitere Relikte der Mulch-Spinne aus ihrem Gefängnis befreit. Bei einigen konservierten Stücken handelte es sich um Wesen, die einmal gelebt hatten, wie Vögel oder Buschkrabbler, die der verrückten Spinne in die Hände gefallen waren.

Doch alle aufgetauten Lebewesen waren tot.

Vielleicht bedienen sich ja die Jophur einer verfeinerten Methode, klammerte sich Lark dann an einen letzten Strohhalm. Aber *womöglich wollen sie ihre Opfer gar nicht erhalten, sondern sie nur für alle Zeiten als Siegestrophäen aufbewahren.*

In der vergangenen Nacht war ihm schließlich die Idee in Form eines Traums gekommen.

Die Hivvern legten ihre Eier im tiefen Schnee ab. Der schmilzt dann im Frühjahr, und jedes Ei versinkt im Schlamm, der schließlich rings herum verhärtet. Zur Regenzeit weicht der Boden dann wieder auf, und die Hivvern-Larven kommen heraus und schwimmen davon.

Als er erwachte, stand die Idee hell und klar im Bewußtsein.

Ein Raumschiff besitzt eine harte Metallschale, wie bei einem Hivvern-Ei. Das Schiff der Rothen mag gefangen sein, seine Insassen aber nicht unbedingt, hatte die gelbgoldene Substanz doch keine Gelegenheit, sie zu erreichen.

Daher könnten die Wesen an Bord des Raumers durchaus noch leben.

Und nun sah er sich dem Beweis für diese Theorie gegenüber. Die vier in der geöffneten Luke waren sich der goldenen Barriere bewußt, die ihr Schiff umgab, und versuchten, sie mit ihren Instrumenten zu analysieren.

Die Sache hatte nur einen Haken: Weder die Daniks noch der Rothen regten sich. Und nichts ließ darauf schließen, daß sie die Beobachter von außen bereits bemerkt hatten.

Link trat Wasser, um an Ort und Stelle zu bleiben, ritzte etwas in ihre Wachstafel und zeigte sie Lark.

ZEIT VERLÄUFT IM INNERN ANDERS.

Er griff nach seiner eigenen Tafel, die ihm vom Gürtel hing.

VERGEHT LANGSAMER?

Ihre Antwort verwirrte ihn.

VIELLEICHT.

WOMÖGLICH QUANTISIERT.

RAHMENVERZERRT.

Seine konfuse Miene verriet ihr mehr als alle Worte. Sie strich ihre Tafel glatt und kratzte etwas Neues darauf.

TU GENAU DAS, WAS ICH AUCH TUE.

Er nickte und konzentrierte sich auf sie. Link bewegte die Arme und Beine, als wolle sie sich vom Schiff entfernen, und drehte sich um. Der Weise folgte ihrem Beispiel und blickte jetzt auf die verheerte Lichtung. Die Todesstrahlen hatten alle Bäume umgestoßen und sie im aufsteigenden See untergehen lassen. Im trüben Wasser verschwammen die Umrisse, aber Lark glaubte trotzdem Knochen unter den Holzsplittern zu sehen. Ursische Rippen und hoonsche Rückgrate, dazwischen menschliche Schädel. Nein, dies war nicht die Art, wie man Leichen entsorgen sollte. Die Jophur hatten weder den Toten noch dem Planeten Jijo Respekt erwiesen.

Vielleicht gestatten die Un-Traeki uns ja, eine Mulch-Spinne in diesen neuen See zu setzen, überlegte *er. Es muß doch etwas unternommen werden, um diesen Abfall zu beseitigen.*

Ein Stoß von Ling riß ihn aus seinen Gedanken.

WIEDER UMDREHEN

stand auf ihrer Tafel zu lesen.

Lark tat es ihr wieder nach ... und erlebte zum zweiten Mal in kurzer Zeit eine Überraschung.

Die Vier hatten sich bewegt.

Zwar standen sie immer noch wie Statuen im Eingang, aber ihre Körperhaltung hatte sich verändert. Ein Danik zeigte mit erstauntem Gesicht nach vorn. Und ein Zweiter sah der Biologin direkt ins Gesicht. Seine Miene wirkte, als sei er mitten im Moment des Wiedererkennens eingefroren worden.

Ist das wirklich geschehen, während wir ihnen den Rücken zugekehrt hatten?

Mit dem Zeitfluß innerhalb der goldenen Käseglocke schien es sich doch wesentlich mysteriöser zu verhalten, als er sich das vorgestellt hatte.

DAUERT JETZT SICHER EINE WEILE

kratzte Ling auf ihre Tafel.

Lark sah sie an und entdeckte in ihrem Blick Hoffnung, gepaart mit Ironie.

Er nickte, und sein Blick meinte:

Das kannst du laut sagen.

Alvin

Die Rückreise zum Schiff verbrachte ich vornehmlich damit, die Nase in mein Tagebuch zu stecken und all die Ereignisse nachzulesen, die sich seit dem Eintauchen der *Wuphons Traum* vom Fels Terminus ins Meer ereignet hatten. Schere war so freundlich, meinen Bleistift anzuknabbern und zu spitzen. Schließlich hatte ich alles noch einmal vor meinem geistigen Auge Revue passieren lassen. Ich legte mich hin und schrieb das Kapitel vor diesem.

Was als Vermutung begonnen hat, ist mittlerweile zur unumstößlichen Gewißheit geworden.

Die Konzentration auf die Niederschrift lenkte mich auch von der nervösen Erwartung und den Schmerzen in meinem langsam verheilenden Rückgrat ab. Meine Freunde umgarnten mich und versuchten mich zu beschwatzen, ihnen »die Wahrheit« zu verraten, aber ich bot ihnen ein beeindruckendes Beispiel hoonscher Sturheit und weigerte mich schlichtweg, sie in meine Gewißheit einzuweihen. Schließlich mußte ich noch über einige Fragen nachdenken ... Immerhin hatten sich die Phuvnthus größte Mühe gegeben, ihre wahre Identität geheimzuhalten.

Die Stimme in dem Wirbel hatte versprochen, uns zu beschützen. Aber vielleicht war das nur dummes Gerede gewesen und genausoviel wert wie das, was die Glaver nach einer Mahlzeit hinten rausfallen lassen. So etwas ist eben typisch für Erwachsene.

Aber wenn die Stimme es nun ehrlich gemeint hatte? Durfte ich es riskieren, meine Freunde in Gefahr zu bringen?

Wenn es so weit ist, werde ich der Stimme allein gegenübertreten.

Sara

Sie schwebte in einer Wolke aus Mathematik.

Rings um sie herum schwebten Kurven und geometrische Gebilde und leuchteten, als bestünden sie aus ewigem Feuer. Meteore sausten vorbei und funkelten entlang den Bahnen, die die Schwerkraft ihnen vorschrieb.

Dann gesellten sich festere Gebilde zu den herumtollenden Figuren. Sara vermutete, daß es sich bei jenen um Planeten handelte, bewegten sie sich doch auf elliptischen Bahnen. Jedes Objekt besaß seine eigene Ausstrahlung, unter der sich alle anderen Masseträger zu drehen schienen.

Aufstieg und Abstieg …

Aufstieg und Abstieg …

Ihr Tanz erinnerte an eine verlorene Wissenschaft, die Sara einmal anhand eines obskuren Textes in der Biblos-Bibliothek studiert hatte. Der Name dieser Lehre trieb durch ihr Delirium, bis sie ihn zu fassen bekam: Orbital-Mechanik … als sei es möglich, die Bahnen von Sonnen und Monden mit der gleichen Leichtigkeit zu steuern und zu lenken wie eine Windmühle oder ein Wasserrad.

Wie aus weiter Ferne spürte Sara körperliche Schmerzen. Doch die waren ihr höchstens so unangenehm wie nach altem Schweiß riechende Kleidung oder wie alte Socken, die man in einer Ecke findet. Dann drang der Geruch von Treaki-Tinkturen in ihre Nase. Diese unterdrückten alle Pein bis auf eine … das unbequeme Wissen, sich verletzt zu haben.

Gelegentlich stieg sie auf eine Ebene hinauf, auf der sie Stimmen hören konnte … lispelnde Urs … die knappen Worte von Kurt dem Sprengmeister … und die steife, pedantische Weisheit von jemandem, den sie noch aus glücklicheren Tagen kannte.

Purofsky, der Weise der Mysterien …

Wie kommt der denn hierher?

… Und was und wo ist Hierher?

Einmal gelang es ihr sogar, die Lider einen Spalt weit zu öffnen, so stark war ihr Drang, diese Rätsel zu lösen. Aber sie kam sehr schnell zu dem Schluß, immer noch zu träumen. Denn ein Ort wie der, den sie wie durch einen Schleier wahrnahm, konnte einfach nicht existieren – eine Welt aus sich drehendem Glas; ein Universum aus durchsichtigen Untertassen, Scheiben und Rädern, die durch die Luft segelten, einander in merkwürdigen Bahnen kreuzten und Licht reflektierten, das sie in regelmäßigen Ausbrüchen umhüllte.

Das war ihr alles viel zu verwirrend, und sie schloß rasch die Augen vor diesem Mahlstrom; doch er hatte sich bereits in ihrem Kopf festgesetzt und plagte sie dort in Form von Abstraktionen.

Eine ovale Sinuskurve füllte ihren mentalen Vordergrund aus, besaß aber nicht länger die statische Form, die sie aus Darstellungen in Büchern kannte. Statt dessen bewegte diese sich wie Wellen in einem See, und die Zeit schien dabei die einzige freie Variable zu sein.

Bald gesellte sich zur ersten eine zweite, ebenfalls wellenförmige, aber mit der zweifachen Frequenz – und schließlich eine dritte, deren Spitzen und Tiefpunkte unerhört weit zusammengepreßt waren. Immer neue Kreislinien tauchten auf, wie in einer langen Kette, und vereinten sich zu einer endlosen Serie, deren Summe sich zu einer neuen komplexen Figur erhob – zu einer Einheit mit Gipfeln und Tälern wie bei einem Gebirgszug.

Die Ordnung ist aufgehoben ... das Chaos herrscht ...

Die Berge riefen ihr in Erinnerung zurück, was sie als letztes gesehen hatte, bevor sie von dem Vulkanpfad gefallen und über scharfe und spitze Steine auf den Feuerstrom zugepurzelt war.

Blitze auf einem fernen Gipfel ... in einem bestimmten Rhythmus ... lang-kurz ... kurz-lang ... lang-kurz-kurz ...

Eine kodierte Botschaft, übermittelt in Lichtzeichen, nicht unähnlich dem Galaktik Zwei ...

Eine Botschaft von Dringlichkeit, Heimlichkeit und Schlacht ...

Das fiebrige Umherwandern ihres Geistes wurde gelegentlich von warmen und sanften Berührungen auf ihrer Stirn unterbrochen – entweder legte man ihr ein Tuch auf, oder eine Hand streichelte sie. Nach einer Weile erkannte sie die langen, schlanken Finger ihres Assistenten Prity. Aber das war es nicht allein. Sie fühlte auch etwas Festeres, eine Männerhand, die über ihre Wange fuhr, dann über ihren Arm, um schließlich ihre Rechte zu halten.

Als jemand anfing zu singen, wußte sie, daß die Hand dem Fremden gehörte ... Emerson ... Sein fremder Akzent und seine

Art, die Worte, so wie sie aus seinem Gedächtnis strömten, aneinanderzureihen, bildeten einen flüssigen Teppich, in dem der Text weniger eine eigene Bedeutung hatte als vielmehr Bestandteil der Melodie war. Doch bei dem, was er ihr vortrug, handelte es sich einmal nicht um eine synkopierte irdische Weise, sondern um ein altes jijoanisches Volkslied, das jeder am Hang aus seinen Kindertagen kannte. Saras Mutter hatte es ihr oft genug vorgesungen, vor allem wenn die Kleine krank im Bett gelegen hatte. Und Sara selbst hatte es leise dem Sternenmann vorgetragen, nachdem sie ihn aus dem Sumpf geborgen hatte und er dem Tod näher gewesen war als dem Leben.

Eins kommt aus dem Kehlsack, für den Gedächtnisbaum.
Zwei ist ein Händepaar, zu schenken dir 'nen Traum.
Drei fette Ringe schnaufen, machen lustige Sachen.
Vier Augenstiele tanzen, über deinen Schlaf zu wachen.

Fünf Scheren schnitzen 'ne Kiste aus Holz, nicht Glas.
Sechs bringt dir Hufe, zu donnern über das Gras.
Sieben ist für die Gedanken, heimlich und fein.
Die Acht hat viele Muster und kommt vom großen Stein.

Auch mit halbem Bewußtsein wurde ihr sofort eines klar: Emerson konnte keinen Text singen, wenn dessen Worte nicht tief in ihm, jenseits der verletzten Gehirnteile gespeichert waren. Das konnte wohl nur bedeuten, daß sie zu ihm durchgedrungen war, als er noch der Kranke und sie die Schwester gewesen waren.

Nicht alle Arzneien der Welt – nicht einmal die kühle Schönheit der Mathematik – hätten so viel für Sara tun können. Was sie wirklich aus dem Koma herausriß, war die Gewißheit, daß jemand sie vermissen würde, wenn sie nicht mehr da wäre.

Ewasx

Ein erfreuliches Gefühl der Wichtigkeit begleitete uns bei unserer Mission, nicht wahr, Meine Ringe? Da standen wir also, dieser jämmerliche, schäbige und nur notdürftig überholte Stapel von Ringen und hatten eine wichtige Aufgabe übertragen bekommen – mußten wir doch den Gesandten der Sechs Rassen erläutern, welche neue Ordnung von nun an auf dieser Welt gelte.

ERSTENS: Sie dürfen alle Hoffnungen begraben, daß die Großen Richter von den Instituten hier erscheinen, die zwischen den zehntausend sternfahrenden Rassen vermitteln und ihre Händel schlichten; denn die Wogen der Leidenschaft schlagen zur Zeit in den Fünf Galaxien zu hoch. Die Verbände und Abteilungen der Institute haben sich zurückgezogen, und ihnen sind die furchtsamen, sogenannten »moderaten« Klans gefolgt, diese zitternde, unfähige Bande, die sich selbst die Mehrheit schimpft.

In diesen Tagen zeigen nur die großen religiösen Bündnisse Nervenstärke und bekriegen sich darum, in welche Richtung das Rad der Galaxien sich in diesen Zeiten des Wandels drehen soll.

WIR SIND DIE RICHTER, erklärte ich den Gesandten. Aus purer Freundlichkeit haben wir, die Besatzung der *Polkjhy,* uns freiwillig dazu gemeldet, gleichzeitig als Richter, Verteidiger und Anwalt über die sieben Rassen zu Gericht zu sitzen, die den Frieden dieser Brachwelt gestört haben.

Um unsere Gutmütigkeit zu demonstrieren, haben wir etliche Tage lang die wichtige Aufgabe vernachlässigt, zu deren Erledigung wir ursprünglich auf diesen Planeten gekommen sind – auch wenn das bedeutet, unsere Kameraden damit allein zu lassen, da draußen im Sumpf ihren abgestürzten Gleiter wieder flottzumachen, damit die verbliebene Korvette den Hang überfliegt, um Bilder zu schießen und andere Belege für euer Treiben zu sammeln.

So erhalten wir allerdings auch Gelegenheit, euch die unwiderstehliche Majestät unserer Macht zu beweisen. Dies taten wir, indem wir unerhörte Gebilde zerstörten, die Sooner eigentlich gar nicht errichten dürften, wenn ihr Ziel doch darin besteht, den Pfad der Erlösung zu beschreiten.

ES IST HÖHEREN ORTS AUFGEFALLEN, DASS IHR BEI ALL DIESEM TUN KEINE GROSSE HILFE GEWESEN SEID, MEINE RINGE. Ich kann euch daher nicht diese Tadelstromstöße ersparen. Versucht doch, sie als Beweis einer liebenden Fürsorge anzusehen. Asx hat sehr viele Wachsbelege schmelzen können, bevor ihr aufgegriffen und umgewandelt wurdet. Doch gewisse Widerwärtigkeiten sind mir durchaus bewußt geworden. So haben wir Lob dafür erhalten, die Dampfschiffe auf dem Bibur aufgespürt und den Raffinerie-Turm in der Stadt Tarek entdeckt zu haben – bei letzterem handelt es sich um jenen Ort, der im Volksmund als »Palast des Gestanks« bekannt ist.

MACHT EUCH KEINE SORGEN. Im Lauf der Zeit werden wir von der *Polkjhy* all die Objekte ausfindig machen, die die eingebildeten Sooner in ihrem sündigen Stolz geschaffen haben. Wir werden schon Sorge dafür tragen, den heuchlerischen Gebrauch von Werkzeugen unter denen auszumerzen, die sich doch offiziell für den Weg in die Ignoranz entschieden haben!

ZWEITENS: Sollen sie sich auf unser unbestechliches Streben nach Gerechtigkeit gefaßt machen. Die Hochweisen haben verblüffende Klugheit bewiesen, als sie schon so bald nach unserem letzten Treffen den Signalruf aussandten. Die kurzen Computerwellen reichten durchaus, um unsere Korvette nach Dooden Mesa zu führen. Aber mit dieser Geste ist es noch lange nicht getan. Wir verlangen, daß man uns jedes einzelne Mitglied der g'Kek-Rasse ausliefert. Das ist doch wohl nicht zuviel verlangt. Ausgesetzt auf diesem Planeten ohne asphaltierte Straßen sind sie doch im Grunde immobil und dürften nicht schwer aufzufinden sein.

»Bitte, vernichte nicht uns Brüder auf Rädern!« entgegnen die Hochweisen aber dann eindringlich. »Laß den g'Kek die Möglichkeit, Zuflucht auf dem gesegneten Pfad der Erlösung zu finden. Denn heißt es nicht, daß alle Schulden und Rachewünsche erlöschen, wenn eine Rasse einmal den Zustand der Unschuld in Unwissenheit erlangt hat?«

Zuerst halten wir diese Einlassung für einen juristischen Winkelzug. Doch da erhebt unser Senior-Priester überraschend die Stimme und stimmt dem Einwand der Sooner zu. Und mehr noch, dieser herrliche Stapel unterbreitet einen ungewöhnlich innovativen Vorschlag –

UND DIES IST DIE FRAGE, die der Priesterstapel stellt:

Welche Art von Rache würde für die g'Kek noch verheerender sein als ihre Auslöschung?

UND GLEICH DIE ANTWORT: Sollen die g'Kek den Zustand der Ignoranz erreichen und damit wieder zu Kandidaten für eine Adoption aufsteigen – um dann als neue Patronats-Herren die Jophur zu erhalten! Bei ihrem zweiten Schub werden wir sie so transformieren, wie es uns beliebt, und sie zu Kreaturen umgestalten, vor dem jeder frühere g'Kek größten Ekel empfunden hätte!

Die Rache führt man am besten phantasievoll durch. Und darum ist es auch gerechtfertigt, einen Priester mit auf diese Mission genommen zu haben. Und in der Tat, dieser heilige Stapel besitzt durchaus seine Qualitäten.

Allerdings birgt ein so kühner Plan seine Risiken. Zum Beispiel verbietet er uns, die Fünf Galaxien über die Sooner-Pest auf Jijo in Kenntnis zu setzen. Vielmehr müssen wir Jophur diesen Umstand geheimhalten und die Welt wie unseren Privatgarten behandeln.

SOMIT SIND AUCH WIR NACH GALAKTISCHEM GESETZ ZU VERBRECHERN GEWORDEN. Aber das spielt jetzt wohl kaum eine Rolle; denn diese Gesetze werden sich ändern – spätestens sobald unser Bündnis die Führerschaft während der nächsten historischen Phase für sich in Anspruch nimmt.

Und das trifft insbesondere für den Fall zu, daß die Progenitoren tatsächlich zurückgekehrt sind.

DRITTENS: Es ergibt sich doch die Möglichkeit des Profits. Vielleicht waren diese Rothen-Schurken ja wirklich hinter etwas Wertvollem her. Jijo weist für eine Brachwelt ungewöhnliche Reichtümer auf. (Die Buyur haben sich wirklich hervorragend um diese Welt gekümmert und sie mit zahllosen Biomöglichkeiten angefüllt.) Ob die Rothen-Schurken womöglich bereits auf eine präsapiente Spezies gestoßen sind? Eine, die reif genug ist für den Großen Schub? Hätten wir ihnen am Ende doch den gewünschten Preis zahlen sollen, um so Zugang zu ihren Daten zu erlangen, statt sie auf ewig in der Zeit zu versiegeln?

NEIN, VERGESST DIESEN GEDANKEN GLEICH WIEDER. In allen Fünf Galaxien sind die Rothen als Erpresser und Betrüger bekannt. Besser lassen wir unsere eigenen Biologen diesen Planeten untersuchen.

UND NICHT ZU VERGESSEN, vielleicht beschleunigen wir ja das Vorankommen der Sooner-Rassen auf dem Weg der Erlösung! Die Glaver sind schon sehr weit zu der erstrebten Unschuld vorangekommen. Die Hoon, Urs und Qheuen haben in den Galaxien noch Vettern sitzen, die wahrscheinlich etwas dagegen hätten, wenn wir ihre armen Verwandten hier zu früh adoptieren. Aber auch das mag sich ändern, sobald die Schlachtfeuer in allen Systemen brennen. Und was die menschlichen Wölflinge angeht, so steht letzten Meldungen zufolge ihre Heimatwelt unter Belagerung und sitzt verdammt in der Patsche.

Womöglich sind die Terraner hier auf Jijo bereits die Letzten ihrer Art.

Damit müssen wir uns nur noch über unsere Traeki-Verwandten Gedanken machen. Die rebellischen Stapel, die hierhergeflohen sind, verweigerten das Geschenk der Oailie – die spezialisierten

Ringe, die unserem Dasein Sinn und Zweck verleihen. Es bestürzt uns doch zu sehen, wie die hiesigen Traeki gleich unseren elenden Vorfahren durch die Gegend torkeln. Wie tolpatschig sie sind, und so völlig ohne Ziel und Ehrgeiz! Wir sollten am besten gleich ein Programm in die Wege leiten, um Master-Ringe in größerer Stückzahl herzustellen. Sobald auch die hiesigen Traeki konvertiert sind, stellen sie ein wertvolles Werkzeug zur Dominanz und Kontrolle dar. Mit ihnen ließe sich dieser Planet ausgezeichnet verwalten, ohne daß dem Klan dadurch weitere Kosten entstünden.

ALL DIESE MASSNAHMEN STEHEN AUF UNSERER LISTE OBENAN. Doch schon gleich zu Anfang haben einige Besatzungsmitglieder sich über die Debatten um Rache, Profit und Erlösung erregt. Selbst das Schicksal der örtlichen Traeki scheint ihnen zweitrangig im Vergleich zu der Angelegenheit, die die *Polkjhy* in erster Linie hierhergeführt hat.

Die versteckten Hinweise der Rothen nämlich, sie wüßten, wo sich das vermißte Schiff befinde, hinter dem alle her seien.

Der terranische Raumer, auf dem sich die Nachricht von der Rückkehr der Progenitoren befindet.

VERGESST ALL DIE ANDEREN DINGE, beharren diese Stapel. Schickt die Korvette nach Osten. Wartet nicht darauf, daß die Besatzung des anderen Gleiters ihr Schiff repariert bekommt. Ergreift und befragt die menschlichen Sklaven der Rothen. Sucht alle Gräben und sonstigen tiefen Stellen im Meer ab, einfach jeden Ort, an dem sich ein Schiff wie das der Wölflinge verbergen könnte. Und bei Jafalls, säumt nicht länger!

Aber unser Kapitänführer und der Senior-Priester kommen überein, daß ein paar Tage mehr oder weniger keine Rolle spielen. Unser Zugriff auf diese Welt ist absolut. Die Beute kann uns nicht entkommen.

Lark

Fahles Tageslicht drang in das Wasser des Sees und drang hinab bis zu einer Gruppe ertrunkener Bäume, deren Zweige sich bewegten, als würde ein Windstoß durch sie fahren. Der Rewq vor seinen Augen half ihm, besser zu sehen, und verstärkte das trübe Glühen. Dennoch kamen Lark die verbliebenen Schatten immer noch unheimlich vor und gaben seinem Gefühl Nahrung, sich hier nicht in der realen Welt zu befinden.

Er arbeitete zusammen mit Rann und Ling unter Wasser und nahm an einem sonderbaren Ritual teil – nämlich dem Versuch, mit den Personen zu kommunizieren, die in dieser Konservierungsglocke gefangensaßen. Seit sie die ersten Versuche unternommen hatten, hatte sich die geöffnete Luke mit Menschen und Rothen gefüllt, die trotzig gegen die goldfarbene Sperrwand drängten. Doch von außen war keine Bewegung innerhalb der Kuppel zu beobachten. Die Gefangenen standen starr wie Statuen da oder wie Wachsabbildungen, die besorgte Menschen darstellen sollten.

Doch immer wenn Lark und die anderen Schwimmer den Insassen den Rücken zukehrten und sie somit nicht mehr ansehen konnten, fingen diese an sich zu regen und veränderten ihre Körperhaltung oder ihren Standort mit erstaunlicher Agilität.

Gemäß Lings Erklärung, die sie in ihre Wachstafel geritzt hatte, befanden sich die Gefangenen in einer SEPARATEN QUANTENWELT. Sie fügte dann noch etwas über ERKENNTNISINTERFERENZ DURCH ORGANISCHE BEOBACHTER hinzu. Es half nichts, Lark begriff auch dann noch nicht, wie es möglich war, daß die Eingeschlossenen sich nur bewegen konnten, wenn niemand von außen zusah. Vermutlich hätte Sara das bedeutend besser verstanden als ihr Bruder, der Hinterwäldler-Biologe.

Früher habe ich sie gern damit geneckt, daß die Bücher, die ihr am besten gefielen, diejenigen seien, in denen man nur nutzlose Abstraktionen findet. Konzepte, die keinem Jijoaner je etwas bringen würden.

Heute wird mir klar, wie dumm ich gewesen bin.

Für Lark hatte das alles eher etwas mit der unangenehmen Art von Magie zu tun, wie die kapriziöse Göttin Jafalls sie zu praktizieren pflegte. Ja, es kam ihm so vor, als hätte sie selbst den goldenen Käfig erfunden, nur um die Geduld der Sterblichen zu prüfen.

Glücklicherweise versorgten die Traeki-Ringe die Schwimmer mit aller Luft, die sie benötigten. Wenn die kondensierten Vorräte aufgebraucht waren, breiteten die kleinen Wülste federartige Fächer aus, die sich wie träge Flügel durch den See bewegten und aus dem Wasser Sauerstoff für Lark und die anderen Menschen heraussaugten. Ein weiteres Beispiel für die beeindruckende Adaptabilität der Stapelwesen. Zusammen mit dem Anzug aus Echsenhäuten und den Rewqs im Gesicht mußte Larks Truppe den Gefangenen eher wie ein Rudel von Seemonstern vorkommen.

Irgendwann kamen die Eingeschlossenen auf die Idee, eine elektronische Anzeigetafel aufzustellen, die in leuchtenden Englik-Buchstaben Botschaften durch die goldfarbene Barriere sandte.

WIR MÜSSEN ZUSAMMENARBEITEN

lautete die erste Nachricht.

Bislang war der Plan des jungen Weisen aufgegangen. Anders als bei der Tragödie von Dooden Mesa waren diese Gefangenen in einer luftdicht abgeschlossenen, harten Hülle von den Jophur erwischt worden – die gelbgoldene Flüssigkeit hatte keinen Kontakt zu ihren Körpern oder zu ihren Lebenserhaltungsanlagen bekommen können. Und noch etwas kam hinzu: Das kalte Seewasser führte ausreichend Wärme ab, so daß die Eingeschlossenen nicht von den im Leerlauf befindlichen Maschinen ihres Schiffes zerkocht wurden. Die Daniks und Rothen saßen zwar in einem veränderten Zeitgefüge fest, waren aber wenigstens noch am Leben.

Als Lark einmal einen der Sternenherren näher betrachtete, fiel es ihm nicht schwer, die Umrisse des Symbionten auf dessen Gesicht zu erkennen. Sein Rewq teilte das für menschliche Verhältnisse so atemberaubend schöne Gesicht in zwei Hälften auf, die jeweils ihre eigene Aura ausstrahlten. Der Symbiont bedeckte die obere Hälfte des Rothen-Gesichts und versorgte sie mit einer königlich hohen Stirn, hohen Wangenknochen und einer klassisch geraden Nase. Zwei graue Stellen zeigten Lark an, daß über den Augen des Rothen synthetische Linsen angebracht sein mußten – und er erkannte auch, daß die ebenmäßigen weißen Zähne künstlichen Ursprungs waren.

Eine Verkleidung, die ihren Zweck mehr als erfüllt, sagte er sich. Doch auch ohne Maske waren die Rothen immer noch humanoid. Und diese Ähnlichkeit war ihnen bestimmt sehr nützlich gewesen bei ihrem hinterhältigen Plan, sich als die Patrone der Menschheit auszugeben. Genügend Leichtgläubige und andere Dumme unter den Terranern waren damals, in den hektischen Zeiten nach dem ersten Kontakt, auf diese Täuschung hereingefallen, und aus diesen hatten die Rothen ihre Schar williger und loyaler Helfer rekrutiert – die Daniks. Mit deren Hilfe war den Rothen so manche Kapriole gelungen, wobei sie stets die Daniks vorgeschickt hatten, um die Drecksarbeit für sie zu erledigen. Und wenn ein Danik bei solch einer oft kriminellen Unternehmung gefaßt wurde, ließ sich leicht alle Schuld auf die Erde abwälzen.

Alles in allem genommen hatten die Eingeschlossenen ihr Schicksal durchaus verdient. Lark hätte sich unter anderen Umständen bestimmt dafür ausgesprochen, sie unter der Kuppel zu belassen, bis Jijo sich ihrer Überreste annähme. Doch mittlerweile wurde die Welt von einer noch größeren Gefahr bedroht, und außer diesen Daniks und Rothen ließen sich nirgends Verbündete für den Kampf gegen die Jophur finden.

Die Gefangenen schienen bereit zu sein, endlich herauszukommen und sich gegen ihre Feinde zu wenden.

HOLT UNS HIER RAUS!

zeigte die elektronische Tafel nun an.

Lark schaukelte sanft in der Strömung und verfolgte, wie Rann, der Danik, der dem Inneren Kreis angehörte, etwas auf seine Wachstafel schrieb.

WIR KENNEN DA VIELLEICHT EINE MÖGLICHKEIT.
IHR MÜSST EINE SUBSTANZ HERSTELLEN.
DIESE SETZT SICH WIE FOLGT ZUSAMMEN –

Lark wollte ihm die Tafel aus der Hand reißen, aber Ling war schneller und zog den Stift direkt aus Ranns fleischiger Rechter. Zuerst Überraschung und dann Wut zeigte sich auf dem Teil seines Gesichts, der unter dem Rewq und oberhalb des Traeki-Schlauchs sichtbar war. Aber der große Mann rechnete sich wenig Chancen gegen Ling und Lark aus. Außerdem wußte er, daß Jeni Shen tödliche Bolzen auf ihrer Unterwasserarmbrust aufgelegt hatte. Die Milizunteroffizierin befand sich an einer Stelle, von der aus sie die Kommunikationsversuche mit den Eingeschlossenen nicht behindern konnte, aber sie behielt den Danik gleichwohl ständig im Auge.

Ling löschte Ranns Tafel und ritzte eine neue Botschaft in ihr Wachs:

WIE SOLLEN WIR DAS EURER MEINUNG NACH TUN?

Sie schob sich die Tafel, die ihr an einer Schnur vom Hals hing, auf den Rücken, nickte den beiden anderen zu, und auf ihr Zeichen hin drehten die drei sich um. Ein eigenartiges Gefühl beschlich den Weisen, als er sich vorstellte, wie jetzt hinter ihnen hektische Aktivität ausbrach. Ohne von jemandem von außen beobachtet zu werden, konnte sich die Rothen-Danik-Besatzung frei in der eingefrorenen Zeit bewegen, Lings Nachricht lesen und eine Antwort formulieren.

Ich habe mich nie sonderlich für Physik interessiert, dachte er, *aber irgendwie ist das hier alles doch furchtbar verrückt.*

Die Schwimmer ließen ein paar Duras verstreichen, ehe sie sich wieder umdrehten und den Blick auf die Schleuse richteten. In dem kurzen Zeitraum hatten sich alle Gefangenen bewegt, und auf der Anzeigetafel stand etwas Neues zu lesen:

BEVORZUGTE METHODE: VERNICHTET DIE JOPHUR.

Blasen stiegen von Larks Mundstück auf, als er fast an einem Lachanfall erstickt wäre. Ling sah ihn an und drückte mit einem Nicken aus, daß sie seiner Einschätzung durchaus zustimmte. Aber die Daniks und Rothen hatten noch mehr zu verkünden:

ANDERE MÖGLICHKEIT: GEBT DEN JOPHUR, WAS SIE VERLANGEN.

KAUFT IHNEN UNSERE FREILASSUNG AB.

Larks Blick wanderte über die Statuen in der offenen Luke. Viele Danik-Mienen zeigten offene Verzweiflung. Gegen seinen Willen rührte ihn ihr Schicksal an.

In gewisser Weise ist es ja nicht ihre Schuld. Ihre Vorfahren haben sich, ebenso wie die meinen, auf eine dumme Sache eingelassen, die ihre Nachkommen nun ausbaden müssen. Die Menschen müssen in jenen Tagen nach dem Ersten Kontakt mit den Galaktikern ganz aus dem Häuschen und furchtbar leichtgläubig gewesen sein.

Es kostete den Weisen gehörige Mühe, sich nicht weiter von solchen Gedanken anstecken zu lassen. Dabei half ihm nur die Gewißheit, daß Rationalität und Härte hier eher am Platz waren.

Wieder wollte Rann den Eingeschlossenen antworten, aber Ling schrieb bereits eifrig.

WAS GEBT IHR UNS DAFÜR?

Als Lark und Rann diese Frage lasen, starrten beide die Biologin mit großen Augen an. Aber Ling schien sich nicht des Umstands bewußt zu sein, wie sehr diese Worte sowohl zu dem Plan im allgemeinen gehörten wie auch ihren inneren Wandel zum Ausdruck brachten. Die drei kehrten den Gefangenen wiederum den Rücken zu, damit diese die Frage lesen und beantworten konnten.

Während sie sich langsam um die eigene Achse drehten, warf der Weise ihr einen kurzen Blick zu. Doch ein direkter Augenkontakt blieb unmöglich. Ihr Rewq drückte die Farbe von grimmiger Entschlossenheit aus.

Als sie sich wieder umdrehten, erwartete Lark schon, die Eingeschlossenen in Posen heller Aufregung anzutreffen, weil sie sich über Lings Vorschlag empörten. Doch dem war nicht so, und nach einem Moment erkannte er den Grund dafür.

Sie sehen nur unseren Rücken und wissen daher vermutlich noch gar nicht, daß Rann und Ling vor ihnen stehen.

Dann konzentrierte er sich auf die Antwort.

ALLES, WAS WIR HABEN.

Damit ließ sich etwas anfangen, und so kam Lings nächste Frage direkt auf den Punkt:

RO-KENN HAT SEUCHEN FREIGESETZT, DIE QHEUEN UND HOON BEFALLEN.

WOMÖGLICH AUCH NOCH ANDERE.

HEILT SIE ODER VERROTTET IN EUREM GEFÄNGNIS.

Als Rann diese Anschuldigung las, hätte er beinahe einen Tobsuchtsanfall erlitten. Die Wut steckte ihm wie ein Kloß im Hals, weil er sie nicht loswerden konnte, und er gab so viele Blasen von sich, daß der Weise schon fürchtete, sie würden bis an die Oberfläche dringen und die Jophur aufmerksam machen. Der Sternenmann rang kurz mit Ling und wollte ihr die Tafel entwinden. Doch als Lark ihn mit eindeutigen Handzeichen daran erinnerte, daß Jeni ihn im Visier hatte, drehte Rann sich um und entdeckte die Unteroffizierin, die mit gespannter Armbrust näherschwamm. Zwei kräftige junge Qheuen begleiteten sie.

Der Danik ließ die Schultern hängen, und als sie sich jetzt wieder umdrehten, folgte er den Bewegungen der anderen mechanisch. Der Weise vernahm ein leise mahlendes Geräusch und wußte, daß Rann mit den Zähnen knirschte.

Der Weise erwartete, daß die Eingeschlossenen nun protestieren oder Unschuld vorgeben würden. Und tatsächlich stand nun auf der elektronischen Tafel zu lesen:

WAS FÜR SEUCHEN?

DAVON WISSEN WIR NICHTS.

Aber Ling ließ sich nicht erweichen und blieb hart. Rann war sichtlich entsetzt, als er lesen mußte, mit welch harten Worten sie nun die Gefangenen – ihre früheren Freunde und Kollegen – aufforderte, jetzt endlich mit der Wahrheit herauszurücken. Andernfalls würde man sie ihrem Schicksal überlassen.

Die Eingeschlossenen besannen sich.

RO-KENN HATTE GRÜNDE,

SICH FÜR DEN EINSATZ SOLCHER MITTEL ZU ENTSCHEIDEN.

HOLT UNS HIER RAUS.

WIR STELLEN EUCH HEILMITTEL ZUR VERFÜGUNG.

Lark sah die Biologin neben sich an und wunderte sich über die flammende Intensität ihrer Rewq-Aura. Bis zu diesem Moment hatte sie wohl die vage Hoffnung genährt, daß ihre Freunde und Idole doch unschuldig seien … daß sich alles als Irrtum oder Mißverständnis entpuppen würde … daß Lark mit seinen Anschuldigungen an die Adresse der Sternengötter falsch lag …

Aber mit der jüngsten Antwort der Gefangenen waren alle diese Hoffnungen verflogen. Ihr Zorn leuchtete so hell, daß der von Rann dagegen blaß erschien.

Während die beiden Daniks innerlich kochten, wenn auch beide aus unterschiedlichen Gründen, nahm Lark die Wachstafel und schrieb etwas Neues darauf:

BEREITET HEILMITTEL SOFORT VOR.

ABER WIR HABEN NOCH EINE FORDERUNG.

WIR BENÖTIGEN NOCH ETWAS.

An und für sich war es gar nicht so dumm von den Jophur, diese sonderbare Waffe eingesetzt und chemisch synthetisierte Zeitmaterie über ihre Feinde ausgegossen zu haben. So etwas entsprach ihrem angeborenen Talent für die Manipulation organischer Materialien. Doch in ihrer überheblichen Verachtung hatten die Master-Ringe eines übersehen.

Hier auf Jijo sitzen ihre Vettern, und die sind der Sechsheit loyal verbunden.

Zugegeben, den hiesigen Traeki mangelte es an Ehrgeiz, und sie wußten nichts von den Fortschritten in den Galaktischen Wissenschaften. Dennoch war es einem Team von Traeki-Apothekern gelungen, die goldfarbene Substanz – ein klebriges, quasilebendes Gewebe – allein anhand des Geschmacks zu analysieren. Ohne etwas von den rätselhaften Zeiteffekten zu verstehen, hatten sie mit ihren begnadeten Händen doch ein wirksames Gegenmittel zustande gebracht.

Doch dummerweise war es damit allein noch nicht getan. Larks Truppe konnte das Gegenmittel nicht einfach auf der Käseglocke auftragen und dann zusehen, wie sie sich auflöste, bis das Rothen-Schiff freigelegt war. Das Hauptproblem bestand darin, daß die Tinktur sich mit Wasser vermischte. Somit konnte man sie nicht unter der Wasseroberfläche anwenden.

Aber dann fanden sie die Lösung. In Dooden Mesa hatte man entdeckt, daß die Konservierungskokons der verrückten alten Mulch-Spinne an eine goldene Zeitwand angesetzt werden konnten, worauf sie in das Gewebe eindrangen und wie Steine in Schlamm einsanken.

Lark ließ größere Mengen dieser Kokons aus der Schatzkammer des Wesens heranschaffen, das Dwer »Einzigartige« genannt hatte. Diese kamen nun zum Einsatz. Junge Blaue Qheuen schoben einige ovale Objekte gegen die Stelle in der Wand, die der geöffneten Schleuse gegenüberlag. Man hatte diese Kokons ausgehöhlt, so daß man sie wie eine Flasche füllen und dann mit Traeki-Wachs versiegeln konnte. In jedem dieser Gebilde ließen sich noch die Geräte und anderen Relikte der Buyur-Ära erkennen, die Insekten nicht unähnlich waren, die von Bernstein eingeschlossen wurden. Doch die Artefakte schwammen in den Flaschen in einer schaumigen Flüssigkeit.

Zuerst schien den Bemühungen der Qheuen wenig Erfolg beschieden zu sein. Die Flaschen stießen gegen die Wand, rummsten ein wenig an, drangen aber nicht ein. Lark ritzte rasch einen Befehl auf die Tafel:

ALLE UMDREHEN!

Link nickte heftig. Bei den früheren Experimenten in der zerstörten g'Kek-Siedlung hatte es keine Beobachter gegeben, die den Vorgang von innen verfolgten. Hier verhielt es sich jedoch anders, gab es doch auf beiden Seiten der goldenen Wand Lebewesen, die zuschauten. Vielleicht lag es ja in der Natur der asymmetrischen Quanteneffekte begründet, daß sich so lange nichts tat, wie jemand hinsah.

Es nahm einige Zeit in Anspruch, den Eingeschlossenen deutlich zu machen, daß sie sich ebenfalls umzudrehen hatten. Aber endlich kehrten Rothen, Daniks und Menschen auf beiden Seiten der Wand den Rücken zu. Die jungen Qheuen schwammen noch einmal heran und hatten vorsorglich ihre Sichtkuppeln in die Rückenpanzer eingezogen, um ebenfalls nicht mehr sehen zu können.

Das muß mit Abstand das absonderlichste Unternehmen überhaupt sein, sagte sich der Weise, während sein Blick über das untergegangene Land wanderte, das einmal die Festival-Lichtung der Gemeinschaften der Sechs Rassen gewesen war. Sein ganzes Leben lang hatten ihm Eltern, Lehrer und Führer beigebracht: *Wenn du etwas richtig erledigen willst, dann konzentrier dich darauf und sieh genau hin.* Doch hier und jetzt gingen sie ihre Aufgabe in offenem Widerspruch dazu an. Unaufmerksamkeit war bei dieser Arbeit Trumpf, und das erinnerte ihn an die nihanesischen Mystiker im Tal, die die Künste des Zen praktizierten. Sie übten sich zum Beispiel mit verbundenen Augen im Bogenschießen und kultivierten auf ihre Weise Abgelöstheit und die Bereitschaft für den Weg der Erlösung.

Wieder sah er die Sternenbiologin an. Sie verströmte immer noch eine Aura der Wut, aber die Farben hatten sich längst abgeschwächt.

Ling hat sich von ihren alten Überzeugungen abgekehrt. Hat sie bereits ein neues Ideal gefunden, sich für neue Freunde und Verbündete entschieden. Oder will sie nur noch ihrer Rache leben?

Lark wünschte, er könne sich jetzt mit ihr an einen abgeschiedenen – und vor allem trockenen – Ort zurückziehen, um mit ihr zu reden, wirklich zu reden, und nicht etwa, um die alten Wortfechtereien wieder aufleben zu lassen, in denen Informationen nur scheibchenweise preisgegeben wurden. Aber der junge Weise konnte sich nicht sicher sein, ob sie das auch wollte. Daß er recht behalten hatte, bedeutete ja noch lange nicht, daß sie ihn dafür lobpreisen wollte, ihre lebenslangen Überzeugungen zerschmettert zu haben.

Diesmal legte die zweifelnde Danik eine längere Pause ein, ehe man sich wieder umdrehte.

Rann grunzte zufrieden, und Larks Herz schlug schneller.

Die Kokonflaschen hatten fast den ganzen Weg durch die Käfigwand zurückgelegt! Die Blauen bliesen zufrieden Luftblasen aus und eilten dann zurück zum Bambuswald, um aus ihrem selbstgefertigten Schnorchel neue Säfte und vor allem neuen Sauerstoff zu saugen.

Der Weise schrieb den Eingeschlossenen eine neue Botschaft:

ALLE KEHREN INS SCHIFF ZURÜCK.

NUR ZWEI MENSCHEN VON KLEINER STATUR DÜRFEN BLEIBEN.

SOLLEN ATEMGERÄT ANLEGEN.

GEGENMITTEL MITBRINGEN.

Als sie sich dann das nächste Mal zu der Luke umdrehten, hatten die Rothen und Danik sich gehorsam ins Schiff zurückgezogen. Nur zwei Frauen warteten dort noch. Sie wirkten klein und zierlich, aber trotz ihrer Tauchausrüstung sah man ihnen ihre durchtrainierte Figur mit wohlproportionierten Formen und Wespentaille an. Offensichtlich hatten sie die gleiche Behandlung in physischer Biokosmetik hinter sich wie Ling und die verstorbene Besh.

Wie anders muß das Universum da draußen beschaffen sein, wenn man sich zu einem Gott umformen lassen kann?

Lark schwamm zu der Stelle, wo das Ende der Mulch-Kapsel aus der Jophur-Barriere ragte. Der Großteil der Flasche befand sich auf der anderen Seite. Der Wachsstopfen an der Spitze war noch nicht entfernt worden.

Der Weise zog ein Werkzeug aus seinem Beutel, das Lester Cambels sogenannte Techniker angefertigt und »Dosenöffner« genannt hatten.

»Unser Problem besteht darin, die zersetzende Flüssigkeit mit der goldenen Wand in Verbindung zu bringen, ohne daß sie Kontakt zum Seewasser erhält«, hatte ihm einer von Lesters Assistenten erklärt. »Nun, wir haben folgende Lösung gefunden: Wir höhlen mit der neuen Traeki-Tinktur einige Mulch-Kokons aus, beschichten die Innenseiten mit Wachs und füllen diese Behälter dann mit der Mixtur. Danach wird das Ganze versiegelt, und ...«

»Ich sehe, daß ihr das alte Buyur-Relikt dringelassen habt«, bemerkte Lark.

»Die Flüssigkeit kann ihm nichts anhaben, und wir brauchen die kleine Buyur-Maschine. Dabei spielt es keine Rolle, wozu sie in den Tagen der Vormieter gedient hat. Wir müssen sie nur dazu bewegen, den Stopfen zu lösen, genauer gesagt, an der Schnur zu ziehen, die ihn löst. Und dazu aktivieren wir den Apparat mit einem Signal. Sobald die Versiegelung dann entfernt ist, ergießt sich die zersetzende Masse über die Jophurwand. Das ganze Verfahren ist narrensicher.«

Lark war nicht unbedingt überzeugt davon. Woher wollte man wissen, ob diese selbstgebastelten elektronischen Vorrichtungen wirklich unter Wasser und dann noch in einem Feld von verzerrter Zeit funktionierten.

Jetzt werden wir es ja erfahren, dachte er, als er den Auslöser drückte.

Zu seiner Verblüffung und Erleichterung setzte sich das Buyur-Artefakt tatsächlich in Bewegung ... fuhr eine Art Arm aus, der agil und kräftig wie ein Watschlerschwanz wirkte.

Wofür mag dieses Gerät einmal gedient haben? fragte er sich, während er verfolgte, wie die Vorrichtung in der Flasche aktiv wurde. *Besitzt es so etwas wie ein Bewußtsein, und wenn ja, ist es groß genug, um sich Gedanken darüber zu machen, wie es wohl hierhergelangt ist? Oder sich zu wundern, wo seine Herren abgeblieben sind? Verfügt es vielleicht sogar über so etwas wie eine Einrichtung zur Zeitmessung und weiß, daß seit dem Abzug der Buyur eine halbe Million Jahre verstrichen sind? Oder ist aller Zeitablauf für das kleine Ding zum Stillstand gekommen, als die alte Mulch-Spinne es mit ihrem Kokon überzogen hat?*

Der winzige Arm bewegte sich ruckartig, als sich die Maschine in eine bessere Position brachte, und zog dann an einer Schnur, die mit dem Stopfen verbunden war. Das Wachs brach, und der Propf bewegte sich ein Stück, blieb hängen und rutschte noch etwas weiter herein.

Dem Weisen fiel es nicht leicht, diesem Vorgang in der sogenannten »quantenseparierten Zeit« beizuwohnen. Er konnte auch nicht so recht verstehen, wie es möglich war, die Bewegungen innerhalb des Behälters zu verfolgen, während alles, was sich unter der Käseglocke tat, unter seinem Blick erstarrte. Alle Abläufe schienen ruckelnd und mit Pausen vor sich zu gehen. Manchmal war die Wirkung eher da als die Ursache, oder er konnte Stopfen und Schnur eindeutig und klar erkennen, während das kleine Gerät selbst für ihn verschwommen blieb. Diese befremdliche Wahrnehmung erinnerte den Biologen an die Kunstwerke des »Kubismus«, von denen er einmal einige in einem uralten Buch gesehen hatte, das zu den Lieblingswerken seiner Mutter gehört hatte.

Endlich war der Pfropf gelöst. Der rötliche Schaum strömte aus der Flaschenöffnung und breitete sich auf der goldfarbenen Barriere aus. Larks Herz hämmerte wie verrückt, und er spürte, wie das Amulett an seiner Brust, das kleine Stück Stein aus dem Heiligen Ei, sich wieder erwärmte. Er griff mit der Linken an die Stelle, doch die Finger fanden keinen Weg unter die Echsenhäute, um den Stein zu umschließen. So blieb ihm nichts anderes übrig, als die Vibrationen an seinem Brustbein wie ein Jucken an einer Körperpartie zu ertragen, die sich nicht erreichen ließ.

Rann grunzte mehrmals erfreut, als der Schaum sich immer weiter ausbreitete und die Zeitmauer von innen auflöste. Das sich ständig weitende Loch traf bald auf ein zweites, das von einer anderen Flasche stammte. Und wenige Momente später hatten sich alle Schaumflächen vereint. Die Wand der Käseglocke fing an, wie ein Lebewesen zu zittern, dem Schmerzen bereitet wurden. Farben bewegten sich wellenförmig von der Aushöhlung fort – Larks Rewq brachte ihm auf diese Weise die Emotionen nahe, die alle hier beherrschten.

Alle starrten wie gebannt auf das Werk der zersetzenden Flüssigkeit, so daß niemand auf die Idee kam, einen Blick auf die Schleuse und die beiden wartenden Frauen zu werfen, bis eine leichte Strömung den Weisen aus seinen Gedanken riß.

Da niemand sie beobachtete, nahmen die beiden Danik-Frauen in der Luke den Zeitablauf linear wahr. Sie wirkten jetzt angespannt und nervös, hatten sich so weit wie möglich vor dem Schaum zurückgezogen und hockten direkt vor der Schleusentür, während das Loch in der Wand sich langsam auf sie zu bewegte. Kein Wunder, daß sie sich fürchteten. Niemand wußte, was geschehen würde, wenn der zischende Schaum sich durch die Wand gefressen hatte.

Lark entdeckte jetzt, daß die zersetzende Flüssigkeit auch ihm ziemlich nahe kam. Er schwamm zurück zu den anderen, nur um festzustellen, daß die sich vorsichtshalber noch weiter von der Käseglocke entfernt hatten. Ling hielt ihn am Arm fest.

Wenn der Auflösungsprozeß sich so fortsetzte, wie er bislang verlief, würde in der Mitte der Wand ein großes Loch entstehen, das zu den Außenseiten hin immer kleiner wurde. Außerdem bestand das Material der Jophur-Waffe nicht aus einer soliden Masse, sondern aus einer dicken Flüssigkeit. Schon konnte man sehen, wie es sich um die Wunde in seinem Fleisch sammelte, um diese zu schließen. Jede Passage, die Larks Truppe hier schuf, würde nur begrenzt lange offenbleiben.

Wenn uns in unseren Berechnungen ein Fehler unterlaufen ist ... wenn die beiden Öffnungen sich in der falschen Reihenfolge auftun und nicht gleichzeitig passierbar sind ... müssen wir wohl noch einmal ganz von vorn beginnen ... In der Höhle warten weitere gefüllte Flaschen ... Aber wie viele Versuche können wir unternehmen?

Doch er mußte sich eingestehen, ein wenig stolz drauf zu sein, daß bis jetzt alles geklappt hatte.

Wir sind nicht ganz hilflos. Angesichts der überwältigenden Macht unseres Gegners beweisen wir erstaunlichen Erfindungsreichtum und unerhörte Ausdauer.

Diese Erkenntnis kam ihm wie eine ironische Bestätigung aller Häresie vor, der er in seinem Erwachsenenleben angehangen hatte.

Nein, wir sind nicht für den Pfad der Erlösung geschaffen. Mögen wir uns auch noch soviel Mühe geben, es gelingt uns einfach nicht, in gesegnete Ignoranz zu verfallen.

Aus diesem Grund hätten wir Menschen auch nie hierher nach Jijo kommen dürfen.

Unsere Bestimmung sind die Sterne, nicht aber ein Leben wie das hier.

Nelo

Der alte Mann wußte nicht, welcher Anblick ihn mehr bekümmerte.

In diesen Momenten wünschte er, das Boot wäre während der halsbrecherischen Fahrt durch die Stromschnellen gekentert und er dabei ertrunken, damit er diese Verheerung hier nicht mehr hätte sehen müssen.

Die Hoon brauchten einen halben Tag härtester Ruderarbeit, um zum Dorf Dolo zurückzukehren. Als sie den Holzhaufen erreichten, der einmal das Dock des Orts dargestellt hatte, waren sie am Ende ihrer Kräfte angelangt. Überlebende Dörfler eilten ihnen über das schlammige Ufer entgegen, um das Schiff an Land zu ziehen und Ariana Foo auf trockenen Boden zu transportieren. Ein großer, stämmiger Hoon beachtete die Proteste des Papiermachers nicht, nahm ihn wie ein Baby auf die Arme und trug ihn sicher bis zu den Wurzeln eines mächtigen Garu-Baums.

Viele, die die Katastrophe überstanden hatten, wanderten teilnahmslos über das Land, während sich andere zu Arbeitskolonnen formiert hatten, deren vornehmliche Aufgabe darin bestand, Trümmer und Abfälle zusammenzusammeln. Besonders die Leichen mußten rasch geborgen und, wie es das heilige Gesetz vorschrieb, entsorgt werden.

Nelo entdeckte eine lange Reihe von Leibern. Bei den meisten handelte es sich natürlich um Menschen, denn die hatten den Großteil der Bevölkerung dieses Ortes ausgemacht. Wie betäubt erkannte er unter ihnen den Zimmermannmeister und Jobbe, den Klempner. Etliche Handwerker lagen mit zerschmetterten Gliedern auf einer Lehmfläche, und viele andere wurden noch vermißt. Die Strömung hatte sie weit fortgetragen, nachdem der Damm gebrochen und der freigesetzte See Werkstätten und die Mühle zerstört hatte. Nur die Baumfarmer hatten verhältnismäßig geringe

Verluste zu verzeichnen. Aber die lebten auch hoch oben in den Wipfeln der massigen Garu-Bäume, und so hoch war die Flutwelle nicht gekommen.

Niemand sprach Nelo an, während er an der Reihe entlangschritt, aber er spürte, daß viele Blicke ihm folgten. Wenn er unter den Toten einen seiner Gesellen oder Lehrlinge fand oder einen alten Freund entdeckte, zuckte er zusammen und stöhnte. Am Ende der Linie angekommen, kehrte er nicht zurück, sondern marschierte in der einmal eingeschlagenen Richtung weiter – dorthin, wo das lag, was einmal den Sinn seines Lebens ausgemacht hatte.

Der See führte zur Zeit nicht viel Wasser. Vielleicht hat die Flutwelle nicht alles vernichtet.

Der Papiermacher fühlte sich desorientiert und an einem Ort, der nichts mit dem gemein hatte, an dem er geboren und aufgewachsen war. Wo sich einst Sonnenlicht auf ruhigem Wasser gebrochen hatte, erstreckte sich nun, so weit das Auge sehen konnte, eine Schlick- und Schlammfläche. Und ein Fluß strömte aus einem Loch in Nelos geliebtem Damm.

Für die örtlichen Qheuen stellten Damm und Heim dasselbe dar. Doch nun lag ihr Stock aufgerissen da. Die Wassermassen hatten die Larvenkammer in der Mitte durchgeschnitten. Blaue Qheuen bemühten sich wie betäubt, ihren überlebenden Nachwuchs aus dem für sie zu harten Sonnenlicht fort und in Sicherheit zu schaffen.

Mit sichtlichem Zögern drehte sich Nelo zu der Stelle um, an der sich vorher seine weithin gerühmte Papiermühle befunden hatte, zusammen mit dem großen Wasserrad.

Von seinem Haus, seiner Werkstatt und den Papiermassenbecken waren nicht mehr als die Fundamente übriggeblieben.

Der Anblick zerriß ihm das Herz, aber es nützte ihm wenig, sofort den Kopf wegzudrehen. Nun bemerkte er ein Stück flußabwärts eine Gruppe von Blauen, die sich damit abmühten, einen der ihren aus einem Netz zu befreien, in dem er sich verfangen hatte.

So langsam, wie die Qheuen vorgingen, wurde einem rasch klar, daß ihr Gefährte nicht mehr leben konnte. Als er sich nicht aus eigener Kraft hatte befreien können, mußte er wohl ertrunken sein.

Nelo sah nicht rasch genug fort und erkannte zu seinem Unglück den Toten an den Markierungen auf seinem Rückenpanzer. Es handelte sich um ein älteres weibliches Wesen – Scheitbeißer. Noch einen Freund verloren, und ein schmerzlicher Verlust für alle am Oberen Rones, die ihre Weisheit und feine Arbeit geschätzt hatten.

Dann entdeckte der Papiermacher, was sie so lange festgehalten hatte, daß selbst eine Blaue Qheuen keine Luft mehr bekommen hatte. Ein Gebilde aus Holzteilen und Drähten, ein Gegenstand aus seinem Haushalt.

Melinas über alles geliebtes Klavier, das ich selbst in Auftrag gegeben habe und das mich eine Menge Geld gekostet hat.

Er stöhnte lange wie ein verwundetes Tier. Auf dieser Welt gab es nun nur noch eine Hoffnung, die ihn am Leben hielt, mochte sie auch noch so schwach sein – daß sich seine Kinder irgendwo in Sicherheit befanden und soviel Not und Elend nicht sehen mußten.

Aber wo mochte sich dieses Irgendwo befinden? Welcher Ort mochte in diesen Zeiten noch Sicherheit bieten, wenn Sternenschiffe den Himmel zerteilten und das Werk von fünf Generationen in einem einzigen Augenblick zerstören konnten?

Ein paar gemurmelte Worte rissen ihn aus den trüben Überlegungen, seinem Dasein ein Ende zu bereiten.

»Ich habe das nicht getan, Nelo.«

Er drehte sich um und sah, daß ein Mensch zu ihm getreten war. Ein Handwerker in seinem Alter, Henrik, der Sprengmeister, dessen junger Sohn Sara und den Fremden auf ihrer Reise in die Ferne begleitet hatte. Zuerst wußte er mit der Bemerkung des Mannes wenig anzufangen. Er mußte einige Male schlucken, ehe er die Kraft zu einer Entgegnung gefunden hatte.

»Natürlich warst du das nicht. Es heißt doch, ein Himmelsschiff sei erschienen ...«

Der Sprengmeister schüttelte langsam den Kopf. »Die das behaupten, sind Lügner oder Narren. Entweder waren sie wohl gerade nicht da, oder aber sie stecken mit ihm unter einer Decke.«

»Was willst du damit sagen?«

»Ja, ein Schiff ist erschienen und hat uns von oben beobachtet, ist dann aber weitergeflogen. Erst ungefähr eine Midura später ist die Bande erschienen, die meisten von ihnen Farmer. Sie haben die Versiegelungen von einigen meiner Sprengladungen entfernt, vor allem die unter dem Pier am Damm, und dann eine brennende Fackel daran gehalten.«

»Ich verstehe nicht …« Der Papiermacher blinzelte. »Wer soll das denn gewesen sein …«

Henrik antwortete nur mit einem Wort:

»Jop.«

Lark

Die Abenteurer tauchten triumphierend in der Höhle aus dem eisigen Wasser auf und brachten so gut wie alles mit, um dessentwillen sie ausgezogen waren. Doch ein Schatten fiel auf ihre Freude, als sie die schlechten Neuigkeiten zu hören bekamen.

Lark spürte jetzt, wie erschöpft er durch all die Anstrengungen war, die hinter ihm lagen, während Helfer herbeieilten, um ihn von seinem Atemgerät und den Echsenhäuten zu befreien und ihn abzutrocknen. Irgendwie kam es ihm merkwürdig vor, wieder hier zu sein, und sein Leben auf dem Trockenen schien Äonen zurückzuliegen.

Ein Unterführer der Miliz näherte sich ihm und berichtete mit angespannt trauriger Stimme von dem, was sich während seiner Abwesenheit hier ereignet hatte.

»Es hat unsere Grauen alle im selben Moment erwischt. Seitdem keuchen sie und spucken blasigen Auswurf aus ihren Beinmündern. Danach haben ein paar Blaue es auch bekommen. Wir haben gleich nach einem der Apotheker an der Oberfläche geschickt, aber dort sieht es wohl noch schlimmer aus als bei uns hier unten. Ich fürchte, uns bleibt keine Zeit mehr.«

Die Aufmerksamkeit aller richtete sich nun auf die beiden Danik-Frauen, die gerade mit knapper Not aus dem eingeschlossenen Schiff entkommen waren. Sie wirkten immer noch recht benommen.

Als das Loch in der Mauer endlich komplett gewesen war, hatte sich ein Schwall Wasser gegen die Schleuse ergossen. Danach erwartete die Frauen die geradezu alptraumhafte Erfahrung, sich durch den schmalen Tunnel zu schieben, der nur für eine bestimmte Frist offenbleiben würde. Verzweifelt hatten sie sich vorwärts bewegt, bevor die Wand sich wieder schließen und sie in flüssiger Zeit gefangenhalten konnte – wie die armen g'Kek in Dooden Mesa.

Während er zugesehen hatte, wie sich die Daniks durch den engen Gang mühten, waren seine Nerven aufs äußerste angespannt gewesen. Aufgrund der Quantenverschiebung sahen die beiden aus wie eine unzusammenhängende Masse aus Körperteilen, die sich unkoordiniert voranschoben. Bei einer Frau zeigte sich kurz ihr Innenleben, und er konnte ungewollt feststellen, woraus ihre letzte Mahlzeit bestanden hatte.

Doch jetzt standen beide heil und unversehrt vor ihm. Sie brauchten ein paar Momente, um den Brechreiz niederzuringen, der sie während der Flucht befallen hatte, beeilten sich dann aber, ihren Teil des Abkommens einzuhalten. Sofort setzten sie eine kleine Maschine in Gang, die sie mitgebracht hatten. Im Tausch für das Gegenmittel würden die Jijoaner dafür sorgen, daß mehr Besatzungsmitglieder aus dem gefangenen Schiff befreit würden. Und danach würden beide Seiten sich zusammentun, um etwas gegen die Jophur zu unternehmen. Mehr als eine Verzweiflungstat konnte dabei nicht herauskommen. Auch wenn sie all ihre Kenntnisse und Ressourcen zusammenwarfen, waren sie immer noch auf gehörigen Beistand der launischen Jafalls angewiesen.

Die ganze Unternehmung war Larks Plan gewesen ... und er gab ihm soviel Chancen wie einem Ribbit, der versehentlich in eine Ligger-Höhle gerät.

»Wie sehen die Symptome aus?« wollte eine der Daniks wissen. Ihr Haar war von einem Rot, wie der Weise es auf dem Hang noch nie gesehen hatte.

»Wollt ihr etwa so tun, als wüßtet ihr nicht ganz genau, welchen Virus ihr hier freigesetzt habt?« gab Jeni Shen scharf zurück.

»In unserer Forschungsstation befanden sich etliche Kolonien der unterschiedlichsten Krankheitserreger«, antwortete die zweite Gerettete, eine Brünette, die deutlich älter als alle anderen Daniks zu sein schien, die auf Jijo gelandet waren. Sie sah zwar aus wie vierzig, mochte aber bereits zweihundert Jahre zählen.

»Wenn Ro-kenn sich an diesem Vorrat bedient hat«, fuhr sie fort, »müssen wir herausfinden, um welchen es sich handelt.«

Auch ohne den Rewq, den Lark abgenommen hatte, nachdem er in die Höhle zurückgekehrt war, hörte er deutlich den Fatalismus aus ihrer Stimme heraus. Indem sie dabei mithalf, die Seuche zu bekämpfen, gestand sie damit gleichzeitig Ro-kenns Versuch eines Völkermords ein – und daß ihr Schiff mit allem ausgestattet war, was zu einem solchen Verbrechen benötigt wurde. Gut möglich, daß sie ähnlich wie Ling von alldem bis jetzt keine Ahnung gehabt hatte. Nur eine vollkommen vertrackte Lage konnte die Rothen wohl dazu bewegen, ihre menschlichen Diener und auch noch die Sooner auf Jijo davon in Kenntnis zu setzen.

Der Weise sah Rann deutlich an, daß er mit dieser Entscheidung nicht einverstanden war – und Lark kannte auch die Gründe dafür.

Eine solche Tat geht weit über ein moralisches Vergehen oder einen Verstoß gegen das Galaktische Gesetz hinaus. Unsere Qheuen und Hoon haben dort draußen zwischen den Sternen Verwandte sitzen. Sollten die von dieser Untat erfahren, würden sie bestimmt nicht zögern, eine Vendetta über die Rothen zu verhängen. Und weiter war nicht auszuschließen, daß die Erde aufgrund dieser Beweise Anklage gegen die Rothen erheben und auf Herausgabe der Danik-Gruppe drängen würde, die von den Sternenherren seit zwei Jahrhunderten versteckt wurde.

Letzteres ist natürlich nur möglich, wenn die Erde überhaupt noch existiert – und die Galaktischen Gesetze innerhalb der Fünf Galaxien noch Gültigkeit besitzen.

Rann sagte sich sicher, daß das Risiko einfach zu groß war. Man hätte besser Schiff und Besatzung geopfert, um dieses Geheimnis zu bewahren.

Dumm gelaufen, was, Rann, dachte der Weise. *Offenbar sehen deine Kameraden das nicht ganz so wie du und wollen lieber am Leben bleiben.*

Während Ling den beiden Frauen Symptome und Krankheitsverlauf am Beispiel von Uthen beschrieb, hörte Lark, wie Rann der Unteroffizierin ungeduldig etwas zuflüsterte.

»Wenn wir die anderen schon rausholen wollen, dürfen wir es nicht allein dabei belassen. Wir müssen sie mit Waffen und Vorräten versorgen, damit sie an Bord des Schiffes eine Massenherstellung der Traeki-Mixtur in die Wege leiten können. Nur so läßt sich ein ausreichend großer und dauerhafter Tunnel schaffen.«

Doch Jeni ließ sich davon nicht beeindrucken.

»Erst brauchen wir das Heilmittel, Sternenmann. Wenn wir das nicht erhalten, können deine Kameraden und Herren so lange in ihrem eigenen Kot hockenbleiben, bis Jijo auseinandergefallen ist. Und glaub mir, das kratzt hier niemanden auch nur im geringsten.«

Recht drastisch, aber auf den Punkt gebracht, lächelte der Weise grimmig.

Bald hatten die Frauen die Maschine mit allen zur Verfügung stehenden Daten gefüttert.

»Viele Hoon zeigen ähnliche Symptome«, erinnerte Ling ihre ehemaligen Kameradinnen.

»Dazu kommen wir gleich«, entgegnete die Rothaarige. »Keine Bange, das hier dauert nur ein oder zwei Minuten.«

Lark verfolgte, wie Symbole über den kleinen Schirm huschten. *Schon wieder ein Computer im Einsatz,* dachte er unglücklich. Natürlich war dieses Gerät viel kleiner als die große Anlage, die sie in der Höhle in Dooden Mesa bedient hatten. Vielleicht hatten sie Glück, und die Emissionen dieses bescheideneren Digitalprozessors wurden von der geologischen Aktivität in dieser Gegend und der fünfzig Meter dicken Felsdecke abgeschirmt.

Aber sicher können wir uns nicht sein.

Die Maschine gab eine Serie von hohen Tönen von sich.

»Die Synthese ist abgeschlossen«, verkündete die Ältere und entnahm dem Seitenfach der Anlage ein kleines Fläschchen, das eine grünliche Flüssigkeit enthielt. »Das reicht nur für zwei oder drei Dosen, aber diese Menge dürfte für einen Test ausreichen. Wir können viel mehr davon an Bord des Schiffes herstellen. Das bedeutet natürlich, daß wir einen permanenten Tunnel durch die Wand zum Raumer herstellen müssen.«

Offenbar war die Danik der Ansicht, daß ihre Seite jetzt einen Trumpf in der Hand hatte. Sie hielt das Fläschchen zwischen den Fingern und fuhr fort: »Vielleicht ist jetzt der rechte Moment gekommen, darüber zu diskutieren, wie beide Gruppen einander behilflich sein können. Die eure mit ihrer Überlegenheit an Individuen, wie durch die Herstellung von ...«

Ihre Stimme erstarb, als Ling ihr unvermittelt das Fläschchen aus der Hand riß und es rasch an Jeni weitergab.

»Lauf!« rief die Biologin dann.

Die Unteroffizierin setzte sich sofort mit einem Paar Noor in Bewegung, die ihr nicht von der Seite wichen.

Die Rückkehr zum Rothen-Schiff mußte bis zum Einbruch der Morgendämmerung warten. Selbst ein noch so effizienter Rewq konnte kein Licht verstärken, das nicht da war.

Ling wollte, daß die beiden geretteten Daniks Gegenmittel gegen alle Krankheitserreger herstellten, die in der Forschungsstation gelagert gewesen waren. Schließlich konnte man nicht wissen, welche Seuchen Ro-kenn noch über Jijo gebracht hatte. Aber Lark sprach sich dagegen aus. Seit der Katastrophe von Dooden Mesa fürchtete er sich davor, Computer länger als unbedingt nötig laufen zu lassen. Das kleine Gerät, das die beiden Frauen mitgebracht hatten, sollte nur im Notfall genutzt werden. Sollen die Rothen doch die verschiedenen Heilmittel an Bord ihres Schiffes herstellen und diese dann zusammen mit allem anderen mitbringen, sobald der permanente Tunnel errichtet war. Ling schien Einwände vorbringen zu wollen, schloß dann aber den Mund und zuckte die Achseln. Statt dessen nahm sie eine Laterne und zog sich in eine Ecke der Höhle zurück, in er sie von Rann und ihren anderen früheren Kameraden möglichst weit entfernt sein konnte.

Lark verbrachte einige Zeit damit, einen Bericht an den Rat der Hochweisen zu verfassen, in dem er weitere Flaschen mit der Traeki-Flüssigkeit anforderte und grob umriß, wie ein Bündnis zwischen den Sechs Rassen und ihren ehemaligen Feinden aussehen könnte und was es zu leisten imstande wäre. Persönlich setzte er allerdings nicht viel Vertrauen in eine solche Allianz.

So schrieb er: *Sie versprechen uns Waffen und andere Unterstützung, aber ich mahne zur Vorsicht. Ausgehend von Phwhoondaus Beschreibung der Rothen als Galaktische »Kleingangster und Trickbetrüger« und angesichts der lachhaften Mühelosigkeit, mit der es den Jophur gelungen ist, sie zu überwältigen und festzusetzen, dürfen wir keine Möglichkeit außer acht lassen, die zu einer Vereinbarung mit diesen traekiähnlichen Wesen führen könnte. Auch sollten wir ihnen zu diesem Behuf so weit wie möglich entgegenkommen – und damit meine ich sehr weit. Höchstens eine von ihnen angestrebte Massenvernichtung wie zum Beispiel der g'Kek müßte von uns ausgeschlossen werden.*

Und was eine Massenerhebung unserer Gemeinschaften angeht, so würde ich nur dazu greifen, wenn uns gar nichts anderes mehr übrigbleibt.

Vermutlich würden die Weisen seine Vorschläge seltsam finden, war es doch Larks eigener Plan gewesen, der eine Verbindung mit den Rothen möglich gemacht hatte. Aber der Biologe sah darin keinen Widerspruch. Wenn man eine Tür aufgeschlossen hatte, war man ja noch lange nicht dazu verpflichtet, durch sie hindurch zu gehen. Lark war eben ein Anhänger der Lehre, erst einmal alle Möglichkeiten auszuloten.

Nun blieb ihnen nicht mehr viel anderes zu tun, als zu warten und darauf zu hoffen, daß bald eine gute Nachricht von den Ärzten und Apothekern eintreffen würde. Wenn möglich, sehr rasch, denn in der feuchten Höhle durften sie es nicht wagen, ein Feuer zu entzünden.

»Es ist kalt«, beschwerte sich Ling, als Lark an ihrer Ecke vorbeikam. Er suchte gerade nach einer Stelle, an den er seinen Schlafsack ausrollen konnte. Am liebsten in ihrer Nähe, um zu hören, wenn sie ihn rief, aber nicht so dicht bei ihr, daß es aufdringlich wirkte.

Der Weise blieb stehen und überlegte, was sie ihm damit sagen wollte.

Eine Einladung, zu ihr zu kommen? Oder machte sie ihn persönlich für die Kälte verantwortlich?

So wie er sie kannte, wohl eher letzteres. Ling wäre sicher besser damit bedient gewesen, auf immer in der Wärme der High-Tech-Habitate zu bleiben und sich im Licht ihres messianischen Glaubens an die Rothen zu sonnen.

»Ja, ist wirklich kalt hier«, murmelte er.

Es fiel ihm nicht leicht, auf sie zuzugehen. Was hatte er schon anderes zu erwarten als eine harte Zurückweisung? Seit sie sich vor ein paar Monaten kennengelernt hatten, bestand ihre Beziehung lediglich aus einem dummen Spiel, in dem beide möglichst viel vom anderen erfahren wollten, ohne selbst zuviel von sich preiszugeben. Sie bekriegten sich mit Ironie, Sarkasmus und Salven von Argumenten ... obwohl es dazwischen auch Momente gab, in denen so etwas wie ein Anflug von Erotik oder Flirten zwischen ihnen entstand. Vorläufig hatte er diesen Krieg für sich entschieden, was er aber nicht unbedingt allein auf seine intellektuelle Überlegenheit zurückführen konnte. Die Untaten der Rothen waren so offensichtlich und unfaßbar, daß er diese Waffe nur ergreifen mußte, um sie gegen Ling zu schleudern. Sie hatte keine Möglichkeit gehabt, sich dagegen zu wehren, und so hatte er ihre gesamten bisherigen Werte- und Glaubensvorstellungen zerschmettern können. Seitdem waren sie einander zwar nicht direkt aus dem Weg gegangen, aber wenn sie etwas zusammen zu tun hatten, wechselten sie kein privates Wort mehr miteinander.

So hatte ihm sein Sieg zwar einen neuen Verbündeten für die Sache Jijos eingebracht, aber um den Preis, alles zu verlieren, was sich vorher zwischen ihnen entwickelt hatte.

Lark verspürte angesichts eines solchen Sieges nicht den geringsten Triumph.

»Ich glaube, ich weiß jetzt, warum sie dich einen Häretiker nennen«, erklärte sie nun, wohl um das unangenehme Schweigen zwischen ihnen zu beenden.

Lark hatte sie bis zu diesem Moment nicht angesehen, sei es, weil er zu sehr in Gedanken versunken war, sei es, weil er sich das nicht getraute. Jetzt erkannte er, daß ein Buch auf ihrem Schoß lag. Der Schein ihrer Laterne beleuchtete die aufgeschlagene Seite. Das war der Band, den er zusammen mit Uthen über die Flora und Fauna auf Jijo verfaßt hatte – sein Lebenswerk.

»Ich ... ich habe mich stets bemüht, meine Arbeit und meine Häresie strikt auseinanderzuhalten«, antwortete er.

»Wie könnte so etwas denn möglich sein? Deine Methode der kladistischen Systematisierung steht in eindeutigem Widerspruch zu der Art, wie die Galaktischen Wissenschaften schon seit einer Milliarde Jahren Spezies definieren und klassifizieren.«

Lark ahnte, was sie damit bezweckte, und fühlte sich erleichtert. Die von beiden geliebte Biologie war der einzige neutrale Boden, auf dem sie sich ohne Verkrampfung oder Vorsicht unterhalten konnten. Er trat endlich näher und hockte sich auf einen Felsvorsprung.

»Ich dachte, du sprichst von meiner jijoanischen Häresie. Weißt du, ich habe da nämlich einmal einer Bewegung angehört ...« Er zuckte zusammen, als ihm gleich sein alter Freund Harullen wieder einfiel. »... deren Ziel darin bestand, die Sechs Rassen dazu zu bewegen, ihre illegale Besiedlung aufzugeben ... Sie sollten sich freiwillig dafür entscheiden.«

Die junge Frau nickte. »Ein ehrenwertes Unterfangen, auch nach Galaktischen Maßstäben. Allerdings nicht allzu einfach für organische Wesen, die auf Sex und Fortpflanzung programmiert sind.«

Der Weise spürte, wie seine Wangen anfingen zu brennen, und war dankbar für das spärliche Licht in dieser Höhle.

»Na ja, das Problem stellt sich nicht mehr«, entgegnete er. »Selbst wenn wir die Rothen-Seuchen zu stoppen vermögen, können die Jophur uns auslöschen, wann immer ihnen der Sinn danach steht. Oder sie liefern uns den Instituten aus, und uns erwartet dann der Tag des Gerichts, wie die Heiligen Schriftrollen ihn uns prophezeien. Nach all dem, was wir in den letzten Monaten durchgemacht haben, wäre das vielleicht nicht einmal das Schlechteste. Zumindest haben wir immer damit gerechnet, daß es einmal so kommen würde.«

»Aber eure Sechs Völker haben gehofft, das Gericht stünde erst an, wenn ihr den Weg der Erlösung gegangen wärt. Doch, ich habe mich ein wenig mit dem jijoanischen Glauben beschäftigt. Nun, vorhin habe ich mich mehr auf deine Häresie in der wissenschaftlichen Herangehensweise bezogen, genauer auf die Art und Weise, wie du und Uthen die Tiergruppen klassifiziert habt, nach Spezies, Gattung, Ober- und Untergruppen und so weiter. Ihr habt euch des alten kladistischen Systems bedient, wie es auf der Erde vor dem Erstkontakt üblich war.«

Der Weise nickte. »Wir haben einige Texte studiert, in denen die Galaktische Nomenklatur erläutert wird. Aber die meisten Unterlagen stammten aus irdischen Archiven. Als die *Tabernakel* damals gestartet ist, hatten erst wenige menschliche Biologen die Galaktische Systematologie übernommen.«

»Ich habe noch nie eine kladistische Systematik bei einem Ökosystem gesehen«, bemerkte Ling. »Doch wenn ich euer Buch hier lese, wundert es mich eigentlich, warum diese Methode nicht weiter verbreitet ist.«

»Na ja, eigentlich haben wir mehr aus der Not eine Tugend gemacht. Wir haben versucht, die Vergangenheit und die Gegenwart dieser Welt zu verstehen, indem wir einen winzigen Ausschnitt ihrer Zeit studiert haben – die Gegenwart, in der wir leben. Um an Daten zu gelangen, standen uns nur die Tiere zu Verfügung, die hier und heute leben, und natürlich die Fossilien, die wir ausgegraben haben. Das läßt sich mit der Methode vergleichen, die Geschichte eines Kontinents anhand der Schichten in seinem Boden und Gestein zu kartographieren. Vor dem Erstkontakt haben die Erdlinge fast alle wissenschaftliche Forschung auf diese Weise betrieben. Auch in der Kriminalistik hat man es so gehalten. Die Ermittlungsbeamten haben alle Beweisstücke bei einem Verbrechen, wie zum Beispiel einem Mord, zusammengetragen, und das auch noch dann, wenn die Leiche schon längst erkaltet war. Die Galaktiker hatten es nie nötig, sich solcher interpolativer Techniken zu bedienen. Sie beobachten einfach, und das über Äonen, und verzeichnen das Wachsen und Vergehen von Bergen oder die Entwicklung und Divergenz von Spezies. Darüber hinaus kreieren sie neue Spezies durch Genspaltung oder den Großen Schub.«

Die Biologin nickte und dachte darüber nach. »Man hat uns immer gelehrt, den Wölfingswissenschaften zu mißtrauen. Ich fürchte, das hat mir noch im Hinterkopf gesteckt, damals, als ich dich kennenlernte, und ich habe dich wohl, na ja, nicht besonders nett behandelt.«

Wenn das eine Entschuldigung sein sollte, nahm Lark sie mit Freuden entgegen.

»Nun, wenn du dich noch erinnerst, ich war damals auch nicht immer ehrlich zu dir.«

Sie lachte kurz und trocken. »Nein, ganz gewiß nicht.«

Wieder entstand Schweigen zwischen ihnen. Lark hätte sich gern weiter mit ihr über biologische Fragen unterhalten, erkannte jetzt aber, daß das wohl völlig falsch gewesen wäre. Was vorhin als Brücke zwischen ihnen gedient hatte, würde nun zu nichts anderem führen, als sich weiter bedeckt zu halten, und eine solche Form von Neutralität wollte er nicht mehr. Recht verkrampft versuchte er, ein neues Thema zu finden.

»Was für eine …« Er schluckte und probierte einen anderen Ansatz: »Ich habe einen Bruder und eine Schwester. Kann gut sein, daß ich sie schon einmal erwähnt habe. Hast du auch eine Familie … auf …«

Der Weise ließ das letzte Wort verklingen und fürchtete schon, zu persönlich geworden zu sein oder schmerzliche Erinnerungen in ihr geweckt zu haben. Aber ihr erleichtertes Lächeln zeigte ihm, daß es auch Lings Wunsch war, daß sie sich weiter aufeinander zu bewegten.

»Ich hatte einen kleinen Bruder und eine Ziehtochter, deren leibliche Eltern sehr nett waren«, antwortete sie. »Und alle vermisse ich sehr.«

Während der nächsten Midura bekam ein zunehmend verwirrter werdender Lark einiges über das komplexe Leben der Daniks auf dem weit entfernten Außenposten Poria zu hören. Er lauschte ihr geduldig, vor allem, als sie auf ihre Traurigkeit darüber zu sprechen kam, daß ihre befreiten Mannschaftskameraden Fremde für sie geworden waren und nichts mehr so sein würde wie früher.

Später schien es ihm ganz selbstverständlich zu sein, seinen

Schlafsack neben dem ihren auszubreiten. Nur vom Stoff und der Fütterung voneinander getrennt, wärmten die beiden sich gegenseitig, ohne sich wirklich zu berühren, doch tief in seinem Herzen spürte der Weise eine Nähe, die er bislang schmerzlich vermißt hatte.

Sie haßt mich nicht.

Und das war doch eine wirklich gute Ausgangsposition.

Beim zweiten Tauchmanöver schienen sie rascher voranzukommen. Vermutlich lag das daran, daß sie sich jetzt in den wassergefüllten Höhlen besser zurechtfanden. Allerdings mußten sie einige Neue – menschliche Freiwillige – mitnehmen, weil die Blauen Qheuen alle erkrankt waren.

Was das Gegenmittel anging, so waren von der Oberwelt ermutigende Neuigkeiten eingetroffen. Die Medizinprobe schien bei den ersten Opfern gut anzuschlagen. Und den Traeki war es gelungen, die Moleküle dieser Substanz zu synthetisieren. Doch noch war es zu früh, um erleichtert aufzuatmen. Selbst wenn die Patienten gesunden sollten, stellte sich immer noch das Problem der Verteilung des Gegenmittels. Konnten sie rechtzeitig alle weit verstreuten Gemeinden erreichen, bevor die dortigen Qheuen oder Hoon von der Seuche dahingerafft worden waren?

Als sie sich wieder vor dem Rothen-Schiff einfanden, hatten sich in der Schleuse schon drei Menschen und ein Rothen in Tauchausrüstung eingefunden. Ein paar schmale Kisten mit Material standen neben ihnen. Die vier standen unbeweglich wie Wachsfiguren da, während Ling und Lark den Neuen die wunderliche Kommunikationsmethode erläuterten, auf die sie am Vortag gestoßen waren. Dann wurde es Zeit, einen neuen Tunnel in der Käseglocke zu schaffen.

Wieder drehten sie sich mehrmals um, damit die Eingeschlossenen Gelegenheit erhielten, die für sie nötigen Vorbereitungen zu treffen. Erneut schwammen Freiwillige mit Kokonflaschen an die

Barriere, und auch jetzt durfte niemand direkt hinsehen, als die Behälter mit der zersetzenden Flüssigkeit an der goldfarbenen Wand angebracht wurden. Doch sonderbarerweise tat sich heute nichts ... bis Jeni eine der Neuen, eine Milizionärin, dabei ertappte, wie sie aus Neugier über die Schulter spähte. Die Unteroffizierin schlug ihr so hart an den Kopf, daß die anderen es selbst durch das Wasser hören konnten.

Endlich hatte es auch der Letzte begriffen. Sechs Kokons wurden in unterschiedlichen Abständen angelegt. Lark aktivierte die »Dosenöffner«, und die kleinen Buyur-Maschinen zogen den Stopfen herein und setzten so die schaumige rötliche Flüssigkeit frei, die sich sofort daran machte, das goldene Gewebe aufzulösen. Der Weise zog sich auf Sicherheitsabstand zurück und ließ sich wieder von den unheimlichen Bildern faszinieren, die hervorgerufen wurden, während die Traeki-Flüssigkeit einen Tunnel schuf.

Unvermittelt tippte ihm jemand auf die Schulter.

Jeni, die Unteroffizierin, stand hinter ihm und hielt ihre Wachstafel hin.

WO STECKT RANN?

Er blinzelte und zuckte dann wie Ling, die die Frage ebenfalls gelesen hatte, die Achseln. Noch vor einem Moment hatte der große Danik neben ihnen gestanden. Die Milizionärin sah ihn besorgt an, und er ritzte auf seine Tafel:

WIR WERDEN IM MOMENT NICHT GEBRAUCHT.
LING UND ICH SUCHEN IM NORDEN.
SCHICK ANDERE NACH SÜDEN UND OSTEN.
ABER DU SELBST BLEIBST HIER.

Etwas mißmutig stimmte Jeni zu. Der Weise hatte recht. Seine Arbeit hier war so gut wie getan. Wenn der neue Tunnel wie geplant geschaffen war und die nächste Gruppe Eingeschlossener sich hindurchwand, oblag es der Unteroffizierin, sie in Empfang zu nehmen und mitsamt ihrem Gepäck in die Höhle zu bringen.

Ling nickte Lark zu, und gemeinsam schwammen sie mit kräftigen Stößen los. Gegen sie beide hatte Rann keine Chance, wenn er wirklich so dumm sein sollte, sich gegen sie zur Wehr zu setzen. Aber was hatte er überhaupt vor? Und wohin war er unterwegs? Als auffällig großem Mann und Danik standen ihm nicht allzu viele Möglichkeiten offen.

Dennoch machte der Weise sich Sorgen. Mit einem guten Vorsprung könnte Rann es bis ans Seeufer schaffen und von dort aus zu Fuß weiterlaufen. Wenn er es darauf anlegte, konnte er einigen Schaden anrichten oder, schlimmer noch, von den Jophur aufgegriffen und verhört werden. Der Danik war sicher ein zäher Bursche, aber wie lange würde er den Galaktischen Verhörmethoden standhalten?

Ling legte ihm die Linke auf den Arm und stieß mit dem Zeigefinger der anderen Hand mehrmals nach oben. Lark schaute in die Richtung und entdeckte dort Schwimmflossen, die sich langsam am Ende von zwei kräftigen Beinen bewegten.

Was will er bloß da oben? fragte er sich, als sie sich nach oben abstießen. Als sie nahe genug herangekommen waren, erkannten sie, daß Rann die Wasseroberfläche durchstoßen hatte. Sein Kopf und seine Schultern befanden sich über dem See.

Will er sich bloß das Jophur-Schiff anschauen? Das würden wir alle gern, aber bislang hat sich das keiner getraut.

Lark glaubte den Schatten des Riesenraumers körperlich zu spüren, und zum ersten Mal bekam er ein Gefühl für dessen Kugelform und die titanischen Ausmaße. Immerhin blockierte er die gesamte Festival-Lichtung und hatte mit seiner schieren Masse diesen großen See geschaffen. Da Lark neben einem Damm aufgewachsen war, hatte er eine ungefähre Vorstellung davon, wieviel Druck diese Wassermassen ausübten. Wenn der Jophur-Kreuzer abhob, um zu den Sternen zurückzukehren, würde eine gewaltige Flutwelle entstehen.

Der Traeki-Schlauch in seinem Mund zuckte und ruckte. Der Traeki-Ring hatte schwer damit zu tun, sich beim raschen Aufstieg an den sich wandelnden Wasserdruck anzupassen. Doch der Weise konnte darauf jetzt keine Rücksicht nehmen, sorgte er sich doch viel zu sehr darum, daß der Danik von den Jophur entdeckt werden könnte.

Mit etwas Glück sieht er in seinen Echsenhäuten wie ein Stück Treibholz aus ... und so wird er sich auch fühlen, wenn ich mit ihm fertig bin!

Lark spürte, wie sich mächtiger Zorn in ihm zusammenballte, während er einen Arm ausstreckte, um den Knöchel des Riesen zu fassen zu bekommen.

Das Bein zuckte zurück, trat dann heftig aus und schüttelte Larks Hand ab.

Ling stieß ihn wieder an und zeigte erneut nach oben.

Rann hielt etwas vor sich – einen Minicomputer der Rothen. Noch während er Wasser trat, tippte er eifrig etwas ein.

Dreckskerl! Lark stieß mit aller Kraft nach oben und versuchte, ihm das Gerät abzunehmen. In diesem Moment war ihm völlig egal, daß er sich damit ebenfalls für die Jophur sichtbar machte. Der Danik hatte vermutlich mit seinen Computeremissionen schon alles verdorben. Genausogut hätte er sich vor das Schiff stellen, mit einer brennenden Taschenlampe winken und mit der anderen Hand eine Trommel schlagen können.

Kaum war der Weise durch die Wasseroberfläche gestoßen, als der Sternenmann schon mit der Faust nach ihm ausholte. An Land hätte der wohlgezielte Schlag Lark wohl sofort niedergestreckt, aber im Wasser wurde Rann Opfer seiner Bewegung und verlor die Balance, während der Hieb sein Ziel verfehlte und den Mann lediglich am Ohr streifte.

Noch während Lark sich davon zu erholen versuchte, entdeckte er Ling, die hinter ihrem ehemaligen Kameraden auftauchte und ihm gleich die Arme um den Hals legte. Der Weise nutzte gleich die Gelegenheit, stemmte die Füße gegen die Brust seines Gegners und riß an dem Computer, bis der Danik loslassen mußte.

Doch damit war die Gefahr längst nicht gebannt. Der Bildschirm des Geräts leuchtete noch. »Ich weiß nicht, wie man den verdammten Kasten abschaltet!«

Die Biologin hatte aber im Moment mit eigenen Problemen zu kämpfen, denn Rann streckte seine langen Arme nach hinten, um sie abzustoßen und nach ihr zu schlagen. Lark begriff, daß man den Hünen kampfunfähig machen mußte, und zwar so rasch wie möglich. Er hob den Computer mit beiden Händen hoch über seinen Kopf und ließ ihn hart auf den Schädel des Daniks niederkrachen.

Doch hier im Wasser fehlte es dem Hieb an der nötigen Wucht, und er erreichte nicht mehr, als Ranns Aufmerksamkeit von der Biologin abzulenken.

Der zweite Schlag hatte mehr Erfolg. Der Aufprall war weithin zu vernehmen, und der Danik sackte stöhnend im Wasser zusammen.

Leider reichte auch eine solche Behandlung nicht aus, das Gerät zur Funktionseinstellung zu bewegen. Trotz des schweren zweiten Hiebs leuchtete der Schirm immer noch in Bereitschaft.

Rann trieb mit ausgebreiteten Armen auf dem Wasser und atmete schwer durch seinen Traeki-Ring. Ling schwamm schon auf den Weisen zu und griff keuchend über seine Schulter. Sie stützte sich auf ihn, und endlich fand ihr Finger einen bestimmten Knopf am Gehäuse und schaltete das Gerät aus.

Jafalls sei Dank ... obwohl es heißt, die Galaktiker könnten auch die schwachen Emissionen eines Computers messen, der sich im Stand-by-Modus befindet ...

Lark ließ die Maschine im Wasser versinken, denn er brauchte beide Hände, um Ling festzuhalten.

Vor allem als ein dunkler Schatten auftauchte, sich über sie schob und die Biologin dazu bewegte, in seinen Armen zu erstarren.

Plötzlich fühlte sich alles sehr kalt an.

Zitternd hoben beide gleichzeitig den Kopf, um festzustellen, was da heranschwebte.

Dwer

Diese Nacht gehörte zu den merkwürdigsten in Dwers ganzem Leben, obwohl sie ganz normal und wie üblich begann – indem er sich nämlich erneut Retys Gemecker anhören durfte.

»Ich gehe da nicht hin!« schimpfte sie.

»Niemand hat dich dazu aufgefordert. Wenn ich den Hügel hinunterlaufe, kannst du in der anderen Richtung verschwinden. Geh eine halbe Meile nach Westen, auf den bewaldeten Höhenzug zu, an dem wir gestern vorbeigekommen sind. Ich habe dort reichlich Spuren von Wild entdeckt. Da kannst du Fallen auslegen oder am Strand nach Krebsblasen Ausschau halten. Gebraten schmecken die natürlich am besten, aber ich würde dir nicht raten, ein Feuer ...«

»Ich soll da auf dich warten, was? Oder wie stellst du dir das vor? Daß ich mit einem leckeren Abendessen auf die Rückkehr des großen Jägers warte, der erst ganz allein das ganze verdammte Universum auseinandernehmen will?«

Ihr Sarkasmus konnte nicht die tiefe Furcht verbergen, die sie empfand. Dwer bildete sich nicht ein, daß sie sich Sorgen um ihn machte. Nein, sie hatte nur Angst davor, allein zu sein.

Die Dämmerung legte sich über die Dünen, den Sumpf und die hohen Berge, die wie ein gezackter Horizont die untergehende Sonne aufzuschlitzen schienen. Die hereinbrechende Nacht gab den beiden endlich die Chance, sich vom Sand fortzuschleichen und unbemerkt an den abgestürzten Gleitern vorbeizukommen. Sobald sie sich aus ihrem Versteck befreit hatten, stellten sie sich gerade hin, wischten sich Sand aus Kleidung und Körperfalten – und stritten.

»Ich sage dir doch, wir brauchen gar nichts zu tun. Wetten, daß Kunn noch Hilfe verlangt hat, ehe sein Vogel unsanft niederging. Das Rothen-Schiff sollte doch bald zurückkehren. Bestimmt haben sie dort seinen Hilferuf empfangen. Jede Dura kann es herangebraust kommen, Kunn retten und alles andere hier mitnehmen. Wir müssen dann nicht mehr tun als zu winken und zu schreien.«

Rety hatte sich offenbar während der langen Warterei im Dünenversteck Gedanken gemacht. Sie schien zu glauben, der Gleiter voller Un-Traeki sei das gewesen, wonach Kunn gesucht hatte. Er hatte Bomben ins Wasser geworfen, um seine Feinde aus ihrem Versteck zu locken. Nach dieser Logik hatte es sich bei der Luftschlacht nur um den letzten verzweifelten Rettungsversuch eines im Grunde schon gestellten Gegners gehandelt. Dummerweise hatte Kunn dabei auch einen Treffer erhalten, und so waren beide Luftboote abgestürzt. Seine Beute steckte aber hilflos im Sumpf fest. Die Mannschaft versuchte zwar, ihren Gleiter wieder flottzubekommen, hatte damit aber bislang keinen Erfolg gehabt.

Das Mädchen führte weiter aus, daß die Rothen-Herren sicher bald auftauchen würden, um die Sache zu beenden und die Un-Traeki in Gewahrsam zu nehmen. Die Sternengötter würden sich bestimmt über einen solchen Erfolg freuen. Wahrscheinlich so sehr, um Dwers schwere Patzer zu verzeihen – und ihre eigenen auch.

Eine hübsche Theorie, nur hatte der Jäger einige Zweifel daran. Warum, zum Beispiel, war der zweite Gleiter von Westen, nicht aber aus dem Wasser gekommen, wenn Kunn ihn doch mit seinen Bomben herausgelockt hatte? Dwer war sicher kein Experte darin, mit welchen Taktiken die Galaktiker sich zu bekriegen pflegten, aber sein Instinkt sagte ihm, daß Kunn viel eher eiskalt von ihnen erwischt worden war.

»Wenn es sich wirklich so verhalten sollte, sollte mein Plan deine Freunde noch mehr begeistern«, erklärte er dem Mädchen.

»Wenn du bei ihrer Ankunft noch am Leben bist, was ich stark bezweifeln möchte! Diese Mistkerle da unten werden dich sicher gleich bemerken, wenn du über die Dünen kriechst.«

»Vielleicht. Aber ich habe im Versteck die ganze Zeit die Augen offengehalten. Erinnerst du dich, als die Herde von Sumpfstampfern vorbeigekommen ist und das von den Gleitern zerfetzte Schilf gefressen hat? Ziemlich große Tiere waren darunter, die sich zwischen den beiden Schiffen bewegt haben. Aber die Un-Traeki haben sich überhaupt nicht für sie interessiert. Das hat mich auf eine Idee gebracht. Wenn die Wachroboter mich auch für ein einheimisches Tier halten ...«

»Was ihnen nicht schwerfallen dürfte«, murmelte Rety.

»... lassen sie mich bestimmt auch in Ruhe. Zumindest, bis ich nahe genug heran bin.«

»Und was dann? Willst du den Himmelsgleiter mit Pfeil und Bogen angreifen?«

Der Jäger war versucht, sie daran zu erinnern, daß dieser Bogen ihr einst wie ein großer Schatz vorgekommen war. Sie hatte sogar ihr Leben riskiert, um ihn in ihren Besitz zu bringen.

»Nein, die Pfeile lasse ich hier«, entgegnete er. »Die haben nämlich Stahlspitzen. Wenn ich sie mitnehme, merken die Roboter gleich, daß ich kein Tier sein kann.«

»Dann sollten sie aber mal mich fragen. Ich würde die Blecheimer rasch darüber aufklären, was du ...«

»Weib, still!«

Die piepsige Stimme stammte von Retys »Ehemann«, der sie gerade säuberte, indem er ihr mit seiner beweglichen langen Zunge Sandkörner von der Haut entfernte.

»Frau, gebrauch Grips! Brav Jungmann zieht Schiffsaug auf sich, damit du und ich hier wegkönn. All was er sonst noch sag, ist Schnickschnack. Nett Lüg, damit wir geh. Sei nett zu tapfer Jungmann. Mindeste, was du für ihn tun kann!«

Während das Mädchen den kleinen Yee fassungslos anstarrte, bewunderte Dwer den kleinen Hengst. Behandelten alle Urs-Männchen ihre Stuten so, ermahnten sie ihre Frauen, wenn diese Mist bauten oder dummes Zeugs redeten? Gehörte das zum Wesen der Urs-Ehen? Oder stellte Yee nur etwas Besonderes dar? Möglicherweise war seiner vorherigen Gattin ja der Kragen geplatzt, weil er sie zu oft auf ihre Fehler hingewiesen hatte, und da hatte sie ihn aus ihrem Beutel hinausgeworfen.

»Stimmt das, Dwer?« fragte Rety leise. »Willst du wirklich dein Leben für mich riskieren?«

Er versuchte, in ihren Augen zu lesen, welche Antwort sie wohl am ehesten dazu bewegen würde, endlich das zu tun, was er ihr aufgetragen hatte. Aber es war leider schon zu dunkel, um dort etwas Genaueres erkennen zu können.

»Nein, das ist nicht wahr. Denn ich habe einen Plan. Der ist zwar ziemlich riskant, aber ich will ihn wenigstens einmal ausprobieren.«

Das Mädchen studierte seine Miene so intensiv, wie er das vorhin bei ihr gemacht hatte. Dann stieß sie ein kurzes, meckerndes Lachen aus.

»Was für ein Lügner du doch bist. Yee hat vollkommen recht, was dich betrifft. Du bist verdammt bescheiden. Setzt dein Leben bedenkenlos aufs Spiel, wenn du damit jemanden retten kannst.«

Wie bitte? dachte der Jäger. Jetzt hatte er ihr die Wahrheit gesagt, weil er hoffte, sie damit dazu zu bewegen, in die gewünschte Richtung zu laufen. Und sie reagierte darauf so ganz anders, als er erwartet hatte.

»Dann ist die Sache also abgemacht«, erklärte sie ihm mit der entschiedenen Miene, die er aus leidvoller Erfahrung kannte. »Ich komme mit dir, Dwer, und folge dir, wohin dich deine Schritte auch lenken. Wenn du mich nämlich wirklich retten willst, sollten wir wohl beide nach Westen aufbrechen.«

»Das ist aber nicht Richtung Westen«, protestierte sie eine halbe Midura später.

Der Jäger ignorierte ihren geflüsterten Einwand, während er bis zum Nabel im Wasser stand und durch das Schilf spähte.

Zu dumm, daß wir Yee bei unseren Sachen zurücklassen mußten!

Der kleine Hengst wußte seiner »Frau« mit Weisheit und klugen Ratschlägen auf die Sprünge zu helfen. Aber leider ertrug er es nicht, naß zu werden.

So blieb Dwer nur die Hoffnung, daß Retys Überlebensinstinkte sich bald zu Wort meldeten und sie dann endlich die Klappe hielt.

Beide wateten fast nackt durch den Sumpf auf zwei abgerundete Silhouetten zu. Die größere wies glänzende Flanken auf, bis auf eine verrußte Stelle. Die andere lag ein Stück weiter, wirkte unbrauchbar und war bereits halb versunken. Sieger wie Besiegte verhielten sich still unter dem blaßgelben Schein von Passen, dem kleinsten Mond über Jijo.

Ganze Kolonien von Suhlschwänen nisteten im Dickicht und gönnten sich nun etwas Ruhe, nachdem sie den ganzen Tag damit verbracht hatten, im Sumpf zu jagen und ihre Brut zu versorgen. Die beiden Menschen kamen an einem Nest vorbei, und die Eltern hoben ihre speerartigen Köpfe, blinzelten und legten sich dann wieder zur Ruhe, als Dwer und Rety weitergezogen waren.

Der Jäger und das Mädchen hatten sich von Kopf bis Fuß mit Schlamm eingeschmiert, um auf diese Weise ihre Hitze- und Schweißausstrahlung zu vermindern und für etwaige Meßgeräte unkenntlich zu machen. Nach alten Jägergeschichten bewirkte diese Maßnahme, sie in den »Augen« der Wachroboter viel kleiner erscheinen zu lassen. Dwer bewegte sich auch auf einem eigentümlichen Kurs, um so zusätzlich den Eindruck zu erwecken, er sei ein Raubtier auf nächtlicher Jagd.

Schlanke Wesen mit leuchtenden Schuppen sausten unter der Wasseroberfläche umher und berührten mit ihren Flossen Dwers Oberschenkel. Ein Platschen und Krachen in einiger Entfernung kündete davon, daß ein Nachtjäger zwischen den Inselchen mit klumpigem Grasbewuchs Beute gemacht hatte. In diesem feuchten Dschungel schienen sich überhaupt viele hungrige Mäuler aufzuhalten. Rety spürte das wohl, denn für eine ganze Weile gab sie keinen Ton mehr von sich.

Wenn sie nur geahnt hätte, wie unsicher Dwers Plan war, hätte sie sicher laut geschrien und damit alle schlafenden Wasservögel geweckt und in die Flucht getrieben. In Wahrheit basierte das Vorhaben des Jägers auf einer bestimmten Idee. Er wollte sich das Un-Traeki-Schiff näher ansehen ... und überprüfen, ob seine Vermutung über den Ursprung dieses Sumpfs den Tatsachen entsprach. Und dazu mußte er sich auf ein bestimmtes Denkmuster konzentrieren.

Was ging mir gerade durch den Kopf ... an jenem Tag, an dem ich zum ersten Mal Kontakt mit der Mulch-Spinne erhielt oder der Halluzination davon ... in Form der Stimme von Einzigartiger?

Das lag schon einige Jahre zurück. Dwer hatte damals seine erste Reise allein über die Rimmers angetreten und war noch ganz stolz gewesen, vom Jagdgehilfen zum richtigen Jäger befördert worden zu sein. Der Geist von Freiheit und Abenteuer erfüllte damals seine Gedanken, denn von nun an gehörte er zu der Handvoll von Soonern, die die offizielle Erlaubnis besaßen, überallhin zu wandern und sogar den Hang zu verlassen. Die Welt war ihm grenzenlos erschienen ...

Aber dann ...

Er erinnerte sich immer noch ziemlich gut an den Moment, als er den schmalen Pfad durch einen Bambus-Wald hinter sich gebracht hatte – ein Weg wie zwischen den Mauern einer Kathedrale, die so hoch war, daß sie den Mond selbst zu erreichen schien, und so schmal, daß gerade ein Mann darauf vorankommen konnte ... Und plötzlich hörte der Wald einfach auf und spuckte ihn auf eine schüsselförmige Senke unter einem strahlend blauen Himmel aus. Vor ihm lag ein Mulch-See, an der Flanke eines Berges ruhend und rings herum von Felsen umgeben.

Was er in jenem Moment des verwirrenden Übergangs von einer Welt in die andere empfunden hatte, war mehr als nur Erleichterung darüber gewesen, der Enge zwischen den Bäumen entronnen zu sein. Ein Gefühl der Offenheit hatte seinen Geist erfüllt und für einen Moment seine Sicht geschärft. Die Ruinen der Buyur-Strukturen erschienen ihm in ungewohnter Klarheit, und er schaute sie so, wie sie sich vor langer Zeit stolz und strahlend erhoben hatten.

Und für die Dauer weniger Herzschläge hatte der junge Jäger sich hier zu Hause gefühlt.

In jenen Momenten hörte er auch zum ersten Mal die Stimme der Spinne, die ihn zu beschwatzen, zu verlocken oder mit Argumenten dazu bewegen wollte, mit ihr einen Handel einzugehen. Wenn er sich einverstanden erklärte, würde er zwar aufhören zu leben, dafür aber niemals sterben. Er dürfe dann eins werden mit der glorreichen Vergangenheit und die Spinne auf ihrer Reise durch die Zeit begleiten.

Als er jetzt unter dem Licht der Sterne durch den Sumpf watete, versuchte er, wieder dieses Gefühl der Offenheit zu erhalten. Seine Nase und sein Tastsinn sagten ihm, daß auch hier einmal eine Buyur-Stadt gestanden hatte, deren gewaltige Türme einst die Wolken durchstoßen hatten und noch prächtiger gewesen waren als die in der Bergsenke. Die hiesige Mulch-Spinne hatte die Zerstörung fast abgeschlossen. Kaum noch etwas war zum Niederreißen oder Auflösen übriggeblieben ... und dennoch spürte er, wo und wann sich einmal was befunden und erhoben hatte.

Da drüben eine Reihe von reinweißen Obelisken, die die Sonne begrüßt hatten und in ihrer mathematisch präzisen Ausrichtung mysteriös und pragmatisch zugleich erschienen waren.

Und auf der anderen Seite waren Buyur einmal eilig, trödelnd, wichtigtuerisch oder in Gedanken versunken durch eine Geschäftsstraße gelaufen, wo es die erlesensten Waren zu kaufen gab.

Hinten, an dem durchsichtigen Brunnen, hatten Buyur-Philosophen sich mit einer Vielzahl von Fragen beschäftigt, die jenseits seines Verstehens lagen. Und aus dem Himmel landeten Handelsschiffe von zehntausend Welten.

Auf den breiten Straßen hörte man ein Gewirr von Stimmen.

Nicht nur von Buyur, sondern von allen Völkervarianten im gesamten Universum.

Sicher hatten die Buyur hier eine wunderbare Zivilisation errichtet, die aber gleichzeitig den Planeten erschöpft hatte, war er doch gezwungen, mit seinem Fleisch allen Fortschritt zu ernähren. Nach einer Million Jahre Besiedlung durch die Buyur benötigte Jijo dringend eine Ruhephase. Und die Mächte der Weisheit ermöglichten sie dieser Welt auch. Die Mieter zogen ab, die Türme zerfielen, und eine neue, andere Lebensform trat an ihre Stelle – eine, deren Bestimmung darin bestand, alle Narben zu entfernen.

Diese Lebensform kannte die Hektik der Vorbewohner nicht und besaß unendliche Geduld …

…?
Ja?
Wer … geht …?

Einzelne Wortfetzen zogen durch Dwers Geist – noch zögerlich.

Wer ruft … wer weckt mich … wer stört mein schläfriges Nachdenken?

Der Jäger wollte aus einem ersten Impuls heraus alles als pure Einbildung abtun. War nicht sein Nervenkostüm noch immer davon in Mitleidenschaft gezogen, den Roboter über die Wasserläufe tragen zu müssen? Nach einer solchen Behandlung waren Halluzinationen und andere Sinnestäuschungen vollkommen normal, ganz zu schweigen von den letzten Tagen, in denen er durchgehend gehungert hatte. Hinzu kam seine natürliche Abwehr gegen Einzigartige, und er war nur zu bereit, die Stimme der Mulch-Spinne als Phantasterei abzutun.

Wer ist hier eine Phantasterei?

Etwa ich, die ich in aller Majestät ganze Imperien überdauere?
Oder vielleicht viel eher du, du Eintagsfliege, die in einem Zeitraum lebt und stirbt, den ich normalerweise für einen kleinen Traum benötige?

Der Jäger blockierte seinen Geist gegen die Stimme, um ihr nicht das Gefühl zu geben, sie wahrzunehmen und damit anzuerkennen. Nicht einmal flüchtig durfte er das tun. Vorher mußte er sich absolut sicher sein. Vorsichtig watete er weiter und hielt nach den Ranken und Kabeln Ausschau, die er vor Stunden aus seinem Versteck in den Dünen beobachtet hatte. Eine kleine Erhebung schien dafür in Frage zu kommen. Sie war zwar von Vegetation überwuchert, aber in ihren Umrissen viel zu ebenmäßig. Das mußten die Überreste einer Ruine sein. Und tatsächlich versperrten Dwer dort dicke Ranken den Weg. Einige hatten den Umfang seines Handgelenks, und alle bedeckten sie dieses Überbleibsel der Buyur-Kultur. Seine Nase fing auch gleich vom Gestank jener Korrosionsflüssigkeit an zu jucken, die von den Kabeln herantransportiert wurde.

»He, das ist doch ein Mulch-Sumpf. Wir laufen ja direkt in eine Spinne hinein!«

Dwer nickte und bestätigte wortlos Retys Beobachtung. Wenn sie es hier nicht mehr aushielt, sollte es ihm auch recht sein, sie kannte ja den Weg zurück.

Mulch-Spinnen waren am Hang keine Seltenheit. Junge Leute unternahmen gern Mutproben, indem sie in das Gewirr der Ranken stiegen. Das Schlimmste, was einem dabei widerfahren konnte, war, sich die Haut zu verätzen, und das auch nur, wenn man sich besonders unvorsichtig anstellte. Hin und wieder war jedoch auch ein Kind dort ums Leben gekommen, als es zu tief in das Dickicht eingedrungen war und sich nicht mehr hatte befreien können. Dennoch bestand die Faszination immer noch, die von solchen Stätten ausging, und die Jugendlichen hofften, darin irgendein Buyur-Relikt aufzustöbern, das noch nicht restlos zerstört war.

Viele Sagen rankten sich um diese Wesen, deren Körper aus den Kabeln bestanden. Man erzählte sich sogar, sie würden zu bestimmten Auserwählten sprechen. Allerdings war Dwer noch nie jemandem begegnet, der zugab, eine solche Erfahrung bereits gemacht zu haben. Und erst recht hatte er noch nie jemanden über eine Mulch-Spinne mit dem Namen Einzigartige reden hören, die Opfer anlockte, um sie in Kokons zu konservieren, die aus ihren gehärteten Säften angefertigt waren.

Du bist ihr tatsächlich begegnet?
Einzigartiger, der verrückten Spinne in den Bergen?
Du hast wirklich Gedanken mit ihr ausgetauscht?
Und hast dich nicht von ihr einfangen lassen?
Wie überaus interessant …
Für eine Eintagsfliege besitzt du ungewöhnlich klare Geistmuster.
Das findet man selten unter den Kurzlebigen.
Du bist etwas ganz Besonderes.

Ja, so hatte Einzigartige auch zu ihm gesprochen. Zwischen diesen Wesen schien eine gewisse Übereinstimmung zu bestehen. Oder aber Dwers Phantasie machte es sich etwas zu einfach.

Als die Stimme sich wieder meldete, klang sie ein wenig pikiert.

Du schmeichelst dir also mit dem Glauben, dir Wesenheiten einbilden zu können … sogar so erhabene Wesen wie mich!
Ich muß allerdings zugeben, daß du für ein Übergangswesen doch einige Faszination auf mich ausübst.

Du willst also einen handfesten Beweis für mich
objektive Realität?
Wie soll ich mich dir denn beweisen?

Der Jäger hütete sich davor, darauf direkt zu antworten, und hielt seine eigenen Gedanken tunlichst verborgen. Ganz beiläufig dachte er dann, es wäre doch interessant, einmal zu sehen, wie die Ranken direkt vor ihm sich bewegten.

So als könntest du ihnen gebieten?
Was für eine drollige Vorstellung.
Aber gut, warum nicht?
Komm in fünf Tagen wieder hierher.
Nach diesem wirklich winzigen Zeitraum wirst du feststellen, daß sie alle ihre Position verändert haben.

Dwer kicherte, aber nur in Gedanken.

Wie, das ist dir zu langsam, mein übermütiger Freund?
Du willst schon einmal eine Mulch-Spinne gesehen haben, die sich rascher bewegen konnte?
Ach, das war doch nur diese vollkommen vertrottelte Einzigartige, die die Isolation, die dünne Höhenluft und die Nahrung, die ausschließlich aus PSI-getränktem Stein bestand, endgültig blödsinnig gemacht hat.
Einzigartige ist ihrer Besessenheit von der Sterblichkeit und der Natur der Zeit anheimgefallen.
Sicher wirst du doch nicht von mir erwarten, mich einer ähnlich unziemlichen Hast zu befleißigen.

Ähnlich Einzigartiger vermochte auch diese Spinne Dwers Erinnerungen und Gedanken anzuzapfen, und sie benutzte das dort

Vorgefundene, um daraus kunstvolle Sätze zu bilden, wie der Jäger selbst sie nie zustande gebracht hätte. Aber Dwer war nicht so dumm, sich mit dieser Entität auf einen Wortwechsel einzulassen. Daher drehte er sich um und tat so, als wolle er den Sumpf wieder verlassen.

So warte doch!
Du interessierst mich sehr.
Die Gespräche, die wir untereinander führen, verlaufen immer so schlaff.
Man könnte auch sagen, sie sind starr und drehen sich nur um das Eine: Wir stellen endlose Vergleiche über den Unrat an, den wir zu uns nehmen.
Und je älter wir werden, desto ermüdender verlaufen diese Konversationen …
Sag mir doch, gehörst du diesen hastigen Rassen an, die sich kürzlich auf dieser Welt niedergelassen haben, um in den Bergen ein erbärmliches Leben zu führen?
Die Wesen, die immer nur reden und reden, aber nie etwas erbauen?

Hinter ihm murmelte Rety: »Was ist denn eigentlich los?« Aber er gab ihr nur per Handzeichen zu verstehen, ihm weiter in die Ranken hinein zu folgen.

Bitte sehr, meinetwegen.
Aus einer Laune heraus werde ich dir deinen Wunsch erfüllen.
Ich bewege mich.
Ich rege mich, wie ich das schon in Äonen nicht mehr getan habe.
Sieh gut zu, kleine, nichtige Lebensform.
Jetzt gib Obacht!

Der Jäger drehte sich langsam um und sah etliche Kabel, die zuckten und sich drehten. Von Dura zu Dura wurden die Bewegungen lebhafter. Die Ranken zogen sich zusammen oder lösten sich von anderen, bis ein dicker Knoten entstanden war. Weitere Momente vergingen … dann glitt eine Spitze aus dem Wasser, stieg immer höher und tropfte wie ein Amphibienwesen, das sein Unterwasserheim verlassen hat.

Das war durchaus eine Bestätigung, und zwar nicht nur für die mentale Realität der Spinne, sondern auch für Dwers geistig gesunde Wahrnehmungsfähigkeit. Dennoch unterdrückte er jede aufkommende Erleichterung und verweigerte dieser Entität immer noch, sie anzuerkennen. Statt dessen sandte er allgemein Enttäuschung aus.

Ein junger Bambusschößling bewegt sich ebenso gut, wenn nicht besser, dachte er wie beiläufig; denn er hütete sich immer noch davor, einen Gedanken direkt an die Spinne zu richten.

Du vergleichst mich mit einem Bambus?
Einem Bambusschößling?
Du unverschämter Mistkäfer!
Nicht du bildest mich dir ein, sondern du bist nur eine nichtige Grille meiner Imaginationskraft!
Wahrscheinlich handelt es sich bei dir um nicht mehr als ein unverdautes Bröckchen Beton oder ein Stückchen schlechten Stahls, das mir unverdaut im Magen liegt und mir meine Träume verdirbt …

Nein, so warte doch!
Geh noch nicht!
Ich spüre, daß es da etwas gibt, das dich doch überzeugen könnte.
Sag mir, was es ist!

Erzähl mir, was ich anstellen soll, damit du mich anerkennst, und dann können wir ein wenig miteinander plaudern.

Dwer fühlte sich jetzt wirklich versucht zu reden und dem Wesen seine Wünsche deutlich zu machen. Aber nein, das durfte er eben nicht. Seine Erfahrungen mit Einzigartiger hatten ihn das Gegenteil gelehrt. Die Mulch-Spinne in den Bergen mochte verrückt gewesen sein, aber ihre Charakterzüge waren sicher mit denen ihrer Kollegin hier am Meer vergleichbar.

Der Jäger wußte, wie er das Spiel angehen mußte. Es kam vor allem darauf an, es der anderen Seite nicht zu leicht zu machen. Deshalb kleidete er seine Idee in die Form eines Tagtraums.

Als Rety ihn wieder zu unterbrechen versuchte, brachte er sie mit einer abrupten Handbewegung zum Schweigen, und fuhr gleich damit fort, sich vorzustellen, wie die Spinne es anstellen könnte, ihn von ihrer Realität zu überzeugen. Es ging dabei um etwas Bestimmtes, das Dwer sicher beeindrucken würde …

Ihre Antwort bestätigte ihm, daß dieses Vorhaben ihr ausgezeichnet gefiel.

Ehrlich?
Ja gut, warum nicht?
Der neue Abfall, auf den du anspielst, hatte mich schon ins Nachdenken versetzt.
Zwei große Haufen bearbeiteten Metalls und mit flüchtigen organischen Giften.
Es ist schon sehr lange her, daß ich mich um solche Essenzen kümmern mußte.
Ach so, du sorgst dich, dieser Unrat könne unvermittelt davonfliegen, um einen anderen Teil von Jijo zu vergiften, womöglich einen, an den der lange Arm von uns Mulch-Spinnen nicht hinreicht?

Du ängstigst dich sogar, dieser Müll könne niemals ordnungsgemäß entsorgt werden?
Dann beruhige dich wieder, mein verantwortungsbewußter kleiner Eintagsfliegerich.
Ich werde mich um alles kümmern.
Verlaß dich da ganz auf mich.

Alvin

ICH HATTE RECHT! Bei den Phuvnthus handelt es sich in Wahrheit um Erdlinge!

Bislang habe ich noch nicht herausfinden können, was ich mir unter den kleinen Amphibienwesen vorzustellen habe, aber bei den sechsbeinigen Metallmonstern bin ich mir hundertprozentig sicher: Das sind Delphine. Genau wie die, über die ich in *King of the Sea* und in *The Shining Shore* gelesen habe … nur daß diese hier sprechen können und Raumschiffe steuern! Wie ultracool!

Und hier gibt es auch Menschen.

Echte Sternenmenschen.

Na ja, wenigstens ein paar davon.

Ich habe die Menschenfrau getroffen, die hier das Sagen hat. Sie heißt Gillian. Neben einigem anderen hat sie auch ein paar nette Sachen über mein Tagebuch gesagt. Die Kommandantin hat mir sogar versprochen, für mich einen Literaturagenten zu finden und das Werk veröffentlichen zu lassen – natürlich nur, wenn sie jemals von hier fortkommen und dann auch noch zurück zur Erde finden.

Man stelle sich das nur einmal vor! Ich kann es kaum abwarten, Huck davon zu erzählen.

Allerdings erwartet Gillian von mir, ihr im Gegenzug einen Gefallen zu tun.

Ewasx

Oh, wie sie sich winden und Ausflüchte suchen!

Ist das etwa mit dem Weg nach unten zur Erlösung gemeint?

Manchmal beschließt eine zivilisierte Rasse, ihren Kurs zu ändern und sich dem Schicksal zu versagen, das ihr Klan und ihre Patrone für sie festgelegt haben. Die Zivilisation der fünf Galaxien sieht einige traditionelle Instanzenwege vor, um dies zu erwirken. Und wenn alles scheitern sollte, steht noch eine Möglichkeit offen, und zwar allen Rassen, ohne Ansehen ihrer Person: Die Straße, die zurückführt von der Sternenflug-Sapiens zur rein tierischen Existenz. Die Route zur Zweiten Chance. Ein Neuanfang unter einem neuen Patronat, das der betreffenden Spezies den Weg weist.

Soviel ist uns klar. Aber sieht dieser Pfad eine Zwischenstufe auf halbem Weg zwischen Zivilisiertheit und kreatürlichem Dasein vor? Eine Phase, in der die bereits devolvierte Rasse sich zu Anwälten, Diplomaten und Beratungsstellen entwickelt?

Die Gesandten der Sechsheit stehen jetzt vor uns und schwatzen uns mit Zitaten aus dem Galaktischen Gesetz voll, das sie aus ihren Heiligen Schriftrollen zu kennen vorgeben. Besonders der g'Kek-Emissär tut sich dabei hervor. Ja, Meine Ringe, genau derjenige, den ihr als Vubben identifiziert habt, ein »Freund und Kollege« aus jenen Tagen, als ihr noch Asx der Traeki gewesen seid. Oh, wie behende es dieser Sooner-Weise versteht, die Logik zu verzerren und sich darauf zu versteifen, daß sein Volk nicht verantwortlich zu machen sei für das, was seine Rasse unserem Klan per Gesetz und nach den Geboten der Vendetta schuldet. Eine Schuld, die nur durch die vollständige Auslöschung der g'Kek beglichen werden kann.

Der Senior-Priesterstapel an Bord unseres Schiffes besteht aber darauf, daß wir uns, um die Form zu wahren, diesen ganzen Unsinn anhören müssen, bevor wir damit fortfahren dürfen, unsere gerechte Rache zu nehmen. Doch die meisten Jophur auf der *Pol-*

kjhy stehen auf seiten unseres Kapitänführers, dessen Ungeduld über das Verhandlungsgeschwätz sich mit jedem pochenden Pulsschlag des wütenden Mulchkerns in neuem Dampf entlädt. Endlich schickt uns der Kapitänführer das Signal, die Gespräche zu beenden. Ja, zu uns, Meine Ringe, seinem getreuen Ewasx.

»GENUG!« unterbreche ich Vubben in der lauten Sprache der Oailie-Entschiedenheit. Seine vier Augenstiele erbeben entsetzt unter meinem harschen Befehl.

»EURE UNNÜTZE UND STREITSÜCHTIGE BEWEISFÜHRUNG BASIERT AUF UNGENÜGENDEN VORAUSSETZUNGEN!«

Wie starr stehen die Gesandten vor Mir und nehmen betreten Meinen Tadel entgegen. Dieses Schweigen ziemt sich für solche halben Tiere viel eher als das sinnlose Plappern. Endlich tritt die Weise der Qheuen, Messerscharfe Einsicht, vor und verbeugt sich mit ihrem blaugrünen Rückenpanzer.

»Dürfen wir erfahren, auf welche Voraussetzungen du anspielst?«

Unser Zweiter Erkenntnisring zuckt und windet sich. Ich kann ihn nur mit heftigen Schmerzstößen zur Ruhe zwingen und ihn daran hindern, mit Farbaufleuchten seine Rebellion kundzutun.

Beherrsch dich, befehle Ich und verstärke Meine Autorität über unsere einzelnen Bestandteile. *Versuch nie wieder, deinen ehemaligen Kameraden ein Signal zu senden. Solche Bemühungen führen nämlich zu gar nichts.*

Diese Minirebellion raubt Mir so viel Stärke, daß Ich Meine hochfeierliche Stimme nicht aufrechterhalten kann. Als Ich mich wieder an diese Halbgebildeten wende, klinge Ich fast so wie sie. Doch das schmälert nicht die Wichtigkeit Meiner Aussage.

»Die Falschheit eurer Voraussetzungen ist dreifacher Natur«, antworte ich der besonnenen Blauen Qheuen.

»Ihr geht davon aus, daß das Gesetz in den Fünf Galaxien immer noch seine Gültigkeit besitzt.

Ihr geht davon aus, daß wir uns immer noch an die Präzedenzfälle und Verfahrenswege der letzten zehn Millionen Jahre gebunden fühlen.

Und damit zu eurer blödsinnigsten und naivsten Voraussetzung: Ihr geht davon aus, daß wir uns zu irgend etwas verpflichtet fühlen sollten!«

Dwer

Dummerweise reichte es nicht, die Mulch-Spinne nur dazu zu verleiten, etwas zu tun. Der Jäger mußte sich auch in ihrer Mitte aufhalten und ihr Werk überwachen; denn dieses Wesen hatte nicht die geringste Vorstellung, was Schnelligkeit oder Eile bedeuteten.

Dwer spürte, wie die Spinne sich konzentrierte, wie sie ihre Säfte bewegte und ihre Kräfte zusammenzog, die sich über viele Meilen entlang der Riffküste hinzogen. Die Größe dieses Wesens war unvorstellbar, und in ihren Ausmaßen übertraf sie bei weitem die der Bergspinne, von der Rety und Dwer beinahe verschlungen worden wären. Dieses Ungetüm hier befand sich im letzten Stadium der Zerstörung einer gigantischen Stadt und näherte sich damit dem Höhepunkt seines Daseinszwecks. Es hatte seine Lebensaufgabe erfüllt. Vor ein paar Jahrtausenden noch hätte es den Jäger vermutlich schlicht ignoriert – so wie ein Handwerker bei der Arbeit das leise Kratzen einer Maus in einer Ecke nicht weiter beachtet. Doch da es für die Spinne nun nicht mehr allzuviel zu tun gab, hatte sich Langeweile ihrer bemächtigt, und da war sie dankbar für jede Abwechslung, die sie von ihrem Einerlei ablenkte, und sei es auch nur die Stimme einer »Eintagsfliege«.

Doch damit waren Dwers Fragen noch längst nicht alle beantwortet.

Warum war ich in der Lage, mit Einzigartiger zu kommunizie-

ren? Und jetzt auch noch mit dieser Spinne hier? Wir beide sind doch so verschieden voneinander – sind Wesen, die auf entgegengesetzten Planetenzyklen existieren und sich eigentlich nie begegnen dürften.

Seine Empfindsamkeit hatte sich verstärkt ... vielleicht eine Folge der Kraftfelder des Danik-Roboters, die ihm durchs Rückenmark gefahren waren, als er ihn getragen hatte. Aber das allein konnte es nicht sein – Dwers besondere Gabe mußte etwas mit seinem ausgezeichneten Jagdinstinkt zu tun haben.

Vielleicht Empathie – ein intuitives Gespür für die Bedürfnisse und Wünsche anderer Lebewesen.

Die Geheiligten Schriftrollen sprachen eher kryptisch von solchen Talenten, die sie PSI nannten. Sie wurden den Sechs Rassen nicht anempfohlen, mußten diese doch unter allen Umständen vermeiden, die Aufmerksamkeit des Alls auf sich zu ziehen. Daher hatte Dwer auch noch nie ein Wort darüber verloren, nicht einmal zu Sara, Lark oder seinem alten Lehrmeister Fallon – obwohl er vermutete, daß der alte Waldläufer sich längst so etwas gedacht hatte.

Ist mir so etwas schon einmal bei einer früheren Gelegenheit widerfahren? grübelte er, während der die Spinne weiter zur Tat antrieb. *Bislang habe ich immer geglaubt, meine Empathie sei passiver Natur. Daß sie mich in die Lage versetzte, den Tieren zu lauschen und sie so leichter zu jagen.*

Aber könnte es nicht sein, daß diese Kraft auch aktiv wird? Daß ich meine Beute auf subtile Weise beeinflußt habe? Wenn ich einen Pfeil abschieße, liegt es dann nur an meiner legendären Treffsicherheit, daß er stets sein Ziel findet? Oder manipuliere ich nicht zum Beispiel die Buschwachtel, so daß sie genau in die Flugbahn meines Geschosses fliegt? Schicke ich den Taniger nach links, damit mein Stein ihn auch trifft?

Diese Fragen lösten Schuldgefühle in ihm aus, und er empfand sein Jagdverhalten als zutiefst unfair.

Und? Was willst du jetzt tun? Hat deine Treffsicherheit dir nicht großen Ruhm eingebracht? Warum rufst du nicht alle Fische und Wasservögel herbei, damit sie sich um deine Beine versammeln und du sie nur noch einzusammeln brauchst?

Doch Dwer wußte, daß seine Gabe so nicht funktionierte.

Er schüttelte den Kopf, um sich auf die dringliche Aufgabe zu konzentrieren, die vor ihm lag. Direkt vor ihm erhoben sich zwei runde dunkle Silhouetten und verdeckten unregelmäßig das Sternenfeld am Himmel. Zwei Himmelsschiffe, die sich nicht von der Stelle bewegten und dennoch geheimnisvoller und bedrohlicher wirkten, je näher er ihnen kam. Der Jäger steckte einen Finger ins Wasser, leckte an dem Naß und verzog angewidert das Gesicht. Welches üble Gebräu ließen die Gleiter in den Sumpf ab?

Nun vernahmen seine sensiblen Ohren ein Geräusch, das aus dem größeren Schiff kam. Klopfen und Hämmern. Offenbar arbeitete die Besatzung rund um die Uhr, um die Schäden zu beheben. Trotz Retys Versicherungen glaubte er nicht so recht daran, daß mit dem neuen Tag ein Rothen-Sternenschiff über dem Marschland erscheinen würde, um den verlorenen Kameraden auf- und die Un-Traeki festzunehmen. Eher vermutete er, daß es genau umgekehrt kommen würde.

Was auch immer geschehen würde, er durfte nicht mit seinem Werk säumen.

Solange ich von den Weisen keine neuen Befehle erhalte, gehe ich so vor, wie Danel Orzawa es angeordnet hat.

Er sagte, wir müßten Jijo verteidigen.

Die Sternengötter gehören nicht hierher, genausowenig wie die Sooner. Nein, eigentlich noch weniger.

Der Ruf eines Schlammzaunkönigs bewegte den Jäger dazu, sich tiefer ins Wasser hinabzulassen.

Der Laut stammte von Rety, die sich erhöht in einer Buyur-Ruine am Rand der Dünen aufhielt und ihn damit warnen wollte. Er spähte auf die Fläche oberhalb der Schilfrohre und entdeckte ein glänzendes Gebilde – einen der Roboter, den die notgelandeten Traeki auf Patrouille geschickt hatten. Das Metallwesen schien gerade von seinem letzten Rundflug zurückzukehren.

Die Mulch-Spinne las die Nervosität in Dwers Gedanken und erkundigte sich neugierig nach der Ursache.

Neuer Abfall?

Der Jäger riß sich zusammen, tat so, als sei überhaupt nichts geschehen, und befahl dem Wesen, sich auf seine Arbeit zu konzentrieren.

Deinen Erinnerungen läßt sich entnehmen, daß es einer dieser Schwebemechanismen war, der meine Schwester in den Bergen gemordet hat.
Mag Einzigartige auch vollkommen vertrottelt gewesen sein, so blieb doch durch ihren Tod eine Menge Arbeit liegen, und das zu einem sehr ungünstigen Zeitpunkt.
Wer wird sie nun für sie vollenden?

Diese Frage war nicht so einfach von der Hand zu weisen. Und so antwortete Dwer der Spinne jetzt direkt.

Wenn wir diese Krise heil überstehen, werden die Weisen eine Mulch-Knospe im alten See von Einzigartiger aussetzen. So verlangt es nämlich unser Gesetz. Indem wir dabei mithelfen, Jijo von seinen Buyur-Resten zu säubern, lassen wir Generation um Generation diese Welt etwas sauberer zurück. Damit wollen wir den Schaden etwas mildern, den wir diesem Planeten zufügen. Die Schriftrollen sagen, auf diese Weise würde auch unsere Strafe geringer ausfallen, sobald die Richter gekommen sind.

Mach du dir aber jetzt keine Gedanken um den Roboter. Du hast ein viel wichtigeres Ziel vor dir. Dort drüben, bei dem größeren Schiff, findest du in der Hülle einen Riß, eine Öffnung …

Der Jäger spürte, wie sich seine Nackenhaare aufstellten. Er tauchte noch tiefer ins Wasser, als das prickelnde Gravofeld immer näher kam. Offenbar handelte es sich bei diesem Roboter um ein viel stärkeres Modell als der Automat, den er in dem Sooner-Dorf beinahe deaktiviert hätte – und der jetzt immer noch feige in seinem Sandloch hockte und es Rety und Dwer überließ, gegen den Feind vorzugehen.

Er duckte sich wie ein Tier und versuchte sogar, wie eines zu denken, während das Summen über ihn hinwegschwebte und die Wasseroberfläche anspannte, bis sie wie eine Qheuentrommel zitterte. Der Jäger schloß die Augen, und schon sah er sich einer ganzen Flut von Bildern ausgesetzt: Funken, die aus einer ursischen Schmiede flogen; ätzender Auswurf, der über ein untergegangenes Dorf hinwegfegte; Sternenlicht, das auf dem Rücken eines seltsamen Fisches funkelte, dessen Maul ein Grinsen wie das von Schmutzfuß zeigte ...

Das unheimliche Gefühl ließ nach. Dwer öffnete die Augen einen Spalt weit und sah, wie die stämmige Drohne sich nach Osten über eine phosphoreszierende Linie im Wasser bewegte und dann zwischen den Dünen verschwand.

Neue Ranken und Kabel erreichten das größere Himmelsboot, versammelten sich an seiner Basis und schickten vorsichtig Ableger die Flanken hinauf. Dwers ganzer verrückter Plan basierte auf einer recht unsicheren Annahme – daß nämlich die Verteidigungsanlagen des Gleiters stark beschädigt waren und seine Sensoren nur auf Unorganisches wie Metall oder Energiequellen ansprachen; denn normalerweise stellten Pflanzen oder wilde Tiere für die dicke Hülle des Schiffes keine Gefahr dar.

Hier hinein?

Die Spinne schickte mit der Anfrage Bilder von einem gezackten Loch, das in die Seite des Un-Traeki-Boots gerissen war ... Kunn hatte sich bei dem Luftkampf zur Wehr gesetzt und selbst dann, als sein Gleiter schon längst in Brand geschossen war, einen Gegentreffer erzielen können. Die Szene, die der Jäger empfing, schien aus einem Traum zu stammen. Vieles fehlte, und nur die wesentlichen Details waren vage zu erkennen. Dafür erhielt er aber ein mächtiges Gefühl von Substanz. Die Spinne interessierte sich nicht dafür, wie die Maschinen der Galaktiker funktionierten, sondern nur dafür, aus welchen Materialien sie bestanden – und welcher Saftmischungen es bedurfte, um diese Verletzung von Jijos Brache möglichst effektiv zu beseitigen.

Ja, genau dort hinein, antwortete Dwer. *Und natürlich über die gesamte Hülle. Mit Ausnahme der transparenten Sichtkuppel.*

Schließlich sollten die Insassen nicht vorzeitig gewarnt werden, wenn sie entdecken mußten, daß ihre Fenster von Ranken verdeckt wurden. Es reichte, wenn sie das morgen früh entdeckten. Und wenn Jafalls nicht anders entschied, würde es dann für sie zu spät sein.

Vergiß nicht ... begann er, aber die Spinne ließ ihn nicht ausreden.

Ich weiß. Nur die stärksten Arme soll ich einsetzen.

Mulch-Monofiber stellte das belastbarste Material dar, das die Sechsheit kannte. Der Jäger hatte einmal mit eigenen Augen gesehen, wie man mit einem einzigen Seil aus diesem Gewebe die Gondeln der Bergbahn vom Vulkan Guenn bewegte und sie die gesamte Höhe hinaufzog. Allerdings war anzunehmen, daß die Sterngötter über Werkzeuge oder Stoffe verfügten, diese Ranken zu durchtrennen oder aufzulösen. Deshalb sollten sie ja auch nicht mit der Nase auf diesen Angriff gestoßen werden.

Die Zeit verging. Im Schein des Mondes schien der ganze Sumpf lebendig zu werden. Überall raschelte es, glitt etwas leise plätschernd durchs Wasser oder rauschte durch Blattwerk. Immer mehr Kabel vereinten sich zu einer Masse, die sich um das Himmelsboot verknotete. Schlangengleich glitten sie an ihm vorüber, doch heute spürte er nicht die entsetzliche Angst vor der Berührung wie damals, als er mit Einzigartiger in Kontakt gestanden hatte.

Es kommt eben immer darauf an, was eine solche Spinne vorhat.

Irgendwie hatte er das Gefühl, daß diese Entität ihm nichts antun wollte.

In unregelmäßigen Abständen ahmte Rety einen Tierruf nach und warnte ihn so vor dem Roboter. Der Jäger sorgte sich, daß der Automat seinen Danik-Kollegen in den Dünen aufspüren könnte. Der feige Kerl hatte sich zwar tief im Sand eingegraben, aber ob er sich damit für den Roboter unsichtbar machen konnte? Wenn der Wächter Alarm gab, würden die Jophur nach draußen kommen und den Sumpf mit ihrem künstlichen Licht taghell erleuchten.

Der Jäger bewegte sich langsam um ein Gleiter herum, um seine Länge auszumessen. Doch während er seine Schritte zählte, drifteten seine Gedanken zu den Grauen Hügeln, wo Lena Strong und Jenin Worley sicher gerade alle Hände voll zu tun hatten, Retys alte Bande mit den überlebenden ursischen Soonern zusammenzubringen, um einen gemeinsamen Stamm zu schmieden.

Ganz gewiß keine leichte Aufgabe, aber wenn jemand es schaffen kann, dann diese beiden.

Die beiden Frauen taten ihm leid. Ohne Danel Orzawa mußten sie sich recht einsam fühlen.

Vor allem, seit ich auch noch von der Rothen-Maschine verschleppt worden bin. Vermutlich halten sie mich ebenfalls für tot.

Jenin und Lena besaßen wenigstens Danels Vermächtnis in Form von Büchern und Werkzeugen, um sich zu behelfen. Außerdem war noch eine ursische Weise bei ihnen. Wenn sie nicht von außen gestört wurden, konnten sie es vielleicht schaffen. Und Dwers Aufgabe bestand darin, sie vor allen unangenehmen Überraschungen zu bewahren, die am Himmel auftauchten.

Ihm war natürlich klar, daß seine Pläne auf vielen Unwägbarkeiten beruhten. Wenn Lark jetzt hier gewesen wäre, hätte er sich bestimmt etwas Schlaueres einfallen lassen.

Aber nun bin eben ich zur Stelle. Dwer, der Junge, der in der Wildnis zu Hause ist. Viel Glück, Jijo, du hast es dringend nötig.

Die Spinne meldete sich wieder bei ihm, als er sich auf der anderen Seite des notgelandeten Gleiters befand und vor sich eine Rampe entdeckte, die zur geschlossenen Schleuse hinaufführte.

Auch hier hinein?

In seinen Gedanken erschien ein weiteres Bild von der Öffnung in der Flanke des Gleiters. Mondlicht schien durch das Loch in der Hülle. Der rußbedeckte Maschinenraum mit seinen vielen Apparaten wirkte jetzt noch beengter, als Ranke um Ranke hineindrang. Schon sonderten die Reben ihren säurehaltigen Nektar ab. Doch die Spinne wollte ihm etwas anderes zeigen und zeigte dem Jäger die gegenüberliegende Wand.

Ein Spalt war dort zu erkennen, durch den Licht drang. Nicht gelbes von der Innenbeleuchtung, sondern grellblaues.

Vermutlich ist das Himmelsboot nicht einmal mehr luftdicht.

Zu schade, daß den Jophur das nicht oben in den Bergen zugestoßen war. Traeki haßten nämlich die Kälte. Ein Gletscherwind, der durch das Schiff piff, wäre jetzt genau das Richtige gewesen.

Nein, antwortete er der Spinne. *Begib dich nicht in das Leuchten … noch nicht.*

Die Stimme meldete sich wieder und schien ein ernstes Anliegen zu haben.

Meinst du … dieses Licht könnte mich bei meiner Arbeit behindern?

Dwer glaubte, es sei besser, die Spinne in dem Glauben zu belassen – und irgendwie entsprach das ja in etwa der Wahrheit.

Genau. Das Licht würde dich behindern.

Dann wurden seine Gedanken von einer Bewegung südöstlich von ihm abgelenkt. Eine Gestalt bewegte sich dort heimlich durch das Wasser und achtete darauf, den Ranken nicht zu nahe zu kommen.

Rety! Verdammt, du solltest doch eigentlich Wache halten!

Für ihre Impulsivität hatte sie sich wirklich einen denkbar schlechten Augenblick ausgesucht. Der größere Mond würde in weniger als einer Midura aufgehen, und dann mußten sie beide von hier verschwinden, ehe die Un-Traeki entdeckten, was ihnen und ihrem Schiff gerade widerfuhr.

Der Jäger bewegte sich auf das Mädchen zu, und die Reben und Kabel wichen höflich vor ihm zur Seite. Rety wollte anscheinend zu dem anderen Himmelsboot, dem einstmals mächtigen Gleiter, in dem Kunn über dem Riff Bomben abgeworfen hatte, um irgendeinen mysteriösen Gegner aufzuscheuchen. Dwer und Rety hatten von den Dünen aus zugesehen, wie der schlanke Himmelspfeil abgeschossen wurde und schwer hier im Sumpf niederging. Wenig später hatten die Jophur die beiden Insassen gefangengenommen.

Das könnte uns beiden auch zustoßen.

Mehr als zuvor bedauerte er jetzt, ihren ursischen »Gatten« zurückgelassen zu haben – den kleinen Hengst, der es verstand, sie immer wieder auf den Boden der Tatsachen zurückzuholen.

> *Wenn ich noch einmal auf das behindernde Licht zu sprechen kommen dürfte.*
> *Ich dachte, du würdest es gern erfahren.*
> *Um dieses Problem kümmere ich mich gerade.*

Dwer verdrängte die Geistberührung durch die Spinne, weil er gerade offenes Terrain durchqueren mußte und sich wie auf dem Präsentierteller fühlte. Er beruhigte sich etwas, als er zu zwei kleinen, schilfbewachsenen Erhebungen huschte und dahinter Deckung fand. Hier konnte man ihn vom Gleiter der Un-Traeki aus nicht sehen. Aber der Wächter patrouillierte hier noch irgendwo herum. Da sein Ausguck sich verabschiedet hatte, mußte der Jäger sich auf seine Jagdinstinkte verlassen.

Während er durch eine tiefere Stelle watete und das Wasser ihm bis zur Brust reichte, lief ihm ein Schauer über den Rücken.

Jemand beobachtet mich.

Dwer drehte sich langsam um und erwartete schon, in die Waffenrohre des gesichtslosen Killers zu blicken. Aber kein Roboter schwebte direkt über dem Schilf. Statt dessen starrten ihn Augen aus dem Reet auf einer der Inselchen an, das früher einmal vielleicht das Haus einer Buyur-Familie gewesen war. Und er erkannte scharfe Zähne und ein breites Grinsen.

Schmutzfuß!

Der Noor hatte ihn wieder einmal aus der Fassung gebracht.

Eines Tages werde ich dir all die Male heimzahlen, in denen du mir einen Riesenschrecken eingejagt hast!

Sein unwillkommener ständiger Begleiter war nicht allein. Er hielt ein kleines Wesen zwischen den Pfoten. War der Noor auf Jagd gegangen und erfolgreich gewesen? Es bewegte sich nicht, aber seine grünen Augen drückten kühles Interesse aus. Schmutzfuß schien den Jäger mit seinem Grinsen auffordern zu wollen zu erraten, wer sein neuer Freund wohl sein mochte.

Dwer hatte aber weder Zeit für Spielchen noch Lust dazu. »Viel Spaß miteinander«, murmelte er, setzte seinen Weg fort und stieg das schlammige Ufer hinauf. Er hatte gerade ein Hindernis umgangen und suchte in den Schatten des Rothen-Schiffes nach Rety, als hinter ihm ein lauter Knall ertönte. Er ließ sich gleich fallen und ging in Deckung, während großes Getöse an sein Ohr drang. Vorsichtig hob er den Kopf und sah zu dem Jophur-Gleiter hinüber.

Die Flanke, die er erkennen konnte, schien unbeschädigt zu sein. Wie eine glänzende Himmelskutsche lag das Boot da, bereit, seine Sternengötter sofort hinaufzutragen.

Doch dann flog die Luke oberhalb der Rampe auf und setzte Wolken von Rauch frei, die wie böse Geister durch die Nacht fuhren.

Das Problem ist gelöst.

Die Stimme der Spinne klang zufrieden und sogar stolz.

Gestalten tauchten in den Rauchschwaden auf, taumelten die Rampe hinunter und schnauften, als stünden sie kurz vor dem Erstickungstod. Der Jäger zählte drei Un-Traeki ... und dann folgten ihnen Zweibeiner, die sich gegenseitig stützten, während sie dem beißenden Qualm zu entkommen versuchten.

Was aber dann kam, drohte Dwer den Magen umzudrehen – einzelne Wülste, abgetrennte Traeki-Ringe, abgeschnitten von der Wachsverbindung, die sie einmal zusammengefügt und zu sapienten Wesen vereint hatte.

Ein großer Wulst bahnte sich seinen Weg aus dem Chaos, stapfte ohne Führung oder Richtung umher, hinterließ eine breite Spur aus Schleim und silbernen Fäden und fiel dann von der Rampe direkt in Sumpfwasser. Der nächste Ring torkelte ziellos hin und her, während seine Augen panisch in alle Richtungen gleichzeitig zu blicken versuchten, bis das Gebilde schließlich von den schwarzen Schwaden verschluckt wurde.

Soviel Gewalt und Entschlossenheit habe ich schon lange nicht mehr angewendet – nicht seit den frühen Tagen, als noch funktionsfähige Buyur-Maschinen mitunter versuchten, sich zu verstecken und zwischen den Ruinen für Nachwuchs zu sorgen. Damals waren wir Mulch-Spinnen noch viel heftiger und stürmischer, wir Agenten der Zerstörung.
Die langen Jahrhunderte der geduldigen Erosion setzten erst viel später ein.

Erkennst du nun, wie effizient wir sein können, wenn wir einen Grund dafür spüren?
Und wenn wir uns eines aufmerksamen Publikums sicher sein dürfen?
Wirst du mich jetzt endlich anerkennen, du einzigartige junge Eintagsfliege?

Dwer sprang auf und rannte, als ginge es um sein Leben. Es kümmerte ihn nicht mehr, daß er dabei Lärm machte und Schlammwasser aufspritzte.

Der Rothen-Aufklärer war nur noch ein Wrack, zerbrochen in der Mitte und mit zerborstenen Flügeln. Als er die offenstehende Luke fand, stürmte er gleich hinein. Der Metallboden fühlte sich unter seinen nackten Füßen kalt und fremd an.

Das Mondlicht vermochte nicht, in das Innere zu dringen, und so brauchte der Jäger eine Weile, bis er Rety in einer Ecke hörte, wo sie »Schätze« aus einem Schrank riß und sie in einen Beutel stopfte.

Was sucht sie denn hier? Etwas zu essen? nach all den Sterngötter-Giften, die bei der Bruchlandung hier vergossen worden sind?

»Dafür haben wir jetzt keine Zeit!« rief er. »Wir müssen hier raus und so weit wie möglich fort!«

»Laß mir nur noch eine Dura«, entgegnete das Mädchen. »Ich weiß, daß es hier irgendwo sein muß. Kunn hat es in einem dieser Regale aufbewahrt.«

Der Jäger drehte den Kopf und spähte durch die Luke nach draußen. Der Roboter war wieder aufgetaucht. Er schwebte über den Un-Traeki im Schlamm und richtete seine Scheinwerfer auf sie. Der Rauch trieb jetzt auch zu Dwer heran. Ein süßlicher Geruch kam mit ihm, der den Jäger nach einem Moment zum Würgen brachte.

Dann drangen neue Geräusche heran. Eine Serie von harten metallischen Tönen. Schnurgerade Linien entstanden auf dem Wasser, als hunderte Kabel strammgezogen wurden, die das Jophur-Schiff wie die Halteleinen eines Festivalzelts auf allen Seiten umgaben. Einige Ranken rissen unter der Anspannung und schnellten wie Peitschen durch den Sumpf. Eine dieser abgetrennten Reben fuhr mitten durch einen überlebenden Ringstapel und schleuderte die oberen Wülste durch den Sumpf. Die untere Hälfte taumelte hilflos umher. Die anderen Un-Traeki traten sofort die Flucht an und verschwanden tief im Sumpf.

Der Roboter setzte sich in Bewegung. Sein Scheinwerfer verengte sich zu einem dünnen Strahl und schnitt Ranke um Ranke durch. Aber er kam viel zu spät und war viel zu langsam. Der Schlamm unter dem Gleiter war bereits unterminiert, und schon versank es in der Tiefe. Gurgelnd ergoß sich Schlick in die offenstehende Luke.

»Ich hab's!« rief Rety und klang zum ersten Mal wirklich fröhlich. Sie eilte zu Dwer an die Tür und hielt ihren Schatz an die Brust gepreßt – ihren Metallvogel. Seit er ihn zum ersten Mal gesehen hatte, hatte das arme Ding einiges mitmachen müssen. So viele hatten an ihm herumfuhrwerkt, daß von seiner ursprünglichen Form kaum noch etwas übriggeblieben war.

Bloß ein verdammter Roboter! dachte der Jäger nach einem Blick auf die bloßgelegten Metallteile. Das jafallsverfluchte Gerät hatte mehr Ärger verursacht, als es eigentlich wert war. Doch für Rety stellte der Vogel immer noch ein Symbol der Hoffnung dar. Der erste Sendbote für ihr zukünftiges Leben in Freiheit.

»Nun komm schon!« drängte er. »Dieses Wrack ist der einzige Zufluchtsort weit und breit. Die Überlebenden werden es sicher bald aufsuchen. Wir müssen dringend fort von hier!«

Auf dem Weg zurück durch den Sumpf lächelte das Mädchen unentwegt und war ganz Freundlichkeit. Sie folgte ihm mit der Willfährigkeit von jemandem, für den kein Anlaß mehr zum Rebellieren besteht.

Dwer sagte sich, daß er auch Grund zur Freude hatte. Sein Plan war noch besser verlaufen, als er gehofft hatte. Dennoch spürte er in sich nur Leere.

Vielleicht liegt das ja daran, daß ich verwundet und geschunden wurde, daß ich am Ende meiner Kräfte angelangt bin und daß ich vor Hunger nicht mehr klar denken kann. Möglicherweise bin ich einfach zu erschöpft, um noch etwas empfinden zu können.

Es könnte aber auch sein, daß mir ein Teil an der Jagd nie Spaß gemacht hat.

Das Töten nämlich.

Sie hatten die beiden Gleiter hinter sich gelassen und ein Dickicht erreicht. Dwer hielt gerade nach dem günstigsten Weg zurück zu den Dünen Ausschau, als ihn eine Stimme ansprach.

»Hallo, ich glaube, wir sollten uns unterhalten.«

Dwer war der Spinne wirklich zu Dank verpflichtet. Er schuldete ihr das Gespräch, das sie sich gewünscht hatte, und sollte ihr endlich die überfällige Anerkennung zukommen lassen. Aber selbst dafür fühlte er sich zu erledigt.

Nicht jetzt, teilte er ihr mit. *Später, das verspreche ich dir, falls ich diese Nacht überlebe.*

Aber die Stimme gab nicht auf. Und nach einer Weile bemerkte der Jäger, daß die Worte nicht direkt in seinem Kopf entstanden, sondern von draußen an sein Ohr drangen. Und auf merkwürdige Weise kam die Stimme ihm vertraut vor. Er erkannte jetzt auch, daß sie sich direkt über ihm befand.

»Hallo? Ihr Menschen dort im Sumpf ... könnt ihr mich verstehen?«

Danach klang die Stimme gedämpft, als wende der Sprecher sich zur Seite und an jemanden, der neben ihm stand.

»Seid ihr sicher, daß das auch funktioniert?« fragte die Stimme.

Dwer war so verwirrt, daß er wider besseres Wissen antwortete.

»Woher soll ich wissen, was funktioniert und was nicht? Wer, um alles auf der Welt, bist du?«

Die Stimme schien sich jetzt wieder direkt an ihn zu richten und klang ziemlich aufgeregt.

»Oh, toll! Wir haben Kontakt. Ist ja super. Echt cool.«

Der Jäger entdeckte jetzt, von wo die Worte kamen. Schmutzfuß hockte über ihm, offensichtlich fest entschlossen, ihm auch hier und jetzt das Leben schwerzumachen. Und natürlich hatte er seinen neuen Spielgefährten mitgebracht – den kleinen Kerl mit den leuchtenden grünen Augen.

Er hörte, wie Rety neben ihm keuchte, und dann fiel es ihm wie Schuppen von den Augen: Schmutzfuß' neuer Freund sah ihrem Metallvogel zum Verwechseln ähnlich!

»Also gut«, knurrte Dwer, weil seine Geduld mit den endlosen Streichen des Noors endgültig erschöpft war. »Ich lasse dich hier einfach stehen und drehe mich nicht einmal mehr nach dir um, wenn du mir nicht sofort sagst, was hier eigentlich gespielt wird.«

Das Wesen mit den grünen Augen stieß ein tiefes Rumpeln aus, das für ein so kleines Ding doch reichlich machtvoll klang. Dwer blinzelte, weil dieses Geräusch sich ganz wie das Räuspern eines Hoon angehört hatte.

»Hrrrmph ... also gut, fangen wir doch einfach damit an, daß ich mich vorstelle.

Meine Eltern haben mir den Namen Hph-wayuo gegeben.

Aber ihr dürft mich Alvin nennen.«

Personenverzeichnis

➢ **Alten, die** – allgemeiner Ausdruck für die Rassen »im Ruhestand«, die sich in die Fraktalwelt zurückgezogen haben.

➢ **Alvin** – der von ihm selbst gewählte (terranische) Spitzname von Hph-wayuo, einem jugendlichen Hoon aus dem Dorf Wuphon.

➢ **ASX** – Mitglied des Hochrates der Weisen auf Jijo; er vertritt darin die Traeki-Rasse.

➢ **Baskin, Gillian** – Agentin des terranischen Terragens-Rates und Ärztin, die umständehalber auf dem mit Delphinen bemannten terranischen Erkundungsraumschiff *Streaker* als Kapitän fungiert.

➢ **Besh** – Danik an Bord des Rothen-Schiffes, die bei der Sprengung der unterirdischen Außenstation ums Leben kam.

➢ **Brookida** – delphinischer Metallurg an Bord der *Streaker.*

➢ **Cambel, Lester** – Mitglied des Hochrats der Weisen auf Jijo; er vertritt darin die terranische Rasse.

➢ **Chuchki** – delphinischer Maschinenmaat an Bord der *Streaker.*

➢ **Creideiki** – Delphin und früherer Kapitän des terranischen Raumschiffs *Streaker*; ging vor einigen Jahren während der Operationen auf der Welt Kithrup verloren.

➢ **Dedinger** – menschlicher Fundamentalist, dessen Ziel darin besteht, alle Rassen auf Jijo der Devolution zuzuführen, damit sie den Zustand der Unschuld erlangen und so für einen neuen Großen Schub zur Verfügung stehen; auch der »Wüstenprophet« genannt.

➢ **Dwer** – Sohn des Papiermachers Nelo Koolhan und Oberpfadfinder der Gemeinschaft der Sechs Rassen auf Jijo.

➢ **Einzigartige** – uralte Mulchspinne, die dazu geschaffen wurde, eine Buyur-Ruine hoch in den Rimmers-Bergen zu destrukturieren und aufzulösen; sie gilt als verrückt und hat, statt zu zerstören, eine Sammlung von alten Artefakten angelegt.

➢ **Emerson d'Anite** – terranischer Bordingenieur, der einmal zur Besatzung des Terragens-Raumschiffes *Streaker* gehörte, ehe er auf Jijo bruchlandete.

➢ **Ewasx** – ein Jophur-Ringstapel, der sich, unter Hinzufügung einiger neuer Wülste, hauptsächlich aus dem alten Weisen Asx (s. d.) zusammensetzt.

➢ **Fallon** – Pfadfinder im Ruhestand; vormals Dwers (s. d.) Lehrer.

➢ **Foo, Ariana** – ehemalige Weise im Hochrat von Jijo, in dem sie die Menschen vertrat; heute im Ruhestand.

➢ **Harullen** – Intellektueller unter den Grauen Qheuen und Führer einer Häretiker-Gruppe, die der Ansicht ist, daß die illegalen Siedler auf Jijo sich freiwillig der Fortpflanzung enthalten sollten, damit dieser Planet endlich zu seiner wohlverdienten Ruhe in der Brache zurückkehren könne.

➢ **Hikahi** – ehemaliger Dritter Offizier an Bord der *Streaker*, der während der Operationen auf Kithrup verlorenging.

➢ **Hph-Wayuo** – Alvins (s. d.) formeller Hoon-Name.

➢ **Huck** – der selbstgewählte (terranische) Name eines g'Kek-Waisenkindes, das im Dorf Wuphon aufgewachsen ist; Alvins (s. d.) Freundin.

➢ **Huphu** – Alvins »Schoßtier« und »treuer« Begleiter; ein Noor.

➢ **Jass** – junger Jäger aus dem Sooner-Klan in den Grauen Hügeln; er hat Rety (s. d.) besonders ruppig herumgeschubst, und sie will sich an ihm rächen.

➢ **Jim** – ein Menschenjunge, der durch seine angeborenen verminderten Geistesgaben als jemand gilt, der auf dem Pfad der Erlösung deutlich weiter als die anderen vorangekommen ist; auch der »Gesegnete« genannt.

➢ **Jomah** – jugendlicher Sohn von Henrik, dem Sprengmeister; Neffe von Kurt (s. d.).

➢ **Jop** – Baumfarmer aus dem Dorf Dolo; strenggläubiger Anhänger der alten Heiligen Schriftrollen.

➢ **Joshu** – der letzte Verehrer von Sara Koolhan; ein wandernder Buchbinder, der in Biblos den Pfefferpocken erlag.

➢ **Kaa** – Delphin und Pilot der *Streaker*; trug früher den Spitznamen »Lucky«; umständehalber verspottet man ihn heute damit.

➢ **Karkaett** – delphinischer Maschinenmaat an Bord der *Streaker*.

➢ **Keepiru** – ehemaliger Pilot der *Streaker*, der während der Operationen auf Kithrup verlorenging.

➢ **Klinge** – Blauer Qheuen und Sohn von Scheitbeißer; Holzschnitzer und Freund von Sara Koolhan (s. d.).

➢ **Kunn** – menschlicher Pilot des Raumschiffs der Rothen mit der Danik-Besatzung.

➢ **Kurt** – Führer der Sprengmeister-Zunft; Onkel von Jomah (s. d.).

➢ **Lark** – Naturforscher und Weiser der Sechsheit und Häretiker.

➢ **Ling** – Danik und Besatzungsmitglied des Rothen-Raumschiffes; ausgebildete Biologin.

➢ **Makanee** – Delphinin und Schiffsärztin an Bord der *Streaker.*

➢ **Melina** – Nelo Koolhans (s. d.) verstorbene Frau und Mutter von Lark, Sara und Dwer (s. jeweils d.).

➢ **Messerscharfe Einsicht** – Blaue Qheuen und Mitglied des Hochrats der Weisen auf Jijo; darin vertritt sie die Qheuen.

➢ **Mopol** – Delphin und Raumfahrer Zweiter Klasse an Bord der *Streaker*.

➢ **Nelo** – Papiermacher im Dorf Dolo; Patriarch der Familie Koolhan (s. a. Dwer, Lark, Melina, Sara).

➢ **Niss** – sapienter Computer, den tymbrimische Geheimagenten an die *Streaker* ausgeliehen haben; an Bord in der Regel »Niss-Einheit« genannt.

➢ **Orley, Thomas** – Agent des terranischen Terragens-Rates, der auf die *Streaker* kommandiert wurde; während der Operationen auf Kithrup ging er verloren; Ehemann von Gillian Baskin (s. d.).

➢ **Orzawa, Danel** – mittlerer Weiser und Oberförster; kennt allerlei verborgene Geheimnisse der Menschengruppe innerhalb der Sechsheit.

➢ **Peepoe** – Delphinin; Genetikerin und Krankenschwester an Bord der *Streaker*.

➢ **Phwhoon-Dau** – Mitglied des Hohen Rats der Weisen auf Jijo; vertritt darin die Hoon.

➢ **Prity** – Neo-Schimpanse; Saras (s. d.) Assistent; besitzt einen ausgeprägten mathematischen Verstand.

➢ **Purofsky** – menschlicher Weiser in Biblos; spezialisiert auf Geheimphysik.

➢ **Rann** – Führer der Danik-Menschen an Bord des Rothen-Raumschiffes.

➢ **Rety** – junge menschliche Soonerin, die von ihrem Stamm geflohen ist, der sich in den Grauen Hügeln versteckt hält; s. a. Jass.

➢ **Ro-kenn** – einer der Rothen-Herren, zu dessen menschlicher Gefolgschaft die Daniks Rann, Ling, Besh und Kunn gehören (s. jeweils d.).

➢ **Ro-Pol** – Ro-kenns (s. d.) vermutliche Gefährtin und Rothen-Herrin, die bei der Sprengung der unterirdischen Außenstation ums Leben kam.

➢ **Sara** – Tochter des Papiermachers Nelo (s. d.) und Schwester von Lark und Dwer (s. jeweils d.); Mathematikerin und Linguistin.

➢ **Schere** – Roter Qheuen und Freund von Alvin, der das Tauchboot der vier Freunde, die »*Wuphons Traum*«, aus einem Baumstamm geschnitzt und gearbeitet hat.

➢ **Schmutzfuß** – wilder Noor, der aus unerfindlichen Gründen Dwer (s. d.) nicht von der Seite weicht – sicher nicht aus dem Grund, weil er diesen Namen von dem Pfadfinder und Jäger erhalten hat.

➢ **Shen, Jari** – Unteroffizierin des Bürgerselbstschutzes, der Miliz der Sechsheit.

➢ **Strong, Lena** – Mitglied von Danel Orzawas (s. d.) Expedition in die Grauen Hügel; die anderen sind Dwer (s. d.) und Jenin Worley (s. d.).

➢ **Suessi, Hannes** – Mechaniker an Bord der *Streaker*; ehemals ein Mensch, heute ein Cyborg, den die Alten (s. d.) umgebaut haben.

➢ **Taine** – ein Gelehrter in Biblos, der einmal schwer hinter Sara (s. d.) her war – und es wohl irgendwie immer noch ist.

➢ **Tsh't** – Delphinin an Bord der *Streaker*, ehemals die Fünfte Offizierin, nach den Abgängen während der Operationen auf Kithrup aber zur formellen Kommandantin aufgerückt – neben Gillian Baskin (s. d.).

➢ **Tyug** – Traeki-Alchimist in der Schmiede des Bergs Guenn und wertvoller Assistent der Schmiedin Uriel (s. d.).

➢ **Ulgor** – ursische Hausiererin und Anhängerin der ursischen Fundamentalistenbewegung Urunthai.

➢ **Urdonnol** – ursische Lehrlingin in der Schmiede von Uriel (s. d.).

➢ **Uriel** – ursische Schmiedemeisterin in der Schmiede im Berg Guenn.

➢ **Ur-Jah** – Mitglied des Hochrates der Weisen auf Jijo; sie vertritt darin die Rasse der Urs.

➢ **Ur-Ronn** – Alvins ursische Freundin; Uriels (s. d.) Nichte und Mitglied der Expedition in der *Wuphons Traum* – s. a. Huck und Schere.

➢ **Uthen** – Grauer Qheuen; Naturforscher, der Lark (s. d.) dabei geholfen hat, den Führer durch die jijoanische Fauna zu verfassen.

➢ **Vubben** – Mitglied des Hochrats der Weisen auf Jijo; er vertritt dort die Rasse der g'Kek.

➢ **Worley, Jenin** – Mitglied von Danel Orzawas Expedition in die Grauen Hügel; s. a. Dwer und Lena Strong.

➢ **Yee** – ursischer Hengst, den seine ehemalige Stutengefährtin aus ihrem Hautbeutel geworfen hat. Er »verheiratete« sich später mit dem Sooner-Mädchen Rety (s. d.), die den kleinen Kerl nun in ihrem Tragebeutel mit sich trägt.

➢ **Zhaki** – Delphin und Raumfahrer Dritter Klasse an Bord der *Streaker*.

Verzeichnis der Sapienten, Rassen und Spezies

➢ **g'Kek** – die erste Sooner-Rasse, die Jijo erreichte (vor ca. zweitausend Jahren). Den Großen Schub erhielten die g'Kek von den Drooli. Sie besitzen biomagnetisch angebrachte und bewegte Räder und vier Augenstiele anstelle eines Kopfes. Den Großteil ihrer Zeit als sapiente Wesen haben sie nicht auf Planeten verbracht.

Die g'Kek gelten in den Fünf Galaxien als ausgestorben. Ihre letzten Vertreter findet man auf Jijo.

➢ **Glaver** – die dritte Sooner-Rasse, die auf Jijo anlangte. Die Glaver erhielten ihren Großen Schub von den Tunnuc-tyur, die ihrerseits von den Buyur in sapiente Wesen verwandelt wurden. Bei den Glavern handelt es sich um Semi-Zweibeiner, und sie besitzen eine durchsichtige Haut und große, vorstehende Augen. Glaver sind gerade mal einen Meter groß und verfügen über einen gespaltenen Greifschwanz, der ihre doch recht unnützen Hände unterstützen muß.

Im Bewußtsein ihrer illegalen Ansiedlung auf Jijo haben sie sich gleich daran gemacht, den Weg des Vergessens zu gehen und den Zustand der Präsapienz zu erreichen. Für strenggläubige Sooner stellen Glaver leuchtende Vorbilder dar, haben sie den anderen doch den Weg zum Pfad der Erlösung gewiesen.

➢ **Hoon** – die fünfte Sooner-Rasse auf Jijo. Bei den Hoon handelt es sich um zweibeinige Allesfresser mit Schuppenhaut und wolligem weißen Beinpelz. Ihr Rückgrat setzt sich aus mehreren hohlen Röhren zusammen, die Bestandteil ihres Kreislaufs sind. Die aufblähbaren Kehlsäcke der männlichen Hoon (sie dienten in der präsapienten Zeit während des Paarungsrituals als Anlockmittel für die Weibchen) werden heute nur noch dazu verwendet, rumpelnde und sonstige tiefe Töne zu erzeugen.

Den großen Schub erhielten die Hoon von den Guthatsa und wurden von diesen vorzugsweise als geborene sauertöpfische und mürrische Beamte eingesetzt. In dieser Eigenschaft fanden die Hoon überall in den Galaxien Verbreitung.

➢ **Jophur** – Organismen, die aussehen wie ein Turm von aufeinandergestapelten Doughnuts. Wie ihre Vettern, die Traeki (s. d.) setzten die Jophur sich aus austauschbaren schwammigen Ringen zusammen, von denen jeder eine begrenzte Intelligenz besitzt – zu einem Stapel kombiniert, formen sie ein sapientes Gemeinschaftswesen.

Spezialisierte Ringe oder Wülste verleihen dem Stapel seine Sinnesorgane, manipulativen Organe und gelegentlich exotische chemosynthetisierende Fähigkeiten.

Die Jophur waren ursprünglich Traeki und als solche eine Rasse von einzigartiger Freundlichkeit und Ambitionslosigkeit. Damals erhielten die Traeki von den Poa den Großen Schub. Die geldgierigen Oailie bauten die Traeki später um und verliehen ihnen die sogenannten »Masterringe«.

Und so wurden aus den Traeki die willensstarken und durch und durch dominierenden Jophur.

➢ **Menschen** – die jüngste der Sooner-Rassen auf Jijo; die Menschen kamen erst vor knapp zweihundert Jahren hier an.

Die Menschen, die auf der Erde (oder Terra) entstanden sind, gelten als Wölflings-Rasse, d. h. es handelt sich bei ihnen um eine Spezies, die aus eigener Kraft eine technologische Zivilisation und den Raumflug entwickelt hat.

Die größte Leistung der Menschheit besteht darin, den Schimpansen und den Delphinen den Großen Schub gewährt zu haben;

man nennt diese daher heute Neo-Schimpansen respektive Neo-Delphine.

➢ **Qheuen** – die vierte der Sooner-Rassen auf der Brachwelt Jijo. Ihre Patrone sind die Zhosh. Bei den Qheuen handelt es sich um radial symmetrische Exoskelettwesen mit fünf Beinen und Scheren. Ihr Gehirn sitzt zum Teil in einem ausfahrbaren Gebilde, der »Kuppel«.

Eine Rebellengruppe der Qheuen, die sich auf Jijo niedergelassen hatte, unternahm den Versuch, das alte Kastensystem auf dieser Welt einzuführen, nach dem die Grauen die königliche Herrschaftsschicht stellten, während die Blauen und Roten als Diener und Handwerker fungierten. Die besonderen Eigentümlichkeiten auf Jijo und vor allem die spätere Intervention der Menschen (s. d.) auf dieser Welt führten zum Zusammenbruch dieses Systems.

➢ **Rothen** – eine geheimnisvolle Galaktiker-Rasse. Eine Partei unter den Menschen (s. d.), die sogenannten Dakkins oder Daniks, glauben, bei den Rothen handele es sich um die wahren Patrone der Menschheit – diese Ansicht steht also im scharfen Gegensatz zu der in den Fünf Galaxien verbreiteten Meinung, die Terraner seien Wölflinge, d. h. sie hätten aus eigenem Vermögen den Großen Schub geschafft.

Rothen sind Zweibeiner und größer als Menschen, haben aber gleiche Proportionen. Man hält sie für reine Fleischfresser.

➢ **Traeki** – zweite der illegalen Siedlerrassen auf Jijo. Bei den Traeki handelt es sich um eine Rückentwicklung der Jophur (s. d.). Die Traeki auf Jijo sind davor geflohen, sich Master-Ringe verpassen zu lassen.

➢ **Tymbrimi** – eine humanoide Rasse und eine der wenigen Spezies, die mit der Erde verbündet sind. Sie sind in den Fünf Galaxien für ihre Cleverneß und ihren teuflischen Humor berühmt und berüchtigt.

➢ **Tytlal** – eine Spezies, der man nicht zutraut, sich jemals für den Großen Schub zu qualifizieren. Die Tymbrimi (s. d.) haben es trotzdem auf sich genommen.

➢ **Urs** – die sechste der Rassen, die nach Jijo gekommen sind. Es handelt sich bei ihnen um fleischfressende zentaurenartige Steppenbewohner. Sie besitzen einen langen, sehr biegsamen Hals, einen schmalen Kopf und schulterlose Arme, die in geschickten Händen auslaufen.

Urs beginnen ihr Dasein als winzige, sechsgliedrige Würmer, die aus dem Beutel ihrer Mutter kriechen und sich dann um sich selbst kümmern müssen. Jedes Jungtier, das diese »Kindheit« überlebt, wird später von einem ursischen Stamm adoptiert – oder auch nicht.

Die weiblichen Urs, die Stuten, erreichen die Ausmaße eines irdischen Hirsches und verfügen über zwei Brutbeutel, in denen sie auch ihre Männchen, die Hengste, aufbewahren. Diese erreichen kaum die Größe einer Hauskatze.

Eine Stute, die mit Prälarven schwanger geht, wirft in der Regel ihren einen (mitunter auch deren zwei) Ehemann aus dem Beutel, um Platz für den Nachwuchs zu schaffen.

Die Urs haben eine starke Aversion gegen Wasser in reiner Form.

Glossar

➢ **Abfall** – damit ist nicht jeglicher Unrat gemeint, sondern lediglich die Stoffe, die biologisch nicht oder nur schwer abbaubar sind. Dieser Abfall wird gesammelt und auf Abfallschiffen in den Mitten gekippt, um in Jijos tektonischen Feuern recycelt zu werden.

➢ **Biblos** – festungsartige Anlage, die das Archiv enthält – oder die Halle der Bücher; im Grunde eine Kombination aus Universität und Zentralausleihe, von der ein profunder Einfluß auf die Entwicklung der jijoanischen Kultur ausgegangen ist und immer noch ausgeht.

➢ **Bibur** – ein Fluß, der an Biblos vorbeifließt und bei der Stadt Tarek in den Roney einmündet.

➢ **Brache** – bestimmte Planeten werden für eine gewisse Frist vermietet. Nach Auslaufen des Mietverhältnisses wird die betreffende Welt für brach erklärt (für einen Zeitraum von bis zu zwei Millionen Jahren), in der selbige sich von den Mietern und ihrer Zivilisation erholen kann. Eine neuerliche Besiedlung einer Welt im Zustand der Brache gilt als schweres Verbrechen, für die die Rasse, aus der die Übeltäter stammen, zur Rechenschaft gezogen wird.

➢ **Buyur** – die letzten legalen Mieter von Jijo; froschähnliche Wesen, die für ihren Esprit, ihre Voraussicht und vor allem ihre Genversuche bekannt sind – genauer gesagt, sie haben sich darauf spezialisiert, nützliche tierische »Werkzeuge« zu entwickeln. Die Buyur verließen Jijo nach Auslaufen ihres Vertrages vor etwa einer halben Million Jahren. Die Welt wurde daraufhin für brach erklärt.

➢ **Danik** – verballhornte Kurzform für Danikeniten, eine Bewegung, die auf der Erde gleich nach dem Erstkontakt der Menschheit mit der Galaktischen Zivilisation aufgekommen ist.

Die Daniks leiten sich von einem Sensationsschriftsteller des Zwanzigsten Jahrhunderts ab, der tatsächlich glaubte und sein Lebtag zu beweisen versuchte, die Erde sei in grauer Vorzeit des öfteren von Außerirdischen besucht – oder auch heimgesucht – worden.

Die Daniks glauben, die Menschen hätten den Großen Schub von einer Galaktischen Patronatstrasse erhalten, die sich aus bislang unbekannten Gründen entschlossen habe, im verborgenen zu wirken und sich ihren Schützlingen nicht zu zeigen.

Eine Sekte der Daniks ist der unerschütterlichen Überzeugung, bei dieser Rasse der geheimnisvollen Leiter und Lenker der Menschheit habe es sich um die Rothen gehandelt.

Daniks werden in manchen Quellen auch »Dakkins« genannt.

➢ **Dekonstruktor** – mechanische Apparatur, die vom Migrations-Institut zur Verfügung gestellt wird, um auf einer Welt, die für brach erklärt worden ist, die Reste der technologischen Zivilisation der letzten Mieter zu vernichten.

➢ **Dolo** – Dorf am Fluß Roney; bekannt für Papierherstellung.

➢ **Dooden Mesa** – die älteste und größte g'Kek-Siedlung auf Jijo.

➢ **Dura** – Zeiteinheit, entspricht nach irdischem Standard etwa dem dritten Teil einer Minute.

➢ **Englik** – menschliche Sprache aus dem Einundzwanzigsten Jahrhundert. Sie basiert auf dem alten englischen Sprachschatz, ist aber stark von anderen Sprachen aus der Zeit vor dem Ersten Kontakt beeinflußt und nach den neuesten Erkenntnissen der modernen linguistischen Theorie strukturiert.

➢ **Erdklan** – eine kleine, ekzentrische Galaktische Familie von sapienten Rassen, die sich aus den menschlichen Patronen und ihren Klienten, den Neo-Schimpansen und Neo-Delphinen, zusammensetzt.

➢ **Ei** – s. Heiliges Ei.

➢ **Finne** – Englik-Kurzbezeichnung für Neo-Delphine; auch als »Flosse« in Gebrauch.

➢ **Fraktalwelt** oder **Fraktalsystem** – eine Art Altersheim oder Zufluchtsort für Rassen, die die Zivilisation der Fünf Galaxien so gut wie hinter sich gelassen haben, bzw. nicht mehr mitspielen wollen. Bei dem Fraktalsystem handelt es sich um eine diffuse Einrichtung aus Wasserstoffschnee, die um einen kleinen Stern errichtet wurde und ihn nach außen hin abschottet, gleichzeitig aber auch seine gesamte Energie absaugt.

➢ **Galaktiker** – eine Person, eine Rasse, ein Konzept oder eine Technologie, die sich von der äonenalten Zivilisation der Fünf Galaxien ableitet.

➢ **Galaktische Institute** – riesige, mächtige Akademien, die sich neutral zu verhalten und über den Auseinandersetzungen der Klane zu stehen haben. Die Institute regeln oder verwalten diverse Aspekte der Galaktischen Zivilisation. Einige von ihnen sind über eine Milliarde Jahre alt.

➢ **Galaktische Bibliotheken** – eine unvorstellbar große Ansammlung von Wissen, das im Verlauf von vielen hundert Millionen Jahren zusammengetragen wurde. Quasi-sapiente »Bibliotheksabteilungen« oder »Bibliotheksglieder« finden sich in nahezu allen Galaktischen Siedlungen und auf beinahe jedem Raumschiff.

➢ **Gentt** – ein Fluß, der ein Stück nördlich vom Feuerberg strömt.

➢ **Großer Frieden** – Die Phase (bis heute anhaltend) des wachsenden Verständnisses unter den Sechs Rassen. Ihr Entstehen wird auf verschiedene Ursachen zurückgeführt. Im wesentlichen sind dies: der Einfluß der Bibliothek von Biblos, das Erscheinen des Heiligen Eies und das Aufkommen der Rewq-Symbionten.

➢ **Große Druck, der** – die plötzliche Verbreitung von gedruckten Büchern durch die Menschen auf Jijo. Sie unternahmen dies unmittelbar nach ihrer Landung.

➢ **Guenn** – ein tätiger Vulkan und gleichzeitig Standort der verborgenen Essen und Werkstätten von Uriel, der Schmiedemeisterin.

➢ **Häretiker** – Oberbegriff für diverse Parteien, Ideologien und Bewegungen rund um das Schicksal des Planeten Jijo. All diesen Häretikern ist gemeinsam, daß sie im Widerspruch zur Politik des Rates der Hochweisen stehen.

Eine Partei steht auf dem Standpunkt, das Galaktische Gesetz sei richtig und gerecht, und Jijo würde es besser ergehen, wenn die »Pest« der Sooner-Rassen endlich verschwunden sei.

Andere Bewegungen klammern sich eher an orthodoxere Auslegungen der Heiligen Schriftrollen und vertreten die Meinung, jede einzelne Exilrasse solle sich vorrangig darum kümmern, ihren eigenen Weg zur Errettung auf dem Weg der Erlösung zu finden (diese Fraktionen werden auch »Fundamentalisten« genannt).

Eine kleine und selten anzutreffende Gruppierung strebt den Fortschritt der Sooner-Rassen im traditionellen Sinne an.

➢ **Heiliges Ei** – eine mysteriöse PSI-aktive Steinmasse, die vor einem Jahrhundert, begleitet von massenhaft wahrgenommenen Visionen und unterschiedlichsten Träumen, aus Lava aufstieg.

➢ **Illias** – ein matriarchalisch strukturierter Stamm von Reiterinnen (Männer sind nur in Ausnahmefällen und dann auch nur als Gast zugelassen), die im verborgenen im Spektralstrom leben; sie müssen sich deswegen versteckt halten (und zeigen sich den normalen Bürgern am Hang nur höchst selten), weil sie Pferde besitzen, die laut Friedensvertrag zwischen Urs und Menschen den letzteren nicht mehr gestattet sind.

➢ **Izmunuti** – ein roter Riesenstern, dessen Bahn der Sonne Jijos unangenehm nahe kommt. Izmunuti spuckt regelmäßig einen Kohlenstoffwind aus, der das Jijo-System einnebelt und vor den Überwachungsaugen des Instituts für Migration schützt.

➢ **Jadura** – Zeiteinheit; entspricht nach irdischem Standard etwa dreiundvierzig Stunden.

➢ **Jafalls** – Göttin des Glücks und des Schicksals; besonders in Raumfahrerkreisen verehrt, aber auch viele zivile Kreise kennen und fürchten sie. Sie gilt als Personifizierung von Murphys Gesetz. Ihr Name ist unbekannten Ursprungs; man vermutet dahinter eine Verballhornung. Andere Quellen gehen von einer pragmatischen mundartlichen Bezeichnung aus.

➢ **Jahr des Exils** – Zeitrechnung, die von dem Jahr ausgeht, an dem die erste Sooner-Rasse auf Jijo anlangte.

➢ **Jophekka** – die Heimatwelt der Jophur, einer in allen Fünf Galaxien gefürchteten Rasse.

➢ **Jijo** – Planet in der Vierten Galaxis; Heim von sieben Sooner-Rassen: Menschen, Hoon, Qheuen, Urs, g'Kek, Traeki (den entumgewandelten Jophur) und den devolvierten, sich also im Zustand der gebenedeiten Ignoranz befindlichen Glavern. Die letzten legalen Bewohner waren die Buyur, und seit ihrem Abzug vor einer halben Million Jahren gilt die Welt als brach.

➢ **Kidura** – Zeiteinheit; entspricht nach irdischem Standard etwa einer halben Stunde.

➢ **Kiqui** – eine präsapiente Amphibienrasse, die auf der Welt Kithrup entstanden ist.

➢ **Kithrup** – Wasserwelt; reich an Schwermetallen. Hier verlor die *Streaker* während ihrer Operationen, die zu einer Flucht in höchster Not zwangen, ihren Kapitän Creideiki und viele andere Offiziere und Besatzungsmitglieder. Seitdem muß das terranische Schiff mit einer Notführung zurechtkommen.

➢ **Klient** – Rasse, die einer Patronatsrasse untergeordnet ist (meist nachdem sie von dieser den Großen Schub erhalten hat); zum Dank dafür ist die Klienten- oder Klientelrasse zu gewissen Dienstleistungen verpflichtet. Eine Klientelrasse kann ihrerseits anderen präsapienten Rassen den Großen Schub verleihen und sie dann als ihre eigene Klientenrasse ansehen.

➢ **Loocen** – der mit Abstand größte von drei Monden, die Jijo umkreisen.

➢ **Lorniks** – domestizierte Tierrasse, die die Qheuen sich als Diener halten. Lorniks besitzen eine radial symmetrische Gestalt und verfügen über vier Beine und vier dreifingrige Greifhände.

➢ **Mitten, der** – eine riesige, unterseeische Spalte oder Subduktivszone, die aufgrund der tektonischen Plattenverschiebungen entstanden ist und mehr oder weniger parallel zum Hang verläuft.
Abfall, der von den Sooner-Rassen erzeugt wird – hier ist der

biologisch nicht abbaubare oder nur sehr langsam abbaubare Abfall gemeint, von Skeletten, Panzerhüllen und sonstigen Knochengerüsten bis hin zu den zerlegten Hüllen der Raumschiffe, mit der die Exilanten hier angelangt sind –, wird in der Regel von den Abfallschiffen der Hoon hierhertransportiert und ins Wasser gekippt, damit die Kräfte und Strömungen des Mitten sie unter die Planetenkruste befördern, wo sie im Kern Jijos zerschmolzen werden. Die Sooner glauben, so ihr schweres Vergehen an Jijo teilweise wiedergutzumachen.

➢ **Midura** – Zeiteinheit; entspricht nach irdischem Standard etwa einundsiebzig Minuten.

➢ **Morgran** – Transferpunkt; hier wurde die *Streaker* erstmals von den Kriegsschiffen der Flotten der fanatischen religiösen Klans angegriffen.

➢ **Mulch-Spinnen** – künstliche Lebensform; in Gen-Labors dazu erschaffen, Gebäude und technologische Überbleibsel der Vormieter auf den Welten zu zerstören, die für brach erklärt worden sind.

➢ **Mulch-Zeremonie** – die Rückführung von Leichen, ihre Rückgabe an das Ökosystem von Jijo. Im Verlauf dieser Zeremonie wird oft das Fleisch der Toten von Spezialringen der Traeki aufgenommen. Nicht verwert- oder verzehrbare Reste werden als Abfall angesehen und in den Mitten befördert.

➢ **Neo-Delphine** – irdische Delphine, die von den Menschen den Großen Schub erhalten haben; sie gehören daher als Klientenrasse zum Klan der Terraner.

➢ **Neo-Schimpansen** – irdische Schimpansen, die von den Menschen den Großen Schub erhalten haben (die erste Rasse, an der

Menschen so etwas versucht haben); sie gehören daher als Klientenrasse zum Klan der Terraner.

Erst am Ende des Schubprozesses waren Neo-Schimpansen in der Lage zu sprechen. Als die Gruppe Menschen von der Erde nach Jijo aufbrach, war das noch nicht der Fall; die von diesen Terranern mitgeführten Neo-Schimpansen sind daher noch stumm, verstehen sich jedoch auf allerlei mathematische Fähigkeiten.

➢ **Nihanik** – eine weitere menschliche Sprache aus der Zeit vor dem Ersten Kontakt; sie ist aus dem Japanischen und dem Han-Chinesischen entstanden und gilt als Hybride der beiden.

➢ **Oakka** – der Planet, auf dem das regionale Hauptquartier des Navigations-Instituts zu Hause ist. Die *Streaker* konnte dort nur mit knapper Not einem Hinterhalt der Institutsbeamten entgehen.

➢ **Oailie** – Rasse, die sich im dritten Stadium des Großen Schubs befindet, was bedeutet, bereits Klientenrassen zu besitzen, die ihrerseits wiederum Klientenrassen herangezogen haben. Sie sind die »Stiefpatrone« der Jophur und gelten als die fanatischsten Mitglieder der Gehorcher-Allianz. Als sehr erfahrene und geschickte Gen-Ingenieure haben sie die Biologie und Psychologie der Traeki grundlegend und tiefgreifend verändert, indem sie diese mit den Master-Ringen ausstatteten und sie so in die Jophur umwandelten.

➢ **Papageienzecken** – eine Hinterlassenschaft der Buyur auf Jijo. Es handelt sich bei den Papageienzecken um ein in Gen-Labors erschaffenes Insekt, das sich kürzere Nachrichten einprägen und diese an den Adressaten weitergeben kann.

Da das Kleintier sich zu diesem Zweck ins Ohr des Empfängers der Nachricht setzt, glaubten die Menschen anfangs, sie hätten den Verstand verloren, hörten sie doch immer wieder Stimmen, ohne einen Sprecher zu entdecken.

➢ **Passen** – der kleinste von den drei Monden, die Jijo umkreisen.

➢ **Pfad der Erlösung** – das große Ziel der orthodoxen religiösen Parteien auf Jijo, die glauben, daß die Sooner-Rassen devolvieren sollten, d. h. sich in den Zustand der Präsapiens zurückentwickeln sollten. Nur so sei es nämlich möglich, der Strafe dafür zu entgehen, sich auf einer Brachwelt angesiedelt zu haben – bietet der Pfad der Erlösung doch an seinem Ende die Möglichkeit, von einer Patronatsrasse adoptiert zu werden und die zweite Chance für einen Großen Schub zu erhalten. Von den Sooner-Rassen auf Jijo, die sich vorgeblich alle darum bemühen, den Pfad der Erlösung zu beschreiten, haben bislang lediglich die Glaver ihr Versprechen wahrgemacht und den Zustand der gesegneten Ignoranz erreicht und gelten daher allen sechs anderen als leuchtendes Beispiel (wenigstens offiziell).

➢ **Patron, Patronat** – eine Galaktische Rasse, die mindestens eine präsapiente Rasse mit dem Großen Schub beglückt und sie in den Zustand der Sapiens versetzt hat. Besitzt sie mehrere solcher Klientenrassen, spricht man von einem Klan.

➢ **Phuvnthus** – sechsbeiniges, holzfressendes Ungeziefer auf Jijo.

➢ **Pidura** – Zeiteinheit; entspricht nach terranischem Standard knapp vier Tagen.

➢ **Polkjhy** – Schlachtschiff der Jophur, das hinter der *Streaker* her ist und bei der Suche nach derselben auf Jijo landet.

➢ **Poria-Außenposten** – Hauptquartier der Daniks. Eine zahlenmäßig nicht besonders große Danik-Bevölkerung dient dort den Rothen-Herren. Der Standort dieses Außenpostens wird geheimgehalten, und man munkelt allenthalben, dort züchten die Rothen ihre Danik-Kader heran.

➢ **Primärdelphinisch** – Halbsprache, die von den Delphinen auf der Erde verwendet wird, die nicht am Großen Schub Anteil genommen haben.

➢ **Progenitoren** – die legendäre allererste raumfahrende Rasse, die angeblich vor zwei Milliarden Jahren den Kreislauf des Großen Schubs ins Leben gerufen hat.

➢ **Rewq** – quasifungoide Symbionten, die den Sechs Rassen dabei helfen, die Emotionen und die Körpersprache der anderen Mitrassen zu verstehen.

➢ **Riff** – ein Ausläufer des Mitten, der sich am Südende des Hangs entlangzieht.

➢ **Rimmers** auch **Rimmer, die** – hoher Gebirgszug und östliche Begrenzung des Hangs.

➢ **Schriftrollen, geheiligte** – Texte von unbekannter und rätselhafter Herkunft; die einzigen Schriftstücke auf Jijo zwischen dem Abzug der Buyur und der Ankunft der Menschen und deren Verbreitung von Büchern. Die Schriftrollen lehrten die g'Kek und die später erscheinenden Sooner solch wichtige Dinge wie die Notwendigkeit, sich vor den Augen der Institute versteckt zu halten, die Welt Jijo zu hegen und zu pflegen und den Weg der Erlösung zu suchen.

➢ **Schimpansen** – so nennt man die Neo-Schimpansen, die den Großen Schub noch nicht abgeschlossen haben. Wesen dieser Art haben die Menschen nach Jijo begleitet. Sie sind stumm, aber man kann sich mit ihnen vermittels Zeichensprache verständigen.

➢ **Schub, Großer** – darunter versteht man den Prozeß, eine präsapiente tierische Spezies in eine sapiente Rasse zu verwandeln, die damit die Gelegenheit erhält, in die Galaktische Gesellschaft aufgenommen zu werden.

➢ **Sooner** – Gesetzlose, die den Versuch unternehmen, sich auf einer Welt niederzulassen, die vom Galaktischen Institut für Migration als brach erklärt worden ist.

Auf Jijo bezeichnet man damit im engeren Sinn Personengruppen, die sich heimlich vom Hang entfernen und jenseits seiner Grenzen neue illegale Siedlungen gründen.

➢ **Spektralstrom** – unwirtliche Wüstenregion im südlichen Zentrum des Hangs, die allgemein als unbewohnbar gilt. Das Gebiet ist mit grellbuntem, PSI-aktivem Vulkangestein und Bruchstücken von photoaktivem Kristall bedeckt (Name!).

➢ **Sprengmeister** – Zerstörungsexperte, der Schächte unter die Siedlungen und Bauwerke der Sechs Rassen gräbt und diese mit Sprengstoff füllt. Diese werden dann sofort gezündet, wenn der Tag des Gerichts angebrochen ist. Das Hauptquartier der Zunft der Sprengmeister befindet sich in der Stadt Tarek.

➢ ***Streaker*** – ein terranisches Raumschiff mit einer (überwiegenden) Delphin-Besatzung. Die Erkundungsreise der *Streaker* verlief anders als erwartet und endete mit der Verfolgung durch die sich auch untereinander bekriegenden Flotten von mehreren Dutzend Galaktischen Parteien, von denen eine jede die Geheimnisse und Entdeckungen des Schiffes in ihren Besitz bringen will.

➢ **Steinfaust** auch **Faust aus Stein** – mächtiges Steindach über der Bibliothek von Biblos, in das die Sprengmeister ihre Schächte gebohrt haben. Sobald der Tag des Gerichts gekommen ist, werden die darin enthaltenen Explosivstoffe gezündet, um die gesamte Anlage unter den gewaltigen Steinbrocken zu begraben.

➢ **Streßatavismus** – ein Zustand, den man besonders bei Rassen antrifft, die gerade den Großen Schub hinter sich gebracht haben – die Individuen dieser Spezies stehen dann derart unter Streß, daß sie ihre höheren kognitiven Fähigkeiten verlieren.

➢ **Tabernakel** – das terranische Schleichschiff, mit dem die Menschen vor gut zweihundert Jahren auf Jijo angekommen sind.

➢ **Tarek** – die größte Stadt am Hang; sie liegt an der Stelle, an der sich die Flüsse Roney und Bibur vereinigen. Hier befindet sich auch das Hauptquartier der Sprengmeister-Zunft.

➢ **Terragens** – oberste Legislative der interstellaren Regierung der Menschheit, die sich vornehmlich um alle Angelegenheiten kümmert, die die Beziehungen zwischen dem Erd-Klan und der Zivilisation in den Fünf Galaxien betreffen.

➢ **Toporgan** – pseudomaterielles Substrat aus organisch gefalteter Zeit.

➢ **Torgen** – der mittlere von den drei Monden, die Jijo umkreisen.

➢ **Transferpunkt** – eine Zone, an der das Raumzeit-Kontinuum schwach ausgebildet ist. Ein Raumschiff, das einen solchen Transferpunkt im richtigen Winkel anfliegt, wird in die Lage versetzt, schneller als Licht zu fliegen.

➢ **Trinarisch** – Sprache der sapienten Delphine. Normalerweise verständigen sie sich in der Dienstsprache Englik, aber untereinander bedienten sie sich gern des Trinarischen, das meist in Form von Haikus geäußert wird und sich vom Primärdelphinisch ableitet.

➢ **Urchachka** – die Heimatwelt der Urs.

➢ **Urchachkin** – eine ursische Sippe, die den menschlichen Frauen und ihren Pferden im Spektralstrom Zuflucht gewährt hat.

➢ **Versammlungs-Festival** – alljährlich stattfindende Zusammenkunft der Sechs Rassen auf der Festivallichtung. Man feiert dort und bestärkt damit gleichzeitig den Großen Frieden unter den Sooner-Rassen. Höhepunkt des Festivals ist der Pilgerzug zum Heiligen Ei.

➢ **Vlennen** – (ungebräuchlicher: **Vlenning**) – eine seltene Form der Traeki-Fortpflanzung, bei der ein kleiner, gleichwohl aber kompletter Stapel von einem Erwachsenen »geboren« wird.

➢ **Wölfling** – (ungebräuchlicher: **Wolfling**) – ein abwertender Galaktischer Ausdruck für eine Rasse, die von sich behauptet, sich selbst den Großen Schub verliehen und den Status einer raumfahrenden Nation ohne die Hilfe einer Patronats-Rasse erreicht zu haben.

➢ **Wuphons Traum** – ein kleines Tauchboot, das Schere mit der Hilfe von Alvin, Huck, Ur-ronn und nicht zu vergessen mit der Schmiedemeisterin Uriel gebaut hat.

➢ **Xi** – grünes Weideland inmitten des Spektralstroms und Heimat der Illias.

➢ **Zang** (auch: **Zhang**) – wasserstoffatmende Rasse, die großen Tintenfischen ähnlich sieht. Ihre Repräsentanten leben in der Atmosphäre von Gasriesen. Das Institut für Migration hat die gesamte Raumregion, in der sich der Planet Jijo befindet, für Wasserstoffatmer gesperrt. Und was die Sauerstoffatmer betrifft, so haben sich auch diese für die Dauer der Brache Jijos fernzuhalten. Zang-Patrouillenkugeln besuchen diese Welt zwar nur selten, sind dafür aber um so gefürchteter.

➢ **Zhosh** – die Patronatsrasse der Qheuen.

➢ **Zookir** – dienstbare Tiere, die von den g'Kek gezüchtet werden. Sie sind in der Lage, Nachrichten zu memorieren und zu überbringen, aber nicht so intelligent wie Neo-Schimpansen.

GOLDMANN

Der phantastische Verlag

Literatur für das nächste Jahrtausend. Romane, wie sie rasanter, origineller und herausfordernder nicht sein können. Autoren, die das Bild der modernen Science-fiction für immer verändern werden.

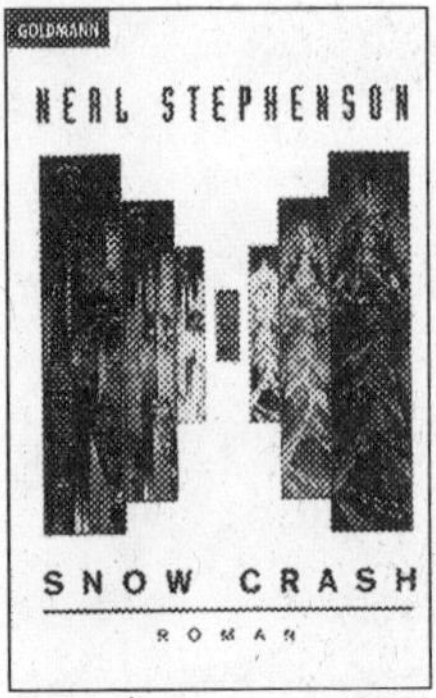

Snow Crash 23686

Diamond Age 41585

Schattenklänge 23695

Satori City 23691

Goldmann · Der Taschenbuch-Verlag

GOLDMANN

Der phantastische Verlag

Phantastische Sphären, in denen Magie und Zauberer, Ungeheuer, Helden und fremde Mächte regieren – das ist die Welt der Fantasy bei Goldmann.

Jennifer Roberson:
Herrin der Wälder 24622

Allan Cole/Chris Bunch:
Die Fernen Königreiche 24608

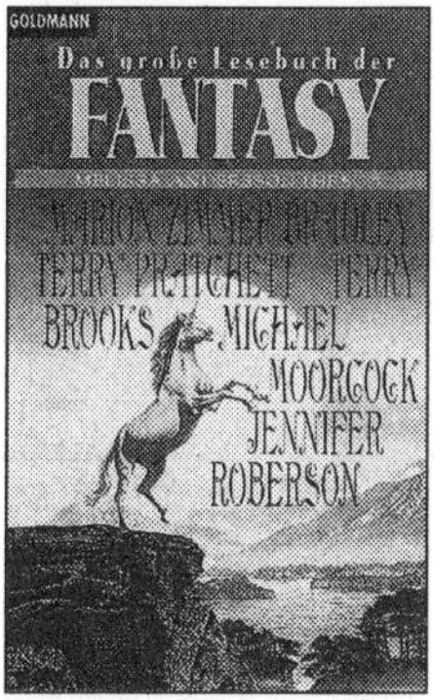

Melissa Andersson: Das große
Lesebuch der Fantasy 24665

Gillian Bradshaw:
Die Ritter der Tafelrunde 1 24682

Goldmann · Der Taschenbuch-Verlag